Miron Białoszewski

Das geheime Tagebuch

Miron Białoszewski

DAS GEHEIME TAGEBUCH

Ausgewählt und mit einer Einleitung versehen von
Tadeusz Sobolewski

Aus dem Polnischen von
Dagmara Kraus

edition.fotoTAPETA
Berlin

INHALT

Von dem, was heute ist, für morgen 7
von Tadeusz Sobolewski

Zusätze 27

Senden 181

Die Verschlechterung 327

Briefe an die Eumeniden 395

Tadeusz Sobolewski

Von dem, was heute ist, für morgen

Miron Białoszewski, 1922–1983

„Der größte private Dichter Polens" – so wurde Miron Białoszewski von Maria Janion bezeichnet. Es spricht für sich, dass selbst seine heutigen Leser ihn noch beim Vornamen nennen: Miron – ganz so, als wären sie eng vertraut mit ihm. Sein Schreiben gab Anlass zu dieser Vertrautheit. Er schreibt: „... um jemanden einzubinden / muss man persönlich aufpassen, (...) ihm auf der Bettkante sitzen."
Genau so empfing er seine Gäste – im Liegen, vom Bett aus. Sie setzten sich ans Fußende. So sah ihn Allen Ginsberg in den 60er Jahren, einen polnischen Beatnik, der unter einer roten Decke lag. Und obwohl die beiden einander nicht viel zu sagen hatten, arbeiteten sie auf ein ähnliches Ziel hin: die Aufhebung der Grenze zwischen dem Privaten und dem Öffentlichen.
Angefangen mit seinem verspäteten Debüt, dem Gedichtband *Obroty rzeczy* (1956) („Die Kreise der Dinge"), hat Białoszewski ein gutes Dutzend Gedicht- und Prosabände veröffentlicht; aber er floh vor der Rolle des Berufsliteraten. Er glaubte an die Inspiration, immer wieder suchte er sie voller Ungeduld zu wecken, zu provozieren, und organisierte dabei sein Leben auf eine Art, dass es vor allem dem Schreiben diente.
In Warschau hatte er eine Reihe von Freunden, deren Wohnungen ihm zu jeder Tages- und Nachtzeit offen standen. Er bevorzugte die Nacht. Mit Medikamenten half er nach, um über längere Zeit die Euphorie zu halten

und danach 24 Stunden lang zu schlafen. Er hatte weder Telefon, noch Radio oder Fernseher. Er las keine Zeitung, obwohl er in den ersten Nachkriegsjahren Zeitungsreporter gewesen war. Wichtig waren ihm die Nachrichten, die ihm die Leute brachten. In seine Wohnung kam man, indem man auf vorher abgesprochene Weise an die Wand klopfte – mit den ersten Noten von Beethovens 5. Symphonie. Die Definition des Flaneurs, des städtischen Wanderers, wie Baudelaire sie geliefert hat, passte auf ihn: ein Beobachter des Lebens. Aufmerksam, wiewohl selbst außen vor. Ein Mensch, der sich im Zentrum der Welt befindet, sich aber zugleich im Verborgenen aufhält, der für sich bleibt. Walter Benjamin sagt über den Flaneur, sein „Schreibpult" seien die Stadtmauern, auf die er sein Notizbuch lege. Miron machte das buchstäblich so.

Kein anderer in der polnischen zeitgenössischen Literatur hatte einen derart vertraulichen Zugang zur Wirklichkeit wie dieser Outsider, der, unauffällig in einen einfachen Mantel gekleidet, nicht aus dem Straßengedrängel heraus stach. Seine Prosa der 70er Jahre – *Donosy rzeczywistości* („Meldungen der Wirklichkeit"), *Szumy, zlepy, ciągi* („Klumpen, Rummel, Reihen"), *Chamowo* („Rüpelow") – bildete eine Art Roman, eine häusliche Epopöe „von dem, was heute ist, für morgen".

Er schreibt: „Ich passe zu allem", aber: „ich will mich nicht mit allen zusammen wiegen". Freundschaftlich, solidarisch mit den Leuten, war er gleichzeitig jemand, der für sich allein war. Er rettete die polnische Nachkriegszeit in sein Schreiben als ihr einzigartiger, unparteiischer Zeuge. Białoszewskis Blick ist deshalb so wertvoll und einzigartig, weil der Dichter mit beiden Beinen fest auf dem Boden steht, aber zugleich nicht völlig ins Leben involviert ist. Wie ein Ankömmling aus dem All fragt er im Gedicht: „Bin ich von hier?/ Bin ich es nicht?/ Ist das nicht

diese Erde?" Er wusste, dass man für seine Freiheit eine Strafe zahlen muss, für die Sünde des ewigen „Sonntagmachens", des „Nicht-zur-Arbeit-Gehens". In dem Buch *Szumy, zlepy, ciągi* (1975) schreibt er, wie er atemlos aus dem Stadtzentrum heimkehrt, die Treppen erklimmt und über das Leben klagt, sich gleichwohl sofort dafür tadelt: „Dummkopf! Du gehst doch nicht zur Arbeit, sitzt nicht im Gefängnis, es droht kein Krieg, Geld ist da, das Schreiben geht voran, wie vor ein paar Jahren. Der Schriftstellerverband, die Hausbewohner, die Leser ziehen mit, bei meinem Geschreibe, meinem Rumliegen, meiner Müdigkeit, den Eingebungen, Täuschungsmanövern, Verwirrungen. Sie pflegen mich fürsorglich, behalten mich im Stadtzentrum, drucken mich, bezahlen, schreiben mich ab ..."
Ich war einer von denen, die seine Werke für den Verlag auf der Maschine abschrieben. Ich gehörte zu einer Studentengruppe, die Miron im Jahr 1970 kennen lernte. Białoszewski hielt uns in seiner Nähe. Er sagte: Bei mir dauern Freundschaften mindestens 25 Jahre. Es blieben uns nur dreizehn – 1983 starb Miron an Herzschwäche.
Ich bin nach der Lektüre eines Buches, das mir ein Meisterwerk zu sein schien, zu ihm gegangen: *Pamiętnik z powstania warszawskiego* (1970) („Erinnerungen aus dem Warschauer Aufstand"). Auf Deutsch ist es in der Übersetzung von Esther Kinsky erschienen. Die „Erinnerungen ..." waren ein Schock für mich. Bis dahin hatte mich niemand in der polnischen Literatur auf derart unmittelbare Weise, so aus der Nähe angesprochen, vertraulich, im Glauben darauf, dass es reicht, nur auf die Wirklichkeit zu bauen. Die Handlung des Buches ist einfach und linear. Der Erzähler – Miron selbst – gibt der Reihe nach seine Erlebnisse aus den Monaten August und September 1944 wieder. Zusammen mit einer Gruppe von Gleichaltrigen geht der 22-jährige Dichter durch die Hölle

der bombardierten Stadt. Das ist zum einen eine Beschreibung der Vernichtung der Stadt aus der Sicht der Bevölkerung, die sich in den Kellern und Ruinen zu schützen sucht. Aber in dieser Beschreibung steckt auch eine gewisse Euphorie des Erlebens – etwas, das der nationalen Martyrologie zuwiderläuft und zur Folge hat, dass man diesen Bericht beinahe wie einen Abenteuerroman liest. Die Übersetzerin Esther Kinsky berichtet, dass jeder Satz dieser Erzählung eine Aufgabe für sie gewesen sei. Białoszewskis Sprache – zugleich Kunst- und Umgangssprache, die den Eindruck lebendiger Sprechweise macht – soll ein direktes Gefühl von der damaligen Wirklichkeit und ihrer Vehemenz vermitteln. Die Innenhöfe, die Keller, die unterirdischen Kanäle, durch die man in die anderen Stadtteile gelangte, die Hilfsketten, die Küche unter den Bomben, das Komponieren einer Litanei für die Hausbewohner, gemeinsames Lesen der Psalmen während des Luftangriffs. Es herrscht das Kellermatriarchat – eine Art Urgemeinschaft, in der die Leute miteinander teilen, was sie haben. Trotz der Gefahr schafft all das momentartig eine Art seltsamer Idylle. Und zugleich sind die „Erinnerungen aus dem Warschauer Aufstand" ein Klagelied auf die sterbende Stadt, ein Lamento für die bombardierten alten Kirchen, für das königliche Warschau, das Białoszewski mit Jerusalem assoziiert. Er greift die Wirklichkeit von verschiedenen Seiten gleichzeitig auf, in der unheimlichen Häufung der Realien des Lebens, und schreibt das alles wie in einem einzigen Atemzug auf. Es ist eine Art schamlose Freude daran und darüber, dass man davon erzählen kann, während „es einem gut geht und man gut gelaunt" auf der Schlafcouch in der eigenen Wohnung liegt.
Die „Erinnerungen aus dem Warschauer Aufstand" haben in Polen für reichlich Aufsehen gesorgt. Sie lösten Begeisterung aus, aber riefen auch empörte Veteranen auf den

Plan. Schließlich ist das Buch in den Kanon der Schullektüre aufgenommen worden. Dennoch gehört es nicht zur historischen Literatur. Dieses Buch hat sein Geheimnis. Białoszewskis Disziplin ist das Dasein selbst. In der Zerstörung der Stadt hat Białoszewski den Weltenbrand erkannt. Er lernte, das gewöhnliche Leben zu schätzen, das sich „vor dem Hintergrund der Möglichkeit des Todes" abspielt. Białoszewski bediente sich bei der Darstellung der Zerstörung Warschaus – Maria Janion hat darauf hingewiesen – bestimmter sprachlicher Formen, um etwas zu vermitteln, das ihm nicht vermittelbar zu sein schien; ähnlich ging auch Kurt Vonnegut vor bei seiner Darstellung der Zerstörung Dresdens in „Schlachthof 5". Die „Erinnerungen ..." stehen der ganzen romantischen, polnischen Tradition von Märtyrertum und Messianismus kühn gegenüber. Białoszewski äußert keine politischen Meinungen; nur einmal, als er den Tag der Kapitulation beschreibt, ringt er sich zu einem Schrei durch: „Man hat daran geglaubt, dass uns nichts Schlechtes erwartet, man hat daran glauben wollen, weil man sowohl genug vom Aufstand hatte als auch vom Krieg überhaupt, vom Hass, vom Töten, vom Sterben. Plötzlich kam bei allen die Lust auf zu leben – Leben! Gehen! Rausgehen! Sehen! Die Sonne ansehen. Auf stinknormale Weise."
Ich erinnere mich an sein Zimmer am Dąbrowskiplatz in Warschau, wo er in den Jahren 1958–1975 wohnte. Diese Wohnung hatte etwas von einer Rumpelkammer und einer Sakristei. Der Hausrat und die an den Wänden hängenden Relikte hölzerner Kirchenskulpturen machten den Eindruck, als wären sie in den Ruinen der Stadt gesammelt worden. Der Zigarettengeruch hatte etwas von der Dichte von Weihrauch. Die Wände waren von Kerzen geschwärzt. Miron lag unter der Decke auf einer Liege, die in einer Nische stand und einmal die Bühne sei-

nes berühmten Wohnungstheaters gewesen war, durch das auf der Schwelle zwischen 50er und 60er Jahren die gesamte kulturelle Elite Polens gezogen war. Einmal waren auch Jean-Paul Sartre und Simone de Beauvoir hier, hingelotst von dem einflussreichen Literaturkritiker Artur Sandauer, der Białoszewski unterstützte. In den Fenstern hingen dicke, lichtundurchlässige Vorhänge. „Diese Wohnung kann bisweilen inspiriert sein“, schrieb er in einem Gedicht. Neben dem Bett stand der einzige moderne Gegenstand in der Wohnung, der Plattenspieler. Miron hörte unablässig Musik – sie war eine seiner Drogen: gregorianische Gesänge, Palestrina, Monteverdi, Bach, Schütz, Haydn, Mozart ...

Wir waren damals um die zwanzig Jahre alt, er – fast fünfzig. Dennoch spürte man keinen Altersunterschied – er hatte immer noch Zugang zur eigenen Jugend. Wir wurden zu einem Freundeskreis. Wir erfüllten Aufgaben als Sekretär. Wir schrieben die Texte ab, kauften ein. Mit der Zeit wurden wir zu einer Art künstlichen Familie (obwohl wir in der Zwischenzeit eigene Familien gegründet hatten, Kinder bekamen).

Ich wollte nicht zu einem seiner Satelliten werden. Ich hatte mein eigenes Leben, mein Umfeld, war Filmkritiker. Aber nach Białoszewskis Tod kam ich zu der Überzeugung, dass er ein wahrer Meister war. Solch ein Meister erlaubt seinem Adepten, einen eigenen Weg zu gehen und sich selbst schätzen zu lernen. Er hatte etwas von einem Zen-Meister. Er lehrte den Blick auf die Welt, Aufmerksamkeit für jedes Detail, Freude an allem, Zufriedenheit mit dem, was sich „an einem selbst bewährt hat“. Er entwickelte eine unerhörte, nachgerade reporterhafte Gewandtheit bei der Niederschrift seiner Beobachtungen und Erkenntnisse, aber blieb auf eine Weise Dilettant. Wie er im *Geheimen Tagebuch* schreibt, zählte für ihn nur das, was „ausempfunden wurde, ausgesehen ist, ausgerochen, was sich ausgetreten hat". Er bekannte, dass ein „stetes, professionelles Verhältnis zur Kunst" seine Sache nicht sei. Aber wie jeder große Künstler – er war nicht nur Schriftsteller, sondern auch Schauspieler und Regisseur – übte er, ohne sich dabei aufzudrängen, gewaltigen Einfluss aus. Er war ein Demiurg. Ein Vampir. Wir waren uns dessen nicht bewusst, aber wir erstrahlten an seiner Seite in seinem Abglanz. Wir spielten mit in seinem Theater. Wir hielten ihn für ein Genie, aber standen mit ihm auf freundschaftlichem Fuße, ohne jedweden Kult. Er war für uns mehr als die Universität, die Redaktionen, für die wir arbeiteten. Letztlich war das Zusammensein mit Miron ein Luxus – als hätten wir neben dem Ausweis der Volksrepublik Polen noch einen zweiten Ausweis gehabt – den der phantastischen Republik Miranda.

Im Gedicht „Autobiographie", Anfang der 50er Jahre in dunkelsten stalinistischen Zeiten geschrieben, verwandelt sich das Treppensteigen in dem Warschauer Bürgerhaus in eine fröhliche Epiphanie. „Schon erklimme ich / die erste Leiter meines Lebens / Jede Sprosse singt das Wiegenlied meiner Geburt / Die vier Stockwerke/sind meine Evangelien/sortiert – eines auf dem anderen –/in einem riesigen Schubfach aus Holz / in einem höchstseltsamen Schrank / einem morgendlichen Schrank / dem allerschönsten Schrank / in dem so viele Leute um mich wohnten ..."

Białoszewski war von Kind auf von der kirchlichen Liturgie fasziniert. Allerdings dient die Melodie der religiösen Litanei hier nicht der Verehrung der sich außerhalb des Menschen befindenden Gottheit, sondern der Heiligung des Selbst und damit etwas, das ein zutiefst Eigenes ist. Sein gesamtes Schaffen, dem er sein Leben unterordnete, ist eine Selbstverteidigung gegen alle menschlichen Meinungen, Ideologien, Religionen. „Ich bin / ich

bin dumm (...)/ ich weiß ich bin / so wie ich bin / vielleicht nicht ganz dumm / aber das vielleicht nur weil ich weiß / dass jeder für sich der Wichtigste ist / denn auch wenn man mit sich nicht im Reinen ist / ist man sowieso so wie man ist."
Białoszewski, Dichter der Generation von Tadeusz Różewicz und Wisława Szymborska, hatte wie diese große Erfahrungen hinter sich: die des Krieges und der Zerstörung. Der Krieg zertrümmerte sein bisheriges Weltbild. Er verlor den religiösen Glauben, aber es gelang ihm, der Versuchung auszuweichen, an dessen Stelle einer Ideologie zu verfallen. In den Gedichten Białoszewskis vom Anfang der 50er Jahre – damals noch für die Schublade ohne Aussicht auf Drucklegung geschrieben – kommt es zu einer charakteristischen Umwertung: die Entdeckung des Himmels auf Erden, die Heiligung des Selbst und der es umgebenden Wirklichkeit, des gewöhnlichen Hausrats.
Als *Obroty rzeczy* herauskam, begrüßte Czesław Miłosz, der damals im Exil war, enthusiastisch einen „authentischen Dichter", dem es gelungen sei, sowohl dem Nihilismus als auch den Fängen der Ideologie zu trotzen. Białoszewski bewohnte damals eine Hälfte eines Zimmers in Untermiete in einer Kolchosenwohnung. Im Winter schrieb er, unter einer Decke liegend, mit Ohrenschützern. Vielleicht hat er damals Gefallen am Bett als einer Art sicherem Nest gefunden? In diesen Gedichten gibt es allerdings keine Klagen – im Gegenteil, sie sind ein fröhlicher „Bewusstseinstanz". In derselben Zeit lernt Miron seine größte Liebe kennen – den jungen Maler Leszek Soliński[1]

1 Leszek Soliński (1926–2005), Maler, stammte aus einer Bauernfamilie im Südosten Polens. Studierte in Krakau Kunstgeschichte, als Maler war er Autodidakt. Von 1950 bis Ende der 50er Jahre Białoszewskis Lebensgefährte. Beide wohnten noch bis 1975 unter einem Dach. Ihre Freundschaft dauerte bis zum Tode Białoszewskis. In den Prosawerken meistens mit dem Kürzel Le. bezeichnet.

(mit dem er später zusammenzieht). So, am Kreuzweg von Glück und Unglück, hat sich die Lebensphilosophie des Dichters heraus kristallisiert.

Die Formung des Selbst durch die gänzliche Hingabe an die Literatur wird zu seinem Ziel. Sie wurde zur Privatreligion Białoszewskis. „Eitelkeit ist für die Auserwählten", schrieb er, „es gibt wenige Auserwählte / Denn jeder/ wählt / sich selbst."

Weshalb führte Białoszewski Tagebuch in den Jahren 1975–1983, der fruchtbarsten Dekade seines Lebens, in der ein gutes Dutzend Prosa- und Gedichtbände entstand? Er nannte es „geheimes Tagebuch". Nur er kannte es und die mit ihm befreundete blinde Journalistin und Dichterin Jadwiga Stańczakowa, meine Schwiegermutter.[2] Das Tagebuch wurde Stańczakowa aus den Notizbüchern auf Band diktiert, samt Satzzeichen aufgenommen und anschließend von der blinden Maschinenschreiberin abgetippt. Białoszewski korrigierte das fertige Typoskript von Hand. Er begann mit dem Tagebuch 1975 nach dem Umzug in die erste Wohnung in seinem Leben, die er nur für sich allein hatte (in der alten lebte er mit Leszek Soliński zusammen, dem er zur Meldeadresse in Warschau verhalf und den er in den Bildhauerverband einführte). Die Teile des Tagebuchs sind untertitelt „Dokładane treści" (1975–78) („Zusätze") und „Nadawanie" (1978–1980) („Senden"). Darin gelangt er zu einer interessanten Konfrontation des „vereinzelten Dichters" mit den Volksunruhen, die sich im Land ausbreiteten, insbesondere 1978 nach der Wahl des polnischen Kardinals Karol Wojtyła zum Papst. Schon seit 1976 gab es

2 Ihre Freundschaft wurde Jahre später Thema des Spielfilms *Parę osób, mały czas*" („Ein paar Leute, wenig Zeit") in der Regie von Andrzej Barański, mit Krystyna Janda in der Rolle Jadwigas und Andrzej Hudziak als Miron.

in Polen den Keim einer demokratischen Opposition, das öffentliche, wenngleich illegale „Komitee zur Verteidigung der Arbeiter" (KOR), das das Rückgrat für die entstehenden freien Berufsverbände bildete. Eine Welle von Streiks, die Polen im Sommer 1980 überrollte – und zumal der Streik der Danziger Werft, an deren Spitze Lech Wałęsa stand – führte zu Verhandlungen mit den Machthabern der Volksrepublik Polen sowie zur Gründung der Gewerkschaft *Solidarność*, einer Massenbewegung, die die politischen Machtverhältnisse in Polen tatsächlich veränderte. Das war eine erste Bresche in den Satellitenländern der UdSSR. Die *Solidarność*-Bewegung in Polen war seit 1956 – als in den Fabriken kurzfristig Arbeiterräte gebildet worden waren – die erste authentische, spontan entstandene Volksvertretung; ein erster Schritt in Richtung auf die Demokratisierung eines Systems, das sich auf die Diktatur der Polnischen Vereinigten Arbeiterpartei stützte – „Arbeiter" nur dem Namen nach – und in Schlüsselfragen dem Diktat des Kreml untergeordnet war. Das Kriegsrecht, das am 13. Dezember 1981 von General Wojciech Jaruzelski unter Androhung einer militärischen Intervention von Seiten der Armeen der UdSSR und des Warschauer Paktes ausgerufen wurde, war ein Versuch, den Freiheits- und Revolutionsprozess einzufrieren. Die *Solidarność*-Bewegung überlebte im Untergrund, und als das kommunistische System in der UdSSR unter Gorbatschow ins Wanken geriet, hatten die kommunistischen Machthaber Polens keine andere Wahl, als sich zum Gespräch mit der Opposition an den Runden Tisch zu setzen und 1989 die ersten freien Wahlen durchzuführen. Die Jahre 1975–1982, das Aufbegehren des Volkes, die Verbindung von Hoffnung und Unruhe, die Freiheitseuphorie und die Wirtschaftskrise spiegeln sich im *Geheimen Tagebuch* wider. Der

Dichter, der sich ein Freiheitssystem zum eigenen Gebrauch erarbeitet hatte, war voller Sorge um die Zukunft. Er fürchtete einen neuen Aufstand, einen neuen Krieg. Er wollte und konnte die revolutionäre Euphorie, die viele seiner Freunde ergriffen hatte, nicht teilen. Dieser scheinbare Outsider findet sich also im Zentrum der Ereignisse wieder: seine Freunde und Verehrer sind Intellektuelle, die mitten in der damaligen Reformbewegung stehen, Jan Józef Lipski[3], Maria Janion. Stanisław Barańczak, Autor eines grundlegenden Werks zur „poetischen Sprache Białoszewskis", nimmt an einem Hungerstreik gegen die Festnahme der Arbeiter und KOR-Mitglieder in der Martinskirche in Warschau teil, ist Dissident, hat offiziell Publikationsverbot. Białoszewskis Position ist paradox. Von den Machthabern anerkannt, fand er sich nicht auf dem Index wieder, wie viele damalige Schriftsteller, die mit der Opposition verbunden waren. Miron blieb für die Oppositionellen allerdings ein Mensch, dem es gelungen war, seine innere Unabhängigkeit zu bewahren. Wie das Tagebuch zeigt, glaubt er selbst hingegen nicht an Massenbewegungen, auch nicht an die Revolution. Er verspürt immer größere Vereinsamung. Zu Zeiten des Kriegsrechts, auf der Schwelle der Jahre 1981/82, beginnt er einen neuen Zyklus des Tagebuchs mit dem Titel „Pogorszenie", „Die Verschlechterung", den er nicht mehr abschreiben konnte. Nach seinem Tod habe ich drei Notizbücher der „Verschlechterung" gefunden; vier weitere sind verschwunden. In diesem Zyklus des Tagebuchs findet sich

3 Jan Józef Lipski (1926–1991) Literaturhistoriker und -kritiker. Aktiv in der Opposition. 1964 war er einer der Initiatoren des „Briefes der 34", der gegen gegen die Zensur protestierte. 1976 Mitbegründer des Komitees zur Verteidigung der Arbeiter (KOR).

ein großartiges Geständnis: Miron erzählt, wie er in früher Jugend sich und seine Homosexualität zu akzeptieren lernte. Es ist etwas Charakteristisches daran, dass Miron sich mitten in der riesigen Volksbewegung zu diesem Geständnis durchringt, das die Grundfeste seiner persönlichen Freiheit zeigt – einer ganz persönlich und nicht in der revolutionären Masse erlangten Freiheit.
Białoszewski legte sich nur zögernd auf einen Veröffentlichungstermin für das *Geheime Tagebuch* fest. Anfangs nannte er das Jahr 2000. Aber später, im Zuge des Kriegsrechts, änderte er das Datum auf 2010 um. Niemand konnte damals vorhersehen, dass die politischen und gesellschaftlichen Veränderungen in solch einem Tempo vonstatten gehen würden, dass die Berliner Mauer so schnell fallen würde. Białoszewski hat das nicht mehr erlebt – er starb am 17. Juni 1983 an Herzversagen, an dem gleichen Tag, als ganz Warschau zu der von Johannes Paul II. gehaltenen Messe hinausgeströmt war. Die Urheberrechte für das *Geheime Tagebuch* hinterließ er Jadwiga Stańczakowa. Nach deren Tod gingen sie auf ihre Tochter Anna Sobolewska über, Literaturwissenschaftlerin, Autorin des Buches *Maksymalnie udana egzystencja* („Äußerst gelungene Existenz"), über das Leben und Schaffen von Miron Białoszewski, sowie auf deren Ehemann, Tadeusz Sobolewski, den Autor dieser Zeilen. Die Rechte an allen anderen Werken Białoszewskis hinterließ er Leszek Soliński. Nach dessen Tod 2005 gingen sie an den mit ihm befreundeten holländischen Slawisten Henk Proeme über. Henk Proeme hatte Soliński, um den er sich während dessen Krankheit kümmerte, nach holländischem Recht geheiratet. In den Niederlanden befindet sich Solińskis Archiv und darin das wertvolle Manuskript des *Pamiętnik z powstania warszawskiego*, der „Erinnerungen aus dem Warschauer Aufstand".

Was ist das *Geheime Tagebuch*? Ein literarisches Werk. Ein Selbstporträt Mirons, über die Zeit verteilt. Ein weiteres Zusammentreffen mit sich selbst. Die einzelnen Notate haben Bildcharakter, sind Szenen mit Dialogen, Situationsszenarios. In dem tausendseitigen Tagebuch (das hier im Abriss vorgestellt wird: die Auswahl stammt von mir) sind die Hauptprotagonisten außer Miron selbst seine zwei besten Freunde und Inspiratoren: der aus einem galizischen Dorf bei Krosno stammende Maler Leszek Soliński („Le.") und der 13 Jahre ältere Ludwik Hering[4] („Lu."), Maler und Schriftsteller, Autor hervorragender Erzählungen über das besetzte Warschau, über Polen und Juden, über die Zivilbevölkerung während des Aufstands. Ludwik – eine gewaltige Persönlichkeit vom Typ Inspirator, der sich selbst realisiert, indem er auf andere Kunstschaffende einwirkt – war gemeinsam mit seiner Nichte, der Malerin Ludmiła Murawska[5] und Miron Schöpfer des privaten Zimmertheaters „Teatr Osobny" [„Einzeltheater"]. Im *Geheimen Tagebuch* taucht Białoszewskis Freundeskreis auf. Es finden sich dort Beschreibungen eines wuchernden, inoffiziellen Kulturlebens der Volksrepublik Polen, der Vernissagen in den Ateliers der Maler, der überfüllten Lesungen in Privatwohnungen. Im

4 Ludwik Hering (1908–1984), Freund und Mentor des deutlich jüngeren Białoszewski seit 1940. Sehr wichtig als Leser und Kritiker seines frühen Schaffens, am Theater in der Tarczyńskastraße beteiligt, sowie später im Theater Dreier Personen (MB, Ludwik H. und dessen Nichte Ludmiła Murawska) als Schauspieler, Regisseur, Bühnen- und Kostümbildner tätig sowie neben Białoszewski als Autor. Für ihn übliches Kürzel Lu. und für Ludwik und Ludmiła zusammen Lu. und Lu.

5 Ludmiła Murawska (geboren 1935), Malerin, Absolventin der Warschauer Akademie der Künste, Nichte und Zögling Ludwik Herings. Im Haustheater als Schauspielerin und als Malerin tätig, besonders für das Stück *Osmędeusze* von Miron Białoszewski und Ludwik Hering.

Umfeld des apolitischen Miron tauchen Gestalten der damaligen Opposition auf, darunter so außerordentliche wie der seit Studienzeiten mit Białoszewski befreundete Jan Józef Lipski, Mitbegründer des „Komitees zur Verteidigung der Arbeiter". Er ist es, der Białoszewski 1976 den Protestbrief der Intellektuellen gegen die Verfassungsänderung bringt, die Polen stärker von der UdSSR abhängig machen soll. Miron unterschreibt, ohne zu lesen. Zu Lipski sagt er: „Ich tue das nur für Dich ..."
Sein Nachbar und enger Freund ist Olgierd Wołyński[6], Sohn polnisch-jüdischer Kommunisten, die während der großen Säuberungsaktion in der UdSSR getötet wurden. Der Antikommunist Olgierd, der mit dem KOR zusammenarbeitet, nimmt Miron dessen programmatische Enthaltung ein wenig übel. Der hingegen beobachtet die Radikalisierung der Stimmung mit Furcht – er will keine neuen Aufstände, keine neuen Revolutionen. Reserviert schaut er sich die religiöse Bekehrung der Leute aus seinem Umkreis an. Er will der Euphorie, mit der Johannes Paul II. in Warschau begrüßt wird, nicht nachgeben, tut es aber letztlich doch. Auf unterhaltsame Weise porträtiert er die Schriftsteller im luxuriösen „Haus der kreativen Arbeit" in einem Palast bei Warschau. Er ist einer von ihnen, und doch schaut er auch hier von außen zu. Er schreibt sich in jede Wirklichkeit ein, aber ist überall Outsider.
Wie in einem polyphonen Roman porträtiert er verschiedene Teile der Wirklichkeit: das Städtchen Garwolin, wo seine Mutter stirbt, Jadwigas Haus, das zu seinem zweiten Domizil wird. Allmählich und immer beherzter findet

6 Olgierd (Oleś) Wołyński (1929–2008), Nachbar Białoszewskis. Studium am Politechnikum in Warschau. Sehr aktiv in der Opposition. Als Kind polnischer Eltern in der UdSSR geboren, Kindheit in der Verbannung, während seiner Jugend Lagerhaft in der Sowjetunion. Erst seit 1958 in Polen.

die Erotik Eingang in das Tagebuch, seine homosexuellen Abenteuer. Ebenso wie das Motiv der Träume, unglaubliche Träume, an die er sich überaus deutlich erinnert. Dann das Motiv der Reise: Jugoslawien, Ägypten, endlich Amerika, wo er 1982 hinfährt, um den Alfred Jurzykowski-Literaturpreis der Exilanten entgegen zu nehmen. Er porträtierte New York als heimischen Ort, an dem er seine heimlichen Begehrlichkeiten ungezwungen ausleben konnte.

Im New Yorker Tagebuch bricht irgendein Damm, eine Grenze der Scham und der Angst, seit langem zwar durch das Schreiben angegangen, und das immer mutiger, gleichwohl auf eine nur für Eingeweihte lesbare Weise. Jetzt wird er da ganz direkt. Er beschreibt die homosexuelle Subkultur von New York, die Pornokinos und *dark rooms*, die er besucht (es ist die Zeit vor der AIDS-Epidemie). In der polnischen Literatur des 20. Jahrhunderts, deren Säulen homo- oder bisexuell waren (Iwaszkiewicz, Andrzejewski, Gombrowicz, Dąbrowska) hatte noch niemand so über Erotik geschrieben – ohne die geringste Spur von Zerrissenheit, ohne Scham, ohne Perversion. Auch hier bleibt Białoszewski sich selbst treu. Das Hinterzimmer des Pornokinos beschreibt er mit wohlwollender Distanz, ohne einen Funken Anstößigkeit, sondern wie ein Anthropologe und Humanist, der weiß, „alles ist menschlich". „Mit diesen Pornomagazinen wohne ich bei den Nonnen. Und alles ist gut. [...] Ich liege in meinem Zimmer, schreibe, lese. Hinter dem Fenster die Stille. Manchmal ein leichter Lärm von etwas Fahrendem, Ruhe, viel Ruhe", notierte er in New York.

Zu diesen Motiven kommt das der Todesnähe hinzu, das Sterben. Den letzten Teil des *Geheimen Tagebuchs* bilden die Briefe Białoszewskis, adressiert an drei befreundete Literaturwissenschaftlerinnen: Maria Janion, Maria Żmig-

rodzka und Małgorzata Baranowska, die der Dichter scherzend als die „Eumeniden" bezeichnet. Diese Briefe sind tatsächlich durch die Post gegangen. Er hat sie in den letzten Wochen seines Lebens im Frühjahr 1983 aus der Klinik für Kardiologie in Anin an Maria Janion geschickt. Professorin Janion stimmte ihrer Veröffentlichung und Integration in das Buch als einzelnes, viertes Kapitel zu. Sein Einverständnis dazu gab auch der Nachlassverwalter Białoszewskis, Henk Proeme. Der befreundete Künstler und „ewige Student" Roman Klewin, mit dem Białoszewski in den 70er Jahren zum Spaß extravagante private „Filmchen" drehte, in denen wir – die „Jungen" – als Schauspieler auftraten, charakterisiert das Schreiben Białoszewskis aus jener Zeit wie folgt – und das ist zugleich die beste Beschreibung des *Geheimen Tagebuchs*: „Hier gibt es viel Abwechslung. Man muss den Kopf ganz in die andere Richtung wenden; weg von den Leuten, weg vom Leben mit seinem Fleisch, hin zur Metaphysik. Und dieses Hängen im neunten Stock, wie im Zustand der Schwerelosigkeit. Endgültige Dinge wie der Tod, auch die werden hier abgehandelt, aber mit Ruhe, diese schlimmen Zustände ..."
Ich erinnere mich an den Moment, als ich Miron Anfang des Jahres 1983 in der Klinik besuchte. Er händigte mir ein Manuskript zur Abschrift aus, ein gereimtes kabarettartiges Couplet, adressiert an die mit ihm befreundete Malerin Halina Oberlander, genannt „Kicia Kocia" („Kitzi-Katzi" auf Deutsch). Er komponierte es auf der Intensivstation zu einem Tangorhythmus: „Fass' nur Mut, / Denn was ist schon das Leben; / Der Tod will gerne frohgemut / Siechlingen Gesundheit geben. / Jung-Hamlet schon, allzu / verwegen, dachte / was zu ändern / es versagte ihm / Sein Seins- / (hier Verrenkungen im Tanz) / oder / Nichtseins-Trug". Miron hat keine Wahl zwischen „Sein oder Nichtsein" – nur das Einverständnis mit dem Sein und danach mit dem

Tod. Białoszewski erklärt im Tagebuch, alles sei „unwichtig, alles fällt auseinander, von uns bleibt schließlich nichts übrig, ohne jedweden Unterschied". Und dennoch sagt er in dem letzten Gedicht, das er geschrieben hat, „Choroba" („Die Krankheit"): „Noch wähle ich etwas aus etwas aus / noch lauern die Unmöglichkeiten." Es bleibt der Schatten einer Hoffnung. Und die ergreifende Stille, das Einvernehmen mit allem – das große Geheimnis Białoszewskis.

Wozu brauchte Białoszewski eigentlich ein Tagebuch, wenn sein gesamtes damaliges Schreiben bereits eine Art Tagebuch war? Miron entledigt sich darin der Reste seiner Tarnung, fürchtet die Zensur seiner Freunde nicht mehr, die unzufrieden sind, dass er über sie schreibt (wenn Miron während eines Empfangs ins Bad ging, dann deshalb, witzelte man, um schnell einen Spruch von jemandem aufzuschreiben). Er entzieht sich der Zensur des Verlags, der ihm hier und da eine Erinnerung aus stalinistischen Zeiten strich, dort eine Anspielung auf die russischen Lager, anderswo wiederum eine allzu deutlich dargestellte homosexuelle Szene.
Aus jedem Abschnitt des *Geheimen Tagebuchs* hätte Białoszewski ein Gedicht oder eine Erzählung schneiden können. Das Ziel des Schreibens ist schließlich immer ähnlich: sich an der Wirklichkeit zu sättigen, und auch wenn es rundherum immer schlimmer wird wie in Zeiten des Kriegsrechts oder im Krankenhaus noch das Schicksal anzunehmen. Für Białoszewski gibt es keinen anderen Ausweg als diesen, obwohl es sich um ein Akzeptieren ohne Trost handelt, befreit von Illusionen, bis zu dem letzten, in seiner Unbekümmertheit ergreifenden Notat: „Vom Herzen nur ein Teil. Nun, der gute ist noch da. Was geht, das geht."

Und doch unterscheidet sich dieses Tagebuch von seinem schriftstellerischen Schreiben. Eine der Paradoxien Białoszewskis beruhte darauf, dass dieses Dichter-Individuum irgendwann zu einer öffentlichen Gestalt wurde. „Es wurde eng in der Einöde" – ironisierte Hering. Mit wachsendem Alter war Miron immer mehr zu einem Leben inmitten von Menschen verurteilt. Aber wenn er nach Hause kam, war er allein. Manchmal sehnte er sich nach dieser Einsamkeit, und manchmal, denke ich, hatte er Angst vor ihr.

„*Das geheime Tagebuch*, das mit den Briefen an Janion und ihre Freundinnen endet, ist selbst solch ein Brief, adressiert an einen posthumen Freund. Es ist der Brief des alternden Dichters, in dessen Leben es jenseits von „Abenteuern" keine Liebe mehr gibt. Im Mai 1983, einen Monat vor seinem Tod, schreibt er an seine „geliebten Professorinnen Eumeniden": „Jetzt bleibt noch die Hoffnung auf eine ferne Zukunft, eine nach dem Leben. Was sich mit dem Glauben verbindet (an mich und an die Rezeption). [...] Den Leser geht es wohl kaum etwas an, ob ich lebe; meist wird er es gar nicht wissen. Und das wird dann auch mich wiederbeleben, was ich dann nicht mehr fühlen werde, aber potentiell und auf Vorrat hin kann ich es jetzt erfühlen, insbesondere beim Schreiben."

Sein Schreiben ist ein unablässiges Lob des Daseins. Obwohl Białoszewski das Dasein gleichzeitig entlarvt – als löchriges, behindertes, abenteuerliches, zur Nichtigkeit verurteilt. „Alles fällt auseinander. Nichts bleibt." Nach Mirons Lebensphilosophie gefragt, zitiert Henk Proeme, einer der Protagonisten des *Geheimen Tagebuchs*, ein holländisches Sprichwort: Das „Nein" ist uns im Leben ohnehin sicher; das „Ja" aber können wir erst erreichen. Białoszewski hat beim „Nein" begonnen und das „Ja" erreicht. Gegensätze und Niederlagen verkehrte er in Siege.

Sein literarisches Werk ist eine Chiffre, der er seinen Blick auf die Welt einschrieb. Mittels seines Schreibens heiligte er seine Existenz – für ihn eine parareligiöse Zeremonie, die zugleich ein Spiel war. Was gäbe es Dreisteres? Wie könnte denn das Ziel von Literatur aussehen, da es einem passiert, „so einer zu sein“[7]? Wenn wir im Leben tatsächlich nur uns selbst haben, müssen wir zugeben, dass „jeder für sich der Wichtigste ist“. Allerdings verschenkt sich dieser auf sich selbst fixierte Egotist gleichzeitig. Heiligt er sich, lässt er andere in sein Schreiben treten und betrachtet dabei sich selbst aus der Entfernung. Beruht nicht darauf, wie Hering es einst ausdrückte, seine „äußerst gelungene Existenz“?
Białoszewski entfernt sich im Tagebuch vom literarischen Gehalt, dennoch wird alles, was er berührt, zu Literatur. Und er selbst wird Text. Er erzählt dem posthumen Leser sein Leben. „Warum dieser Zeuge existieren sollte, ist mir nicht ganz klar. [...] Ich bin in Schwung geraten. Ich will keine halbe Wahrheit.“ „Für niemanden bin ich die wichtigste Person“, notiert Miron 1982, „für viele (vielleicht allzu viele) bin ich die zweite Person.“
Der künftige Leser wird in diesem Moment zur wichtigsten Gestalt. Im Mai 1983 schreibt er an die „geliebten Frauen Professoren Eumeniden“: „... die Rede ist hier vom Gedächtnis, also hauptsächlich von den Folgen des Schreibens. Auch das ist verbunden mit der Liebe, weil man die Leser ja auf irgendeine Weise liebt. Zumindest in der Zeit des Schreib-Lese-Kontakts, der sich über die Zeit zieht; und es geht darum, diese möglichst lange auszudehnen. Das, was irgendwann nach mir passiert, werde ich nicht erleben. Aber ich erlebe es jetzt ein wenig.“

7 "być sobie jednym"

ZUSÄTZE

Ich habe aus dem Fenster gesehen: sieben Uhr, der Morgen düster, feucht.
In der Finsternis. Von oben betrachtet gehen unten auf einer senkrechten Linie auf drei verschiedenen Ebenen drei Gestalten. Sie wirken wie ihr eigener Reflex. Ich weiß, dass ihnen nicht romantisch zumute ist. Sie gehen zur Arbeit.
Ich habe lange geschlafen, bis zum Gehtnichtmehr. Irgendwann setzten die Komplikationen ein und die Zweifel. Immer größere. Das war das Signal, mit dem Schlafen aufzuhören. Aber ich schlief weiter.
Ich träumte, dass ich mit zwei Verwandten, wahrscheinlich zwei – vielleicht waren es einfach Mutter und Tante Sabina – im Landhaus auf dem Gut ankomme; zur Lesung bereit. Ich brenne regelrecht darauf, meine philosophische Abhandlung laut vorzulesen, aber da stellt sich heraus, dass das Gespräch banal ist, sein Gegenstand dümmlich, dass niemand etwas von Kunst versteht. Irgendwie verlieren wir uns. Ich spaziere um den Hof, um das Haus herum. Hinten am Haus sind Fenster. In einem davon die Hauptperson, die mich enttäuscht hat. Ich schreite die Fenster im Halbkreis ab, antworte irgendetwas, aber auf der Linie des Halbkreises verliert sich auf einmal das Gespräch. Trotz allem hätte ich Lust, weiterzureden. Aber ich gehe weiter. Die Person ist es nicht wert, dass ich zurückkehre.
Ruckzuck stellt sich heraus, dass Mutter und Sabina bei mir sind. Dass es schon morgens ist, nach durchschlafener Nacht. Und doch in Warschau. Vielleicht in der Chłodnastraße. Gutes Wetter. Vielleicht ist es Sommer. Das Schlimmste daran – ein Aufstand hat begonnen. Es herrscht schon Panik, sie halten es auf ihren Plätzen nicht aus. Beide in Wintermänteln, mit Barett, die Taschen umgehängt. Sabina soll sich auf die Allee schleichen. Sie scheint Spionin zu sein. Ich will hier nicht alleine bleiben. Mutter verkündet unversehens
– Auf der Jerusalemer Allee, da müsste man kämpfen … Mit den anderen!

- Die? (Ich wundere mich, gleichzeitig weiß ich bereits, dass es ihr um die Kapitalisten geht.) – Ist denn die Zeit jetzt reif dafür?
- Ja, sie ist reif – so Mutter, mit einer gewissen Verzweiflung in der Stimme – ich gehe an die Front, ich schließe mich der Volksbewegung an.
- Sie sollte nicht mit mir darüber reden, sondern mit Eski[1].
- Ja, bestätigen beide.
- Ich werde für die Gleichberechtigung kämpfen!
- Auf keinen Fall, rufe ich, kämpfe ich für die Gleichberechtigung! Für die Scheißberechtigung!

Trotzdem gehen wir zusammen nach draußen. Schließlich sage ich zu Mutter

- Ich gehe mit Dir durch diese Front, aber ich werde nicht aktiv werden. Allenfalls bei niederen Aufgaben.
- Wir haben es schwerer als Sabina: Wir müssen zwei Mal da durch.
- Sie auch. Hin und zurück. Eigentlich könnte ich, sage ich, alleine durch Warschau laufen und um die Häuser ziehen, das mag ich nämlich sehr, aber ich habe schon beschlossen, ich tu es mit Dir zusammen.

Wir sind schnell auf der Jerusalemer Allee. Es ist sonnig. Mittag. Überall Menschen. Von der Brackastraße aus, die etwas höher gelegen ist, sieht man eine riesige Menschenmenge sich wie durch ein Nadelöhr zwischen den dichten Häusern drängeln. Man führt sie in der Reihe die Straße entlang. Hierher? Sind sie bedroht? Das ist doch gefährlich. Sie biegen ab auf die Allee. Soldaten. Von Kopf bis Fuß in Uniform. Mit Wintermänteln. Sie stellen sie in Vierergrup-

1 Tadeusz Sobolewski, geb. 1947, Polonist, Filmkritiker, Journalist der „Gazeta Wyborcza". Er ist Autor von sechs Büchern, u. a. *Dziecko Peerelu [Ein Kind der VRP], Malowanie na Targowej [Malen in der Targowastraße], Człowiek Miron [Der Mensch Miron]*.

pen auf. Mit dem Gesicht zu uns. Die Gewehre nach vorn und im Anschlag. Nicht in unsere Richtung, nein. Flugzeuge im blauen Himmel. Modernste, feindliche. Auf einmal weiß ich, dass Warschau nichts gegen sie tun kann. Es wird immer heißer. Gewimmel. Ich will auf die Marszałkowska. Es stellt sich heraus, dass zwischen der Bracka- beziehungsweise Kruczastraße bis hin zur Marszałkowskastraße eine Kolonne Zivilisten steht, die sich manchmal ein wenig bewegt, nur um dann wieder zum Stehen zu kommen. Wir schließen uns ihr an, versuchen, uns ihr von der Seite zu nähern. Es scheint möglich, aber gehört es sich auch? Sabina geht in der Menge unter. Mutter geht voran. Schon sehe ich sie nicht mehr. Ich laufe zu ihr hin. Sie steht im hellen Mantel und mit Brotbeutel am Ende der zweiten Menschenkolonne. Hinter mir ist, glaube ich, einer von den jungen Leuten[2]. Flugzeuge. Deutsche Flugzeuge. Sie haben womöglich wirklich begonnen, die Dummköpfe? Das kann ein langer Krieg werden. Sturzflüge irgendwo über der Emilia-Plater-Straße oder über der Chałubińskistraße. Vielleicht zerstören sie gerade Agnieszkas Haus[3], denke ich. Aber sie scheint nichts davon zu wissen. Es sind keine Explosionen zu hören. Jemand verzieht das Gesicht vor Entsetzen. Ich verliere alle aus den Augen, während ich mich zur Ecke der Marszałkowskastraße

2 So nennt Miron Białoszewski die jüngeren Besucher seiner berüchtigten Dienstagabende, darunter zahlreiche Studenten, zu welchen etwa der polnische Herausgeber dieses Tagebuchs, Tadeusz Sobolewski, gehörte. Besuch empfingen Miron Białoszewski und sein damaliger Lebensgefährte Leszek Soliński („Le.") in den 40er und 50er Jahren in ihrer Wohnung am Warschauer Dąbrowskiplatz nur an Dienstagen, um nicht täglich überrannt zu werden. So wurde der Dienstag bald zu einer regelrechten Institution, die mit Białoszewski vom Dąbrowskiplatz in die Lizbońskastraße umzog.

3 Gemeint ist das Geburtshaus von Agnieszka Kostrzębska auf der Wspólnastraße, in der Nähe der Emilia-Plater-Straße.

durchdrängle. Was, wenn sie anfangen, diese Tausenden von Leuten hier zu bombardieren. Welch ein Wahnsinn an Fahrlässigkeit. An Unordnung. Ich weiß, was ein plötzlicher Angriff ist. Solche Soldaten stürzen sich auch gleich in die Flucht. Sie sind stark. Sie werden sich gegenseitig tot trampeln. Schnell, fliehen! An der Straßenecke der Marszałkowska zwei Säufer. Sie haben sich ineinander verhakt. Der eine denkt, ich sei das. Er dreht sich um. Ich gehe ihm aus dem Weg. Er hat den anderen entdeckt. Schon prügeln sie sich. Sie ringen miteinander. Sie wollen sich auf mich stürzen. Ich weiche zur Seite, ergreife die Flucht. Soll ich in die Straßenbahn springen? Gerade fährt sie vorbei. Nein, ich werde es nicht schaffen. Ach, die Straßenbahnen fahren?! Die sind doch verrückt geworden! Ich laufe die Allee links entlang. Ich will schnell vorankommen. Aber es fehlt mir die Kraft. Zur erstbesten Toreinfahrt. Da ist sie. Ich gehe hinein. Von der Einfahrt führt eine Tür ins Café. Da sitzen welche, trinken Kaffee. Elegantes Ambiente. Überhaupt so viel Marmor, Schick, Wohlstand. Die Häuser so dicht beieinander.

So viele Leute haben sich über diese dreißig Jahre angesammelt. Der linke Seitenflügel ist reich, am Eingang der Hausmeister, außerdem noch jemand. Ein Dritter kommt die Treppe herunter. Verwirrung, wie für Anfänge so üblich. Ich steige die Treppen im rechten Treppenhaus hoch. Es ist leer. Mit Marmor ausstaffiert. Vielleicht kann man hier irgendwo ein wenig bleiben, ein wenig liegen? Wohl kaum. Während des anderen Aufstands war es vertrauter. Ich sehe, dass sich auf einer der Etagen ein Saal oder etwas ähnliches befindet, Stühle, er ist leer. Doch da taucht ein Soldat auf. Also ist das eine militärische Einrichtung. Besser fernbleiben. Ich gehe hinunter. Denke mir:

- Diese Beengtheit? Zu wem kann man hier gehen, wer wohnt hier wo?

Ich kann mich nur schwer erinnern.

– Oder soll ich zurückkehren? In Irenas Wohnung in die Chłodnastraße[4]?

Ich habe keinen Schlüssel. Ich gehe die Treppe herunter.

– Soll ich die Tür eintreten? Nicht gerade vornehm. Aber dort, da geht es! Was habe ich da vor? Ich werde doch keine Häuser demolieren? Ich suche mir eine Wohnung, und die fällt gleich auseinander. Man sollte sich an nichts gewöhnen. Aber so halte ich es auch nicht aus. Wie lange werde ich noch gehen können? Weil es keinen Ort gibt, um auszuruhen, sie lassen einen nicht. Soll man also weiterlaufen, suchen? Nur dass dann plötzlich von oben …

Da wurde ich wach.

– Genug geschlafen! Die Strafe ist vorbei.

Mir ist ein anderer Traum eingefallen. Baśka Owa[5] ist da. Ich denke

– Gut, dass sie lebt. Man kann sich sehen, reden.

Sie spricht mit irgendwem. Sie sind vorbeigekommen. Ich wundere mich ein wenig, denn das Ganze beginnt, mich zu quälen. Und ich denke mir wie folgt

– Sie ist keine sehr interessante Person. Das stellt sich jeden-

4 Zum Zeitpunkt des Ausbruchs des Warschauer Aufstands befand sich Białoszewski in der Wohnung von Irena Prudil, einer Freundin aus der Zeit des Polonistik-Studiums an der Geheimuniversität (vgl. der Anfang von Białoszewskis *Erinnerungen aus dem Warschauer Aufstand*, übersetzt von Esther Kinsky, Frankfurt am Main, Verlag Neue Kritik, 1994).

5 Baśka Owa (auch „…owa"), eigentlich Barbara Nalepowa (1931–1962). Białoszewski freundete sich im TBC-Krankenhaus Otwock mit ihr an. Er besuchte sie in ihrem Elternhaus „Pod Pionkami" und leistete der schwer kranken, im Bett liegenden Barbara bis zu ihrem Tod Gesellschaft. Sie war in literarischer Hinsicht talentiert und in Miron verliebt, der ihr zwei Erzählungen widmete: *Ujścia [Mündungen]* (aus dem Band *Klumpen, Rummel, Reihen [Szumy, zlepy, ciągi]*) sowie *Baśka* aus dem Zyklus *Dorzutki [Beigaben]* (aus dem Band *Przepowiadanie sobie (Wybór proz) [Selbstweissagen] (Prosa-Auswahl)*.

falls heraus. Nachdem wir uns so viele Jahre nicht gesehen haben. Und plötzlich. Diese Freundschaft. Vielleicht gelingt es, sich ihr zu entwinden?

Dieser Traum hat Baśka Unrecht getan.

– Träume können manchmal durchaus beschämend sein, sagte Ludmiła.

Heute habe ich *Der jüdische Friedhof*[6] bei Jadwiga zuhause vorgelesen. Danach eine Passage aus dem Tagebuch der letzten Tage. Qualitätsmäßig kam es mir nicht wie *Der jüdische Friedhof* vor. Aber da muss man wohl entweder seltener schreiben. Und unregelmäßig. Nur dann gibt's Verdichtungen. Oder man führt Tagebuch, und dann läuft's halt, wie es läuft. Ich weiß nicht, ob man mit dem Aufschreibesystem des Friedhof-Texts mehr vor dem Verschwinden retten könnte. Ich bezweifle es. Es gibt gewisse Regeln oder Regelmäßigkeiten. Sie treten gebeten-ungebeten, bekannt-unbekannt ins Dasein, wenn ihre Zeit gekommen ist.

Am achtzehnten August 1973, nach einem Spaziergang über den Jüdischen Friedhof der Piaskowskastraße, sagte Ludwik zu mir, er habe einen schlechten Traum gehabt. Der Traum spielte in der Piaskowskastraße. Mittlerweile erinnere ich mich nicht mehr, um was es genau ging. Aus Vorsicht gegenüber Lu. habe ich das nicht in die Erzählung aufgenommen. Aber es ging da, grob gesagt, um die Ankündigung von Lu.s Tod.

Vor Jahren träumte Lu., dass er mit Ludmiła und mir zum Hauptbahnhof geht – damals jener heruntergekommene

6 Im Original *Kirkut.* Erzählung aus dem Band *Szumy, zlepy, ciągi [Klumpen, Rummel, Reihen]*. Białoszewski schenkte Jadwiga Stańczakowa das Manuskript zu diesem Text, der Niederschrift eines Spaziergangs mit Ludwik Hering über den jüdischen Friedhof in der Okopowastraße.

kleine Platz vor einer Bude[7]. Es war Abend. Der Himmel wurde heller und heller. Es wurde warm. Sofort war klar, was los war. Er wandte sich zu uns um. Ich hatte irgendein abgewetztes Jackett an. Alles an uns fing an zu brennen. Wir auch.

Nachdem Ludmiła ihr Atelier schon bekommen hatte, es keinen Krieg mehr gab, von Ludmiłas kindischen Kriegsspielchen mit Bauklötzen einmal abgesehen, sagte sie:

– Und hier werde ich ganz oben mein Atelier haben, aber dann bricht der Krieg aus.

Das Atelier war in der Syrenastraße, hatte ein großes Fenster, einen Balkon, im achten Stock, mit Blick über den ganzen weiten Wola-Bezirk, über Jelonki, Babice, die Felder. Damals stand da noch wenig. Dort erzählte uns Ludwik eines Sonntagmorgens, nachdem wir die Nacht durch geplaudert hatten

– Ich habe geträumt, dass ich hier im fünften Stock aufwache, ich bin allein, höre es tropfen, eine Art leises Rinnsal … Da sehe ich durchs Fenster und dort steht das Wasser bis zum achten Stock. Ich dachte gleich an die Karolkowastraße[8]. Versteht Ihr, es gab da nichts mehr zu denken.

Ein paar Monate vor dem Tod seiner Mutter träumte Leszek, sie liege tot unter einem Papierhaufen. Kurz bevor die Krebserkrankung seiner Schwester Jadwiga bekannt wurde, träumte er von ihr, wie sie im Garten seine Leiche bettet und wieder umbettet.

7 Der Hauptbahnhof an der Kreuzung zwischen der Towarowastraße und den Jerusalemer Alleen wurde während des Warschauer Aufstands zerstört.

8 Gemeint ist die Karolkowastraße 59, Ecke Lesznastraße, in derselben Gegend. Im Jahr 1950 erhielt die 16-jährige Ludmiła Murawska dort vom Ministerium für Kunst und Kultur eine Wohnung zugeteilt sowie ein Künstler-Stipendium. In die Einzimmerwohnung mit Küche zog eine fünfköpfige Familie ein: Ludmiła, ihre Mutter, Oma Hering, Onkel Ludwik und seine Schwester, Ludmiłas Tante Lucyna.

Olgierd ist als Junge ein paar Jahre lang bei Archangelsk im Lager und in Sibirien in der Verbannung gewesen.
Leszeks Vater kam als sehr junger Mann angeblich zu Fuß aus Irkutsk zurück. In meiner Familie erzählte man sich von einem Onkel, der barfuß aus dem türkischen Krieg zurückgekehrt war.
Ein Freund von Le.s Vater führte als Medizinstudent eine Obduktion durch. Er verletzte eine Sehne. Die Hand der Leiche schlug ihn auf den gebeugten Kopf. Er starb vor Schreck an Ort und Stelle.

Ich habe zu Agnieszka und Anula[9] gesagt
– Ich habe in Olutas[10] Fenster geschaut. Umsonst. Alles dunkel.
– Ach, die Oluta!, riefen beide aus.
– Sie kommt aus diesem Amerika wohl nicht mehr zurück?, frage ich. – Vielleicht nicht.
– Nicht so bald, sagte Anula.
– Und Dein Gefühl?
– Nein. So viel weiß ich sicher.
Das war auf der Straße, Anula schlitterte im Matsch.
– Sie wird schon noch zurückkommen.
– Warum hat sie mir denn dann gesagt, es ginge um sechs Wochen. Und das am letzten Tag? Wie um die Sache zu vernebeln.
– Na ja, das sagt man halt so.

9 Agnieszka Kostrzębska und Anna (Anula) Żurowska besuchten Białoszewski als Studentinnen in den frühen 70er Jahren und gehörten seither zu seinem Freundeskreis.

10 Oluta, in manchen Texten Miron Białoszewskis auch die "amerikanische Teresa" genannt, Teresa Mellerowicz-Gella (geb. 1929), Malerin und Graphikerin der „Arsenal"-Generation, hielt sich ab 1967 in den USA auf, Dozentin an amerikanischen Universitäten, Semiologin, beschäftigt sich mit Grenzgebieten der Philosophie, Literatur und Kunst. Białoszewski hat sie in Buffalo besucht (vgl. *AAAmeryka* im Band *Obmapywanie Europy. AAAmeryka. Ostatnie wiersze*).

Agnieszka
– Um zurückzukommen.
Über Oluta sagen manche, sie sei versnobt. Dass sie nach ihrer Rückkehr aus Amerika unmöglich geworden sei. Dass sie den Maler T., den sie für die Zeit ihrer Abwesenheit in ihrem Atelier untergebracht hatte, vor die Tür gesetzt habe. Er wollte einen Schrank dalassen, aber sie: „Nein, nimm ihn mit.“ Sieben Jahre lang hat er dort gemalt. Zwar habe er eine eigene Wohnung. Aber hier habe er sich eingewöhnt. Nun, nichts zu machen. Das Atelier in der Świerczewskistraße hatte Oluta dank Henio Stażewski[11] schnell bekommen; er, der sich nicht von Mewa[12] und deren Mann Jaś[13] trennen wollte, zog es vor, zu warten, bis man ihm etwas anderes zuteilte, und so hat er es an Oluta abgetreten.
Als ich Oluta kennenlernte, hatte sie die Winnickis[14] und Jaś Lebenstein[15] zu einer Lesung meiner Gedichte, die damals noch nirgends gedruckt worden waren, eingeladen. Ich hatte Lust, sie als Schauspielerin ins Theater einzuladen, als es

11 Henryk Stażewski (1894–nach 1988), Maler, Graphiker, einer der herausragendsten Vertreter der geometrischen Abstraktion, aktives Mitglied der Avantgarde-Gruppierungen „Blok" und „Praesens".

12 Mewa, eigentlich Maria Ewa Łunkiewicz-Rogoyska (1895–1967), Malerin, Postkubistin und Abstraktionistin.

13 Jan Rogoyski, Ehemann von Maria Ewa Łunkiewicz-Rogoyska, die mit Henryk Stażewski im Atelier im letzten Stock eines Blocks an der Świerczewskiallee (jetzt Allee der Solidarność) 64 wohnten. Von 1969 an teilte Stażewski das Atelier mit Edward Krasiński. Gegenwärtig befindet sich dort das „Institut der Avantgarde".

14 Die Winnickis: Wanda Paklikowska-Winnicka (1914–2001), expressionistische Malerin, Professorin an der Warschauer Akademie der Schönen Künste; Aleksander Winnicki-Radziewicz (1911–2002), Maler, Graphiker, Mitglied der Krakauer Gruppe und der Realisten.

15 Jan Lebenstein (1930–1999), Maler, Graphiker; seit 1955 Schöpfer halb abstrakter Kompositionen. Er lebte von 1959 an in Frankreich. Er änderte seinen Stil, malte expressionistische, brutale, obsessive, stofflich reiche, fantastische menschlich-tierische Gestalten.

gerade in seiner Hochphase war. Sie sollte in *Kreuzzüge*[16] mitspielen, das ich gerade frisch geschrieben hatte. Dann kam sie aber mit der Kritikerin Joanna Guze[17] zur Aufführung von *Vivisektion* – dem ersten Programm für Finger und Gegenstände. Joanna Guze hat meine Aufführung nicht gefallen. Ich habe lautes Flüstern gehört

– Das Stück ist sinnlos.

Kurze Zeit später sind sie gegangen.

Ich habe Ficowski[18] getroffen. Ficowski zu mir

– Hör mal, Oluta hat zu mir gesagt: „Sag Miron, dass er diese Art von Theater nicht weitermachen soll, es ist schlecht, er wird sich blamieren." Ich habe ihr daraufhin gesagt: „Miron ist erwachsen, er weiß, was er tut".

Ficowski war wohlwollend. Dem dritten Programm gegenüber allerdings nicht mehr, auch den späteren Gedichten nicht. Dafür aber kam Oluta wieder ins Theater.

Aus Amerika, wo sie für sieben Jahre hingefahren war, hatte sie mir eine Karte geschickt, ob ich nicht etwas bräuchte.

16 *Wyprawy krzyżowe [Kreuzzüge]* und die später erwähnten Texte *Wiwisekcja [Vivisektion]*, *Lepy [Pappen]* und *Szara msza [Graue Meß]* sind Theaterstücke, die von Miron Białoszewski und seinen Freunden im Zimmertheater gespielt wurden, veröffentlicht in *Utwory zebrane*, Warschau, PIW 1988, Bd. 2.*Das Wortspiel in diesem Titel ist nur schwer wiederzugeben. Es gibt hier zwei Bedeutungen: „Kreuzzüge", aber auch das „beste Stück" eines Stückes Fleisch.

17 Joanna Guze (1917–2009), Übersetzerin französischer Literatur, Historikerin und Kunstkritikerin.

18 Jerzy Ficowski (1924–2006), Dichter, Erforscher der Folklore der Roma, Kenner des malerischen Werkes von Witold Wojtkiewicz sowie Bruno Schulz'. Tätig in der Opposition. Gemeinsam mit Białoszewski und Czachorowski gehörte er eine gewisse Zeit lang – auf der Schwelle der 40er und 50er Jahre – der Gruppe Kobyłka an (u. a. gehörten ihr auch Jerzy Grygolunas und Bogusław Choiński an), junge Dichter vor ihrem Debüt versammelnd. Sie trafen sich in Kobyłka bei Warschau, wo damals Czachorowski sowie Grygolunas mit seiner damaligen Frau Irena Prudil wohnten. In Kobyłka hatten erste Gespräche zum Thema eines eigenen Theaters stattgefunden.

Für das zweite Programm wollte ich Irena P.[19] und die rothaarige Hania O.[20] haben, eine Schülerin von Strzemiński[21]. Sie sollten mein kurzes Stück *Regen*[22] spielen. Beide hatten sich zur Probe angemeldet. Keine von beiden ist erschienen. Mit Lech Emfazy[23] sind wir zu Hania O. gegangen. Sie war nicht da. Wir haben vor dem Haus gewartet. Lange und vergeblich. Ich wurde wütend und habe zu Lech Emfazy gesagt

– Ich verzichte auf die Frauen und gebe *Regen* auf[24]. Lass uns schneller gehen. Ich schreibe jetzt in der Nacht ein neues kurzes Stück nur für uns beide.

In jener Nacht habe ich *Pappen*[25] geschrieben.

19 Irena Grygolunas-Buczek, mit Mädchennamen Prudil (1925–2005), freundete sich mit Białoszewski während des Polonistik-Studiums an der Geheimuniversität während der Okkupation an. Journalistin. Während der Studienzeit und etwas später spielte sie auf Amateurbühnen Theater, u.a. am Teatr Akademicki Bratniej Pomocy (Akademisches Theater der brüderlichen Hilfe). Sie deklamierte Gedichte während studentischer Poesielesungen und arbeitete bei dem studentischen Blatt „Akademik" („Studentenwohnheim") mit (wo Białoszewskis *Jerusalem* erstmals abgedruckt wurde), danach bei „Odrodzenie" („Renaissance").

20 Hania O. Es handelt sich sicherlich um die Malerin Hanna Orzechowska.

21 Władysław Strzemiński (1883–1951), Maler, Haupttheoretiker der polnischen Avantgarde, Mitbegründet der Gruppen „Blok" und „Praesens", mystischer Abstraktionist, der im Jahr 1950 von der Höheren Schule der Plastischen Künste in Łódź aufgrund Nichteinhaltung sozrealistischer Prinzipien exmatrikuliert wurde.

22 Der Titel des Stückes *Deszcz* scheint nur aus dem Tagebuch bekannt zu sein und ist verschollen.

23 Lech Emfazy Stefański (1928–2010) war auf vielen Gebieten talentiert; er war Chemiker, Skulpteur, Dramaturg, Regisseur, Schauspieler, Ideengeber und Mitschöpfer des Theaters in der Tarczyńskastraße; Kenner der Parapsychologie und paranormaler Erscheinungen, wirkte in der Psychotronischen Gesellschaft; Übersetzer, Journalist. In seiner Wohnung (Tarczyńskastraße 11, Wohnung 33), im vierten Stock eines alten Gebäudes, fanden 1955–56 berühmte Aufführungen statt. Man spielte neben seinen, Białoszewskis und Herings Stücken auch Texte von Bogusław Choiński. Ab 1957 spielte das Theater im „Hybriden"-Klub.

24 Tatsächlich wurde das Stück nie aufgeführt. Sehr wahrscheinlich ist der Text verschollen.

25 Vgl. Fußnote 16.

Nachdem ich mit Irena P. über *Regen* gesprochen habe, schlug sie mir am darauffolgenden Tag vor, ihre Rolle mit einer Stimme wie derjenigen der Eichler[26] zu sprechen. Das verwunderte mich. Etwas später gab sie zu, dass Lew Kaltenbergh[27] *Regen* gelesen und gesagt habe, er wisse, wie man das machen müsse, und zu Irena P.: „Du spielst, wenn ich Regie führe."
So einen Einfluss hatte er auf sie.
Er war ein sehr interessanter Theaterzuschauer. Die Diskussion nach *Vivisektion* hat er auf herrliche Weise aus dem Stegreif geführt. Aber wenn man ihn näher kennenlernte, wiederholte er sich. Er trank viel.
Als das zweite Programm bereits ein paar Tage lang im Wechsel mit dem zweiten von Emfazy und dem ersten von Boguś Choiński[28] lief und man sich schauspielerisch dabei gegenseitig unterstützte, kriegte Bogusław sich wegen irgendetwas mit Emfazy in die Wolle. Wir waren gerade dabei, Emfazys Wohnung, also die Tarczyńskastraße[29], nach der Aufführung zu verlassen: Bogusław und Rysia[30], Ludwik und ich. Bogusław sagte zu mir

26 Irena Eichler (1908–1990), Warschauer Schauspielerin, spielte die Hauptrollen in den wichtigsten klassischen und zeitgenössischen Stücken. Sie hob sich durch ihre unverkennbare Intonation und ungewöhnlich starke Ausdruckskraft der Stimme heraus. Sie kam zu Gast ins Theater in der Tarczyńskastraße.
27 Lew Kaltenbergh (1910–1989), Autor, Übersetzer, Theaterkritiker.
28 Bogusław Choiński (1925–1976), Dichter, Autor von Lieder- und Dramentexten, Dramatiker, Maler. Gemeinsam mit Jan Gałkowski verfasste er viele Schlagertexte (u.a. *Alabama*, *Pod papugami*, *W siną dal*) sowie Texte zu zwei Musicals, die im Klub „Stodoła" („Der Stall") aufgeführt wurden: *König Ubu – Skandalphantasie über Alfred Jarry* mit der Musik von Stanisław Prószyński sowie *Chagalls Album*. 1956 wurden drei Stücke von Choiński gespielt: *Die Wand*, *Die Legende vom roten Tor* und *Das Abendessen*.
29 Hier fand das erste Zimmertheater statt.
30 Rysia, eigentlich Maria Fabicka-Choińska, die zweite Frau Choińskis, spielte im Theater in der Tarczyńskastraße. 1958, kurz bevor das Theater geschlossen wurde, führte sie dort ein eigenes Stück auf, *Das Modell ist eine Bestie*.

– Hör zu, wenn Emfazy seine Meinung nicht ändert, kommen Rysia und ich morgen nicht, um deine *Graue Meß*[31] zu spielen.

Nachdem wir uns auf der Straße von den Choińskis getrennt hatten, sagte ich zu Ludwik

– Was soll man tun? Sich von der Gunst eines anderen abhängig machen?
– Ludmiła wird mit Dir spielen.
– Ludmiła? Aber schafft sie es, die Rolle bis morgen zu lernen?
– Lass uns zu mir gehen, wir beginnen mit den Proben.

Ludmiła stieg gleich auf den Stuhl, warf sich als Muza aus der *Grauen Messe* die Decke über und stotterte die Rolle herunter. Sie stotterte deshalb so, weil Lu. sich eine neue Art des Vortrags für sie ausgedacht hatte.

Rysia macht das auf herzliche, intime Weise. Ich habe es lieber spröde.

Am folgenden Tag spielte sie. Einige Leute waren schockiert. Mit der Zeit aber waren sie begeistert. Fünfzehn Jahre später gab Ludmiła zu, dass sie damals die ganze Nacht über geweint habe.

– Jaa?
– Na, was habt Ihr denn gedacht!

Ich sollte das Bühnenbild für die *Kreuzzüge* alleine machen. Wahrscheinlich mit Hilfe von Emfazy Stefański. Ludwik hatte maßgeblichen Anteil an der *Vivisektion*[32] gehabt. Dieses Stück für Finger war seine Idee gewesen, genauso wie es seine Inszenierung war. Ich dagegen trainierte meine Finger stundenlang im Wald in Garwolin und führte danach vor dem Spiegel in der Tarczyńskastraße Regie. Ludwik Hering wollte sich des-

31 Vgl. Fußnote 16.
32 Vgl. Fußnote 16.

halb nicht schon wieder am Theater beteiligen. Der Komponist Staszek Prószyński[33], der die Musik zu den Stücken Stefańskis schrieb, riet von dem ganzen Theater ab. Er nahm mich beiseite und meinte zu mir, das Ganze koste Lech Emfazy sehr viel Energie; deshalb gehöre es sich, dass ich das sein ließe. Doch Lech Emfazy hatte den eigentlichen Grund für diese Haltung erfasst. Er sprang dabei sogar auf. Sofort ließ ich alle Vorsicht fahren. Weil Staszek Prószyński gesehen hatte, dass das Theater lief, erklärte er sich einverstanden, die Musik zu Lech Emfazys Stücken zu schreiben.
Ludwik hing seinen Gedanken nach

- Du tust mir leid. Einverstanden, ich übernehme das Bühnenbild.

Es kam die Idee auf, die Kostüme aus Säcken zu fertigen, mit Löchern, die über den Kopf gezogen werden. Es wurden Färbemittel in grellen Farben gekauft. Wir machten uns nachts bei mir in der Poznańskastraße in der kalten Zimmerhälfte vor der Holzwand daran, die Säcke in einer Schüssel zu färben. Ein Sack für Muza in dunkelblau. Ein zweiter für die Heilige Ikone aus den *Kreuzzügen*. Als Gesicht diente ein Tablett, ein herrliches, silbernes, das stellenweise angerostet war. Iwaszkiewicz[34], der Ludmiła neulich Porträt saß, bewunderte ihre schönen Sachen

- Dieses Tablett.

Das Tablett hat Lu.s Schwester Lucyna von der Müllhalde geholt.

- Zu irgendetwas kann es Euch vielleicht nützlich sein.

33 Stanisław Prószyński (1926–1997), Komponist, Pädagoge, Musikjournalist. Er komponierte Konzerte, Lieder, Poemata, Choralwerke. Im Theater in der Tarczyńskastraße war er verantwortlich für die Begleitmusik.

34 Jarosław Iwaszkiewicz (1894–1980), Dramatiker, Schriftsteller, Musikwissenschaftler und Übersetzer, Mitbegründer der Gruppe „Skamander". Mehrere seiner Bücher wurden verfilmt, u. a. durch Andrzej Wajda und Jerzy Kawalerowicz.

In der Nacht weichten die Säcke in der Poznańskastraße schlecht in der kleinen Schüssel ein. Mit einem Mal fiel mir klirrend Geld aus der Tasche. Daraufhin Klopfen der Nachbarn gegen die Holzwand. Ludwig, wütend, mit halblauter Stimme

– Sollen sie doch zum Ministerium gehen!

Schließlich beschloss er, die Säcke unten[35] in der Toilette unter dem Wasserhahn einzuweichen. Anscheinend war von der Appretur nichts mehr übrig. Wir zogen uns Mützen und Handschuhe an, weil Frost herrschte. Schlüssel und Hahn[36] wurden bei der Hausmeisterin geborgt. In der Toilette war es dunkel. Der Hahn weit oben, das Wasser spritzte, bespritzte uns, das Sackleinen nahm das Wasser nicht auf, alles glitt über die Appretur hinweg. Die Hände froren. Wir fluchten. Nach dieser Geduldsprobe wurde das Leinen schließlich weich, zog Wasser. Oben stellten sich indessen neue Probleme ein. Die beißenden Giftstoffe hinterließen nur fahlgraue Verfärbungen auf dem Becken, wenn man den Sack hinein tauchte. Ludwik verdoppelte, verdreifachte die Dosis. Er rührte das Ganze im Licht der Glühbirne an

– Vielleicht klappt es jetzt.

Es wurde gut. Das rote Sackleinen der Ikone hängte er an einer Stange auf, Muzas Sack, der einen deutlichen schiefen Striemen in der Mitte hatte und etwas bleicheres Dunkelblau an den Seiten, am Fenster.

– Es wird hell, ich gehe nach Hause. Lass den Stoffsack hier mal so aushängen. Wir werden sehen, was das gibt.

35 Aufgrund der Teilung der großen Räumlichkeiten der alten Häuser in „kolchosenhafte" hatten manche der auf diese Weise entstandenen Wohnungen weder eine Toilette, noch Waschbecken und Wasser. Das WC war im Hof, den Schlüssel dazu gab der Hausmeister heraus. Vom Nachkriegsleben in solch einem Haus gegenüber dem Hotel „Polonia" schrieb Białoszewski u. a. in den Erzählungen *Poznańskastraße, Immer noch Poznańskastraße* und *Der Schlüssel* (im Band *Klumpen, Rummel, Reihen [Szumy, zlepy, ciągi]*).

36 Den Messinghahn schraubte man aus Furcht vor Diebstahl heraus.

Das Ergebnis wurde gut. Ludwik wollte es gewöhnlich haben, suchte Rauheit, setzte auf Ausschuss. Wo es nur ging, versuchte er die klaren Umrisse des Bühnenkastens aufzulösen. Er belächelte die Pedanterie, die sich in der Jugendstilhaftigkeit und der quasi graphischen Eigenheit der Kostüme Lech Emfazys ausdrückte. Dafür begannen Boguś, Emfazy und Staszek P. sofort damit, gegen Ludwik und Ludmiła zu sticheln, als die bei klirrender Kälte außer Atem vor Anstrengung ankamen, um die anderen von ihnen gefertigten Teile des Bühnenbildes und die neuen Kostüme vorbeizubringen. Von der arabischen Jungfrau aus Pappe für die *Kreuzzüge* meinten sie

– Sie ist hässlich gemalt.

Staszek zeigte auf die Rückseite, da war irgendein Gekritzel drauf, weil die Pappe gebraucht war und aus der Akademie kam. Er sprach langsam, während er mit dem Finger zeigte

– O, die andere Seite ist viel schöner.

Aber es war nicht immer so gewesen. Es hatte hin und wieder viele schöne, heitere Treffen gegeben. Aber das waren die ersten deutlichen Brüche. Seitdem wurde es immer schlimmer. Ludwik strebte eine schnelle Abspaltung unseres Theaters an, er meinte uns drei: Lu., Lu. und mich.

Am selben Abend sollten wir, Lech Emfazy und ich, meine *Pappen* proben, nachdem Ludwik, Staszek und Boguś gegangen waren. In den wie Ornat über den Kopf zu ziehenden Säcken. Emfazy sah sich die beiden Kostüme an

– Ich ziehe mir kein derart schlampiges Kostüm über.

– Warte mal, ich bügle es Dir.

– Also ich weiß nicht, Na ja, vielleicht wenn …

Ich bügelte stundenlang.

– Ziehst Du es an?

– Ja, jetzt ja.

Ludwik dachte an das Schaufenster eines Salons in der Świętokrzyskastraße von vor dem Krieg zurück. Eine Dame mit schiefem Dekolleté spielte darin mit schwingenden Schultern Rachmaninow. Der gesamte Rachmaninow reduzierte sich für Ludwik auf dieses Dekolleté. So wie auch Beethoven

– Das sind diese Vorhänge, die Strapse, die Bereitschaft zum Ausbruch.

Wobei man hinzusetzen muss, dass er Beethoven bei alldem gleichwohl schätzte. Es war im angemieteten Saal des „Hybriden"-Klubs in der Mokotowskastraße[37]. Das dritte Programm lief noch mit Emfazy, man versuchte ihn aus der Wohnung zu locken und dann abzuwimmeln. Generalprobe. Während der Proben zu Emfazys Stück spielte Staszek Prószyński seine Musik zu Emfazys Gesang. Ludwik, auf seine Art die Silben zerstückelnd, urteilte darüber

– Rach-ma-ni-now.

– Nein, das ist nicht dasselbe Genre, versuchte Emfazy die Situation zu retten. Aber Lu., lauter, zu Prószyński und zu uns

– Rachmaninow, derselbe – und an dieser Stelle erinnere ich mich nicht mehr, was er sagte: „Schwung". „Dekolleté". „Seufzer" vielleicht …

Zur Aufführung von *Kreuzzüge* am Dąbrowskiplatz, bei der ich Emfazys Rolle spielte und Ludmiła meine, kam Emfazy als Gast. Als schon niemand mehr da war, tat er Lu. und Lu. mir gegenüber mit den Worten ab

– Ein Karrierist und eine Kleckserin.

Jaś Lebenstein, über dessen „Figuren auf einer Achse" Ludwik Jaś ins Gesicht sagte

– Das ist Hand-wer-ke-lei, aber keine Malerei.

37 Der „Hybriden"-Klub war ein Studentenklub der Warschauer Universität, der sich im ehemaligen Haus J.I.Kraszewskis befand (der Name des Klubs kommt von einem Werktitel dieses Erzählers). Er war vorübergehend Veranstaltungsort des „Theaters in der Tarczyńskastraße". Hier wurde 1957 sein drittes Programm erstmals aufgeführt, das sich aus den Stücken *Mühsal, Die Entstehung der Welt* und *Osmędeusze (Żmud, Stworzenie świata, Osmędeusze)* zusammensetzte.

Jahre später fuhr Jaś Lebenstein nach Paris, fett geworden, er war ja dünn gewesen, verkracht mit Artur Nacht-Samborski[38], bei dem er früher einmal Assistent gewesen war

– Artek hat mich nicht ins Atelier eingeladen, weil er nicht will.
– Ach was, es ist ihm gar nicht in den Sinn gekommen, dass Du wollen könntest.
– Nein nein.

Er zeigte sich mir gegenüber empört, weil ich mich auf die Nachricht von seinem Erscheinen hin bei Adam in Miedzeszyn[39] nicht aus dem Bett bewegt hatte, obwohl Jaś meinen Vater trotz Schnee und Nacht bis dorthin geschickt hatte.

Jedenfalls sagte Jaś zu Le. über Ludmiła

– Das ist todgeweihte Malerei.

Le. hat es gleich weitergetragen. Ludwik darauf

– Also mich amüsiert das.

Lu. hatte sich bei Jaś anlässlich des Theaters über mich beschwert, und Jaś gab ihm dann in meiner Gegenwart auf bedeutungsvolle, mitfühlende Weise die Hand zum Abschied.
Le. machte sich über Jaś Lebenstein lustig, der sich einmal an das Nepomuk-Bild auf dem Ofen machte und es kamen nur Brauntöne raus.
Meines Erachtens schöne. Le. zufolge hässliche
Jaś wollte das Porträt der Konopnicka[40] für Leszek korrigieren

– Das mache ich für Dich, ich machs.

38 Artur Nacht-Samborski (1989–1974), Maler, Pädagoge, Professor an der Warschauer Akademie der Schönen Künste.

39 Adam K., seit Anfang der 60er Jahre mit Białoszewski liiert. Ihre Beziehung dauerte fünf Jahre. Teresa Chabowska zufolge war er wunderschön „wie ein Traum", aber er „zechte wie ein Fassbinder". K. arbeitete als Lehrer. Wahrscheinlich litt er an Depressionen. Unternahm mehrere Selbstmordversuche.

40 Maria Konopnicka (1842–1910), Dichterin, Publizistin, Autorin von Erzählungen, Kinder- und Jugendbüchern, Kämpferin für Frauenrechte und die polnische Unabhängigkeit.

Er hat es schlecht gemacht. Le. hat es abgewaschen. Und das Jaś nachher mitgeteilt. Jaś gab ihm Recht.
Ludmiła verbesserte Leszeks *Frau Koch*, Theaterszenen, sie korrigierte daran herum, es wollte nicht werden.
Nun blieb es wie es war, und es hätte besser sein können.
Ludwik, der die frühere Malerei Leszeks gefördert hatte, die Kirchen nach der Natur, rümpfte die Nase angesichts der Versuche mit klassischen Studien, Stillleben, Kopien, das Abpausen von Zeichnungen.
– Letztlich einer, der kompiliert.
Ein andermal
– Ludmiłas Malerei muss Leszek befremdlich erscheinen.
Leszek äußerte sich dagegen noch drastischer über Ludmiłas Malerei
– So stellt man Porträts für den Verkauf her.
Ich habe das nie weitergetragen.
Neulich hat Ludmiła ein kleines Porträt von Leszek gefunden. Wie er in einer Pelzmütze vor dem mit Silber voll gestellten Tisch sitzt. Sie haben das Porträt *Der Geizhals* genannt. Es hat ihm nicht gefallen. Sie wollen es jetzt zum Kunsthändler geben. Ludmiła hat für Leszek in Żarnowiec die Tür in der Diele, eine Schranktür, mit langstieligen Blumen bemalt.
Le. und Herr Kochanek[41] darüber
– Das ist das Schönste, was sie je gemacht hat.
Sie hat Leszek als David gemalt. Ein monumentales Bild. In Braun- und Violetttönen. Sie hat es in die Sonne gestellt. Es hat Risse bekommen. Die Farbschicht hat sich von ihrem Untergrund gelöst wie Späne. Le. hat es später in Warschau stundenlang mit Wachs ausgebessert, das er einbügelte. Er nutzte die Gelegenheit, als jener Klöppler aus Bobowo vorbeikam, um ihm stundenlang auf die Nerven zu fallen. Um sich

41 Stanisław Kochanek (1905–1995), Maler in Krosno. Ein älterer Freund Leszeks.

nicht zu langweilen, bügelte er das Wachs in den Untergrund von Ludmiłas Porträt ein.

- Ich habe es gerettet. Es ist ihr schönstes Porträt. Sie will doch so sehr in die Fußstapfen Rembrandts treten, aber …

Damals, noch zu Zeiten des gemeinsamen Theaters, scherzte Lu. einmal

- In dreißig Jahren wird Prószyński Ludmiła Blumen zur Aufführung mitbringen.
- Der?
- Eher vergisst er, was jetzt war.

Lu. traf Staszek Prószyński, wenn auch nicht nach dreißig, so doch nach fünfzehn Jahren wieder, lud ihn ins Atelier ein, zeigte ihm Ludmiłas Bilder. Er sagte mir, er habe zu ihm gesagt

- Eigentlich hätte es auch anders kommen können. Dass ich mich mit Dir angefreundet hätte und nicht mit Miron. Mit Dir gab es diese Art Übereinstimmung.

Und so war es. Bei vielen delikaten Angelegenheiten und Ansichten. Durchaus.

Den ersten öffentlichen Auftritt des Tarczyńska-Theaters gab es in der Foksalstraße bei den Journalisten[42]. Sandauer riet dazu, mit meinem Programm aufzutreten. Aber wir entschieden uns für Stefańskis. Die Tarczyńska, das war schließlich seine Wohnung. Diese Aufopferung. Die Zuschauer haben uns ziemlich garstig empfangen. Jaszcz, also Szczepański[43], fing an damit, dass Paris und Berlin voller solcher experimentellen Kleinsttheater im vierten Stock seien. Was sich als pure Erfindung erwies. Jemand anderes meinte: „Endlich haben wir sie hier, unter objektiven Bedingungen – und?! Fade!" Waldorff[44]

42 Das „Journalistenhaus", Sitz der Gesellschaft polnischer Journalisten.

43 Jaszcz, eigentlich Jan Alfred Szepański (1902–1991), Alpinist, Literat, Theater- und Filmkritiker, veröffentlichte seine Texte in „Trybuna ludu" („Volkstribüne").

44 Jerzy Waldorff (eigentlich Waldorff-Preyss, 1910–1999), Schriftsteller, Publizist, Feuilletonist, Musikkritiker, Mitinitiator des Szymanowski-Museums

griff die Musik Prószyńskis an. Sie sei traditionell. Impressionistisch.

Emfazy Stefański betrat die Bühne

– Herr Waldorff versteht sich nicht darauf. Das ist bitonale Musik.

Wanda Wiłkomirska[45], die gerne zu uns kam (– „Ich hätte sogar Lust, bei Euch als Schauspielerin aufzutreten" –) betrat die Bühne, um uns zu rechtfertigen und verriet uns damit praktisch kurzerhand. Selbst Frau Lonia, an deren Nachnamen ich mich nicht erinnere, eine alte, blondierte, kurzsichtige Jüdin, die Karol Szymanowskis Sekretärin gewesen war, Lonia, die Journalistin, die uns hierher geführt hatte und den Soireen-Zyklus bei den Journalisten hatte organisieren wollen, hörte prompt auf, von morgen zu sprechen.

Lu. und Lu. kannten das schon. Czajka[46] war von der kleinen Ludmiła ganz begeistert gewesen. Welch herrliche Malerei! Sie befahl, man solle sie anrufen. Sie würde sich ihrer annehmen, eine Ausstellung machen. Ludwik rief an. Und Czajka fragte, um was es gehe. Er versuchte, ihr auf die Sprünge zu helfen. Aber sie wusste trotzdem von nichts mehr.

Jahre später kam Czajka trotzdem zu uns ins Theater. Ludwik verstand es, alte Missverständnisse mit den Leuten aus der Welt zu räumen. Und er lud sie ein. Und sie kamen.

Jetzt trat Ludwik in die Mitte des Saals, stellte sich aber nicht auf das Podest, sondern zwischen die überfüllten Zuschauerreihen und begann, zu erklären, dass die Programme Lech Emfazy Stefańskis und Białoszewskis zwei verschiedene

in Zakopane sowie der Restaurierung des Powązki-Friedhofs. Nach 1965 propagierte er neue Strömungen in der Musik.

45 Wanda Wiłkomirska (geb. 1929), hervorragende Geigerin.

46 Czajka, eigentlich Izabela Czajka-Szachowicz (1893–1969), erste Ehefrau von Aleksander Hertz, Kunsthistorikerin, Autorin von Erinnerungen, beschrieben in der Zwischenkriegsliteratur.

Sachen seien. Dass man Białoszewski nicht auf der Grundlage Szczepańskis beurteilen könne. Jemand aus der Menge darauf

- Szczepański?

Wir erwiderten

- Stefański.

Aber Ludwik hatte das überhört. Er verdrehte immer alle Namen, anstatt „Prószyński“ sagte er oft „Piasecki“. Und er sprach weiter von

- Szczepański.

Weil aber Jaszcz-Szczepański im Saal saß und vorher das Wort ergriffen hatte, zischten und riefen die Journalisten

- Stefański oder Szczepański?!

Bei Ludwik kam es trotzdem nicht an. Bis zuletzt nannte er Stefański Szczepański.

Bevor man uns für die Vorstellungen den „Hybriden-Klub“ gab, fand sich in der Tarczyńskastraße eine gewisse Frau Bochenek vom Nationalrat des Stadtteils Ochota ein.

- Ihr macht hier Theater und wir wissen von nichts. Wir wollen Euch helfen.

Sie führte uns in die Niemcewiczstraße. Es gab da eine Spielstätte. Aber keine Bühne. Die Tage für Aufführungen waren begrenzt. Ob hier oder woanders, das nächste Mal laufe, sagte sie, die Hälfte des Programms mit Frau Hanka Bieliecka[47]. Sie und Duszyński[48] wohnten nebenan. Wir wunderten uns

- Wieso das?

Ich fragte

- Und was sagt Frau Bielicka dazu?
- Frau Bieliecka möchte das sehr gerne.

47 Anna Weronika (Hanka) Bielicka (1915–2006), Theater- und Filmschauspielerin, hauptsächlich bekannt als Darstellerin für monologisches Kabarett.
48 Jerzy Duszyński (1917–1978), Schauspieler, hauptsächlich beim Film. Hanka Bielicka war seine erste Frau.

Wir sagten die Sache ab. In diesem Fall müsse man in die Neue-Welt-Straße fahren, Ecke Jerusalemer Allee, Hauptabteilung Kultur[49], zu Herrn Durmaj. Dort würde man uns helfen. Schon früher hatten wir ähnliche Angebote bekommen und ein Fiasko erlebt. Der Kultusminister Sokorski[50] hatte uns einen Preis zugesprochen[51] und sich mit uns verabredet, um mit uns im Auto in die Stadt zu fahren. Außer uns war noch jemand von der damaligen Avantgarde aus dem Kulturrat[52] dabei. Wir würden einen Raum suchen, wir würden einfach irgendwo einfallen und angreifen. Vielleicht fand sich etwas. So auf Teufel komm raus. Vielleicht ging es ja im Palast in der Senatorstraße (damals hatte man viel schnell wieder aufgebaut, unter anderem diesen Palast)[53].

– Im Palast sind aber große Räumlichkeiten.

Sokorski darauf

– Das macht nichts, man kann sie mit Decken abteilen.

Wir warteten den verabredeten Tag ab. Die „Filmchronik"[54] hatte gerade bei uns gedreht, sie hatten zwei Reihen Scheinwerfer über Nacht dagelassen.

Am folgenden Tag starb Bierut[55]. Die Scheinwerfer standen zwei Wochen lang da. In zwei Reihen. Gegenüber der Bühne, vor den Stuhlreihen. Und so fanden die Aufführungen statt.

49 Es geht sicherlich um die Kulturabteilung KC PZPR im Haus der Partei.

50 Włodzimierz Sokorski (1908–1999), Parteifunktionär, Mitorganisator des Polnischen Patriotenverbandes im ZSRR, Schriftsteller, Journalist, Minister für Kunst und Kultur in den Jahren 1952–1956, Verfechter des Sozrealismus. Nach dem „Tauwetter" hat er versucht, durch Förderung der Avantgarde seine Position zu retten. Ab 1956 langjähriger Vorsitzender des Komitees für Funk- und Fernsehen.

51 Theater-Preis des Ministeriums für Kunst und Kultur.

52 Der „Kulturrat" wurde während der „Tauwetter"-Phase berufen.

53 Der durch das Kulturministerium genutzte Prymasowski-Palast.

54 Eine Sendung, die vor dem Kinofilm über aktuelle Nachrichten informierte.

55 Bolesław Bierut (geb. 1892), erster Sekretär der Polnischen Vereinigten Arbeiterpartei, starb im März 1956 in Moskau während des 20. Treffens der KpdSU, auf welchem Chruschtschow die stalinistischen Verbrechen offenlegte.

Es hat nie einen Ausflug mit Sokorski gegeben. Erst war die Beerdigung. Dann gab es Verzögerungen. Veränderungen. Der avantgardistische Kulturrat wurde aufgelöst. Sokorski verlor sein Ministeramt.
Da standen wir also in der Hauptabteilung mit einer korpulenten, enthusiastischen Frau Bochenek; mit einer, die, unsere Gruppe anführend, auf der Straße die Ketten an den Kreuzungen umging. Wir fielen als Phalanx ein und berieten uns. Wer was tun würde. Welche Rechtfertigung wir hätten. Schließlich waren wir ja Amateure. Lech Emfazy, der in der Straßenbahn noch zu laut vom Theater gesprochen hatte, schickte jetzt Waldemar Lach vor, seinen Schauspieler

– Er ist Berufsschauspieler, Puppenspieler.
– Ach so.

Sie hatten die allerbesten Absichten. Auch der gütige, aber machtlose Herr Durmaj. Und die Weiber aus der Abteilung. Kaum war das Beratschlagen zu Ende, kam Frau Pronobis raus, eine von den Kulturtanten, und sie begannen, entbrannt für die Sache und voller Enthusiasmus sämtliche Lokale abzutelefonieren, weil der Oktober vorbei war und gerade ein paar exklusive Säle frei geworden waren.

– Mazowieckastraße … Es gibt da einen Saal. Nur dass in den Sesseln dort die Chauffeure schlafen. Moment, vielleicht im Wola-Bezirk, oder in der Bemstraße … Im Hof. Die Räumlichkeiten sind im Rohbau, aber man könnte Bänke aufstellen.

Mit den meisten Ideen kam eine Beamtin an, die früher Schauspielerin bei Jaracz gewesen war. Ihr Haar war glatt, voll, die Augen eingefallen. Lu. beschrieb sie wie folgt

– Sie gestikuliert wild, wenn sie nach oben oder nach unten zeigt. Wie der Tod … Mit diesen eingefallenen Augen sieht sie aus, als würde der Tod Tennis spielen.

In die Bemstraße fuhr Ludwik allein. Aber da war es zu schrecklich. Das nächste Mal trafen wir Herrn Durmaj auf der Treppe mit einem Kerzenleuchter in der Hand

– Wir ziehen um in einen anderen Stock, ich habe gerade Harasymowiczs[56] Gedichte gekauft.

Er nahm das Bändchen unter seinem Arm hervor, zeigte es her. Beratungen. Frau Tarczyńska aus Powiśle hatte sich gemeldet. Sie hatte erst Lech Emfazy allein zur Ecke Myśliwiecka- und Rozbratstraße geführt. Zwei Tage später fuhren wir alle hin. Ein hölzernes Haus. Alt. Mit einem Gemeinschaftsraum in der Mitte. Sonst nichts. Verhängt mit Vorhängeschloss.

– Zur Hausmeisterin!

Die Hausmeisterin hatte ihre Wohnung in der Toreinfahrt des großen Hauses. Eine Einzimmerwohnung. Sie war gerade dabei, auf Knien den Boden zu wischen. Sie stand auf. Sie war bucklig. Wir eröffneten ihr, worum es geht

– Mein Mann kommt gleich.

In der Wohnung wuselten kleine Kinder herum, drei oder vier. Sie schickte eins los. Ihr Mann kam. Es gab lange Erläuterungen. Schon kombinierte er, was, wie

– Vom Nationalrat? Ja, durchaus, ein Theater, eine Ablenkung könne man hier gebrauchen.

Jemand betrat die Wohnung, setzte sich hin, eine Mütze auf dem Kopf

– Sicher, aber wir müssen wissen, worum es geht.

– Wir können uns für morgen zu einer Kostprobe verabreden.

– Einverstanden.

– Wir müssen eine Versammlung des hiesigen Block-Komitees einberufen. Morgen Abend.

Am folgenden Abend lagen unter einer nackten Glühbirne eine rote Bettdecke und darunter und darauf, dicht an dicht, ein paar Kinder. Alle schliefen. Die Hände und Füße quer übereinander gelegt. Die Männer rauchten ihre Kippen. Wir setzten uns

– Stört sie das nicht?

56 „Cuda" („Wunder"), Lyrikdebüt Jerzy Harasymowiczs (1933–1999).

– Nein, sie sind daran gewöhnt.
– Dann holen wir gleich die Schwägerin, sagt der Hausmeister.
– Ja, am besten die Schwägerin.
– Wer geht sie holen? Janek, hol die Schwägerin.

Klein und wortgewandt, erschien die Schwägerin mit einer weißen Mütze auf dem Kopf.

– Wir hier vom Block-Komitee interessieren uns für Massenkultur.

Es gab viel Gerede. Viele Forderungen. Ich erinnere mich, dass eines anderen, heiteren Tages die Schwiegermutter der Hausmeisterin uns auf Empfehlung des Komitees einen Saal in der Baracke zeigen sollte. Wir waren der Schwiegermutter gefolgt, einer Grauhaarigen, mit einem riesigen Kropf und grauem Star. Und mit dem Schlüssel in der Hand. Sie schloss die Tür mit einem Knarren auf. Dahinter war ein kleiner Saal mit einer kleinen Bühne, voller Papiergirlanden und Pompons.

– Wenn's nichts anderes gibt, nehmen wir's.
– Könnte man denn nicht …
– Aber wie reagierten die darauf?

Lech Emfazy und sein Schauspieler Waldemar sahen sich um.

– Die Fenster sind schlecht. Und wo soll man hier den Kassettenrekorder aufbewahren? Es kann eingebrochen werden. Nein! Ich riskiere das nicht!

27. Dezember

Le. hat bei Jadwiga angerufen. Holländerpetz[57] sei nicht gekommen. Ja, er habe mich nicht hereingelassen, weil er sauer sei, dass ich Gracja[58] erlaubt hätte, meine Gedichte in Ungarn *Welch*

57 Leszeks holländischer Freund Henk Proeme, „Misio Holender". Im Folgenden kurz auch Petz genannt.

58 Grácia (Gracja) Kerényi (1925–1985), ungarische Dichterin und Übersetzerin

ein Glück zu betiteln. Gracja hatte das als Zitat aus dem *Kabarett* genommen

solch ein Glück
welch ein Glück
was für ein Glück
solch ein Glück zu haben
den Zug – im letzten Augenblick – noch
zu erwischen – ohne Kutsche[59]

Mit meiner Zustimmung. Nur dass ich das vergessen hatte.

Dienstag, 30. Dezember

Le. hat bei Paulina[60] angerufen. Ob man wegen des ungarischen Titels mit dem Glück um meiner Gedichte willen den Kontakt zu mir denn nicht besser abbrechen sollte. Aber Paulina schlug vor, die Beziehung bloß ein wenig abkühlen zu lassen.
Le. hat einmal das Licht abgestellt, als wir noch zusammen wohnten. Malina sagte darauf ziemlich laut
– So ein Rüpel.
Da kam Teresa[61] mit irgendeiner Nina herein, Malina sagte mit gedämpfter Stimme
– Furchtbares Weib.
Ich habe einen Teil meiner testamentarischen Verfügung verfasst: „Zusätze" kann im Jahr 2000 gedruckt werden. Jadwiga und Julian haben das Papier unterschrieben
– Es ist das erste Mal, dass ich dieses Datum konkret benutzt habe.

59 *Glück. Kabarett für Stuhl und Stimme [Szczęście. Kabaret na krzesło i głos]*.
60 Paulina Lewin, Slawistin, bis 1975 in Warschau. Seitdem an Universitäten in den USA, zuletzt Harvard.
61 Teresa Chabowska (gest. 1994), mit Białoszewski befreundete Journalistin.

Man wird es, glaube ich, auf 2010 korrigieren müssen. Weil 2000 zu früh ist.

Ein Gott mit Eigenschaften ist nicht vollkommen. Was für einen Gott will Lu. haben? Den der Inkarnationen? Nein. Buddha erkennt er an. Aber Buddha reicht nicht an die Metaphysik heran. Wäre alles dadurch geregelt, dass man Taten anhäuft und sich von diesen befreit? Wohl kaum. Es bleibt die absolute Abstraktion. Aber das ist gleich Leere. So gesehen, strebt Lu. die Auslöschung des Seins an. Er strebt ins Nichtsein. Er sollte sich nicht damit aufhalten. Das Nichtsein erwartet jeden von uns. Aber ihn beunruhigt der Übergang. Auch ich bin damit einverstanden, dass am Beginn des Daseins Bewegung und Entsetzen stehen.
Beim Eindösen nachts machte ich aus – beziehungsweise versuchte ich auszumachen, dass es trotz der Missachtung des eigenen Leidens und der Angst das Wichtigste ist, das Schlimmste auszuhalten – das heißt, das Ersticken, das Zu-Tode-Ersticken auszuhalten. Selbstverständlich ist das nicht auszuhalten. Das Unaushaltbare aushalten. Nicht aushalten, aber loslassen. Das schien mir ein sinnverkehrter Versuch der Rettung der Idee zu sein. Jetzt, nüchtern, fliegt mir das völlig auseinander.

Ich habe die Hamster bei Jot beobachtet. Alles hat mit Magda begonnen, einem rostfarbenen Hamsterweibchen, das er gekauft hatte. Es war halbwegs umgänglich, ein wenig schwermütig. Er kaufte ein Männchen dazu, das zwei Mal so groß war wie sie. Es war hübsch, braunfarben. Es war freundlich. Das Hamsterweibchen veränderte sich sofort. Uns und dem Leben gegenüber. Vor lauter Glück kniff es die Augen zusammen. Das Männchen war dem Weibchen gegenüber immer ritterhaft. Es nahm sein Fressen hin. Endlich gebar das Weibchen Junge. Mitten in der Nacht. Da gelang es dem Männchen, die Jungen in aller Ruhe aufzufressen. Das Weibchen, scheint es, hat sie damals schließlich mit ihm zusammen aufgefressen. Seit dieser Zeit hasste es ihn. Es biss ihn, er ertrug es. Irgendwie hatten sie wieder Junge. Weiße. Albinos. Die Jungen wuchsen schnell heran. Sie stritten und bissen sich untereinander. Eine nächste Generation kam. Es waren wieder diese schlechteren, weißen – einer der Vorfahren war ein Albino gewesen. Die Urmutter Magda biss einige der erwachsenen Töchter. Einer von ihnen wollte sie das Junge wegnehmen. Der Vater Kuba wurde verfolgt. Schließlich biss sie ihm mit den anderen zusammen ein Auge aus und in den Unterleib. Er verreckte. Eine gewisse Zeit später verreckte plötzlich Magda. Es pflanzten sich nur noch weiße Hamster fort. Im Umgang mit Menschen waren sie im Allgemeinen freundlich, nett, dagegen zu einander im Allgemeinen böse. Jot hat alle abgegeben. Sie könnten sich mehrmals im Jahr so vermehren. Hamster, immer mehr Hamster. Der Mechanismus der Fortpflanzung hat mich entsetzt. Ich weiß, dass Menschen angeblich wertvoller sind. Für Menschen. Aber unsere Fortpflanzung hat etwas Automatisches. Fortpflanzung um der Fortpflanzung willen. Kriege oder Seuchen besorgen die Regulierung nicht. Als verlangte sie nach immer grausameren Mitteln. So eine Regulierung. Ich protestiere dagegen. Ich ziehe ihr die Geburtenregulierung vor, und sei es eine strenge. Will man von Kontakten mit anderen vernunftbegabten Wesen reden? Vielleicht aber erleben wir das nicht mehr. So eine Ausnahme zu sein – es würde noch etwas bedeuten. Deswegen sind wir wohl eher keine Ausnahme. Falls es jemals zu einem Kontakt mit anderen kommen sollte, gäbe ein Durcheinander. Sind sie niederträchtiger als wir, ist alles verloren. Sind sie reif, gerecht, sind sie vielleicht gerade dadurch abstoßend. Übrigens glaube ich an keine Vollkommenheit. Um diesen Gedanken auf eine komische Spitze zu treiben, nehmen wir einmal an, dass wir uns vergeistigen, dass wir uns den Engeln anähneln. Aber sich unermessliche, flügelschlagende Engelsordnungen vorzustellen, ist auch ein wenig unseriös. Und Menge schadet Engeln sogar. Ich weiß nicht mehr, in welchem Buch ich das gelesen habe, aber da sagt der kleine Protagonist, weil man es ihm so beigebracht hat

– Jeder Mensch hat zwei Schutzengel für irgendetwas und noch zwei weitere für etwas anderes.

Wie unberechenbar sind Sektierer.

Die jungen Leute sprechen ihre Gleichaltrigen mit Vornamen an. Die etwas Älteren und die etwas Jüngeren auch. Nur dass ihr Eifer irgendwann auch auf eine Abfuhr treffen kann. Ich habe es ihnen schon gesagt. Sie sind um die achtundzwanzig, bald neunundzwanzig Jahre alt. Es kommt ihnen immer noch so vor, als seien dreiundzwanzig, zweiundzwanzig oder achtundzwanzig das Gleiche. Eines Tages wendet sich so ein Zwanzigjähriger an sie mit einem

– Entschuldigen Sie bitte

Und das wird ihnen unangenehm sein.

Eine Freundin erzählte mir, dass die Männer ihr mit dem Alter auf einmal nicht mehr hinterher gelaufen seien. Ganz plötzlich, bei Vollendung von soundsovielen Jahren. Na ja, so ist das halt, sagte ich heute zu Jadwiga

– Wie die Hunde hinter der Hündin. Man kann in Fahrt kommen. Da flieht die Hündin und flieht, endlich dreht sie sich irgendwann um, und da ist kein einziger Hund mehr übrig.

Ich habe nach dem Dienstagabend nachts gekehrt. Und ich wunderte mich

– So viel Staub!

Das ist meine Naivität. Die Gracjas ist aber noch schlimmer. Einmal fragte sie mich

– Ah, Du magst Ordnung? Und ich dachte, Du hältst absichtlich Unordnung um Dich.

Bisweilen erzielt sie psychologische Volltreffer. Und dann wieder so etwas – ich sage zu ihr

– Ich glaube nicht an Gott.

– So gar nicht?
– Gar nicht.
– Aber an die Gottesmutter glaubst Du doch.

Da bin ich in Gelächter ausgebrochen.

Am Mittwoch, dem letzten Tag des Jahres 1975, keinem sehr guten

Jot war da. Ein dutzend Mal im Leben nützte er mir. Und es kam vor, dass er unabhängig von seinen Affären – seine Unauffälligkeit täuschte – vorübergehend für einen Zeitvertreib gut war. Heute kam er mir nach kurzer Zeit bereits derart öde vor, mit derart ödem Gerede und derart öden Problemen aus seinen Begegnungen und seinem Leben, dass ich alle meine Kraft darauf verwandte, ihn loszuwerden. Zum Beispiel sagte er

– Miron, es nervt mich einfach alles. Es hat mich noch nie so genervt. Ich bin zu dem Schluss gekommen, dass sie uns foppen.

Er hatte schon mehrmals so was gefaselt.

Ich bin ihn an der Bushaltestelle losgeworden, als ich in den Bus nach Grochów sprang

– Komm nicht mit! – denn er wollte mitkommen.

Ich hatte Magenschmerzen. Es fing gerade an, weh zu tun. Es kann ein Geschwür sein, dachte ich. Ein paar Medikamente halfen. Aber nicht so richtig. Also liegt es vor allem daran, dass der Tag so trüb war. Über diese Wohnung habe ich geschrieben, dass sie mich noch kaum in elendem Zustand kennt. Heute wäre eine Gelegenheit, mich so kennenzulernen. Darum ist es nicht ganz einfach, sich nicht ernst zu nehmen. Ich würde gern. Aber die Eingeweide stören mich dabei. Man müsste die Störungen ausblenden können. Den Magenschmerz. Das Hämmern an die Decke. Aber es ist schwer.

Wie konnte ich es früher nur länger mit Jot aushalten? Bei ihm sein, bei ihm übernachten. Allerdings bin ich auch vor ihm geflohen, so dass auf der Straße jedes Mal ganze Monologe der Erleichterung aus mir heraus brachen. Ein andermal war es mit Le. in der Wohnung derart unangenehm gewesen – so eine Phase der Spannungen –, dass alles, was außerhalb der Wohnung war, besser war. Oder anders. Tage, an denen ich Kraft und Humor hatte. Ich amüsierte Jot mit irgendwelchen Anekdoten, schrieb etwas auf, kam aufgeregt nach Hause, er erzählte mir auch irgendetwas, mal von den Nachbarinnen, mal aus dem Laden, und es kam mir erträglich vor. Oder ich hockte auf dem Boden und beschwor die Geister. Später gelangte ich zu dem Schluss, dass das, was ich Jot als Pluspunkt anrechnete, aus mir selbst kam, es war meine Energie oder meine Toleranz. Das reichte ganz einfach für mich und für noch jemanden aus. Aber ich deutete es als fremdes Verdienst. So war es nicht nur mit Jot.

abends [31. Dezember 1975]

Und die Schmerzen sind doch verschwunden. Sie sind nicht ganz weg gegangen. Ich habe mich der Korrektur einer vertraulichen Prosanotiz in drei Teilen von vor eineinhalb Jahren angenommen. Bereits einmal habe ich darin herumgestrichen, gekürzt. Aber erst heute habe ich sie stark gekürzt. Ich habe sie verfeinert. So ist es besser. Dicht, selbstironisch, mit Seitenhieben gegen die Romantik.
Das Schreiben hilft der Physiologie immer, trotz der Schwierigkeiten.
Sobald die Schmerzen aufhören, die Schwäche verschwindet, verändert sich die Einstellung sofort. Ich bin es, der den Organismus anführt und nicht der Organismus mich.

Schon ist es 1976. Lämpchen, Tannenbäume, Flämmchen. Irgendein Balzac in Unterwäsche mit seiner Nichte im Fenster. Sie zünden Feuerwerkskörper. Plötzlich ist mir aufgegangen, dass dieses Jahr Zweitausend für solche wie mich ein ermattendes und vielleicht sogar widerwärtiges Jubiläum sein wird. Aber wie viel Aufwand davor! Der nämlich hat es mir ganz verdorben. Schon jetzt.

Sonntag, 4. Januar [1976]

Tadeusz war da. Sie sind mit Ania[62] aus dem schlesischen Städtchen zurückgekehrt, von einem Freund[63]. Sie haben dort in der alten Bäckerei übernachtet. Dieser Freund war zwei Mal bei meinen Abenden. Tadeusz erzählte mir einmal, dass dieser Freund mit seiner Freundin an der Ecke Chłodna- und Żelaznastraße eine Ausstellung pornographischer Plastik veranstalte. Und dann sagte er etwas über Orgien. Jetzt stellte ich fest, dass ich diesen Burschen gar nicht kenne

– Woher denn auch.
– Na ja, ich habe ja nicht einmal gehört, wie er sprach.

Ich erinnere mich nur daran, dass es da diese Projektionen gab, dass er die Welt durch die Brille Ingardens und Husserls wahrnahm und dass er kahl war. Kahlheit stört mich hier reichlich. Als ich den Spion der „Poezja"[64] empfing und der begann, etwas Kluges zu sagen, ich mich umwandte und nach oben sah, erblickte ich ein eingestandenermaßen inter-

62 Anna Sobolewska, Frau von Tadeusz Sobolewski, Professorin am Literaturwissenschaftlichen Institut der Polnischen Akademie der Wissenschaften. Zu ihren Veröffentlichungen zählen u.a. eine Werkanalyse Białoszewskis unter dem Titel *Maksymalnie udana egzystencja [Äußerst gelungene Existenz], Co nam zostało z Nowej ery? Mapy duchowe współczesności [Was ist uns von der neuen Ära geblieben? Eine Geisteskarte der Gegenwart]* sowie ein Buch über ihre Tochter Cäcilia *Cela. Odpowiedź na zespół Downa [Cela. Eine Antwort auf das Down-Syndrom].*

63 Aus Mikołów, von Paweł Targiel (1945–2009), einem Philosophen, Dichter, Schauspieler des experimentelle Theaters „Azoty", späterem Direktor des Rafał Wojaczek-Instituts in Mikołów.

64 „Poezja", Literarische Zeitschrift, in der Białoszewski Gedichte publizierte.

essantes Gesicht. Über dem Gesicht war er kahl. Das hat nicht gestört. Das Aussehen wirkt. Als drei gescheite Kritiker bei mir waren, um über den Traum zu schreiben, hatte ich gemischte Gefühle. Zwei davon kenne ich und habe sie gern. Der eine ernst, mit Pfeife, der zweite ernst und hässlich, beide mit sehr großem Sinn für Humor; der jüngste, dritte, hübsch. Hin und wieder ergriff letzterer das Wort. Was er sagte, hatte Sinn. Ich weiß nicht, wer er ist. Ich habe Gracja gefragt, ob es nicht Barańczak[65] sei, der über mich geschrieben hat.

– So hübsch.

– Nein, Barańczak ist nicht hübsch.

Und wenn er es wäre? Kürzlich habe ich den Dichter Nowak[66] kennengelernt. Gealtert, dick. Bei einem Menschen muss man stets von etwas abstrahieren. Oder man hätte ihn vor zwanzig Jahren kennenlernen sollen.

Ich habe mich an ein Thema vom Jahresende erinnert. Die Kirchenbettler aus der Vorhalle der Erlöserkirche verstehen zu lernen. Erst dachte ich, das seien keine Bettler. Dann, dass es doch welche sind. Ich habe Tadeusz die Szene als Pantomime vorgemacht. Ein Kerl mit Mütze gestikuliert, ein anderer daneben. Soll man ihm etwas in die Mütze legen? Und wenn er kein Bettler ist? Ich drehe mich um, sehe, dass sie gestikulieren. Ich schaue noch einmal hin und da sitzen sie schon, rums, am Boden. Mit ausgestreckten Beinen, die Mützen vorbereitet, weil die Leute herauskommen. Kirchenbettler. Eben ist mir Tadeusz'

65 Stanisław Barańczak (geb. 1946) – Dichter, Essayist, einer der Hauptvertreter der Neuen Welle in der Lyrik der 70er Jahre, herausragender Übersetzer. Er promovierte über die *Lyrische Sprache Miron Białoszewskis* (1974). Gründungsmitglied des KOR [Komitee zur Verteidigung der Arbeiter, 1976 gegr.]. 1977 von der Adam-Mickiewicz-Universität entfernt, seit 1981 in den USA, lehrte in Harvard.

66 Tadeusz Nowak (1930–1991), Dichter und Prosaschriftsteller, Vertreter der dörflichen Strömung, u. a. Autor der *Psalme* (1971) und der Erzählungen *Wenn du König, wenn du Henker bist* (1968).

Mütze in die Hand geflogen. Das reichte für die Szene.
Dann das hier aufschreiben.
Als Gedicht.
Es wollte in Reime.
Aber ob das richtig ist?
Ich begann, den Lauf der Sätze zu verändern, Worte, Reime rauszuwerfen. Nur manchmal streifte etwas unabsichtlich eine Ähnlichkeit, wie in einer Nachäffung. Die Handlung geht schnell voran. Die Worte gemurmelt, gestottert, Reime tröpfeln rein. Bis es sich so festreimt. Die Sache ist geklärt. Ende. Wahrscheinlich ist das keine verkehrte Konstruktion. Beim vierten Mal ist sie geglückt. Sofern sie denn geglückt ist. Man muss von Anfang an jedes Mal ein frisches Ohr haben.

Angeblich hat Le. seit zehn Tagen jemanden bei sich. Deswegen ist Holländerpetz nicht gekommen.
Der Kontakt mit Le. ist also erschwert. Den Besuch bei Lu. und Lu. habe ich auf später verschoben. Ich habe Bedenken.
Jadwiga liegt entkräftet im Bett. Körperlich und nervlich entkräftet. Anna ist am Samstagmorgen überraschend in ihr Zimmer eingefallen.

– Entschuldigen Sie, aber entweder ich verlasse Sie oder Sie erhöhen meinen Lohn um 500 Zloty.

Jadwiga hat sich selbstverständlich auf die Lohnerhöhung eingelassen. Alles wird teurer, Anna ist unersetzbar, sie kocht hervorragend, sie vertrauen ihr bedingungslos. Sie hat ihre Forderung prompt vorgetragen, weil sie energisch ist, aber auch, denke ich, weil ihr das Thema nicht gerade angenehm war, daher begann sie so grob und ohne Umschweife damit. Sie sagte, sie habe sich mit dem Gedanken einer Reise nach England getragen, für zwei Jahre, aber was sie hier halte, sei die Hoffnung auf eine Genossenschaftswohnung. Die Hälfte ihrer Urlaubstage bei Jadwiga hat sie noch nicht genützt.
Jadwiga machte sich Sorgen, was ihr Vater zu alldem sagen

würde. Genau das sind die Auswirkungen des Gemeinschaftslebens, wo sich jede Sorge mit jedem in der Gemeinschaft Lebenden multipliziert. Der Grund zur Sorge selbst macht davon nurmehr ein Fünftel aus. Jadwiga hat vor jeder Veränderung Angst. Sie hat schon angefangen, sich davor zu fürchten, dass Anna sie irgendwann im Stich lassen wird. Dass ihr Vater stirbt – was macht sie dann? Den ganzen Tag allein in diesem Haus? Neulich noch hatte ihr Vater sie geärgert, jetzt fürchtet sie, ihn zu verlieren. Sie erklärt mir, dass ein blinder Mensch abhängig sei. Ich weiß das. Und ich wundere mich überhaupt nicht über diese Kettenreaktion von Unruhe.

– Im Tagebuch[67] beschreibt sie die Szene, als die Eskis ausgegangen waren und ihnen die kleine Justyna[68] daließen; sie liegt da, wartet, auf einmal sieht der Großvater, dass die Stunde schon vorbei ist, zu der die Eskis zurückkommen sollten. Das Klagen beginnt. Ich erkundige mich
– Und, wann sind sie zurückgekommen?
– Na ja, anstatt um halb acht, um halb neun.
– Ach, das ist doch keine Verspätung!
– Aber der Opa … Und ich lag geschwächt da. Und jeder Moment, der …
– Die Eskis können sich doch nicht den Launen des Großvaters fügen. Ihr seid beide furchtbar. Sonst geht es doch immer Justynchen hier, Justynchen da, Opa schaukelt sie auf seinen Knien, hat Sehnsucht nach Justynchen; und ist Justychen nur etwas länger bei Euch, bricht Panik aus, Alarm.

67 Das Tagebuch der Jadwiga Stańczakowa, geschrieben in den Jahren 1975–1978. Der Dichter las und korrigierte es während seiner Niederschrift. Die Aufzeichnungen wurden als *Tagebuch zu zweit* veröffentlicht (Band 1: 1992; Band 2: 1994).

68 Justyna Sobolewska, geb. 1972, Tochter von Tadeusz Sobolewski und dessen Frau Anna, von Białoszewski oft als „die Eskis" bezeichnet, Literaturkritikerin, arbeitet als Journalistin der Zeitschrift „Polityka". Zuletzt veröffentlichte sie das Buch *O czytaniu [Vom Lesen]*.

Ich habe Jadwiga das vorgehalten, wenn auch nicht ganz ernsthaft, aber es hat sie verletzt. Oft falle ich über etwas her, halb im Witz, dann verkehrt es sich aber ins Ernsthafte. Manchmal hat Le. über etwas gelästert, und es dabei übertrieben, er fügte seinen Teil hinzu, zog die Sache ins Ordinäre und die jungen Leute nahmen das alles wörtlich, schluckten es wie bare Münze. Agnieszka manchmal vielleicht nicht. Tadeusz hingegen imponierten sogar die für Leszek typischen Übertreibungen.

Ich bin zu Roman und Ada gefahren. Sie brauchten 1000 Zloty. Was soll's, sie schreiben meine Gedichte für mich ab. Ich habe sie ihnen gegeben. Es war dringend, wegen des Wohnungskredits, für welchen Ada mit einer Krankheit büßt. Ich muss doch ab und zu irgendwo hinfahren. Eigentlich rege ich mich über sie auf, aber ich mag sie ziemlich gern. Außerdem hatte ich Lust, ihnen Gedichte vorzulesen. Ich hatte mich vorbereitet. Und trotz des Frosts bin ich um drei Uhr nachts hingefahren. Es war dunkel bei ihnen. Ich rüttelte an der Tür. Mein Klingeln und Klopfen haben sie nicht gehört. Aber der Hund hat sie aus dem Schlaf gerissen. Wegen der tausend Zloty traute ich mich. Und wegen der der Lust aufs Vorlesen. Das habe ich Roman gesagt. Bei diesen Weckaktionen bleibt er immer höflich. Beide sind aufgestanden. Ich habe vorgelesen. Sie haben auf interessante Weise über die Gedichte gesprochen. Insbesondere Roman. Frische Ideen waren das. Selbst während des eigentlichen Lesens. Roman hat meine Versläufe vollkommen nachempfunden. Ich war froh, dass das so aufgenommen werden kann.

– Man muss den Kopf hier ganz in die andere Richtung wenden, sagte er. Weg von den Leuten, vom Leben mit dem Fleisch, hin zur Metaphysik. Und dieses Hängen im neunten Stock, wie im Zustand der Schwerelosigkeit. Weil auch diese Dinge endgültig sind, aber nicht furchtbar. Du behandelst sie mit Ruhe, diese schlimmen Zustände.

– Du nimmst sie nicht als etwas völlig Schlechtes an. Sie gehen vorüber. Der Blick verändert sich. Das sind keine Beschreibungen. Die Perspektive ist kosmisch. Vielleicht ist das alles wirklich nur ein einziger Atemzug.

Jadwiga hat in ihr Tagebuch meine kleine Weihnachtserinnerung aus dem Krieg eingetragen[69]. Auf dem Tisch lagen verschiedene Sorten Käse, Bananen, Orangen und ich sprach vom Frieren und Hungern. Damals bekam ich Geschwüre am ganzen Körper. Es kam vor, dass ich drei Tage lang pausenlos Schluckauf hatte. Die erfrorenen Hände und Füße schwollen. Ganze Monate lang ging ich am Stock, es war irgendeine Krankheit der Gelenke und Muskeln.

– Wie hast Du das durchgehalten?
– Ich weiß nicht. Ich weiß nur, dass ich vor langer Zeit auf die Nachricht vom Ausbruch des Krieges hin beschlossen habe, sofort eine tödliche Dosis von irgendetwas zu schlucken, um mich nicht einmal aus dem Bett rühren zu müssen.

Zur Zeit der amerikanisch-russischen Spannungen, als die Waffenschiffe nach Kuba fuhren, bin ich in die Stadt gegangen und sah Warschau plötzlich im Krieg. Das hat mich nach Hause getrieben. Zu Olgierd, meinem Nachbarn.

– Miron, es ist, als würdest Du Dich davor fürchten, eine einzelne Erbse aus einem Sack Erbsen zu ziehen.

Ich habe mich sofort beruhigt.

Ein andermal saß Cymi, die Österreicherin[70], bei mir. Die

69 Vgl. *ebd.*, Band 1: S. 124.

70 Cymi, die Österreicherin, eigentlich Irmtraud Zimmermann-Gölheim, genannt Zimmie (1940–1982), österreichische Slawistin, Übersetzerin. Sie entstammte einer Familie deklarierter Nazis, hatte selbst allerdings deutlich linke Ansichten. In den 60er Jahren hielt sie sich als Jahresstipendiatin der Warschauer Univeristät in Warschau auf. Sie übersetzte polnische und russische Literatur ins Deutsche, u.a. Bücher von Stanisław Lem und Stanisław Ignacy Witkiewicz. Sie war auch als Malerin tätig, Schülerin des Expressionisten Oskar

Stimmung war hervorragend. Vater kommt herein. Er kommt heim aus Miedzeszyn

– Es werden einige Jahrgänge aus dem Gebiet um Otwock mobilisiert.

Als hätte mich jemand vor den Kopf gestoßen. Danach diese in die Hände und Füße einziehende Schwäche. War es das schon? Muss man schon mit sich fertig sein?

Wir sahen einander an, mit glühenden Gesichtern. Das Erste, woran sich Cymi in ihrem Leben erinnert, ist, wie sie inmitten einer Menschenmenge eine Treppe in einen Bunker hinabsteigt. Die Treppe war ganz mit Glasscherben übersät. Das war in der Kleinstadt Krems, in die sie aus Wien geflüchtet waren. In das Krems vom Senf. Cymi war ein paar Jahre alt, als der Krieg vorbei war. Sie hungerten so sehr, dass sie sie nachts rausschickten, um in den Mülleimern Essensreste zu suchen. Selbst schämten sie sich. Tagsüber sammelte sie Zigarettenstummel für ihren Vater.

Wir sind beide zu Olgierd aufgebrochen. Er wunderte sich. Was? Woher? Ein Missverständnis.

Danach stellte sich heraus, dass sich der unbedachte Aufruf einer Schlampigkeit geschuldet war. Viele Leute aus dem Gebiet um Otwock waren in Panik ausgebrochen.

Donnerstag

Meine jüngsten Gedichte.

Es geht darum, dass sie durchlässig sind, den Leser keineswegs vollstopfen, gleichwohl dicht sind, eingeschnürt in ein Netz der Notwendigkeit.

Kokoschka in der Sommerakademie in Salzburg. Sie war mit Białoszewski befreundet und erscheint als Protagonistin von Gedichten des Bandes *Było i było [Noch und nöcher]* sowie von Erzählungen der *Donosy rzeczywistości [Meldungen der Wirklichkeit]*.

Es gilt, die Situation nicht auf etwas Anderes, Zweitrangiges zu verlagern. Auch keine Gerüste aus Fremdkörpern aufzustellen, die nicht unmittelbar ins Spiel kommen (es sei denn, es geht um etwas Erinnertes, für den Umstand Wichtiges). Das (von mir und in mir) Angetroffene also zu verwalten und dem eigenen Zustand nichts hinzuzufügen.
Sich bemühen, es in dieser Reihenfolge zu fassen und solange es frisch ist.
Die Spannungen (Ursache für das Gedicht).
Ich – die Situation.
Alles Umstellen, „Verbessern" (Sich-überlisten-wollen) rächt sich. Dennoch muss man das Unbrauchbare, die unnötigen Verbindungen, das Satzakzenttypische herauspulen; es verlangsamt das Tempo.
Oft soll ein Dreh darin sein (eine einzelne Windung, wie die von gewrungener Wäsche).
Ich habe bemerkt, dass da, wo mir ein Gedicht nicht wachsen will, stattdessen nur eine Reihung entsteht und ich bereits die Gewissheit zu verlieren drohe, dass es eine Ursache gehabt hat – denn ein einziges größeres Element reicht manchmal aus, manchmal auch ein paar Elemente, die auf ein Zusammenwirken hingeführt werden –, wo also im weiteren Verlauf, gegen Ende, plötzlich etwas eher Visionäres auftaucht und ich mich bemühe, dem Gedicht damit eine endgültige Wendung zu verleihen, es festzuzurren – letztlich weiß ich nicht wie oder was, aber plötzlich verzwirbelt es sich mir zu einer großen Sprungfeder, wird monumental. Dann habe ich dieses notwendige Etwas erfasst. Oder ich habe es bloß herausgelassen, weil ich Flügel bekommen habe.

Mittwoch, den 4. Februar

Ich habe ausgeschlafen. Ich habe Vivaldis *Juditha Triumphans* aufgelegt. Die Klingel.

– Wer ist da?
– Jan Józef L. Ich komme in einer bestimmten Angelegenheit.

Sofort war mir klar, dass es sich um die Unterschrift unter den Protestbrief gegen die Änderung eines Punktes der Verfassung handelt sowie um die Uneingeschränktheit der Freiheit des Einzelnen. Jan Józef L. reichte mir den Text, den ich unterschreiben sollte. Aber ich schaute nur kurz darüber und sagte

– Ich werde das nicht überprüfen, weil ich mir sowieso keinen genauen Eindruck davon verschaffen kann, um was es geht, aber ich unterschreibe.
– Du unterschreibst?
– Ja.

Ich unterschrieb. Darauf er

– Ich freue mich, Dich als Beute zu haben. Als hätte ich einen Elefanten erjagt.

Wir sprachen über einen gewissen Schauspieler und Intellektuellen[71], der an Schizophrenie erkrankt war und aus dem Fenster sprang. Er war drogensüchtig. Es scheint, als sei er in die Fänge der Staatssicherheit geraten. Anscheinend – und selbstverständlich gibt es nur Indizien – war er es, der Szpotańskis Parodie auf Gomułkas Regierung angezeigt hat. Vielleicht auch noch anderes. Und das waren wohl eher die Gründe für den Zusammenbruch und Selbstmord.

Zu Stalins Zeiten hat man einer Beamtin der Zentralen Fotoagentur ein Notizbuch gegeben, sie solle dort Denunziationen eintragen. Sie brach in Tränen aus.

Als die Zeiten etwas besser als nur schlecht waren, wurde eine Versammlung einberufen, die offen für alle war. Jeder konnte sagen, was er wollte. Eine ältere Dame, gebürtige Russin, trat hervor

71 Hier ist die Rede von dem Filmschauspieler Adam Pawlikowski.

– Ich wollte fragen, ob man das darf: Neben mir wohnt – wie man so sagt – ein IM. Er hat mich auf der Treppe angesprochen. „Du Matrjoschka, Du! Sobald sich was ändert, zeigen wir's Dir."

Alle im Sitzungssaal verstummten.

Dienstag, den 10. Februar

Ich bin Jadwiga und Julian auf dem Eisfeld begegnet. Sie sind nur ins Geschäft und wieder nach oben. Jadwiga wollte sich schnell ausziehen und meine Wäsche auspacken

– Julian, bitte nehmen Sie meinen Hut.
– Moment, Moment, man kann ihn hier nirgends richtig aufhängen
– An dem Haken dort.
– An dem Haken hängt eine Radlermütze.
– Dann über die Mütze.
– Über die Mütze.
– Nur zu.
– Es geht nicht.

Kitzi-Katzi[72] kommt herein. Sie hat einen gestrickten Fummel für Jadwiga dabei. Für tausendfünfhundert Zloty. Jadwiga, ungeduldig

– Komm, wir gehen zur Anprobe ins Bad.
– Gleich, sagte Kitzi-Katzi, denn ich hatte gerade angefangen, ihr von meiner Tuberkulose-Klinik von vor neunzehn Jahren zu erzählen.

72 Kicia Kocia [Kitzi-Katzi], eigentlich Halina Pfeffer-Oberländer (geb. 1928), Malerin, Szenografin, Frau des Malers Mark Oberländer. In den 60er Jahren wanderte sie mit ihm nach Frankreich aus, sie lebten zusammen in Nizza. Oberländer ist 1978 verstorben. In den 70er Jahren tauchte Halina Oberländer in Białoszewskis Kreis auf. Von ihm Kicia Kocia genannt, wurde sie zur Protagonistin von *Kitzi-Katzis Kabarett*, das im lyrischen Teil von *Rozkurz [Stupp]* veröffentlicht und in den folgenden Gedichtbänden fortgeführt wurde.

Paulina kam dazu, in dem braunen Karakulpelz ihrer Ex-Schwiegermutter und mit einem Schleier aus Frost. Auch Berbera, mit einem dünnen Käsekuchen

– Er ist dünn, meine Mutter hat ihn gebacken. Meine Mutter spricht immer so laut. Wir waren zusammen im Łazienki-Park, da hat sie irgendein junges Mädchen gesehen und sagte zu mir: „Die ist wohl vom Dorf"; ein andermal hat sie eine andere gesehen und sagte wieder so laut: „Die kommt wohl aus Russland!".
– Heute sind nur Erwachsene da – auch gut, sagt Jadwiga mir so nebenbei.

Eben ist Malina hereingekommen. Sie gehört zu den Nichterwachsenen.

– Wir sprechen immerzu von den „Mädchen", aber das sind doch schon erwachsene Frauen.
– Na ja, die Mädchen sind achtundzwanzig Jahre alt.
– Neunundzwanzig.

Julian schält die Orangen. Wenn man ihn daran erinnert, Jadwiga auch eine zu geben, weil sie ja nicht sieht, entgegnet er

– Ja, ja, sofort.

Aber wenn man ihn nicht daran erinnert, vergisst er es. Die geschälten Orangen liegen jetzt da und riechen gut. Jadwiga merkt das, aber sie schämt sich, danach zu fragen.

Ich hatte ein paar Scheiben Entenpastete gekauft

– Das ist Ente.
– Ente? Esse ich gern – bitte.
– O, bedienen Sie sich.

Da begann Julian damit, die Scheiben voneinander zu trennen. Er wollte sie nicht mit der Hand berühren, so dauerte das Ganze sehr lange.

Indessen sprach man von einer neumodischen Art, Karakulpelze aus Schafen zu gewinnen, ohne dabei die Schafe zu töten, dann vom Roden der Fichten unter den Telefonleitungen vor Kitzi-Katzis Haus, schließlich sprach jemand über

Schweden, dass es dort so viel Pornographie gäbe. Ganze Läden voll.
– Ja. Alles kann man bekommen. Ganze Puppen und auch Teile.
– Was auch immer an Teilen man haben will, erklärt Paulina, man kann sie einzeln haben oder auch Teile verbinden.
Ich bin vor Lachen aus dem Zimmer gerannt, um Tee zu kochen
– Verbinden! Ha ha ha!
– Ja ja, sagt Paulina mit dünner und lauter Stimme, darum geht es doch. Im Holland des 17. Jahrhunderts hat man ganze Wachspuppen angefertigt. Für die Matrosen. Sie haben sie auf die Reise mitgenommen.
– Vor ein paar Jahren sind in Amerika Jackie-Kennedy-Puppen auf den Markt gekommen. Menschengroß. Es hat einen Prozess gegeben. Habt Ihr nichts davon gehört?
– Eine gute Idee, die Kennedy. Schön, jung, berühmt zudem, Frau eines getöteten Präsidenten.
– Und Frau des Millionärs Onassis.
Ein Durchzug in der Tür.
– Wer ist da? Ein Mann?
Jan Józef L. Gleich dahinter Teresa. Sie sah hübsch aus.
Im Lammfellhut. Jadwiga fragte, ob denn niemand wisse, wie es heute im Sejm mit der Verabschiedung des Zusatzes zur Verfassung gelaufen sei. Kitzi-Katzi erzählte daraufhin von dem Maler, der den Protestbrief unterschrieben hatte und dessen Ausstellung geschlossen wurde.
Berbera darauf
– Wir haben in unserer Redaktion nichts zu drucken. Sandauer hat Publikationssperre, Tatarkiewicz hat Publikationssperre. Der Redakteur zerbricht sich den Kopf. Ich habe zu ihm gesagt: „Białoszewski hat nicht unterschrieben". „Ah, wir bringen etwas von ihm, ja, aber später."
Mir ist aufgegangen, dass außer Jadwiga, der ich es gesagt habe, niemand weiß, dass ich unterschrieben habe. Ich ver-

mute langsam, dass es irgendein Problem mit der Veröffentlichung der Liste gegeben hat.

– Die Eichler hat unterschrieben. Wiłkomirska hat unterschrieben, und ich habe mich auch schon dazu durchgerungen, zu unterschreiben, stellte Paulina fest.

Auch Kitzi-Katzi sprach jetzt davon, dann warf jemand ein

– Aber wozu?

Vielleicht hatte ich mich auch nur verhört.

Man sprach von den Unannehmlichkeiten. Was einem wofür blühte. Mich hat das genervt, trotzdem täuschte ich Enthusiasmus vor. Berbera wandte sich mit der ihr eigenen, lächelnden, langsamen Stimme voll melodischer Höhen an Jaś Józef L.

– Ah, ich wüsste gerne, wie so eine Unterschriftensammlung in technischer Hinsicht abläuft.

Jan Józef L. antwortete einigermaßen höflich, wenn auch nicht geradeheraus. Seltsam, wie eine falsche Situation so ganz und gar ungewollt entstehen kann. Als sie gemeinsam aus der Tür traten, nahm ich Jaś Józef L. beiseite

– Was ist mit der Liste? Man hört nichts davon.

– „Radio Freies Europa" kündigt sie andauernd an, aber es sieht so aus, als habe sie jemand nach Krakau gefahren und dort hatten sie Verspätung, so etwas in der Art habe ich gehört, sie haben sich wohl vertan, die Liste wurde vielleicht nicht ausgehändigt. Es kann sein, dass Du eine briefliche Entschuldigung von Andrzejewski bekommst, dass die Unterschriften nicht benutzt worden sind.

Das wäre nicht das Schlechteste, dachte ich. So eine Unterschrift nützt nichts, aber sie kostet viel. Im besten Fall weist sie auf eine gewisse Unangepasstheit hin. Später habe ich erfahren, dass meine Unterschrift auf jener Liste, die mir Jan Józef L. vorgelegt hatte, gar nicht den Punkt Änderung der Verfassung, sondern einen anderen betraf, anscheinend Zwangsarbeit.

Als die Autorenvereinigung in der Nachmärzstimmung vor einigen Jahren aus Pflichtgefühl den Vorschlag verschickte, man solle den Protest gegen den Brief der Literaten unterzeichnen, die, ich weiß es nicht mehr genau, wohl gegen die Zensur protestiert hatten, beschloss ich, nicht zu unterschreiben und unterschrieb ihn nicht. Die Namen unter dem pro-nationalen Protest gegen den Protest der anderen wurden dann bekannt gegeben. Das klang nicht gerade rühmlich. Ich habe später mit Frau Brzozowska gesprochen, der Sekretärin der Vereinigung

– Gut, dass ich nicht unterschrieben habe, stimmts?

Sie nickt

– Was ich hier nicht alles gesehen habe. Es kamen Literaten hierher und sogar zu mir nach Hause. Sie suchten Rat. Was mit den Stipendien sei. Ob sie die nicht streichen würden, wenn sie nicht unterschrieben. Die einen weinten und unterschrieben nicht, die anderen weinten und unterschrieben.

Lelewel hatte sich in den Verhören durch Nowosilcow[73] zwei Mal kleinkriegen lassen. Es gab auch Schwüre, Tränen. Zu den Verhören zündete Nowosilcow Kerzen an. Das war seine Erfindung. In einem Brief an den Zaren schrieb er scherzhaft, das schinde Eindruck. Kościuszko hat auf Verlangen des Zaren im Gefängnis einen genauen Bericht über den Aufstand geschrieben. Sicher hatte er das für richtig gehalten. Zar Paul hat ihn hoch geschätzt. Nur seinen Gefreiten, die schlecht marschierten, hatte er nicht „Stehen bleiben!“ gesagt und so mussten sie bis nach Sibirien gehen. Sie haben ihn schließlich auf ganz unehrenhafte Weise erwürgt. Bei Nacht. Er war

73 Nikolaj Graf von Nowosilcow (1761–1838), russischer Senator aus der Zeit Zar Alexander I. In Polen gilt er als Henker der polnischen Jugend, als welcher er im Drama „*Dziady*“ von Mickiewicz verewigt wurde.

allein. In Unterhosen. Nur Leute aus den eigenen Reihen. Das hatte Tradition. Tiberius lag im Sterben, alle atmeten bereits auf, hatten ihre Abmachungen getroffen, und da lebt er plötzlich wieder auf. Caligula – sein Enkel –, stürzte sich als Erster auf ihn und erstickte ihn mit dem Kissen. Als irgendein Staatsmann aus dem Westen zu Chruschtschow gekommen war, hielt Chruschtschow es angeblich nicht mehr aus, er lachte auf

– Sie sitzen auf dem Stuhl, auf dem man Berija erwürgt hat.

Als sie Berija das Urteil vorlasen, verbarg er sein Gesicht angeblich hinter seiner Aktentasche, weil er dachte, sie würden ihn erschießen. Aber sie waren am Eingang durchsucht worden. Sie hatten nur ihre Hände. Das reichte aus. Es ging das Gerücht, dass sie Mut gefasst hatten, nachdem Stalin einen Schlaganfall erlitten hatte, da fielen sie bei ihm ein; Berija packte Stalin bei den Schuhen, rüttelte ihn durch und schrie: „Du Hundesohn, was machen wir jetzt ohne Dich!" Stalin hatte das Grimassenspiel von den Zaren übernommen. Als sie in einer Winternacht 1937 die Literaten aus Moskau ausfuhren, rief Stalin angeblich bei Pasternak an. Ob er den und den kenne. Pasternak stritt ab. Und Stalin

– Da verteidige ich meine Freunde aber besser – und legte den Hörer auf.

Pasternak konnte sich diese Schwäche später nicht verzeihen. Zar Nikolaus, seinerzeit noch ungekrönt, verhörte die aufständischen Dekabristen persönlich. Er sprach wie ein Vater zu ihnen. Und sie weinten, bereuten, sagten ihm alles. Hätten sie nur gewusst, was für einer er doch ist, ach, sie hätten sich gewiss nicht aufgelehnt. Er aber verurteilte sie nach ihren lieblichen Geständnissen zum Tod am Galgen. Die Dekabristin Wołkońska ist ihrem Mann nach Sibirien nachgereist, küsste ihm auf Knien die Ketten, und hatte ein paar Jahre später dann Kinder mit einem schönen Italiener, einem jungen emigrierten Verbannten. Wołkoński hat nie erfahren, dass es nicht seine Kinder waren. Dafür wusste es der Rest. Prinz Wołkoński war kein Genie. Er war zwanzig Jahre älter als sie. Sie hat ihn niemals geliebt. Es ist mit ihr durchgegangen. Als sie nach Sibirien aufbrach, schrie ihre Schwester in letzter Minute

– Du fährst ohne Pelz!, und warf ihr den eigenen über.

Und die Schwägerin Sinaida hat ihr heimlich ein Spinett ans Gespann gehängt. Es gibt ein Bild davon, damals nach dem Leben gezeichnet. Zu sehen die Gefängniszelle. Wołkoński steht in der Tiefe des Raumes, seine Frau spielt ihm auf dem Spinett vor.

– Als sie den Prinzen Sanguszko nach Sibirien fuhren,

erzählte eine von uns mit leichtem Akzent, war das ganze Gespann mit Teppichen ausgelegt.

Prinz Konstantin ist als Frau verkleidet aus dem Belvedere geflohen.

Danach hat er den Polen einen Brief geschrieben, mit dem Versprechen, nicht mehr gegen sie zu kämpfen (er hat sich daran gehalten) und beendete den Brief mit den Worten „Auf Wiedersehen, die Herren".

Vater erzählte, dass Piłsudski nach der Flucht aus dem Gefängnis von den Juden gefangen genommen und als Jüdin verkleidet wurde. Hitler verkleidete sich gerne in Uniformen mit verschiedenen Knöpfen. Bei Chamberlains Empfang stand er in der Tür. Chamberlain dachte, er sei ein Lakai und ging an ihm vorbei. Vor der Gifteinnahme im Berliner Bunker unterschrieb Eva Braun nach der Hochzeit mit „Eva Hitler".

Nach der Rückkehr der Gottesarcke – wie die polnischen Calvinisten die Bundeslade nennen – freute sich David zwar, aber er traute der Sache nicht ganz. Die enttäuschten und gelähmten Feinde hatten die Bundeslade mitten auf dem Weg liegen lassen. Die Juden führten sie davon. Die Ochsen waren aus der Spur geraten, die Arcke kippte um; einer fing sie auf, um sie nicht fallen zu lassen, und fiel tot um. Die Gottesarcke fuhr weiter. David ließ sie für alle Fälle bei einem Bekannten zur Probe. Für drei Monate. Die Arcke brachte dem Bekannten Glück. Dann schleppte David sie nach Jerusalem, hüpfte vor ihr her, bis eine seiner Frauen aus dem Fenster sah, um ihn zu verspotten, es luge dies und das hervor; er trug ein zu knappes leinenes Gewand, eine Schande vor den Köchinnen. Zur Strafe gebar sie ihm keine Kinder. Es ist unklar, ob das so war, weil David nicht mit ihr schlief oder weil der Herr es so gewollt hatte. Interessanterweise zürnte der Herr David angesichts seines Misstrauens gegenüber der Gottesarcke nicht. Womöglich ist es wahr, dass Gott Gefallen an seinen Sünden fand. So hatte es Tante Honorata Leszek auf dem Dorf erklärt.

Johannes XXIII. wurde zum Papst gewählt, man befahl ihm, in die Sänfte zu steigen. Aber er wollte nicht. Größeres Durcheinander wegen der Weigerung als wegen des Getrages. Einmal eingestiegen, winkte er der Welt. Päpste gingen für gewöhnlich nicht auf die Straße. Dieser schon. Die Weiber standen in den Toren. Die eine sagte

– Mein Gott, so ein Kleiner, Fetter, wie sieht der denn aus.

Johannes XXIII. fühlte sich keineswegs majestätisch, wie etwa Stalin oder Hitler. Er wandte sich zu ihr um

– Was soll's, meine Damen, das Konklave ist kein Schönheitswettbewerb.

Gomułka ging in Konstancin mit seinem Hund spazieren. Er traf auf einen Kurgast, einen Professor. Sie plauderten. Von den Unterschriften, von der Verbesserung der Verfassung. Gomułka wunderte sich

– Und, was wollen die damit? Es muss sowieso alles teurer werden. Ich dachte, sie hätten etwas an meinem Beispiel gelernt.

Gomułkas Frau sagte von sich

– Ich bin keine Jüdin, ich bin Karäerin.

Alten Bekannten verweigerte sie Hilfe.

– Genosse, können Sie sich mit dieser Nase nicht woanders eine Arbeit suchen?

Jan Józef L., lachend
– Das Gleiche hat sie Jola, meiner Bekannten, gesagt, als die beiden sich noch durch nichts voneinander unterschieden. „Das würde ich", antwortete ihr Jola, „an Ihrer Stelle nicht sagen".

Ludwig neulich
– Ganz gleich was er gerade zur Hand hatte, Saul schmiss es nach David, wenn es ihn überkam. Genauso war es bei meiner Wirtin aus Klaudyn im Sommerlager gewesen, als ich klein war. Wenn es sie überkam, griff sie zur Hacke und warf sie, „tratatatatatatatata!", auf den Sohn im Hof. Und wieder, „tratatatatatatatata!", zur Hacke und damit auf den Sohn. Sie nahm, was ihr gerade in die Hand fiel. Und der bückte sich nur unentwegt.

Julchen, diejenige, die bei Ludwiks Ankunft so mit dem Ärschchen wackelte, um dann im Sanatorium bei Lucynka zu verschwinden, ist jetzt in einem anderen Sanatorium wiederaufgetaucht, sie ist auch in Otwock. Und die andere auch.

Donnerstag

Ich hatte zu Tadeusz fahren wollen. Malina sollte da hinkommen. Gemeinsam hatten sie den abgeschriebenen Teil von *Klumpen, Rummel, Reihen*[74] durchsehen sollen. Und danach hatte Tadeusz unbedingt einen Fellini-Film mit uns sehen wollen. Stattdessen klingelte es nachmittags um fünf. Tadeusz. Ich machte auf. Verschwand im Bad. Als ich zurückkam, stand da ein Kind im roten Mantel mitten im Zimmer
– Was ist denn das für ein Püppchen?

Es war die kleine Justyna. Ich zog mich an. Wir nahmen den Aufzug. Ich fragte Justyna

74 *Szumy, zlepy, ciągi*, Warschau, PIW 1976.

– Welcher Aufzug ist schöner, der hier oder deiner?
– Der hier.

Tadeusz, verwundert

– Gefällt Dir die Vertäfelung denn so gut?

Draußen war es unwirtlich, Frost, Wind, unter den Füßen die winterliche Spröde. Justyna versicherte sich, ob ich tatsächlich zu ihnen ging.

– Ja.

Sie ermunterte mich

– Ich habe eine Katze zuhause.

In dem grünen Aufzug fragte Tadeusz die kleine Justyna

– Also, welcher Aufzug ist nun der schönere?
– Dieser.
– Dieser?
– Dieser und unserer.

Ania öffnete die Tür mit der Katze auf dem Arm. Die Katze wurde immer größer, obwohl sie immer noch ziemlich klein war, eher dürr, aber schön gestreift. Die Eskis machten die Tür immer mit der Katze auf dem Arm auf, damit sie nicht weglief. Wir trafen Anula an. Sie entschuldigte sich freundlich bei Tadeusz, dass sie ihn irgendeiner Lästerei verdächtigt hatte. Tadeusz reagierte geniert

– Ja, das war nötig. Die spinnt doch!

Sie nahm sich meine Texte vor

– Das alles kenne ich schon.
– Eben, dann überprüfe nur die Reihenfolge.

Malina und Agnieszka trafen ein. Sie sprachen einander immer noch nicht direkt an. Aber sie wollten keine schlechte Laune verbreiten. Es ging weder so noch so. Obwohl das noch besser war als deutlichen Widerwillen zu zeigen. Malina sagte über den vergangenen Dienstag

– Furchtbar, diese Weiber. Alle drei. Als ich hereinkam und diese drei auf der Kiste sitzen sah, war ich entsetzt.
– Weshalb?

– Die haben so viel konzentrierte Weibshaftigkeit an sich.

Tadeusz sagte

– Ich habe auch Angst vor denen, nein, es ist eigentlich keine Angst, ich kann in ihrer Gegenwart bloß keinen Platz für mich finden.
– Welche drei denn eigentlich?
– Berbera, Kitzi-Katzi und Teresa.
– Paulina hat auch da gesessen.
– Nein, Paulina, die ist so zart, die gehört nicht dazu … Nein nein, ich meine die drei anderen. Alleine ist jede für sich gut, aber zusammen sind sie unerträglich.
– Was ist denn so unerträglich an denen?
– Kitzi-Katzi und Teresa haben so schrecklich miteinander geredet, sie haben sich flüsternd so viel dummes Zeug und Schweinereien erzählt.
– Ach was, es ging um die Texte.
– Ja, ich verstehe, die Dienstage sind langweilig geworden, ich habe mich schon in Jadwigas Wohnung darüber beschwert.
– Das Ganze wird zum Salon.
– Die Gespräche sind belanglos, ich hatte angefangen, mich über Euch zu beschweren, letztlich aber habe ich Mitleid mit mir selbst, denn es gelingt auch mir nicht, die Leute einzunehmen, aufzublitzen. Leszek kann es – und kommt nicht.
– Ja, der kann das.
– Außerdem, meint Malina, mag ich Jaś J.L. nicht. Ich kann ihn nicht ertragen.
– Ach so?
– Ja. Und ich kann nichts dagegen tun. Übrigens, Wiktor W. trug mir auf, Dir seine Hochachtung auszudrücken. Ich weiß nicht, worum es geht, aber er hat es mir befohlen. Es geht bestimmt um Politik.

Das Gespräch kam auf Sandauer. Dass er entsetzlich sei. Danach

– Alles Katholische widert mich an. Ein kleiner, dicker Mann kaufte den „Tygodnik powszechny". Eine Ecke war abgerissen. Er bemerkte es. Kam langsamen Schrittes zurück. „Geben Sie mir bitte die abgerissene Ecke zurück".
– Malina, Tadeusz darauf, was ist mit Dir los, Du beschwerst Dich über alles? Gefällt Dir denn gar nichts?

Ich

– Und als Ihr mit Agnieszka manchmal so endlos miteinander gequatscht habt, das ist wohl vergessen, was? Und wenn Ihr erst mal alt geworden seid, werden Euch die Leute ansehen und sagen, „furchtbar, diese Weiber".
– Und genau das hat mich doch so entsetzt, dass ich selbst so werden könnte wie sie, ich will nie so sein wie diese drei.
– Das Äußere verändert sich, dagegen kann man nichts tun.
– Ich weiß, aber es geht mir nicht ums Aussehen.

Tadeusz hat uns alle nach draußen gejagt, in den Frost und Wind und bis in die Neustadt ins Kino.

– Das ist doch ganz nah.

Wir sind ein Stück zu Fuß gelaufen, fuhren dann, liefen wieder zu Fuß. Ich schimpfte über die Bahnhofsunterführung

– Überall Marmor, es zieht, diese Helle, dieser Gesang.
– Ja, dem Wind wird nirgends Einhalt geboten.
– Ein widerliches Weib, die das umgesetzt hat.
– Ach, die hat einen speziellen Brief veröffentlicht, der die Änderungen an der Verfassung bestätigt.
– Schade, dass sie zu jung ist, sie wäre die Passende für Stalin gewesen. Eine, die auf die Nachricht von Stalins Tod hin ohnmächtig geworden wäre.
– Nein, die nicht, die ist zu zynisch.

Eine wurde damals nämlich ohnmächtig, sie war vom Lager ganz erschöpft, da kam eine andere herbei gerannt, „es ist ja gut, beruhige Dich, wir werden es irgendwie schaffen".

Wir überquerten eine windige Fahrbahn. Agnieszka war zurückgeblieben. Tadeusz kehrte um. Ich sagte

- Sie muss unbedingt an ihrer Angst vor dem Überqueren der Fahrbahn festhalten.
- Ja, das muss sie.

Tadeusz führte Agnieszka über die Fahrbahn. Man hörte schrilles Gelächter.

- Er weiß, was er tut.

Und Malina

- Ich habe ihn losgeschickt, um sie zu holen.

Ein älterer Militär ging an uns vorbei

- Seien Sie vorsichtig, es ist sehr glatt.
- Was? Oh – sagt Agnieszka – der hat uns gewarnt wie ein Engel.

Auf dem Gehweg vor uns türmte sich ein Haufen irgendwelcher weißlich-durchsichtigen Abfälle. Wir versuchten, darüber hinwegzugehen

- Furchtbar glatt.
- Er hatte uns gewarnt, aber wir können das einfach beiseite schieben – daraufhin schieben Agnieszka und ich die Folie auf die Fahrbahn.

Anula

- Aber wird denn darauf kein Auto ausrutschen?
- Ich glaube nicht, ein Auto ist zu schwer, aber wir können das überprüfen.

Ein Auto kam. Es fuhr nicht über die Folie, weil sie an der Seite lag, aber das Auto in der Mitte fuhr.

Teile des Films[75] nahmen mich ein, andere gar nicht. Ich war etwas betrübt darüber, dass Fellini mich nicht mehr überraschte. Eigentlich wusste ich das von Anfang an. Nach dem letzten Film, *Roma*. Zuhause habe ich jetzt Mozarts Sonaten aufgelegt. Sie sind unaufdringlich. Ich habe Lust, Gedichte zu

75 *Amarcord* von Federico Fellini aus dem Jahr 1973.

schreiben, aber ich befürchte, dass sie nach jenen Ausbrüchen im Sommer, im Herbst und noch über Neujahr langweiliger werden als zuvor.

Samstag, 14. Februar

Ich habe sehr lange geschlafen. Aus dem Traum erwacht, wusste ich, dass es sich lohnt, bestimmte Träume aufzuschreiben, aber ich hatte keine Lust dazu. Also habe ich mir immerhin geweissagt. Ich dachte, dass die folgenden Träume mich durcheinander bringen werden und gleichzeitig die alten Träume verblassen, um dann der Erinnerung nicht mehr so recht wert zu erscheinen. Das hat sich bewährt. Ich erinnere mich nur noch daran, dass Kitzi-Katzi als Mitarbeiterin der Lektorin Krystyna auf einem Blatt Papier irgendwelche Anmerkungen zu meinen Texten machte und ich diese Anmerkungen durch ein Fensterchen entgegennahm. Jan Józef L. war Redakteur bei der Zeitung, bei der auch ich arbeitete. Also wandte ich mich im Arbeitszimmer an ihn, ob er vielleicht etwas wüsste von der Ausreise Gracjas, weil ich ihr in der italienischen Botschaft vis-à-vis soeben die Ausreise nach Ungarn erleichtert hatte; aber irgendetwas klappte nicht ganz und ich wusste, dass sie sich wundern würden, warum ich das für Gracja getan hatte. Ich ging in dieser Sache deshalb zu Jaś. Jaś J. L. legte, weil er gelesen hatte, die Zeitung beiseite und lächelte mich an.
Ich sagte
– Ich habe eine Frage.
Und er
– Alle wollen mich etwas fragen.
Darauf ich, mit einem Lächeln
– Wenn man Leiter ist, dann ist das so. Blödsinn. Ich werde Dich nicht fragen.
Wir sitzen am Tisch. An der kurzen Seite, ich. Im Radio spielt

ein Lied, es stellt sich heraus, dass es ein Propaganda-Lied ist, die Strophe endet mit den Worten

„Oleńka, stimm' für uns!"

Oder

„Unterschreib', Oleńka!"

Oder „Aleńka".

Wir prusten vor Lachen. Jan Józef L., Agnieszka, ich und noch andere von uns. Ich sinke fast unter den Tisch. Es läuft die zweite Strophe und endet

„Alerta, stimm' für uns!"

Oder „Alierta".

Vor lauter Lachen rutsche ich immer weiter unter den Tisch und schreie

- Ich habe doch gleich gehört, dass das ein Ostakzent war!
- Ja – höre ich Agnieszka sagen – das war Russisch, weil sie nachts senden und weil die tschechische Sprache zu lyrisch ist.

Vor Lachen sitze ich unter dem Tisch auf dem Boden. Auf einmal habe ich den Text eines neuen Stückes von Ionesco oder irgendwem anders aus dem Westen in der Hand. Da sind Zeichnungen neben dem Text. Gestalten im Regen oder überhaupt im Wasser, ihre Silhouetten, die Flügel sind wie die Fragen vom Regen aufgeweicht.

Sie sagen

- Die habm aba Flügl – nein, ganz so sagen sie es nicht, ich trage, um des Effektes bei den Hörern willen, etwas dicker auf. Obwohl ich neidisch bin auf die Idee.

Danach die Reisen. Durch Amerika. Vielleicht durch Frankreich. Ein Verwechseln der Bahnhöfe. Am Zug. Suchen nach Emigranten von vor jenem Krieg. Leszek steigt aus. Der Zug fährt los. Der Name des Bahnhofs klingt sehr französisch. Aber der nächste – erklären die Franzosen – ist Żarnowiec!

Ich denke bei mir: Wie können die das bloß aussprechen? Ah ja, es gibt ja ein „ż".

Alle steigen aus. Ich erkundige mich nach den Adams, Adamiks.

Sie sind die früheren Besitzer des Hauses, in dem Leszek wohnt. Es gehörte Adamiks. Das ist eine Bemerkung aus dem Wachzustand. Ja, sie sind irgendwo, nur ein paar Kilometer entfernt. In jenem Traum. Irgendwie muss man da hinkommen. Der Ladenverkäufer soll uns hinbringen. Wir geben ihm Geld. Er kommt nicht zurück. Nach diversen Schwulitäten erkundige ich mich

– Ist unsere Rückreise bezahlt?
– Selbstverständlich.
– Nein nein.

Ich klettere auf den Tisch, auf die Anrichte. Nein, auf den Stall. Sein Dach hat riesige Löcher. Man kann diese Löcher stopfen. Mit Blech. Oder Haut. Da ist so ein Stück Haut. Es bedeckt zwei Löcher und ein Brett. Aber es sitzt sich nicht gut darauf. Ich schiebe die Haut zur Seite. Jetzt sitzt es sich besser, aber das Loch ist da. Was soll's. Ich glaube, der Zug ist vorgefahren. Unten bei den Sträuchern, am Beet, stehen, weil sie ausgestiegen sind, drei Weissager und besprechen sich. Aber sie gehen auch schon wieder. Nur dass einer einen weißen Kittel ausgezogen hat, den Leszek oder Swen in der Hand trägt. Ich rufe

– Tadeusz! Tadeusz!

Ich will ihm von den drei Weissagern berichten. Er löst sich von dem anderen, der redet. Er ist etwas größer, trägt etwas Bart, die Haare so, wie sie wirklich sind, hebt den Kopf. Er verwirrt mich damit, dass er ihm nicht ähnelt.

– Nichts, nichts, ich wollte bloß prüfen, ob Du kommst, wenn ich rufe.

In einem anderen Traum bin ich bei einer Bekannten auf der Arbeit. Es soll ihr gekündigt werden. Eine andere ist auf Probe da. Ich sitze da und sehe schon, dass sie die Ältere bevorzugen. Ich flüstere meiner Bekannten von der Seite zu

– Die hat ihnen nicht gefallen. Sie bevorzugen das Alte, Gewohnte, und Maria ist mit ihr unzufrieden.

Maria fragt die Neue, was sie morgen mache.

– Ich gehe Eier holen, danach nach Hause zu meinem Mann.

Ich weiß, dass sie das endgültig in die Verzweiflung stürzt. Die Bekannte hat sich in einen Bekannten verwandelt. Auch er ist jung. Und es ist nicht mehr das Büro, sondern bei irgendwelchen Kursen. Sie werden mich nicht rauswerfen. Der Raum ist voll von Schülern. Wir verabreden uns mit meinen Leuten. Ich lache. Allgemeine Toleranz. Ich gehe weg. Da ist eine Kopie von Fellinis Baum[76]. Dieser Bekannte klettert in Militäruniform auf dem Baum herum. Hoch oben, dahinter der Himmel. Der Ast ist ganz dünn und endet gleich. Er aber geht weiter. Hat keine Zeit, zu erschrecken. Er springt. Ich frage

– Wie haben Sie das gemacht?

– Es ist nicht so hoch.

Das war bestimmt der dritte Stock. Jetzt fasst er sich doch an den Kiefer. Ich lege meinen Arm um ihn

– Wie kann man nur – so jung, so hübsch …

Ich sehe genauer hin. Er ist viel größer, in einem eleganten Anzug und grauhaarig. Ich wundere mich und zugleich wundere ich mich nicht. Ich gehe weg.

Zu der Sache mit dem Filmchen in Żoliborz. Lu. und Lu. warten in Wola, ich soll mit Tadeusz zu der Lektorin Krystyna fahren, da ist aber noch Otwock. Ich fahre wegen irgendetwas hin. Und um es nicht wieder mitzunehmen, beschließe ich, es bis zum nächsten Mal ins Gras zu stecken, in den Zaun. Ich suche nach einem geeigneten Ort, um es zu verstecken. Hinter dem Zaun ist Gras. Es ist sofort dunkel geworden. Die Hunde bellen. Die Hütte, Zäune, zwei Wirtsleute treten vor

76 Eine Szene aus *Amarcord,* in welcher der psychisch kranke Onkel auf einen Baum klettert und nicht herunterkommen will. Er schreit: „Ich will Frauen!"

– Hier darf man nicht lang, aber gehen Sie bitte durch.
– Vielen Dank, ich gehe hinter den Zaun.
Sie zu ihm
– Was für ein guter Vater.
Ich denke mir, was haben die nur verwechselt? Gucken sie noch? Ich trete hinter die Umzäunung. Ich hole die Papiere raus, stecke sie in den Heuhaufen. Nein, nicht von dieser Seite. Von der anderen. Es stehen hier mehrere Heuhaufen. Es beginnt zu regnen. Ein Blatt droht wegzuwehen. Ich korrigiere es. Ich gehe weg, schaue. Der Regen kann das doch nass machen, und da ist doch mein Manuskript, auch das Büchlein mit den Sanatoriumsaufenthalten, vielleicht etwas Geld. Ich kehre zurück, drücke es mit dem Schuh fest in den Haufen, gehe weg. Am Samstag in Warschau erfahre ich, dass ich das aus dem Heuhaufen alles haben muss, und zwar sofort. Tagsüber kommt man da nicht dran. Nachts um elf machen sie zu. Ab sieben ist Tadeusz bei Krystyna, und dann muss ich nach Żoliborz. Ich werde es also nicht schaffen. Und was ist mit der Fahrt zu Lu. und Lu. nach Wola? Schließlich suche ich nach einem Klo. Entweder gehe ich in die Universität oder ins Versicherungsbüro. Aber nicht nach unten. Lieber einen Stock höher. Der Korridor ist nicht groß, die Türen weiß. Nein, nicht die. Die auch nicht. Die. Ooohh. Ich trete ein. Wahrscheinlich ist es klein. Nein. Da sind ein paar Kabinen. Schmutzige Kabinen. Das Ganze ist sogar sehr groß. Und heruntergekommen. Da ist jemand, da ist … Er wartet hier. Die Wände sind voller Löcher. Ich gehe in eine der Kabinen und hinter einem Loch in der Wand knöpft sich eine Frau die Hose zu, geht raus. Ich will mich einschließen. Aber es geht nicht. Ich habe meinen Mantel aufgehängt. Ich sehe, dass das Loch riesig ist, das Klo schrecklich. Es warten viele Leute. Ich will das Loch irgendwie verdecken, weil mir da ein Kerl zu aufdringlich glotzt, während er dort so vor sich hinwartet. Ich hänge den langen grünen Schal auf, aber der Balken ist schwarz bemalt und so schroff und dreckig, dass ich es aufgebe. Ich

beende das ein andermal. Ich greife zum Papier – beziehungsweise nach dem Heft im Mantel. Ein Kerl nähert sich. Wohl ein anderer, als der zuvor. Ich sage

– Moment mal, wohin …?!

Aber er ist nicht allein, seine Frau ist auch dabei, in eleganter Kleidung. Keine Antwort; sie gafft unbeteiligt und drängelt sich auch in die Klokabine, hinter mich. Ich rege mich auf

– Wohin?! Wohin drängeln Sie sich? Sie sehen doch, dass ich mich abwische. In den Arsch würden sie einem kriechen.

Sie gehen weg. Zwar weiß ich, dass es sich nicht gehört, aber ich schimpfe weiter

– Man hätte sich woanders ausscheißen sollen, nämlich zuhause!

Ich weiß, dass das sinnlos ist. Sie haben ein Kind. Sie waren spazieren. Plötzlich überkam es sie. Plötzlich stocke ich. In dem Auflauf steht Vater, daneben gleich Mama. Ich sage

– Sowieso löblich, dass sie nichts erwidern.

Und Mama darauf

– Wo auch immer die das Wort ergreifen, reden sie vor sich hin, aber das immer nur alleine mit sich.

Und tatsächlich sehe ich, wie sie, während sie warten, an den Wänden entlanggehen und vor sich hinreden.

Und jetzt im Wachzustand.

Angeblich hat Nina Andrycz[77] den Protest unterschrieben. Sie soll neben der Barszczewska[78] in *Maria Stuart* spielen. Die

77 Nina Andrycz (1915–1940), seit 1935 Schauspielerin des Warschauer Polnischen Theaters, spielte die Hauptrollen in klassischen und zeitgenössischen Dramen. Sie war die erste Frau von Józef Cyrankiewicz. Auch im 21. Jahrhundert ist sie beruflich noch aktiv.

78 Elżbieta Barszczewska-Wyrzykowska (1913–1987), Schauspielerin am Polnischen Theater, spielte u. a. die Hauptrollen in poetischen Repertoiren, in Stücken Ibsens, Pirandellos sowie in Vorkriegsfilmen.

ganze Sache mit den Unterschriften ist lockerer geworden. Sie ist sogar nicht ganz unkomisch.

Abends hat Agnieszka Anula zum Filmunterricht gefahren, weil Anula sich nicht wohl fühlte.

– Ich hatte ein schlechtes Horoskop, also passt Agnieszka auf mich auf. Es ist in ihrem Interesse. Denn wenn mir etwas zustößt, verliert sie ihre Wohnung.

Ich:

– O Gott, wie hässlich Sie über Agnieszka sprechen.

Tadeusz darauf

– Diese Mystikerinnen, die können so sein. Böse.

Anula

– Man muss der Wahrheit ins Auge sehen.

Malina

– Ja, ja. Man muss der Wahrheit ins Auge sehen.

Anula, lachend

– Das habe ich zu Agnieszka gesagt. Um die Behauptungen einzudämmen. Das nur Angedeutete einmal auszusprechen.

Wir haben Anula um drei Uhr nachts per Taxi nach Anin begleitet. Agnieszka war nicht da. Auf dem Rückweg sind Tadeusz und Malina bei mir in Rüpelow[79] vorbeigekommen. Sie hatten keine Lust, schlafen zu gehen. Von zehn bis zwölf Uhr nachts waren wir alle ganz matt. Sogar der Überraschungsbesuch von Krzysztof hat uns nicht aufgemuntert. Malina sagte, Krzysztof gehorche seiner Frau. Man sehe das zwar nicht auf den ersten Blick, aber er sei ein Pantoffelheld. Nach Mitternacht geriet die Gesellschaft dann in Stimmung. Man spielte. Malina erklärte mir, dass sie sich eines Dienstags vertan habe und in ein falsches Treppenhaus gegangen sei.

79 Die Bewohner des Warschauer Viertels Saska Kępa nannten die Gegend „Chamowo", etwa „Rüpelow" (zu *cham* = Rüpel). Białoszewski übernahm die Bezeichnung und benutzte sie zudem als Titel eines seiner Werke.

- Ach, das hast Du nicht getan, um Agnieszka und Mark K. auszuweichen?
- Mant.[80] hatte sich betrunken. Ich habe ihn zu Dir mitgenommen, weil ich ihn zufällig getroffen hatte. Ich führte ihn eine halbe Stunde lang durch den Frost, um ihn auszunüchtern, bevor wir zu Dir reingingen. Er wurde nüchtern. Alles war nur wegen ihm.

Sonntag [15. Februar]

Vor ein paar Tagen kam ich zu Jadwiga nach Hause, die mir sagte

- Es gibt eine Überraschung für Dich.
- Was denn für eine?
- Du siehst sie gleich.

Ich dachte, es sei vielleicht Le. Ich betrat Jadwigas Zimmer, und da saßen auf den zwei Stühlen zu beiden Seiten des Fensters Agnieszka und Anula, symmetrisch zueinander, und strickten. Sie hörten sich Jadwigas Tagebuch an, eine Parodie auf mich, lasen mein *Mühlrondo*[81], das ich Jadwiga hier direkt auf die Blindenschreibmaschine diktiert hatte. Ich war sauer, dass sie ihnen das Rondo gezeigt hat, weil das Gezerre mit Anula auf dem Platz im Frost darin vorkommt. Gestern frisch aufgeschrieben. Und bereits heute las sie es vor. Irgendetwas daran stört mich. Ich sagte

- Das ist ein Protokoll.

Anula darauf

- Ein Protokoll. Ich bin daran gewöhnt, dass man aufschreibt, was ich sage. Früher haben sie es ein halbes Jahr lang Wort für Wort aufgeschrieben.

80 Stanisław Manturzewski (geb. 1928), Soziologe, Journalist, Filmregisseur, Dokumentarfilmer, Schauspieler.

81 *Rondo wiatraczne*.

Dienstag [17. Februar]

Kitzi-Katzi hat erzählt

– In stalinistischer Zeit schrieben sie über mich in der Zeitung der Akademie der Künste: „Kociubińska quält eine Ziege". Im Maiumzug zog die Begräbnisprozession des Formalismus mit. Ein Sarg voran, dahinter führte ich eine Ziege. Man befahl mir, die Ziege als Witwe des Formalismus zu verkleiden. Also setzte ich ihr einen Witwenhut auf. Wir näherten uns der Tribüne. Die Ziege lief. Kurz vor der Tribüne erstarrte sie auf einmal, bepisste sich und wurde ohnmächtig. Allgemeine Bestürzung. Der Umzug hielt an. Der Sarg hat die Ziege dann mitgenommen. Und da war Kazimierz S., einer unserer Kollegen und ein Denunziant, ja, Denunziant aus Überzeugung. Jedenfalls standen wir während der fünf Schweigeminuten nach Stalins Tod da, es war heiß, offensichtlich hatten sie tüchtig geheizt, Stille, nur die Fliegen surrten, ich schaute auf die Uhr, weil es lange dauerte, dann aus Langeweile über die Gesichter der Leute und sah: Kazimierz S. liefen die Tränen übers Gesicht.

Mir ist eingefallen, dass Agnieszka auf spätere Inkarnationen hinarbeitet. „Da helfe Gott", wie Stalin 1944 zu Mikołajczyk gesagt hat, wenn auch nicht so sehr zum Thema „Inkarnation", als vielmehr in Bezug auf die Möglichkeit, den Warschauer Aufstand zu halten.

Agnieszka ist natürlich ein guter Mensch. Sie braucht einen Vorwand für ihre Güte. Angeblich ist sie in ihrer Jugend nicht so gut gewesen.

Außerdem haben junge Menschen konspirative Bedürfnisse.

Samstag, den 21. Februar

Lu. wohnte als kleiner Junge mit seinen Schwestern und Eltern im Stadtviertel Powązki, in der Burakowskerstraße. Das ist so eine kleine Straße, deren eines Ende auf den Friedhof hinausgeht. Die Wohnung war über einer Bäckerei. Es war schwierig, barfuß auf dem Boden zu stehen. Die Bäckerei und das ganze übrigens nicht sehr große Haus gehörten den Reszkes. Es war nicht klar, warum es gebaut worden war und wie man es später überhaupt unterhielt, weil die Reszkes andauernd Schulden hatten. Sie lebten mit Lu.s Eltern in großer Vertrautheit. Aber als die ältere Frau Reszke einzog und Herr Reszke der Familie ein Zimmer weggenommen hatte, zerstritten sie sich. Lu.s Familie zog in die Spokojnastraße. Und noch bevor sie ausgezogen waren, bohrte Herr Reszke für die ältere Frau Reszke einen Durchgang zu dem umstrittenen Zimmer. Nach Ausbruch des Ersten Weltkriegs waren Verwandte der Reszkes – Vertriebene aus dem preußischen Teilungsgebiet – nach Warschau gezogen, und weil die Russen, denen sie als Bürger eines verfeindeten Staates galten, sie ins tiefste Russland abdrängten, und sie Möbel besaßen, ließen sie diese Möbel den Reszkes zur Verwahrung da. Herr Reszke wurde zur Armee eingezogen. Er kam an der Front um. Die Verwandten kehrten später aus Russland zurück und forderten irgendeinen Teppich ein, den es gegeben oder auch nicht gegeben hatte und der abhanden gekommen war. Schlimmer war es, dass sie anfingen, einen Teil des Erbes von Herrn Reszke einzufordern, weil Herr und Frau Reszke keine Kinder gehabt hätten. Frau Reszke hatte so etwas jedoch vorausgeahnt und war schwanger geworden. Danach hatte sie ein Kind. Die Familie behauptete, das Kind sei künstlich, also nicht ihr eigenes, die Schwangerschaft fiktiv, man habe doch gewusst, dass sie keine Kinder haben konnten. Lu. vermutet auch, dass Frau Reszke sich mit Kissen einen Bauch hinstopfte. Jedenfalls war das Kind da, die Kissen dagegen hatte niemand gesehen. Die Familie ließ damals verlautbaren, dass das Kind nicht Frau Reszke gehöre. Daraufhin zeigte Frau Reszke einen Brief des Mannes von der Front vor Gericht vor, welchem zufolge er sich auf den Nachkommen freute. Also hatte er seiner Frau auf die Nachricht von der

Schwangerschaft geantwortet. Also gewann Frau Reszke. Früher, nach Ausbruch des Krieges, hatte Frau Reszke sich dazu entschlossen, in das Dorf bei Płock, aus dem ihre Familie stammte, zu ziehen. Sie war Müllerstochter. Zeiten des Hungers überlebt man leichter auf dem Dorf. Die Wohnung mit den fünf Zimmern, die reich ausgestattet war mit eigenen und den zu verwahrenden Möbeln, hatte sie an Lu.s Familie abgetreten. Die Beleidigungen waren vergessen. Die ältere Frau Reszke lebte damals wahrscheinlich nicht mehr. Außer den Möbeln blieb ein großer Papagei übrig. Hin und wieder rief er mit der Stimme Frau Reszkes

– Antoolek, spann die Pfeerde an!

Die Kinder lugten in die Regale und Schubladen der Familie aus dem preußischen Teilungsgebiet. Sie waren voll von verschiedenen Sachen. Fand man einen Handschuh, fiel aus dem dazugehörigen ein getrockneter Haufen Scheiße. Oder die Rüschen. Aufgerollte Spitze. Da rollt man sie ab, dröselt sie auf und darin findet sich ein getrockneter Haufen Scheiße. Frau Reszke reiste manchmal für ganze Wochen an und blieb bei Lu.s Familie. Sie verstand es, stundenlang fesselnd zu erzählen. An die Anrichte gelehnt, das eine Bein auf dem Stuhl, das andere auf dem Korb, aus dem Fenster starrend, um zugleich sehen zu können, was draußen vor sich geht, ersann sie Geschichten von Überfällen, von Hinterhalten mit Mord, von Betrug und Merkwürdigkeiten. Die Angaben waren stets genau, was, wo, wer, in welchem Dorf. Weil das alles in ihrem Dorf spielte oder in dem daneben. Lu. hatte in der Zwischenzeit bemerkt, dass ihm ganze Seiten aus *Tausendundeine Nacht* samt Illustrationen fehlten. Er liebte es, Frau Reszke zuzuhören, aber ihre Erzählungen kamen ihm immer bekannter vor, bis er entdeckte – wobei ihm die hier und da ausgerissenen Seiten dazu verhalfen – dass es Frau Reszke war, die eine Seite ausreißt, liest, und das Gelesene dann mit der einen oder anderen Veränderung wiedergibt, dabei die gesamte Handlung aus *Tausendundeiner Nacht* nach Płock und in unsere Zeit verlagernd. Außerdem klaute sie auch andere Kleinigkeiten, wie zum Beispiel Scheren. Zwanghaft. Lu. hatte beobachtet, dass Frau Reszke sich zum Lesen in die Einsamkeit zurückzieht, sich irgendwo im hintersten Zimmer auf das Bett legt, um im deutlichen Flüsterton vor sich hinzusprechen

– F pch – – – sch ka … sch p schw …w h…osch… ack…

Auf diese Weise hatte sie Sienkiewiczs *Mit Feuer und Schwert* gelesen. Es dauerte eine Ewigkeit, weil sie nie gelernt hatte, schneller zu lesen.

Lu. erklärte

– Ich lese auch langsam, aber ich spreche die Silben nicht einzeln aus. Aber sie konnte es nicht schneller. Sie litt darunter. Was erleben bloß diejenigen, die Bücher überfliegen? Von Frau Reszke habe ich dieses ganze Lied der Danusia, „die Blüten duften …“, ich habe das selbst nicht gelesen, aber sie fühlte es … Ab und zu wachte sie morgens in Tränen auf und sagte: „Vater ist gestorben, das fühle ich“, kleidete sich in Trauer und fuhr nach Hause. Da stellte sich heraus, dass er gestorben war. Sie wusste vorher wirklich nichts davon. Ein andermal weinte sie: „Mutter ist gestorben“, kleidete sich in Trauer, fuhr hin, das Begräbnis war im Gang. Das Gleiche mit dem Adoptivkind. Es war gestorben. Schließlich blieb sie auf dem Dorf. Sie hat dort zum zweiten Mal geheiratet.

Ludmiła malt einer alten Architektin, die sich bei ihr gemeldet hat, ein Porträt. Sie hat zugegeben, sich nicht mehr an Ludmiłas Nachnamen erinnert zu haben, aber als sie von ihren Bildern erzählte, stimmte alles. Sie ist klug, unerträglich, sensibel für Farben. Sie hat Tausende für das Bild ausgegeben, doch für das Taxi ist ihr das Geld zu schade, so dass man sie nachts zur Haltestelle begleiten muss. Sie muss mehrmals umsteigen.

Während der dritten Sitzung hat sich herausgestellt, dass sie auf dem Porträt jünger sein möchte, als sie in Wirklichkeit ist.

Viel jünger. Ganz jung. Sie hat ihr Diplom mitgebracht, an das ein sehr altes Foto geheftet war.
Ludmiła weiß nicht, wie sie aus der Situation herauskommen soll. Sie hatte ein kleineres, wenn auch ähnliches Problem mit Tatarkiewicz. Der Stifter des Porträts hatte sich gemeldet. Danach Tatarkiewicz. Ziemlich taub, aber gesellig, ein interessanter Redner. Nach einer der Sitzungen sagte er
– Ich bin auf Ihrem Porträt viel, viel jünger und schöner. Aber ist das nicht noch zu wenig?

Dienstag

Malina
– Ich bin in Anin gewesen. Agnieszka hat mich angerufen, ich solle kommen. Na ja, es gehörte sich nicht anders.

Jemand sagte, dass diese Triumphbögen bei uns dazu da seien, dass die Geschütze durch Tore fahren können.

Montag, 15. März

Ich hatte eine Lesung im „Klub des Buches und der Presse“ auf dem Platz der Lubliner Union. Wir sind mit Tadeusz um viertel vor sieben dort angekommen. Durch die Scheiben habe ich im Gedrängel Ludmiła in einem grauen Anzug gesehen.
– Was machst Du hier?, fragte ich, weil ich ihr und Lu. nicht Bescheid gegeben hatte.
– Sandauer war gestern da, er lud ein, er würde den Abend moderieren, wir dachten, dass es seine Lesung sei, Ludwik ist auch da.
Um sieben hatte man unnötigerweise die Türen geschlossen. Viele Leute waren nicht mehr reingekommen. Drinnen war es heiß, viele Leute mussten stehen. Aber was schadet es, so viele reinzulassen, wie reinpassen? Drozdowski, Redakteur der Zeit-

schrift „Poezja“, der mir in einer der Nummern[82] gewissermaßen ein ganzes Bändchen abgedruckt und die Lesung veranstaltet hatte, sagte, dass es schon spät sei, Sandauer käme zu spät

– Ich habe ein Stück aus dem gelesen, was er 1955 über Sie geschrieben hat. Oh, da ist er ja …

Es wurde laut. Artur Sandauer kam herein, Applaus, Gedrängel hin zu uns, ich stellte deshalb die Tische um, Coca-Cola-Flaschen störten dabei, Blumen und Mikrofone. Sandauer begann. Im Stehen. Von der Situation der Literatur und der Literaten heute in Polen ganz allgemein. Er sagt, was er will. Słonimski sei der kämpferische Typ Dutzendmensch, Iwaszkiewicz der triumphierende. Dann von Leuten, die tabu sind. Und von denen, die das Gegenteil sind. Von den Befürwortern des Ostens und den Befürwortern des Westens. Und über mich als Einheimischen.

Danach meldete sich ein junger Mann zu Wort. Sandauer, ungeduldig geworden, unterbrach ihn und beendete seinen Gedanken.

Ein Herr stand auf, sagte etwas Sinniges. Ein stilvoller, mit Bärtchen.

– Wer ist das?

– Ich weiß nicht.

Da sagt er über sich

– Ich bin alt.

Sandauer

– Das ist übertrieben!

Danach stellte er sich als Archäologe vor. Und er sagte, dass Sandauer den Osten und Westen erwähnt habe, aber es gäbe doch noch den Norden und Süden. Besonders der Süden mit seiner Kultur sei wichtig. Darauf Sandauer, dass das Wort „Westen“

82 Bohdan Drozdowski (geb. 1931), Dichter, Prosaschriftsteller, Dramaturg, Übersetzer. Seit 1972 Chefredakteur der Monatszeitschrift „Poezja“. Unter seiner Leitung gab die Zeitschrift häufig monographische Nummern heraus. Die Nummer 2/1976 war Miron Białoszewski gewidmet.

auch Italien einfasse und überhaupt alles, was auf jener Seite sei. Ach, da stellte sich heraus, dass es Anulas Vater war, der sprach, und zwar derjenige, der mich protegiert hatte, um mir zu helfen, an ein Telefon zu kommen. Ohne Erfolg.
Zur linken Seite hatte ich Jadwiga sitzen, hinter Jadwiga Stacha, dahinter die Aufnahmegeräte. Rechts Sandauer, Drozdowski mit Bart. Es war ziemlich eng. Vor uns reihenweise Leute. Fensterscheiben. Hinter den Scheiben Gesichter. Sie blickten bedeutsam drein. Es stellte sich heraus, dass auch Zdzisław, Jadwigas Ex-Mann, es nicht geschafft hatte, hereinzukommen und durchs Fenster guckte. Nach gewissen Aussagen Sandauers stieß Jadwiga mich mit dem Ellenbogen in die Seite; keine Reaktion meinerseits, ich werde ganz steif; sie weiß ja nicht, dass wir bei voller Beleuchtung dasitzen, uns gegenüber Reihen, die uns beobachten. Sie stieß mich noch einmal deutlich an; man sah das alles wie durch ein Vergrößerungsglas. Seitlich fing ein Schwindsüchtiger an zu reden, ein Bekannter von Ludwik und mir, danach lange Alfred Łaszkowski. Über *Osmędeusze*[83], über die er vor Jahren eine ganze Abhandlung geschrieben hat[84].

83 Dieser Titel eines mit Ludwik Hering gemeinsam geschriebenen Theaterstükkes ist ein Neologismus Herings und auf Deutsch kaum nachzuempfinden. Seine Wurzel scheint laut Tadeusz Sobolewski die gleiche zu sein wie in „smęt" bzw. „smutek" („Traurigkeit", „Wehmut"). Auf dieselbe geht auch das polnische Wort für „Friedhof", „cmentarz" zurück (ehemals geschrieben und gesprochen als „smętarz"). Es steckt ebenfalls „meda" darin, die Schlange. Die „Osmędeusze" des Theaterstücks sind Klageweiber, die vor den Friedhofsmauern die tragischen Geschichten um verstorbene Liebhaber erzählen oder nachspielen. Die Endung „-usz" in „Osmędeusze" ist die gleiche wie in polnischen Eigennamen: „Tadeusz", „Odyseusz", „Prometeusz" oder „faryzeusz". Nach dem Modell des letzteren, der Pharisäer, könnte man mit Henk Proeme den Titel „(Die) Osmendäer" vorschlagen.
84 Łaszowskis Abhandlung über die *Osmędeusze* wurde in „Kierunki" [„Richtungen"] veröffentlicht (Nr. 30/1957) unter dem Titel „Ein literarisches Ereignis. *Osmędeusze* von Miron Białoszewski", Nachdruck in *Oko w oko z młodością [Auge in Auge mit der Jugend]* (1963).

– Leider – sagte er – wurden diese Texte nie gedruckt.
– Doch! Sie wurden gedruckt! – rief Sandauer aus.
– Ja? Wann?
– Vor langer Zeit, in einem Buch.[85]
– Ah, das ist gut – und weiter davon, dass *Osmędeusze* in Powązki gespielt werden sollten, vor der Friedhofsmauer, darüber habe er schon vor langer Zeit geschrieben, dann, dass man die *Osmędeusze* umziehen solle, vor einen Friedhof in Paris.

Darauf Sandauer
– Die, die in Paris am wichtigsten sind, kennen *Osmędeusze*. Ich habe Sartre und Simone de Beauvoir zu einer Aufführung der *Osmędeusze* zum Dąbrowskiplatz geführt; sie saßen dort auf kaputten Stühlen oder gar auf dem Boden.
– Ah, das ist gut, Łaszkowski darauf, gut.

Łaszowski: Nałkowska schrieb über ihn, er sei von „beunruhigender Intelligenz". Einmal saß er bei einer unserer Aufführungen, da kam Jan Józef Lipski herein, zog mich in eine Vorzimmerecke, holte sein Notizbuch heraus und las mir eine antisemitische Aussage Łaszowskis von vor dem Krieg vor.

Nach der Beerdigung Zawieyskis kehren wir durch ein Tannenwäldchen zu den Autos zurück, Artur Sandauer mit Erna, Sohn Adam und mir.

Sandauer erklärte seinem Sohn oder jemand anderem neben ihm lauthals die Situation Łaszowskis, der vorher an uns vorbeigehuscht war
– Vor dem Krieg war er Mitglied der ND[86], nach dem Krieg durfte er veröffentlichen, was er wollte, später veröffentlichte er unter dem Pseudonym Gerard.

85 Miron Białoszewski, *Teatr osobny 1955–1963. [Einzeltheater 1955–1963]*. Das Buch ist unter der Ägide und mit einem Vorwort von Artur Sandauer herausgegeben worden.

86 Mitglied der Nationaldemokratie.

Wir wandten uns um und hinter uns auf dem Gehweg war Łaszowski. Sandauer zu uns

– … Ja … ich hatte Euch ja schon gesagt, Przyboś hatte eine solche Situation bereits im Jahr …

Zur Zeit der Besatzung, als die Deutschen angeblich Katyń entdeckt hatten, baten sie darum, dass jemand für sie als Zeuge aussage[87]. Unvorsichtigerweise meldete sich Łaszowski. Kein einziges Wort hat Łaszowski im Presseklub jetzt an Ludmiła und Ludwik, die Mitbegründer des Theaters, insbesondere der *Osmędeusze*, gerichtet. Sandauer stand auf, bezog sich darauf

– Man muss hervorheben, dass die hier Anwesenden – er streckt die Hand nach rechts aus und zu einer Gruppe von Leuten, die weit weg in einem dichtgedrängten Haufen stehen – Ludmiła Murawska …

Applaus. Ludmiła verbeugte sich, aber mit einer seltsamen Miene. Sandauer hatte manchmal verlangsamte Reflexe, er hätte gleich Ludwik erwähnen sollen. Jetzt übertönte ihn der Lärm. Ludwik drängte sich nach vorne durch. Ludmiła sagte zu mir

– Sag etwas zur Verfasserschaft der *Osmędeusze*[88].

Ich sprach darüber. Ludwik hatte sich durchgedrängelt. Jetzt sprach er. In gereiztem Ton. Aber kurz. Dennoch gelang es ihm, noch über die Katakumbowa[89] zu sprechen.

– Sie hat die Liebe geopfert.

Später sagte er mir, sie habe sich die Liebe im Alter doch nicht abgewöhnt. So, wie die Nałkowska. Ludmiła malte die Kata-

87 Tatsächlich war der Schriftsteller Ferdynand Goetel der polnische Zeuge der Entdeckung der Gräber von Katyń durch die Deutschen.

88 Über die Autorschaft von *Osmędeusze* schreibt Ludmiła Murawska im Text *Wolność w łupinie orzecha [Freiheit in der Nussschale]* (in: *Miron. Wspomnienia o poecie [Miron. Erinnerungen an den Dichter]*) sowie im Nachwort zu Ludwik Herings *Ślady [Spuren]*.

89 Eine der Figuren aus dem Stück *Osmędeusze*.

kumbowa, aber die Nałkowska kam durch. Nałkowska hatte mit Jan Kott[90] über die Leidenschaften und die Liebe im Alter gesprochen.

– Jan, das endet niemals.

Ludwik sprach über seine Mitautorschaft an *Osmędeusze*

– Ist es nicht so, Miron?

– Ja, das alles ist wahr – sagte ich zum ganzen Saal.

Ich wollte weiterreden. Aus der Entfernung unterbrach mich Ludwik

– Nein, mach es nicht unklarer, es ging mir nur um die Bestätigung; das reicht.

Erst dann kam ich dazu, vorzulesen. Die Gedichte *Siekierki*, *Garwolin*[91] und die Erzählung *Lesznostraße 99*. Nach der Lesung signieren. Das mag ich nicht. Weil es eine mechanische Tätigkeit ist. Zu viel davon. Bevor ich anfing zu signieren, sagte ich noch zu Sandauer:

– Ich gehe schnell Ludwik holen.

– Ja, ja, man sollte ihn holen, sagte der ebenfalls besorgte Sandauer.

Also lief ich los. Er nahm es mir nicht übel. Zudem hatten sich gerade irgendwelche jungen Leute an Ludmiła und Ludwik gewandt, sie sollen zu ihren Theaterproben kommen, zusehen und Rat geben. Sandauer und Erna haben Jadwiga und Stacha mit ihrem Wagen nach Hause gebracht. Sie haben sich überreden lassen, kurz hereinzukommen. Lu. und Lu. wollten nicht zu Jadwiga fahren.

Ludwik

90 Jan Kott (1914–2001), Literatur- und Theaterkritiker, Essayist, Literatur- und Theaterhistoriker. Weltberühmt wurde sein Werk *Szekspir współczesny [Shakespeare, der Zeitgenosse]*.

91 Zyklus *Siekierki* [wörtlich „Äxtchen"; so heißt ein Stadtteil von Warschau], Erstdruck in der Miniaturserie *Poeci Polscy [Polnische Dichter]*, Band *Miron Białoszewski*, Warschau, Czytelnik 1977; Zyklus *Garwolin i z powrotem [Garwolin und zurück]*, Band *Odczepić się [Sich abnabeln]*, Warschau, PIW 1978.

– Nein, nein, sonst sage ich noch etwas Verletzendes.
– Ah, dann lieber nicht.

Tadeusz und Ania, Agnieszka und Anula, Julian und ich sind mit der Straßenbahn gefahren. Julian trippelte stur vor sich hin. Als ich mich auf den Platz des Autors im Klub setzen sollte, traf ich einen völlig versteift zwischen Jadwiga und Drozdowski sitzenden Julian an. Er rührte sich nicht von der Stelle. Ich musste erst zu ihm sagen:

– Bitte setzen Sie sich dort hin – das half.

Ludwik schaffte es, mir vor der Garderobe noch zu sagen

– Ich hatte mich dort hinsetzen wollen, aber dann sah ich, dass da nur Spukgestalten sitzen. Da wollten zwei Alte unbedingt beieinander sitzen, beide weißhaarig und mit Brille. Ich musste flüchten.

Sandauer fragte mich, ob mir gefallen habe, was er gesagt hat. Ob er sich gut gemacht hätte.

– Und bei diesem Hering weiß man nie, ich habe Angst vor ihm.

Beim Verlassen von Jadwigas Wohnung sagte er

– Ich bin zwar zerstreut, aber ich fahre gut Auto.

Niemand bestätigte das. Über den Fahrer Sandauer machen Anekdoten die Runde. Zum Beispiel sagte die Lektorin Krysia Milewska

– Er hat mich nach Grochów gefahren, ich hatte Angst, er bog nie nach links ab, er fuhr in den Straßen herum, um die Linkskurve zu vermeiden.

Sandauer sagte, er verstehe überhaupt nicht, was Ludwik sage.

– Und Du, verstehst Du das?
– Ich? Ja. Immer.

Während meiner Lesung – genau während dieser zwei Stunden – ist der Winter zu Ende gegangen. Mit einem Nieselregen zog ein erster Frühling herauf. Bei Jadwiga hat Anula von der Müdigkeit gesprochen. Ania zog eine Kiste mit der Aufschrift „Arzneivorrat“ aus dem Schrank des Großvaters, der mir gratuliert hatte, aber jetzt schon schlief; sie wollte allerdings auch schlafen gehen. Tadeusz brachte sie zum Taxi und kam wieder zurück. Wir fanden keine Schlaftabletten. Jadwiga

– Aber stellt dem Großvater das wieder zurück, sonst sagt er später, es sei durcheinander.

– Jadwiga, ich gebe Ihnen Medikamente, fahren wir zu mir.

Jadwiga wollte sich hinlegen. Wir fuhren also nicht sofort los. Währenddessen verließen Agnieszka die Kräfte. Jadwiga erhob sich von ihrer Schlafcouch und wandte sich an Agnieszka

– Lege Dich für einen Moment hin.

Agnieszka legte sich sofort hin. Wir gingen in die Küche, die Zitronensuppe holen. Weil alle etwas davon haben wollten. Jadwiga verteilte Ananas aus der zuvor von Anula geöffneten Dose, welche mir beibringen wollte, wie man mit dem Öffner, den auch ich habe – der allerdings einen Monat lang dalag, weil ich nicht wusste, wie man ihn bedient –, Dosen öffnet. Danach habe ich auch Ludwik und Lucynka das Öffnen damit beigebracht, worüber sie sehr zufrieden waren. Jetzt Jadwiga

– Aber lasst etwas für Ania übrig.

Auf dem Rückweg, im Korridor, sagte sie zu mir

– Zdzisław schläft?

– Ja, wahrscheinlich schon.

– Weil man ihn zur Ananas einladen könnte.

Jadwiga sagte, dass sie auf einmal gar nicht mehr müde sei. Agnieszka stand auf, auch ihre Müdigkeit war verflogen. Auf der Straße sang sie, tänzelte. Sie und Anula lachten. Nachdem wir bei mir gewesen waren, nahmen wir um halb vier den Aufzug nach unten. Der Aufzug schloss sich ganz langsam. Unten stand jemand und wartete. Wir brachen in Gelächter aus. Wir blieben stehen, wollten aussteigen. Es war der Milchmann. Er stand da und war erbost, hinter ihm die Kiste mit den Flaschen.

– Wie kann man den Aufzug nur so lange aufhalten!, schrie er.

– Aber in der neunten Etage hat doch die Tür …

Agnieszka erklärte ihm irgendetwas. Er schimpfte.

– Kommt, wir gehen, sagt Agnieszka, das hat keinen Sinn, er riecht nach Wodka.

– Ah!, mir ist übrigens eingefallen, dass der vielleicht ein freigelassener Krimineller ist.

Wir hörten den Milchmann weiter schimpfen.

– Wenn man gesoffen hat, muss man besoffen nicht den Aufzug aufhalten und dabei lachen!

Also dichtete er uns das Besäufnis an. Wir fuhren Agnieszka und Anula nach Anin.

Auf dem Unionsplatz sagte ich zu Ludwik

– Ich habe eine Einladung für die Vernissage von Teresa Tyszkiewicz[92] bekommen. Kommst Du auch?

– Ich weiß von nichts. Ich habe keine bekommen.

– Morgen um sechs, Galerie „Zapiecek".

– Nein, ich gehe nicht hin.

Ich überredete Tadeusz, zu kommen. Er und Agnieszka fragten gleichzeitig

– Ist das eine Verwandte von Schwester Franciszka[93]?

– Nein. Ihr Mädchenname lautet Ledóchowska.

92 Teresa Gräfin von Ledóchowski-Tyszkiewiczowa (1906–1992), Malerin, hatte ihre erste Einzelausstellung im Jahr 1937. Nach dem Krieg zog sie nach Łódź. Pädagogin der dortigen Hochschule der Schönen Künste PWSSP. Sie beschäftigte sich mit abstrakter Kunst, in sozrealistischen Zeiten mit der Illustration von Kinderbüchern, Drucken sowie Stoffmalerei. Für das Wirken der Galerie Krzywe Koło [Schiefer Kreis] spielte sie eine große Rolle. Kunsttheoretikerin.

93 Schwester Maria Francisczka, eigentlich Irena Gräfin von Jezierski-Tyszkiewiczowa (gest. 1964), Franziskanerin, wurde in das Warschauer Kloster in der Piwna-Straße verlegt, Blindenpflegerin. Ihr früherer Ehemann, der dem III. Kloster des Hl. Franziskus angehörte, wurde 1944 erschossen. Sie trat nach dem Krieg ins Kloster ein. Sie leitete eine Bibliothek religiöser Bücher. Ihre Beerdigung beschrieb Białoszewski in der Erzählung *Die Beerdigung der Schwester Maria Franciszka* (im Band *Donosy rzeczywistości [Meldungen der Wirklichkeit]*). Sie ist die Großmutter der Schauspielerin Beata Tyszkiewicz.

– Ach, Ledóchowska, das ist bestimmt eine Verwandte von Ledóchowski vom „Film“[94].

Danach hieß es, Rudnicki[95] habe den Bruder jenes Ledóchowski auf der Treppe verprügelt.

– Rudnicki? Adolf Rudnicki?

– Ja.

Ich brach in Gelächter aus.

– Ha! Adolf Rudnicki und Graf Ledóchowski, das sind zwei Lümmel. Rudnicki und sich prügeln? Haha! Vom Balkon spucken – das ist was anderes! Die Schriftsteller Jastrun, Sandauer und Rudnicki hielten sich in der Wohnung in der Iwickastraße auf, vielleicht war auch Żółkiewski[96] dabei: Rudnicki war im ersten Stock, Sandauer im Parterre. So, wie Sandauer heute noch über die wichtigen Leute herfällt, so hat er es auch schon früher getan. Weil es sinnlos sei, sagt er, sich an den Kleinen zu vergreifen. Wozu sich über Międzyrzecki[97] hermachen? Über Leute wie Rudnicki sagt er, ein Graphomane sei „immer in einer misslichen Situa-

94 Der Filmkritiker Aleksander Ledóchowski.

95 Adolf Rudnicki (1909–1990), Prosaschriftsteller, Essayist. Der wichtigste Teil in seinem Werk sind die Arbeiten, die Erfahrungen aus der Kriegs- und Besatzungszeit betreffen (der Zyklus *Epoka pieców [Die Epoche der Öfen]*). Außerdem verfasste er psychologische Erzählungen, Feuilletonbeiträge *(Niebieskie kartki [Blaue Blätter])* und Erinnerungen.

96 Stefan Żółkiewski (1911–1991), Publizist, Essayist, Kritiker, Theoretiker und Literaturhistoriker, Kulturwissenschaftler, Professor der Polnischen Akademie der Wissenschaften (PAN), einer der Mitbegründer des Literaturwissenschaftlichen Instituts . Er war in den Jahren 1956–1959 Hochschulminister und Redakteur verschiedener namhafter Zeitschriften.

97 Artur Międzyrzecki (1922–1996), Dichter, Prosaschriftsteller, Essayist, Übersetzer französischer und englischsprachiger Literatur. Er war Soldat der Armee von General Anders, nahm teil an der Schlacht bei Monte Cassino, debütierte 1943 in Palästina in der Kriegspresse. Redakteur verschiedener Zeitschriften wie „Nowa Kultura“, „Poezja“ u.a. 1990–1996 Vorsitzender des polnischen PEN-Klubs und Vizevorsitzender der internationalen Föderation dieser Gesellschaft (1991–1996).

tion". Also machte er sich damals über Adolf Rudnicki her. Rudnicki wurde damals gelesen, er war berühmt. Sandauer hielt ihm seine Fehler vor. Ich erinnere mich etwa an: „Die Wettkämpfer priegelten sich in der Kurve."[98]

Gelächter. Nicht alle lachten. Agnieszka verstand nicht.

– Ach, ich dachte, es handle sich überhaupt um Surrealismus.

– Rudnicki rief jedenfalls nach diesem Artikel von Sandauer bei Ludwik Hering an und sagte über Sandauer, er sei ein „dummer, rachsüchtiger Jude".

Jadwiga prustete vor Lachen

– Aber er selbst doch auch.

– Genau das ist es ja. Beide tragen ihr Judentum ganz offen zur Schau. Einmal ist Sandauer in der Iwickastraße aus dem Taxi gestiegen – er hatte damals wahrscheinlich noch kein Auto –, ging zur Toreinfahrt und oben auf dem Balkon stand Rudnicki, der ihn anspuckte. Viel ist da wohl nicht angekommen, denn wenn man aus Wut zu einem Speichelattentat ausholt, will der Speichel nicht recht einschießen. Sandauer erzählte das später, auch dass Adolf Rudnicki ihn – verständlicherweise – nicht grüße. Seine Frau Eli allerdings schon – auch das ist verständlich –, aber auch Gonia grüße er nicht. Gonia ist die Haushälterin. Eine betagte, hochbetagte Frau. Ludwik hat mir erklärt, dass Sandauer Rudnicki nicht verzeihen könne, einmal über ihn geschrieben zu haben, dass „unserem hochgeschätzten Artur S. in leidenschaftlichem Tanze die zerschlissene Unterhose hervorlugte". Rudnicki hat sich mit einer reichen Französin verheiratet, einer Schlossbesitzerin. Erst jüngst. Im Alter. Als ich unlängst den PIW-Verlag aufsuchte – Krysia, die Lektorin und frühere

98 Es geht um die titelgebende Skizze aus Artur Sandauers Buch *Bez taryfy ulgowej. Eseje* (1959) *[Ohne Ermäßigungstarif. Essays]*, wo er Rudnicki als „die Helena Mniszek unserer Zeit" apostrophiert. Aber unter den sprachlichen Fehltritten dieses Textes ist der von Białoszewski zitierte nicht zu finden.

Cheflektorin[99] war da –, kam eine alte Jüdin, eine Kommunistin, vorbei, die kaum mehr gehen konnte (sie war eine Bekannte von Olgierds Eltern und kam wegen meines Vorsprechens dort). Nachdem sie weggegangen war, sagte Krysia Milewska zu mir

– Angeblich sieht so die Frau von Adolf Rudnicki aus, das ist das Geheimnis.

– Ach ja?, wunderte ich mich, Adolf Rudnicki hat doch immer schöne Frauen und Freundinnen gehabt, und zwar solche zum Vorzeigen. Eine war Schottin oder Irin, Scarlett[100], sie war die spätere Frau Panufnikowa[101], ihr Foto hing lange im Schaufenster auf dem Dreikreuzplatz bei einem beliebten Fotografen der höheren Schichten. Er hatte Leszek auf einem Studentenfoto die Nase retouchiert, um ihn eleganter wirken zu lassen.

Dienstag, den 16. März

Tadeusz ist nicht in die Galerie Zapiecek gekommen. Es waren viele Leute da. Hochparterre. Einige Schaufenster voll reinguckender Leute. Henryk Stażewski, ein Standardabstraktionist, über den ich ein ironisches Stück mit dem Titel *Gioconda*[102] geschrieben habe, in roter Krawatte, kahl, klein, trotz des fortgeschrittenen Alters sehr freundlich und beständig. Er steht bei Teresa Tyszkiewicz. Teresa

– Ahh … Miron. Du bist ein treuer Freund.

99 Es geht um Romana Granas, die in den Jahren 1961–1964 Chefredakteurin des PIW-Verlages war.

100 Scarlett, eigentlich Marie Elizabeth O'Mahoney. Sie war vorher Adolf Rudnickis Ehefrau gewesen.

101 Andrzej Panufnik (1914–1991), Komponist und Dirigent, lebte seit 1954 in Großbritannien. Schrieb Symphonien, Konzerte und Kammerstücke.

102 Eine Erzählung aus dem Band *Donosy rzeczywistości [Meldungen der Wirklichkeit]*.

Henryk sagte zu mir, zu ihm würde ich gar nicht mehr kommen. Das war unser erstes Gespräch, nachdem ich über ihn geschrieben hatte.

– Ich werde Dich besuchen, sagte ich, wohnst Du immer noch mit Edzio Krasiński[103] zusammen?
– Ja, immer noch – und lächelte.

Ich gab ihm meine Adresse. Wie man hinkommt, zeichnete ich auf dem weißen Ausstellungskatalog auf. Es tat gut, endlich mit Henryk zu sprechen. Er erwies sich als großmütig.

– Ich mache bald eine Lesung für meine Freunde, das ist intimer.
– Aber sag mal, wohnst Du dort alleine? Das ist nicht gut. Hast Du niemanden in Deiner Nähe?
– Die amerikanische Teresa ist da, beziehungsweise Oluta, aber sie ist verreist.
– Ach, die ... Es ist nicht gut, dass Du niemanden in Deiner Nähe hast.

Ein wenig wunderte mich die verächtliche Geste in Bezug auf Oluta. Als man Henryk damals die Werkstatt in der Świerczewskistraße unweit der Solnastraße zugeteilt hatte, trat er sie nämlich an die Malerin Teresa-Oluta ab. Na ja, der Grund dafür war wohl weniger sein großes Herz, als vielmehr, dass er mit Mewa und deren Mann Jan zusammen aus der alten Wohnung ausziehen wollte. Was man ihm aber dann gab, war zu klein für drei Personen. Jahre später hatte man den dreien übrigens zusammen auf der Świerczewskistraße etwas zugeteilt, gleich neben dem „Dicken Bissen".

Ela, also Erna Sandauer, kam jetzt hinzu. Mit Brille. Auf die ihr eigene Art lächelnd. Mit einer Vogelstimme. Sie sagte zu Henryk

103 Edward Krasiński (1925–2008), ein durch die Galerien Krzywe Koło [Schiefer Kreis] und Galerie Foksal vertretener Bildhauer. Seit 1970 beschäftigte er sich mit Kunstformen des Environment. Zu deren Hauptelement wurde die berühmte blaue Linie.

– Ich habe dich lange nicht gesehen.

Mit Mauersberger[104], einem früheren Freund von Gałczyński, waren sie vor fünfundzwanzig Jahren zu zweit bei Emfazy Stefański gewesen, man hatte sie mit Gans verköstigt und Swen las sein *Mazowiecki-Poem* vor, das eine Dreiviertelstunde lang dauerte. Gałczyński sagte nichts dazu. Sie waren sauer auf den anderen

– Dieser Jasager, der bekräftigt alles, was Gałczyński sagt.

Mauersberger, Mewa, Erna, Teresa Tyszkiewicz sind meine früheren Zuhörer, meine Leser. Über Mauersberger sagte Mewa zu mir

– Der ändert schnell seine Meinung. Er ist launisch. Gałczyński und er schrieben einmal gemeinsam an einem Stück über Towiański, das davon handelte, wie Towiański und Mickiewicz zusammen einen Teppich aufrollen.

Nach Erscheinen meines Buches *Die Kreise der Dinge*[105] sagte Mauersberger zu mir

– Ich habe Gombrowicz Ihren Band geschickt, er hat ihm gefallen[106].

Im Theater in der Tarczyńskastraße war viel Gedrängel. Mauersberger schrieb seinen Namen auf eine Streichholzpackung und ließ sie von der Tür aus per Post durch die Menge an mich hinter die Kulissen schicken. Sie ist immer bei mir angekommen. Streichhölzer. Mit der Aufschrift „Mauersberger".

– Ach so.

104 Adam Mauersberger (1910–1988), Historiker, Publizist, Museologe. In den Jahren 1947–1949 arbeitete er im PIW-Verlag, 1951–1969 war er Museumsdirektor des Warschauer Mickiewicz-Museums, das später zum Museum der Literatur umgestaltet wurde. Eine berühmte Gestalt des Warschauer Kulturlebens, bekannt als Plauderer und Redner.

105 *Obroty rzeczy [Die Kreise der Dinge].* Warschau, PIW 1954.

106 Es fehlt eine Bestätigung dieser Behauptung. Jedoch hat sich ein Brief Artur Sandauers an Gombrowicz vom 27. Februar 1959 erhalten, in welchem der Kritiker Białoszewski und Mrożek empfiehlt.

Ich habe mich zur Tür durchgedrängelt und ihn reingezerrt. Einen Großgewachsenen, Dünnen, mit großer Nase.
So hat er auch jetzt auf sich aufmerksam gemacht, nur hatte er etwas weniger Haare, als zuvor.
– Sie haben einen neuen Balladentyp geschaffen, sagte er zu mir, im Hintergrund die Fenster, die zur Straße gehen und vor den abstrakten Bildern der Gräfin Tyszkiewicz. Bisher hat es nur Mickiewicz und seine Nachahmer gegeben. Und bei Ihnen ist die Ballade zeitgemäß. Man muss das alles wie alte Kleidung von sich werfen … Ich weiß, dass ausgerechnet Sie alte Kleidung mögen, aber Sie wissen, was ich sagen will.
– Leben Sie immer noch in der Altstadt?
– Oh nein, schon lange nicht mehr.
– Es lohnt sich, umzuziehen, nicht wahr?
– Und man muss nicht mehr warten, bis man es kann, weil damals noch … Jetzt aber – aber was heißt schon damals? Die Guillotine fällt und das war's … Vielleicht ist das Leben nach dem Tod auch nicht das Schlechteste …
– Es könnte durchaus nicht übel sein.
Jemand näherte sich, ging vorbei. Mauersberger sprach schon mit jemand anderem. Ich trank ein gelbes, kaltes Getränk, weil ich irgendetwas geschluckt hatte
– Ihr kennt Euch aus, sagte ich zu Henryk und Erna, was ist das, Grapefruit? Mit was gemischt?
– Mit Wasser.
– Ach so. Ich trank ein bisschen davon, stellte das Glas weg.
Ludwik ist doch da. Mir wohlgesinnt und überhaupt.
– Komm, Teresa sucht Dich: „Wo ist Miron?". Krasicki[107] hat mir die Tür aufgemacht.

107 Es geht sicherlich um Ksawer Krasicki, Augusts Sohn, Besitzer des Gutes in Lesko. Nach dem Krieg arbeitete er, angeblich wie Hering, in der Zentralagentur für Fotografie. Seine Frau, Gabriela Gräfin von Sobański, war eine Verwandte und Freundin von Teresa Tyszkiewicz.

Ich hatte die Tür öffnen wollen, aber es ging nicht, da hat er mich erkannt und hereingelassen.

– Ich dachte auch, sie sei verschlossen, aber sie klemmte bloß.
– Und ich habe so schlecht über Krasicki gesprochen, dabei habe ich ihm doch Einiges zu verdanken.
– Weißt Du, Ludwik – sagte Teresa – ich habe Dich, na ja … ganz einfach vergessen! Wann reden wir mal in Ruhe?
– Hier ist es doch in Ordnung, sagte Ludwik. Erinnerst Du Dich noch, wie wir mal einen Tag zusammen verbringen sollten und kaum waren fünf Minuten vorbei, hatte ich den Kaffee verschüttet. Gestern habe ich einen ganzen Samowar zerschlagen, Du vergießt ja auch manchmal den Kaffee.
– Ja, manchmal vergieße ihn auch ich, bejahte Teresa Tyszkiewicz.
– Ich übertreibe.
– Nun, Miron, ich habe Deine alten Briefe …

Ludwik und ich traten beiseite

– Haben Sie noch etwas von dieser Flüssigkeit, fragte ich eine der Damen von der Galerie Zapiecek, die mit einer Kanne vorbeiging.
– Nein, sie ist aus.

Ich sagte zu Ludwik

– Teresa ist gealtert, sie hat Falten bekommen.
– Das Alter … Wie alt ist sie? In meinem Alter. Ludwik hatte sich eben erst über Kompliment von jemandem empört – „Sie sehen sehr gut aus, Sie haben sich gar nicht verändert“ – und jetzt erzählte er mir, Ludmiła habe ihm erzählt, dass ich über ihn gesagt hätte, er verändere sich nicht, „Miron hat das ganz ehrlich gesagt, weil außer den Augen …“
– Ah ja, weil Du irgendetwas über die Siebzig gesagt hast.
– Achtundsechzig. Die zwei Jahre machen keinen Unterschied.
– Ich verstehe, aber ich habe dieses „Siebzig“ gehört, mich

gewundert und zu Ludmiła gesagt: „Dass Ludwik bei diesem Aussehen plötzlich von siebzig spricht, wundert mich."

Ludwik senkte die ohnehin leise Stimme

– Teresa hat schon immer erschreckend ausgesehen; und haben wir nicht unter uns … pssst … vom „Totenschädel" gesprochen? Oder nicht?

– Psst … Immer dieses Zerstören; aber die Gestalt bleibt doch die gleiche. Und schaust Du sie Dir aus der Entfernung an – „Ist das Teresa? Ja, sie ist es". Das ist ihr gelungen; man muss sie nicht mit dem Löffel füttern, es rinnt ihr nichts das Kinn herab.

Danach schaute Ludwik sich um

– Und die Bilder? Ah, ich habe ganz vergessen, dass ich zwischen Bildern stehe. Guckt sie jemand an? Nein, niemand guckt sie an. Na und? Bei jedem beliebigen Zeichner finden sich solche Blätter mit Übermalungen aus der Kindheit in einer Ecke, verschiedener Art Zufälle, ein alter Tisch mit Ritze, nur dass man nie an das Zukleben der Ritzen gedacht hätte.

– Nein, ach was, man dachte, dass es so sein müsse, weil es so ist.

– Oh, hier kommt sie …

– Aber sag ihr bloß nichts Betrübliches.

– Ach nein, mein Lieber, ich habe nichts gegen sie, der ganze Abstraktionismus ist unethisch, sie machen Programm, sie machen Front in Reih' und Glied, Kampf in Reih' und Glied, man tauscht die Figuren aus, es geht nicht um den Menschen, sondern um die Figur, das ist unethisch. Nimm einmal Teresa, sie hat kein Glück gehabt, wenn man es als „Vernichtung" bezeichnen darf, einen Menschen zu übergehen, haben sie Teresa vernichtet.

– Ja.

– Gestern habe ich Sandauer daran erinnert, dass „Menschheit" keinen Plural hat: „Menschheit, das ist die unzählige

Einzahl". Das ist Rilke, den Sandauer nicht kennt[108]. Sandauer ist die Front, er macht Fronten. Er ist einen Tag vor der Aufführung auf dem Unionsplatz bei uns gewesen. Er hat in einer Ausgabe der „Poezja" gelesen, übrigens habe ich diese Ausgabe nicht, ich kenne sie nicht.

– Ich bringe sie Dir vorbei, Du kennst die Gedichte von meiner Lesung bei Olgierd.
– Ich bin kein Zuhörer, ich muss etwas vor Augen haben und lese sehr langsam.
– Und, was meint Sandauer?
– Er sagt, er würde Deine Lesung moderieren, zwei Tage früher hat er seine Sprüche anderswo verlauten lassen. Über Deine Gedichte aus „Poezja" hat er gesagt, sie seien schlecht. Ich kam auf Deine Prosa zu sprechen und er sagte, dass er Deine *Erinnerungen aus dem Warschauer Aufstand* nicht lesen könne. Ich erklärte ihm, dass es dort eine eigene Poetik gäbe, eine Poetik der Straßen, der Orte, der Zeit. So, wie bei Kafka und bei Gogol. Da fragte er Ludmiła: „Und was halten Sie von Mirons *Erinnerungen aus dem Warschauer Aufstand*?" Ludmiła meinte, dass sie sie erst gehört habe und abgestoßen gewesen sei, dann habe sie selbst reingeschaut und war wieder abgestoßen, schließlich habe sie sie gelesen und wie eine Krankheit ü-ber-stan-den. „Ach so?", wunderte sich Sandauer. Deswegen hat er gestern über die *Erinnerungen* gesprochen.
– Ah ja?, wunderte ich mich.
– Das eben ist Sandauer. Manchmal kapiert er's, manchmal nicht. Oft lernt er's auswendig.

Einen Augenblick lang sprachen wir dann mit Teresa und noch jemandem. Ludwik sagte zu mir

108 Artur Sandauer hat einen Band mit eigenen Übersetzungen des Dichters veröffentlicht (Rainer Maria Rilke, *Poezje*, 1983).

– Teresa hat viele Leute hier, auch Dich hat sie, den Dichter des Tages.
– Ah ha ha!
– Oh, sie hat auch exotische Gäste.

Ich näherte mich Teresa auf einem Bein
– Wer ist das, diese Halb-Schwarzen, die Halb-Mulatten da?
– Ich habe keine Ahnung. Der – sagt Teresa Tyszkiewicz zu irgendwem über mich – ist bis hinter die Weichsel geflohen.

Und Ludwik
– Habt Ihr *Meldungen*[109] gelesen? Wie in dieser Wüstenei allmählich ein Gedrängel entstanden ist, und zwar derart, dass es Miron bis nach Praga verschlug. Es ist die Kraft der Masse, die ihn so weit hinausgedrängt hat. Bis hinter die Weichsel und prompt hinauf in den neunten Stock.
– Ha ha ha!
– Die Kraft der Masse.

Wir schieben uns zwischen den Leuten hindurch; Verneigungen; Ludwik verneigt sich ganz langsam, den Kopf senkend, aber ohne den Blick zu senken, er fragt mich leise
– Hör mal, ist das Frau Mauersberger?
– Ja, die Schwester von Mauersberger[110].
– Ja, eben.
– Was? Was denn?
– Ach, gar nichts, Frau Mauersberger, ich habe Miron bloß gefragt, ob Sie es sind und er hat es bestätigt, also habe ich Sie richtig erkannt.
– Sie haben mich erkannt? Das freut mich.
– Sie haben sich eigentlich nicht verändert.

109 Eigentlich *Donosy rzeczywistości, Meldungen der Wirklichkeit,* Warschau, PIW 1973.

110 Es geht um Zofia Gawlikowska, mit Mädchennamen Mauersberger, Adams Schwester.

– Ach, was Sie nicht sagen.
– So ist es, Frau Mauersberger, wir sprechen ja nicht über Details, sondern über die Gestalt als ganze … Und die ist unverändert.
– Sie haben sich auch nicht verändert.

Darauf ich

– Er schon, aber Sie wissen doch, wie das mit dem Aussehen ist: Nicht selten verändern sich die Leute so, dass sie einander nicht mehr wiedererkennen.

Ich sah vollstes Verständnis bei meiner Gesprächspartnerin

– Oh ja.
– Wir haben dergleichen Erfahrungen schon gemacht.
– Ja, haben wir.
– Ich freue mich, dass hier so viele Bekannte sind – da spreche ich jetzt – neulich habe ich unsere alten Aufzeichnungen durchgesehen, auch die aus unserem Theater – ich wandte mich Ludwik zu – unser Auftritt im Theater „Zachęć", Kleopatra, Applaus, Mewa saß da und klatschte …
– Es muss Eindruck gemacht haben.
– Ja, Mewa war derart außer sich, dass ich regelrecht aufschrie.

Teresa Tyszkiewicz saß mit einem Glas Wein in der Hand unter den Bildern auf dem Boden. Um sie herum standen ein paar Leute im Kreis. Auch wir setzten uns für einen Moment auf den Boden, standen im Eifer des Gesprächs allerdings wieder auf.

– Oh, da ist eine Bank.

Wir setzten uns auf die Bank, eine sehr elegante Bank, eher ein Ausstellungsstück, weil Keramik darauf lag, darüber Leinen, aber wir waren vorsichtig und die Gastgeberinnen freundlich. Sie reichten uns jeweils einen gelben Kelch. Es gingen ein paar junge Leute hin und her. Ludwik sagte

– War da nicht eben Gesang?
– Jaja, die Frau auf dem Boden neben Teresa hat gesungen, irgendetwas von „Feuer".

– Und ich dachte, der Gesang habe sich aus dem Sprechen entwickelt.

Der Mann neben ihr erzählte Teresa etwas Lustiges. Ein älterer. Als er vorher mit jemandem dastand, beugte er sich auffällig zu uns hin, um dem Gespräch zu lauschen, ein kahler, eleganter Herr; dann zogen er und diese Frau vom Gesang sich an und gingen zusammen raus, an uns vorbei. Die Dame hielt an, gab uns die Hand

– Ich möchte mich von den Herren verabschieden, auch wenn ich Sie nicht begrüßt habe, aber so hat sich das eben womöglich infolge des Alkohols verändert.

– Auf Wiedersehen – Lu. küsste ihr die Hand, ich auch.

Lu., noch während der Verbeugung

– Ich stehe auch auf dem Schlauch, ich weiß nicht, wer das ist.

Es war damals, bei dem verschütteten Kaffee in der Foksalstraße, dass Ludwik Teresa von der Galanterie ihrer Bilder sprach und sie auf ihre Weise in ihrem Gemisch von Akzenten darauf antwortete.

– Aber Ludwik, was Du sagst, ist schrecklich!

Später sagte sie

– Und doch dominiert der Abstraktionismus überall.

Vor dem Krieg war sie Koloristin gewesen. Danach Tachistin. Lu. zu ihr

– Du, die Du den Pöbel nicht ausstehen kannst, lauschst mit einem Ohr auf der Erde allen Neuerungen hinterher.

Wir gingen auf die nachmittägliche Straße hinaus. Latten, und hinter den Latten kahle Bäume, alte Stadthäuser. Teresa sagte

– Wie bei Monet oder Renoir; wir haben ja gelernt, die Welt impressionistisch anzuschauen, aber heute sollte man das nicht mehr tun.

Sie wollte so malen, dass keinerlei Assoziationen entstehen.

– Dabei drängen sich mir selbst nicht selten Assoziationen auf.

– Weil es schwierig ist – sagte ich – sich von den Assoziationen zu befreien.

Ich erinnerte mich, wie Staszek Prószyński einmal auf Teresa Tyszkiewiczs Ausstellung mit dem Finger auf eines ihrer Bilder zeigte und auf seine Art langsam sagte

– Das erinnert an ein von oben gesehenes Klavier.

Halbwegs scherzend erzählte ich das Teresa weiter, und da wurde sie rot und schrie auf

– Oh nein, das ist nicht gut!

Auch Henryk Stażewski sagte auf die befremdlichen Assoziationen von irgendjemandem leise

– Das sollte nicht so sein.

Teresa fragte Ludwik jetzt plötzlich

– Bist Du sicher, dass nach dem Tod nichts mehr kommt?

Hatte Ludwik das nicht gehört? Sie dann zu mir

– Und Du, bist Du es? Nein. Man weiß es doch nicht …

Und dann irgendetwas zu anderen. Lu. sagte leise zu mir

– Es kann nicht fremd sein … die Mystik … da doch Gefühle notwendig sind und …

Wir gingen weiter.

Wieder setzten wir uns auf eine Kiste. Ein Herr mittleren Alters grüßte Ludwik

– Auf Wiedersehen.

– Auf Wiedersehen … Ich kenne ihn nicht, erinnere mich nicht an ihn, vielleicht erinnert er sich ja an mich, oder vielleicht ist es nur wegen meines aufmerksamen Blicks, er macht das so für alle Fälle, und hübsch ist er, vielleicht ein Graf …

Es ist unklar, wie Lu. zu seinem Papagei aus der Burakowerstraße gekommen war

– Du kannst Dir vorstellen, dass er nicht immer so geredet hat, aber wenn etwas in die Ewigkeit eingehen soll, muss man ein wenig übertreiben. Er hat alles nachgeplappert. Nur dass er zum Beispiel nicht „verflixt“ sagte, sondern

„flafik“ und sogar die Kinder sagten danach „flafik“. Und hinsichtlich des „schei-hur-soh“, das sag’ ich Dir auf diese Weise, weil französelnd und deshalb schöner, zog er es übrigens vor, zu rufen:

- Und die Spielhuren?
- Und die Spielhuren, traritrara, denn als Frau Reszke anreiste und sich waschen ging – und sie wusch sich nicht allzu oft und nicht allzu gründlich, die Umstände waren ja andere – jedenfalls als sie ins Schlafzimmer trat, sang sie „traritrara“ und „leulöleu ...“. Und der Vogel auch, „trari trara“ und er wollte partout dieses „löleu“, aber es wollte ihm nicht gelingen. Ihm nicht – nicht Frau Reszke. Raus kam ein „öhlhö“. Nicht, dass er es nicht gekonnt hätte: Seine Kehle hat es ihm schlichtweg nicht erlaubt. Manchmal hatte er schlechtere Tage. Er fing an zu reden, aber es ging nicht richtig, er brach ab, wobei man seine Unzufriedenheit mit sich spüren konnte. Tiere haben ein reiches Gefühlsleben. Es gab viel an dem Papagei zu lernen. Allein durch Beobachtung. Er war einsam. Ohne eine sie oder einen er, weil sein Geschlecht nicht bekannt war. Und diese intellektuellen Bedürfnisse, die er hatte.

Mauersberger, der es versteht, besonders plötzlich auf- und wieder zu abzutauchen, ein flatterhafter Geist, kam mir einmal im Café entgegen und verschwand urplötzlich wie in der Wand. Ein andermal lief ich auf der Neue-Welt-Straße; hoch über den Leuten der Kopf Mauersbergers, prompt sagte er zu mir

- „... bernsteinfarbene Senfe, der Buchweizen weiß wie Schnee ...“[111]

111 „Senfe“ für „świerzop“ ist keine sichere Übersetzung. Es handelt sich dabei um ein Zitat aus *Pan Tadeusz* I, 19, das aufgrund des nie vollständig geklärten, seltsamen Pflanzenamens „świerzop“ allgemeine Bekanntheit erlangte. Vgl. *Pan Tadeusz*, hg. v. Stanisław Pigoń in der Reihe „Biblioteka Narodowa“, Serie I, Nr. 63. Für den Hinweis dankt die Übersetzerin Henk Proeme.

Senfe? Ich überlegte … Er zeigte auf eine kleine, elegante Aktentasche, ein Köfferchen – na bitte, damit kann man doch reisen, oder? In Athen landen und ein glattes, nicht zerknittertes Hemd herausholen. Die alten Griechen besaßen keine Gegenstände, keine Möbel. Erst Perikles hat ihnen das Bedürfnis danach beigebracht.

Jetzt sagte jemand etwas über das Erinnern, das Verwechseln. Ich sagte

– Verständlich, es braucht etwas Toleranz.
– Oh – schnappte Mauersberger den Satz auf – ein bisschen Toleranz.

Und verschwand.

Ludwik schaute sich um.

– Dich hat sie eingeladen, mich vergessen. Was ist das bloß für ein Mechanismus? Ach, ich verstehe, sie ist auf einem anderen Kurs. Als sie die Einladungen schrieb, dachte sie an Avantgarde und überlegte … Da kam ihr „Miron“ in den Sinn …
– Hat sie etwa vergessen, weil sie vergessen wollte?
– Ich war nicht auf diesem Kurs. Sie, also diese Avantgarde, sie haben Ludmiła und mich nie akzeptiert.
– Weil Du ihnen immer ins Gesicht gesagt hast, was Du von ihnen hieltest.
– Nein, es war einfacher, ich war zu alt, Mauersberger dagegen war damals ein paar Jahre jünger, als Du es jetzt bist, aber auch zu alt.
– Ah ja.
– Und Ludmiła, weil sie nicht malte, wie sie es sollte. Aber anders hätte es das Theater nicht gegeben.

Wir traten wieder an Teresa heran, die müde auf dem Boden saß. Neben ihr zwei Personen. Sie sagte zu ihnen über uns

– Das sind meine treuen Freunde. Miron! Ich lese alles, was Du veröffentlichst. Und daher weiß ich alles über Dich. Aber Du nichts über mich. Ich wusste nicht, dass Du so viel

Musik hörst. Das habe ich erst aus Deinen Texten erfahren. Bach. Ich muss täglich ein paar Stunden Musik hören. Ich male und höre Musik dabei. Es vergeht kein Tag ohne Bach. Ich habe eine wunderschöne Wohnung, kommt vorbei, hier kann man sich nicht unterhalten.

- Ja – sagte Lu. –, eine sehr gute Idee.
- Ich habe einen sehr guten Plattenspieler und Hunderte von Interpreten. Isst Du immer noch so schlecht? Wisst Ihr, ich bin einmal bei Miron gewesen. Wir hatten uns für sechs Uhr verabredet. Ich komme um sechs zu ihm, wir sitzen die ganze Nacht da und ich denke mir, gibt der uns nun endlich etwas zu essen? Aber nein … ach wo!
- Ich war damals sehr arm.
- Du hast überhaupt kein Bedürfnis nach Essen gehabt.

Es leerte sich. Wir gingen mit Teresa nach draußen. Sie dankte den Galeristinnen, warf einen Blick auf die Fensterbänke und fragte die Damen

- Von den Schnitten ist nichts mehr übrig?
- Nein.

Teresa ging mit schnellen Schritten voran, wir und irgendein Bekannter, bei dem sie in Warschau übernachtete, weil sie in Łódź lebte, hinter ihr her. Wir näherten uns der Schlange am Taxistand über die Świętojańskastraße. Teresas Bekannter stellte sich in die Schlange, Teresa ließ sich auf die Bank fallen

- Ich bin am Ende.
- Aber warum denn – fragte Ludwik –, in materieller Hinsicht stehst Du doch gut da?
- Hervorragend, ich kann mir ein Taxi von Łódź nach Warschau leisten, ich habe mehr Geld, als ich brauche, ich arbeite, wisst Ihr, nebenbei für die Gruppe „Śląsk", entwerfe deren Kostüme. Das ist ein guter Nebenverdienst. Angenehm.

Auf den Treppen zur Ost-West-Trasse sagte Ludwik zu mir

- Mit Bach gelingt ihr die Malerei, aber zöge man Bach ab, was wäre dann? Ohne Bach ginge es schlechter.

Donnerstag, den 18. März

Um sechs Uhr morgens habe ich aus dem Fensterchen in der Küche gesehen. Die Sonne stand tief. Ein stinkendes Ei. Auf der Erde Frost und Schnee. Danach habe ich noch sechs Stunden geschlafen. Ich hatte abscheuliche Träume. Voller Widerwillen und plötzlichem Hass, vor allem Ekel. Als ich dann wach war, ging aber alles gut. Ich habe das Geld bei PIW abgeholt. Fünfundvierzig Tausend. Ich bin bei der TBC-Beratung vorbeigegangen, es war niemand da. Ich soll zum Röntgen gehen und drei Proben Sputum an der Theke im Korridor abliefern. Ich habe Ludmiła Achate vorbeigebracht. Fuchsrote wollte sie nicht haben. Ludwik sagte

– Nein, rote trägt sie nicht. Na ja, man könnte sie anprobieren – aber nein, ich weiß von vornherein, dass nein, sie ist blond, gib das jemand anderem. Hier, nimm. Überhaupt trägt sie seit langem gar keine. Aber diese grauen da, ah!, her damit, vielleicht diese beiden grauen da, probier' sie an, Ludmiła.

Ludmiła ging ins Vorzimmer zum Anprobieren

– Dies Scheibchen gefällt mir.

– Das Scheibchen? Ah, schön, das sieht tatsächlich aus wie ein Scheibchen. Weil es zwei verschiedene Grautöne sind, ein wenig durchsichtig.

– Ja, die kann sie tragen, ich bringe Dir einen Spiegel. Man sollte sie abtrennen und anders wieder miteinander verweben, ja, genau so, sie sollen sich wie zufällig verteilen, etwas kapriziös.

– Und wie sehen sie in der Dämmerung aus?

– Gut. Sie fangen das Licht ein bisschen ein, ich meine, sie fangen es aus verschiedenen Perspektiven unterschiedlich gut ein, Du siehst das nicht, es ist mehr wie eine Graphik, die einen sind flach, die anderen kantig.

Ich sagte:

– Sie ähneln Kreuzottern. Die Frauen im alten Ägypten legten sich in ihren Sänften Kreuzottern um den Hals, um sich abzukühlen.

– Oh, genau, Du hast einen schwarzen Rollkragen an, lege einen Teil unter den Kragen auf den nackten Hals zur Abkühlung.
– Wie angenehm. So fühlt man ihr Gewicht, sie kühlen tatsächlich.
– Ekelt Ihr Euch nicht vor Schlangen? Habt Ihr schon mal welche berührt?

Ludwik darauf

– Selbstverständlich. Tante Ida erzählte von ihrer Kindheit, als sie mit einer Schlange nach draußen gegangen war und dann alle Kinder flüchteten. Also war ich mit Schlangen vertraut.

Ludmiła

– Ich habe da einen Nein-Reflex. Wenn sie unbeweglich wären, aber dieses Sich-Recken ...
– Einmal habe ich – erzählte Lu. – in Nałęczów[112] ein paar Jungs eine Schlange abgekauft und sie im Gras freigelassen. Es war eine Riesenfreude, sie ist in Sätzen auf und davon.
– Ich war einmal bei Bekannten. Sie hatten eine Schlange. Sie ist ihnen aus dem Fenster im vierten Stock gefallen und verschwand. Sie suchten nach ihr. Nichts. Da bin ich mit dem Fuß an einem Hydranten hängen geblieben und konnte ihn nicht sofort befreien. Es war unter ihrem Fenster. Plötzlich reckt die Schlange ihren Kopf aus dieser Hydrantenöffnung in die Höhe. Ich habe geschrien. Sie sind herbeigerannt. Und freuten sich. Weil die Schlange sich wiedergefunden hatte. Sie war in den Hydranten gefallen und konnte sich nicht selbst befreien.

Ludwik nahm die Achate erneut in die Hand, um sie ineinander zu weben, sie fielen zu Boden

112 In seiner Jugend, nach dem Selbstmord seines Vaters (1927) zog Ludwik Hering nach Nałęczów. Er war Bibliothekarsgehilfe im Sanatorium, das sich im Małachowski-Palast befand.

– Die Schlangen sind auf den Boden gefallen.
– Haben sie einen Namen?, fragte Ludmiła.
– Ja, Achate.

Im Fernsehen zeigten sie einen Koch, der damit begann, Skulpturen aus Karotten und Porree zu schnitzen. Man hat sein Talent erkannt, jetzt bildhauert er in Holz und Stein. Schön. Dann weiteres Hauen, etwas ungeschickt, aber es ist nichts kaputt gegangen. Vor ein paar Tagen haben Osęka[113], Kałużyński[114] und Waldorff darüber diskutiert, ob die Kunst der Zukunft kollektiv sein wird oder individuell.

– Ich verstehe die Fragestellung nicht – sagte Ludwik –, das Theater war schon immer eine kollektive Kunstform.
– Ja, eben – bestätigte ich – und immer wird der eine an Karotten herumfummeln, eine andere malen.

In der Küche erzählte Ludwik Ludmiła beim Tee von Teresa Tyszkiewiczs Vernissage

– Ich bin erst nicht reingekommen, bin die Scheiben entlang auf und ab gegangen und hatte mein Schauspiel. Ein stummes Schauspiel. Das Kreisen der Gläser. Teresa ging quer durch den Raum. Alleine. Schaute sich um. Sie wirkte freudlos. Gab Zeichen. Endlich, dachte ich, jemand macht mir auf. Und es hat mir jemand aufgemacht. Ein höflicher Graf, über den ich zuvor unschönerweise gelästert hatte. Am Ende dankte Teresa den Galeristinnen und fegte mit ihrem Blick von der Tür aus über die leeren Fensterbretter: „Von den Schnitten ist nichts mehr übrig?“
– Ach so, und ich dachte, sie sei neugierig, ob die Gäste essen.
– Nein, sie wollte sie nach Hause mitnehmen.

113 Andrzej Osęka (geb. 1932), Kunstkritiker, Feuilletonist, Publizist. Er schrieb vielfach über das Theater in der Tarczyńskastraße und das Einzeltheater.
114 Zygmunt Kałużyński (1918–2004), Film- und Theaterkritiker, Essayist, Feuilletonist, Musikkenner, publizierte seit 1957 regelmäßig in „Polityka“.

Aus Lucynkas Sanatorium in Otwock ist endlich die raus, die auf ihren schwachen Beinchen die beinlose Basia nach unten zum Fernsehen getragen und die achtzigjährige Lehrerin, eine sogenannte Frau Magister, bedient hatte.

Lu. hat erzählt

– Diese Basia hat sie abgelöst. Es macht nichts, dass sie nur zur Hälfte da ist. Sie kommt sehr gut auf dem Rollstuhl zurecht. Sie hat Frau Magister ein Bett schicken lassen. Alles, was die brauchte. Frau Magister geht also mit dem Pöbel um, weil sie Kontakt braucht, weil sie mit jemandem reden muss. Aber Lucynka behandelt sie anders. Sie holt sich Rat bei ihr, etwa solchen: „Wie viel muss ich Basia zahlen? Genauso viel, wie der anderen? Oder nur die Hälfte? Weil sie ja nur zur Hälfte da ist. Also verbraucht sie auch weniger, weniger Energie, sie hat weniger Bedürfnisse." Da ist Lucynka endgültig ausgerastet. Und Frau Magister hat normal oder sogar mehr bezahlt.

Ich verabschiedete mich vor zwölf Uhr nachts von Lu. und Lu., weil Frost bis minus fünfzehn Grad angekündigt worden war. Ich habe nicht gefroren, aber bin aus Angst mit dem Taxi nach Hause gefahren.

Freitag, 19. März

Tadeusz hat gesagt

– Lech Emfazy Stefański ist zu Deiner Lesung gekommen.
– Ja, war er da?
– Ja, ich habe jemanden unter der Palme sitzen sehen, mit einem Schuh und einer Sandale, ich sagte zu einem Bekannten, dass sich „hier seltsame Gestalten zusammengefunden" hätten, schaute genauer hin und sah ein bekanntes Gesicht, das ich bereits etliche Male gesehen hatte.
– Vielleicht war er es gar nicht?

– Wie sich erwies, hat er die ganze Zeit über Bonbons genascht, hörte zu, aber aß dabei und kramte in der Bonbontüte.

Es stellte sich heraus, dass es doch nicht Emfazy war.

Die alte Haushälterin aus Pióry Wielkie ist bei Jadwiga eingetroffen. Wieder steht ein Schränkchen voller Einweckgläser und Toilettenpapier im Durchgang zur Küche. Man hat es dort hingestellt, um etwas Platz für das ausgeklappte Bett zu schaffen. Ich fragte die Haushälterin

– Sie sind also gekommen?
– Ja, bin ich.
– Gut, dass Ihre Cousine Sie hat fahren lassen, so können Sie im Wechsel mal hier, mal dort sein, das ist besser so.
– Ja, ist es.
– Sie brauchen doch Abwechslung.
– In der Tat.
– Und hier kennen Sie alle Ecken, bestimmt vermissen Sie Warschau manchmal wenigstens ein bisschen.
– Mehr als nur ein bisschen.
– Angeblich wird man Ihnen die Rente aufstocken, das ist gut, nicht?
– Ja.
– Fahren Sie nach Siedlec?
– Ja, und Sie, waren Sie schon einmal in Siedlec?
– Nein.

Abends legte sich die Haushälterin ins Bett hinter den Vorhang und die Anrichte. Aber ich vergaß das manchmal und sprach zu laut. Erst die Ecke der Bettwäsche, die unten durch den Spalt lugte, erinnerte mich daran. Gestern habe ich in Anwesenheit von Anna auf der Anrichte nach dem Kaffee gesucht

– Er ist weg, aber er war doch noch da. Spurlos verschwunden.
– Bei Jadwiga ist das so, wenn etwas Essbares verschwindet,

ganz gleich ob es Kartoffeln sind oder eine Torte, sucht man erst danach und sagt sich später: Wahrscheinlich war es der Opa.

Und dann ging Anna hinter die Himmelspforte mit den Spiegeln[115] zum Großvater

- Der Kaffee ist weg. Wahrscheinlich haben Sie etwas mit diesem Kaffee gemacht?
- Was? Welcher Kaffee?
- Sie haben den Kaffee weggenommen, geben Sie ihn zurück. Es ist so wenig davon übrig geblieben. Und es gab doch so viel Kaffee!
- Ich habe etwas davon für Ania abgeschüttet.
- Ania hat doch längst ihre Hälfte der Kaffeepackung bekommen und mitgenommen. Da mussten Sie noch von der hier etwas abschütten. Aber die ist für diesen Haushalt bestimmt! Wie kann man nur so viel Kaffee aus dem Haus geben! Was soll Ania mit so viel Kaffee? Sie hat ihren Teil gekriegt, das reicht. Da sucht man, wo er geblieben ist und er wurde abgeschüttet! Ich bitte Sie, so macht man das nicht!

Wahltag[116]. Wie gewohnt ein eisiger Sonntag. Es ist nach fünf. Die Dohlen krächzen. Sie stehen schon auf! Ist es Tag?

Die erste Märzhälfte ist vorbei. Der Winter täuscht, er sollte nicht mehr da sein. Aber er ist es. Ich bin nach draußen gegan-

115 Das größte Zimmer in der Hożastraße wurde, einer Ikonostase gleich, durch eine Schrankwand geteilt vom Typ „Kowalski-Segment", populärstes polnisches Möbel der 70er Jahre. Auf diese Weise entstanden zwei Zimmer: ein dunkles Esszimmer mit Danziger Möbeln und – mit Fenster auf den Hof – das Zimmer des Großvaters. An diesem Möbel wurde seitlich an dem Regal ein Spiegel angebracht, der es dem Großvater ermöglichte, zu beobachten, was in der Wohnung vor sich ging. Białoszewski bezeichnet diese Trennwand in seinem Tagebuch als „Himmels-" oder „Zarenpforte".

116 Die Wahlen zum Ein-Kammer-Parlament und den Nationalräten (den Regionalbehörden); die Amtszeit betrug in beiden Fällen vier Jahre.

gen. Es ist Tag, nur dass es grau ist, weiß, mit Wind und Eis, Glatteis, darauf schneit es weiter Weißes.
Meine Urnen in der Schule. Der für die Jüngeren. Der mit dem von meinen Fenstern aus sichtbaren Fußballfeld. Auch im Winter sind Kinder in Trainingsanzügen auf Schlittschuhen da herausgestürmt. War es trocken, hörte man überall den Lärm von Rollschuhen. An manchen Winterabenden leuchtete die Gymnastikhalle dieser Schule blau-rot-blau auf, dabei jemandes Dirigieren durch die Lautsprecher im Dreieck folgend. Es erklang ein Orchester, wobei unklar war, ob es ein echtes oder ein künstliches war. Schlagen von Trommeln, Becken. Die Scheiben matt, wie Butzenscheiben. In dem blau-rot-blauen Geflimmer hinter den Scheiben tanzen sie, hüpfen, trainieren, feiern oder was weiß ich. Und das stundenlang.
Ich bin heute also in diese Schule gegangen. Zwei Leute gingen gerade, als ich reinkam. In der Tür der Hausmeister und die Hausmeisterin, die etwas über den Schnee sagten, die Ordnung. Im Saal die Kommission, bestehend aus zwei Kerlen und zwei Weibern, die ihre Plätze noch nicht eingenommen haben, verschlafen wirken, nicht aufgetaut, sie haben die Briefe der Wähler noch nicht untereinander aufgeteilt. Aber sie finden mich schnell auf der Liste. Ich bin noch nie hier gewesen, weil sie mir befehlen, meinen Namen auf der Liste zu überprüfen. Die sind in der Lage, von Haus zu Haus zu gehen, um diejenigen, die ihre Namen nicht auf der Liste überprüft haben, daran zu erinnern, sie vor der Abstimmung am nächsten Tag überprüfen zu gehen, es können nämlich höchstens zwei Namen ausgestrichen werden. Hinter einer riesigen Urne, die von ihrer Kantigkeit und Hölzernheit her der Bundeslade ähnelt, mit Loch oben für die Stimmen, sitzt reglos eine Frau.
Die Leute stimmen ab. Wenn auch nicht alle. Aber fast alle. Aus Angst, aus Gewohnheit. Es gibt solche, die meinen, dass man es tun solle, selbst wenn es nicht viel bedeute. Weil diese

Wahlen kaum Wahlmöglichkeiten bieten. Acht oder zehn Namen. Zwei letzte zusätzlich. Zwei andere kann man streichen. Dann werden die Stellen beweglich. Kandidaten können übersprungen werden. Wie bei anmietbaren Zellen. Aber immer nur um zwei Stellen.

Abends brachte ich Jadwiga eine Schokoladen-Pastete nach Hause. Bei meiner Ankunft rief die alte Haushälterin gleich aus

– Die Suppe is' im Kühlschrank.

Und dann legte sie sich hinter die Anrichte und den Vorhang ins Bett.

– Ich habe keinen Hunger – sage ich – heute gebe ich Ihnen etwas zu essen und zwar etwas Gutes.

– Jaa?!

Ich schnitt den Käsekuchen und die Schokoladen-Pastete an, es gab Rum dazu. Jadwiga genoss das Essen im Stehen in der Ecke bei der Küchenanrichte und dem Fenster. In der Regel isst sie ihr Frühstück und Abendessen dort im Stehen. Sie isst sehr wenig.

– Schmeckt es? – fragte ich die alte Haushälterin.

– Jaa.

– Das ist ein Zeichen dafür, dass wir seit dreißig Jahren im Frieden leben. Solche Dinge waren kurz nach dem Krieg undenkbar.

Die Haushälterin stand auf, sie wuselte um den Herd herum.

– Ich muss mir natürlich einen Tee dazu machen.

Und schon trank sie ihren hellen Tee aus dem Mayonnaise-Gefäß. Ich hörte das Trippeln des Großvaters. Ich hatte eine Portion für ihn vorbereitet. Gleich als er mit seinem Gehstock in Richtung Küche einbog und sich uns allmählich von zwischen der Badezimmertür und dem Tisch mit den Einweckgläsern näherte, nahm ich seine Portion in die Hand. Als er in der Küche erschien, sagte ich sofort

– Bitte.

– Aber wozu denn das? Warum? Diese Kosten?
– Aber es schmeckt – rief ich aus.
– Warum machen Sie so etwas? – Er nahm die Portion trotzdem und aß sie danach am Tisch.

Als ich ging, fragte ich Jadwiga
– Und Zdzisławs Portion?
– Wahrscheinlich ist sie immer noch in der Speisekammer.
– Schläft er nicht?
– Nein.
– Dann gib sie ihm.
– Nein, gib Du sie ihm. Zu mir kann er schroff sein, besser Du machst es.

Ich klopfte an, reichte sie ihm, Zdzisław fragte
– Selbstgemacht?
– Nein, ach wo, Sie haben mich bereits mehrmals dergleichen Fleißes verdächtigt, aber nein, ich doch nicht …

Schließlich erklärte mir Jadwiga
– Er fragt das so aus Witz.

25. März

Es lohnt sich zu wissen, dass Naruszewicz[117] und Woronicz[118] einst eine Fronleichnams-Prozession in Warschau veranstaltet haben. Aus dem Bischof Sołtyk[119] haben sie, ehe er ent-

117 Adam Naruszewicz (1733–1793), Dichter, Historiker, Jesuit, Autor antisarmatischer Satiren und Übersetzungen aus dem Lateinischen sowie der *Historia Narodu Polskiego [Geschichte der Polnischen Nation]*, gehalten im Geiste aufklärerischer Kritik.

118 Jan Paweł Woronicz (1757–1829), Dichter, Primas, Verfechter des frühromantischen Messianismus. Autor bekannter Predigten sowie u. a. der Poeme *Świątynia Sybilli [Tempel der Sybille]* und *Hymn do Boga [Hymne an Gott]*.

119 Kajetan Sołtyk (1715–1788), Krakauer Bischof, Gegner der Partei „Die Familie" und ihrer Reformen. Auf Befehl Repnins wurde er während einer Sejmsitzung entführt und nach Kaługa verschleppt.

führt wurde, einen Verrückten gemacht. Und das ist im Sejm durchgegangen. Selbstverständlich hat das die prorussische Volkspartei gemacht. Sołtyk ist zu dem Zeitpunkt Patron unserer Andrzejewkis und Słonimskis gewesen. Es ist etwas Bedeutsames an der Fronleichnamstradition. An Naruszewicz. Wyszyński. Überhaupt an der Kirchentradition. Dem Anschein nach ist sie unwichtig, aber sie ist wichtiger, als es scheint. Nicht nur in politischer Hinsicht. Auch in ästhetischer. Jetzt, da die Kirche so viele Dinge verändert, die alten Übersetzungen aufgibt, die über Generationen geheiligten Formulierungen, die Worte, die Namen, schließlich das Lateinische, die gregorianischen Gesänge, droht das ganze raffinierte Netz aus Kultur und jahrhundertelangen menschlichen Beziehungen zu zerreißen. Sowohl die Gläubigen als auch die Ungläubigen sollten sich dem öffnen. Ganz Europa sollte es. Nur über Philharmonien und Platten werden wir nicht alles weitergeben können. Übrigens kommen gregorianische Gesänge am besten in lebendigen Klöstern zur Geltung.
Kommende Generationen hören vielleicht auf, unsere Worte, unsere Bezugsgefüge zu verstehen. Unsere – das heißt die unseren in Polen seit Kochanowski, seit den Gnesener und den Heiligkreuzer Predigten. In Europa dagegen kann man noch viele, viele Jahre weiter zurückgehen. Wir könnten tatsächlich links der Zahl Zweitausend zurückbleiben. Mit Dante, Kopernikus und dem heiligen Augustinus. Die Kirche greift nach Gegenwart und Zukunft. Es gelingt ihr nicht, sie zu fassen; aber das, was sie bewahrt hat – die Vergangenheit –, die verliert sie.

Tadeusz fährt wöchentlich einmal nach Anin, um die Freundschaft mit Agnieszka wiederherzustellen. Und die mit Anula. Und wöchentlich geht da wieder etwas in die Brüche. Es reizt ihn, etwas zu sagen. Agnieszka reagiert überempfindlich. Er hat ihr gesagt, sie fröne einem Anula-Kult. Das galt gleich als Beleidigung. Zudem erzählen die beiden einander alles.

Agnieszka erzählt Anula bis ins Letzte alles weiter, also auch das, was jemand zu Agnieszka über Anula gesagt hat, selbst wenn es mit einer Warnung vorgetragen wurde
– Sag' das bloß nicht Anula!
Zugegebenermaßen erzählt sie nur Anula alles. Und sie tut das ganz offenkundig.
Jadwiga hat zu Recht festgestellt, dass es jetzt keine separate Agnieszka mehr gibt, sondern nur eine Anulagnieszka.

Freitag, 26. [März]

Erstaunlich, dass ich mich daran gewöhnt habe, die Klospülung nach oben zu ziehen. Ludmiła war in meinem Bad. Als sie zurückkam, sagte sie
– Nach oben, nicht nach unten, das ist wie in Paris.
– Wie in Paris?
– Ja, wie in Paris.

Der Mann der Lektorin meines Gedichtbandes im Verlag Wydawnicza Spółdzielnia Ludowa[120], ein guter Bekannter von Teik[121], hat gesagt, dass Teik einen ganz eigenwilligen Selbst-

120 Gemeint ist Jadwiga Bandrowska-Wróblewska, Lektorin des Verlags „Ludowa Spółdzielnia Wydawnicza". Sie gab die Reihe „Biblioteka Poetów" heraus.

121 Teik, eigentlich der Priester Tadeusz Kęsik, nahm am Warschauer Aufstand teil. Zu Zeiten der Okkupation trat er gemeinsam mit Swen Czachorowski und Miron Białoszewski in einem konspirativen Kleinst-Theater auf. Die Priesterweihe erhielt er 1956. Während seines Studiums in Rom gab er einen Gedichtband heraus, *Czas odkupiony [Die abgekaufte Zeit]*. Für den Znak-Verlag hat er Gedichte von Thomas Merton übertragen. 1968 wurde er wegen eines Briefes an einen Bekannten in England festgenommen, in dem er die Machthaber der Verfolgung der Kirche bezichtigte. Er war Schatzmeister der Sandomierzer Kurie. In Sandomierz erinnert man sich an ihn als vielseitigen Menschen: als Mathematiker, Anglisten, Dichter, ehrenamtlich Tätigen. Unter seinem konspirativen Pseudonym „Teik" tritt er in den *Erinnerungen aus dem Warschauer Aufstand* in Erscheinung.

mord begangen habe. Er habe so viel Kaffee getrunken, so viele Zigaretten geraucht, dass er sich die Luftröhre kaputt gemacht habe, die Bronchien, und eine Lungenzündung bekam. Für eine Rettung war es zu spät. Er wollte es selbst nicht wahrhaben

– Was heißt „zu spät“?

Sie wussten nicht, wie sie ihn heilen sollen. Aber er hatte eine wunderschöne Beerdigung. Das muss man ihm lassen. Es sind über Hundert Priester angereist.

Sie kamen nach Skarżysko. Teik war selbst Priester gewesen. Nach dem Warschauer Aufstand, an dem er teilgenommen hatte, nach Abtransport und Lager und einem Aufenthalt in England, wo er Teller wusch, war er ins Priesterseminar eingetreten. Die so genannte späte Berufung. Vor dem Warschauer Aufstand war er religiösen Dingen gegenüber gleichgültig gewesen, ich erinnere mich an ihn als Ungläubigen, obwohl er das selbst richtig stellte und meinte, so sei es – nein! – nicht gewesen. Als er einmal nach Hause zurückkam, waren Deutsche da, er dachte nur, „Mutter Gottes, rette mich“ und das war der Anfang von allem.

Teiks Seminar war in Rom. Ich weiß nicht, ob es dort oder in London gewesen ist, dass er den Mann meiner Lektorin kennengelernt hat. Der Mann der Lektorin erzählte

– Eigentlich hat er in der Priesterschaft keine Befriedigung gefunden, er sagte mir, dass er kein Ziel im Leben habe, nichts, wofür es sich zu leben lohne. Immer wieder durchlebte er den Aufstand. Er lebte in der Vergangenheit. Er hatte Aufnahmen von Gedichten seines einzigen Gedichtbandes bei sich, der irgendwann in Rom erschienen war. Ständig lud er die Jugend zu sich ein und spielte ihnen diese Aufnahmen vor.

Die Gedichte waren schwach. Nur Teik selbst war gut. Einmal hat er mir überraschend fünfhundert Zloty zugesteckt. Er hat sich allzu sehr verzettelt mit einer viel zu großen Menge von

Bekanntschaften. Seit ich ihn kannte, verschickte er zu allen Namens- und Feiertagen Dutzende von Karten.

Wenn er nach Warschau kam, erledigte er in größter Eile eine Unzahl von Besuchen. Er hatte Energie, sah noch mit dreiundfünfzig jung aus. Er hat sich sogar lange Haare wachsen lassen, worüber Le. sich amüsierte. Le. hat sich überhaupt über ihn amüsiert. Aber einmal hat Teik ihn verletzt. Er fragte Leszek

- Gehen Sie immer noch zu den Schwestern in die Piwnastraße?
- Was haben Sie denn gedacht.
- Mein Gott, was sind diese Frauen doch naiv – und Teik seufzte ironisch.

Das hat Le., seinerseits sehr empfindlich, zugesetzt. Er hat Teik seitdem nie mehr in die Wohnung gelassen. Ehrlich gesagt, hat er Teik auch vorher schon nicht reingelassen. Er ließ ihn anfangs ein paar Mal rein, so, wie auch andere, bevor sie noch nicht aufgehört hatten, ihn zu interessieren. Danach lästerte er

- Seine schwarze Soutane bringt Unglück, sie gehört gemieden.

Einmal malte er Teik im Sessel, aber es misslang und wurde übermalt. Eine Anekdote Teiks von einer bestimmten Beerdigung belustigte Le. Ein Priester war gestorben. Man saß im Pfarrhaus. Es kam ein anderer herein, ein gemeinsamer Bekannter, in Soutane, im Damenhut mit Schleier. Sie schauten einander an. Und der erklärte, dass er zur Beerdigung gekommen sei. Irgendwie hat man ihn dann auf subtile Weise beiseite genommen oder ihm womöglich zu einem Barett geraten.

Als ich bei Teik in Sandomierz war, stand eine alte, dreckige, von Spinnweben bedeckte Badewanne im WC

- Das ist die Wanne des Domherren, er wohnt nebenan, er ist alt. Selbst benutzt er die Wanne fast nicht, aber man darf sie nicht anrühren.

Teik hatte mich gerne zu Gast. Er erzählte von den Jahren im Ausland. Er hatte eine sehr schöne Gelegenheitsübersetzung eines Gedichts von Merton[122] gemacht, des amerikanischen Dichters und Trappisten, der damals noch lebte, er war erst vierzig Jahre alt. Ein paar Jahre später reiste er nach Indien und holte sich bei der Vorbereitung irgendeiner Beleuchtung in einer Kirche einen Stromschlag, der ihn tötete. In Mertons Erinnerungen steht, wie er die dem Kloster geschickten Schallplatten auspackt: „Händels gesamter *Messias,* solch ein Luxus", stellte er mit Verwunderung fest. Ich erinnere mich des Öfteren daran, wenn ich den gesamten *Messias* aus dem Schrank voller Luxusplatten hole. Ja, vor ein paar Jahren noch verwunderte auch mich der *Messias*, dass man ihn, komplett aufgenommen, besitzen kann.
Teik wohnte an der Jakobskirche. Er zeigte mir die romanischen Fenster und die reliefverzierten Keramikplatten. Die Sonne strahlte

– Schau, wie das romanische Fenster ganz anders ist, als das gotische. Die Wände, die Kirche. Ein anderer Geist.

Im Hauptaltar vierzig Dominikaner, die in Polen berühmten vierzig Märtyrer. Auf dem Bild: Die einen knien in Angst, zusammengedrängt auf dem Boden, die anderen werden schon von den Tataren, die die Kirche meuchlings überfallen haben, getötet. Es ist der Stadt gelungen, die Tore noch zu schließen. Zwischen Stadt und Jakobskirche verläuft ein kleiner Weg. Im Notfall sollten die Mönche über diesen Weg fliehen. Aber sie wurden überrascht. Die Tataren waren plötzlich aufgetaucht. Im Galopp. Sie sind in die Kirche eingefallen und haben alle Dominikaner ermordet. Man weiß nicht, warum. Sie waren in Fahrt … In irgendeinem Jahrhundert hat man die Mönche auf dem Bild in vierzig betende Hofdamen umge-

122 Thomas Merton (1915–1968), amerikanischer Religionschriftsteller, Mönch, Kenner christlicher Mystik, der nach deren Gemeinsamkeiten mit den Religionen des Ostens suchte.

wandelt, die ermordet werden. Jemand hat die Kutten in Kleider umgewandelt, hat die Gesichter verweiblicht, Haare hinzugefügt. In unserer Zeit hat man die überarbeiteten Schichten abgekratzt. Die Dominikaner sind wieder sichtbar. Es gab früher keine Gewissheit darüber, ob sich die Szene auf dem Bild tatsächlich einmal abgespielt hat. Wenn ja, wo sind dann die Märtyrer? Wohl an der Kirche begraben. Man begann, nachzuforschen. Eine erste Schicht von Gerippen wurde freigelegt. Also hatte es sie gegeben. Sie lagen da. An der romanischen Wand. Teik schaute nachts aus seinem Zimmerfenster auf die Grube. Die Knochen phosphoreszierten. Er hat mich in die Seitenkapelle mit den Vitrinen geführt. In der einen war ein gespaltener Schädel. In der zweiten ein Totenschädel mit Beil, das in diesem stecken geblieben war. Jahrhunderte lang. Ich habe die gewaltige Wirklichkeit des Überfalls gespürt. Bis hin zum Schlag auf den Kopf. Vierzig Märtyrer – entsetzte, ermordete – an diesem Ort; welche Rolle spielt es schon, dass es vor siebenhundert Jahren passiert ist? In den Kellern des Aufstands waren die Menschen ihnen ähnlich. Verschüttet, erschossen, entsetzt und betend.

Ich habe Teik erst nach vierzehn Jahren wiedergesehen, fast unverändert, mit den gleichen blonden Haaren, die nach Lavendel rochen, allerdings in Soutane. Leszek war verreist, ich saß allein in der Wohnung am Dąbrowskiplatz. Ein heißer Sommer mit Windstößen zog sich hin. Ein August-September-Sommer. Immer noch knallten die Türen und Fenster, immer noch war es heiß. Ich war in einem Zustand großer Aufgeregtheit. Nach einem ersten Aufenthalt in Paris, nach der Aufführung des neuen Programms unseres Ludwik-Ludmiła-Miron-Theaters hier im Zimmer[123], bin ich zu einem

123 Das vierte Programm – das erste des Theaters als „Einzeltheater" mit Spielstätte am Dąbrowskiplatz – hatte Premiere im Februar/März 1959.

gewissen Julian in die Masuren gefahren. Mit einem vom Wetter durchsichtig gewordenen Zug kam ich an einem Festtag[124] zwischen Himmel und Seen in Ełk an. Wir sind dort gleich ans Wasser gegangen. Julian hatte einen Kajak gemietet. Er konnte nicht schwimmen. Wir waren in fröhlicher Stimmung. Julian sagte, ich solle vorsichtig sein und wollte, glaube ich, dass ich versuche zu rudern. Wer hat dann welche Bewegung gemacht? Plötzlich sind wir beide ins Wasser gefallen, daneben der umgekippte Kajak. Ich befahl ihm, sich am Kajak festzuhalten.

– Ich werde ihn ans Ufer schleppen!

Dabei war das in der Mitte eines gottverlassenen Sees. Vorher hatten wir auf der kleinen Insel nur einen Vater mit seinem Sohn im Kajak getroffen. Sie waren seit Langem verschwunden. Julian beharrte darauf, den Kajak mit der Oberseite nach oben zu wenden, um einzusteigen. Ich folgte, ohne zu überlegen. Der Kajak drehte sich mit der Oberseite nach oben um und ging unter

– Halte Dich an meinen Beinen fest! – rief ich

Aber ich wusste nicht, was es heißt, zu ertrinken. Er hatte mich ganz umfangen. Wir drohten beide unterzugehen. In den Tiefen des Wassers. Das grüne Wasser rauschte nur, es dröhnte. Und wir im Sog. In den Strömungen. Ich musste mich von ihm befreien, um mich zu retten. Ich schluckte Wasser, war im Begriff, zu ersticken. Und als ich mich von ihm befreit hatte, da stürzte er sich wieder auf mich. Und wieder das gleiche Getobe in der Tiefe. Ich spürte das Ende schon kommen. Ich befreite ich mich mit letzter Kraft. Julian wurde plötzlich ohnmächtig. Er ging auf Grund. Ich dagegen nach oben. Ich schwamm ans Ufer. Fast kraftlos. Rief um Hilfe. Die anderen beiden schwammen herbei. Der Vater mit

124 Der 5. August 1959.

dem Sohn. Sie wollten nicht im Wasser suchen. Alles Bitten nützte nichts. Übrigens hatten sie Recht, dass es hoffnungslos war. Ich stürzte aus dem Wasser ans Ufer, wandte mich um und schaute auf das ruhige Wasser in dem goldenen Nachmittag. Welches Entsetzen! Ich rannte zum Ortsvorsteher. Die Hütte war zu. Leere. Dafür tauchte auf dem Weg ein Polizist auf dem Motorrad auf. Er ergriff mich. Sofort. Die Suche interessierte überhaupt nicht. Nur die Festnahme. Sie haben mich in Badehose mitgenommen. Meine Kleidung war beim Kajakverleih geblieben. Der Verleiher wurde festgenommen. Zwei Feiertage. Erst am dritten Tag war das Amt wieder geöffnet. Ich lieferte meinen Bericht über den Unfall ab. Man ließ mich gehen. Julian hat man nicht gefunden. Ich nahm die Straße zur Post, in Richtung See. Da sah ich eine Menschenmenge am Ufer stehen. Ah ja, sie haben den Ertrunkenen gefunden. Ich dachte, es sei Julian. Nein. Es war ein anderer. Julian war im See daneben ertrunken. Ich fuhr nach Warschau zurück. Mein Ertrunkener wurde erst sechsundzwanzig Tage später während eines Sturms an die Oberfläche geschwemmt.
Als Teik in Warschau ankam, hatte man Julian noch nicht herausgefischt. Ich erzählte ihm alles. Er war betroffen. Rauchte. Er sagte, er würde eine Messe für Julian abhalten, ich solle kommen. Er kaufte Melonen. Wir saßen in der Hitze herum, während die Türen knallten, zunächst in der nachmittäglichen, dann in der Abendhitze. Olgierd kam vorbei. Wir aßen Melonen. Auf mein Bitten hin erzählte Olgierd Teik von seiner Verbannung. Als er mit den Ochsen durch den Wald fuhr, um Holz zu holen, saß er auf der Karre und dachte, dass sich nie mehr etwas ändern würde. Der Wald, die Ochsen, er auf der Karre, Sibirien. Nie mehr etwas anderes. Bis ans Ende des Lebens hatten sie sich nicht aus diesem Kreis zu bewegen. Sie hatten eine Verpflichtung unterschrieben. Einer brach zusammen, er schrie

– Ich unterschreibe nicht!

– Unterschreibe – rieten sie ihm zu – es ist sowieso egal.
– Ich unterschreibe nicht!

Später gewöhnten sie sich an dieses Leben. Man konnte sogar die Arbeit wechseln. Umziehen. Einmal sammelte Olgierd Pferdescheiße in irgendeinem Stall. Der Besitzer ertappte ihn dabei. Er schimpfte ihn aus.

Sie spielten Fangen. Eine fing einen anderen, der einen Zettel hielt. Sie wollte ihn ihm entreißen. Gelächter. Er gab ihn nicht her. Schließlich bekam sie ihn. Schaute darauf. Und es waren Denunziationen.

Sie schickten Olgierd zuerst in ein Jugendlager. Er war dreizehn Jahre alt. Wohl bei Archangelsk. Die erste Nacht kam. Es war eine schlaflose Nacht.

– Ich werde sie nicht vergessen. Man befahl mir, auf die Schränke aufzupassen, so dass niemand von einem Anderen klaut: „Vergiss es nur nicht, pass' auf!"

Er saß da und saß und schlief ein. Sie klauten nachts so viel es ging. Morgens wurde Olgierd wach, als man ihn verprügelte. Alle auf einmal. Danach lag er im Krankenhaus. Die Erzieherin im Lager stellte sich vor ihn

– Siehst Du, Du hättest aufpassen sollen.

Am folgenden Tag verabredeten wir uns, um nach Bródno zu fahren. Teik und ich. Um das Grab von Teiks Vater aufzusuchen. Immer noch herrschte dieses Wetter mit der sengenden Hitze und den Windstößen. Teik erzählte mir von dem Versuch einer Fusion mit Żoliborz zur Zeit des Aufstands. Er und sein Trupp kämpften um das Straßenbahndepot von Muranów. Die Deutschen hatten sie überfallen. Flugzeuge, Bomben. Teik fand sich mit irgendwem in einer Toilette wieder. Etwas krachte, die Tür klemmte sie ein und machte sie taub, so dass sie sich nicht verständigen konnten. Teik war eine Gehörschwäche geblieben. Er nahm seinen Mut zusammen, rannte in die Halle hinaus, mit dem Maschinengewehr direkt auf die Deutschen. Verblüffung auf beiden Seiten. Die Deutschen flohen vor dem Gewehr. Während er rannte, überlegte Teik: Soll ich mich auf das Gewehr stürzen? Soll ich schießen? Aber was dann? Rennen! Er rannte und kam durch. Bevor die Deutschen sich fassen konnten, war er weg.

Ein Freund von Teik hat den Aufstand beschrieben. Aber Teik ist mit dem Buch nicht sehr zufrieden.

Über mich schrieb er, dass es in der Wilanowskastraße eine Schießerei gegeben habe, Bomben, er kam ins Zimmer und da war Sęp, also ich, der vor den Büchern kniete und laut Słowacki las.

Teiks Trupp hatte sich in letzter Minute durch die Kanäle aus der Altstadt zurückgezogen. Es schien, als habe sich ein Teil verlaufen. Sie waren in Czerniaków wieder aufgetaucht. Genau auf der Wilanowskastraße.

Sie saßen dort in der zweiten Etage eines Mietshauses, die Deutschen in der ersten. Sie beschlossen, den Deutschen unten ein Ende zu machen. Plötzlich und unerwartet. Sie zogen sich die Schuhe aus. Sie schlichen auf Socken die Treppe hinab. Der Anführer bekam es mit der Angst zu tun. Er blieb stehen. Teik überholte ihn, ging als Erster voran. Die Deutschen warteten auf sie, lauerten ihrerseits. Mit Granaten. Die Polen reagierten schneller und warfen als erste Granaten. Die Deutschen kurz darauf. Einer wurde durch die eigene Granate getötet. Ein weiterer durch eine polnische. Der Erfolg hielt nicht lange an. In einem letzten Angriff haben die Deutschen ganz Czerniaków gestürmt. Zivilisten kamen unter den Trümmern ums Leben, von den Aufständischen rettete sich schließlich, wer konnte. Man zog sich zur Mündung eines Altarms der Weichsel zurück, zum Hafen[125], auf den Spazierdampfer „Bajka" [„Märchen"]. Die Deutschen haben das Boot schließ-

125 Es geht um die Landzunge und den Hafen Czerniaków. An dieser Stelle versuchte die Armee Berlings an Land zu gehen, und es gab dort blutige Kämpfe in der letzten Phase des Warschauer Aufstands.

lich eingekesselt. Viele der Aufständischen begannen damals damit, die Bretter aus dem Deck zu reißen. Sie legten sich auf die Bretter, banden sich mit Schnüren daran und stürzten sich in die Weichsel. Die Deutschen schossen auf sie und ertränkten sie. Teik beschloss, zu den Deutschen rauszugehen. Mit einer Spionin. Er hatte sich nur seine Schuhe mit den hohen Schäften ausgezogen. Und das rettete ihn vor der sofortigen Erschießung.

Wir sind mit der Straßenbahn über die Poniatowski-Brücke nach Bródno gefahren. Teik sagte zu mir

- An diesem Pfeiler ist unser Anführer aus dem Wasser gestiegen, die Deutschen haben ihn zerschossen.

Auf dem Friedhof konnten wir die genaue Stelle nicht ausmachen. Es war ganz und gar unmöglich. Ganze Reihen von Gräbern ohne jedwede Spur, eingebrochen, eingefallen. Darauf dicht, Akazien. Teik suchte und suchte, zog in seiner Soutane Kreise

- Weißt Du – sagte ich – da hilft nichts, man muss einfach einen Ort in der Nähe auswählen und dort eine Kerze anzünden, es ist sowieso völlig egal.

Teik streifte noch ein wenig umher, hatte sich mit seiner Soutane reichlich Dornen eingefangen, bis er unversehens niederkniete und zu beten begann.

Teik war auf Ehebündnisse spezialisiert. Er war es dienstlich. Privat verstand er es zu versöhnen. Er erzählte mir von einer Lektorin des Spółdzielnia Ludowa-Verlags und von deren Mann. Dass sie durch schwere Krisen des Zusammenlebens gingen. Er half ihnen dabei, sie zu überstehen.

Jetzt lebt Teik nicht mehr, und diese Eheleute sind nach Jahren bei mir, in Saska Kępa. Tadeusz sagte

- Ein seltsam ungleiches Paar.

Agnieszka war bei ihnen gewesen, um die Bibliographie abzusprechen. Es stellte sich heraus, dass die Lektorin im Übrigen auf sie gewartet hatte, um diese Bibliographie zu besprechen.

Meine Bibliographie. Sie hatten sich dienstags bei mir im Trubel und Gedrängel verabredet.
Ich weiß nicht mehr, was sie da abgesprochen haben. Das Wichtigste war, dass die Lektorin sich als Schülerin der gleichen Schwestern des Ordens der Unbefleckten Empfängnis entpuppte, wie Agnieszka, Malina und Berbera.

– Nur dass dort, in Jazgarzew, damals andere Methoden herrschten. Zum Beispiel wählte man wöchentlich einen Klassenengel. Solch ein Engel musste sich gut umschauen, welches Mädchen abschrieb, welches schwatzte und machte, was es nicht soll, um den Schwestern später alles weiterzutragen. Im Namen der Wahrheit.

22. April, donnerstags

Ich war bei Ludwik und seiner Schwester Lucynka. Sie ist aus dem Sanatorium zurück. Seit zwei Jahren habe ich sie nicht mehr gesehen. Sie saß quer auf dem Bett, halb zugedeckt, mit ganz weißen Haaren und einem weißen Gesicht. Sie wirkte wie ihre Mutter. Ich habe das Ludmiła unter vier Augen gesagt. Und dass ich *das* nicht erwartet hätte

– Sie ist jetzt in keiner guten Verfassung, entgegnete Ludmiła, der Arzt war heute da, Lucynka hat 37,1°C Fieber. Weißt Du, jede kleinste Temperaturerhöhung kann gefährlich sein. Sie hat diese Bronchitis. Das kann jeden Augenblick schlimmer werden, sie ist erkältet, sie darf keine Lungenentzündung bekommen, weil sie sonst vielleicht nicht überlebt.

Es war der gleiche Arzt da, wie zu Weihnachten. Er war nicht betrunken und auch nicht besonders delikat im Umgang. Ludwik fragte ihn in Lucynkas Gegenwart

– Wie ist es nun mit der Bronchitis, hält sie sich auf dem gleichen Niveau wie normalerweise?
– Alles ist unter das normale Niveau gesunken.

Ludmiła fragte Lucynka ständig nach ihrem Wohlbefinden, hüllte sie in Decken ein, passte auf sie auf.
Obendrein war Ludwik erkältet, er trug einen Schal. Ich zog einen schwarz-grauen Schal aus der Manteltasche
– Gehört der Dir?
– Ja, woher hast Du ihn?
– Er war bei mir. Ich dachte mir, dass es deiner sein muss.
– Ich mag ihn – er zog den anderen gleich aus und diesen an – ich habe ihn mir in Paris auf der Straße gekauft.
Lucynka rauchte keine Zigaretten. Aber früher hat sie riesige Mengen geraucht. Aus der ganzen Familie von Lu. und Lu. hatte ich immer den lebendigsten Kontakt zu ihr. Im Jahr 1953, als Ludwik sich noch gegen eine engere Freundschaft mit mir wehrte, sagte er, er würde mich zu sich nehmen, wenn ich keine Wohnung mehr hätte, aber helfen könne auch er mir nicht. Kurz darauf stellte sich heraus, dass er mir sehr wohl und viel half, er teilte seine Zigaretten mit mir, brachte mir, als ich in Armut lebte, zu essen, kam ins Krankenhaus, als ich krank wurde. Aber zunächst wehrte er sich. Ich ging ein erstes Mal zu ihm. Unangekündigt. Er war noch nicht von der Arbeit zurück. Lucynka kümmerte sich sofort um mich
– Setzen Sie sich bitte und warten Sie, er kommt gleich. Rauchen Sie eine Zigarette. Vielleicht wollen Sie etwas essen?
Unter meinen Stuhl setzte sich ein schwarzer Dackelmischling. Er knurrte. Lucynka reichte mir das Zuckerdöschen
– Geben Sie ihr etwas Zucker, dann ist es gleich gut.
Ich gab der Hündin ein Stück Zucker. Ein paar Minuten später streichelte ich sie. Die Hündin hieß Dina, nach Gauguins Modell. Den Umzug nach Warschau machten sie mit einer Karre. Oben auf dem Gerümpelhaufen saß die Oma, das heißt die Mutter von Ludwik und Lucynka und hielt Dina auf den Knien. Dina war ein toller Hund. Sie drückte sich zwischen Ludwik und mich, wenn wir uns samstags nach längeren Gesprächen manches Mal mit einer Decke auf den Küchen-

fußboden legten. Die Wohnung war übervölkert, Ludmiła hatte noch kein Atelier.

Später starb die Hündin an Krebs. In diesem Haus mochte man Tiere. Das meiste Mitleid mit ihnen hatte Lucynka. Einmal schleppte sie ein leeres weggeworfenes Aquarium mit Schnecken nach Hause. Jetzt war ich nach meiner Ankunft bei ihnen zuerst etwas unruhig. Aber dann fing ich an, von den Gräbern und der Auferstehung zu reden. Sie hörten zu, lachten. „Kobra", so eine Kriminalserie, lief im Fernsehen. Ich sagte zu Lucynka

– In Otwock ist es interessant und langweilig zugleich, nicht?
– Oh, es gibt dort Einiges zu sehen.
– Und wohin geht das Fenster? Auf die Straße hinaus?
– Auf die kleinen Tannen. Ich bin nicht hinunter gegangen, es war zu anstrengend für mich, danach wieder hoch zu gehen.
– Die Gesellschaft scheint dort ganz besonders zu sein.
– Ja, die Blumenverkäuferinnen. Sie kennen sich alle. Und wie in den Erzählungen passiert ständig etwas, wie im Krimi.
– Ich bin vor einer Woche da entlang gegangen, wahrscheinlich war ich in ihrer Gegend, Ecke Fórnalska- und Kościuszkostraße.
– Genau dort ist es.
– Das ist so eine Veranda aus Holz im Gebüsch.
– Ja, das Ganze ist so eine Holzbude. Und was man da nicht alles brät. Auf den Fluren Fisch, Kartoffelpuffer. Andauernd. Auch in der Nacht.

Ludwik

– Du hast von der einen noch nicht erzählt, die auf Bestellung lachen konnte oder in Tränen ausbrechen. Sie hatte gesoffen und war verkatert. Sie schrien ihr zu: „Da unten prügeln sich welche!" Da sprang sie auf, raste nach unten und da saßen Männer in Pyjamas herum, rauchten Zigaretten und lösten Kreuzworträtsel. Es herrschte Ruhe, keiner prügelte sich. „Die haben mich aufs Korn genommen", sagte sie und Lucynka ins Ohr: „Würden Sie … wenn ich … pss sch sch…" – „Sind Sie einverstanden?" – „Ja, einverstanden". Sie rast also auf den Flur hinaus, brüllt verheult aus voller Kehle, „Lucynka liegt im Sterben!"

Lucynka

– Als sie alle auf einmal in mein Zimmer stürzten, kamen sie kaum durch zwischen den Betten.

Lu. erinnerte sich an letzten Dienstag

– Was habe ich bloß so losgefaselt? Und ich habe mich so beeilt, um alles über diese Juden zu sagen.

Ludmiła

– Na, weil Du auf die Ankunft des Taxis gewartet hast.
– Ja, es läßt sich schlecht eins bestellen, daher die ganze Eile und Sorge.
– Es ist die gleiche Ungeduld, wie wenn man Pinkeln muss.
– Und wer war die Zweite, war die keine Jüdin?

Auch Ludmiła erkundigte sich

– Die mit den Augen, man sieht sie auf Ausstellungen, auch immer diese Gesten.
– Das ist die Frau des Malers O. – sagte ich über Kitzi-Katzi.
– Und was ist mit ihm?
– Er ist in Nizza.
– Aber seit Langem?
– Ja, seit Langem, er hat vier Herzinfarkte gehabt, kann sich nur wenig bewegen, hat nur bedingt Kontakte.
– Ein Jude?
– Ja.
– Und sie: Nicht-Jüdin?
– Ja, Pfeffer mit Mädchennamen.

Ludwik

– Vielleicht ist sie also Protestantin oder Calvinistin.
– Ich werde sie fragen.

Ich erinnerte mich an die als Witwe des Formalismus verkleidete Ziege vom Maiumzug und daran, wie Kitzi-Katzi die

Ziege führte und diese vor der Tribüne erstarrte, sich bepisste und ohnmächtig wurde. Die gesamte Situation erinnert an eine ähnliche bei Apuleius[126]. Da ist ein in einen Esel verwandelter Mensch. Nach langen, bitteren Abenteuern gibt es einen Frühlingsaufzug, womöglich am ersten Mai, die Menschenmasse zieht los, führt den Esel, er weiß, dass das die einzige Gelegenheit für ihn ist, sich auf die Rosen am Heroldsstab zu stürzen und sie zu fressen; dann wird der Zauber gebrochen. Gedrängel, Blumen, der Umzug zieht, Gesänge; er kommt den Rosen immer näher. Endlich stürzt er sich darauf und frisst sie. Und dann das Wunder der Rückkehr zu sich selbst. Es verzauberte ihn übrigens – aber sicher bin ich nicht – eine Hexe. Auf jeden Fall tritt dort eine auf, die nachts auf die Dächer steigt, sich dort zur Hälfte mit Salben einreibt, davon ganz taub wird und es ihr dann vor lauter Taubheitsgefühl so vorkommt, als würde sie fliegen.

Ludwik sah fern. Jemand führte Zitate über das Schweigen an.

– Zu viele Zitate, das ist nicht gut, damit muss man aufpassen.

– Aber Du passt auf.

– Man kann ihrer überdrüssig werden.

– Weil sie immer die gleichen zitieren, abkupfern, der eine vom anderen. Wie diese Katzen. Erinnerst Du Dich an meinen siamesischen Kater? Ich habe ihn zu meiner Mutter nach Garwolin mitgenommen. Meine Mutter hatte eine siamesische Katze. Die Katze war gefräßig. Mutter warf ihr ein Stück Pansen hin. Die Katze schluckte es, kotzte es aus. Also aß er es. Und kotzte es aus. Und dann ging sie wieder daran.

Beim Anblick des Kritikers Sandauer im Fernsehen sagte Ludwik

– Sandauers Kotze fresse ich nicht, aber …

Und er erzählte davon, wie er damals auf Olgierds Soiree in Sandauers Anwesenheit seinen Vortrag hielt.

126 Apuleius, *Metamorphosen oder der goldene Esel.*

– Der ganze Calvinismus, den ich mir ausgedacht habe. Denn dort ist es nicht gut.
– Aber das steckt die Leute an. Tadeusz ist am Karfreitag mit Hochachtung zu den Calvinisten reingegangen; übrigens ging noch jemand anders rein, das hat ihn ermutigt. Er hörte sich die Predigt an, dass Gott wie Sand ins Getriebe komme, es anhalte.
– Das ist aber schön, wer kann das gewesen sein? Weißt Du nicht, wie er aussah?
– Nein.
– Frag' nach.
– Ich frage.
– Sie erlauben den Calvinisten nicht die Glocke zu schlagen.
– Was? Wieso?
– Weil die Mauern zu nah am Fenster sind.
– Ah, und ich dachte schon, das sei ein Bezug zu den Verfolgungen.
– Die Augsburger hatten vor dem Krieg riesige Glocken, aber jetzt schlägt die Glocke anscheinend vom Band.

Lu. und Lu. und Lucynka brachen in Gelächter aus.

– Nun ja – erzähle ich – ich komme über die Treppe auf die Chłodnastraße. Karfreitag. Ich gehe in die Kirche. Ich höre die inspirierten Chöre, schaue ins Innere und sehe, es stehen da Leute, dort auch, niemand singt … Der Gesang kam vom Band.
– Ah, sie könnten doch wenigstens die Lippen bewegen, da der Ton, hier die Mimik.

Ludwik sagte weiter

– Einmal haben sie *Antigone* bei uns auf dem Dorf aufgeführt, sie haben ein Stück daraus im Fernsehen gezeigt.
– Bei uns auf dem Dorf?
– Ja, genau … Ich muss gestehen, dass mich das viel mehr interessiert hat, als die experimentellen Theater.
– Und wie haben sie gesprochen?

– Dieser griechische Chor kam direkt aus den Reihen der Bauern und vom Gänserupfen, das macht ihn monumental. Damals sagte ich bei Olgierd, dass es erst ein antikes Theater gegeben habe, danach die Mysterienspiele und dann die Antimysterien. Montaignes Mutter war eine spanische Jüdin, er sagt nirgends ein Wort über sie, auf diese Weise gedenkt er ihrer, wahrscheinlich war er Calvinist, in jedem Fall hatte er Kontakte. Und Shakespeare? Ich weiß nicht. Ob er ihn kannte? Jedenfalls musste er den Calvinismus kennen. Weil der bis nach England durchgesickert war. Eine religiöse Bewegung. Eine anti-obskurantistische. Hamlet, Macbeth, King Lear – das sind doch Gewissensdramen. Dann Dostojewski. Das russisch-orthodoxe Glaubensbekenntnis ist stark in der Heiligen Schrift verankert. Montaigne muss mit Kohelet durchtränkt gewesen sein. Ich habe Sandauer erklärt, dass die Idee der Prädestination schon im Buch Kohelet auftaucht.

– Und wie?

– Der Mensch ist von vornherein verurteilt.

Plötzlich zeigten sie im Fernsehen bei „Pegasus“ (das ist so eine Kulturrundschau) einen Auszug aus der neuen Oper *Lord Jim*[127]. Nach Conrad. Sie singen Conrad. Folgende Szene: Jim in der Mitte. Irgendein Halbkönig in Gewändern.

– Lord Jim? Ist er es, der da steht?

– Ja – Ludwik darauf – und man hat doch die Rede- und Schweigeanteile berechnet.

– Ja, auf die Zeit gerechnet. Die Engländer rechneten so, dass er es schafft, dem Alten in der Nacht alles zu erzählen.

– Und wie er dann zum Fenster springt und es öffnet.

– Und dieser Teppich unter den Füßen?

Wir lachten. Ich habe Conrads Erzählungen selbst einmal als

127 *Lord Jim*, eine Oper von Romuald Twardowski aus dem Jahr 1973.

opernhaft bezeichnet. Das war leichtfertig. Es ging mir um ihre Dekorhaftigkeit.

Aber auch vor diesem Wort fürchte ich mich jetzt. Wie man doch mit Bezeichnungen aufpassen muss. Anscheinend sind sie metaphorisch gemeint. Aber wer rechnet schon mit einem solch prompten Wörtlichwerden eines Witzes?

Die im Fernsehen, die Moderatoren, überprüften das

– Eigentlich ist das Singen auf der Bühne Unsinn.

– Ist es nicht!, schrie ich.

– Es ist eine Tradition, bestätigte Lu.

Das Reden auf der Bühne soll dagegen sinnvoll sein? Oder natürlich? Wo ist ein Gesang schon sinnvoll, angemessen? Im Leben? Manchmal ja, manchmal nein. Man kann im Büro anfangen zu singen. Zuletzt geht das in der eigenen Gesellschaft durch. Aber nicht immer. Früher galt als sicher, dass Frau Minister im Sejm singt

Neue Reformen

Frau Minister

Aber im Film[128].

Wir sind in Lu.s Zimmer gewechselt. Wir haben in der Enzyklopädie nach Bergson zu suchen begonnen, danach nach dem Reismus. Unterwegs fielen Ludwik andere Stichworte auf. Weil er es war, der suchte.

– „Mätresse, früher Geliebte einer hochgestellten Person, z. B. eines Königs".

Daraufhin nahm sich Lu. seine Lieblingsstellen aus der Bibel vor

– Ezechiel, der mit den Rädern, oh, da ist er.

Und dann die Beschreibung der Vision eines fliegenden Rades. An vier Seiten Flügel, die sich aber nicht drehen, sondern gehen und einander an den Ecken berühren

128 Gemeint ist der Film *Pani minister tańczy* mit Tola Mankiewiczówna in der Hauptrolle .

– Das ist wie auf den Kolumnen.
– Ja, richtig, die Juden schauten sich verschiedene Skulpturen an, geflügelte Tiere, Gottheiten.
– In Persien und in Ägypten, diese Stiere bei den Persern?
Hier vier Gesichter zu vier Seiten. Drei davon tierische. Sie haben Beine mit Kalbsfüßen. Und diese Gesichter – alle vier sieht man von der Seite. Das hatten wir schon einmal überprüft. Aber jetzt kam Lu. zu dem Schluss, es sei
– Wie bei den Ägyptern: Profile.
– Ach so.
– Alle Ägypter gehen doch im Profil.
– Und sie haben Recht. Das sieht unangestrengt aus, wandte ich mich an Ludmiła.
Darauf Ludwik über der Bibel von seiner Liege aus
– Ja, und wenn doch, dann ist das nur ein bisschen angestrengt.
Irgendwie kamen wir auf den Witz vom Neger.
– Ich erzähle ihn Miron, aber Du, Ludmiłka, geh' raus, weil ich mich irgendwie schäme.
Ludmiła ging zu Lucynka. Man hörte, wie sie sich erkundigte und wie sie sie einhüllte, das Klirren des Glases beim Trinken. Ludwik
– Also: Ein Neger nahm ein Mädchen aufs Fahrrad, sie kamen an, sie stieg ab, „oh, ich dachte, das sei ein Damenrad!" – Verstanden?
– Ja. Ein Damenrad ohne Rahmen – oder nicht?
– Na ja, sie hat nicht gewusst, worauf sie fährt.
– Ahh.
– Hast Du erst jetzt verstanden?
– Ja.
– Aber sie hat nicht gesagt: „Ich dachte, das sei ein Damenrad". So hätte sie es gewusst. Sie sagte: „Oh, ich wusste nicht, dass das ein Damenrad ist". Was macht Ludmiłka nur so lange bei der Lucynka? Ob sie beunruhigt ist?

– Nein, aber … der Herzinfarkt. Und ich? Ich habe kein Fieber, will nicht krank werden. Ich kann nicht. Ich habe von einem Sarg geträumt. Und die Aufschrift, „Ludwik Hering lebte siebenundsechzig Jahre". Ich bin immer noch siebenundsechzig. Bis zum fünften Juli. Diesen Traum hatte ich etwa vor vier Jahren.
– Ach so.
– Also vergiss nicht, Miron, für den Fall, dass … Man kann sich so etwas selbst suggerieren, nicht? Ludmiła habe ich nichts von dieser Scheußlichkeit gesagt. Wie viel habe ich noch? Heute ist der 22. April … also bis …

Samstag, den 11. September

Morgens Sturmklingeln. Der Hausmeister. Jadwiga hat bei ihm angerufen, der Großvater sei gestorben. Ich solle kommen. Also machte ich mich auf den Weg. Ich ging zum Bus. Auf dem Weg dahin ein Laden. Ich kaufte Käse, Pfirsiche. Ich trug sie nach Hause. Der Hausmeister traf mich an
– Sind Sie immer noch nicht losgefahren? Sie hat nämlich zum zweiten Mal angerufen.
– Ich fahre ja schon.
Ich ging die Treppe in Jadwigas Haus hoch. Die alte Haushälterin öffnete die Tür. Ich fragte
– Sind sie da? – weil ich auch Anias Mantel sah.
– Ja.
Ich trat hinter die Zarenpforte[129] des Großvaters. Ich hatte geahnt, dass sie ihn bereits abgeholt haben würden. Und so war es. Anna, Jadwiga und Ania saßen da
– Opa hat sich heute Nacht erhängt.
– Was?! – Das hatte ich nicht vorausgeahnt.

129 Vgl. Fußnote 115.

– Ich auch nicht. Niemand.
– Ich erzähle Dir gleich alles, sagte Jadwiga.
– Leise!, schrie die Haushälterin. Später, unterbrecht mich jetzt nicht!

Im Kittel, um sie herum Papiere. Sie las der Reihe nach laut vor: das Testament, die Verfügungen, die Todesanzeige. Weil er sich selbst eine geschrieben hatte.

– Er hat alles vorbereitet?!
– Ja, alles. Genauestens.

Beratschlagen. Was man aus der Todesanzeige übernimmt, was nicht. Anna

– Erst sage ich, was ich davon halte, danach der Reihe nach alle.
– Nein, es hat keinen Sinn, hier Gericht zu halten – unterbrach sie Jadwiga – ich bin die Tochter und ich bestimme: lektorieren, kürzen, da ist zu viel davon, die Lächerlichkeit trifft mich, da sind zu viele Titel.

Ania war bleich. Vorher war sie in Tränen ausgebrochen, jetzt sagte sie

– Nein, es sind überhaupt nicht zu viele. Das scheint nur so. Nekrologe sehen so aus. Das ist für seine Bekannten, für seine Kollegen. Es ist überhaupt nicht lächerlich.

Ich unterstützte Ania. Jadwiga war einverstanden.

– Es sei denn, es wird zu teuer.
– Wie viel kann das schon kosten, dreitausend?
– Und wenn es zehn sind?
– Man sollte sich erkundigen.

Ich ging in Jadwigas Zimmer. Sie erzählte mir alles. Sie war gestern aus Kazimierz zurückgekommen. Er hatte sie begrüßt, sie küssten sich.

– Was, hat er auf Dich gewartet?
– Vielleicht. Er schrieb mir nach Kazimierz, dass Anna sich gut um ihn kümmere, sie habe ihm den Rücken eingecremt, aber in letzter Zeit sei sie doch etwas angespannt.

Ein einhalbjähriges Kind, um das sie sich gekümmert hat, war gestorben. Es war während ihres Sanatoriumsaufenthaltes gestorben und weder dessen Mutter noch Oma haben ihr erzählt, wie es passiert war. Sie wohnt bei ihnen. Sicher würde sie gerne ausziehen. In einem Jahr soll sie eine eigene Wohnung bekommen. Sie wird heute Nacht hier auf den Sesseln schlafen und sagte, dass sie ein paar Monate lang hier bei mir wohnen bleiben könne.

– Und Du hast Dich einverstanden erklärt?

– Na ja, vielleicht ist das im Moment besser für mich. Gestern war Ania mit Justynka hier, Opa hat sich zuletzt weniger um sie gekümmert. Dabei hat er die beiden doch so sehr geliebt. Als sie gingen, sagte ich: „Geht Euch von Opa verabschieden". Sie verabschiedeten sich. Opa hatte Ania erzählt, dass Anna ihm zuletzt keine Rechnungen mehr habe ausstellen wollen. Zu Anna sagte er, alles sei in letzter Zeit so teuer geworden. Anna schrieb ihm daraufhin auf ein Blatt Papier: „Wenn Sie mich weiter so ärgern, gehe ich binnen vierundzwanzig Stunden fort". Auf einem Blatt Papier auf dem Schrank hinterließ er ein Wort, „Anna". Ich nahm Schlaftabletten, stöpselte mir die Ohren zu und schlief ein. Aber später in der Nacht wachte ich auf und hörte im Halbschlaf zwei laute Stöße, wie von der Decke.

– War er das nebenan?

– Ich weiß es nicht, mir schien es von der Decke zu kommen, danach eine Art Miauen.

– Das war wahrscheinlich er.

– Ja, vermutlich war er das, er erhängte sich gegen zwei Uhr. Um sechs weckte mich die Haushälterin und sagte: „Der Opa sitzt mit offenem Mund und heraushängender Zunge im Sessel". Ich darauf: „Was reden Sie denn da!" Sie darauf, dass das „schon lange so sein muss, weil seine Beine kalt sind. Man muss Zdzisław wecken". Ich weckte Zdzisław:

„Entschuldige bitte, aber der Opa sitzt mit offenem Mund da“. Zdzisław kam, sah, dass der Opa eine Schlinge aus elektrischem Draht um den Hals hatte, die am Schrank befestigt war; der Draht umwickelt mit einem Taschentuch, die Schlinge hinten. Fachmännisch – er wusste, wie man das macht. Dass man das nicht vorne macht, sondern hinten. Den Ambulanzarzt hat er über das Radio gerufen. Also Zdzisław. Die Polizei. Der Spezialist sagte, das nenne sich Sekundentod.

– Also hat er alle überrascht.
– Ja, und ich sage Dir, er hat sich das alles gut ausgerechnet. Als ich zurückkam, war er nicht rasiert – das passierte nie. Und er hat mir die Rente nicht gegeben, dabei gab er sie mir immer gleich. Er hatte Anna vorher gezeigt, wo sie ist. Um zwölf Uhr nachts trafen wir uns, Opa, Zdzisław und ich, im Flur vor dem Bad. Opa sagte nur zu mir: „Geh' durch“ und ging in sein Zimmer. Die Haushälterin erzählte, dass er zum Abendessen nur ein Glas Tee und einen Zwieback hatte haben wollen. Er trank nur die Hälfte. Zur Haushälterin sagte er: „Und wenn ich alleine bleibe, wer richtet mir dann das Bett?“ Und die Haushälterin darauf: „Ich fahre morgen weg, aber wenn Jadwiga wieder da ist.“ Als ich gestern aus dem Haus ging und er sich nicht wie gewohnt zeigte, schoss mir „Opa ist tot“ durch den Kopf. Ich fragte noch: „Wo ist Opa?“ Und die Haushälterin, „Er sitzt im Sessel“. Derselbe Sessel. Und der Draht war eigentlich die Schnur vom Bügeleisen.

Erst am Dienstag werden die Gerichtsmediziner uns die Erlaubnis zur Bestattung erteilen.

– Und Sie haben nichts gehört?
– Nichts. Zum Glück haben sie nicht noch gesagt, ich hätte ihn erwürgt.
– Was sagen Sie da!

Das wiederholte ich Jadwiga. Und sie

– Die Haushälterin redet diesen Unsinn, sie will bei der Beerdigung dabei sein, hat auch geweint. Aber weißt Du, in mir ist große Stille.

Jadwiga wägte ab

– Opa hatte Angst vor dem Leiden. Offensichtlich wollte er schon sterben. Sie dachte, er habe Angst vor dem Sterben, er aber wollte den Tod.
– Und vielleicht haben die Hirngespinste zugenommen. Zuletzt hatte er es mit diesem Zucker. Man könne ihn des Missbrauchs beschuldigen. Er betete dafür, dass es „weder Verhöre, noch irgend Treffen" geben möge. Sein Bruder hatte vor dem Krieg pleite gemacht und sich auch umgebracht. Ich wollte, dass Du das alles genau weißt. Die Polizei war da, sie hat detailgetreu beschrieben, was, wie, welche Schnur, welche Pyjamafarbe, welche Taschentücher. Wie man sieht, hatte er alles vorbereitet. Es tut mir leid um ihn.

Jadwiga hing dem noch weiter nach, während wir zu mir nach Saska Kępa fuhren, um sie von Anna, von Zuhause abzulenken.

– Diese Papiere sind nicht wichtig. Ich muss über ihn nachdenken. Und zwar heute. Genau heute. Ich bin organisch mit ihm verbunden gewesen. Vergangene Nacht hat mich eine Furcht gepackt.

Bei mir Musik. Jadwiga weinte. Danach setzte das Analysieren wieder ein

– War es Mut oder Feigheit?
– Mut.
– Weißt Du, er hat mir imponiert. Ich bin sogar stolz auf ihn. Es ist Verzweiflung darin. Aber nicht nur Verzweiflung.
– Ja, bestätigte ich, er hat alles Gewinsel hinter sich gelassen, plötzlich hat er sich zum Pathos aufgeschwungen, zur griechischen Tragödie.
– Und das nicht in schlechtestem Stil. Na ja, er war kein Intellektueller, er hat es gemacht, wie er konnte, er hat es

gut gemacht. Er ist aufrecht gestorben. Er hat sich persönlicher Hilfe verweigert. Er wollte nicht, dass ihm jemand die Füße wäscht. Er war hart. Er wollte schon keine Hilfe annehmen, als er aufhörte, auf die Straße hinauszugehen. Er wollte nicht, dass ihn jemand führt. Und so hat er bis zum Schluss durchgehalten. Als Zdzisław mir sagte, dass er sich erhängt habe, nahm ich das auf, als hätte ich bereits Bescheid gewusst.

12. September

Nachmittags war ich bei Jadwiga zuhause. Sie trug das schwarze Kleid, das sie kürzlich aus England erhalten hat. Sie sagte

– Das Fürchterliche bleibt, es lässt sich nicht verschleiern.
– Ja – versicherte ich – er hatte einen ganzen Hofstaat um sich. Ließ alles links liegen – egal. Es half nichts. Er befestigte die Schnur am Schrank, setzte sich alleine in den Sessel und erhängte sich.

Die Haushälterin kam von der Vesper zurück

– Und weg ist er.
– Ja, er ist weg.

Jadwiga und ich sind hinter den Raumteiler gegangen, in das Zimmer des Großvaters. Ich sah mich um. Ah, dieser Sessel war's. Ich setzte mich hinein, sagte zu Jadwiga

– Ich habe mich in den Sessel gesetzt.
– Ach, hattest Du etwa gezögert? Ich gehe ganz normal hier rein.
– Nein, das war so ein Moment, übrigens saß Anna gestern wie die Sibylle in diesem Sessel.
– Anna will trauern. Soll sie. Cousine Stefa wird Ania und mir Schleier mitbringen. Weil es doch besser ist, das Gesicht zu verschleiern, so weiß man nicht, was mit den Augen ist.

Danach war die Rede von den Regalen, dass ich meine Sachen auf einem lassen könne. Wir gingen die Arznei-Kisten des Großvaters durch. Ich sah meine *Erinnerungen aus dem Warschauer Aufstand*, die ich dem Großvater gewidmet hatte. Er hatte das gewollt.

– Es tut mir leid um ihn, sagte ich.
– Und mir etwa nicht? Ein Stachel bleibt zurück. Momentweise vergesse ich den Alten mit all seinen Schwierigkeiten und es kommt der Vater zurück, der gute, im Vollbesitz seiner Kräfte. Das gehört zusammen. Einmal ist der Stachel da, die Traurigkeit, dann die Erleichterung, dass es schon passiert ist. Dann wieder die Frage, warum ihm das Schicksal keinen leichten Tod beschert hat, im Schlaf. Ich werde Gewissensbisse haben. Ich habe in der ständigen Angst gelebt, dass da jemand nicht ganz Normales nebenan lebt, aber Gewissensbisse werde ich haben. Weißt Du, er hat einen Abschiedsbrief hinterlassen. Und sogar Dankesworte für Zdzisław.

Die Haushälterin brachte ein Päckchen
– Seht nur, das hat er mir hinterlassen.

Ich las vor
– „Der Haushälterin achthundert Zloty“.
– Weißt Du – sagte ich zu Jadwiga beim Abschied –, da man ihm zeit seines Lebens nicht viele dieser Bitten erfüllt hat, muss man ihm diejenigen erfüllen, die er für nach seinem Tod geäußert hat. Das hat ihn zuletzt am Leben gehalten.
– Ja.
– Wenn sein erster Gedanke, weil der Mensch bei sich beginnt …
– Wahrscheinlich, ja.
– Wenn da Angst war vor der Lähmung, vor dem Leiden, einem langen Leiden, und davor, dass er unästhetisch aussehen würde.
– Ja, er war ja doch Ästhet.

- Das war der zweite Gedanke neben dem Leiden, genau, die Ästhetik.
- Er hat sich um Formen gesorgt.
- Und das sieht man, bis zum Schluss.

13. September

Der Sommer ist zurück. Heute Nachmittag habe ich aus dem Fenster gesehen. Wärme, warmes Wehen, Sonne, Bewegung. Auf dem Flughafen Staub von den Grabungen und leichter Nebel. In den Stockwerken hoch über der Stadt und darüber ein mildes Blauen. Ich dachte mir: Das ist unser Planet. Voller Luft, blau, schimmernd, wehend. So fliegen wir dahin. Ich bin bis hinter das Wasser und in die Berge gefahren. Das Zentrum der Steinwüste. Zu Jadwiga. Ania war da, immer noch abgemagert. Sie saß mit Jadwiga am Tisch. Anna, die Haushälterin, setzte auch mich zum Essen an den Tisch

- Möchten Sie Suppe?
- Ja, gern.
- Und es gibt ein halbes Kotelett, ich gebe Ihnen, was noch da ist.

Dann kam die Rede auf den Großvater, man sprach über die Beerdigung, die Todesanzeige, die Bestatter, die Sterbeurkunde. Ferner beratschlagen, was man denen in London schreiben solle. Dort lebt die Schwägerin, die eigentliche Erzieherin des Großvaters[130]. Ständiger Kontakt. Jemand sagte, man solle auf keinen Fall die Wahrheit schreiben, weil sie sich das noch sehr zu Herzen nehmen würde. Anna hat das Schreiben auf sich genommen. An Jadwigas Stelle. Manche Augenblicke sind fast schrill, mit leiseren im Wechsel. Wir sprachen darüber, wie der Großvater diesen Entschluss in sich

130 Anna Felix, Nichte Adolf Strancmanns, nach dem Krieg in London wohnhaft.

trug. Weil er den Abschiedsbrief schrieb, aber vor neun Monaten. Jetzt hatte er nur hinzugefügt, dass ihm der Krebs das Hirn auffresse und das sei eine ständige Tortur. Es war nicht wahr. Er hatte ein ungefährliches Geschwür auf der Kopfhaut. Das Hirn war davon unberührt. Außerdem schrieb er damals, man liege allein, bleibe ohne Fürsorge. Wir wussten nicht, wie wir uns das erklären sollten. Er hatte Familie, Anna, er hatte einen Arzt, der auf jedes Rufen hin kam und ihm bis zum Schluss zuhörte, ihm Ratschläge gab, ihn am Leben hielt. Oder wie kann man den Satz verstehen, dass er sich wie auf einer einsamen Insel fühle, dass er seit dem Tod von Frau und Sohn ein unglückliches Leben führe. Ich weiß, dass er Ania und Justyna liebte und sich über sie freute. Sicher, seine Frau ist viel zu früh an Herzschwäche gestorben. Den Sohn nahmen ihm die Deutschen zu Beginn der Okkupation. Selbst hat er das Ghetto überlebt, aus dem ihn sein Schwiegersohn Zdzisław und Jadwiga heraus geholt haben. Zdzisławs Vater und andere hilfsbereite Leute. Ihn und seine Frau. Man erpresste ihn. Er hat das überlebt. Er hat seine Urenkelin erlebt, die er sehr zu lieben lernte. Er setzte sie sich auf die Knie, warf sie hoch, schaute sie lange an, brabbelte mit ihr, sorgte sich um ihre Gesundheit, um jeden Luftzug zu viel. Er hatte den Polonia Restituta[131]-Orden, an welchem ihm lag. Er schrieb das in seine Todesanzeige. Das und andere Auszeichnungen, Stellungen, die er innehatte. Er war sehr vital. Er hatte seine Familie fürsorglich abgesichert. Neben den hochgespielten Schicksalsschlägen besaß er einen großen Sinn für Logik und Gefühl. Er verabschiedete sich der Reihe nach von allen, wünschte jedem, was sich gehört, er sprach konkret: von seinem Alter,

131 Eine sehr hohe Auszeichnung, die 1921 eingeführt wurde und während der Volksrepublik Polen beibehalten wurde, wobei das Kronenwappen entfernt und auf der Rückseite die Jahreszahl 1944 eingesetzt wurde.

das jenseits der Norm sei. Von dieser Seite her kann man die einsame Insel verstehen. Auch die Isolation durch die Taubheit seit zehn Jahren. Jadwiga und Ania hatten erst beschlossen, eine Abschrift des gesamten Abschiedsbriefes an die Schwägerin nach London zu schicken, danach schlug Anna vor, nur das Stück mit den an sie und ihren Mann gerichteten Abschiedsworten zu versenden

– Einfach abschneiden.
– Nein, das hat keinen Sinn.
– Aber wenn man ihnen die gesamte Abschrift sendet, folgern sie noch, dass wir uns hier überhaupt nicht um ihn gekümmert haben.

Anna kam auf die Idee, den Brief gar nicht zu erwähnen. Wieder ging sie in die Küche, wo auf dem Bett unter dem Vorhang neben der Anrichte bekümmert die alte Haushälterin saß. Wegen des Großvaters. Und wahrscheinlich wegen ihrer selbst. Wegen des Alterns und der Tatsache, dass man zum Tod verurteilt ist. Zu dritt überlegten wir am Tisch, ob man ihn von der Entscheidung hätte abbringen können, wenn man ihn nachts angesprochen hätte, die Gelegenheit auf diese Weise hinauszögernd

– Vielleicht hätte er – sagte ich – gedacht: „Ach, morgen …“. Und morgen wäre er in einer anderen Verfassung gewesen. Es ist schwer, seinen Mut zu so etwas zweimal zusammenzunehmen.
– Das war feste Entschlossenheit.
– Aber die schwankte, es war ja nicht immer schlecht.
– Ja.

Ania überlegte

– Hätte ich nur länger mit ihm gesprochen, vielleicht hätte das etwas genützt, die Spannung entladen, wir hatten doch beim Mittagessen miteinander gesprochen. Ich wusste nicht, dass er so leidet. Dass ihm alles so schwer fällt. Man hätte ihm vielleicht helfen können.

– Aber er war entschieden, stur – meinte Jadwiga –, wenn er etwas beschlossen hatte, dann zog er es durch.

Ania

– Von dem Krebs glaubte er, dass wir ihn vor ihm verstecken. Und er glaubte, dass Anna weggeht, dass sie gleich am folgenden Tag weggeht. Das war wahrscheinlich ein weiterer Grund. Er hat ihr Briefchen ernst genommen.

Ania ging. Anna irrte durch die Zimmer, war erst in der Küche, dann im Wohnzimmer, dann bei Jadwiga, analysierte quer durch die Wohnung die Abfolge der zu erledigenden Dinge. Jadwiga sagte

– Ermüdend, all diese Erledigungen. Aber unabdingbar. Anna, bitte etwas leiser.

– Ja, gut, gut – und sie ging.

Jadwiga zu mir

– Sie hat mich müde gemacht.

Stille, einen Moment später

– Aber was würde man ohne sie nur machen?

Ich erinnerte sie an Roman. Jadwiga

– Na, dann fahren wir vielleicht hin.

Es war warm, mild.

– Die Luft pudert einen.

Auf der Treppe in Żoliborz

– Guck' mal, ist meine Frisur so in Ordnung?

Im zweiten Stock begegneten wir zufällig Adas Vater Erik mit dessen Hündin. Erik war höflich, die Hündin auch. Erik erklärte

– Der andere Hund ist anders.

Der andere, also Kanapon, bellte uns kurz an, aber nahm uns als die Seinen an.

Jadwiga bot Roman einen alten, aber ungebrauchten Rekorder an

– Er steht da, bitte nehmen Sie ihn, nur das Mikrofon ist verloren gegangen.

– Das macht nichts.

Roman fuhr mit uns ins Zentrum. Am Sächsischen Garten platzte der Straßenbahn ein Bügel. Wir mussten zu Fuß gehen. Roman und ich zeigten Jadwiga die Verglasung und Beleuchtung der Marszałkowskastraße, indem wir sie ihr erklärten und sie tasten ließen

– Ach so – Jadwiga berührte die Schaufenster hinter den Schaufenstern – erst jetzt weiß ich, wie das ist, vorher gab es das nicht.
– Nein.

Roman erläuterte

– Das ist diese Eleganz, fassen Sie das einmal an, Glas, überall Glas, im Inneren Spiegel, Waren, Läden, Fenster, hier ist es sehr niedrig, die Leisten sind nur zwecks Trennung da, das geht so bis zur Ecke und von der Ecke wieder weiter.

Aus dieser gläsernen Herrlichkeit kamen Leute mit Reben in der Hand

– Gehen wir rein, um Weintrauben zu holen.
– Da steht eine Schlange.
– Nein, sie ist klein.

Die bunten Dosen erregten meine Aufmerksamkeit

– Was ist das?
– Haifischflossensuppe.

Wir kamen ins Vorzimmer von Jadwigas Wohnung, wo drei Tage und Nächte vergangen waren, seit der Großvater seine letzte, mit dem Gehstock abgeklopfte Runde gemacht hatte. Jadwiga, beiseite, zu mir

– Ich habe Gewissensbisse.
– Ich auch ein bisschen.
– Ich suche nach Absolution, nicht nach Verurteilung.

Jadwiga plant die Abschlussinventur, die zwei Monate dauern soll

– Was?
– Na ja, die Kleidung, es gibt so viele Aktentaschen, Papiere, wir werden mit Anna täglich ein wenig –

– Wozu so lange? Und täglich?
– Eben um sie loszuwerden, weil sie über so viele Jahre unnötigerweise Platz wegnahmen.
– Das kann man doch etappenweise angehen, nicht alles sofort, das kann warten.
– Dann kommt mir die Entschlusskraft abhanden, die Inspiration.

Zusätzliche Probleme mit den Leuten. Denen man schließlich nicht sagt, wie das mit dem Großvater war. Sie denken, er sei in der Nacht gestorben, im Schlaf. Das, wovon er träumte und was vielleicht auch eingetroffen wäre, aber es fehlte ihm die Geduld, zu warten und keine Angst zu haben vor dem schlechten Sterben. Was soll man den Leuten also sagen? Warum so lange, so viele Tage? Warum kennt man den Begräbistermin noch nicht? Vor unserem Weggehen, es war dunkel geworden, die Klingel. Czesia, die Schwägerin. Ist es Czesia? Ja, wahrscheinlich ist sie es, die Haare sind etwas weißer, aber es ist dunkel, dicker ist sie wohl auch und irgendwie weniger anmutig, in jedem Fall ohne jedwede Anmut, nun ja, aber das ist ein Haus der Trauer … All das schoss mir durch den Kopf. Bevor sie die Tür hinter sich geschlossen hatte, begrüßte sie mich und stellte sich vor

– Ich bin Zdzisławs Schwester.
– Ach, deswegen ähneln Sie Czesia.

Sie fragte Jadwiga aus, wann die Aussegnung des Toten stattgefunden habe. Und ob es direkt von hier aus gewesen sei. Jadwiga wich aus. Anstatt sie dazubehalten, entschuldigte sie sich. Wir blieben allein

– Sag' mir noch, was ich denen erzählen soll.
– Sag', es dauert so lange, weil es eine Autopsie gegeben hat, wir seien damit einverstanden gewesen, warum auch nicht, die Toten warten in Schlangen auf ihr Begräbnis, fünf Tage lang, und die Aussegnung? Ja, die war schon. Gestern? Nein, ach, frag' die, die erledigen das, „ich habe keinen Kopf dafür, ich bin schon verwirrt genug“, sag' das.

– Genauso habe ich es versucht.
– „Ich bin verwirrt“ und fertig, und sich keinen Kopf machen.
– Sie fragen ja aus Freundlichkeit nach, aber das ist ermüdend.

Zur Abwechslung sprach man von der verhinderten Affäre mit dem erblindeten Ausländer.

Zum schwarzen Kleid trägt Jadwiga weiße Achate

– Passt so zusammen, oder?
– Sehr gut.
– Ein Stachel bleibt. Der bleibt.

Ich liege nachts bei mir zuhause. Der Großvater beschäftigt mich immer noch. Ich höre deutlich seine Stimme; nachdem ich das Licht gelöscht habe, sehe ich sein Gesicht. Plötzlich kommt mir die Sache ganz selbstverständlich vor:

Er und der Tod.

Das heißt, es gibt kein Sein oder Nichtsein.

Vom Sein, dem eher schrecklichen, bleibt ein ganz kleines bisschen übrig.

Es bleibt nichts.

Es bleibt das Nichtsein.

Also los.

Erhängen.

Aufhören zu sein.

Eine Weile später gehe ich ins Detail.

Sie wollen unbedingt wissen

– Warum hat er das getan?
– Warum nur?

Wenn er sich doch nur für einen Augenblick zeigte und beginnen würde, es zu erklären, er würde es ihnen mit denselben Argumenten erklären, die man sofort zur Stelle hatte

– Ach was.
– Das ist Opa.

– Ach, wahrscheinlich ist es nicht so übel.
– Opa übertreibt, wie immer.

Er hätte sich das als Sechzigjähriger nicht logisch erklären können, damals hätte er das, was er nun mit fast sechsundneunzig Jahren getan hat, nicht getan.

Und deswegen müssen die Geister stammeln, stottern, die Untertassen bewegen, die Stuhlbeine, die Mangel. Wie in der Lesznostraße. Tante Józefa[132] war der zweite Mann gestorben. Sie sperrte den Leichnam ein. Sie ging zu ihrer Familie schlafen und in der Nacht, bums, etwas im Schrank

– Oh! Der Tote!

Mit der Mangel gab er ihr ein Zeichen. Zeichen des Protests. Man lässt einen Toten nicht alleine. Die spiritistische Untertasse bewegt sich, bleibt stehen.

– Ach was, Faselei.

Und man legt sie beiseite oder zerbricht von selbst.

Der Großvater verstand sich mit niemandem mehr. Deswegen beschloss er, sich mit allen auf einmal nicht mehr zu verstehen. Er hatte Recht. Es wirkte. Nach den vielen mir bekannten Selbstmordversuchen hatte Adam sich schließlich tödlich mit Gas und Schlafmitteln vergiftet. Aber das erst nach ein paar Versuchen. Der Großvater erledigte es richtig und mit einem Mal

– Es fehlt ihm diese eine liebende Person – erklärte mir Jadwiga – diese ganze Schar erwies ihm nicht, was er brauchte. Seine Frau! Die Frau liebte ihn. Sie wäre gleich anders mit ihm umgegangen.

Ich denke mir jetzt weiter

– Der Verlust des Sohnes. Des Kinderlosen. Des Jungen. Nicht zu ersetzen. Das, was danach war – es war nicht von gleichem Gewicht. Zwar erfreute es letztlich. Doch der

132 Józefa, genannt Józia, war eine Tante Białoszewskis mütterlicherseits.

Sohn war nicht mehr da. Und der Schmerz darüber ist zuletzt zum Vorschein gekommen. Und was wissen wir schon vom Tod im Schlaf? Der Schlaf kann ein Alptraum sein. Im Schlaf zu sterben – einem alptraumhaften –, ist das besser? Man ist sich weniger bewusst. Man stirbt auf Säuglingsart, auf Tierart.

Über meine Urgroßmutter sagte man

– Sie starb im Schlaf – wie ein Huhn.

Anscheinend aufgrund von Altersschwäche. Erst später erfuhr ich, dass sie keine siebzig Jahre alt geworden war. Aber vielleicht hört man nichts von den einfachen Toden, weil die kranken Alten keine Kraft haben, sich zu wehren?

– Er hat sich sehr gut um sich selbst gekümmert, das ganze Leben lang hat er so um seine Gesundheit gefürchtet.

Eben.

Man kann mit Paradoxien spielen.

Aus Angst vor dem Tod hat er sich erhängt.

Dieser eine Moment des Sekundentodes dehnt die Schreckenstat ins Unendliche.

Das unwiderrufliche Schicksal jedes Wesens.

Die Bedingung des Seins. Eine Bedingung, die alles versaut.

Mit der Schlinge um den Hals miaute der Großvater auf und flog durch die Tore der einzigen Weisheit.

Na und? Das war, was ich dachte. Ich sah durchs Fenster. Und ich muss gestehen, dass mich der herrliche Junimorgen nicht glücklich machte. Momentan droht mich nichts zu ersticken, tut mir nichts weh.

Eines Junitags

Es wird immer schwerer, jemandem zu sagen

– Er hat sich umgebracht.

Auch von mir aus habe ich es noch niemandem gesagt. Am ersten Tag danach wäre es sowohl Jadwiga als auch mir im

Fahrwasser des Ereignisses noch leicht gefallen. Am zweiten Tag nicht mehr so einfach, aber auch nicht schwer. Aber am dritten Tag ist es furchtbar, bekannt geben zu müssen

– Er hat sich erhängt.

Das Bedürfnis, das Schlimme mit anderen zu teilen, ist verschwunden. Und je länger es zurückliegt, desto schwerer, weil man jemanden darein stoßen muss, selbst dahin zurückkehrt, der Jemand trägt es dann mit sich herum. Er hat sich erhängt, weil das am schnellsten geht. Und er war sich sicher, dass er Hirnkrebs hat. Das hat er aufgeschrieben. Er dachte, wir verstecken diesen Hirnkrebs vor ihm. Dass wir darüber reden und er es nicht hört. Argwohn also. Ein schlimmer, ein immer schlimmerer verfolgte ihn, von unseren Lippen las er ein immer schrecklicheres Urteil für sich ab. Nichts konnte ihn beruhigen. Er wusste, dass man Krebs vor dem davon Betroffenen verbirgt. Und ich in meiner Dummheit dachte, dass er meinen Bewegungen vor dem Schrank aus Neugier folgte, vielleicht war es auch Neugier, aber vor allem überprüfte er, ob man nicht irgendwelche Medikamente hinterließ oder geheime, mit seinem Hirnkrebs in Verbindung stehende Informationen.

Donnerstag, den 17. März

Privatausstellung im siebten Stock bei Irena Małek-Jarosińska, die uns zu Theaterzeiten fotografierte und mit deren Bruder, einem Fotoreporter für „Wieczór Warszawy", ich auf das ruinierte Prudential-Gebäude[133] gekraxelt war. Und nachher beim

133 Das Prudential-Gebäude von Marcin Weinfeld war mit seinen sechzehn Stockwerken vor dem Krieg das höchste Gebäude Warschaus. Nach dem Warschauer Aufstand blieb davon lediglich ein ausgebranntes Skelett übrig, das ab 1954, nach seiner (unter der Leitung Marcin Weinfelds durchgeführten) Sanierung zum Hotel „Warszawa" wurde.

Wiederaufbau habe ich ein Interview mit Weinfeld[134] gemacht, demselben Weinfeld, der auch das Prudential-Gebäude vor dem Krieg erbaut hatte. Das war der erste Wolkenkratzer Warschaus. Es stellte sich heraus, dass Weinfeld Jadwigas Onkel war.

Irena hatte einem jungen Fotografen ihr Atelier geliehen. Es versammelten sich ziemlich viele Leute. Lu. und Lu., Sandauer mit Erna, Henryk Stażewski, Włodzimierz Borowski[135], viele junge Leute, der Bärtige aus Wrocław. Irena sagte, dass der ausstellende Künstler sehr jung sei, dass er etwas von Aufnahmen verstehe und dass er sie auf gewöhnliche Weise mache. Völlig aufgedreht, nannte sie keinen Namen. Da fragte Lu., wer er sei

– Der hier, der da steht.

Im Schatten stand ein Langhaariger. Er begann, bei Lampenlicht auf Stelzen Zyklen aus dem Werk *Jesus* zu zeigen. So hatte er es formuliert. Dabei spielte er eine Platte mit dem immerselben trompetenden Stück rauf und runter. Schöne, gute Fotos. Aus dem Zyklus *Angelologie*. Er hatte den sogar schön angekündigt

– Und jetzt die Geschichte eines gewissen Ereignisses.

Eine Straße, Häuser nach dem Regen, Häuser mit Bäumen, vielen Bäumen, zwischen den Blättern plötzlich ein Engel. Ein Engel auf dem Dach, ein Engel von allen Seiten. Dann aus immer größerer Entfernung. Eine Skulptur.

134 Marcin Weinfeld (1884–1965), Architekt. Nach einem Studium an der Dresdener Polytechnischen Hochschule erhielt er sein Diplom am Warschauer Polytechnikum. Bis 1939 führte er ein eigenes Architekturbüro. Von 1940 an bis Kriegsende war er im KZ Dachau interniert. Bis 1959 arbeitete er als Hauptarchitekt des Komitees für Bauwesen, Urbanistik und Architektur.

135 Włodzimierz Borowski (1930–2008), Maler, Autor von Aktionen, Happenings und Rauminstallationen. Am Anfang seiner Karriere schuf er Kompositionen, die sich der Idee einer „Tötung des Bildes" unterordneten: Objekte aus Abfällen, die die hohe Kunst verspotteten, gleichwohl ein katastrophisches Element bargen. Später schuf er Rauminstallationen, die existentielle Fragen betrafen.

Ein anderer Zyklus, diesmal kein sakraler, und Platten, eine nach der anderen, zum Abtransport. Das war Ludwiks und mein Eindruck. Andere haben es abstrakter aufgenommen. Dazu konkrete Musik. Geknirsche. Etwas zwischen Türgeräusch, Hund und Huhn. Einem notgeschlachteten. Danach läutete Irena ein Glöckchen und leitete die Diskussion ein. In der Diskussion entlud sich vieles. Henryk Stażewski behauptete, der Autor sei begabt, er habe sein Theater gemacht. Ludwik sagte: Katakomben im fünften Stock. Dieser Fotograf schämte sich nicht, in der Öffentlichkeit zu beten. Der Künstler zerstörte den guten Eindruck aber später selbst, indem er Erklärungen lieferte. Er hing die Fotos an den Wänden auf. An einer Stelle ein Triptychon auf schwarzem Grund. Links davon ein Foto eines Wappens mit einem Totenschädel mit Ährenkrone.

- Hier haben wir – der Künstler zeigte nach rechts – eine Schlange, die sich selbst auffrisst, Symbol der Unendlichkeit, darin der Augenblick als Schmetterling.
- Und was ist das in der Mitte?, wandte er sich an Sandauer und Erna, im weißen Pullover, der immer etwas schlitzäugigen, mit der Mickiewicz-Gedenkfrisur (beides zusammen ähnelte eher einem Mandarin): Das ist ein auf einen Zaun mit Teer gemaltes Symbol für die weibliche Fortpflanzungsfähigkeit.
- Aber es hat Strahlen wie die Sonne, sagte eine hinzukommende Frau.
- So ist es, sagte der Künstler.

Henryk Stażewski

- Das haben Sie sehr schön zusammengestellt, vor allem deshalb, weil das drei Ovale sind.

Vor dem Aufhängen der Fotogramme rief Artur S. aufgekratzt

- Białoszewski will etwas sagen, Białoszewski will etwas sagen!

Włodzimierz Borowski

- Was reden denn Sie dann für ihn?

– Ich will ihn einführen – Gelächter.
Später Włodzimierz
– Der hat Miron eingeführt und wird ihn begraben.
Während die Fotogramme gezeigt wurden, berührte etwas Feuchtes meine Hand. Eine Hundenase. Es war Irenas Dackelhündin Agata. Ich freute mich, dass es Hunde auf der Welt gibt. Das sagte ich zu Ludwik. Er darauf
– Es ist wie mit den Mammuts, sie werden aussterben.
– Die Hunde?
– Na ja, es bleiben nur Stoßzähne übrig, wie auf diesen Fotografien.
Irena reichte den Aperitif. Erna
– Ich bin müde, wenn ich das austrinke, betrinke ich mich und es gibt eine Blamage.
Die gab es aber nicht. Sie sah nur auf den Hund und sagte
– Solch ein Kissen.
Ich
– Aber ein lebendiges.
– Ein warmes, sagte Erna weiter.
Sie wollte Irenas Hund unbedingt verabstrahieren. Sie nahm keinerlei Gegenargumente an.
Lu. zu mir vom Tisch aus
– Ist Henryk rausgegangen?
– Ja.
– Zusammen mit Mewa?
Ich schaute ihn an
– Aber Mewa lebt doch nicht mehr.
– Ja, eben, deswegen. Wenn Henryk einmal weg ist, wird es auch Mewa nicht mehr geben.
– Du hast Recht.
Irgendwann saß ich auf dem Sofa, Ludwik stand an der Seite, und vor mir das Gespräch einer Vierergruppe. Ludwik stand auf und begann, sich anzuschleichen, mit nach Gespräch gierenden Profil und Gesten. Ich habe ihn zum ersten Mal so

gesehen, das heißt, es ist mir zum ersten Mal bewusst geworden, wie lebenshungrig Ludwik doch ist und wie viel Gesprächsbedarf er hat. Er trat an sie heran und schaltete sich mit größter Freude ins Gespräch ein.

Artur S. hatte vorher einem bei Erläuterungen zum Thema „Holographie" zugehört. Włodzimierz Borowski bezeichnete das als „Cholerographie".

– Es gibt nur ein Teilchen und dann stellt sich plötzlich heraus, dass sie sowohl hier ist als auch dort.
– Bogusław hier ... Bogusław dort – flüstert mir Lu. zu.

Dabei handelt es sich um einen Teil aus einer Anekdote von Ryszarda, der zweiten Frau von Bogusław Choiński, die, als sie nach Kazimierz gefahren waren und reichlich Cannabis gegessen hatten, zu Bogusław schaute, um zu prüfen, ob er hier, also neben ihr war: aber er war *dort*.

Sandauer, der sich die Erläuterungen des Physikers angehört hatte, rief hin und wieder

– Das leuchtet ein, selbstverständlich!

Lu. sagte, dass Sandauer allerdings schon nach der Hälfte bedauert habe, sich darauf eingelassen zu haben. Sicher aus Ungeduld. Sandauer war die ganze Zeit über ungewohnt freundlich. Ich habe ihn wieder zu mögen gelernt. Er erzählte von Bruno Schulz, wie sie 1939 zusammen in den Bunker hinab stiegen und miteinander sprachen[136]. Schulz sagte

– Angeblich werden manche Flugzeuge von Frauen geflogen.

Und an dieser Stelle sagte Artur zu uns, an die Decke zeigend

– Er war Masochist, versteht Ihr.
– Nach dem Einmarsch der Sowjets am siebzehnten September erklärte Bruno Schulz, das sei eine Notwendigkeit

136 Artur Sandauer besuchte Bruno Schulz regelmäßig in Drohobycz und kam fast jeden Sonntag aus dem elterlichen Sambor angereist, auch noch nach 1939. Im Anhang zu *Bez taryfy ulgowej [Ohne Ermäßigungstarif]* unter dem Titel „Sprawa Schulza" *[„Die Sache Schulz"]* schrieb er darüber.

gewesen. Zwar war er kein Kommunist, aber Sympathisant, wie das gesamte Drohobycz, Borysław.
– Ich wusste nicht – darauf Ludwik – dass dort alle …

Sandauer
– Alle Juden.

In Lwów tauchten Boy-Żelenski, Ważyk und Przyboś auf. Boy-Żelenski hatte zu polnischen Zeiten keine Professur erhalten und plötzlich gaben sie ihm eine in Lwów. Für französische Literatur.

Allgemeine Verwunderung. Darauf Artur S.
– Na ja, Ihr kennt die Tatsachen nicht, man muss die Tatsachen kennen.

Bruno Schulz habe eine Erzählung geschrieben, erzählte Sandauer, in welcher er sich darum bemühte, seine Philosophie mit den Forderungen des Kommunismus zu versöhnen. Der Schuster schleudert seine Meißel oder seinen Hammer und daraus entsteht sein Sohn.[137]

Artur S. zeigte auf seine Stirn
– Hier auf der Stirn ist ein Abdruck dieses Hammers.

Ich:
– Das ist ja wie auf dem Olymp: Zeus ist diese, na, diese Pallas Athena aus dem Kopf gesprungen.
– Wem? Zeus? Nein, das ist etwas anderes.

Sandauer nahm seinen Mantel. Ich half ihm hinein und sagte
– Gib mir Deinen Mantel, ich helfe Dir. Das magst Du doch. Przyboś mochte das auch.
– Przyboś mochte das?
– In der Tat. Und jetzt mag auch ich es, wenn ihn mir jemand bequem reicht.
– Reicht man ihn Dir denn?

137 Aus den Manuskripten der Werke, die während der Okkupation entstanden sind, hat sich nichts erhalten.

- Ja, und man überlässt mir manchmal den Platz in der Straßenbahn.
- Und wer macht das? Die Mädchen?
- Verschiedene Leute.

Immer noch Donnerstag

Die kleine Katze ist nicht mehr in Żoliborz. Roman und Ada sind auf die Idee gekommen, zu der Dichterin Barbara S.[138] zu fahren. Kürzlich ist ihre Katze mit zweiundzwanzig Jahren verstorben.

- Wir haben sie vorgeblich einfach so besucht, erzählte Roman, erst später kamen wir auf die Katze zu sprechen. Sie wollte sie gerne haben. Sie war an die Katze gewöhnt, ihr Hund auch. Unser Hund hat diese kleine Katze noch bis zuletzt abgeschleckt und mit der Zunge geschnalzt.
- Und die alte Katze hat das Kleine danach gesehen?
- Nein.
- Dann denkt sie vielleicht, dass es ihr nur so vorgekommen sei.
- Ja, bestimmt denkt sie sich, dass sie halluziniert habe, Katzen denken nicht, aber irgendwie auf ihre Weise …

Ein Insekt flatterte herum. Ich fragte:

- Ist das nicht eine Motte?
- Nein, das ist unschädlich, aber Motten muss man flach fangen. Man tötet sie, indem man sie auf den Boden schleudert, weil – diese Entdeckung habe ich gemacht – eine scheuchende Bewegung ihnen nur Auftrieb gibt und sie zur Seite rücken.

Nach einer Weile wurde Roman unruhig und streckte die Hände aus

138 Barbara Sadowska (1940–1986), Dichterin, debütierte 1957 und stand der poetischen Orientierung der Hybriden nahe. Sie wirkte in der Opposition. Seit den 80er Jahren veröffentlichte sie ihre Gedichte in unabhängigen Verlagen. Sie war die Mutter des am 14. Mai 1983 im Milizkommissariat zu Tode geprügelten Abiturienten Grzegorz Przemyk.

– Das sieht irgendwie verdächtig aus, es ist wohl irgendein Hybrid – und erschlug es.

Wie sich ein paar Tage später herausstellte, kamen, als Roman und Ada zu Barbara S., der Dichterin, gefahren waren, um die Katze zu besuchen, unter den Stühlen andere, ähnliche Kätzchen hervor gekrochen. Beide waren erstaunt und beunruhigt. Gleich nachdem sie die Katze weggebracht hatten, war eine Bekannte zu Barbara S. gekommen, die Katzen aus der Tasche schüttelte. Sie hatte sie damit überrascht. Jetzt läuft Barbara S. herum und sucht Abnehmer für die Katzen.

Sonntag, 20. März

Am Freitag brannten bei Le. die Lüster in der Küche und im Zimmer. Ich klopfte. Stille. Nichts. Das irritierte mich. Heute rechnete ich mir aus, dass er die Tür wahrscheinlich nicht gezielt nicht öffnete. Der weihnachtliche Besuch von Holländerpetz kam näher, also ist Le. wahrscheinlich zum Telefonieren hinausgegangen. Es hat sich herausgestellt, dass es tatsächlich so war. Manchmal lässt er das Licht absichtlich an und spaziert über den Platz. Sollen sie doch an der Tür rütteln.

Er hat sich allerlei angelesen. Immer wieder sagt er, dass er seine „Neunmalgescheitheit“ niederschreiben sollte.

– Vielleicht erzähle ich das alles einmal, lasse die Gäste zwanzig Jahre später herein. So, wie Proust. Das, was ich von den Leuten erfahre, womit ich mich beschäftige, wird in fünf oder sieben Jahren in aller Munde sein. Ich komme allen immer fünf bis sieben Jahre zuvor. Als Stanisław August Poniatowski zur ersten Teilung Polens nach Grodno fuhr, sagte er zu seinem Diener: „Ich werde mich zunächst nicht einverstanden erklären, dann verdrehe ich die Augen und unterschreibe schließlich“. Kasimir der Große war gar kein so guter König. Er hat sich viel aus den Händen reißen lassen. Masowien, Rothreußen, Schlesien. Er war mit den schlesischen Herzögen befreundet und die hielten nichts von ihm, veränderten die Piastenwappen, huldigten dem tschechischen König. Die Piasten kannten sich in großer Politik nicht aus, sie waren streitsüchtig und laut. Antoni Gołuchowski, der Statthalter von Galizien[139], hat einen Orden vom Kaiser bekommen, einen weiteren vom Zaren, seine Politik zielte allein darauf, einen Streits zwischen den drei Ländern zu verhindern.

– War das so?

– Ja! – ruft Le. aus.

Er irrte zwischen Bergen von Büchern umher. Hier schaute er rein, dort legte er etwas weg. Ich stellte mir einen Stuhl in die Mitte und setzte das Teewasser auf

– Hast Du Tee?

– Ja.

Ich setzte mich hin und erzählte von der Ausstellung bei Irena, der Fotografin, von dem Werk *Jesus*

– Jesus, der berühmteste Mensch der Welt.

– Und Buddha?

– Buddha ist weniger berühmt. Von Jesus haben sie anscheinend überall schon gehört.

– Und was hatte er für eine Beziehung zu sich selbst?

Le. reichte mir Tee. Er erzählte von der Liebesaffäre Zegadłowiczs[140] mit der Wysocka[141] und über die Solska, die

139 Es handelt sich um Agenor (nicht Antoni) Gołuchowski (1812–1875), einen österreichischen Politiker, Konservativer, dreimaliger Statthalter Galiziens. Sein gleichnamiger Sohn (1848–1921), Politiker und Diplomat, war Österreichs Außenminister.

140 Emil Zegadłowicz (1888– 1941), Dichter, Novellist und Dramaturg, Initiator der Dichtergruppe Czartak. Er schrieb Gedichte im Stil des völkischen Primitivismus *(Powsinogi beskikidzkie [Beskidische Herumtreiber])* und expressionistische erotische Erzählungen.

141 Stanisława Wysocka (1877–1941), Schauspielerin, Regisseurin, Pädagogin, spielte wichtige Rollen in romantischen Repertoires, u. a. Balladyna und Frau Rollison, inszenierte u. a. Dramen von Wyspiański. In den Jahren 1915–1918 leitete sie das Experimentaltheater „Studya" in Kiew.

gern andere misshandelte, aber auch selbst Masochistin war. Słonimski schrieb im Alter über die Solska: „Die Deko an ihr zitterte und der Kopf Frau Solskas auch."

- Ja, darf man das so sagen?
- Na ja, wenn das doch solch ein Skandal war.
- Die mochten solche fetten Epitheta, sagte ich. Als Słonimski über uns herfiel und schrie „Vergrößerung der *tarczyca* (Schilddrüse) in der Tarczyńskastraße!"[142], rief Przyboś gleich: „Antwortet, schreibt: Słonimski ist *słonina* (Speck), macht ein Theaterstück daraus!"
- Nicht schlecht, nicht schlecht – sagte Le.
- Ach.

Zwei Jahre später rief Lu. bei Słonimski an und Frau Słonimska[143] kam zur Vorstellung.

Das Gespräch kam auf Ludmiła.

Le.

- Man muss sie gleich nach ihrem französischen Liebhaber ausfragen, ob er Frau und Tochter hat. Vielleicht hat er zwei. Sie werden sie noch an der Nase herumführen. Geliebte sind jetzt nicht mehr in Mode. Jetzt hat man anstatt einer Geliebten ein Auto. Früher sagte man in den Städten „Geliebte" und auf dem Dorf „die zweite". Esther – das Vorbild aller Geliebten. In jeder Stadt unterhielt sie Freudenhäuser für Kasimir den Großen. Sie stellte ihm die Geliebten vor. Eine Ersatzliebe. Wie bei Defoe. Sie legte ihre Küchenhilfe mit einem Liebhaber ins

142 Im Wort „Tarczyńska" steckt „tarczyca", die „Schilddrüse". Wörtlich „Schilddrüsenhypertrophie in der Schilddrüsenstraße". Im Eigennamen „Słonimski" steckt „słonina" – der Speck.

143 Janina Słonimska (Pseudonyme Konarska, Konerska) Gräfin von Sejdeman (1900–1975), Malerin, Graphikerin, Illustratorin, in den 20er Jahren Mitbegründerin der Gesellschaft „Ryt". Sie zählt zu den Art Déco-Künstlern. Als Malerin schuf sie vor allem Aquarelle und Gouachen. Bekannt ist sie zumal durch ihre Bilder mit Sportthemen.

Bett. Wenn sie es selbst schon nicht konnte, stellte sie eben eine andere an ihrer Statt.

– Die Frauen können, die Männer nicht.
– Das kommt aufs Gleiche raus.
– Die Männer können nicht.
– Oder können sie nicht mit ihr?
– Ja.
– Kasimir hatte viele uneheliche Kinder. Er war einverstanden damit, dass Esther sie alle aufzieht. Sie erzog sie zu Juden. Er hatte nichts dagegen. Zumindest weiß man nichts darüber.
– Du warst auf dem Markt[144]. Sind die in der Tasche von dort?
– Nein, die sind zum Verkauf. Aber auf dem Markt war ich, ja. Ich habe *Dorfalltag zwischen Warta und Pilica im 19. Jahrhundert* gekauft und *Der Alltag des Adels im 17. Jahrhundert*[145]. Hier, schau mal.

Ich blätterte die Bücher durch. Massenszenen und Bilder aus dem Sejm, Reihen von Leuten im Stehen und Sitzen. Der Porträtist, Ritterlein auf Pferden, Fressen, in irgendwas vergafft.

– Das macht eher einen abstoßenden Eindruck.
– Ja, Le. stimmte zu, diese Augen, die Gesichter.
– Das ist ihr Leben. Was gaffen die nur so an? Die Gottesmutter, eine Schlacht, Reichtümer.
– Reichtümer! Vivekananda sagt, nur vier Leute hätten in der Menschheitsgeschichte auf Reichtum verzichtet. Vier.
– Also muss man sich nicht wundern, dass die Leute mitzogen, wenn Christus zu ihnen sagte: „Wirf alles hin und komm mit mir".
– Er selbst hatte auch nicht alles wirklich hingeworfen.

144 Auf dem sonntäglichen Trödelmarkt in der Wolumenstraße, wo man u. a. auch Bücher verkaufte.

145 Es geht um Bücher von Bohdan Baranowski und Władysław Czapliński aus der von PIW herausgegebenen Reihe „Der Alltag".

– Na ja, sie hatten Familien. Die Erde, auf der sie wandelten, war eng.
– Manche waren reich.
– Aber sie riskierten es, gefährdeten ihr Leben.
– Nicht ganz.
– Sie haben nicht sofort verstanden, dann kniffen sie, dann rafften sie sich wieder auf.
– Eben, aber es belustigte sie, sie kommentierten: „Der hat es ihnen aber gegeben". Petrus' Schwiegermutter war krank, Jesus kam, heilte sie, allein dafür hatte es sich gelohnt.[146]

Wieder schaute ich in das Album aus dem 17. Jahrhundert. Acht Leute knieten in einer Reihe. Zur Krönung der Gottesmutter. Ich sagte

– Die Selbstporträts sind nicht sonderlich gelungen.
– Die Kunst des siebzehnten Jahrhunderts ist nicht so gut, das ist nicht das fünfzehnte Jahrhundert.
– Damals hat das mit den Weibern mit den Verslein angefangen. Kleine Kanonen auf den Tischen, Salzstreuer?
– Bereits in der Renaissance haben die Weiber diese Spitzen …

Le. über die Krakauer

– In Warschau gibt es diesen Geiz nicht. Die in Krakau sind immer arm, weil sie sich am Reichtum messen. Demjenigen der Potocki-Familie und anderer. Die Marienkirche ist reich. Aber die Marienkirche ist eine Ansammlung von Gegenständen, von Gerümpel. Sakrales, aber gegenständlich. Man fühlt diese Anhäufung regelrecht, den Muff, das Naphthalin, die Wolle, eingewickelt in Fußlappen.

Ich sagte Le., dass ich das Mädchen, das bei der Nichte von Frau Iłłakowicz[147] wohnt, kennengelernt hätte. Diese Nichte

146 Mk 1, 30–32.

147 Kazimiera Iłłakowiczówna (1892–1983), Dichterin. Sie debütierte 1911 mit dem Band *Ikarowe loty [Ikarische Flüge]*. Von 1947 bis zu ihrem Tod lebte sie in Poznań in einem Zimmer zur Untermiete.

fährt hin und wieder zur Iłłakowicz nach Poznań. Die ist schon blind.

- Schon?
- Und wie alt ist Majunia Berezowska?
- Das hält sie geheim. Man kriegt es nicht raus.
- Und wie ist es mit dem Gehen? Wahrscheinlich läuft sie nicht mehr.
- Nein. Ich bin seit langer Zeit nicht mehr dagewesen, weil ich mit ihr etwas zerstritten bin. Sie hat daran keine Schuld. Aber die Familie. Die hat mich so sehr zum Gehen gedrängt, während Maja wollte, dass ich noch Tee mit ihr trinke, aber die Familie sagte nur: „Wir gehen jetzt, wir gehen". Wie Du. Danach habe ich ihr eine wunderschöne Blume aus Holland mitgebracht, sie ihr in der Tür überreicht. Die Bedienstete bat darum. Und Maja flehte mich an, reinzukommen. Ich gab nicht nach. Sie würde ihr Leben gerne noch einmal leben. Władysław aus Kraków auch. Sie wollen es wiederholen, aber können keine einzige Stunde ertragen, sie verstehen sich nicht darauf, die Ewigkeit zu erleben. Weil es in so verlangsamtem Tempo vonstatten geht. Das können sie nicht ertragen, sie würden es gerne wie in der Jugend, aber das geht so nicht. Ach was soll ich Dir all diese Weisheiten präsentieren, das lohnt sich nicht.

Le. legte sich hin, stand wieder auf, irrte durch das Zimmer, legte sich wieder hin. Ich zog mich an. Er

- Ich habe Neospasmin getrunken, ich könnte Wunder wirken, aber bin bloß müde.

Er brachte mich zur Tür.

- Die von nebenan knallt jetzt weniger mit den Türen; sobald sie zur Tür geht, gehe ich an meine und furze. Das ist eine schreckliche Methode, aber für sie gibt es nur die.

Ich bin Michał begegnet

- Oh, er hat hier an der Tür gerüttelt. Er sagte durch die Tür, wenn mir der heutige Tag nicht passte, käme er vielleicht lieber morgen. Und ich zu ihm durch die Tür, dass morgen gut sei, dass ich reinlasse, wenn das grüne Licht brennt. – Le. senkte die Stimme. – Das habe ich von Leon gelernt.

- Du hast viele Dinge von Leon gelernt und von Kochanek aus Krosno.
- Und wie!
- Von Oma Mickiewicz.
- Ich musste ja von irgendwem lernen, zwar habe ich meine Eltern nicht verachtet, aber es muss gewisse Auseinandersetzungen geben, obwohl das auf dem Dorf nicht wie in der Stadt ist, wo der Eine sich am Anderen reibt, auf dem Dorf ist mehr Raum.
- Von Deiner Mutter hast Du auch einige Dinge übernommen.
- Sicher, und von Vater. Jetzt habe ich nur wenige interessante Leute um mich. Ich langweile mich. Ich überlege und frage mich, wohin ich gehen kann? Leon lebt nicht mehr. Kochanek ist weit weg. Kochanek hat nicht selten Sachen rausgehauen, bei denen man sich fragte, wo er die nur herhatte. Dass die Maler im Mittelalter so viel konnten. Sie machten einen Untergrund aus einer Farbe. Einen dünnen. Mit einem Fleck, und das so hell, wie möglich, und erst danach darauf mit Tempera.

Nachts überlegte ich, weshalb der Sozialismus irgendwie weniger gelungen ist als die christliche Kirche. Mehrere Male hatte ich diesen Vergleich, der mir zu hinken schien, verworfen, bis er mir plötzlich gar nicht mehr wie ein hinkender Vergleich vorkam. Bei beiden gibt es eine Gesellschaftsvorstellung, eine Moralvorstellung. Bei beiden die Gleichberechtigung. Bei beiden soll die Belohnung in der Zukunft kommen. Folglich unüberprüfbar. Bei beiden entsetzlicher Missbrauch und hässliche Sachen. Bei beiden Schismen und Abweichungen. Und Aufspaltungen. Kennt der Kommunismus keine Kunst? Er kennt den Sozrealismus. Es haben sich doch verschiedene interessante Künstler in den Sozrealimus ergeben. Maler. Ich erinnere mich, dass sich sowohl Fougeron[148] als auch Picasso[149] engagiert haben. Und Pablo Neruda hat uns in den schlimmsten stalinistischen Zeiten Gedichte zur Übersetzung hergeschickt; eines seiner Poeme, ein riesiges, hatte übrigens eine Passage dieser Art:

In den drei Zimmern des alten Kreml
Wohnt ein Mann mit Namen Stalin
Lang brennt das Licht in seinem Zimmer …

Dass in der UdSSR Millionen Menschen verbannt wurden und ein Großteil der Welt nichts davon wusste oder es nicht glauben wollte, erinnert an die Kirche; die einen wähnen Rom als das Ziel aller Pilgerer, die anderen als Hauptstadt des Verbrechens. Zumindest mit Blick auf die Vergangenheit. Jedenfalls ist dort auch einiges geschehen, und viele Menschen haben über viele Jahre von nichts gehört.

148 André Fougeron (geb. 1913), französischer Maler und Graphiker, erlag am Anfang seines Schaffens dem Einfluss Picassos, Matisses und Légers. Nach 1948 schuf er sozrealistische Szenen nach dem Leben der Arbeiter. Er gehörte der Widerstandsbewegung an und später der französischen Kommunistischen Partei.
149 Pablo Picasso trat 1944 der französischen Kommunistischen Partei bei.

SENDEN[150]

143 Den zweiten Teil des Tagebuchs hat Miron Białoszewski mit einem neuen Titel versehen, *Nadawanie* („nadawać", „senden", „aufgeben"), obwohl sein Anfang die Fortführung des letzten Teils von *Dokładane treści [Zusätze]* darstellt.

Erste Aprilhälfte 1978

Drei Wochen vor der Abreise nach Obory bin ich nachts in den oberen Flur gegangen. Es regnete. Mit einem Stuhl. Jetzt immer mit einem Stuhl. Weil ich will, dass der Flur ganz dunkel ist. Weil man dann am besten auf ihm hin- und herläuft. Es gibt nämlich eine Glühbirne, die man nicht wie andere durch ein Anschnippen der Steckdose einfach ausschalten kann; man muss sich darunter auf einen Stuhl stellen und sie herausdrehen. Meistens stelle ich den Stuhl beiseite. Gehe auf dem Flur hin- und her. Und vor der Rückkehr stelle ich mich auf den Stuhl, drehe die Glühbirne wieder rein und gehe mit dem Stuhl nach Hause.

Diesmal hat alles geklappt wie immer. Die Glühbirne brannte stur vor der geheimnisvollen Wohnung, von der man nicht weiß, ob dort jemand wohnt oder nicht, weil nachts niemand da herauskommt. Selbst wenn man soundso oft vor dieser Wohnung hin und hergeht und mit irgendetwas zufällig anklopft, kann man doch gewiss sein, dass niemand herausschauen wird, vielleicht ist gar niemand drin?

Ich lief durch den dunklen Flur, erst langsam, dann schnell; schnelles Gehen wirkt stärker narkotisch, langsames stärker kontemplativ. Nach dem Auslöschen der Glühbirne ist der Flur, aus der Perspektive gesehen, dunkel gestreift. Die Streifen kommen von den Lichtern, die sich aus der Ferne spiegeln, von unten von den Straßen. Bei längerem Gehen fängt der Flur an, sich zu krümmen, es vermischen sich im Dunkeln Schatten und Streifen, man weiß nicht, wo der Boden ist, wo der Halbschatten. Und während des Regens verändern sich rasch die Geräusche, hier klirrt die Rinne, dort läuft etwas über, gluckst. Jemand spricht dort? Ich gehe schnell, die Wand neben mir läuft über. Ich gehe weiter, der Flur wogt, Streifen, Dunkel, Streifen.

Plötzlich bleibe ich wie angewurzelt stehen. Kommen sie? Ja, ich glaube, man hört sie.

– Sie werden kommen.
Ich horche nach, sie bleiben stehen, nein, das sind keine Menschen. Das ist nur das Echo des Regens. Von der Rinne durch die Wand, die Flurperspektive, die Echos vom Treppenhaus. Und es entstehen Chöre.
Nachdem ich mich beruhigt hatte, es war niemand da, lief ich weiter hin und her. Der Regen hatte sich in einen Regenguss verwandelt, und die Wände spielten ihre Musik, unterschiedlich, je nach Abschnitt. Im Zusammenspiel sehr kontemplativ. Und irgendwie sakral. Schließlich kam ich darauf, dass es sich um eine hinduistische Platte handelt. Ähnliche Klänge auf unbestimmten Instrumenten, ein wenig blecherne, im Hintergrund das Brummen der Transformatoren und das sich abwechselnd nähernde und verschwindende Glucksen der Chöre.
So vorbereitet kam ich in Obory an. Und dort Wind, Kälte, der Frosteinzug, alles kahl, schlimmer als in Warschau, fast keine Blätter, hier und da Knospen, aber bei dieser Kälte achtet man auch nicht darauf, ein bisschen Rasen, herausgeschnittene Büsche neben dem Kopfsteinpflaster. Dazu die Müdigkeit wegen des frühen Aufstehens. Sofort verließ mich die Lust an Obory. Aber danach beruhigte ich mich und dachte, dass man sich und das, was um einen ist, überwinden muss. Ich schluckte irgendetwas zur Stärkung und ging aus dem Haus. Und doch hat dieses nächtliche Komplottieren mit dem Weg, dem Schlamm, sogar mit der Kälte etwas genützt. Etwas zog sich zu. Nach der ersten Nacht ein erster Morgen dort mit Frost, der bereits in den Wänden saß, zwischen welchen man träumte. Und das verbindet. Ich war den Menschen gegenüber zurückhaltend. Ich ging Mittag essen, und da tauchte ein altes Weib auf. Kurz vorher erfuhr ich von denen, die die Leitung dort vertraten, dass die Frau gerne mit mir essen wollte. Sie erwies sich als gestikulierende, sympathische, ein wenig zerstreute Frau. Durch die Seitentür kam eine zweite alte Dame herein, weißhaarig, schlecht zu Fuß. Sie setzte sich

neben mich. Anfangs kam sie mir langweilig vor, aber es stellte sich heraus, dass sie gesellig war, Humor hatte. Beide waren während des Aufstandes in Warschau gewesen. Und die Weißhaarige aus dem Nebenzimmer obendrein in der Altstadt. Langsam kam ich in Stimmung.

Am zweiten Tag war ich nicht beim Mittagessen, weil ich beschlossen hatte, nicht zu essen, weil es übrigens Sonntag war und Gäste angereist waren. Ich ging zum Abendessen. Und da sah ich plötzlich Julia H. und Artur M. Später besuchte ich sie dort, wo der lächelnde kleine jüdische Herr Julian S.[151] auf einem Stuhl gesessen hatte, ein bekannter, guter Literat. Julia H. sagte zu mir

– Man hat über Sie gesagt, „Seht nur, Białoszewski sitzt mit zwei alten Damen da, bestimmt langweilt er sich", und ich sagte darauf, „im Gegenteil".
– Ja, ja, Sie haben Recht, alte Weiber sind vielleicht die interessantesten Kreaturen auf der Welt. Sie haben etwas zu erzählen, haben viel erlebt, viel hinter sich, sie stammen aus der Vorfernsehzeit.

Ich fragte mich, wer die sein könnten. Julia und Artur informierten mich, dass die eine der Frauen Übersetzerin sei. Wahrscheinlich Übersetzerin. Nein, nein, das war die Tochter der Übersetzerin. Jene Übersetzerin war deshalb bekannt, weil sie das älteste Mitglied des Literatenverbandes war. Ich fragte mich, wie alt sie wohl sein könne, wenn diese hier schon sehr alt ist. Nun ja, manche Leute leben lange. Die zweite Dame, zerstreut und lächelnd, schreibt, wie sich herausstellte, Hörspiele. Zwar werden die nicht oft gedruckt und gesendet, aber sie ist darüber nicht verbittert. Julia, mit einem Lächeln

151 Julian Stryjkowski (1905–1996), Prosaschriftsteller, Essayist, Übersetzer französischer Literatur, ein viertel Jahrhundert lang Redakteur von „Twórczość". Autor zahlreicher autobiographischer Bücher, in denen er auf das Thema der eigenen Homosexualität eingeht.

– Sie lebt von Vidium zu Vidium. – Vielleicht hat sie gesagt, „von Vadium zu Vadium"? – Ihr wisst nicht, was das ist, aber ich weiß es.

Julian S.

– Eine Nervenarznei.

– Nein, das sind geschlossene Wettbewerbe. Und man bezahlt jeden Teilnehmer, ungeachtet der Tatsache, ob das Hörspiel ausgezeichnet wird oder nicht.

Ich habe noch ein drittes altes Weib kennengelernt. Schon im Wagen nach Obory hat sie angefangen, mit mir zu reden. Dass sie gute Filme möge, dass sie, um einen guten Film zu sehen, in verschiedenste Winkel zu verschiedensten Zeiten fahre. Am dritten Tag sprach sie nach dem Abendessen zwischen barocken Schränken mit mir, das Gespräch kam auf die Lektüre, auf phantastische Erzählungen, solche über Geister, interplanetare, auf Kriminalgeschichten. Ich gab zu, dass ich die Grenze zwischen schöner und hässlicher Literatur nicht recht sehe. Dass ich mich zuletzt auf Titel stürze wie *Das geheimnisvolle Skelett, Das Geheimnis des Kellers* – geschmacklich ein Dienstmädchenniveau.

Sie fing an zu lachen und fragte mich, ob ich Krimis möge. Ich darauf, dass ja, wenn sie gut gemacht seien. Schließlich gestand sie, dass sie einen Krimi geschrieben habe. Dass sie sogar drei Krimis geschrieben hätte. Aber unter Pseudonym.

– Und unter welchem Pseudonym?

– Karol W.[152]

– Dann habe ich ihr Buch bei dem pockennarbigen Antiquar von der Marszałkowskastraße vor der Reise hierher gekauft und sogar angefangen, es zu lesen.

Sie erklärte mir, dass es ihr dritter Krimi sei, dass er am weitschweifigsten sei, weil sie es sich so vorgenommen hat und

152 Das Pseudonym lautete Karol Wilt.

das, um ihn von den zwei vorangegangenen zu unterscheiden. Und die zwei vorangegangenen unterscheiden sich auch voneinander. Mich werde bestimmt ihr erster Krimi interessieren, der lapidarste der drei. Sie bringe ihn mir dieser Tage mit. Das Gespräch kam auf die Sprache, auf die reizvollen grammatischen Angelegenheiten, die Herkunft der Wörter, die ukrainische Sprache. Und hier kam heraus, dass sie in der Ukraine groß geworden war. Sie wurde in Paris geboren und hat die ersten fünf Jahre in Paris verbracht, und danach wohnte sie in der Ukraine, in Jekaterinoslaw, dem heutigen Dnjepropetrowsk. Als kleines Kind hat sie die Revolution miterlebt. Sie erinnert sich daran. Aber als ich sie fragte, warum sie keine Memoiren schreibe, sagte sie, dass sie es nicht könne und übrigens erinnert sie sich an zu weniges und dass ein Kind eben nicht wie ein Erwachsener erlebe. Danach lebte sie in Moskau. Das Jahr 1937 hat sie in Moskau verbracht. Den Abtransport der Intellektuellen, der Kommunisten, der Polen. Sie selbst hat der Partei nicht angehört, aber ihre Verwandten hat man festgenommen oder kaputt gemacht, oder man hat sie nach Sibirien gekarrt. Sie ist zu ihrem Vater nach Sibirien gereist. Ihr Vater und seine Freunde schliefen dort in einem Zelt. Sie hatten ihr einen Platz im Haus abgetreten. Sie erzählte von einer Mutter, die sich bei der Festnahme zu ihrem kleinen Sohn hinunterbeugte und sagte

– Vergiss nicht, Deine Mutter war eine ehrliche Frau.

Den Sohn hat man ihr nach dem Abtransport weggenommen, zur Erziehung, so machten sie es mit den Kindern der Gefangenen, um die Spur zwischen Kindern und Eltern zu verwischen. Ihr Sohn wuchs zum Ingenieur oder Wissenschaftler heran. Nach zwanzig Jahren kehrte die Mutter aus der Verbannung zurück, weil alle zurückkehrten, fast alle, sie fand ihren Sohn wieder – und was stellte sich heraus? Sie war eine überzeugte Kommunistin und Stalinistin geworden. Und sie konnten einander nicht verstehen.

Im Jahr 1957 war die Dame mit Krimis und Sibirien in Georgien gewesen, wo es bis heute einen Stalin-Kult gibt, weil Stalin die Russen angeblich kaputt gemacht hat, woraufhin ich in Gelächter ausbrach, er sei ein Anti-Konrad-Wallenrod gewesen. Sie war mit dem Dichter und Liedermacher Okudżawa[153] in einem Restaurant oder Weinkeller gewesen. Dort gab es die Gewohnheit, dass ein Tisch dem anderen den Wein ausgibt. Und wenn diejenigen den Wein reichen, die ihn gestellt haben, bringen sie einen Toast aus und trinken miteinander. Hier also das Gleiche, die einen stellten den anderen den Wein, und umgekehrt.
Die anderen hoben die Gläser
– Auf Stalin!
Und an dieser Stelle sagte Okudżawa, dessen Vater von Stalin erschossen worden war und dessen Mutter nach achtzehn Jahren aus dem Exil zurückgekehrte – ebenfalls als Stalinistin –, dass er nicht auf Stalin trinken werde. Schweigen. Er wollte nicht nachgeben, jene griffen zu den Messern. Bis irgendeine Frau zu ihnen hinging, um die Sache irgendwie durch einen Toast zu glätten
– Auf die schönen georgischen Lieder!

Die Dame aus Russland und mit den Krimis erwies sich als Frau Modzelewska[154], Ehefrau eines Bierut-Ministers[155] und Mutter des berühmten Dissidenten aus Zeiten des Gomuł-

153 Bułat Okudżawa (1924–1997), russischer Dichter und Komponist mit georgischen Wurzeln. Autor von lyrischen und satirischen Balladen, die in den 60er und 70er Jahren in Polen ungewöhnlich populär waren.

154 Natalia Modzelewska, mit Mädchennamen Wilter (1912–1992), Kennerin der russischen Literatur, Essayistin, Übersetzerin.

155 Zygmunt Modzelewski (1900–1954), Historiker, kommunistischer Aktivist, Mitglied u.a. der SDKPiL (Sozialdemokratie des Königreichs Polen und Litauens), KPP, seit 1924 der französischen kommunistischen Partei.

kismus[156]. Sie ist Russin. Minister Modzelewski hat sie während seiner Reise durch Russland kennengelernt und sie damals geheiratet. Frau Modzelewska beherbergte Okudżawa vor einigen Jahren. Ich erinnere mich, wie Tadeusz zu ihr geeilt war, weil seine Bekannte, die er übrigens auch zu mir mitgebracht hatte, gerade im Haus von Frau Modzelewska wohnte.

Die Frau von Vadium zu Vadium bringt zu den Fernsehabenden ihr Radio mit, schließt es an den Fernseher an und dann verbessert sich der Empfang, weil er sehr schlecht ist, sowohl in visueller als auch in akustischer Hinsicht. Ich wunderte mich darüber, dass das Radiogerät umgekehrt auch dem Fernseher hilft. Die Frau von Vadium zu Vadium hat deshalb keine Ruhe. Herr R., seit vielen Jahren mein Bekannter, versuchte während des Abendessens mehrmals an die Frau von Vadium zu Vadium zu appellieren. Weil sie sich dagegen verwehrte, dass man den Fernseher anrührte, denn wenn man ihn erst einmal falsch einstellt, dann kann man ihn später nicht mehr umstellen. Unter diesen Umständen rührte Herr R. den Fernseher nicht an, aber er wollte fernsehen und konnte es nicht erwarten, dass die Frau von Vadium zu Vadium ihr Abendessen beendet hatte. Die Weißhaarige, Tochter des ältesten, im Übrigen nicht mehr lebenden Mitgliedes des Literatenverbandes, sagte

– Jetzt werden Sie keine Ruhe mehr haben, das sind die Früchte des Ruhms.

Die Frau von Vadium zu Vadium sagte, dass sie gestern auf der Straße an mir vorbeigegangen sei, aber ich hätte sie, ganz verloren in Gedanken, nicht bemerkt.

156 Karol Modzelewski (geb. 1937), Sohn der Natalia und Stiefsohn von Zygmunt Modzelewski, Geschichtsprofessor, Kenner des Mittelalters, Politaktivist, 1964 nach Veröffentlichung des mit Jacek Kuroń verfassten „Offenen Briefes" aus der PZPR (Polnische Vereinigte Arbeiterpartei) ausgeschlossen. Mehrfach gefangen genommen und interniert, 1980–1981 Pressesprecher der „Solidarność", 1989–1991 Senator, Ehrenvorsitzender der Unia Pracy (Arbeitsunion).

- Es ist wohl am einfachsten, jemanden auf leerer Straße nicht zu bemerken.
- Ich war mit dem Auto unterwegs.
- Also ist es nicht weiter verwunderlich. Das ändert die ganze Sache.

Die Frau von Vadium zu Vadium war heute vor dem Abendessen, nämlich in dem Moment, als es donnerte, mit dem Auto an der Weichsel

- Mit wessen Auto?
- Mit meinem. Wenn Sie irgendwohin fahren möchten, sagen Sie es mir.

Während es donnerte, war sie aus dem Auto gestiegen und hatte jemanden erblickt, der am Baum hing. Sie erschrak. Aber es stellte sich heraus, dass es eine Vogelscheuche war.

- Früher hat es solche Vogelscheuchen nicht gegeben.

Darauf ich

- Weil die Leute damals auf dem Dorf arm waren, sie besaßen wenig Kleidung. Jetzt besitzen sie viel Kleidung und haben etwas, woraus sie Vogelscheuchen machen können.

Als ich Julia H. fragte, weshalb sie nicht in einem gemeinsamen Doppelzimmer seien, antwortete sie

- Na ja, das geht nicht immer, es gibt Liebhaber dieser Doppelzimmer, gewiss hätten wir darauf Anrecht, aber Frau Bystrzycka[157] zum Beispiel, wenn man der ein Doppelzimmer mit Bad wegnimmt, ist sie so unglücklich, dass sie sich später rächt.

Ich habe nachts einen Spaziergang gemacht und lief bis hinter den Laden und das Dorf Obory mit seinem staatlichen Land-

157 Zofia Bystrzycka (1922–2000), Prosaschriftstellerin (Autorin von populären Erzählungen „für Frauen"), Satirikerin, Autorin szenischer Stücke, Übersetzerin russischer Literatur. Die Jahre 1940–1943 verbrachte sie in Verbannung in Kasachstan. In den Jahren 1943–1945 war sie als Kriegskorrespondentin tätig. Eine Zeit lang Ehefrau von Jerzy Putrament.

wirtschaftsbetrieb auf einer Betonstraße, die aus Fertigplatten gelegt worden war; der Weg geht durch den Wald – Windhalme auf dem Wasser – und bis hinter den Wald. Anfangs nieselte es, es war warm, danach hörte es auf, es war weiterhin warm, der Mond schaute hervor. Die Pfützen glänzten im Mondlicht. Hinter den Betonplatten geht der Weg weiter über Kopfsteinpflaster und in die Leere hinterm Wald. Ich ging auf dem Kopfsteinpflaster geradeaus. So ging ich und ging, bis ich zu einer Abzweigung kam. Immer noch Kopfsteinpflaster, seitlich Bauarbeiten, Wasser, seltsame kreischende Vögel, aus der Ferne, sehr fern, wohl ein Chor Frösche. Nach rechts eine neue Betonstraße, wohin sie führt, weiß man nicht. An der Abzweigung ein Geruch von Mist, ein paar Bäume, wiewohl etwas beschnitten, etwas, das ich nicht erraten konnte. Vielleicht ein Überbleibsel eines abgetragenen Hauses. Ich ging über die Betonplatten nach nirgendwo, die ganze Zeit Leere, kein Baum, kein Haus.

20. April

Ich ging spät zum Abendessen. Meine Tischweiber saßen bereits auf der historischen Bank unter den Kränzen, zwischen den Löwen. Bei meinem Anblick schrien sie auf

– Was kommen Sie so spät! Sie essen nicht zu Mittag, wir haben Ihr Mittagessen heute für Sie zurückstellen lassen, also nur das Fleisch, die Kartoffeln, die lohnten sich nicht, sie wären kalt geworden.

– Ja, vielen Dank, ich habe das Fleisch fast ganz aufgegessen.

In diesem Moment kam mein alter Bekannter R. herbei, der – kein Frauenfreund – ein Weib geheiratet hatte, mit dem er sich jetzt brüstet. Selbst ist er weißhaarig, er war immer schon weißhaarig, von Jugend an, und sie sah seit geraumer Zeit schon wie eine alte Vettel aus. Aber es scheint, als wäre es ihm ganz gleich, wie sie aussieht. Er sagte jetzt zu mir

– Hör zu – er duzte mich, obwohl wir uns nie duzten, aber so ist das, wenn man einen Bekannten nach Jahren wieder trifft, man duzt sich sofort – wenn Du kein Mittagessen isst, dann bestelle es ab, wozu dafür bezahlen.
– Stimmt.

Aber die Weiber brüllten uns beide von zwischen den Löwen an
– Nein, nein, nein, Sie müssen zu Mittag essen.
– Aber ich esse das nicht, ich stochere nur ein bisschen darin herum.
– Das macht nichts, was sie stochern, haben Sie gestochert, und auch dafür lohnt es sich.

Herr R., lächelnd
– Na dann musst Du, da hilft Dir nichts.

Die weißhaarige Tochter des ältesten Mitglieds der Vereinigung sagte, dass sie letzte Nacht den Krimi von Frau Modzelewska zu Ende gelesen habe. Daraufhin sagte ich, dass ich in der gleichen Nacht den Krimi Frau Modzelewskas zu Ende gelesen hätte. Sie fragte, welchen. Ich nannte den Titel. Es stellte sich heraus, dass es der gleiche war. Die Frau von Vadium zu Vadium erkundigte sich, ob der Krimi interessant sei, sie sei sich nicht sicher. Weil, wenn sie mit Frau Modzelewska spricht, könne sie das Ende der Sätze nicht abwarten. Weil Frau Modzelewska so weitschweifig spricht. Ich sagte, sie habe mir sehr interessante Dinge erzählt. Die weißhaarige Frau sagte auch, dass sie Frau M. sehr gern habe, ihr Sprechen, ihr Schreiben. Schließlich wurde die Frau von Vadium zu Vadium durch uns überzeugt, sie wird sich an Frau Modzelewska wenden, um deren Krimi auszuborgen. Julia H. sagte, Frau M. sei eine interessante Person, auch wenn sie weibisch sei.

„Pegasus“[158] lief im Fernsehen. Alle waren schon rausgegangen. Nur in der hinteren Reihe saßen die Zimmer-Małgosia,

158 Wöchentliches Kulturmagazin, ausgestrahlt am Donnerstag.

die hier beim Klo wohnt, und ihr Mann. Sie waren ein bisschen aus Neugier da und ein bisschen als Aufpasser. Małgosia ist munter und stämmig. Eine typische Frau aus der Sobieski-Zeit, aus Zeiten der Janowskis. Teresa ist genauso. Wahrscheinlich sind überhaupt alle hier gleich. Bis auf die eine dünne, die mir das Frühstück bringt. Sie stürzt in das dunkle Zimmer, ich habe ein dunkles Zimmer, weil ich schwarze Wachstücher mitgebracht und damit die Fenster verhängt habe. Sie stürzt herein, stellt den Teller mit dem Frühstück auf den Tisch, die Thermoskappe stellt sie nicht hin, weil ich gesagt habe, es sei nicht nötig, sie sagt „Guten Tag" und geht schnell wieder hinaus.

Als ich also zum Fernsehen ging, saßen da nur Małgosia mit ihrem Mann und außerdem in der ersten Reihe die Frau von Vadium zu Vadium, übrigens ein wenig aus Vergnügen, ein wenig aus Verpflichtung, weil sie ihren Verstärker an den Fernseher angeschlossen hat. Zwei Stühle weiter saß eine weißhaarige, großgewachsene Frau, die mal jung, mal alt wirkte. Auf einmal sagte sie zu mir, wir hätten gemeinsame Bekannte, dass ihre Bekannte Kasia ihr mit Begeisterung von mir erzählt hätte. Auf einmal stürzte Julian Stryjkowski herein. Ein kleiner Jude. Er ist schon einundsiebzig Jahre alt, aber rüstig. Weil er Gymnastik macht und spazieren geht. Vielleicht nicht deshalb, aber es hilft seinem Selbstgefühl. Julia Hartwig bewundert das und ist entsetzt, weil sie sagt, sie möge es nicht, ihren Körper zu kasteien. Sicher, es ist öde.

21. April

Heute habe ich wieder von Löchern in der Zimmerdecke geträumt, eingebunden in eine kriminelle Handlung, an der Frau Modzelewska wesentlich beteiligt war. Und es scheint, als sei sie sogar entführt worden. Und man sprach irgendetwas von General Tuchaczewski[159]. Kein Wunder. Frau M. erzählte mir, wie sie vor Jahren in Russland aus einer südlich gelegenen Stadt heimfuhr und für die lange Reise nur eine Fahrkarte für eine gewöhnliche harte Bank besaß. Damals kam jemand zu ihr und lud sie im Namen des Generals Tuchaczewski in den Salonwagen ein. Aus Bescheidenheit lehnte sie ab. Zum Glück, sagte sie. Weil man Tuchaczewski kurz darauf den Prozess machte und erschoss. Was hätte das also erst gegeben, wenn sie damals im Salonwagen gefahren wäre.

Ich bin abends spazieren gegangen. Hinter die hohen Windgräser auf dem Wasser. Es gibt immer weniger von diesem Wasser, weil es trocken geworden ist. Der Mond schien. Ich ging über die Betonplatten, weiter über das Kopfsteinpflaster, danach bog ich ab auf die zweiten Betonplatten. An den Seiten hörte man nur das Zwitschern der Vögel. Danach nur das Quaken der Frösche. Danach irgendeinen Vogel, den ich zuerst für einen Hund gehalten hatte. Dann weiteres Zwitschern und weitere Frösche. Die Gräben leuchteten. Seltsame Landschaft, bei Tag vielleicht sogar abschreckend. Die Bäume am Wegesrand gerodet und zu den Seiten Lehm, Spuren irgendwelcher unbekannten Gerätschaften. Noch reichlich Schlamm an den Seiten und Feuchtigkeit. Aber leer, ganz leer. Nicht eine einzige Hütte. Bloß Hunde, irgendwo aus der Entfernung. Ich kam zu irgendeinem Gehöft. Leere Schuppen. Wofür, weiß man nicht. Und eine Baracke, beziehungsweise Baracken. Mit erleuchteten Fenstern. Ich kehrte um, um nicht mit Menschen in Berührung zu kommen, weil ich unterwegs keinen einzigen Menschen getroffen hatte und keinen treffen wollte.

159 Michał Tuchaczewski (1893–1937), Marschall in der Sowjetunion, 1920 Befehlshaber der Westfront im Polnisch-Sowjetischen Krieg, seit 1931 Vertreter des völkischen Verteidigungsministers, 1937 wurde er angeklagt, 1961 rehabilitiert.

Aus dem lehmigen Feld sprang mit Pfotenwirbel ein Tier auf den Beton. Ich wandte mich um. Das Tier flüchtete zur Seite. Ich fragte laut

– Wer bist Du?

In dem Moment trat das Tier auf die betonierte Straße und flog weiter in seine Richtung. Es war halb Hase, halb Hund. Zumindest kam es mir bei nacktem Mondschein so vor. Ich kam bis zu dem Stapel Betonplatten. Ich setzte mich dort hin um auszuruhen. Bei Mondlicht sah er aus wie eine Sphinx oder Mastaba. Violett. Auch der Weg in diesen Blöcken wirkte violett. Ich saß. Über mir oder hinter mir stieß etwas an die Platte. Kurz darauf ein Stoß, näher. Ein dritter, noch näher. Ich stand auf. Niemand war da und nichts. Ich ging um die Mastaba herum. Kehrte an die alte Stelle zurück. Stille. Und wieder ein Stoß.

Vor meiner Abreise hatte es Radiointerviews gegeben. Mit mir und verschiedenen Leuten über mich. Das war zu viel. Ich floh davor. Die Interviewerin erwischte Jadwiga. Jadwiga scheut sich scheinbar, aber sie tritt gerne auf, sie mag das. Man muss zugeben, dass sie es mit einer stumpfen Stimme gemacht hat, aber dennoch flüssig.

22. April

Heute habe ich geträumt, ich sei mit meiner Mutter in einer antiken Stadt gewesen. Plötzlich war da Wasser zwischen den Wehrtürmen und Wänden. Es überflutete alles. Wuchs, wie die Weichsel. Mama wollte es schaffen und flüchten. Ich sagte ja, unbedingt, aber ich wusste, dass es nicht mehr zu schaffen war. Das Wasser überflutete uns schon. Es riss Mutter mit. Ich dachte mir

– Es ist nicht möglich, dass das einfach so passiert und dann nichts weiter?

Aber in dem Moment dachte ich, dass Mama schon umge-

kommen war und nichts mehr darauf folgte. Und genauso würde ich in diesem Wasser vergehen.
Hier wachte ich kurz auf.
Mir ist ein Traum von vor ein paar Wochen eingefallen. Le. und ich in einer Stadt X. Das Wasser trat über die Ufer. Wir flüchteten. Zunächst wollten wir noch ins Haus hinein, um Sachen daraus zu holen. Weil es auf dem Weg lag. Aber es war bereits klar, dass wir es nicht schaffen würden.

Ich habe eine Postkarte für Stacha geschrieben, nur kann ich sie nicht einwerfen, weil ich nur nachts nach draußen gehe. Ich habe von Jadwiga am Telefon erfahren, dass Stacha die Fenster geputzt hat und dabei gefallen ist. Sie hat sich so sehr verletzt, dass sie in Bandagen daliegen muss. Jadwiga hat bei Frau Brzostowska angerufen. Sie ruft bei Bekannten an, die sich für Literatur interessieren oder Dichterinnen sind, weil es sie in den Fingern juckt, ihren Erfolg mit denen zu teilen, das heißt, dass man ihr Bändchen bei „Czytelnik" herausgeben wird. Frau Brzostowska beklagte sich bei Jadwiga, dass ihr Ehemann, vor dem sie geflohen war, in ihrer Abwesenheit in ihre Wohnung eingebrochen sei und ihr Tagebuch geklaut habe. Sie weiß nicht, wie sie es jetzt zurückbekommt.
Als ich heute beim Abendessen am Tisch meinen zwei Weibern von dem Tier erzählte, das sich bei Mondlicht auf der betonierten Straße zeigte, und dass ich nicht wusste, ob es ein Hase war oder ein Hund, sagte die Frau von Vadium zu Vadium
– Ach wissen Sie, mir ist dasselbe passiert.

Sonntag, den 23. April

Die Frau von Vadium zu Vadium beim Essen
– Jetzt weiß ich auch, wo Sie spazieren gehen. Ich habe Ihre Wege ausfindig gemacht. Genau dieser Weg rechts vom Kopfsteinpflaster hinter dem Wald, aus Blöcken, führt zum

See. Das heißt, man muss einen Weg dahin nehmen. Ich habe Teresa auf dem Weg getroffen, sie fuhr auf dem Fahrrad und hat mir gleich alles erklärt. Und wie man zur Weichsel kommt. Ich bin weiter geradeaus über das Kopfsteinpflaster gefahren. Dort hinten bin ich in tiefen Schlamm geraten. Es bebte sogar, aber wahrscheinlich ist nichts kaputt gegangen. Dann weiter gibt es da einen zweiten Weg nach rechts, einen schwarzen. Und der führt zum Gehöft. Und der geht geradeaus quasi bis zur Weichsel.

Ich bin an der Weichsel gewesen. Dort liegen kilometerlange Rohre herum, weil man irgendwelche Arbeiten unterbrochen hat.

– Und das Haus links hinter dem Wald, das in der Nacht so leuchtet – schließt die Frau von Vadium zu Vadium – ist eine Abhörstation. Als ich Teresa sagte, dass Sie nachts dort gewesen seien, meinte sie: „Die hätten ihn nachts erschießen können." Erschießen hätten sie Sie wohl nicht, aber sie hätten Sie die ganze Nacht lang festhalten können. Sie hatten also Glück.

Frau Modzelewska schloss sich mit ihrem Tee unserem Tisch an. Wir sprachen. Aber da begann Herr Stryjkowski schon von seinem Tisch in der Ecke aus mir quer gegenüber Zeichen zu machen. Ich ging zu ihm hin

– Beenden Sie erst Ihr Abendessen.

Ich beendete das Abendessen oder eher Mittagessen. Weil die Frauen von meinem Tisch aufpassen, dass man mir das Mittagessen aufhebt. Und das Abendessen nehme ich mit. Ich weiß nicht, vielleicht erwecke ich ungute, mütterliche Gefühle in ihnen.

Ich ging zu Herrn Stryjkowski

– Und, wie gefällt es Ihnen hier? Wissen Sie, ich mache hier lange Spaziergänge – zweistündige. Dort rechts, hinter dem Betondamm, zwischen den Erlen mit dem Wasser durch, verläuft solch ein zweiter Weg von Betonplatten, riesigen wie dieser Tisch.

– Ja, ich kenne diesen Weg.
– Größer als dieser Tisch.

Alle bezeichnen diese Betonplatten, also Blöcke, dass sie so groß seien wie der Tisch, berichtigen sich dann, dass sie größer seien als der Tisch, aber ich habe mir die Platten genau angesehen und sie sind drei Mal größer (jede einzelne) als der Tisch, an dem wir sitzen. Das ist die Verkleinerung in der Vorstellung. Deshalb muss das, was man fürs Theater macht, drei Mal größer sein als es zunächst scheint, dass es sein müsse. Erst dann wirkt es aus der Entfernung so, wie es wirken soll. Das Gleiche gilt für Dinge im Raum.

Herr Stryjkowski erzählt weiter

– Dieser Weg führt zur Schweinezucht. Sie bauen schon seit langer Zeit daran. Und Schweine sind immer noch keine da. Es soll die größte Schweinezucht von ganz Europa werden. Gigantomanie!
– Ja, ich bin beinahe dort vor dieser Schweinerei gewesen, es wunderte mich nämlich, was das ist, diese Art Ständer.

Stryjkowski

– Ich habe *Der Infarkt*[160] gelesen, sehr interessant. Ich denke, dass es in dem Krankenhaus-Teil gewisse Fehler gibt. Würde man dort ein wenig aus diesen Gesprächen festhalten, käme vielleicht nichts abhanden. Weil das wie ein Band läuft. Sie werden sich wundern, wenn ich Ihnen das sage, aber in Bezug auf das Absurde sind Sie ein Nachfahre Hemingways. Es herrscht dort Naturalismus. Nein, eigentlich ist das kein Naturalismus. Das ist jenseits des Naturalismus. Mir gefällt der zweite Teil – *Inowrocław* – besser. Er ist literarischer. Weil Sie so anti-literarisch sind. Es gibt dort interessante Beschreibungen. Zum Beispiel verglei-

160 *Zawał [Der Infarkt]* (Gesammelte Werke, Warschau PIW, 1991, Bd. 6) handelt von Białoszewskis erstem Herzinfarkt und der darauf folgenden Rekonvaleszenz.

chen Sie dort eine Brücke: „Dünn wie ein Schienbein". Das ist herrlich. Ich fliege auf solches Zeug. Ich bin literarisch traditionell. Sie schreiben scheinbar wie ein naiver Primitivling. Ich schreibe auch wie ein Primitivling. Aber bei Ihnen sind die Bemerkungen über Architektur oder über Musik zum Beispiel sehr interessant. Das ist meine primitive Ansicht. Ich habe in Ihr zweites Buch rein geschaut, in das mittlere. Das ist die Erzählung eines Primitivlings. Eine Erzählung über einen jüdischen Friedhof[161]. Sie mögen die Juden, ich habe gleich Gefallen an Ihnen gefunden. Wissen Sie, es ist schrecklich mit dem jüdischen Friedhof. Im vergangenen Jahr sind junge Deutsche hierher gekommen und haben Ordnung auf dem jüdischen Friedhof gemacht. Sie haben sich sogar bei mir gemeldet.

– Aber das ist doch gut?
– Ja, das ist gut. Das ist so eine Art Buße. Und wissen Sie, heute bin ich neben diesen Häuschen hier hergegangen und habe zwei Mädchen getroffen. So um die neun Jahre alt. Sehr schön gekleidete Mädchen. Intelligent. Ich dachte, sie seien die Töchter von Ingenieuren, andernfalls hätte ich nicht nachgefragt. Aber ich fragte, was ihre Väter tun. Die eine sagte: „Lagerverwalter". Wissen Sie, das ist ein Aufstieg. Und ich fragte die zweite: „Und was ist Dein Papa?" Da antwortete die andere für sie: „Ihr Papa ist bei den Kühen". Dann sagte die an der Wand Lehnende: „Mein Papa beschäftigt sich mit Tieren". Das ist etwas für Sie. Deswegen erzähle ich es Ihnen. Wissen Sie, dieses Mädchen macht noch Karriere.

Ich habe am Telefon erfahren, dass meine Mutter in Warschau gewesen ist. Sie ist bei Jadwiga vorbeigegangen und bei Olemka.

161 Vgl. Fußnote 6.

Mit Olemka haben sie anscheinend Mutters Aufnahmen fürs Radio besprochen. Mama war zufrieden. Es soll noch ein Weib vom Radio zu ihr fahren. Mama ist deswegen überhaupt nicht verlegen. Sie mag es, dass man Interviews mit ihr führt, so wie Jadwiga, so wie Ludwik.

Ich bin an die Weichsel gegangen. Ich bin bellenden Hunden begegnet. Da war ein großer mondfarbener, mit einem Schwanz wie ein Blumenstrauß. Der zweite, im Bass bellend, aber unsichtbar, in der Farbe der Nacht. An der Weichsel sangen Trinker in Scharen und falsch. Die Weichsel, von Vögeln zerzwitschert. Ich lief quer zum Mond und den Gerüchen vom Wasser. Eine riesige, breite Welt. Als ich zurückkehrte, verlief ich mich. Ich sprach die Trinker an. Auch wenn sie im Zickzack liefen, erklärten sie mir sehr freundlich den Weg.

Frau Modzelewska hat mir und dem lächelnden Bärtigen auf der Treppe des neuen Pavillons Folgendes erzählt. In den sechziger Jahren wurde in Obory eine spiritistische Sitzung abgehalten, hier, im Porträtsaal unter dem Spiegel. Sie war dabei gewesen und mit der Teilnahme unter der Bedingung einverstanden, ihre Frage in Gedanken zu formulieren. Es ging um ihren Sohn. Der damals Gefangener war. Außerdem war Frau Alicja Stern dabei, hoch gewachsen, mit langen, offenen, blonden Haaren. Insgesamt fünf Personen. Die Beschwörerin M. begann. Die Untertasse erhob sich zusammen mit den Händen

– Geist, wer bist Du?
– Borowski.

Bis zu seinem Tod kam er gerne hierher. Frau Modze. fragte in Gedanken nach der Meinung ihres Mannes zum Verhalten ihres Sohnes.
Die Untertasse
– Er hat sich richtig verhalten.
Die Untertasse schwieg. Sie wurde zu einem leblosen Gegen-

stand. Die Beschwörerin konzentrierte sich. Die Untertasse erhob sich wieder

- Geist, wer bist Du?
- Felix mit „x" – was Frau Modze. zu denken gab, weil nur sie wusste, dass es mit „x" und nicht „ks" war; er unterschrieb mit „Dzierżyński", sie hatte seine Unterschrift gesehen. Dass es Dzierżyński war, war jetzt schon klar. Die Untertasse hatte ihn zu Ende buchstabiert. Dann sagte Frau Modze.
- Ich rede mit ihm! Hör zu, Felix, hast Du Sabina[162] geliebt? (Die erste Verlobte, sie kannte sie, daher war sie neugierig.)

Die Untertasse

- Das war keine ganz ernste Liebe, das war ein Spiel von Felix.

Schwungvoll darauf Alicja Stern

- Felix, hast Du gerne gemordet?

Die Untertasse

- Das kam darauf an.

Alicja

- Magst Du den Sozialismus?
- Ja.

Frau Modze. fragt

- Wer hat Gorki umgebracht? (Weil es mehrere Versionen gibt.)

Die Untertasse

- Ein Tier.

162 Es geht um Sabina Feinstein. Sie entstammte einer jüdischen Warschauer Intellektuellenfamilie. Gemeinsam mit ihrer Schwester Michalina hatte sie die von Bolesław Prus in *Emancypantki [Emanzen]* beschriebene Schule abgeschlossen. Beide liebten Feliks Dzierżyński, der sich jedoch nur für Sabina interessierte. Sie korrespondierten in den Jahren 1905–1913 miteinander, als er ein Gefangener in der Zitadelle Warschau war. Michalina beging Selbstmord. Dzierżyński heiratete schließlich Zofia Muskat. Sabina heiratete nie. Während der Okkupation nahm sie den Namen Marczak an. In der Volksrepublik arbeitete sie im Außenministerium.

Frau Modze. nahm sich das zu Herzen und, gerührt, machte der Untertasse Vorhaltungen.
– Stalin.
– Aha.

In Polen war ein Kanadier, der irgendwelche physischen Qualitäten in den Händen hat; er strahlt irgendetwas aus[163]. Mittels Berührung heilt er Leute vom Krebs. Das ist gefährlich für Simulanten, weil so eine Berührung dann bedrohlich werden kann. Angeblich hat jener Kanadier dem Primas Wyszyński, der an Krebs leidet, geholfen und sein Leiden gelindert. Danach, erzählt man sich, sei der Kanadier zu Breschnew gefahren, der seit Jahren an Kehlkopfkrebs leidet. Und auch ihm habe er sehr geholfen.

28. April

Nachts und morgens habe ich den zweiten Krimi von Frau Modzelewska, der Mutter des Dissidenten, gelesen. Ich erfuhr, dass, als die Heimleiterin der Frau von Vadium zu Vadium einen Holzstuhl unterschieben wollte, um den, auf dem die Vadium saß, unter ihr hervorziehen, die Mutter des Dissidenten eine Hand auf den Stuhl gelegt und dabei gesagt habe
– Das soll ihr schon bleiben.

Gespräch nach dem Abendessen.
Anscheinend erzählt Frau Brzostowska, wenn man sie nach der Belagerung von Warschau fragt
– Ich weiß nicht, was da los war, mein Mann war so eifersüchtig, dass er mich jeden Tag einschloss.

163 Clive Harris, Wunderheiler, hielt sich mehrmals in Polen auf, empfing Kranke in den Kirchen. Hunderte Menschen warteten in Schlangen auf eine Heilung.

Frau Brzostowska und Herr Zeydler-Zborowski, der Krimi-Autor, der aussieht wie aus Molière, saßen früher an einem Tisch unter dem Bildnis eines Hetmans. Willentlich oder versehentlich tauschte er ihr Dessert gegen seines aus. Darüber Wutausbrüche, sie saßen nicht mehr zusammen.
Seitdem sitzen Herr Zeydler-Zb. und dessen fünfundzwanzig Jahre jüngere Frau mit einer Dame zusammen, die unaufhörlich auf der Maschine tippt und Musik nicht ausstehen kann. Sie schreibt Texte fremder Leute ab.
Frau Zeydler-Zborowska stilisiert sich zur Dagny. Insbesondere dann, wenn sie sich im langen Spitzenkleid in einen Sessel setzt, um zu telefonieren. Im Zimmer kichert sie nicht selten, während er lauthals gähnt.
Frau Brzostowska hat sich der Mutter des Dissidenten anvertraut, sie sei im Besitz magnetischer Kräfte und ziehe bis zum gegenwärtigen Zeitpunkt Männer an.
Die Mutter des Dissidenten (also Frau Modze.) schreibt eine Arbeit über Tschechow, sie übersetzt und ordnet seine von Natalia Gałczyńska übersetzten Briefe. Als sie in Georgien war, fragte man sie nach der Gałczyńska. Sie wusste, dass diese mütterlicherseits aus einem georgischen Fürstengeschlecht stammte, aber da gab es so viele Fürsten, Natalia hat das kaum geschätzt. Erst die Georgier haben gesagt, dass Natalias Geschlecht mit dem königlichen Geschlecht rivalisiert habe[164].
Einmal war in Obory ein Ausflug von Sowjets zu Gast. Man zeigte ihnen im Speisezimmer das Hetman-Porträt und die Kopie der *Venus* Tizians.
– Das ist Iwaszkiewicz, das ist Nałkowska.
Die Sowjets schluckten das. Es lag ihnen nichts daran.

164 Natalia Gałczyńska (1908–1976), mit Mädchennamen Awałow (eigentlich Awaliszwili), Frau von Konstanty Ildefons, Tochter eines zaristischen Offiziers, zog nach der Revolution mit ihrer Familie nach Polen.

29. April
Die weißhaarige Tochter der Ältesten beginnt, mich zu langweilen. Sie erzählt viele Witze. Einen nach dem anderen.
Die Frau von Vadium zu Vadium hat mein neulich erschienenes Miniaturbändchen gekauft, das ich noch nicht gesehen habe. Beim Kauf des Bändchens hat sie ihre Schlüssel verloren.
Heute kam das Gespräch auf Frau Auderska, die sich einer Übersetzung meiner *Erinnerungen aus dem Warschauer Aufstand* ins Deutsche widersetzt hat beziehungsweise dessen deutschsprachiger Edition. In Berlin hat man sich angeblich sogar laut darüber ausgelassen. Im Moment hält sie sich in Obory auf. Ich berichtete der Mutter des Dissidenten und Frau Vadium davon, nachdem ich sie beim Fernsehen gesehen hatte. Frau Vadium erklärte mir, dass es sich dabei nicht um literarische Gründe gehandelt habe. Sie selbst war anfangs von dem jungen Menschen genervt gewesen, der sich die ganze Zeit über herumtreibt – sie hatte den Protagonisten der *Erinnerungen aus dem Warschauer Aufstand* vor Augen, der keinen Anteil am Aufstand nimmt.
Daraufhin meldete ich mich zu Wort:
– Dann verstehen wir einander nicht.

Nachts habe ich den Krimi von Frau M., der Mutter des Dissidenten, zu Ende gelesen. Gar nicht übel.
Ich habe von ihr erfahren, dass Stalin angeblich bereits gegen Ende ernsthaft gestört gewesen war. Die letzten zwei Jahre über regierte das Politbüro für ihn. Aber sie hatten furchtbare Angst vor ihm. Bei Moskau hatte er eine Villa mit einer mehrstufigen Verteidigungsanlage. Er hatte so um die zwölf gleich eingerichtete Schlafzimmer an verschiedenen Orten in der Villa. Und niemand, selbst unter seinen Angehörigen, wusste je, in welchem Schlafzimmer er schlafen würde. Die Türen zu diesen Schlafzimmern waren aus Metall. In der Tür eine Klappe, durch die man ihm das Frühstück reichte. Und genau

das hat ihn vernichtet. Denn als er den Schlaganfall bekam, traute sich niemand zu klopfen. Erst am Nachmittag rief jemand beim Politbüro an. Das gesamte Politbüro kam angefahren, und man musste die Tür sprengen. Aber da war es für eine Rettung schon zu spät.

Ich bin spät abends im kleinen Palast gewesen. Die Frau von Vadium zu Vadium hob hervor, selbst wenn man Vorbehalte gehabt hat, sei das kein Grund gewesen, meine *Erinnerungen aus dem Warschauer Aufstand* auf Deutsch nicht zu verlegen. Sie saß an dem gemeißelten Holztisch, an dem vor Jahren die Mutter des Dissidenten an einer spiritistischen Sitzung teilgenommen hatte. Die Mutter des Dissidenten, die sich in Erwartung eines Sensationsfilms ebenfalls eingefunden hatte, sagte mir, sie habe damals zu glauben gelernt, dass tatsächlich etwas existierte

– Wissen Sie, was mich überzeugt hat? Nach dem Gespräch mit Felix wollte ich nicht mehr gemeinsam mit denen vor der Untertasse sitzen und rückte zur Seite. Sie beschworen weiter die Geister. In einem bestimmten Augenblick riss sich das Tellerchen aus ihren Händen und schlug mich ins Zwerchfell. Und Frau M. wandte sich an mich: „Möchten Sie etwas sagen?“ Dann rückte ich wieder an den Tisch heran und fragte in Gedanken: „Wer bist Du?“ Es war mein Mann. Ich fragte ihn in Gedanken, ob er mir etwas mitzuteilen habe. Und er, dass er das, was er mir zu sagen gehabt hat, bereits gesagt habe. Dass ich wisse, welche die letzten Worte gewesen seien. Es seien diejenigen, die es auch am Anfang waren. Ich wollte noch etwas fragen, aber er sagte, „ich muss in die Dunkelheit zurück“ und hielt an dem Kreuzchen inne. Denn das Kreuzchen war ins Alphabet eingezeichnet. Wissen Sie, damals habe ich mich gewundert, dass, falls denn etwas existiert, es einem auch dort seinen Ort und seine Zeit aufdrängt. Mir wäre es lieber, wenn jenseits des Nichts nichts existierte. Denn der Tod ist das Nichts, aber was auf den Tod folgt, ist unklar …

Wir schauten uns die Porträts im Saal an. Frau M., die Mutter des Dissidenten, zeigte mir zwei Porträts von Damen, die anscheinend aus den Rahmen treten. Das heißt, jetzt treten sie nicht mehr aus den Rahmen, aber früher war das so, als hier noch vornehmere Leute waren

– Vor dem Krieg?
– Sogar nach dem Krieg.
– Aber welche vornehmeren Leute?
– Frau Walewska …

Die Mutter des Dissidenten sagte, dass ihr Bekannter hier vor langer Zeit im Zimmer neben der Kapelle übernachtet habe. Damals war das Erdgeschoss im kleinen Palast gänzlich unbewohnt. Er hörte nachts in der Leere schwere Männerschritte auf dem Boden, die sich seiner Tür näherten. Er lag im Bett. Er fragte laut: „Wer ist da?" Da entfernten sich die Schritte. Einige Zeit später wieder Schritte. Wieder hörte man sie hinter verschlossenen Türen. Der beunruhigte Mann horchte, fragte nach, die Schritte entfernten sich wie beim ersten Mal. Als er zum dritten Mal den gleichen schweren Gang hörte, erhob er sich rasch, stellte sich an die Tür. Als die Schritte vor die Tür kamen, öffnete er rasch die Tür. Es war niemand hinter der Tür.

– Er hat mir das nicht im Spaß erzählt.

Die Frau von Vadium zu Vadium verließ den Tisch im Saal, setzte sich an den Tisch im zweiten Saal und las weiter in ihrem Buch. Herr Stryjkowski kam zu uns. Er überlegte, ob er beim Sensationsfilm dabei sein soll oder nicht. Weil man nicht wisse, ob er gut sei. Wir sagten darauf, dass es nicht nur „dabei sein oder nicht dabei sein" gäbe, sondern noch eine dritte Möglichkeit – rausgehen. Sobald er ihn langweilt. Da das Gespräch auf Shakespeare kam, erinnerte sich die Mutter des Dissidenten

– Wissen Sie, die Leiterin von Obory eignete sich bestens als Lady Macbeth. Sie haben doch bemerkt, als wir nach dem Abendessen alleine im Saal geblieben sind und uns unterhielten und sie so kreiste und kreiste, schaute sie ständig mit diesem Macbeth-Blick auf uns herab.

Als nächste sagte die Mutter des Dissidenten etwas über Lenins Mausoleum

– Er schrumpft immer mehr zusammen, er ist sehr schlecht konserviert. Alle paar Monate schließen sie das Mausoleum und erneuern ihn dann.
– Aber wie?
– Sie konservieren ihn, ich habe keine Ahnung, sie pumpen ihn von innen auf …
– Ach, ich habe nicht damit gerechnet, dass sie pumpen, ich dachte, dass sie ihn allenfalls mit etwas einschmieren, spannen.

Die Mutter des Dissidenten brach in Gelächter aus.

In ihrem Krimi, den ich in dieser Nacht gelesen habe, gibt es eine Bedienstete, die zwei Wunschträume hat. Der eine ist, ewig zu leben. Und der zweite – einmal ins Ausland zu fahren. Die Mutter des Dissidenten vertraute mir an, dass das Vorbild ihrer Figur noch eine Redensart gehabt habe, die sie nicht habe drucken können. Sie erzählte von der Beerdigung ihrer Mutter. Einer Zeugin Jehovas. Sie erzählte, wie fabelhaft diese Beerdigung gewesen sei, wer alles da war. Endlich schloss sie: „Was soll ich Ihnen das hier lang und breit erzählen, sie hatte jedenfalls eine Beerdigung wie ein Gomułka".

2. Mai

Frau M., die Mutter des Dissidenten, verabschiedete sich gestern von mir. Heute hörte ich, wie Małgosia, das hiesige Zimmermädchen, dem Chauffeur zurief

– Warten Sie, Frau Modzelewska kommt auch.

Eine interessante Geschichte hat das Wort „Dissident". Vor gut zwölf Jahren las ich etwas Historisches aus der Zeit vor den Teilungen Polens, und da war was über die „Dissidenten". Es handelte sich dort um die Konföderation von Bar, um Toleranz und Intoleranz, um russisch-orthodoxe Angelegenheiten. Die Dissidenten waren Protestanten und Orthodoxe. Die Angelegenheit kam bis zum Sejm und Senat. Irgendwie wurde das den Russen angeheftet. Den orthodoxen, die in der Minderheit waren. Und jetzt nach zweihundert Jahren lebt das Wort plötzlich auf, allerdings wie sinnverkehrt.

Auch mit Frau Ludmiła Marjańska[165] und Frau Anna Pogonowska[166], zwei Dichterinnen, hatte ich ein Treffen bei mir. Wir lasen uns unsere Gedichte vor. Frau Pogonowska erzählte von verschiedenen Leuten. Aus prästalinistischer und stalinistischer Zeit. Wie sie zu einer bestimmten Gruppe gehört hatte – derselben, wie jene – namens „Die Schmiede", weil sie – hier ein Lächeln – früher gewisse sozialistische Tendenzen hatte. Als wir auf das Lächeln hin lächelten, erklärte sie

– Na ja, was danach daraus geworden ist …

Und wie die Leute, die mit ihr angefangen hatten, gleich zu Wendehälsen wurden. Und danach wiederum verschiedenste Geschichten. Kurz darauf, also nach der „Schmiede", druckte Frau Pogonowska im „Allgemeinen Wochenblatt", was ihr der Dichter Krzysztof Gruszczyński vorhielt[167]. Öffentlich, in der Presse.

Wir erfuhren von ihr, wie Autorenlesungen in Kirchen ausse-

165 Ludmiła Mariańska (1923–2005), Dichterin, Schriftstellerin, Übersetzerin englischsprachiger Literatur, u.a. von Emily Dickinson. In den Jahren 1993–1996 war sie Vorsitzende der Gesellschaft Polnischer Schriftsteller.

166 Anna Pogonowska (1922–2005), Dichterin, befreundet mit Białoszewski, wohnte unweit von ihm in Saska Kępa.

167 Krzysztof Gruszczyński, Literat, Dramaturg, Autor berühmter Lieder für die Massen wie *Tysiące rąk, miliony rąk [Tausend Hände, Millionen Hände]* oder *Hymn młodzieży demokratycznej [Hymne der demokratischen Jugend]*.

hen. Auf Einladung der Kirchenoberen oder gar des Primas selbst. Solche Lesungen haben bereits in der Kirche in Mokotów stattgefunden, in der Kathedrale, in der St. Anna-Kirche, in Saska Kępa. Das sah so aus, dass die Autoren am Altar in den Bänken saßen, im Chorgestühl, während die Messe im Gang war, wie früher die Bischöfe. Nach der Messe traten sie oder Schauspieler an das Mikrofon, das sich auch am Hauptaltar befand, und lasen Gedichte vor. Und plötzlich – hier stand Frau Pogonowa auf und machte eine stolze Kopfbewegung nach oben und nach hinten

– Julia Hartwig erhob sich und trat ans Mikrofon am Hauptaltar.

Ich wunderte mich, dass sie so boshaft von ihr sprach. Es stellte sich heraus, dass sie Frau Hartwig nicht mag. Irgendetwas war da. Sie und Frau Ludmiła Marjańska meinen beide, dass ihre Gedichte intellektuell seien, obwohl gewiss einige gut.

Ebenfalls beim Mittagessen an den kunstvoll gehauenen Tischen habe ich erfahren, dass der Vorsitzende der Warschauer Abteilung L. Bartelski[168] aufgehört hat, Vorsitzender zu sein, sie wählen einen neuen, weil jetzt gerade Wahlen sind, die Opposition tritt deutlich in Erscheinung, es gibt Verhandlungen zwischen der Opposition und der Partei. Bei den Wahlen des Hauptvorstands in Schlesien hat man der Vizevorsitzenden Frau Auderska unrechtmäßiges Vorgehen vorgeworfen, so wie man auch den bisherigen Vorsitzenden der Warschauer Abteilung, tatsächlichen Handlungen zum Trotz, oppositioneller Kraftlosigkeit beschuldigt hatte. Als Frau Auderska erfuhr, dass sie als Kandida-

168 Lesław M. Bartelski (1920–2006), Kulturaktivist im Untergrund zur Zeit der Okkupation, Mitglied der Gruppe *„Sztuka i Naród"* [„Kunst und Nation"], Teilnehmer am Warschauer Aufstand, Autor zahlreicher Romane und Erzählungen, großenteils über die Okkupationszeit, Dichtern der Kriegszeit gewidmeten Monographien und Anthologien der Jahre 1939–1945 sowie des Wörterbuchs *Polscy pisarze współcześni [Zeitgenössische polnische Dichter]*. Langjähriger Vorsitzender des Polnischen Literatenverbandes Warschau.

tin aus dem Rennen war, trat sie derart verdrossen zur Treppe, dass sie herunterfiel und sich irgendetwas am Fuß tat. In ebendiesem Zustand habe ich sie in den Palastsälen gesehen. Jetzt ist sie nicht mehr da, sie ist abgereist. Angeblich ist sie überaus verbittert. Meine Wut auf sie ist verflogen. Aber man sagt, sie habe ein riesiges Bedürfnis nach gesellschaftlichem Engagement. Meines Erachtens kann solch ein riesiges Bedürfnis manchmal gut sein, aber manchmal gefährlich.
Von diesen Weibern, die verschiedenes Zeug übereinander reden, träume ich nachts abwechselnd in verschiedenen surrealistischen Situationen. Noch etwas zu den Autorenlesungen in den Kirchen. Die Leute lachen, dass Katholiken, Juden und Kommunisten im Presbyterium nebeneinander säßen. Und nicht selten der Primas gegenüber. Wenn es zum Niederknien und Aufstehen kommt, womit die an den präkonziliarischen Ritus gewöhnten Katholiken sich nicht allzu gut auskennen, knien und stehen die Juden und Kommunisten angeblich dann auf, wenn sie sollen, sie wissen es besser als die Katholiken. Außerdem sorgen sich manche, dass die Dichterin Anna Kamieńska[169], früher zutiefst kommunistisch, jetzt der Frömmigkeit verfallen ist und während der Autorenlesungen in den Kirchen zur Kommunion geht. Übrigens ist sie nicht die Einzige.

[4. August]

Ich nenne Frau Prof. Maria, Małgorzata B. und Maryna „die drei Eumeniden“[170]. Wenn sie jemanden in die Fänge kriegen,

169 Anna Kamieńska (1920–1986), Dichterin, Übersetzerin, Autorin von Essays zu biblischen Themen wie *Twarze Księgi [Die Gesichter des Buches]* und *Książka nad książkami [Das Buch der Bücher]*.

170 Dies bestätigen die *Briefe an die Eumeniden*, die *Das Geheime Tagebuch* beschließen. In der griechischen Mythologie haben sich die Erinyen, Rachegöttinnen des Unrechts, in die Eumeniden („die Gütigen"), Hüterinnen des urbaren Bodens, verwandelt.

lassen sie kein Haar an ihm. Zwar wirkt Frau Maryna beruhigend auf das alles ein, ruft, wenn sie sich ins Irrationale vergaloppieren, dazu auf, es mit Vernunft zu belegen, dennoch sind sie ein eingespieltes Team. Als sie bei mir in Magdalenka waren, ist Małgorzata mit dem Auto auf einen Stein gefahren und das Auto wollte nicht weiterfahren. Da sind sie sofort ausgestiegen und haben begonnen, den Wagen zu schieben.

Anna, die von Jadwiga, hat vor Tadeusz zugegeben, dass sie Woche für Woche alles, was hier passiert, in Briefen an einen bestimmten Herrn beschreibt.

Vom 29. auf dem 30. November, Sopot, Haus der Autoren-Vereinigung ZAiKS

Im Zimmer ist es mäßig warm, mehr nicht. Später wird es kühler werden. Ich trete in den Flur. Vom Fensterbrett aus im Dunkeln der Blick auf die nassen Lampen und den Taxistand. Das Meer kommt ans Ufer. Plötzlich erinnere ich mich an Boguś Choiński. Als den jüngeren, blonden, den irgendetwas in starkem Tenor sagenden, gebückten. Als Ideengeber war er interessanter denn als Dichter. Später lehnte er fast alles ab. Und gleichzeitig war er viel netter. Er hatte so viele Beschäftigungen. Fotografie, Pilze, Grafik, zwei Geliebte gleichzeitig, er pflegte zu sagen

– Ich muss zwei auf einmal haben, sonst fühle ich mich schlecht.

Er riet mir, Fahrrad zu fahren, wie er es selbst tat. Er trug das Fahrrad in den dritten Stock. Wenn jemand da war, sagte er gleich etwas, trat sofort ins Zentrum des Gesprächs, holte aus der Tasche oder dem Kaftan einen Fleischwurstring, bot davon an und biss selber ab. Er pflegte zu sagen

– Lech Emfazy isst Süßes, er stirbt noch davon.

Er starb nicht. Boguś starb.

Erst erfahren die Kinder, was Enttäuschung bedeutet, dann die Eltern. Aneinander. Halina sagte in Gdańsk zu mir

– Du wirst auf einem anderen Planeten geboren werden. Ich auch. Wir werden nicht mit der Erde verbunden sein, wir lassen keine Nachkommen hier.

Die Bewusstseinsleiter. Gelächter im Kino. Es irritiert mich. Mein Witz irritiert jemanden auf einer höheren Sprosse.

So ist es mit dem Bezugssystem. Der Menschenwelt gegenüber: Unbeständigkeit. Diese ist erst sehr schmerzhaft. Dann natürliche Trauer. Mit einigen Ausnahmen. Obwohl … Was wissen wir schon? Diese Gebäude aus Vermutungen …
Der Antrag auf mittelmäßige Langlebigkeit der Zivilisation bei vielen Gelehrten, die Diskussion darüber. Erst dachte ich, das sei seltsam. An einem einzigen Beispiel? Dann habe ich es kapiert. Was für ein einziges? Dieses einzige gibt es gar nicht. Was aus der Zivilisation wird, wissen wir nicht. Wir wissen also auch nichts von diesem einzigen Beispiel.

Ich bin von Natur aus Optimist, vom Verstand her und aus Erfahrung Skeptiker. Das Leben hat mich nicht verschont, aber ich spürte meinen Stern. Erst die Krankheit und die Vernachlässigung meiner Selbst, dann das Organisieren der Gesundung. Es zieht mich das gotische Durchbrechen der Natur an, Calvin spricht zum Verstand. Ich hänge an den Menschen, und ich öffne ihnen nicht. Nicht selten öffne ich und bedaure es. Ich ertrage keine Kälte, aber verschlinge Bücher über die Antarktis. Bescheidenheit und Anzüglichkeit. Manchmal ein Schreiben wider mich selbst, obwohl ich zugleich in dem bin, was ich tue.
Aber das sind grobe Gegensätze. Doch es gibt auch feinere, vielfältigere, verwirrtere.
Halina sagte zu mir

- Als meine Mutter starb, brach die Greisin aus der Einzimmerwohnung gegenüber in Tränen aus.

Ich beruhigte sie

- Ich bitte Sie, die Tatsache, dass Sie auch in einer Einzimmerwohnung leben, ist kein Beweis dafür, dass es schlecht um sie steht, meiner Mutter hätte nichts mehr geholfen, sie musste sterben.

4. Dezember, Danzig

Ich habe Ludwik angerufen. Ich sagte ihm, ich hätte Józef Czapski eine Karte von hier nach Frankreich geschickt. Ludwik

- Genau, vielleicht rufe ich ihn an. Er schrieb mir, er sende einen abschließenden Brief.
- Was schließend?
- Alles. Na ja, da ich ihm schrieb, dass ich nicht eine Zeile habe zu Papier bringen können, weil es alles nicht das Richtige war …

Lu. später

- Und mit Adolf Rudnicki … Ich war mit Adolf Rudnicki unterwegs … Während der Okkupation fragte er mich ganz natürlich: „Was ist das, die Literatur?" Ich antwortete ihm, sie sei ästhetisches Gefühl plus Distanz. Das heißt, wenn mir ein Ziegel auf den Kopf fällt, ist das nurmehr Gefühl. Es gibt keine Distanz. Es sei denn, er fällt auf jemandes Kopf. Ich erinnere mich nicht, ob das von mir ist oder ein Zitat.
- Du bist zuletzt unsicher mit Zitaten.
- So ist es. Das klingt mir zu literarisch, zu glatt, zu fremd. Und das arg. So dass Du, Miron, sowieso tust, was in Deiner Macht steht.

29. Dezember

Viele meiner Bekannten gehören der Opposition an. Meistens gab es dafür anfangs einen persönlichen Grund. Etwa wurde jemandem eine Unannehmlichkeit bereitet, jemand anders wurde nicht gedruckt. Und so ist aus dem Geschehen Verdrossenheit erwachsen.

In Polen herrscht seit gewisser Zeit große Unzufriedenheit. Gründe dafür gibt es reichlich. Allmählich steigen die Preise. Immer mehr Dinge fehlen, ganz unterschiedliche. Manche fehlen über bestimmte Zeit, danach gibt es sie wieder, aber dafür kann man dann andere nicht mehr bekommen, und zwar solche, die vorher nie gefehlt haben. Man weiß nicht, was wann fehlen wird und für wie lange. Heute ein Schneesturm. Eigentlich hat sich der Schnee von drei Tagen angesammelt. An den Haltestellen warten Menschengrüppchen halbe Stunden lang. Ich wartete in solch einem Haufen. Aus der Stadt kamen sieben Busse der Linie 117 vorgefahren. Zu solchen Scharen drängen sie sich schon zusammen. Angeblich meinen die Fahrer, sie seien unterbezahlt und brächten auf diese Weise, mittels eines irregulären Streiks, ihren Missmut zum Ausdruck.

Nachdem der Papst vorher Bischof von Krakau gewesen ist, begreift er sich nun als Nachfolger von Stanisław Szczepanowski[171]. In der Weihnachtsansprache an die Polen sprach er viel von diesem unpopulären Heiligen, dessen Feierlichkeiten durch die Kirche vorbereitet werden. Die polnische Staatszensur wollte den Absatz über Stanisław Szczepanowski nicht durchgehen lassen. Also haben die Katholiken die Ansprache gar nicht gedruckt. Die Franzosen sagten, dass die Polen offensichtlich sehr an der Geschichte hingen und ihr große Bedeutung beimäßen, wenn Dinge von vor neunhundert

171 Stanisław Szczepanowski, auch Stanislaus von Krakau (um 1030–1079), in Krakau begrabener polnischer Nationalheiliger, der laut mittelalterlicher Chronik in der Kirche vor dem Altar durch König Bolesław Śmiały ermordet wurde.

Jahren sie derart treffen. Beide Seiten, sowohl die Regierung als auch die Opposition, nützen Argumente aus einem ganzen Jahrtausend Geschichte.

22. Januar 1979

Aus dem Schneedunkel Warschaus hat sich das Flugzeug wie ein Erzengel sofort quer in den Himmel gebohrt. Bis hoch über alle Wolken. Es hellte auf. Eine violette Wüste, am Horizont ein von der Sonne hinterlassener goldener Nimbus. Und so geradewegs bis nach Istanbul. Nur zwei Stunden und schon Mittelmeer, dunkles. Und türkische Lichter.
Nackte Erde, ohne Schnee. Von solch einer habe ich geträumt, ich freute mich. Ich dachte, ich sei in einem warmen Land. Jetzt im Wachzustand. Kälte knallt gegen die Tür. Es ist ein Grad über Null.
Halina und ihr Mann Alek fahren auch mit auf diese von Orbis veranstaltete Ägypten-Reise. Sie sitzen vor mir. Halina hat zwei Pülverchen eingenommen, weil sie ungern fliegt. Er dagegen hat keine Schwierigkeiten. Er wird nicht einmal taub, wie wir. Halina

– Er ist zehn Jahre älter als ich, aber nichts greift ihn an, man kann ihn mit einem Traktor überrollen.

Nur dass er im Alter hinkt, weil er erst einen Autounfall hatte und danach vor der eigenen Haustür im Zentrum Danzigs zusammengeschlagen wurde. Er hat ein implantiertes Stück Eisen im Bein. Sie waren beide bei der Zollabfertigung genervt. Ich verlor ständig irgendetwas. Sie schrien

– Ihr Pass liegt auf dem Boden!

Ich hatte den zweitausend Zloty teuren Stempel vergessen. Gut, dass sie Geld dabei hatten. Das Flugticket schien sich verstecken und selbst wegfliegen zu wollen. Alek suchte seines. Es war weg. Dann war es doch da. Und die Quittung für die Dollars? Vor uns nahmen die Zollbeamten die Koffer und

Taschen auseinander, ein Weib war aufgeregt, es hatte seinen Mantel zusammen mit meinem Pelz auf einen Bügel in die Garderobe hängen lassen. Weil wir zurückblieben, weil wir aus der Kälte in die Wärme kamen. Das Weib war rot im Gesicht. Der Zollbeamte zog ihr ständig irgendetwas aus der Tasche und fragte

– Und was ist das hier?

– Diese viertausend Zloty habe ich vergessen.

– Und das?

– Das sind zwei Uhren – Geschenke.

Außerdem hatte sie vier Bügeleisen und noch viel anderes Zeug dabei. Einem anderen Weib im Pelz öffnete die Zollbeamtin die Dose Creme, tastete sie ab, guckte die Butterbrote durch. Die Zollbeamten entfernten sich. Halina und Alek waren genervt. Ich verteilte meine Medikamente in den Taschen. Ein junger, hübsch lächelnder Beamter trat herbei. Er sprach uns an

– Was sind denn das schon für Sorgen! Ich habe eineinhalb Stunden auf den Bus gewartet, um zur Arbeit zu kommen.

Halinas Miene veränderte sich.

Er

– Ich komme nur so zu Ihnen.

Halina über meine Tasche

– Der ist Literat, er hat da nichts drin.

Er überprüfte weder mich, noch sie. Halina

– Ich dachte, ich küsse ihn dafür.

Einmal, dann noch einmal, schaute ich Halina an, die sich jenseits ihrer vier Wände aufhielt und genervt war. Sie ist ja doch eine alternde Frau. Und so vergreisen wir mit einem Abstecher nach Ägypten. Jetzt sind wir über dem Mittelmeer. Zehn Kilometer weit oben. Sie servieren das zweite Mittagessen. Ich esse nichts. Die Zeit ist um eine Stunde vorgerückt. Bald sind wir in Ägypten.

23. Januar

Eine Moschee mit abgerissenen oberen Ecken, die in der Luft hängen. Palmstämme, vom gefallenen Blattwerk übrig, gegeneinander gestemmt, Abgerissenes.

Menschen von aller Art Weiß, Grau, Violett, Braun, Schwarz. Dunkelhäutige und andere. Bunte, bodenlange Kleidung. Die Straße schaukelt vor lauter bodenlangen Gewändern, buntesten, mit Mustern, Streifen, Ornamenten. Atlasse, Schals, Schleier. Arabische Augen, Bohnenaugen, al-Fayyūm-Augen, pharaonische Augen. Sie sitzen zwischen Höhlenöffnung und Straße, rauchen Shishas, Pfeifen, die Kontrafagotten gleichen. Es gibt keine Türen. Stattdessen Eingänge mit Schnittmustern verhängt, Vorhängen für die Nacht. Gedrängel. Arabische Ziffern, das heißt ägyptische. Wir in Europa haben arabische. Busse nach wer weiß wohin, mit arabischen Hieroglyphen. Alle behängt. Man überquert die Straße, wie man will, zwischen den Autos hindurch. In der Enge hupen die einen Autos die anderen an, sie drängeln sich durch, quer, wenden, hier ein Fahrrad, dort zwei Esel; einen Unfall habe ich nicht gesehen. Man kennt Polen.

– Und das Hemd nicht, Bolanda? Schuhe?

Nur um ihnen irgendetwas zu verkaufen.

– Ein Bügeleisen?

Sie fragen auf Polnisch. Bereit, Deutsch zu sprechen oder Französisch, sie haben ein gutes Gehör und überhaupt eine Sprachbegabung.

Ich antworte auf alle Fragen mit

– *No*, danke.

Sie

– Bitte, *danke*[172].

Lächeln, Fangen, Klopfen, Hantieren, sogar vor den Scheiben der Busse. Viele arme Leute. Sie haben wenig Ware. Sie betrü-

172 [Im Text auf Deutsch.]

gen, betteln. Um ein Bakschisch. Sie drängen einem Ware auf, jagen hin und her, die Ware ist hässlich, Armreifen, ein arabisierter Christus im Garten von Gethsemane, die Mutter Gottes im Schleier – übrigens floh sie irgendwo hierher nach Ägypten –, eine Puppe in einer Kiste, verjaschmakt. Ich kaufe Orangen, zahle mit einer Banknote, er jagt mir hinterher
– Hey – hier der Rest.
Nicht alle betrügen also.
Über dem Hauptplatz mit den Stadthäusern, den Hochhäusern, den Bussereien[173], den Kreuzungen mit ihrem Gedrängel, ist oben auf Pfeilern ein riesiger Fußgängerbereich untergebracht. Zu mehreren Seiten Treppen. Es eilen die Schleier, die Burnusse, Jaschmaks, Röcke, Soutanen …
Auf dem Nil Sonnenuntergang, die goldenen Lampen, zu Pappeln verlängert, tanzen umeinander. Ramsesstraßen, Kleopatra-Hotels. Es wimmelt vor Nofreteten. Hin und wieder singen die Muezzins vom Band. Eine riesige Stadt aus Häusern, aus Hütten und heiligen Grabmälern Mohammeds. Steinbrüche, die außer Betrieb sind. Jetzt sind sie schon in der Stadt. Gewaltig. Sie tragen die Abdrücke der Pyramiden, der Sphingen, der Kolosse. Das Positiv zu diesen Negativen sieht man fern im Nebel. Ziegen auf einem Papierhaufen. Katzen, mit ihren Familien, fressen etwas, ziehen umher.
Mr – so heißt Pyramide auf Ägyptisch.
Die ganze Stadt, die Architektur, die Steinbrüche der Straßen und die alten Steinbrüche, die Pyramiden, die Häuser, die Wüste, die Moscheen, die Gräber, die Hügel, alles, was steht, ist grau, angestaubt, eine Einheit. Und in diesem Ameisenhaufen eine bunte, schimmernde Menschheit.
Der gerechte Olgierd, von dem Małgorzata mit nicht allergrößtem Einverständnis sagt

173 „Autobusiarnie", „Bussereien", ein Neologismus Białoszewskis.

– Er ist moralisch, ein gerechter Mensch.

Oleg, Halbjude, sagte Folgendes über den arabisch-israelischen Krieg 1967–1968

– So geht das nicht, das sind arme Leute, diese Araber, die haben ihre Schuhe in der Wüste zurückgelassen und sind barfuß geflüchtet.

Jalousien in den Fenstern. Schwierigkeiten mit dem Geld. Es ist zu spät für die Mitteilung, dass das ägyptische Pfund höher steht als der Dollar. Das Kleingeld heißt Piaster. Eine alte Bezeichnung. Ich lerne die arabischen Ziffern anhand der Stockwerkzählung am Fahrstuhl und den Aufschriften auf den Autos. Halina hat ein besseres Zimmer als ich. Zu den Jalousien hat sie zusätzlich Vorhänge. Die Wände sind besser, das Badezimmer, ein Balkon. Obwohl auch ich entdeckt habe, dass es bei mir einen Balkon gibt. Bei mir, das heißt, bei uns, denn ich wohne mit einem jungen Mann zusammen, der sich überhaupt nicht mit Kunst auskennt und wahrscheinlich einfach nur hergekommen ist, um Afrika bereist zu haben.

Ich sitze bei Halina auf dem Balkon. Alek schläft. Der Nil, die Lichter. Halina sagt über die Lichtreflexe, dass sie wie goldene Pappeln aussähen, und ich bemerke, dass der Nil wie die Weichsel riecht. Danach erzählt sie von Zofia. Von ihrer Tante, die die zweite uneheliche Frau meines Vaters gewesen ist. Wir haben beide unter ihr gelitten. Halina sagt, sie sei sogar jetzt noch, im Alter, Hysterikerin.

Ich sage zu Halina

– Alek und Du, Ihr seid nervenschwache Leute, ich bin es nichtsdestotrotz weniger.
– Meinst Du?
– Alek ist ein Griesgram und ein Hitzkopf.
– Hysteriker.
– Ich weiß.
– Aber Du weißt nicht, wozu er in der Lage ist. Er kann

einen Pyjama am eigenen Leib zerreißen und das Radio zertrümmern.
– So schlimm?
– Pfff … – Halina schnauft gegen die Balustrade und den Nil – er demoliert, was ihm in die Hände fällt. Da bleibt nur noch übrig zu flüchten.
– Er ist nicht aufzuhalten.
– Ach … er lässt sich gehen. Einmal sagte ich während eines Tobsuchtsanfalls ruhig zu ihm: „Na, na, komm bloß nicht so in Fahrt, ich könnte mir das auch einmal erlauben". Das half auf der Stelle. Seine Liebschaften mit den Gören, die sind auch so gewollt. Im Prinzip kann er das nicht.
– Aber er will es.
– Was weiß ich, das ist so erzwungen. Das habe ich ihm gesagt. Zofia sage ich auch, was ich von ihr halte. Als sie mir darauf einmal sagte, was ich mir da herausnähme, sagte ich: „Pass auf, sonst hau' ich Dir noch auf die Fresse!" Aber dann geht es vorbei, ich bereue, ich bin nicht rachsüchtig.

Zu Zeiten der Pharaonen wickelten sich die Damen für die Reise durch Ägypten in der Sänfte zur Abkühlung Schlangen um den Hals. In den dreißig Jahren vor dem Krieg war bei mir kein Wille zu einer eine Ägypten-Reise aufgekommen und keine Hoffnung darauf. Auch jetzt nicht, wäre nicht Halina gewesen und der Mazedonien-Versuch.
Jot sagte vor ein paar Tagen zu mir
– Da ist Dein Arsch ja richtig auf Touren gekommen.

Wir waren in einer Moschee, die die Hagia Sophia imitiert. Trotzdem ist es nett dort, es herrscht ungeheure Dunkelheit, Lampenkonstellationen hängen herum. Unten ein riesiger, ein immenser roter Teppich, ein Geschenk der Araber für Viktor Emmanuel. Plötzlich ein schwirrender Lärm. Paar-

weise kommen kleine farbige Kinder herein, gehen die Wände entlang, zappeln mit den Händen, freuen sich. Die Lehrerinnen versuchen, die Kinder zum Schweigen zu bringen.
Ich denke, dass es tatsächlich die Palmstämme gewesen sind, die die Araber zu dem Flechtwerk an den Kolumnen und Kapitellen inspiriert haben.
Die Araber sind groß gewachsen und physisch gut gebaut. Die Frauen haben breite Hüften. Und Beine. Sie tragen Schwarz bis zum Boden, Tücher, Atlasse, Spitze. Die Alten sind noch dicker.
Meine Mitreisenden handeln am laufenden Band. Nicht alle, denn es gibt auch eine Gruppe Reiseliebhaber. Und Kunstliebhaber. Klar, die einen müssen etwas verdienen, um etwas erlebt zu haben. Umso mehr, als die Hiesigen alles abfangen, kaufen wollen, zahlen wollen und bei Gelegenheit abziehen.
Das Schlafen will mir nicht gelingen. Ich schließe die Augen, aber da ist der Andrang so vieler Gestalten in diesen exotischen Kostümen, die Gesichter nähern sich, kommen auf mich zu, die Hände in Bewegung. Fünfzehn Minuten so und es wird unerträglich.

17. Februar

Seit ein paar Tagen Schneegestöber, Frost. Den Weg zum nächsten Laden hat es gänzlich verweht und auf einen halben Meter zugeschüttet. Der Zugang zum Viadukt und zu den Bussen ist stark erschwert. Der Schnee hat die Spuren der Schritte verweht. Ich bin zur Wendeschleife der „117“ gelaufen. Seit ein paar Tagen sitze ich zuhause, weil ich beschlossen habe, so wenig wie möglich hinauszugehen. Allerdings ödet es mich ein bisschen an. Ich fuhr mit der Straßenbahn auf die Jerusalemer Alleen, Ecke Marszałkowskastraße, und wunderte mich, dass sie nicht an der Verkehrsinsel hält. Dort hatte ich aussteigen sollen, um zu Jadwiga zu gehen. Die Leute standen an den Fenstern der Straßenbahn und guckten hinaus. Es gab mir zu denken, dass niemand an der Verkehrsinsel stand und dass am Tunnelende zahlreiche Milizen waren. Ich schaute weiter hoch und sah erst jetzt die ruinierte Sparkassen-Rotunde. Ich verstand nicht, was passiert war und wann. Ich überprüfte, ob die Hochhäuser noch stehen. Sie standen.

Jadwiga rief mir durch die Tür zu, dass ich in solch einem Schneegestöber hergekommen sei! In der Diele fragte sie mich, ob ich von dem Unglück wüsste. Ich

– Die Rotunde?
– Ja.
– Aber was war da los? Ich habe es gesehen, aber ich weiß nicht, was gewesen ist.
– Dann weißt Du ja von nichts.
– Ich gehe nicht vor die Tür. Ob das wohl vom Schnee kam oder war es eine Explosion?
– Angeblich eine Gasexplosion. Obwohl es auch die Version gibt, es sei da etwas anderes passiert.
– War es denn tagsüber oder in der Nacht?
– Gestern um halb eins nachmittags.
– Was ist mit den Menschen?
– Fünfundvierzig Tote, es gibt Verletzte, man hat die Verletzten in Bussen weggekarrt, die Telefonverbindungen waren abgerissen, ich habe bei Aldona angerufen, sie sagte, sie habe geweint. Aus Sopot haben sie bei mir angerufen und gefragt, ob keiner von uns in der Rotunde gewesen sei.

Später habe ich bei Krystyna G. angerufen. Weil ihre Tochter ein journalistisches Interesse an mir hat. Ich fragte, was sie von dieser Rotunde halte, sie sei doch in ihrer Nähe. Sie sagte, sie wäre ins Grübeln gekommen, denn wenn es eine Gasexplosion gewesen ist – Gas, das sind doch Flammen –, gäbe es Brandspuren, aber die gibt es nicht. Verschiedene Gerüchte machen die Runde. Einem zufolge habe es kurz vor der Explosion Anrufe bei den Mitarbeitern gegeben, sie sollten hinausgehen. Einige sind anscheinend gegangen, ohne ihre Mäntel. Dass es vielleicht mit einem Raubüberfall oder irgendetwas anderem zu tun gehabt habe, dass die Bombenuhr schlecht eingestellt gewesen sei und dass sie im letzten Moment doch retten wollten, was zu retten war. Plötzlich sagte Krystyna zu mir

– Die Chinesen sind in Vietnam einmarschiert, dort hat der Krieg begonnen, das hatte ich in jenem Moment im Fernsehen gehört.

Das sagte ich nach dem Anruf bei Jadwiga. Sie ist genau so niedergeschlagen wie ich und wie alle. Sie sagte

– Man erzählt sich, die ganze Innenstadt sei vermint. Stanisława hat es mit der Angst zu tun bekommen.

Vor ein paar Tagen lachten wir über Stanisława, weil Jadwiga unbedingt zum Palast der Kultur fahren wollte, zum Vortrag der Schauspielerin Winnicka[174] über Klöster in Indien und Tibet. Wegen der Schneewehen fürchtete sie sich, zu Fuß zu gehen und wollte daher gemeinsam mit Stanisława ein Taxi nehmen. Stanisława sagte darauf, dass es jetzt zu gefährlich sei und dass es irgendeinen Unfall geben könne.

Kurz bevor ich in das Schneegestöber hinausging, sagte ich zu Jadwiga

– So kann es gehen. Dass der Mensch gar nichts davon wissen kann, wie es weitergeht. Als die Barbaren von der einen Seite der Stadt in Babylon einmarschierten, wussten die Leute auf der anderen Seite der Stadt von nichts.

174 Lucyna Winnicka (geb. 1928), Filmschauspielerin, bekannt geworden durch die Filme von Jerzy Kawalerowicz (z. B. *Matka Joanna od Aniołów [Mutter Johanna von den Engeln]*), sie wirkte in der sog. „Lebensakademie", beschäftigte sich mit Yoga und alternativer Medizin. In der zweiten Hälfte der 70er Jahre war sie Reporterin und Publizistin.

24. Februar

Ich bin nicht zur verspätet-katholischen Hochzeit von Tadeusz und Ania gefahren, weil ich keine Lust hatte. Nur zur Feier. Es sollte sehr intim sein, für fünf Leute, stattdessen gab es Gedrängel im ersten und zweiten Zimmer. Rauch. Gelächter. Tanten auf dem Sofa. Gleich nach der Ankunft rief mich Jadwiga zu sich und begann im grünen Kleid auf dem Stuhl sitzend mir zu erklären, wie es sich mit der Toczyska und der Baranowska verhält. Dass sie sich miteinander angefreundet hätten. Dass sie ein Jahr lang Kontakt gehabt hätten. Bis die Toczyska die Befürchtung hatte, dass die Baranowska sie zu oft anruft. Und jetzt haben sie sich zerstritten. Dass die Baranowska von allem gewusst habe.

Anula hat bei meinem Erscheinen keine Miene verzogen. Schließlich sagte sie, nachdem ich begonnen hatte, mich bei ihr zu entschuldigen, dass sie sich verändert habe, dass sie mir gegenüber keinerlei Groll hege, aber dass sie traurig sei und noch lange traurig sein würde … Und dann kam sie zu mir, um mich zur Rede zu stellen, weshalb ich nicht da gewesen sei. An jenem Dienstag bei ihr in Anin. Und darauf sagte ich zu ihr, ich hätte nicht gekonnt, und dass ich ihr lieber gar nichts sagte, als sie anzulügen. Woraufhin sie, dass sie jetzt tatsächlich beleidigt sei. Woraufhin ich aufsprang, einen Teller zerschlug, weil er mir gerade in die Hand fiel, und aus der Tür stürzte. Dennoch war mir traurig zumute, ich kehrte um zwölf, nachdem ich geschlafen und mich ausgeruht hatte, in die Chłodnastraße zurück. Anula war noch da und Agnieszka, Paweł und Ania aus Schlesien, und Tadeuszs Schwester[175]; bis in den Morgen hinein war es sehr nett. Morgens gingen wir in die Stadt. Es war warm. Es schneite. Alle Straßen Warschaus waren mit neuen gefrorenen Klumpen versehen.

175 Anna Deja, Tadeusz Sobolewskis Schwester.

Ganze Bergketten alten Schnees, darunter eine hart gewordene Schneeschicht des anhaltenden Winters. Außerdem haben sich auf den gefegten Fahrbahnen rechtzeitig neue Schneeschichten gebildet, als wäre alles ein einziger rauer Klumpen. Dazwischen hier und da herausgeschälte Wege. Allerdings haben auch diese Wege, aus Eis, Klumpen und Schnee, bereits eine gewisse Höhe erreicht. Zwischen diesen hohen Pfaden sind stellenweise ein paar Meter breite, bis zum nackten Gehsteig freigekratzte Stellen, die in dem Moment selbstverständlich nicht mehr nackt waren, da wieder Schnee darauf gefallen war. Es ist schwer, durch Warschau zu gehen. Schwer, den Weg zu finden. Die Schneeberge und Ketten von Schneebergen verdecken die Durchgänge. Selbst wenn man den Durchgang entdeckt hat, kommt man nicht durch. Man muss nach dem Weg suchen. Die Wege bilden zwischen den Schneebergen ihr eigenes Labyrinth. Eigentlich müsste man einen zweiten Plan Warschaus für den Winter herausgeben mit diesem Schnee-Eis-System.

Ich habe erfahren, dass bei der Explosion der Sparkassen-Rotunde, noch während des Echos der Druckwelle, manche der Vorübergehenden zur Rettung herbei stürzten und es schafften, Leute aus der Rotunde zu zerren, bevor das Gebäude über ihnen einstürzte, während andere sich auf das Geld stürzten und und auf die Eheringe von den Händen der Toten und von den abgerissenen Händen. Die Milizen haben das beobachtet und nahmen zahlreiche Personen fest. Aber es stellte sich heraus, dass auch die Milizen stahlen und auch einige von ihnen festgenommen wurden.

Ich habe Agnieszka durch den morgendlichen warmen Schnee nach Hause begleitet. Agnieszka hatte endlich frei. Sonst ist sie von dem Kind recht erschöpft. Als ihre Freundin Elżbieta zu ihr kam und das Kind nach ein paar Tagen bei ihr etwas rief, hat sie sich, sagte sie, erstmals ehrlich über seine Anwesenheit gefreut.

Agnieszka hat mir gestanden, dass die kirchliche Hochzeit von Ania und Tadeusz sie so sehr mitgenommen habe, dass sie die ganze Nacht nicht geschlafen hätte. Sie und Anula ließen in Gegenwart von Tadeusz und Ania Revue passieren, wie es in der Kirche gewesen war. Und wie Anias Vater Zdzisław lächelte, als Tadeusz Ania Treue bis zum Tod schwor. Er sei angeblich so zufrieden gewesen. Zdzisław lächelte die ganze Zeit. Überhaupt geht er zuletzt mit einem Lächeln im Gesicht herum. Mir sind dergleichen Feste und Rituale ganz und gar gleichgültig. Aber ich befinde mich ja auch gewissermaßen außerhalb der Gesellschaft. Ich möchte mich korrigieren: jenseits ihres Dreh- und Angelpunkts. Aber nein, ich befinde mich eben am gesellschaftlichen Dreh- und Angelpunkt selbst. Abends, bevor ich zu der Hochzeit gegangen bin, suchte ich in den Geschäften nach etwas zu essen. Einfach nur Käse, Eier und Haferflocken. Manche Geschäfte führen nicht einmal Haferflocken. Und Milchpulver. Manche Geschäfte sind leer, ohne Kundschaft, es stehen da nur ein paar Kisten mit irgendetwas herum. In den Bussen sind viele lachende Menschen, mit in Papier eingewickelten Blumen. Ganze Scharen. Lange Kleider. Bälle. Das wundert mich. Wie kann das sein. Na ja, sie machen sich nichts daraus. Vielleicht lachen sie ja aus Trotz. Aber wie geben sie diese Empfänge, wenn es doch in den Geschäften fast nichts gibt? Jemand hat mir erklärt, dass sie einfach mit West-Währung einkauften.

Vor drei Tagen entwich irgendwo in meiner Wohnung so viel Gas, dass selbst die Ameisen alle flüchteten. Ich begann damit, in der Küche zu suchen. Manchmal lohnt es sich, das nachzuprüfen. Ich habe die Herdringe bewegt und da stellte sich heraus, dass das Gas durch die Lücken zwischen den locker sitzenden Herdringen entweicht. Bestimmt kam diese Verschiebung der Herdringe vom Saubermachen. Anna hatte die

Küche mit Wischlappen wieder in Ordnung gebracht und bei der Gelegenheit das eine oder andere verändert. Genauso ist es mit dem Adapter gewesen. Er summte, quietschte. Nach dem Aufräumen. Ich musste den Draht erst so bewegen, dass er nicht mehr summt. Trotz ihrer Fortentwicklung werden die heutigen Gerätschaften größer, präziser und sie erfordern eine immer vorsichtigere Handhabung, wobei das leider kaum möglich ist. Erstens sind sie schrecklich groß und zweitens sehr komplex. Und zwar derart, dass sie bei jeder Bewegung aufhören könnten, zu funktionieren. Ganz zu schweigen von Umzügen oder Fahrten wegen einer Reparatur.

Tadeusz' und Anias Justyna verändert sich ständig. Als würde sie erwachsen werden. Auf der Hochzeit ihrer Eltern saß sie neben den Tanten, die sie gerne an der Nase herumführt. Besonders Tante Czesława. Tante Czesława fällt nicht selten auf ihre Späße herein. Und nimmt sich das dann zu Herzen. So ist es schon seit Jahren. Justyna war erst drei Jahre alt, als sie ihre Späße mit Tante Czesława trieb, auf dem Sofa auf Knien um sie herumkriechend, als würde sie sie nicht mögen und machte gleichzeitig Grimassen in unsere Richtung. Justyna geht nicht gerne auf den Hof zum Spielen. Vielleicht hat sie das von Tadeusz. Als seine Mutter den kleinen Tadeusz fragte, ob er in den Kindergarten gehen wolle, sagte er nein. Also sagte seine Mutter, er werde nicht hingehen. Vielleicht hat Justyna es von der grauen Katze? Die Katze will auch nicht nach draußen, auch nicht auf die Treppe. Manchmal nur, in der Anwesenheit von Leuten, schleicht sie sich auf den Flur hinaus und riecht heimlich an diesem und jenem, danach flieht sie schnell wieder nach Hause.

3. März, gegen Ende der Nacht

Wieder langes Schlafen. Aufwachen mitten in der Nacht. Ich bin herumgelaufen, habe mich rasiert, das Fenster geöffnet. Es weht ein Westwind, immer noch sieht man Schnee, aber einen ergrauten, er sieht aus wie geschrumpft. Manchmal regnet es eine Art von Nieselregen.

Ich habe mich mit Kopfhörern auf den Ohren hingelegt. Haydns Oratorium von Tobias' Wiederkehr.[176] Für mich ganz laut, für andere gleichzeitig unhörbar. Eine großartige Interpretation. Es hat mir sehr gefallen und mich in eine besondere Stimmung versetzt. Besonders, das heißt zum Denken und Fühlen anregend.

Ich habe eine Kerze angezündet. Ich schaute ins Kerzenlicht und dachte, dabei in mehr oder minder embryonaler Haltung auf dem Bett liegend, über den Menschen nach. Plötzlich der Mensch. Eines von den Wesen, das ist, das sich fühlt. Und zu denken beginnt. Es schaut ins Feuer, baut darauf eine ganze Pyramide der Mystik, die von Generation zu Generation weitergegeben wird. Eigentlich ist es das Gleiche wie mit den Nachtfaltern. Nur dass die Nachtfalter im Zustand der Inspiration in dieses Feuer fliegen und verglühen, ohne nachzudenken.

Ich bin zum Fenster gegangen, um bei der morgendlichen Glühbirne den Vorbeiflug der ersten Krähen zu sehen. So wie vor vier Jahren, nach dem Einzug hier. Aber es hat sich über die Zeit verändert. Die Krähen habe ich irgendwo aus der Ferne gehört. Ein paar kreisten über unseren Blocks mal in die eine Richtung, mal in die andere. Die Krähen haben die Routen verwechselt. Oder sie haben sie vorsätzlich verändert. Weil ihnen jetzt neue Blocks die Routen durchkreuzen. Das

176 Il ritorno di Tobia (1774–1775).

halbe Gocławski-Feld ist zugebaut. Es ist nicht mehr so wild hier wie vorher, es gibt keinen freien Blick wie noch zu schwedischen Zeiten. Wie das Tadeusz sagte, als er zum ersten Mal aus meinem Fenster sah.
Es scheint uns, als veränderte sich jetzt immer mehr immer öfter zum immer Schlechteren. Aber vielleicht waren Veränderungen immer eher Empfindungssache. Seltsam ist mein zuletzt gutes, ja sogar sehr gutes Selbstbefinden. Warum eigentlich seltsam? In schlechteren Zeiten waren die Menschen auch euphorisch.

2. Juni

Ich habe bei Jadwiga übernachtet, um schon morgens vor dem Fernseher zu sein. Wir haben uns den Papstbesuch angesehen. Jadwiga, die diesen Dingen gegenüber zuletzt ziemlich gleichgültig war, war jetzt bewegt. Der Papst kam mit leichter Verspätung mit einem italienischen Flugzeug an, die Tür öffnete sich, man hängte eine Treppe ein, aber sie passte nicht – wie im Chaplin-Film. Alle drückten. Und dann eilte, elegant und mit wehenden Kleidern, Primas Wyszyński die Treppe hinab. Einen Augenblick später zeigte sich der Papst in der Tür. Er begrüßte alle, Jabłoński, den Vertreter der Regierung, herzlich. Und sofort traf er einen herzlichen Ton.
Da man die Sendung am Flughafen unterbrach, wir aber erwartet hatten, dass man auch von der Straße aus senden würde, lief ich zu dem Haus hinter dem Erlöser-Platz, wo Frau Professor Maria mir ein Fenster versprochen hatte. Eigentlich hatte ich dieses Fenster schon aufgegeben, weil man den Leuten Angst machte, dass alle Treppenhäuser und Häuser umstellt und die Leute nur mit Ausweis durchgelassen würden. Die Ordnung wunderte mich. Es standen Menschen an der Balustrade über der Łazienkowskastraße, die unter der Marszałkowskastraße hindurchläuft. Niemand stand auf der

Balustrade, noch auf den Rasenflächen. Man tauschte Bemerkungen aus, sonst herrschte Stille. Die Sonne brannte fürchterlich. Wie anschwellendes Wasser waren nach einer gewissen Wartezeit Jubelrufe und Jauchzen zu hören. Der Papst kam in einem Paradewagen vorgefahren, ganz in weiß, mit ausgestreckten Armen. Selbstverständlich fuhr er über Blumen. Ich ging schnell zu dem Haus mit dem versprochenen Fenster, weil er gerade nebenan war. Es stellte sich heraus, dass die Treppenhäuser gar nicht verstellt waren. Ich traf fiebernde Frauen an. Eine freundliche Hausherrin, Wissenschaftlerin. Frau Professor Maria war enttäuscht, dass es so wenig Jubelrufe gab, dass man nicht sang

– Was hätten sie singen sollen?

– *„Wir wollen Gott."*

Wir quatschten, es war heiß, der Ventilator ging pausenlos, danach schauten wir uns die Straße durch das Fenster an. Es tauchte ein langsam fahrender Lastwagen auf, im gleichen Tempo wie die fünf zu Fuß gehenden Magistratsweiber. Die Weiber gingen, mit den Absätzen klackernd, und sammelten Blumen von der Fahrbahn für die Plattform. Małgorzata B. rief

– Oh, oh, seht Ihr!

Professor Maria

– Die Dienerinnen Satans.

Als ich in Jadwigas Wohnung zurückkehrte, stellte sich heraus, dass Leszek mich angerufen hatte und mich suchte, weil er eine Karte bekommen hatte, das heißt zwei Karten, für sich eine und eine für mich, für das Treffen mit dem Papst auf der Piwna- oder auf der Miodowastraße. Die Passierscheine hatten ihm die Primas-Katholikinnen gegeben. Sie riefen gleich durch die Tür, er solle keine Angst haben, es sei niemand Fremdes, bloß die „Passierscheine für Sie, Herr Leszek, und für Herrn Miron". Leszek konnte mich telefonisch nicht erreichen, er suchte mich telefonisch sogar bei Ludwik, schließlich

gab er es auf und bügelte gemeinsam mit den Frauen einen weißen Anzug für sich.
Anscheinend kam der Papst nur ganz kurz in der Piwna- oder Miodowastraße vorbei, irgendeine Nonne gab ihm schnell etwas zu essen, eine andere zeigte ihm, wo man pinkelt und danach ging er schnell zurück in den Wagen und im Eiltempo zum Belvedere, wo Gierek samt Regierungsgefolge ihn bereits erwarteten. Und das alles, dieses ganze Warten mit der Leere in der Hitze, war auf dem Fernsehbildschirm zu sehen.

3. Juni

Nachts zogen Jugendliche durch die Straßen, um den Platz neben der Hl. Anna einzunehmen in der Krakauer Vorstadt und auf dem Schlossplatz. Um sieben Uhr morgens fand die Messe für die Jugend statt. Später erfuhr ich von Kitzi-Katzi, die da gewesen war und mit den Studenten zusammen gesessen hatte, dass alles sehr feierlich gewesen sei, der Papst habe zur Jugend gesprochen

- Eigentlich kenne ich euch gar nicht, wer seid Ihr? Eine post-ökumenische Jugend.

Daraufhin Applaus und Rufe: „Es lebe der Papst!"
Einer der Milizionäre vergoss Tränen.

4. Juli

Alles ist bereits wieder weggeräumt, die Klos, die Pissoirs. Die Buden auf den Rasenflächen stehen herum. Leszek, der an den Buden vorbeigegangen ist und dort irgendetwas aß, erzählte, dass ihm die Weiber Bigos und was sonst da war angeboten hätten.

- Es gab furchtbar viel zu essen und sehr wenige Menschen, fast niemand wollte essen, furchtbar viel wurde vergeudet. Überall Ordnung. Es gab nichts Unvorhergesehenes. Der

Papst ist mit dem Helikopter nach Gnesen weitergeflogen. Er soll überallhin per Helikopter befördert werden, aus Gnesen in den Süden Polens, nach Krakau, Auschwitz, das heimische Wadowice und nach Neumarkt in Galizien. Und natürlich nach Tschenstochau.

An einem Junitag

Ich kaufte Blumen auf dem Basar. Aus den Lautsprechern war die päpstliche Andacht aus Auschwitz zu hören. Die Marktfrauen sangen die Messe lauthals mit dem Papst mit.
Ich trat in Jadwigas Wohnung. Jadwiga und Stacha saßen bewegt vor dem Fernseher. Der Papst sprach. Die Rede hat allen gefallen, selbst denen, die vorher Vorbehalte hatten. Obwohl bereits auf dem Siegesplatz alles sehr gut verlief. Auf dem Podest in der Mitte stand ein riesiges, zwei Stockwerke hohes Kreuz, das zum Zeichen der Auferstehung mit einer Stola umgürtet war. Die Messe wurde von einer Reihe von Kaplanen gehalten, aber vor allem vom Papst. Langes Beweihräuchern des Altars. Singen der Evangelien und der überaus seltsamen Weissagung Ezechiels von der Auferstehung der mit Haut bezogenen Gebeine; dass man ihnen erst danach Odem einhauchen müsse, laut schreien, auf dass der Odem sich darin halte.
Vom Podium in der Mitte des Platzes aus bis hin zum Grabmal des unbekannten Soldaten war ein gewaltiger Teppich ausgelegt worden, der an den Einzug Ottos in Gnesen vor eintausend Jahren erinnerte. Vor der Messe gingen nur der Papst und Wyszyński zu zweit über diesen Teppich und traten an das Grabmal des unbekannten Soldaten, legten einen Kranz nieder, der Papst küsste die Grabplatte mit den sterblichen Überresten des Soldaten und betete danach. Und in dem Moment krempelte ihm ein Windstoß den großen Kragen so um, so dass dieser Kragen sich auf den Kopf stülpte. Zwei Kin-

der, die bei ihm waren, weil sie ihm den Kranz gereicht hatten, traten zu ihm hin und das Mädchen richtete ihm den Kragen. Für die Messe zog sich der Papst in einem Zelt um, das man speziell zu diesem Zweck im Sächsischen Garten aufgestellt hatte. Es kam mir die Verklärung Christi in den Sinn, als Jesus auf dem Berg Tabor aufstand und Peter ihm zurief: „Herr, es geht uns gut hier, wir werden die Zelte aufschlagen, eines für Dich, eines für Elias und eines für Abraham.“ [177]
Später sagte ich zu Leszek, dass das mit dem Zelt eine tolle Idee gewesen sei, dass ich darauf gewartet hätte, Abraham und Moses würden gleich fliegen. Und Leszek gestand, er habe das Gleiche empfunden.

Wie sich herausstellte, ist Gracja in Brzezina gewesen und in Neumarkt in Galizien. Wenn auch nicht mit diesem halbeigenen Auto, das sie hat, sondern auf irgendeine andere Weise.
Es ist mir nicht gelungen, viel von ihr zu erfahren, da wir uns – zuletzt übrigens durch Jadwiga miteinander verabredet – auf der Treppe des „Czytelnik“-Verlags getroffen haben. Gracja war bereits auf dem Sprung zurück nach Budapest. Für „Czytelnik“ habe ich alte und neue Gedichte zusammengefasst. [178]
Ich war bei Ludwik. Ludwiks Bilanz fiel durchwachsen aus. Gab es auf der einen Seite etwas Gutes zu sagen, erinnerte er sich andererseits an etwas, das der Papst nicht gut gesagt hatte. Dabei machte er Gesten. Ludwik, wie er leibt und lebt. Dann, dass der Papst dem Staatssicherheitsdienst für dessen unaufdringliche Betreuung danke – und das vor der ganzen Welt, vor allen Fernsehern. Darauf bemerkte Ludwik, dass die Staatssicherheitsbeamten wahrscheinlich unter diesem Altarpodium gesessen hätten, weil dort schrecklich viel Platz war.

177 Vgl. Mt 17,4.
178 *Wiersze wybrane i dobrane [Aus- und hinzugewählte Gedichte]*, erschienen im Jahr 1980.

Wie übrigens auch unter dem Paradewagen, der ebenfalls sehr groß und dazu geeignet war.
Ludmiła war mit ihrem Franzosen in Krakau. Sie ist zum Theater-Festival gefahren, mit nationalen, experimentellen, gemischten, entsetzlich langen Aufführungen. Meistens hat es nämlich im Foyer mit einem Warten begonnen, Stehen, Betrachten der Schauspieler, die bereits irgendeine Gruppe bildeten, oder der vorbeigehenden Gestalten, denen man folgen sollte. Dann irgendwo hinsetzen, umsetzen. Abends oder nachts fand sie sich mit dem Franzosen auf dem Dominikanerplatz wieder. Dort stand man für die Ankunft des Papstes Spalier. Aber sie wollten durchgehen, um gegenüber etwas zu essen. Der Franzose sagte, man könne jetzt nicht durchgehen, aber Ludmiła erinnerte sich, wie sie am Obelisken der Place de la Concorde in Paris gewartet hatte, endlich Mut fasste, die Ströme von rasenden Autos durchschritt, und es gelang. Jetzt stürzte sie sich, die Straße in der Mitte durchquerend, auf die andere Seite, und auch das klappte. Gemeinsam mit dem Franzosen. Vom Restaurant aus sahen sie den Papst in Weiß und mit ausgestreckten Armen, aber in hässlicher Beleuchtung. Dann gingen sie wieder irgendwohin, plötzlich ein Menschenauflauf, der sie einschloss, sie hörten über sich die Stimme des vom Balkon aus den Segen sprechenden Papstes.

Irgendeines Morgens kam ich zu Jadwiga, sie saß im dunklen mittleren Zimmer vor einer roten, ungarischen Tischdecke und erklärte mir

– Anna sagte neulich zu mir: „Warum sind Sie so zerstreut?“, aber ich schreibe doch, und diese Papstreise außerdem, ich bin wie in Trance.

Der erste Morgen in Ägypten, eigentlich noch gar nicht Morgen, es war noch Nacht. Zwitschern von Spatzen vor dem Hotelfenster. Ausgerechnet dort stand ein Baum. Danach war

dieses Spatzengezwitscher überall, im Museum und in den heiligen Stätten und zwischen den Skulpturen. Und neben den Memnonkolossen. Wenn ich mich jetzt daran erinnere, gewinnen die Warschauer Spatzen für mich an Weltgewandtheit.
In Zdzisławs Regalen habe ich ägyptische Erzählungen gefunden. Ich weiß nicht, ob sie gut sind, aber ich habe eine Nähe zu ihnen verspürt. Gewiss, dieses sich selbst sich Anvertrauen bringt schon eine Beruhigung. Durchwoben mit dem Gehen von Zimmer zu Zimmer. Durch die graue, warme, leere Wohnung. So wie ich sie eben mag.
Graues Licht, das sich am Boden widerspiegelt. Manchmal wie in Säulen, und manchmal als wäre es keine Spiegelung mehr, sondern käme aus dem Boden heraus. Von unten. Und alles, was darüber ist, scheint diese zwei Reflexe zu überwuchern. Den oberen und den unteren.
Auf dem Dąbrowskiplatz gaffte ich oft vor mich hin und überlegte. Das war irgendein Knotenpunkt. Einer, an den ich immer wieder zurückkehrte. Als es eine große Pause beim Gedichteschreiben gab. Denn trotz der fließenden Übergänge bei mir zwischen Prosa und Gedicht, Gedicht und Prosa, hat es eine Pause bei den Gedichten, den sogenannten gedichthaften Gedichten, gegeben. Und das beunruhigte mich eigentlich. Und als ich mich besonders im Herbst in das vom Fenster her grau reflektierende Licht vergaffte und in die Schatten an den Wänden, die das Zimmer überwucherten, begann ich, über Gedichte nachzudenken. Dann erwiesen sich diese Gedichte oder Poeme als misslungen, weitschweifig. Dann erwuchs daraus kontemplative Prosa. Und dann kam es wieder in Gedichten zurück, aber schon an einem neuen Ort. Also so, als wäre es gar nicht das Gleiche. Dafür etwas anderes, aber nicht dasselbe. Und ständig dieser Punkt, in dem ich gerne bohre.
Ich spazierte durch die Zimmer und die unteren Lichtreflexe erschienen mir wie Achsen, um die sich ein freies Gefühlsdenken webt.

Und was sagt das aus? Das Bild dessen, was man sieht, ist die Erinnerung an ähnliche Bilder und Zustände. Das Flimmern von Gesprächen, Weltanschauungen und verschiedenen Versatzstücken und Genuschel. Also so wie eine Verbindung mit einem selbst und noch etwas anderem.

Auf diese Achsen aus Reflexen vom Tagesanbruch auf dem Boden spult sich der Mensch mit seiner Welt auf und ab. Er spult ab, was war. Und er spult auf, was kommt.

Vielleicht wird der Tag noch gerettet. Aber es ist schon nicht mehr derselbe, sondern bereits der nächste. Der Anfang eines langen Streifens. Immer sind lange Streifen besser gewesen als die kürzeren.

Die drei Zimmer mit den zwei Ausgängen zur Welt nach den Seiten hin sind auf die Länge in der Mitte durch Schränke geteilt – in Braun- und Grautönen. Diese Schränke sind hinten braun und weiß, von meiner Seite dieses von dem Großvater vererbten Zimmers aus gesehen. In dem der Großvater bis zu seinem Ende war. Ich habe des Öfteren an ihn gedacht und auch jetzt, da ich hier bin. An seine letzten Augenblicke. An die selbstmörderische Entscheidung.
Er war ein in Ordnung lebender Mensch. Bei ihm war alles geordnet. Auch dieses seltsame Zimmer. Das mich damals noch abschreckte. Die Leuchte, die Stimmung schaffen sollte, kam mir wie etwas vor, das dem genau entgegengesetzt war. Als sei es die Persönlichkeit des Großvaters gewesen, die hier anzog und abstieß. Wiewohl die Einzelheiten von verschiedenen Leuten her kamen. Aber genau das setzte sich zum Leben des Großvaters zusammen. Elemente von anderen, die ihm untergeordnet waren.
Über dieser Trennwand aus Schränken, die ich „Zarenpforte“ nannte, über dieser hohen Strenge war eine Öffnung hinaus auf die noch höhere weißgraue Zimmerdecke entstanden.

Darauf, also auf diese Trennwand, stellte ich drei riesige Blumensträuße. Beziehungsweise getrocknetes Grünzeug, kuppelartig aufgebaut, mit herausstehenden Schilfschwänzen. Gestern guckte ich mir das an und dachte, dass man es jetzt noch mit Girlanden verbinden könne. Ein Spiel gewissermaßen. Aber dann ist mir klar geworden, dass das mein Geschmack von vor zwanzig Jahren war, als ich mir im Louvre Mantegnas[179] Bilder ansah. Und ich weiß nicht mehr, ob auf einem oder mehreren eben solche Girlanden quer durch das Bild hingen. Dunkle. Ich erinnere mich an Braun, Grau und an ein dunkles Orange. Das hat mich sehr angezogen. Ich assoziierte es mit dem Durchscheinen von Welt, Öffnungen, Brücken, über die Züge fahren. Ich fuhr damals viel nach Otwock, was mich sehr ermüdete. Und bereicherte.
Ich habe aus dem Fenster gesehen. Eine schwarze Katze saß ruhig am Herd. Im Hof. Ich habe ein Stück gelben Käse hinausgeworfen. Unter die Kastanie, auf die kleine Grünfläche hinaus. Aus einer schwarzen Katze wurden zwei. Beide stürzten hin, rochen daran und verschmähten es. Damals erinnerte ich mich daran, dass ich Pastete im Kühlschrank hatte. Davon reichlich. Ich nahm die Pastete. Und schleuderte einen großen Klumpen unter die Kastanie. Die beiden Katzen hatten ein Festmahl. Sie schauten sich um, wer es ihnen hingeworfen hatte. Und wussten es zu schätzen.

Ein Dachreiter gegenüber[180].
Das ist der Sonntag. Die Verkehrung, kopfunter, des Sonntags.

179 Andrea Mantegna (1431–1506), einer der Hauptvertreter der italienischen Renaissance, malte Bilder und Fresken mit religiöser und mythologischer Thematik, schuf die ersten illusionistischen Werke.
180 Gegenüber der Wohnung von Jadwiga Stańczakowa befindet sich das Kloster der Felizianerinnen.

25. Juni

Heute Nachmittag ging ich, nachdem ich den ganzen Sonntag hindurch und Montagmorgen geschlafen hatte, zu den Verlagen. Ich nahm eine Tasche mit Texten mit. Dem einen Verlag gab ich das eine und holte etwas anderes ab, dem zweiten brachte ich etwas anderes. Früher habe ich mir das Büchermachen zu Herzen genommen, war nervös, jetzt bin ich geübt, verstehe mich aufs Komponieren und auf schnelle Entscheidungen. Und das alles gelassen und mit Humor.

Seit dem Nachmittag hat sich Gewitter angekündigt, es donnerte, blitzte, aber wollte nicht regnen. Und regnete es, hörte es gleich wieder auf. Die Menschen strengten sich bereits an, auf dass es regnete. Sie verbündeten sich miteinander in Gedanken und Wünschen. Aber hier wollte es nicht regnen. Bis es endlich nach drei Stunden Wettern, Blitzschlag, Donner, Verdunkelung, anfing zu regnen. Es regnet immer noch, jetzt beginnt die Nacht. Eintönig, rauschend.

Leszek hat bei Jadwiga angerufen, weil ich immer noch da bin. Er war im Pragaer Hafen, wo ein Huhn seine Eier ausbrütete und dachte, dass es vielleicht zu lange dauerte und es eingebildete Eier seien und dass das Huhn wie die Kirche auf den Eiern säße, und so tauften wir dieses Huhn auf den Namen „Die heilige Kirche, unser Huhn". Das Huhn zog seine Kinder groß und es stellte sich heraus, dass es echte waren. Es fliegt über die Weichsel und schaut sich Leszek an. Der Regen hatte dort begonnen, Leszek Angst zu machen. Er war ins Stadion geflohen. Auf die Bahnsteige am Bahnhof. Da hat es richtig geprasselt. Die Leute wussten nicht, wo sie sich verstecken sollen. Leszek dachte, es würde ihm seine Wohnung überfluten, weil er den Balkon offen gelassen hatte. Inzwischen war er auf die Marszałkowskastraße gekommen und sah, dass es dort kaum getröpfelt hatte. Jetzt rief er zum zweiten Mal von der Post aus an. Wir sprachen über Poesie, über Malerei. Leszek vertraute mir an, wie er die ersten Gedichte aufgenommen

hatte, was er sich dabei vorstellte, wie er sie nicht recht verstand, sie allerdings, nachdem er zwei Zeilen gelesen hatte, begannen, auf ihn zu wirken. Ich sagte ihm, ich wisse, wovon er spräche. Und weiter über diese Miniaturen, also über meine Texte mit seinen Illustrationen dazu auf Brettern.
Leszek ist draußen im Regen gewesen, es war warm, entspannend, wie er es bezeichnete. Im Hauseingang stand so ein altes Paar, er weißhaarig, sie mit schönem Hut. Er stand schützend vor ihr, während sie das mit glänzenden Augen zu schätzen wusste.
Ich bin abends von der Marszałkowskastraße über die Hożastraße nach Hause gegangen; die Mauern der Stadthäuser entlang und die bereits brennenden Straßenlampen über den zugeschütteten Gräben und Rohren. Auf der gegenüberliegenden Seite, vor der roten Mauer der Nonnen, gingen zwei alte Frauen und sprachen lauthals miteinander. Die eine führte die andere am Arm. Die eine weißhaarig mit Hut, großgewachsen, die andere halbwegs gebückt, mit einer Kopfbedeckung aus Nylon. Sie war alt, arm, taub, aber mit gepflegter Dauerwelle. Die Größere erklärte der halbwegs Gebückten
– Sie ist zu Zahlungen an Dich nicht verpflichtet.
Die halbwegs Gebückte versuchte sich zu erklären, aber die andere wiederholte gnadenlos das Ihre
– Sie ist nicht verpflichtet, dafür zu bezahlen.
Und der Himmel über ihnen war dunkelgrün-gelb und feucht.

Leszek
– Nach dem Papstbesuch verschnauft alles und erholt sich …

Es scheint, dass in einer größeren Wohnung auch die Zeit größer ist.

Ein Gerücht über jemanden, eine Legende, erstarrt zur weitergetragenen Szene, durch Betrachtungen verändert, durch den Weg von Mund zu Mund, Geistesblitze und Spiel. Und so überdauert sie Jahre, Jahrhunderte. Durch jemandes Leben gehuscht oder plump auf die an ihr Beteiligten hinab gestürzt, gruppiert sich die Szene entweder auf üppige oder dezente Weise um.

Unwiederholbarkeit
Einzigartigkeit
Transit
Und
Andauern
Ein Aufhängen
Dessen
An der Vorstellungskraft und Kunst, der Ästhetik, Religion.
Die Feinheit – ein Vorbeifliegen, ein Ereignis.
Die Dicke – das Andauern, das Abfangen.
Ein Happening gelingt Kindern am besten.

Etwas in der Gesellschaft wird nicht deswegen fallen gelassen, weil es erschöpft ist, sondern wegen der Mode, es braucht Veränderung.

Poesie – sie soll Einfangen des Unermesslichen sein, ein Versuch durchzudringen – und verliert dabei. Es stellt sich heraus, dass das Unermessliche unklar ist, nicht alles geht durch das Nadelöhr – und das ist gut so. Für die vermeintlichen Mängel, die Gefechte mit der Form, mit jenem Durchdringen-wollen, mit dem Zwang zur Beschränkung, sind überraschende Formulierungen, Klänge, eine Belohnung.

Eine gläserne Rotunde mit Leuten und Geld
ist im Frost mitten in der Stadt explodiert
Angeblich vom Gas
Danach hat sich die Stimmung gewandelt
Der Pole Papst ist gekommen

Der Papst war da
Braves Gedrängel
Er hat eine Hitzewelle zurückgelassen
Gelbes Weiß in Massen
Und massenhaft Gerüchte

Wir sollen in Häusern aus gebügeltem Müll wohnen
Zwischen uns Lücken, aber kurz geschoren
Und die Fliegen?
Die verblöden von den unechten Mülleimern
Verlieren den Instinkt
Jetzt laufen die Ameisen
des Pharaos eines anderen Planeten
Desjenigen, der wir sein werden

Ich habe von Laura Pytlińska[181] geträumt
Dass sie sich aus Höflichkeit fremde Träume anhörte
Eigene hatte sie nicht, sie verzichtete
Aus Geringschätzung

Ich hatte Recht, es tut weh
Ich ging auf einer geraden Straße durch Kairo
Plötzlich begann das Knie wehzutun, es tat weiter weh
– Oho! Etwas Neues, aber es bleibt
– Gestern noch hüpftest du so vor den Pyramiden herum
– Ja, gestern – aber heute …

181 Schauspielerin, Tochter der Schriftstellerin Maria Konopnicka. Als kleiner Junge hatte Leszek Soliński (im Tagebuch meistens „Le.") sie einmal getroffen. Er hatte sich im Park des Hofes der Maria Konopnicka in Żarnowiec am Knie verletzt, das sie ihm bandagierte. Sie sagte zu ihm, die Bandage stamme von einem Kleid, in welchem sie die Frau des Judas in einem Stück Roztworowskis gespielt hatte. Danach war Leszek bis an sein Lebensende von ihr fasziniert.

5. Juli

Vor ein paar Tagen sagte ich zu Jadwiga

– Ich habe von diesem abrissreifen Haus geträumt und plötzlich waren Juden darin.
– Dann hattest Du einen telepathischen Traum, denn dort, wo ich gerade war, im jüdischen Haus in Sródborów, habe ich erfahren, dass sie das Haus kürzlich zum Abriss bestimmt haben.

Am Sonntag wollte ich eigentlich zu Ludwik und Lucynka gehen. Ich trug mich mit diesem Vorhaben, aber die Müdigkeit und ein Zwang heimzugehen überwogen. Ich dachte, dass ich an sie denke, gedenke hinzugehen, aber ob auch sie an mich denken und an mein Kommen?

Am Tag darauf bin ich zu Ludwik und Lucynka gefahren. Während er die Tomatensuppe mit Reis für mich aufwärmte, sagte Ludwik zu mir

– Lucynka hat gestern plötzlich gesagt: „Miron kommt heute". Wolltest Du herkommen?
– Ja.

Ich bin zu Leszek gegangen. Am Morgen. Er erzählte mir seinen Traum

– Ich habe von Gott geträumt, dass er mit der einen Hand Ungeheuer aus Lehm formte und sich mit der anderen Applaus klatschte, das klappte sogar, und ich sagte zu ihm, dass das alles überhaupt misslungen sei und dass er sich ohrfeigen solle, und er ohrfeigte sich mit der eigenen Hand.

Darauf ich zu Leszek

– Weißt Du, mir fällt gerade ein, dass ich heute Nacht – ich schlief ausgerechnet nachts und nicht tagsüber – von etwas ganz Ähnlichem geträumt habe, nämlich dass ich jemanden ohrfeigen wollte, aber das nicht mit meiner eigenen

Hand, sondern dass ich die Hand dieser Person nahm und ihr damit eine Ohrfeige verpasste.

Ludwik ist der Ansicht, dass ich beim Schreiben Acht geben und so wie bisher keine Weltanschauungen äußern solle. Dass es das einzige sei, was sich lohne, weil alle Weltanschauungen kompromittiert worden seien. Der letzte, der das erfolgreich betrieben habe, sei Dostojewski gewesen.

Sonntag, den 8. Juli, vormittags, bewölkt, bei mir in der Lizbońskastraße

Ich bin beim Aus-dem-Fenster-Schauen in Trance geraten. Ich habe die Mitte gefunden. Sie ist sehr unauffällig und fällt mit der Ecke einer kleinen Mauer mit auseinander gehenden Asphaltwegen zusammen. Ich habe lange aus dem Fenster gestarrt und auf diese Mauer, darauf wartend, dass jemand vorbeigeht. So vergingen eine halbe Stunde, eine Stunde, eineinhalb, aber niemand ging vorbei. Es kam mir vor, als würde das Zusammentreffen von gehendem Mensch mit unbeweglicher Mauer ein Ereignis werden. Von hinter den Wolken leuchtete nicht die bloße Sonne, aber ihr Abglanz. Ich fürchtete ihr Aufleuchten und dass die Fensterbetrachtung dadurch verunmöglicht würde. Es zog sich stärker zu. Ein feiner Regen setzte ein. Und dann tauchten Gestalten mit Hunden und Regenschirmen auf. Sie gingen an der Mauerecke vorbei. Aber dann nahm mich jemand Älteres mit einem Bärtchen, wie mir schien, sehr ein, der mit kleinen, chinesischen Schritten einen ganz und gar anderen Weg zu einem der Blocks ging, um hin und wieder stehen zu bleiben und einen Schuh am Rasen abzuwischen. Ich habe ihn mit Konfuzius assoziiert. Eine mögliche Menge Glück für eine mögliche Anzahl Menschen.
Die Aussicht zur linken Seite, die nach Gocław hin, ist schon zur Hälfte verbaut. Gut, dass im Vordergrund eine verwilderte

Wiese ist; sie wird unbebaut bleiben. Gegenüber liegen die entfernten Siekierki. Dort war es, dass ich, unterwegs zwecks Prüfung der Aussicht, in ein leeres Feld voller Grünzeug latschte. Hohes. Wildes. Weit weg. Am Ende dieses Walls. Hinter dem Wall, wie vermutet, die Weichsel. Es war leer. August, niemand weit und breit. Ich stellte mir vor, dass hier inmitten dieses Grünzeugs, vor dem Hintergrund des Walls, Abraham Isaak als Opfer darbringen wollte. Zu den Seiten gelbe Knöpfchenblumen. Von süßlich-scharfem Geruch. Zurück ging ich oben herum, über den Wall. Plötzlich hörte ich menschlichen Atem hinter mir, immer schnelleren, immer näheren. Ein Soldat rannte an mir vorbei. In Richtung irgendeines Hauses. Kurze Zeit später wieder Gekeuche. Weitere Soldaten.

Mitten am Sonntag. Ich gehe zum Fenster. Neben der Mauer geht eine Frau mit Regenschirm. Zögerlichen Schrittes. Auf dem asphaltierten Weg links geht ein Mann unter einem Regenschirm. Die Frau wendet sich um. Der Mann beschleunigt. Sie gehen nach rechts herüber, verschwinden hinter dem Block. Von rechts kommt ein Junge mit einem Fahrrad gefahren. Hinter ihm ein weiterer. Der gleich aussieht. Ach so, es sind Zwillinge.

Jetzt passiert wieder nichts. Ich gehe vom Fenster weg und in das Zimmer hinein. Ich setze mich auf das Sofa. Das gedämpfte Licht der Lampe. Halbschatten. Vor dem Hintergrund der schwarzen Fenstervorhänge steht ein großer, zwei Jahre alter Blumenstrauß, der mir die Pappeln vom Dąbrowskiplatz ersetzt. Von der Küche aus, vom Fenster widergespiegelt, ein gelbgrüner Lichtreflex. Ich erhebe mich. Ich gehe zum Fenster. Der Regen hat aufgehört. Noch ist die Sonne nicht ganz da. Ich gehe zurück ins Zimmer, setze mich auf das Sofa, starre in den Baum voll von Grünzeug. Ich gehe zum Fenster. Zwei schwingende Schaukeln. Allein. Der Junge, der hier vorher schaukelte, ist schon lange nicht mehr da. Aber die Schaukeln schwingen immer noch aneinander vorbei. Und schon habe ich den Eindruck, als versuchte die eine es der anderen gleichzutun. Aber doch nicht. Die andere gibt nicht auf. Und schwingt an ihr vorbei. Nach einer längeren Weile ist die Situation immer noch dieselbe. Vielleicht war der Junge gar nicht da? Vielleicht schwingen die Schaukeln schon seit längerem alleine nur vom Wind? Ich schaue in die Sonne, die man in Umrissen sieht und die sich durch die Wolken zwängt. Aber auch hier habe ich den Eindruck, dass etwas nicht in Ordnung ist. Dass sie zu sehr auf der linken Seite steht. Einmal war es so, dass ich mich mit jemandem für sechs Uhr abends verabredet hatte. Ich schlief aus und stand vor sechs auf. Ich wartete und wartete. Niemand kam. Ich ging zum Fenster. Stand im Fenster. Es wunderte mich, dass solche Stille und Leere herrschten. Danach dämmerte mir allmählich, dass etwas mit dem Licht nicht in Ordnung ist. Endlich wurde mir bewusst, dass die Sonne nicht auf der richtigen Seite steht. Nun, es ist doch sechs Uhr nachmittags. Die Sonne müsste rechts vom Block stehen. Aber sie steht links. Endlich kam ich darauf, dass es sechs Uhr morgens war und nicht sechs Uhr abends. Immer noch Sonntag. Ein bewölkter. Belanglos, aber ruhig. Ich latschte zum Fenster. Wieder ein leichter Regen. Menschen, die aneinander vorbeigehen auf dem asphaltierten Weg vor der Mauer, an der Mauer entlang, hinter der Mauer. Aber schon freut mich das alles nicht mehr so wie zuvor noch. In der Leere wartete ich auf ein bewegtes Bild. Sattheit wie nach einem Film. Denn auch nach einem Film mit viel dramatischer Handlung gibt es diese Sattheit bis zum Überdruss, so wie es nach völliger Handlungsabwesenheit Sattheit bis zum Überdruss gibt. Das ist ähnlich.

Samstag, den 13. Juli

Ludwik sagte, dass Kontemplation der Geilheit verwandt sei. Renoir fand, dass das Malen für ihn im Alter die einzige verfügbare Art von Gefummel gewesen sei.

Viel habe ich in den letzten Jahren geschrieben, viel gedruckt. Man kann einfach nicht alles drucken. Es wäre sogar zu viel. Aber trotzdem habe ich Lust weiterzuschreiben. Der Genuss des Schreibens ist durch nichts zu ersetzen. Ludwik hat mir neulich gestanden, dass er Hanna Kirchner am Telefon auf irgendeinen Satz hin gesagt habe: „Miron ist um die sechzig Jahre alt, Nałkowska hat mit sechzig zu schreiben aufgehört, es zählte das, was sie hat, und alles war in Ordnung." Ich habe ihm gleich Recht gegeben, aber es tat mir leid, dass ich bald mit dem Schreiben aufhören muss. Es soll nicht nur gut sein, was man gemacht hat; der Mensch will weitermachen und eingebunden sein in eine Tätigkeit und ins Leben. Andernfalls müsste man sich auf Passivität umstellen, auf eine Art resignative und sich von der Welt lösende Kontemplation. Aber im Moment kann ich mir das nicht leisten. Und außerdem weiß ich nicht, ob ich es wollte, es mir leisten zu können. Das ist nicht meine Art. Wenn man schreiben will und nicht etwas zum Druck anhäufen will, muss man wie für sich selbst schreiben. Ich habe beschlossen, in manchen Gedichten tief zu bohren. Themen. Themengruppen. Themen mit Variationen zu machen. Einmal schrieb ich morgens, als die Sonne durch das offene Fenster in die Küche fiel, über das Sonnensäulchen in der Ecke und den Sonnengeist. Ein kurzes Gedicht, ich meinte, es sei vielleicht zu schwach. Ich hatte es fast weggeworfen, aber dann tat es mir darum leid. Leid um das Thema. Und ich begann, darüber zu schreiben. Auf verschiedene Weisen. Es sind sieben Variationen daraus erwachsen.[182]

Heute bin ich in guter Stimmung wach geworden. Einer sogenannten lyrischen. Bereits gestern hatte ich mich darauf vorbereitet, weil ich etwas verbesserte, darin herumstocherte,

182 Gemeint ist das Gedicht *Das Sonnensäulchen mit Variationen (Słupek słońca z wariacjami)* aus dem Zyklus „Kołowanie" (aus dem Band *Oho*).

mich in meine jüngsten Texte einlas. Und bei guter Stimmung stachelt das an und ermuntert zur Fortsetzung. Heute nach dem Aufstehen habe ich angefangen, die allerjüngsten Gedichte zu verbessern. Und die Sonnensäulchen. Und danach schrieb ich noch. Selbst auf der Straße. Ich saß in der kleinen Grünanlage in der Hożastraße und beschrieb, was dort passierte. Ich ging bei Jadwiga vorbei. Die dürre Zofia war gerade bei ihr, eine ihrer Spazierfrauen. Sie erzählte davon, wie sie sich die Hand gebrochen hatte, erzählte von ihrem schweren Leben. Zwanzig Minuten später ging sie. Jadwiga gestand mir, dass sie müde sei, dass es um ihren Magen und um das Pinkeln nicht gut stünde. Ich sagte, wir sollten zu Roman und Ada fahren, Ada hätte etwas Interessantes über ihre Gedichte gesagt und es wäre gut, wenn sie es ihr direkt sagen würde. Außerdem kann man ihre Gedichte auf Band mitnehmen und sie ihnen vorspielen und ich kann meine Gedichtentwürfe mitnehmen und sie ihnen vorlesen. Jadwiga lebte sofort auf und bemerkte, dass sie von den Lebensumständen der dürren Zofia gelangweilt und ermüdet gewesen sei. Dass sie eigentlich Lust habe, zu Roman und Ada zu fahren. Wenn auch nicht für lange, aber sie wolle mitkommen. Wir nahmen Gedichte mit. Es gelang, Taxis nach Żoliborz zu bestellen und danach zurück über die Hożastraße nach Saska Kępa, und alles war spannend.

In Żoliborz überprüfte man die Visionen und Vorstellungen bei den Sehenden, bei den Erblindeten und den von Geburt an Blinden. Wir wissen immer noch nicht, was sich die von Geburt an Blinden vorstellen. Es ist schwierig, sich mit ihnen zu verständigen, außerdem gibt es wenige von ihnen. Wie sich herausstellt, ist fast jeder von irgendwann an blind, hat Bilder im Gedächtnis aus der Zeit, in der er ein paar Jahre alt war. Es geht darum herauszufinden, ob von Geburt an Blinde träumen. Es ist klar, dass sie träumen, aber in welcher Form, ob da irgend visuelle Elemente in Erscheinung treten. Dann sind

wir zu dem Ergebnis gekommen, dass es sich hier um Vorstellungen handelt. Eine Lehrerin habe – Jadwiga nannte ein mitgehörtes Beispiel – zu blinden Kindern gesagt, dass ein Kamin durch das Fenster zu sehen sei. Am Tag darauf sagten die Kinder zu ihr, dass sie sie falsch informiert habe, weil es doch unmöglich sei, einen Kamin durch das Fenster zu sehen, wenn der Kamin doch größer ist, als das Fenster. Wie ist es also um diese Vorstellungen bestellt? Kann man Vorstellungen entwickeln, ohne im Leben die Erfahrung optischer Wahrnehmung gemacht zu haben? Jeder Mensch – jeder sehende Mensch – hat jenseits des Bildes, das er vor sich sieht, eine Vision vor sich, sei es mit geschlossenen oder offenen Augen. An dieser Stelle fragte mich Jadwiga sogleich, ob ich unsere Taxifahrt nach Żoliborz vor mir sähe. Ja, sagte ich, ich sehe sie mit offenen Augen. Ich habe festgestellt, dass ich sie auf Augenhöhe vor Augen sehe. Jadwiga sagte, dass sie das alles über sich sähe, dass es anscheinend vom Hirn ausgehe, anstatt aus dem Gedächtnis der Augen, mit welchen sie nicht sieht. Danach kam man zu dem Schluss, dass es bei mir vielleicht auch im Hirn aufgezeichnet ist, aber die Augen stellen es sofort vor sich. Ada gab das Beispiel des Hörspiels: Die von Geburt an Blinden nehmen die Eindrücke vielleicht so wahr, wie wir mehr oder weniger ein Hörspiel wahrnehmen, auf dessen Grundlage wir beginnen, uns Vorstellungen zu machen.
Da stellte ich fest, dass bei der bloßen Vorstellung eines Hörspielhörens das vorgestellte Bild beginnt, sich oben seitlich zu entwickeln und nicht so, wie die Erinnerung an die Taxifahrt, direkt vor Augen.

Lech Emfazy, der dergleichen Angelegenheiten bei blinden Kindern erforschte, sprach mit einem von Geburt an blinden Jungen. Der Junge stieg ins Wasser und rief aus: „Jetzt erst weiß ich, was Blau ist!“

Sonntag, den 22. Juli

Die Betrachtungen über Blindheit und Vorstellung haben mich dazu bewogen, etwas zu dem Thema zu schreiben. Ich habe die ganze Nacht durchgeschrieben. Betitelt habe ich es *Homerika oder die Unklarheiten*[183].

Nachmittags bin ich in die Stadt gefahren. Unterwegs habe ich im gobelinhaften Skaryszew-Park vorbeigeschaut. Dort das Treffen mit einem abenteuerlichen alten Halbbekannten. Fahrt zum Kino in die Krakauer Vorstadt. Ein polnischer Film über einen Jüngling, der aus dem Fenster eines Danziger Hochhauses mit Meerblick springen will und den ganzen Tag und Abend auf der Fensterbank steht. Holoubek, ein Psychiater, versucht die ganze Zeit, ihn zu überreden herunterzukommen, und fällt schließlich aufgrund von Herzschwäche in Ohnmacht, wobei er den anderen auf diese Weise gewissermaßen vom Selbstmord abbringt. Der Jüngling kommt von der Fensterbank herunter[184].

Ein Tunnel im Stadtzentrum. Ein flüchtiges Erlebnis mit Indern oder Arabern.

Zuhause gute Lektüre. Polnische Vorkriegsbücher über den Spiritismus und Mediumismus. Die okkultistische Erzählung Meyrinks unter dem Titel *Das grüne Gesicht*[185].

Ein Pornoverkäufer ist bei mir gewesen. Er gestand mir, dass ihn meine Wohnung schockiere.

– Sie beschäftigen sich wohl mit Lyrik.

183 *Homeryki czyli niejasności*. Ein gleichnamiger Zyklus findet sich im Band *Oho*.

184 *Pokój z widokiem na morze* (1977) *[Ein Zimmer mit Meerblick]* unter der Regie von Janusz Zaorski.

185 Gustav Meyrink (eigentlich Meyer, 1868–1932), österreichischer Schriftsteller, Autor expressionistischer, phantastisch-mystischer Romane (z. B. *Der Golem*) sowie satirischer Erzählungen. *Das grüne Gesicht* ist 1916 enstanden und erschien 1922 auf Polnisch.

Ich bejahte. Er

– Ich schreibe auch Lyrik. Haben sie schon was veröffentlicht?

Ich gab ihm eine Miniaturauswahl von Gedichten. Er schaute sie durch und sagte

– Sie betreiben elitäre Lyrik. Nackte Lyrik. Ich dagegen schreibe singende Lyrik. Melodiöse. Romantische. Ich bin erst zweiundzwanzig Jahre alt. Ich denke nicht ans Veröffentlichen. Ich bin aus dem Haus meiner Eltern aus- und in ein leeres Häuschen eingezogen, das einem Freund gehört, der sich nicht darum kümmert. In der Nähe von Warschau. Und dort sitze ich und schreibe. Ich schließe mich ein und schreibe. Man muss dieser Nation doch etwas geben. Nur dass man ihr verständliche Lyrik geben muss. Ich habe ein Gedicht über einen Fötus verfasst. Ein symbolisches. Ich habe alles so getarnt, dass sie mich nicht knacken können. Ich werde es Ihnen bringen. Sie haben hier alles so eingerichtet und abgedunkelt, dass sie sich einschließen können und schreiben. Ich arbeite nirgends, weil ich nicht zur physischen Arbeit tauge, ich esse lieber trockenes Brot, aber bin frei. Deshalb muss ich Pornographie verkaufen, und davon lebe ich.

6. September

Zwei Tage lang unausgeschlafen. Ich wurde morgens wach, weil es ein Hämmern gegen die Tür gab. Ich dachte sofort, es müsse etwas Schlechtes sein. Mutter betreffend. Oder zur Abwechslung vielleicht Vater. Ich machte nicht auf. Aber nach einer Stillephase wieder Klopfen, Rütteln an der Tür, Hämmern. Ich dachte, dass sich der Tod auf diese Weise Zugang verschafft. Als es verstummte, stand ich auf. Und nahm die Karte von draußen. Vater ist gestorben. Die Karte hat der Hausmeister hinterlassen, der die Nachricht von den Mädchen hatte, mit denen Vater zusammenwohnte. Ich solle mich vor Verklärung Christi im Saal 9 des Krankenhauses in Praga melden. Ich fuhr hin, darauf vorbereitet, dass ich den toten Vater sehen würde. Ich suchte nach dem Zimmer in dieser Fabrik des Lebens und des Todes; Betrieb, weiße Kittel, Aufzüge, Tragen. Ich betrat Saal Nr. 9, ein Sekretariat mit Geländern. Der Verstorbene musste offiziell entlassen werden. Ich erfuhr, wann er verstorben war. Die Oberschwester überlegte

– Heute … Ah nein, gestern.

Plötzlich hielt ich Vaters Ausweise in der Hand, seine Fotos, seine Armbanduhr. Ich unterschrieb ein Blatt Papier.

Ich fuhr zu Vaters Wohnung in die Radzymińskastraße. Die Mädchen traf ich nicht an. Sie waren zu mir in die Lizbońskastraße gekommen. Sie fielen mit Oh-Gott!-Rufen bei mir ein, energisch und ein wenig erschrocken. Unten wartete das Taxi. Wir verabredeten uns für morgen ab acht Uhr früh zu Erledigungen. Auf jeden Fall schaffte ich es auszuschlafen und würde mich nicht alleine kümmern müssen. Ich spürte Erleichterung. Dass die Sorgen vorbei seien. Eigentlich ist er plötzlich verstorben, schnell, an Herzschwäche. Ich habe von Dorota, die mit ihm zusammenwohnte, erfahren, dass er nach seinem Infarkt im Juli entlassen worden sei, danach sei es etwas schlechter gegangen, und drei Tage vor dem Tod sei er wieder ins Krankenhaus; sie brachte ihm irgendein Essen hin, er bestellte noch Sauerkrautsuppe, plante, nach Hause zu gehen. Und starb plötzlich.

Und genau das hat mich gerührt, dass er mir seit langem keine Umstände bereitete, ja selbst mit seinem Tod hat er mir keine Umstände bereitet. Er ist schnell und weit weg gestorben.

Schnell ging es selbstverständlich nur für mich und andere. Weil für ihn ja nicht. Ich weiß, was es heißt zu ersticken und was ein Zu-Tode-Ersticken sein kann. Die Zeit läuft dann

rasend schnell. Überhaupt unmessbar. Ersticken – das kommt mir wie die größte Qual vor.
Mein Hausmeister, der den Karten, Benachrichtigungen und Anzeigen immer gerne etwas Eigenes hinzufügt, sagte mir in der Mitteilung über meinen Vater, dass ich mich in das und das Zimmer in dem und dem Krankenhaus begeben solle, um den Leichnam abzuholen – als hole man Leichname in heutiger Zeit noch ab.
Es tut mir um Vater leid. In schweren Zeiten brachte er mir über sehr lange Zeit täglich Essen aus der Milchbar. Meine Freunde bewunderten ihn für seine Geduld. Nicht selten verzog ich das Gesicht, dass ich dies nicht esse, das nicht esse, er brachte mir weiterhin zu essen, sogar noch, als ich bereits Geld hatte und in einer besseren Situation war. Dabei war er schon über sechzig Jahre alt und es fiel ihm nicht leicht zu gehen. Endlich teilte ich ihm eines Tages mit, dass es höchste Zeit sei, damit aufzuhören, weil ich mich schämen würde, da ich nur am Nörgeln sei, und er sich quäle, dass es mir jetzt so gut ginge, dass so etwas nicht mehr nötig wäre. Und irgendwie hat er es verstanden.
Mehrmals hat er mir in einer schweren Lebenssituation extrem geholfen.

7. September

Ich bin morgens im Krankenhaus gewesen. Dorota, diejenige, die enger mit Vater befreundet war, eine Schwarzhaarige, erschien in der Krankenhauseinfahrt. Sie ging mit schnellen Schritten.
– Ich bin schon da.
Die zweite, Krystyna, jünger, tauchte nicht auf. Dorota war nicht in Targówek gewesen. Also hatte sie Vaters Ausweis nicht dabei, den ich dort an der Klinke gelassen hatte. Es stellte sich heraus, dass Dorota überhaupt schon seit langem

eine Wohnung in Mokotów hat, dort lebt sie mit ihrem Mann. Und zu Vater fuhr sie und verbrachte Zeit mit ihm, weil sie ihn mochte, sie kümmerte sich um ihn und hatte, wie sie feststellte, ihm gegenüber eine moralische Verpflichtung aus alten Zeiten, als er ihr, die öfter vom Feiern in der Frühe heimkam, wortlos Geld für das Taxi gab. Dabei war er gar nicht so großzügig. Man hat uns auch ohne den Ausweis ein Papier ausgestellt. Und sie verwiesen uns an den Nationalrat, wo sie uns die Todesurkunde aushändigen sollten. Dorota stellte fest, dass man wegen des Ausweises an der Klinke doch nach Targówek fahren sollte. Wir stiegen in ein Taxi. Dorota war lange oben, kam aus dem Haus gerannt und sagte, dass der Ausweis nicht mehr da sei. Sie fragte die Hausmeisterin aus, mit der Vater befreundet gewesen war. Viele Leute mochten ihn, er war doch zuletzt Vormund gewesen und tat sogar ein paar Leuten Gutes. Wir sind zum Nationalrat gefahren. Dort Auflauf im Wartezimmer, unten alles voller Pförtner, es stellte sich heraus, dass sie auf die Öffnung des Schalters warteten, die auf neun Uhr angesetzt war. Es war erst zwanzig vor neun. Wir sind durch die Straßen um die Leichenhalle des Krankenhauses spazieren gegangen. Wir kamen zurück, die Pforten, vielmehr Gitter des Treppenhauses wurden geöffnet, ich suchte schnell das Klo auf. Die Flure waren lang und hatten Kurven. Auf unserem Flur erblickte ich eine ältere Frau in Trauer, mit schwarzem Hut, vielleicht mit Perücke, geschminkt, im schwarzen Kleid und darüber ein riesiger Schal, wie anstelle einer Trauerbinde. Ich dachte, dass es sich wohl um eine Schauspielerin handelte. Wir warteten auf den Stühlen vor dem Registrierzimmer für die Verstorbenen. Eine Frau war vor uns. Und es kam die Frau in Trauerschal und Hut hinzu. Wohl doch keine Schauspielerin, weil sie durch die künstlichen Zähne in schlechter Aussprache davon begann, dass sie wieder etwas verwechseln könnten, dass man auf sie aufpassen müsse, dass sie den Namen des Verstorbenen verwechselt hätten und der schon seit zwei Wochen in der Gerichtsmedizin liege und man ihn nicht bestatten könne. Danach trat sie beiseite, um etwas zu überprüfen. In diesem Moment kam die Beamtin zu uns, und gleichzeitig rannten vom Ende des Korridors Krystyna und ihr Verlobter Waldemar herbei, ich kenne ihre Namen, weil ich Krystyna früher einmal bei Vater gesehen habe, und über Waldemar sagte Vater, dass er ihn im Krankenhaus besuchen käme. Es stellte sich heraus, dass sie mit Waldemar in Targówek übernachtet hatte. Und Dorota, die sicher war, dass niemand in der Wohnung war, hatte die Tür nicht geöffnet – und warum? Sie hatte Angst, Angst vor Assoziationen.

Auf dem Tisch im Registrierzimmer lagen Stapel von abgegebenen Ausweisen frisch Verstorbener. Der Ausweis meines Vaters wurde dazugelegt. Nur das Foto riss die Beamtin ab, und Dorota sagte, sie hebe es sich zur Erinnerung auf.

Weitere Papiere, Formulare, die Knallerei auf der Schreibmaschine und eine unglaubliche Menge von Stempeln. Krystyna weinte. Das ist die mit dem unehelichen Kind. Und mit diesem Kind hatte Vater sie aufgenommen. Wir sind gleich nach nebenan auf die Floriańskastraße gegangen, wo alle Begräbnisangelegenheiten geregelt werden. Bereits vorher hatten wir uns mit Dorota abgesprochen, dass wir im Falle irgendwelcher Schwierigkeiten bezüglich des Powązki-Friedhofs darauf verzichten werden – damit müssen wir uns abfinden – und Vater auf dem sogenannten Nordfriedhof in Wólka Węglowa beerdigen werden. Gestern war Waldemar alleine mit Krystyna bei Sabina gewesen und hat von ihr irgendein Dokument erhalten, den Rest der Papiere haben sie bei Vater gefunden, deswegen sind sie nach Targówek gefahren und haben dort übernachtet. Ich wusste jedoch, dass Powązki mehr als nur eine Schwierigkeit bereithalten kann. Dort war das Grab meiner Uroma, und die hatte mehrere Erben, die selbstverständlich alle auf das Grab verzichteten, aber das geht die Verwaltung nichts an.

Kurz nachdem die Frau aus dem Bestattungsinstitut sagte, falls wir nach Powązki wollen, müssten wir hinfahren und dort selbst mit denen verhandeln, falls aber zum Nordfriedhof, würden sie alles für uns regeln, einschließlich der Messe mit Priester, entschieden wir uns sofort für den Nordfriedhof. Ein Friedhof für Marsmenschen[186]. Dann stellte sich alles als ganz einfach heraus. Die Bestellung der Trauerandacht, der Kränze usw. Es kostete Achttausend. Dorota sagte, Vater habe gar keine Kleidung, er sei in selbst geflickter ins Krankenhaus gegangen. Und dass man ihm diese Kleidung kaufen müsse. Waldemar und Krystyna sagten, dass sie das regeln gingen. Ich gab ihnen mehrere Tausend für Kleidung, Strümpfe und ein Hemd für Vater. Und für Schuhe. Nachher bin ich zur Bank gefahren, wo ich Fünfzehntausend abgehoben habe.

Krystyna fing auf einmal an, Tränen zu vergießen. Sie waren beide sehr mit Vater verbunden gewesen. Dorota sagte, dass sie nicht weinen könne, etwas schnüre ihr die Kehle zu, aber sie könne es nicht heraus lassen und das sei viel schlimmer. Krystyna sagte, dass sie Vater sehr viel verdanke. Vorerst bleibe sie in der dortigen Wohnung, da sie bis neunzehnhunderteinundachtzig dort gemeldet sei; vielleicht also schmeißen sie sie ein Jahr oder eineinhalb Jahre lang dort nicht hinaus. Ich sagte ihr, sie solle von Vaters Dingen behalten, was sie will. Weil sie mich nach verschiedenen Sachen gefragt hatten. Dorota sagte, dass sie, falls möglich, gerne nur das Radio behalten würde.

Dorota sagte, dass mein Vater sie in den letzten zwei Jahren häufiger geplagt habe, dass er störrisch geworden sei. Er habe sich irgendetwas eingebildet, dass sie etwas dahin gelegt hätte,

186 Eine Erzählung Białoszewskis unter dem Titel *Ein Friedhof für Marsmenschen* ist im *Rozkurz [Stupp]* (1980) erschienen und Teil des Zyklus „1975". Eine gegen Ende 1979 im Nachhinein hinzugefügte Notiz betrifft den Tod und die Beerdigung des Vaters.

wo es nicht hingehört hätte oder dass sie zum Beispiel seine Brille verlegt habe. Sie aber schnitt keine Grimasse, stritt nicht mit ihm, sondern führte ihn zu seiner Brille und zeigte ihm, dass sie da und da war. Sie stellte fest, dass er überhaupt gut zu ihr gewesen sei. Ich sagte, dass er sie sehr gern gehabt habe, sogar verehrt habe, und sie darauf, das wüsste sie; er habe hinter ihr gestanden. Und dass er überhaupt unkompliziert im Zusammenleben gewesen sei, friedlich. Zuletzt habe er aber zwischen diesen Krankenhausaufenthalten keine Kraft mehr gehabt. Sie half ihm beim Waschen. Sie trugen ihn auf dem Stuhl zum Aufzug.

Nach dem Aufenthalt im Krankenhaus im Juli, als ich ihn besuchte, kehrte er nach Hause zurück und fühlte sich gut. Danach hat er im August eine Erstickungsattacke bekommen, Dorota fuhr ihn ins Krankenhaus, wo er ein paar Tage blieb, um dann wieder heimzukehren. Aber er war schon sehr schwach, konnte fast nicht mehr gehen. Vier Tage vor seinem Tod wachte sie morgens auf, hörte ein Röcheln, er hatte eine Erstickungsattacke, erstickte so fast schon seit einer Stunde, wollte sie bloß nicht aufwecken. Sie sprang sofort aus dem Bett, lief zum Nachbarn, er möge bei ihm bleiben, während sie die Ambulanz ruft. Sie fuhren ihn ins Krankenhaus und retteten ihn.

Am Mittwoch war sie morgens bei ihm gewesen, er lag im Korridor, weil es keinen Platz mehr gab, er wollte Obst haben, also brachte sie ihm welches. Sie gab ihm eine Birne, er wollte den Kopf nicht heben, also fütterte sie ihn so mit der Birne. Und er bestellte sich eine Sauerkrautsuppe aus jungem Sauerkraut. Sie kehrte nach Hause zurück und begann, das Sauerkraut zu kochen und drei Stunden später kam das Telegramm, dass er verstorben sei. Sie ließ das Sauerkraut so, wie es war und flüchtete aus Targówek. Am Mittag hatte ihn eine Erstickungsattacke ereilt. Er kämpfte vier Minuten lang um Atem und starb. Er starb bei Bewusstsein, denn in diesem Geröchel noch sagte er „Dorota".

Wir sind mit Dorota zu Sabina gefahren, weil ich sagte, ich hätte ein wenig Angst davor, dass Sabina mir grolle, weil wir Vater nicht in Powązki beerdigten. Aber Sabina ließ sich schnell davon abbringen. Sie sagte selbst, dass Julian und sie in Bródno liegen werden, weil dort alles erledigt sei; auf diese Weise sei der Platz in Powązki, um den es so viele Streit und Auseinandersetzungen gegeben hat, frei geblieben. Eine halbe Stunde lang lästerte Sabina über Vater, er habe verschiedene Schwächen gehabt, sogar als Kind sei er unerträglich gewesen. Und später habe er es dann mit diesen Gaunereien gehabt, Säumnissen. Er war stur, und sein Umgang mit ihr in Bezug auf das Grab sei auch nervig gewesen. Aber zuletzt dankte sie Dorota, wie sie sich ausdrückte, im Namen des Verstorbenen für die Pflege und fing an dieser Stelle an zu weinen. Angeblich hatte sie sich mehr Sorgen um meine Mutter gemacht. Vor ihrer Operation, als sie noch nichts davon wusste, sondern nur von den Untersuchungen, die sie erwarteten, hatte Mutter ihr einen Brief geschrieben. Und Sabina wartete auf einen Brief von Mutter. Sie war verwundert und beunruhigt, dass der Brief nicht eintraf. Als Waldemar ihr gestern sagte, dass meine Mutter eine schwere Operation gehabt hätte oder hatte haben sollen, sprang Sabina auf ihre wackligen Beine und wollte handeln. Mit Dorota nahmen wir das für diesen Tag letzte Taxi; sie fuhr nach Hause nach Mokotów, und ich stieg bei Jadwiga in der Hożastraße aus. Hier erhielt ich im Vorzimmer die wunderbare Nachricht, dass Mutter die Operation überstanden hat und dass es ihr bereits ziemlich gut ginge. Jadwiga hat gestern in Garwolin angerufen. Der Nachbar, Herr Głowala, der sich um Mutter kümmert, nahm den Hörer ab und grollte ein wenig, weil ich mich nicht früher gemeldet hätte. Aber sie erklärte ihm, dass wir eine falsche Vorwahl gehabt hätten und dass es, was die Wahrheit war, uns nicht gelungen sei durchzukommen. Stanisława musste zur Post gehen und persönlich überprüfen, wie das mit der Garwoliner Vorwahl ist. Außerdem teilte Jadwiga ihm mit, dass Vater verstorben sei. Aber Głowala sagte, dass er das Mutter nicht sagen würde. Herr Antoni war mit neunundsiebzig Jahren gestorben. Ihr zweiter Mann. Ihr erster Mann, also mein Vater, ist mit neunundsiebzig Jahren gestorben. Und sie selbst ist auch neunundsiebzig Jahre alt. Diese fatale Zahl könne auch sie holen.

Als Vater zuletzt im Krankenhaus war, fragte ihn Dorota, ob sie mich nicht benachrichtigen solle und er sagte nein, ich hätte eigene Sorgen, man müsse mich nicht bemühen.

Dorota und ich sind in Miedzeszyn gewesen. Es stellte sich heraus, dass Vater in den letzten zwei Jahren keine Beiträge gezahlt hat, und deshalb können sie die Begräbniskosten nicht zurückerstatten. Nun, nichts zu machen.

Dafür hat Vater alles auf dem Powązki-Friedhof bezahlt.

Dorota stieß Seufzer aus und wiederholte
– Ich kann mir nicht vorstellen, dass er nicht mehr lebt, ich sehe ihn immer noch vor mir, wie er diese Birne isst.

9. September

Ich habe geträumt, dass ich Vater besucht habe, er wohnte irgendwo im Osten. Ich bin barfuß aufgestanden und wollte im Pyjama durch ein riesiges Fenster auf irgendeine höhere Stufe steigen, zum Frühstück in ein helles, morgendliches Esszimmer. Ich ließ ihn vorangehen, er sollte als erster hinauf. Aber er hielt inne, schaute auf meinen Pyjama, drehte sich nach seinem Harem um – offenbar Frauen und Töchter – und meinte, es gehöre sich hier doch, dass ich mich ankleide, weil sie sich sonst wundern würden. Also kehrte ich um, um mich umzuziehen.

Ich war bei Leszek. Bevor er die Karte an der Tür mit der Mitteilung von dem Tod meines Vaters las, hatte er geträumt, dass Maruta Kociubińska aus Krakau gestorben sei. Sie sprach mit meinem Vater und bezirzte ihn so, gab ihm die Hand zum Handkuss …

Ich war bei Jadwiga. Wir riefen in Garwolin an. Frau Głowala, die vom Telefon, druckste herum, irgendetwas über Mutter, dass sie sich doch nicht so gut fühle. Außerdem wolle Mutter mich sehen und könne nicht verstehen, weshalb ich nicht kommen kann.

10. September

Leichter Regen. Also ein Mantel. Also nicht die schwarze Jacke, sondern der grüne Mantel, es muss ja Trauer sein. Ich schnitt ein Stück einer alten schwarzen Krawatte ab und nähte es an. Ich fuhr zur Kreuzung der Floriańskastraße mit der Leichenhallenstraße. Da ist die ganze Leichenindustrie. Man geht Kranz hinter Kranz, bloße Beine. Jemand trägt einen Kranz, aber der verdeckt ihn. Einen Augenblick später der nächste Kranz auf Beinen. Ganze Familien in Trauer. An der Straßenecke zwei Leichenwagen. Ich fragte, ob es Białoszewski sei. Ja, die mit dem kleineren schwarzen Auto. Und sie begannen mit einem Loblied, der Sarg sei, wie er sein solle, um den Kunden zufrieden zu stellen. Die, mit denen ich verabredet war, waren nicht da. Dorota und die andere mit dem Verlobten. Die Zeit verging. Ich schaute mich um und sah aus der Entfernung, dass dort auf halber Treppe offenbar mein Vater in einem braunen Anzug lag. Ich erschrak und wich zurück. Ich hatte keinen offenen Sarg erwartet. Die Bestatter rieten dazu, von der anderen Seite heranzutreten, vom Hof des Krankenhauses aus, weil von dort aus vielleicht die Familie gekommen sei. Ich ging hin, dort war ein schrecklicher Flur, wie zu einer Garage hin. Ich dachte bei mir: Vielleicht trete ich gleich wieder hinter den Leichnam meines Vaters oder womöglich noch hinter einen anderen. Und wich zurück. Ich ging wieder zur Straße zurück. Die anderen waren nicht zu sehen, ich sagte zu den Leichenwagenfahrern, dass man den Sarg wohl werde mitnehmen müssen und fragte, ob ich mitfahren müsse. Sie sagten nein, man müsse nur den Leichnam identifizieren. Ich gab ihnen hundert Zloty und ging los, um den Leichnam zu identifizieren, trat in den kleinen Keller, wo bereits ein paar Personen waren. Ich schaue mir diesen Verstorbenen an, den ich für meinen Vater nahm und dachte, dass er nicht mein Vater sei. Unten noch sah das Gesicht aus der Entfernung so aus, als wäre es mit etwas Weißem verklebt, dabei war es weiß aufgrund des abgeflossenen Blutes, aber dafür war die obere Gesichtshälfte blau verfärbt. Weiße Haare standen vom Kopf ab. Die gesamte Gestalt wirkte in die Länge gezogen. Die Leichenwagenfahrer fragten mich, ob es dieser sei, ich sagte

– Nein, nicht der.

Plötzlich antwortete der dritte Leichenwagenfahrer für mich

– Wie? Nicht der? Doch der.

Ich betrachtete ihn aufs Neue. Er wirkte breit in der Hüfte, war Vater weiterhin unähnlich, aber im Gesicht hatte er etwas Ähnliches. Na dann war es wahrscheinlich der. Ich zeigte mich einverstanden. Ich drehte mich um und da lagen hinter lebendigen Gestalten zwei ältere Damen in offenen Särgen. Ich ging hinaus. Sie packten bereits wieder neue Särge. Andere nahmen sie mit. Grauen. Der Wagen mit meinem Vater fuhr ab. In dem Moment erschienen Krystyna und Waldemar. Sie in Tränen. Mit Blumen. Ich fuhr zu Leszek. Leszek weichte sich gerade die Füße ein und sagte, dass man das vor Begräbnissen so machen solle, Oma Mickiewicz-Konopnicka habe das so gemacht.

Zur Beerdigung kamen wir mit Blumen. Bei der Frau vor dem Friedhofstor kauften wir noch Blumen hinzu, Leszek bereitete auf der Müllkippe nebenan die Kränze vor und sprach gleichzeitig mit einer Frau, die, wie sich herausstellte, dort während des Aufstandes gewohnt hatte. Fast alle waren gekommen. Anula und Kitzi-Katzi gingen zur Kommunion. Was alle überraschte. Tante Olemka und Sabina und Julian waren gekommen. Wie immer gab es nach dem Begräbnis Geplauder. Es war Sommer geworden und warm. Ein Friedhof für Marsmenschen. Oder „die elysischen Felder" – wie Leszek ihn bezeichnete.

Sabina, unter den Armen gehalten geführt, schaffte es nur mit Mühe bis zum Grab. Sie war erschöpft und heiter. Ein alter Herr sprach mich an, er erinnere sich an mich als Jungen. Ein Kollege von Vater, Vorsitzender der Invaliden, würde die Kostenrückerstattung erledigen. Ich schickte ihn zu Dorota. Leszek gab den Totengräbern 50 Zloty und setzte Sabina auf den Wagen, der den Sarg gefahren hatte. Wir zogen los in Richtung Tor und Sabina, vor uns herfahrend, rief

– Die Tanten sind kaputt!

Leszek und ich wollten eigentlich gleich nach Garwolin fahren. Stattdessen Müdigkeit. Aber was für eine.

18. September

Erst heute hat mir Leszek die ganze Wahrheit über meine Mutter offenbart. Dass sie ihr den Bauch geöffnet hätten und sich herausgestellt habe, dass dort ein verzweigter Krebs wuchert. Sie haben sie zugenäht, ohne sie zu operieren. Der Arzt habe mir nur eine Teilwahrheit mitgeteilt, um mich zu schonen.

Jadwiga hat in meiner Anwesenheit bei Tante Olemka angerufen. Olemka hatte meine Mutter zwei Tage nach mir gesehen, Mutter war in recht gutem Zustand. Der Arzt sagte, dass man sie vielleicht sogar bald entlasse. Aber das sagte er vielleicht auch nur so. Zur Ermunterung.

Außerdem sprach Olemka mit Jadwiga über den Groll, den sie gegen mich hegt.

Warschau, 27. September

Vor einer Woche war ich in Garwolin. Ich fuhr mit dem Taxi vor Mutters Fenster vor. Sie sprach kurz mit mir, und danach gab es öfters Telefonate. Das, was sonst noch zu sagen gewesen wäre, schrieb man auf eine Karte. Die ersten Tage sahen so aus, als würde Mutter bald entlassen werden. Sie war heiter, sogar fröhlich. Danach stellte sich jedoch heraus, dass sie bleiben müsste und das wahrscheinlich für länger, weil man ihr Verbände machen muss, da dort doch diese Fistel war. Zuerst wollte Mutter dringend nach Hause, aber jetzt hatte sie sich mit dem weiteren Aufenthalt im Krankenhaus abgefunden und beschwert sich nicht mehr. Sie meint, die Ärzte seien gut zu ihr, die Stationsschwester sei sehr gut. Außerdem sind viele Bekannte da.

Mit Antonis Familie, also mit den Erben, schien die Beziehung anfangs vertrackt zu sein, aber der Knoten löste sich. Eine von diesen vielen Mädeln, die Krankenschwester Teresa, war sehr freundlich zu mir, sie führte mich zu Mutter, weil sie gerade Dienst hatte. Eine andere, Marysia, die Mutter von Kindheit an mochte, versprach zu Mutters Entlassung sauber zu machen. Außerdem habe ich den Głowalas für den Notfall Fünftausend dagelassen, damit sie die Nachbarin Andzia für Mutters Krankenpflege bezahlen können, und sei es auch nur gelegentlich.

Ich bin bei den Eltern der Mädels vorbeigegangen. Durch den Hof zu den zwei benachbarten kleinen Hütten. Ich wusste nicht, welche Tür es war, ob die rechte oder die linke. Ich nahm die Treppe und ging nach rechts. Ich fand mich in einer Küche wieder, die einem Stall für Menschen ähnelte. Und vor dem Hintergrund irgendwelcher qualmenden Töpfe saßen, einem griechischen Chor gleich, zwei Schwestern. Zwei von Mutters und Antonis Cousinen: Regina und Stefania. Auf mein Erzählen von Vater hin winkte Stefania ab

– Das zählt schon nicht mehr, es ist auf und davon, jetzt, hier, das andere.

In Garwolin gibt es eine moderne Schule. Man hat dort in den Klassenräumen verschlossene gläserne Schaukästen mit Kopfhörern zum Aufrufen der Schüler angebracht. Manche weinen und sagen, sie wollen nicht in so eine Schule gehen. Seit ein paar Jahren hat Garwolin gewisse Sonderrechte. Der Taxifahrer erzählte, dass die Frau oder Tochter Jaroszewiczs, also des Premierministers, Patin eines Schiffes geworden sei. Das hat irgendeinen Bezug zu Garwolin, aber ich weiß nicht, welchen. Ich weiß nur, dass Jarosit hier für Freizeit und Jagd Land zur freien Verfügung hat.
Am Anfang beschwerten sich die Leute, dass manche dort etwas pachten. Aber jetzt sind sie damit zufrieden.

16. September

Olemka ist bei Jadwiga gewesen. Sie hat sich mit Lolek verständigt. Dass sie im plötzlichen Todesfall die Grab- und Bestattungsangelegenheiten eigentlich nicht in Warschau für mich erledigen könnten, dass ich da eigentlich machen könne, was ich will.

15. Oktober

Kurzer Aufenthalt in Warschau vor der Reise nach Garwolin. Ich habe Jot gesehen, der sagte, man habe ihn beklaut. Wer, was, wann? Na ja, da sind irgendwelche Schauspielstudenten bei ihm gewesen, höchst kultivierte Leute, er hatte sie zu Bier oder Wodka eingeladen und selbst zu viel getrunken, schlief ein und als er aufwachte, waren weder sie noch da, noch Nagelfeile, Hobel, Pfanne oder irgendwelche Töpfe.

16. Oktober

Ich bin in aller Frühe nach Garwolin gefahren. Ich bin beim griechischen Chor vorbeigegangen. Also bei Regina und

Stefania. Dort habe ich erfahren, dass Mutter bereits seit einer Woche zuhause ist. Sie fühle sich nicht übel. Das hat mich sehr gefreut. Mutter hantiert ziemlich normal im Haus herum, kocht für sich, geht ein wenig durch den Garten. Sie isst mit Bedacht, aber ziemlich normal. Nur dass ihr die Beine anschwellen, und das beunruhigt sie. Erst hat sie in irgendeinem Buch zum Thema Wassereinlagerungen geblättert, danach ist sie zum Arzt gegangen oder vielmehr zum Telefon und hat den Arzt zu sich bestellt. Der Arzt hat ihr Pillen verschrieben, die ein wenig helfen. Täglich schauen Frau Głowala und die junge Cousine Marysia bei ihr vorbei und manchmal auch Teresa, die Krankenschwester, die ihr sogar die Verbände macht. Ich habe von Herrn Głowala erfahren, dass der Chefarzt, der Mutter operiert hat, sich bei den Głowalas Rat geholt habe, was zu tun sei. Ob man Mutter entlassen solle oder sie im Krankenhaus behalten. Schließlich vereinbarten sie, dass man sie vorläufig entlässt, so könne sie ein wenig zuhause bleiben, aber bei Bedarf jeder Zeit wieder ins Krankenhaus zurückkehren.
Zwei Tage lang, also während meines Aufenthaltes, haben Cousinen, Patinnen, verschiedene Nachbarinnen Mutter besucht. Weil sie erfahren haben, dass sie nach einem langen Krankenhausaufenthalt nach Hause zurückgekehrt ist. Die kleine Maniusia aus Czyżków fing sogar an zu weinen und beklagte sich, dass sie diese sechs Wochen lang niemand gehabt habe, mit dem sie hätte sprechen können. Weil sie Mutter immer sonntags besuchte und nicht selten zusätzlich unter der Woche. Stefania, die aus dem griechischen Chor, manchmal bösartig, hat die Wohnung vor Mutters Ankunft tatsächlich aufgeräumt. Und überhaupt hat diese Familie Mutter aus dem Krankenhaus abgeholt und sich wider Erwarten um sie gekümmert. Die Cousine Władysława aus Morąga habe ich irrtümlicherweise auch falsch beurteilt, da sie, als sie kam, im Krankenhaus war und Mutter besucht hat. Und jetzt hat sie Mutter

einen Brief geschrieben, sie habe zu irgendeiner Allensteiner oder Pommerschen Muttergottes für ihr Wohl gebetet.
Am späteren Abend ging die Tür des Vorzimmers auf, und es stand lautlos Tante Jadwiga, die Garwolinische Dichterin, in der Tür. Wie ein Gespenst. Selbst Mutter, die ihr seitlich zugekehrt war, hatte sie nicht gehört. Sie begrüßten einander auf sehr seltsame Art und Weise, auch die gespenstisch. Weil beide im Krankenhaus gewesen waren. Nur dass sie sich im Krankenhaus nicht gesehen hatten. Die Dichterin Tante Jadwiga war von ihrem Schwiegersohn, mit welchem sie zum Glück nicht zusammenlebt, verprügelt worden. Sie geht nur zu ihrer Tochter, weil sie sich dort um das Kind kümmert. Der Schwiegersohn kann sie wohl nicht ausstehen. Weil sie ihn provoziert. Und der Schwiegersohn ist angeblich ein Taugenichts und Grobian. Er hat sie in der Küche gegen die Mauer geschubst, so dass sie ein großes Hämatom mit Bluterguss bekommen hat. Und den Kopf hatten sie ihr an vier Stellen genäht und sie ein paar Tage lang bandagiert im Krankenhaus behalten. Schon vorher hatte sich ihr Gehör etwas verschlechtert, aber nach dem Abenteuer mit dem Schwiegersohn hört sie noch weniger. Sie hat mich nicht erkannt, mich für jemand anderen gehalten. Aber nicht aufgrund von Sklerose – sie hat keine Sklerose, obwohl sie älter ist als meine Mutter –, sondern ganz einfach deshalb, weil sie mich selten zu Gesicht bekommt. Nachher habe ich sie zu ihrem Haus begleitet, weil sie kaum noch gehen kann. Sie beklagte sich über sich selbst, dass es vorher gut gegangen sei, aber jetzt habe sich ihr Gesundheitszustand arg verschlechtert. Ich sagte ihr über Mutter, dass es unklar sei, wie es weitergehe, aber momentan gehe es ganz leidlich, also gerade gut und darüber müsse man sich freuen. Tante Jadwiga bejahte: „Man muss sich darüber freuen, was heute ist, denn was morgen kommt, ist ungewiss."
Ich habe eine morgendliche Lesung in der Schule gehabt, in die der Sohn von Herrn Głowala geht. Weil Herrn Głowala

daran gelegen war. Übrigens fiel der Morgen oder vielmehr der Nachmittag wie für so eine Veranstaltung durchaus gelungen aus.
Ein längerer Aufenthalt bei meiner Mutter ist eher unmöglich. Ich konnte lange dort sein, als ich alleine war. Aber wenn Mutter da ist, sind ihre Lebensgewohnheiten und meine Lebensgewohnheiten völlig unterschiedlich und gegensätzlich. Ich wollte nachts schlafen, aber konnte trotz Müdigkeit den ganzen Tag über nicht einschlafen. So schlief ich weder tagsüber noch nachts. Und tagsüber lässt es sich dort nicht schlafen, weil das Zimmer ein Durchgangszimmer ist. Mutter steht früh auf und es schwirren die ganze Zeit Leute herum, was im Übrigen in diesem Moment sehr von Vorteil ist. Nach zwei Tagen bin ich nach Warschau zurückgekehrt.

19. Oktober

Jot hat mir von diesem Schneider Bronek erzählt, den er bei sich wohnen hatte. Dieser Bronek wohnt jetzt in einem abrissreifen Haus bei jemandem, der sich dort nicht aufhält, aber dem er etwas zahlt. Unabhängig davon kommt der Revierpolizist wegen des Schmiergelds vorbei. Das Haus hatte bereits abgerissen werden sollen, aber man hat ihm den Aufenthalt um drei Jahre verlängert.
Als Jot Bronek zuletzt besucht hat, war es dunkel, Jot stellte sich ins offene Fenster und plötzlich, erzählte er, stürzte sich eine flüchtende Taube auf ihn. Auf der Flucht vor dem Habicht? Aber es gibt doch keine Habichte in der Nacht. Jot, der sich instinktiv vor dem Zusammenprall schützen wollte, stieß sich mit der Hand ab und riss der Taube versehentlich den Kopf ab. Er wandte sich an mich

– Der blutige Rumpf zappelte auf dem Boden und den Kopf hatte ich zwischen den Fingern. Ich machte mir die ganze Hose blutig, siehst Du, ich habe eine andere an.

Ich war bei Le. Währenddessen ist er in Żarnowiec zu Besuch gewesen und wieder zurückgekommen. Er hat das Dach gestrichen und hatte noch etwas Farbe übrig. Weil er wusste, dass einer seiner Nachbarn, ein sehr alter, auch das Dach strich, beschloss er, ihm die übrig gebliebene Farbe zu bringen. Als er zu dem Haus kam, war es dunkel, die Leiter stand an das Dach angelehnt, und niemand antwortete auf das Klopfen. Leszek begann zu rufen: „Kucharski, machen Sie auf!" Aber niemand öffnete. Le. bemerkte eine Milchflasche, die vor der Tür stand. Er rief noch einmal: „Kucharski, machen sie auf!" Weiterhin Stille. In dem Moment spürte Leszek den Tod hinter der Tür. Er ging zu der Nachbarin nebenan, zu derjenigen, die dem alten Kucharski die Milch brachte, und sagte, dass da etwas nicht normal aussehe. Gemeinsam gingen sie zum Fenster. Le. kletterte am Fenster hoch und schaute ins Haus. Er sah den alten Kucharski im Bett liegen. Auf der Seite. Er rief: „Kucharski, machen Sie auf!" Im Haus regte sich nichts. Man hob die Tür aus. Der alte Kucharski lag tot da. Man schickte nach seiner Schwester. Sie kam. Sie nahm das alles gelassen auf. Leszek schaute auf die Tischdecke und dachte, sie sei sehr schön bestickt, dass sie diese Decke vielleicht an ihn abtreten könnten. Er begann, an der Tischdecke herumzuzupfen, deckte den Tisch ab, weil er sehen wollte, wie die Decke gemacht war, und entdeckte bei der Gelegenheit ein paar Tausend, die in Stapeln auf dem Tisch lagen. Später erwähnte er diese Tischdecke noch einmal, aber wohl nicht deutlich genug, Kucharskis Schwester hatte es nicht verstanden. Bei der nächstbesten Gelegenheit – er stand an der Haltestelle auf dem Weg nach Krosno – grüßte sie ihn, nickte ihm zu, und dann grüßte sie ihn ständig. Er wollte sich von der Beerdigung fernhalten. Aber plötzlich, als er über die Veranda in den Garten ging, erblickte er vier galoppierende Pferde. Eigentlich erst die schwarzen Schweife und den Baldachin des Leichenwagens. Die Pferde waren ganz in schwarze Decken eingehüllt. Ein Viergespann. Um die Beerdigung nicht hören zu müssen, ging Leszek von der anderen Seite des Hauses in den Hof. Es half nichts. Man hörte das Begräbnis. Das Orchester spielte den Trauermarsch.

Ich bin in Przemeks Werkstatt gewesen. Er ist ganz glücklich, weil er das Innere der neuen Kirche in Ochota ausmalt. Denn gleich nach der Verständigung mit dem Papst hat man angefangen, Kirchen zu bauen. Erst haben sie die Kreuzwegstationen bei Przemek bestellt. Da die sehr gefallen haben, bestellten sie auch eine plastische Darstellung für die Altarwand. Er entwarf dort, in metallene Votive gefasst, ein gutes Dutzend Symbole des eintausendjährigen Polens. So wie sie es wollten. Angeblich hat auch das sehr gefallen.

27. November

Ich war eine Woche in Sopot und Danzig und kam mit dem Auto zurück. Aufs Neue notierte ich den Spuk in Jadwigas Elternhaus. Am meisten hat mich belustigt, dass eines Nachts der Nachbar mit zerzaustem roten Haar von oben herunterstürzte und Geschrei machte, es sei ihm auf der Fensterbank ein silberner Fuchs erschienen, der dann plötzlich wie ein Mehlsack heruntergefallen sei. Als ich Roman davon erzählte und von der Selbstvergiftung der elf Deutschen samt ihres Hundes zu dem Zeitpunkt, als die Bolschewiken einfielen, stellte Roman Überlegungen an, wie es damals hat ablaufen können. Ob alle zugestimmt hätten, Gift zu nehmen. Die Kinder haben bestimmt nichts davon gewusst. Aber die Bedienstete, der Gärtner? Jemand hätte ihnen das Gift unterschieben können. Man könnte sie dazu gezwungen haben. Als ich das Frau Professor Maria erzählte, stellte sie hingegen sofort fest, das sei eine Geste ganz in Goebbels' und Hitlers Stil gewesen. Bei Mutter herrscht Ruhe. Sie hält sich zuhause auf. Die guten

Nachbarinnen helfen ihr. Gestern habe ich geträumt, ich hätte in einem sehr hohen Stockwerk in einer Gesellschaft gesessen. Vis-à-vis hing eine mehrere Stockwerke große Gipsmaske am Haus. Es schien, als würde sie lebendig werden. Einer der Bekannten war, weil es sehr heiter zuging, derart in Laune, dass er aus dem Fenster und auf die Fensterbank stieg und begann, darauf zu laufen. Plötzlich war er verschwunden.

– Er ist heruntergefallen!

Alle erstarrten. Ich sagte

– Ich fahre nach unten und überprüfe das.

Ich stand auf und jemand, der gerade aus dem Fenster schaute, rief fröhlich aus

– Nein, er ist nicht heruntergefallen, nein!

Heute habe ich geträumt, dass ich mit einem riesigen Schiff auf einem Arm oder Zufluss der Weichsel fahre, nicht weit vom Meer, und gleichzeitig schien das auch die Marszałkowskastraße zu sein. Jemand führte mich hoch auf das Segel, auf Höhe des zwanzigsten oder vierzigsten Stockwerks, vielleicht des sechzigsten. Es schien, als ginge es immer höher. Ich schaute nach unten, es drehte sich in meinem Kopf, und ich dachte, dass dieses Schiff so schnell fährt, dass es doch umkippen könne und was dann? Ich kann schwimmen, aber die anderen? Plötzlich kippte das Schiff um, ich landete in Ufernähe im Wasser und war gleich am Ufer, schaute ins Wasser, da versank das Schiff, nur seine riesige Seite rötete sich, und dann begann das Wasser, sich von dem Blut zu verfärben. Danach fand ich mich in irgendeinem Städtchen wieder. Leszek war dabei. Wir hätten irgendwo hingehen sollen. Aber Leszek kokettierte mit irgendwem oder hielt Ausschau, nörgelte. Ich trat auf die Straße. Da fuhr eine mit Liebhabern paradeartig umstellte Kutsche mit einer bekannten hiesigen Nutte vorbei. Sie fuhren zur Kirche. Die Kirche war in der Nähe, also ging ich hinein. Darin viele Leute. Die Lichter brannten. Ich fragte, ob es eine Hochzeit geben würde. Ob diejenige heirate, die mit der Kutsche fuhr. Nein, entgegneten sie, es gäbe eine Andacht, es sei Allerheiligenabend. Ich begann, mir einen Platz in der Bank zu suchen. Es stellte sich heraus, dass noch einige Plätze frei waren, obwohl es erst so schien, als ob es keine mehr gäbe. Ich entschied mich endlich, mich ins linke Seitenschiff zu setzen. Aber ich sah, dass Kerzen verkauft wurden. Ich ging hin, um kleine Zierkerzen zu kaufen. Unterschiedlicher Art. Die Verkäuferin wollte mir nur ungern so viele verkaufen, wie ich wollte, um sie für weiteres Zaubern zu haben, auf dass sie ihr nicht fehlten. Also nahm ich nur ein paar. Ich kehrte zu meiner Bank zurück, die sich in ein Bett verwandelt hatte, zog einen Pyjama an und legte mich hin. Es war immer noch diese Kirche und immer noch das Warten auf die Andacht. Einen Moment später erhob ich mich schon wieder. Ich schaute mich um, und in einem weiteren Bett schien der Leichnam meines Vaters zu liegen. Als ich genau hinsah, war es kein Gespenst. Es war mein bleich lächelnder Vater. Ich ging zu ihm hin und fragte

– Du lebst?

Vater hob den Kopf, und da sah ich, dass er halb tot und halb lebendig war, aber er lächelte weiterhin und lebte auf

– Ja, als sie mich beerdigten, da …

Bewegung in der Kirche hatte mein Interesse geweckt, und ich hörte zu, was er sagte, aber er riss mich an der Schulter, weil er dachte, ich wolle nicht zuhören, und fühlte sich beleidigt.

Kurz darauf fand ich mich in der Nähe des Kircheneingangs wieder, jemand begann, mir Vorwürfe zu machen. Anfangs nahm ich das nicht ernst, aber dann dachte ich, dass er mir in der Redaktion oder im Haus schaden könne. Vielleicht ist er ein Spitzel? Ich versuchte, mich selbst halbwegs zu beschwichtigen und seinen Bösartigkeiten ein Ende zu setzen, aber es half nichts. Es war weiter das Kirchenschiff, aber eigentlich nicht mehr so ganz. Er sagte mir noch etwas Bösartiges, ich bewegte mich in Richtung Türschwelle, es war dann nicht mehr die Kirche, plötzlich tauchte Halina auf, die – sie wollte sich für mich rächen – sich mit der Bitte an diesen Mann wandte, zusammen für ein Foto zu posieren. Er ließ sich damit täuschen. Halina sagte zu ihm

– Aber näher, näher mit dem Gesicht.

Als er sich mit dem Gesicht näherte, spuckte sie ihm ins Gesicht. In dem Moment erschrak ich und sagte

– Na so kann das aber nicht weitergehen, entweder absolute Feindschaft oder aber guter Wille. Ich werde Ihnen gegenüber von diesem Augenblick an guten Willen zeigen. Und mit dieser Bitte wende ich mich an Sie.

Es scheint, als habe das geholfen. Alle wurden besänftigt, aber die Situation verwandelte sich ganz und gar zum Schlechten. Plötzlich fanden der Herr und ich uns mit noch jemandem in einem riesigen Ofen wieder. Mit lautem Krach schloss man die Stahltür hinter uns. Und dieser Herr oder die beiden Herren rannten in den benachbarten, größeren Ofen, wo auch eine Frau zugange war, eine Putzfrau oder jemand ähnliches. Sie wollten dort entlang flüchten, ich ihnen nach, aber einen Ausgang gab es nicht mehr. Es wurde immer heißer, röter. An dieser Stelle wachte ich auf.

Wir planen mit Roman und Ada wieder Filmchen. Die Kamera scheint zu funktionieren.

Jadwiga hatte für mich bei ihr zuhause eine Verabredung mit der Lektorin des „Czytelnik"-Verlags getroffen, weil es um den letztgültigen Abschluss meiner Gedichtauswahl für „Czytelnik"[187] geht. Das Treffen war sehr nützlich, denn ich habe bei der Gelegenheit gesehen, welche Gedichte da reinkommen, weil ich es schon vergessen hatte. Die neuen. Manche

187 Der Band *Wiersze wybrane i dobrane [Aus- und hinzugewählte Gedichte]*, Warschau, Czytelnik 1980 (zurückdatiert, eigentlich 1981).

habe ich rausgenommen und im Austausch andere reingetan. Ich hatte die Typoskripte gerade bei mir und hatte mich neu geordnet. Ein paar Tage vorher hatte ich einen Leseabend bei Hania Kirchner in Jelonki vor einer Gesellschaft von Literaturwissenschaftlern. Vorher hatte ich die Gedichte dafür selbst ausgewählt, manche Gedichte sogar mit der Hand abgeschrieben – eine scheinbar nutzlose Tätigkeit, doch sehr nützlich. Auf diese Weise habe ich größere Klarheit und mehr Überblick, was mich selbst anbelangt. Die angemessene Distanz, weil man bereits nach einem Jahr, nach eineinhalb, eine Distanz zu seinen Gedichten hat. Und zugleich spürt man noch ihre Neuheit. Bei der Gelegenheit wollte ich sicherstellen, dass ein bestimmtes Gedicht, an dem mir plötzlich etwas zu liegen begann *(Frau Kirschlein*[188]*)*, dem PIW-Verlag auch passte. Es ist Teil von *Stupp*[189]. Ich habe bei Krystyna Milewska angerufen. Sie wusste sogar, dass dieses Gedicht in dem Band veröffentlicht wird. Da muss man noch ein Wort einfügen. Das aber erst bei der Korrektur. Weil auch *Stupp* bald erscheint. Es wird offenbar zwei Bücher zur gleichen Zeit geben.

Frau Professor Maria hielt Ładysław aus Gielniowo[190] für einen Langweiler. Als sie an der Universität studierte, wurde er in den wichtigen Fächern behandelt. Neulich nahm sie ein ausländisches Buch über paranormale Erscheinungen zur

188 Die scharfsinnige Protagonistin des scherzhaften Gedichts *Pani Wisienka* (aus dem Zyklus „Wczasy i wieczność" [Urlaub und Ewigkeit"] aus dem Band *Rozkurz [Stupp]* ist die Schriftstellerin Jadwiga Żylińska.

189 Der Band *Rozkurz [Stupp]* (Warschau, PIW 1980) besteht aus Prosafragmenten und Gedichten. Der Titel kommt vom Mahlen und bezeichnet den Teil des Mehls, der sich beim Mahlen verliert, zerstäubt.

190 Ładysław (Władysław) aus Gielniowo (eigentlich Jan aus Gielniowo, gest. 1505), erster namentlich bekannter Dichter Polens, Bernhardinermönch, Patron von Warschau, Autor religiöser Gedichte.

Hand, und als erstes Beispiel einer Levitation wurde Ładysław aus Gielniowo angegeben.

Leszek hat irgendwo gelesen, dass Słowacki gerne zu Celina Mickiewicz gegangen sei, als Mickiewicz nicht zuhause war, ihr bei der Hausarbeit half und mit ihr über Towiański und Mickiewicz lästerte.

Seit gewisser Zeit bin ich erhöhtem Tempo in der Musik gegenüber ziemlich empfindlich. Dem herausragenden russischen Pianisten Richter[191] entgleiten in meinem Lieblingsstück von Bach Wesen und Stimmung. In dem, das mich immer so berauschte. Durch das zu schnelle Spiel. Das Gleiche gilt für Bachs Konzert für zwei Klaviere. Aufgeführt von zwei jungen Ungarn.

Ich bin im Nachtkino im Stadtzentrum gewesen. Hin und wieder überraschte und beunruhigte mich der Abbruch der Stimme. Dafür hörte man die Stimme plötzlich von der anderen Seite. So, als wäre etwas kaputt gegangen. Erst später wurde mir bewusst, dass es sich um eine Verbesserung handeln sollte: um Stereo.

1. Dezember

Ich habe geträumt, dass ich ein Gedicht der Konopnicka für den Druck korrigierte. Irgendetwas über Vasenblumen, dass sie sich aus bunten in schlechte verwandelten. Auf einmal stellte ich fest, dass es besser wäre, das Wort wieder ans Gedichtende zu stellen und es in ein rhythmisch besseres zu

191 Swiatosław Richter (1915–1997), einer der großen russischen Pianisten des 20. Jahrhunderts.

verwandeln, aber da erfuhr ich von der Konopnicka persönlich, die in einer weißen Bluse da saß, dass dieses Gedicht bereits gedruckt worden sei, also dachte ich, dass es besser wäre, es so zu lassen, da es der Konopnicka bereits gedruckt worden war.
In einem anderen Traum ging es um die Ehrenbezeugungen Stefan Czarnieckis[192]. Er fand sich in einem Freudenhaus wieder, vielleicht in einem japanischen. Daraus entwickelte sich irgendeine Sache mit unbefleckter Würde und Heldentum, aber ich erinnere mich nicht mehr, worauf sie beruhte.

Ich bin zwei Tage lang mit Übernachtung in Żoliborz gewesen. Roman und Ada schlafen jetzt in einem Gondelbett zur Hofseite hin, weil es dort am wärmsten und ruhigsten ist. Adas Vater Eryk erinnert sie ständig an seine Ideen. So dass sie angefangen haben, Erzählungen über diese Themen zu schreiben. Roman will etwas schreiben, das Geld bringt. Aber weil er an ein Drama denkt, das ohne Aufführung nur schwer durchzusetzen ist – sie werden es ihm ja doch nicht aufführen –, Prosa hingegen er nicht schreiben will, ist es schwierig, hier von Geldverdienen zu sprechen. Ada versteckt den Tee vor ihm, das heißt, sie befiehlt ihm vor Gästen, sich umzudrehen und versteckt ihn irgendwo in der Tiefe des Sekretärs, er solle ihn nicht umsonst trinken, sondern nur zum Schreiben. Roman erklärt, dass das so nicht gehe. Dass Tee unabdingbar sei für die Existenz. Erst aus der Existenz könne Schreiben hervorgehen.
Ada war so sehr in Stimmung, dass sie vor uns zu Jazzmusik und zu Vivaldi tanzte. Alle paar Augenblicke unterbrach sie ihren Tanz auf dem künstlichen Mäuerchen, dann korrigierte

192 Stefan Czarniecki (1599–1665), russischer Wojewode, Feldhetman, nahm an den Kriegen gegen die Kosaken, Tataren und Moskau teil, Befehlshaber während der sog. „schwedischen Sintflut".

sie sich und tanzte weiter. Roman machte Bemerkungen, die sogar interessant waren. Irgendwann nahm Ada zwei Kisten mit verschiedenen Stücken alter Papierkostüme hervor und begann, Masken anzuprobieren. Die komischste war die Mausmaske. Ada warf sich ein altes weißes Stück Futter über, fiel auf den Boden und begann, sich in dieser Mausmaske umzusehen.

Die Katze sitzt den ganzen Tag und die ganze Nacht über an der Heizung in der Küche. Sie ist schon ein bisschen älter und hat weniger Lust, den Vögeln hinter dem Fenster nachzuschauen. Unter anderen Brettern, in einer anderen Hütte in der Küche wohnt der Hund, wenn Roman rausgeht und ihn nicht mitnimmt. Mit dem Hund habe ich ein sehr gutes Verhältnis.

Um Mitternacht bin ich Roman ein Stockwerk tiefer bei Eryk suchen gegangen. Eryk machte mir die Tür im Pyjama auf, lud mich brav ein reinzukommen und stieß gleich an der Schwelle mitten in die Diskussion

– Ich erkläre Roman gerade, dass es an der Zeit ist, an die Wunder zu erinnern. Das sind solch wilde Seinsbekundungen. Es hat lange kein Wunder mehr gegeben. Die im Westen sagen, sie hätten die Zivilisation, große technische Errungenschaften, wir dagegen können sagen, dass wir „etwas besseres haben: Wir haben die Wunder".

Danach erzählte Eryk, wie ihn Adas Tante, seine Schwägerin, 1956 nach Nowolipka mitnahm, wo es ein mutmaßliches Wunder auf dem Turm gegeben hatte. Sie zogen sich an und fuhren hin. Es war Abend. Es lagen dort Weiber, die Körper zu Kreuzen geformt, um die Kirche herum. In dem Moment wandte sich die Tante an Eryk, er solle auf die Knie fallen. Aber er meinte, dass er diesen Reflex des Auf-die-Knie-Fallens nicht habe. Außerdem sah er sich den Turm genau an, auf dem tatsächlich etwas glitzerte, und es schien, als reflektierte er die Sterne. Aber er schaute sich auch das Gelände hinter der

Kirche an, es war leer, noch unbebaut, und man sah von der entfernten Ost-West-Trasse her Lichter, die von dem Turm reflektiert wurden. Er erklärte seiner Schwägerin, wie sich die Sache verhielt, nahm sie mit hinter die Kirche und zeigte ihr die Lichtreflexe von der Trasse. Und sie – als doch durchaus denkende Person, wie sich Eryk ausdrückte – überzeugte sich davon, dass es doch kein Wunder war.

Neujahr 1980

Ich bin morgens aus Garwolin nach Warschau zurückgekehrt. Ich war zehn Tage lang dort. Frau Myszka hat uns, Jadwiga und mich, mit dem Dienstwagen des Radios hingefahren, direkt vor Mutters Krankenhaus. Es stellte sich heraus, dass Mutter am folgenden Tag entlassen würde. Der Chefarzt entließ sie nur ungern. Aber sie wollte über die Feiertage nach Hause.

Anfangs dachte ich, dass es schlecht um Mutter stünde. Der Heiligabend war fatal. Ein geschwollener Bauch, Übelkeit und Erbrechen, Klagen, Gejammer. In der ersten Nacht musste ich mir sogar die Ohren mit Watte und Wachs verstopfen, um nichts davon zu hören. Von dem, woran ich nichts ändern kann. Danach wurde ihr aber doch etwas besser. Die Übelkeit ging vorbei. Irgendwie aß sie und sah wieder etwas besser im Gesicht aus, weil sie furchtbar ausgesehen hatte. Ich gewöhnte mich daran, bei ihr zu sein. Und an die andauernden Lügen, die Sinn machen. Mutter lebt mit einem doppelten Bewusstsein. Einerseits vermutet sie, dass sie etwas Ernsthaftes hat, vielleicht Krebs, sie hat es sogar einmal gesagt, aber wenn es ihr besser geht, hat sie Hoffnung, dass sie noch ein wenig lebt. Sie nimmt verschiedene Medikamente gegen die Schwellungen und das hilft. Sie kann sich dann durch die Wohnung bewegen, der Bauch ist kleiner. Sie wird nicht ohnmächtig. Spezielle Schmerzen hat sie auch nicht. Das ist meine Art einer Beteiligung an der Krankheit. Diese zehn Tage und Nächte setzten sich aus kleinen Abschnitten zusammen. Nachts und abends war ich auf den Beinen, beschäftigte mich, war zu allem bereit. Von morgens an, von etwa acht an bis vier, fünf Uhr nachmittags schlief ich. Tagsüber kommen ständig Leute zu Mutter. Nachbarn, Nachbarinnen, Patinnen, Cousinen. Sie sind hilfsbereit. Dann werde ich weniger gebraucht. Solange sie noch gehen kann, geht Mutter im Übrigen selbst durch die Wohnung und will alles machen. Wenn ihr Organismus es ihr nur erlaubt, verzichtet sie auf keinen Schritt. Ich habe Garwolin vorerst für drei bis vier Tage verlassen, aber kehre sehr bald wieder zurück. Mutter geht es jetzt besser. Im Übrigen habe ich mit den Cousinen verabredet, dass sie über sie wachen. Heute, in der Silvesternacht, klingelte es um zwei Uhr nachts an der Tür. Die Cousinen und der Cousin. Mit Wünschen. In heiterer Stimmung. In Gesellschaft von Gästen lebt Mutter auf. Sie verhält sich brav und bemüht sich darum, so gastfreundlich zu sein wie nur möglich. Nein, leider kann sie sie nicht bewirten. Sie bittet darum, ein wenig bei ihr zu sitzen. Aber sie verteilt Geschenke. Als sich diejenigen von Mutter verabschiedeten, die wegfahren sollen, sagte Mutter mit einem Lächeln, dass sie sie bei ihrer Beerdigung wiedersehen würden.

In Garwolin wohne ich im Durchgangszimmer. Die Fenster sind mit einer doppelten Wolldecke verhängt. Also ist es dunkel. Die Leute, die durch das Zimmer gehen, sehen mich mit den mit Watte und Wachs verstopften Ohren schlafen, aber sie wundern sich nicht. Sie haben sich daran gewöhnt.

3. Januar

Schnee, leichter Frost, aber ich laufe weiter durch Warschau. Ludmiła hat den Gast aus Frankreich zum Flughafen begleitet. Ein holländisches Flugzeug ist irgendwo, bloß nicht auf der Landebahn, nach einigen Hüpfern gelandet. Sie sind aufgesprungen und haben die Türen aufgemacht. Die Piloten waren wie gelähmt. Völlig betrunken. Man hat sie auf Tragen weggebracht. Sonst ist niemandem etwas passiert.

Als ich zuletzt in Sopot im ZAiKS war, habe ich mich ein wenig mit Jadwigas älterer Cousine angefreundet, der sogenannten Großen Marylka, einer Dame aus Wien. Ich habe über ihr Haus in Sopot, in dem es spukte, geschrieben, *Die nachdeutsche Sopoter Ballade*. Beendet habe ich sie in Warschau und Garwolin. Ich habe sie ihr geschickt. Sie hat mir jetzt einen Dankesbrief geschrieben, dass sie ihr sehr gefalle. Letzte Nacht ist die Tür von alleine aufgegangen, und es zeigte sich eine weiße Gestalt. Sie hat das niemandem anvertraut, um keine Unruhe zu stiften.

Ich habe bei Lucynka in der Karolkowastraße angerufen. Sie hat mir anvertraut, dass sie keine Kraft zum Lesen habe, aber, um die Zeit zu füllen, sich alte Lieder ins Gedächtnis zurückrufe und die aufschreibe. Sie sagt weder Ludwik noch Ludmiła etwas davon.

In Garwolin habe ich mich durchringen müssen. Anfangs störte mich das Kommen und Gehen der Leute und dann dass, wenn ich die Tür zu Mutters Zimmer schließe, Mutter die Tür ein, zwei, drei Stunden später wieder öffnet, weil ihr entweder zu heiß ist oder weil sie sagt, dass es wie im Gefängnis sei. Für den Abend beziehungsweise bis zum Ende der Nacht gab ich ihr nach. Und in der nächsten Nacht habe ich wieder versucht, die Tür für eine Weile zu schließen. Mutter gab ein wenig nach, aber dann hat sie sie wieder unter irgendeinem Vorwand aufgemacht. Manchmal zog ich in die Küche um, verschloss die zu meinem Zimmer führende Küchentür. Einmal bin ich in schlechtem Zustand aufgewacht, die erste Stunde hinkte ich. Mutter wunderte sich, weshalb. Ich sagte, es sei wegen des Rheumas. Mutter sagte darauf, ich würde zu viel liegen. Ich wurde ein wenig wütend und sagte, ich würde überhaupt nicht viel liegen, und übrigens

– Mutter, wandte ich mich an sie, die auf dem Sofa lag, vielleicht altere ich ja eher als Du?

Mutter blieb liegen und sagte nichts darauf.

Eines Abends ging Mutter ans Telefon, das in meinem Zimmer angeschlossen ist – warum, ist unklar. Mutter sagte, dass da der Draht wohl näher sei, doch es ist immer so gewesen, dass Mutter trotz der Tatsache, dass sie mir in anderer Hinsicht das Leben erleichterte, sich nicht allzu sehr um das Gästezimmer gekümmert hat. Ich traf Mutter an, wie sie am Telefon herumhantierte und meinen Stuhl neben dem Bett wegräumte. Ich holte einen zusätzlichen Stuhl aus der Küche, und als Mutter aufhörte zu telefonieren, stellte ich ihn ihr schräg hin und sagte, mein Stuhl solle hier bleiben, sie könne sich hier hinsetzen. Er sei genauso bequem, bloß stehe er schräg. Mutter sagte daraufhin betrübt

– Ich weiß, dass ich alle störe – und sie war kurz davor zu weinen, obwohl sie nicht sehr weinerlich ist.

Gerade war die junge Cousine da, sie eilte sofort herbei und sagte

– Tante, hier wird es Dir doch genauso bequem sein.

Und schlichtete die Sache.

An Heiligabend, als Mutter sich sehr schlecht fühlte und ihr Körper sehr geschwollen war, musste man sich gleichzeitig um die Sache mit den Geschenken kümmern. Ich dachte, das sei sogar gut, es lenkt die Aufmerksamkeit ab. Vorher hatten wir nämlich das heiligabendliche Essen verzehrt, aber in sehr beschleunigtem Tempo und in düsterer Stimmung. Und als ich die Briefe an Mutter von den Nachbarn holte und unter anderen ein Brief von Sabina dabei war, wollte Mutter sie gar nicht lesen. Erst als ich ihr vorschlug, sie ihr laut vorzulesen. Danach begann Mutter doch damit, an die Geschenke zu denken, die sie vorbereitet hatte. Die Vase, die den Weibern gefallen hatte und unter anderen der Cousine Marysia, die seit einem Jahr zu Mutter kommt, um die Kohlen zu bringen, im Ofen einzuheizen, Wasser zu tragen. Sie hat sich dazu entschlossen, Marysia diese Vase jetzt zu geben. Aber damit sie nicht merkt, um was es sich handelt und sie sie nicht ablehnt, galt es, sie so einzupacken, dass sie sie mitnimmt und erst zuhause sieht. Also musste man diese Vase verpacken. Mutter jammerte etwas, war geschwollen, aber gleichzeitig mit dem Packen beschäftigt. Sie sah die andere Vase, eine weniger schöne, die ich an die Stelle der alten gestellt hatte, und darin künstliche Blumen. Sie stand auf, trat zu der Vase hin, rückte die künstlichen Blümchen zurecht und überprüfte mit einem Blick, ob sie gut standen. Im Allgemeinen hat Mutter keine großen Probleme. Man muss selbstverständlich viel mit ihr reden, beziehungsweise sich viel über ihre Krankheit anhören. Das heißt über diese vorgestellte Krankheit, die falsche. Zum Glück. Manchmal sage ich

– Mutter, ist das denn wichtig? Wenn der Mensch doch krank ist und ihn etwas schmerzt, ist ihm alles egal.

Mutter gibt mir Recht.

6. Januar

Jadwiga und ich haben bei Mutter in Garwolin angerufen. Sie sagte uns am Telefon, dass sie sich wohlfühle. Dass die Weiber morgens da gewesen seien und ihr sogar das Bett gemacht hätten, damit sie sich nicht hinlege. In zwei Tagen fahre ich hin.

10. Januar

Wieder Garwolin. Meine Ankunft in der Nacht. Frost. Aber mit Energie, mit Notizen und Geschreibe, Abschriften. Die ganze Nacht. Und sogar morgens. Nichts gegessen. Das steigert das Wohlbefinden. Mutter ist normal lebendig, immer wieder beschwert sie sich über die Schwellungen, aber nimmt die Entwässerungspillen, Kräuter, das hilft ziemlich gut.

Vor dem Aufstehen, um den Zug zu nehmen, träumte ich stur von Krankenschwestern, Krankheiten, Beschwerlichkeiten.

Mutter hat heute von ihren beiden Ehemännern geträumt.

– Ich bin mit Dir und Antoni Zug gefahren. Der Zug blieb stehen. Ich sagte, ich müsse hier aussteigen, um Pipi zu machen. Ich stieg aus, die Schuhe und Sachen ließ ich im Abteil zurück, hielt den Fahrschein in der Hand, konnte aber den Zielort nicht lesen. Ich wandte mich um und fand mich auf irgendeine Weise bei Deinem Vater wieder, er wunderte sich: „Was, Du bei mir?“ – „Ich brauche Dich“, sagte ich zu ihm. „Du mich? Jetzt?“ – „Ja, wundere Dich nicht, sondern zieh Dich an, Du musst mir helfen.“ Als ich aufwachte, betete ich für beide. Und dachte mir, dass ich ihre Hilfe lieber nicht brauchen möchte.

12. Januar

Ich habe geträumt, dass ich aus meinem alten Haus hinter dem Dąbrowskiplatz kam und Malina antraf, die auf dem Nachhauseweg war, aber stehen blieb. Es dämmerte. Plötzlich erblickte ich einen kleinen wirbelnden Teller. Auf Bauchhöhe. Ich lief hin. Ist das kein Tonband? Aber es wirbelte und leuchtete von selbst. Ein Ufo?

Ich schrie zu Malina

– Da sind wohl irgendwelche Wesen?

– Schau nach!

Ich rannte hinter dem Ufo her, es saßen da kleine Wesen auf Stühlen, standen auf, ich schrie

– Sieben!

– Daneben sind weitere!

– Sechs mehr!
Malina schrie zurück
– Das macht dreizehn!
Einige stellten sich in Paaren auf.
– Elf mehr!
Malina
– Das macht vierundzwanzig. Vergiss das nicht, sie werden Dich danach fragen.
Das Ufo hielt an, ließ etwas zurück. Es flog heran. Heiße kleine Gegenstände. Hieroglyphen. Steinchen, Amulette.
– Das sieht nach zurückgelassenen Zeichen aus, aber sie sind den kleinen Skulpturen, die Hania Swenowa aus Lehm fertigte, verdächtig ähnlich. Sie fertigte sie immer schnell, deswegen waren sie so heiß. Aber vielleicht sind es die?

Abends. Stille. Mutter lehnt an der Anrichte, weil sie die Schwellung der Beine lindern will. Sie geht lieber, als zu stehen und sitzt lieber, als zu liegen. Sie liest Lems *Solaris* im Stehen unter der Lampe an der Seite.
Nachts schließe ich die Tür zu Mutters Zimmer. Mutter steht auf, um etwas aus der Küche zu holen, auf dem Rückweg durch mein Zimmer klagt sie
– Was mauerst Du mich so ein?
Ich antworte
– Was soll's, ich habe mich daran gewöhnt, ich muss mich konzentrieren, ich muss etwas schreiben.
Mutter gibt vor, die Tür hinter sich zu schließen, aber sie ist nicht richtig zu. Ich habe sie geschlossen. Was soll's. Ich brauche ein paar Stunden Abgeschiedenheit. Andernfalls ließe es sich nicht ruhig aushalten. Mutter wird jetzt ohnehin schlafen. Heute hat sie Frau Andzia in der Küche etwas über das Schlafen und Denken erzählt. Frau Andzia darauf
– Weil der Mensch denkt.
– Ich denke an nichts Schlechtes.

Frau Andzia

– Aber es denkt sich von selbst.

Frau Andzia ist sechzig Jahre alt. Im hölzernen Gutshaus bei den Nachbarinnen bedient sie eine im Rollstuhl sitzende Frau mit Polio. Ich glaube, sie ist meine Altersgenossin. Ich habe ihr, das heißt der Frau im Rollstuhl, ein Buch signiert und ließ es ihr durch Frau Andzia geben. Öfter brennt im Gutshaus lange in der Nacht das Licht im Fenster. Es brennt bei ihr. Frau Andzia haben wir zum Kohlen- und Wassertragen und Leeren der Nachttöpfe ausfindig gemacht. Ich sagte zu Mutter, sie solle ihr vierhundert oder fünfhundert Zloty geben. Auf Jadwigas und meine Aufforderungen am Telefon hin hat Mutter Frau Andzia angesprochen, als sie ihr eines Morgens die Einkäufe brachte

– Vielleicht hätten Sie jemanden für Kohle und Wasser oder machten es selbst – dreihundert Zloty monatlich, reichte das?

Frau Andzia antwortete nicht deutlich. Sie überlegte.

In dem Moment schritt ich von hinter der angelehnten Tür ein

– Wenn für Sie selbst, dann vierhundert.

Frau Andzia sagte, dass sie sich wohl einverstanden erkläre. Und dann kam sie gleich und holte die Eimer für das Wasser und die Kohlen. Über mich urteilte sie, ich sei ein guter Mensch. Danach, als sie sah, dass Mutter etwas gewaschen hatte, bot sie ihr an, für sie zu waschen. Mutter gibt ihr jetzt gerne verschiedene Teile Unterwäsche. Sie ist mit mir übereingekommen, dass sich alles für kein allzu großes Geld bezahlen lässt. Ich erklärte ihr, dass ich doch Geld habe.

Ich habe nicht nur Unterhaltungsträume. Sondern viele unruhige. Von Krankheiten. Überflutungen. Heute schrie ich im Traum, bis dass Mutter mich aufweckte. Sie dachte, ich hätte Schmerzen.

Das Schreiben läuft zuletzt gut. Nachts heize ich in der Küche, weil Frost herrscht, und gehe von den glühenden Herden zum

Fenster. Öfter im Dunkeln. Das Feuer löst die Morgendämmerung auf. Schattentheater. Ballette, Dramen. Schlachten zerstreuter Vögel, Winken zum Abschied, plötzlich, im langen Blitzschlag, ein Horizont mit Teekessel. Hinter dem Fenster Schneeschatten, ein Schuppen, Zweige und die hintere Hauswand des neuen Hauses der Nachbarn. Des noch unbewohnten. Sie wohnen nebenan, im alten Haus. Hinter dem Haus ist ein Stall mit Strohdach. Früher konnte man ihn sehen. Die Ketten der Kuh rasselten, jemand ging hinaus, ging mit Taschenlampe hinaus. Diese blinde hohe Wand ruft bei mir eine kontemplative Stimmung hervor. Der Schuppen, die Zweige und die blinde Wand. Das sind nicht viele Elemente, und deswegen ist das gut. Man kann da reinstarren und verschiedene Dinge herausstarren.
Zu lesen habe ich die authentische, von einem Fachmann, einem gewissen Ettore Biocca[193] niedergeschriebene Geschichte einer weißen Frau, die in ihrer Kindheit von Indianern geraubt wurde.

15. Januar

Mutter wollte ausschlafen. Also musste ein Mittelchen her. Ich gab ihr eines. Eines mit leichter Wirkung. Sie schlief ein, stöhnte. Sie wachte auf, sagte
– Ich habe geträumt, dass man mir Gewichte angebunden hatte.

Sie schlief wieder ein. Plötzlich ein Krachen, Gejammer. Ich renne zu ihr. Mutter liegt auf dem Boden, an einen liegenden Stuhl angelehnt. Ich hebe sie hoch
– Gleich, gleich – sie hat Schmerzen, ist angeschwollen.

193 Ettore Biocca, *Yanoáma. Opowieść kobiety porwanej przez Indian [Yanoáma. Die Geschichte einer von Indiandern geraubten Frau]*, ins Polnische übersetzt von B. Sieroszewska, Warschau 1974.

Ich lege sie auf das Bett und sie

– Wie ist das passiert? Ich wollte etwas trinken, weil mir der Hals austrocknet.

Ich erklärte ihr, das sei das Schlafmittel.

Zwei Stunden später schon hörte ich, dass Mutter nach der Tasse griff, die klirrte, und zum Nachttopf pinkeln ging. Sie fiel nicht mehr hin.

17. Januar

Mutter fühlt sich seit zwei Tagen besser. Sie beschwert sich über die gewohnten Schwellungen, aber selbst die Schwellungen sind etwas abgeklungen. Sie isst wie immer wenig, aber es nützt ihr. Sie wirtschaftet in der Wohnung herum. Sie hat mir das Hemd für die Fahrt gewaschen. Als ob ihre Krankheit seit einem Monat auf der Stelle stünde. Mal ist es schlechter, mal besser, aber ungefähr gleich. Abends saßen wir vor dem Fernseher und warteten auf Irena M. und Anula, die zum Zeitvertreib und um mich abzuholen mit dem Auto nach Garwolin kommen wollten. Nach der telefonischen Verabredung vorher mit mir. Mutter zählte die Zeit. Sie sagte, ich solle nach draußen gehen, weil sie wahrscheinlich vorführen. Und so war es. Sie kamen, das Häuschen gefiel ihnen, sie haben sich einen Krimi angeschaut, der im Fernsehen lief, dabei mit Mutter gesprochen, Tee getrunken. Mutter wollte sich bei der Gelegenheit über ihre Krankheit beschweren und herausfinden, was sie haben könnte und ob sie es überstehen wird. Aber sie waren vorsichtig und haben nicht viel erzählt oder wenig Bedeutsames. Zwei Stunden später haben wir Garwolin verlassen. Es herrschte großer Frost. Der Weg war interessant. Irena M. war zufrieden, denn sie fuhr zum ersten Mal im Winter im Dunkeln mit ihrem Auto. Sie hat das Wodka trinken aufgegeben. Das ist ihr plötzlich gekommen. Sie trank dann einmal zu irgendeiner Gelegenheit, aber das war längst nicht mehr dasselbe; anders, und viel weniger. Eine gewisse Zeit lang machte sie Zen-Übungen, das sind körperliche Übungen, auf die dann Kontemplation folgt. Sie sagte, das habe ihr viel gegeben. Dass bereits nach der ersten Übung und der ersten Meditation ein Ergebnis vorliege. Sie war viel vorsichtiger beim Autofahren. Obwohl sie meines Erachtens ohnehin sehr vorsichtig ist. Einmal ist sie mit einem vollen Glas Wasser in der Hand auf dem Stuhl eingeschlafen. Sie war müde, fiel im Traum um, aber vergoss keinen einzigen Tropfen Wasser aus dem vollen Glas. Anula sagt, dass es mit ihrer Mutter genauso gewesen sei wie mit meiner. Dieselbe Krankheit und dieselben Symptome. Schwellungen, Schmerzfreiheit, Unruhe. Die Familie habe nichts von der Krankheit gewusst. Der Arzt habe nichts gesagt. Anula bemerkte, dass das sogar besser gewesen sei, weil sie sich verplappert hätten. Und so dachten sie, dass da etwas sei. Eines Tages, als sie wie gewohnt durch die Wohnung streunte, ging sie ins Bad und begann dort, sich zu übergeben. Der Sohn fragte durch die Tür, was mit ihr sei. Und sie antwortete, dass sie die Tür gleich aufmache und stürbe. Und so war es.

Irena M.s zwölfjährige Tochter hat Anula sehr gern. Und sie hält sie für jemand sehr Guten. Sie sagt, dass wenn Anula so gut ist, dann müsse es irgendwo jemanden ganz Schlechten geben. Je besser Anula sei, desto schlechter sei dieser Jemand. Irena M. meint, sie habe ein Gefühl für die Harmonie zwischen dem Guten und dem Bösen. Im Auto wandte sie sich an Anula

– Du musst schlechter werden, so dass der andere besser wird.

Die kleine Maniusia lebt in Garwolin bei ihrer Nichte, die sie groß gezogen hat und die heute kaum mehr mit ihr redet, man weiß nicht, warum. Sie meint, scheint es, Maniusia rede zu viel. Diese Nichte liebt Kristallobjekte. In allen Zimmern hat sie Kristalle aufgehängt, selbst an den Wänden. Überall stehen

Kristalle herum. Ständig kauft sie neue hinzu. In manche Kristalle legt sie sogar Ringe hinein. Dass sie etwas dekorierter wirken. Angeblich gibt es Kristalle mit einem für das Aufhängen von Ringen vorgesehenen Ort. Erst als Maniusia sie darauf aufmerksam machte, dass man sie ihr klauen könnte, entfernte sie sie.

25. Januar

Ich habe in Garwolin angerufen. Mutter fühlt sich passabel, so wie vorher. Sie hat am Telefon sogar gelacht. Danach gestand sie mir, dass Marysia, diese junge Cousine, die im Ofen einheizt, ein paar Tage lang beleidigt gewesen sei. Mutter gab zu, dass sie unnötigerweise wieder auf das verschwundene Figürchen zu sprechen gekommen sei. Und sie hatte sagen wollen, dass es gut sei, dass die Anrichte verschlossen war, weil andernfalls auch der Ehering verschwunden wäre. Marysia, sonst so sanftmütig, verlor die Nerven und sagte, dass nicht nur sie nicht mehr kommen werde, sondern auch ihre Schwestern. Ihre Schwester Teresa, die Krankenschwester, tauchte dennoch zwei Tage später auf und sagte, die Sache gehe sie nichts an. Schließlich kam auch Marysia wieder, und Mutter entschuldigte sich bei ihr. Mutter bedauerte laut, dass ihr das Maul unnötigerweise irgendwie von ganz alleine aufgegangen sei.
Ich bin den ganzen Tag über in der Stadt gewesen. Ich bin bei Leszek vorbeigegangen. Er bereitet den Słuzker Gürtel für den Tausch gegen das von Ludmiła gemalte Porträt von ihm vor. Er ermahnte mich, dass ich weder Ludwik noch Ludmiła sagen solle, dass dieser Słuzker Gürtel nicht alt sei, aber das sei gleichgültig, da es keine Słuzker Gürtel auf der Welt gäbe. Mich betraute er mit der Mission des Bildtransports von Ludmiła zu ihm und mit dem Hinbringen des Gürtels zu ihnen. Aber erst müsse man vorfühlen, ob sie dieser Transaktion zustimmen.

Cybis'[194] Tagebücher sind erschienen, in denen er sich über viele Leute beklagt. Leszek hat bei den Krajewskis angerufen und ihnen gesagt, dass er die Tagebücher in der Hand gehabt habe. Sie waren beunruhigt, ob nichts Schlechtes über sie darin stehe, weil sie sich mit Cybis gestritten hätten.

Andrzej Mierzejewski[195] hatte eine Ausstellung. Er wollte sie schlicht halten. Aber seine Tochter[196], für ihre Schönheit berühmt, wollte viel Wirbel. Sie bat diverse Figuren zu kommen. Die Gäste wurden namentlich begrüßt. Das heißt diejenigen, die Ämter innehatten. Es gab gut zu essen und zu trinken. Die Tochter hatte für Dreißigtausend Schnittchen eingekauft. Sie begrüßte die Gäste. Auf das Erscheinen des holländischen Botschafters hin geriet sie beim Begrüßen so in Fahrt, dass sie auf dem Weg den polnischen Agrarminister umrannte. Und was schlimmer war: Sie lief nicht hin, um ihm aufzuhelfen, und entschuldigte sich nicht. Der Minister war beleidigt und redete abseits auf Płaza[197] ein, der verschiedene Positionen zu verschiedenen Zeiten in verschiedenen Institutionen einnahm, wie er sich mit der Ausstellung eines solch hässlichen Porträts von ihm nur einverstanden erklären könne. Am folgenden Tag gab es mehrere Telefonanrufe. Der Minister hatte diverse Leute aufgewiegelt. Jemand schrieb über eine Ausstellung nebenan, aber kein Wort über diese. Płaza forderte schließlich, dass sein Porträt nicht ausgestellt werde.

194 Jan Cybis, *Notatki malarskie. Dzienniki* (1954–1966), Warschau, 1980.

195 Andrzej Mierzejewski (1915–1982), stammt aus einer berühmten Malerfamilie, Sohn des herausragenden Künstlers Jacek Mierzejewski, eines Schülers Mieczysław Kotarbińskis. Er war mit keiner Gruppe verbunden, schuf Porträts und monumentale, visionäre Kompositionen an der Grenze zum Surrealismus.

196 Krystyna Mierzejewska-Guillet.

197 Leszek Płaza, ein höherer Beamter des damaligen Ministeriums für Kunst und Kultur.

Nach den jüngsten Spannungen in der Welt haben sich die Leute wieder beruhigt und Vertrauen gefasst. Afghanistan ist von der UdSSR besetzt, die amerikanischen Basen sind ausgedehnt worden, ein iranisch-arabisches Durcheinander. Der Papst hat wegen des Ausbleibens der Umgehungsstraße unterhalb des Tschenstochauer Klosters interveniert. Es hat geholfen.

Leszek und Holländerpetz sind am Haus ohne Kanten[198] vorbeigegangen, das Piłsudski angeblich irgendwann zu bauen befohlen hatte. Dort sind sie auf ihnen vom Hörensagen bekannte Namen gestoßen. Eine Ausstellung von Malerei. Sie sind reingegangen. Eine Festveranstaltung. Voller junger und alter Militärs mit klingelnden Orden, verschiedenen Gestalten, alten Malern. In der Mitte eine in einem Sessel sitzende Malerin, eine alte Dame mit schwarzen Augen, ohne Hand, mit einer Medaille[199]. Die Malerei selbst war Le. zufolge zusammenhanglos. Einer der Vortragenden wandte sich an sie

– Bürgerin General!

Leszek ist mit Petz zu einer Vorstellung des jungen Dramaturgen und Regisseurs Kajzar[200] gegangen. Die Vorstellung hat ihnen sehr gefallen. Aber sie haben dort Ludmiła mit ihrem Franzosen getroffen. Ludmiła hat sie anscheinend auch erkannt, aber bewegte sich so, dass sie ihnen aus dem Weg ging. Bestimmt um zu vermeiden, dass die den Franzosen allzu genau betrachten und über sie lästern. Selbstverständ-

198 „Dom Bez Kantów", ein riesiges Haus der Krakauer Vorstadt aus der Vorkriegszeit, das u. a. eine Kunstgalerie beherbergte.

199 Bronisława Wilimowska (1909–2004), dem Realismus verpflichtete Malerin, Soldatin der Untergrundarmee AK, nahm am Warschauer Aufstand teil und verlor dabei die rechte Hand.

200 Helmut Kajzar (1941–1982), Schriftsteller, Theaterregisseur, Essayist, Autor szenischer Stücke.

lich haben sie sehr über sie gelästert. Ludmiła und ihr Franzose setzten sich dreimal um, um so wenig wie möglich sichtbar zu sein. Leszek und Holländerpetz dachten, sie würden sie in der Garderobe treffen, doch gelang Ludmiła noch ein Ausweichmanöver.

Leszek erzählt von seiner Tante Weronika aus Żarnowiec. Die letzten Jahre über hat sie alleine gelebt. Zumindest im Sommer. Im Herbst ist sie zu ihrer Tochter in die Stadt gefahren. Jetzt hat sie Angst, alleine zu sein. Sie ist dauerhaft umgezogen. Als Leszek vor zwei Jahren bei ihr war, traf er sie im Bett an. Sie sagte, sie liege im Sterben. Er schaute sie an und bemerkte, dass sie es noch weit zum Sterben habe. Er begann sie auszufragen, weshalb sie sich so verhalte. Ah, weil das Leben ihr zugesetzt habe, sie wolle nicht mehr leben, es sei Zeit zu sterben. Leszek rief ihr zu, das sei Altersdepression, sie solle lieber aufstehen und ihm einen Tee kochen. Das Reden half. Sie stand auf, kochte ihm Tee. Sie lebt bis heute. Angeblich quält sie sich mit metaphysischen Fragen herum. Verschiedene unsterbliche Sachen. Was soll das heißen: „Himmel und Erde werden vergehen, meine Worte aber werden nicht vergehen“[201]? Leszek fragte mich danach. Ich habe unbesorgt geantwortet, dass alle Dinge vergehen werden, aber dass die Seelen der Menschen und Christi Worte nach wie vor aktuell sein werden. Na gut, aber was soll es bedeuten, dass der Himmel vergehen wird? Darauf ich, dass der Raum gemeint sei. Nun gut, lassen wir den Raum Raum sein, aber wenn man sagt: „Vater unser, der Du bist im Himmel“ und „Erde und Himmel werden vergehen“, wie kann man diese beiden Dinge miteinander versöhnen? Ja eben. Mit dergleichen Zweifeln kam eine Zeugin Jehovas zu Weronika. Und damit fängt es meistens erst an.

201 Vgl. Mk 13, 31.

Ich ging mit Leszek die Straße entlang. Ich schneller, er langsamer. Er rief mir zu, ich solle langsamer gehen. Ich erklärte ihm, dass es mich mehr erschöpfte, wenn ich langsamer ginge. Eine halbe Stunde später fühlte ich mich besser und konnte langsamer gehen. Er begann, mir einen Vortrag zu halten

– Wenn ich zu schnell gehe, verfällt alles. Ich habe nur ein Auge auf die Zukunft gerichtet, das zweite auf die Vergangenheit. Aber das dritte Auge, das für die Gegenwart, ist untätig. Dann gibt es kein Glück.

Freitag, den 1. Februar

Weil ich Lust dazu hatte, bin ich nach Garwolin gefahren. Mutter ist in quasi unverändertem Zustand, obwohl sich das Ganze womöglich langsam, fast unmerklich abwärts bewegt.

2. Februar

Am Morgen hörte ich, wie Mutter der Patin von mir erzählte, ich hätte irgendetwas hergebracht, ich sei ein guter Mensch. Gut zu den Menschen. Ich schämte mich, denn ich weiß, dass es auch anders sein kann.

Sonntag, 3. Februar

Mutter und ich sind beim Einheizen im Ofen aneinander geraten. Und auch später wegen irgendetwas. Eigentlich wegen Dummheiten. Mutter wird immer unduldsamer. Sie sagt

– Was ist mit mir, das geht doch schon den vierten Monat so.

Einen Augenblick später

– Heute hat es mich so aufgebläht. Mein Gott, leben oder sterben, länger ist das nicht auszuhalten.

Ich habe Halina einen Brief geschrieben, in dem ich meine Wut ausließ. Um besser zu Mutter zu sein.

Montag, den 4. Februar

Von morgens an trieb Mutter sich in der Wohnung herum, hämmerte etwas an die Wand, wusch im Kessel ab. Ich dachte, das sei nicht gut. Dass etwas Ungutes daraus erwachsen würde. Um halb zwei – ich war halbwegs im Traum versunken – begann sie wieder damit, mit dem Hammer auf irgendetwas zu schlagen, danach kam sie an mein Bett

– Du musst mir helfen, auf dem Dachboden ist der Fleischwolf.

Ich stand auf

– Konntest Du nicht eine oder zwei Stunden warten und das später machen?
– Wenn mir das Fleisch schlecht geworden ist?

Ich holte den Fleischwolf vom Dachboden. Mutter gab mir das Fleisch, das ich durch den Wolf drehen sollte. Ich sagte

– Spätes Aufstehen tut mir gut, aber das frühe am Tag nicht. Ich fühle mich einfach schlecht danach.
– Dann halte es, wie Du willst. Ich meine es gut, aber es wird schlecht.
– Ich kann es nicht halten, wie ich will, weil ich hier bin, ich kündige Dir das für das nächste Mal an.

Mutter

– Nächstes Mal bin ich krepiert.

Ich:

– Wir krepieren alle, aber bevor wir krepieren, müssen wir irgendwie da durch.

Darauf riss das Gespräch ab. Danach wurde es wieder gut zwischen uns. Wir lästerten über die Cousinen aus Garwolin. Wir guckten uns Filme an, das heißt, Mutter guckt sich Filme nicht unbedingt an, nur so halb, sie beobachtet sie eher. Ich habe ihr den Fernseher besser hingestellt, er steht jetzt schräg, so dass sie ihn vom Bett aus sehen kann. Sie bemerkte dazu, sie habe auch vorher gut gesehen.

Dienstag, den 5. Februar

Ich habe Mutter eine Lampe aus dem Geschäft besorgt, weil sie eine hat, die kaputt ist, und eine zweite, die wahrscheinlich kaputt ist. Sie beschwerte sich, dass sie nicht lesen könne, da die Lampe am Bett nur dazu da sei, sie nachts anzumachen. Ein Petroleumlampenimitat. Beim Anblick der neuen Lampe verlor Mutter die Nerven

– Wo soll ich die denn hinstellen?

Ich fing an zu lachen, stellte sie auf eine höhere Stufe der Anrichte

– Hier wird sie stehen.

– So viele Lampen auf einmal?

– Ja, auf einmal.

Schließlich erklärte sie sich einverstanden, so gehe es. Später sagte sie selbst am Telefon zu Jadwiga, dass sie über eine Lampe wütend geworden sei.

Auch ich werde manchmal wütend. Zumindest bemühe ich mich, mich zurückzuhalten.

Ich habe Stefa besucht, Mutters Cousine. Eigentlich Antonis. Stefa spricht viel, sie hat eigene Ausdrücke. Sie ist der Inbegriff von Garwolin. Thematisch sowie in Bezug auf Formulierungen – immer bleibt mir etwas von ihr hängen. Ich bin mit ihr mit dem Taxi zu ihr nach Hause gefahren und habe ihr ein kleines Papstporträt im Zierrähmchen hingebracht. Sie hat mir reichlich erzählt. Und danach hatte ich was aufzuschreiben[202]. Als ich zurückkam, saß Mutter auf einem Stuhl in der Küche, düster an die Wand starrend. Sie wandte sich an mich

– Ich bin so aufgebläht.

Sie sagte das den ganzen Tag lang.

202 Die damals enstandenen Texte haben als Zyklus von Prosaminiaturen Eingang gefunden in die Auswahl *Przepowiadanie sobie (Wybór proz) [Selbstweissagen (Prosaauswahl)]* sowie in den Gedichtband *Oho* als Teil des Zyklus *Garwolin w zimie [Garwolin im Winter]*.

Mittwoch, den 6. Februar

Anula, die hier in der Nähe wohnt, hat Mutter durch einen Bekannten Bücher und Blumen gesendet. Mutter wusste das zu schätzen. Ich habe zu Mutter gesagt, sie solle Bücher lesen, weil sie zu wenig läse. Mutter sagte darauf

– Ihr wisst nicht, wie ich mich fühle, wie in einem Panzer.

Ich:

– Ich verstehe Dich, aber diejenigen Frauen, die geistig Beschäftigung haben, fühlen sich in der Krankheit im Alter besser.

Mutter gab mir Recht.

Ich:

– Jetzt hast Du eine Lampe, Du kannst lesen. Und tagsüber kannst Du Dich in den Sessel setzen.
– Aber mir ist auf dem Sessel unbequem und liegen kann ich auch nicht.
– Dann kannst Du halb liegen, halb sitzen, Du hast einen Sessel mit Lehne und einen Hocker und einen Schemel.
– Ja, aber hier in der Ecke ist es etwas zu dunkel.
– Dann kannst Du Sessel und Hocker tagsüber ans Fenster schieben.

Mutter fing an zu lachen

– Ja, Du hast Recht, es ist mir gar nicht in den Sinn gekommen, dass man den Sessel ans Fenster schieben kann.

7. Februar

Gestern Nacht beschwerte sich Mutter, dass bestimmt Ruß in der Röhre schwelte. Sie sei lange nicht gereinigt worden. Deswegen wurde Mutters Ofen in ihrem Zimmer heute Nacht nicht geheizt. Um ihr Zimmer etwas aufzuheizen, habe ich bis zwei Uhr nachts alle Türen offen gehalten. Erst danach habe ich sie geschlossen. Weil ich nicht anders existieren kann. Um halb fünf in der Nacht stand Mutter auf und öffnete die Tür

– Ich bin vor Kälte ganz erstarrt, kann ich die Tür öffnen? Oder nicht?
– Doch.

Aber ich war genervt. Zuvor hatte die Cousine gesagt, dass ein Teil des Krankenhauses renoviert werden würde. Dass er jetzt schon außer Betrieb sei. Ich dachte, das sei keine gute Sache, weil man nicht weiß, ob sie Mutter im Krankenhaus werden aufnehmen wollen. Ließ man ein Wort über das Krankenhaus fallen, wollte Mutter nur ungern darüber sprechen. Zur Punktion gehe sie, meint sie, aber erst im äußersten Fall. Der Arzt sagte doch, eine Punktion sei erst vonnöten, wenn sie zu ersticken beginnt. Ich wunderte mich. Es ging doch darum, sie überhaupt im Krankenhaus zu behalten und die Punktion war eher ein Vorwand. Die Situation ist ausweglos. Das Öffnen der Tür am Morgen hat mich ganz aus dem Gleichgewicht gebracht. Ich habe Herzrhythmusstörungen bekommen. Beklemmung beim Atmen. Nach der Einnahme von vier Schlafmitteln konnte ich drei Stunden lang schlafen. Danach konnte ich nicht mehr schlafen. Schließlich stand ich auf und sagte zu Mutter, dass ich es länger nicht aushalten könne, dass ich irgendeinen Nervenzusammenbruch habe und es meinem Herzen nicht gut gehe. Mutter

– Ich weiß, dass Du es mit mir nicht aushalten kannst.
– Ich kann es mit niemandem länger aushalten.
– Also lässt Du mich so zurück?
– Ja. Vor einer Woche warst Du auch alleine. Ich müsste sowieso fahren, weil ich eine Aufnahme beim Radio habe.

Mutter ergab sich. Sie begann damit, ich solle wenigstens für eine Weile vorbeikommen. Weil man ja nicht wisse – vielleicht wird sie zuhause sein, vielleicht im Krankenhaus.

Ich ging auf die Straße, aber kehrte zurück, weil mir eingefallen war, dass das Telefon heute nicht funktioniert. Aber in dem Moment kam Frau Głowala vorbei und versprach, sofort einzuschreiten, so dass man das Telefon schon heute repariere. Bei Mutter hielt ich mich etwas zurück. Weil es mir leid um sie tat. Ganz dünn geworden, lag sie in der Bettwäsche. Ich verabschiedete mich von ihr und sagte, dass ich in ungefähr zehn Tagen wiederkäme. Das alles ist ein riesiges Gezerre. Mutter fühlt, dass wir sie dem Tod zum Fraß vorgeworfen haben. Und sie aufgegeben. Auf der anderen Seite glaubt Mutter, dass sie sich wieder aufrappeln wird. Und da sie die Wahrheit nicht kennt, wirkt sie ein wenig wie eine Idiotin, die sich etwas vormacht.

Ich bin gleich mit dem Taxi nach Warschau zurückgekehrt.

Sonntag, den 10. Februar

Ich habe mit Mutter telefoniert. Am Dienstag geht sie ins Krankenhaus. Sie ist ein wenig nervös, ein wenig hat sie sich damit abgefunden. Sie hat Hoffnung auf die Rückkehr nach Hause.

11. Februar

Als Hörbuch lese ich das weltberühmte *Leben nach dem Leben*[203]. Darin wird das Gefühl eines Sich-im-Tunnel-Bewegens im Sterben dargestellt. Diese Art Gefühle hatte ich, als ich im Traum erstickte und aufwachte, nach Luft japsend.

Freitag, den 22. Februar

Ich bin abends zu Mutter ins Krankenhaus gefahren. Sie hat eine weitere Entwässerungskur hinter sich. Sie hat geholfen.

203 Raymond Moody, *Życie po życiu [Das Leben nach dem Leben]*, übersetzt von Irena Doleżal-Nowicka, Warschau 1980. Mit auf Band eingesprochenen Büchern sowie Büchern in Brailleschrift wurde Jadwiga Stańczakowa durch die Bibliothek der Blindenvereinigung versorgt.

Gestern noch wurde eine Fistel entwässert. Aber heute ist es schon besser, Mutter ist ganz dünn. Und zufrieden. Sie zeigte mir, dass sie schlanke Beine hat, dass sie keinen Bauch mehr hat. Sie beschwerte sich, es sei ein unangenehmer Eingriff, dieses Ablassen von Flüssigkeit. Umso mehr, als sie viel verloren hat.

Der Chefarzt flüsterte Frau Głowala beiseite zu, dass sie Mutter jeder Zeit wieder aufnehmen, falls sich ihre Lage verschlechtere. Nur dass er nicht wisse, wie es sich mit einem vierten Wasserablassen verhalte. Es könne schlechter werden. Er verheißt Mutter nicht mehr viel Lebenszeit. Mutter ist diszipliniert. Im Krankenhaus ist sie heldenhafter als zuhause, nicht launisch, organisiert.

Irgendwann hat sie mich angesehen und gesagt

– Es kommt mir so vor, als vermuteten die Ärzte Krebs.

Ich schaute ihr in die Augen und sagte

– Ach was.

Mutter nahm das auf und sagte

– Ach was, wohl eher nicht.

Ein Taxi wartete vor dem Krankenhaus auf mich. Ich fuhr zu Maniusia, mit der ich mich telefonisch verabredet hatte. Weil ich neugierig war, wie sie in der Umgebung ihres Zimmers wirkt. Und der ihrer Familie und dieser Nichte mit den Kristallobjekten. Maniusia wartete am Fenster auf mich. Sie gab mir sofort zu essen und Tee. Später kamen die Hauswirte. Es gelang mir, die Kristalle zu sehen zu bekommen. Es sind wirklich viele. Das Haus ist modern, die Zimmer groß, die Fenster groß. Für meinen Geschmack zu groß. Aber sie mögen das so. Danach gab es ein braves Gespräch. Ich war recht lebhaft.

Auch in Mutters Haus hatte ich Lust, weiter etwas zu machen. Aber ich musste mich schon bremsen, kurz halten, Schlafmittel einnehmen, um mittags aufzuwachen und Mutter um eins mit dem Taxi aus dem Krankenhaus abzuholen.

Samstag, den 23. Februar
Ich bin entsetzlich zerstört, übermüdet, unausgeschlafen Taxi gefahren. Mutter saß auf dem Bett, zwar im Morgenmantel, aber in Straßenschuhen. Sie warf sich nur schnell den Wintermantel über und nahm die Tasche in die Hand. Und fertig. Sie bewegte sich flott. Sie lobte sich, dass sie das erste Mal seit vier Monaten selbst eine Strumpfhose angezogen habe und Schuhe an beide Füße. Weil sie nicht geschwollen sei und sich bewegen könne.
Zuhause hat sie gleich die häuslichen Bewegungen wieder aufgenommen. Sie hat bei ihrer Freundin Genia in Młocina angerufen. Abends rief Stefa an. Außer Atem. Sie liegt seit einer Woche krank da. Sie hatte Lust auf meinen Besuch, aber Mutter erklärte ihr, dass ich kaum gehen könne, zerstört sei und im Übrigen gleich wieder abführe, da mir eine Fahrt nach Posen zu einer Lesung bevorstehe.
Irgendwie Verflechtung von Müdigkeit, Unausgeschlafensein und Nervenschwäche – und fast kann ich nicht mehr gehen. Mich auch nicht mehr bücken. Abends habe ich ein wenig Schlaf nachgeholt. Ich habe geträumt, dass ich untergehe, also ist etwas mit dem Herzen. Aber nach diesem Halbschlaf, Halbgedöse geht es etwas besser. Ich hatte Montagmorgen oder Sonntagnachmittag fahren sollen, aber habe mit Mutter ausgemacht, dass es besser wäre, Sonntag vor der Morgendämmerung zu fahren, weil Zeit sei. Mutter ist nicht anstrengend, was mein Abfahren anbelangt. Diesmal sind wir gut auseinander gegangen, mir tat das alles sogar leid, ich war mit mir unzufrieden, wegfahren zu müssen. Aber als ich mich aus dem Bussessel erhob und mich auf den Gehweg stellte, fühlte ich, dass ich doch hatte fahren müssen, weil mich wahrscheinlich das Rheuma gebrochen hat und überhaupt die Schwäche. Mutter ist sich im Klaren darüber, dass es schlecht um sie steht. Die letzte Verbesserung hat sich positiv auf sie ausgewirkt, aber auf der anderen Seite weiß sie, dass sie wieder

anschwellen wird. Noch hat es nicht wieder angefangen, aber sie hat Angst, dass es kommt. Eigentlich spricht sie schon von ihrem Tod. Zu Genia sagte sie am Telefon, dass da nichts zu machen sei, man müsse halt irgendwann sterben. Und dass ihre Zeit gekommen sei. Familie Pieniążek[204] sprach von ihrem Namenstag. Dass sie zu ihr kommen wollten. Sie nahm das gelassen. Aber sie sollten zu trinken und zu essen mitbringen, dann wolle sie sie empfangen. Sie lebt, kurz gesagt, also zwischen der Erwartung ihres Namenstags und der Erwartung des Todes.
Obwohl sie doch noch eine gewisse Hoffnung hegt, dass es ihr für eine gewisse Zeit gelingt, sich aufzurappeln. Sie hat mich sogar gefragt

– Was glaubst Du, komme ich da raus oder nicht?

Und weil ich es nicht kann, auch nicht mag, zu lügen, habe ich überlegt und gesagt

– Du siehst selbst, Du hast einen starken Organismus, er verteidigt sich.
– Ja, das stimmt.

Ich habe einen Brief von Halina und Zocha aus Danzig, der zweiten unehelichen Frau meines Vaters, vorgefunden. Vor ein paar Jahren hatte sie mir Vorwürfe gemacht, dass ich sie in den *Erinnerungen aus dem Warschauer Aufstand* beschrieben hätte. Das heißt, sie beschwerte sich über Details. Über die Beschreibung der Szene, wie Nanka sie mit dem Besen verjagt hat. Sie hat das nicht zu mir gesagt, ich weiß es nur von Halina.

Jetzt kommt es ihr gelegen, Protagonistin der *Erinnerungen aus dem Warschauer Aufstand* zu sein. Sie bittet mich in ihrem

204 Familie Pieniążek, Kazimera Piekutowas angeheiratete Verwandte aus Garwolin, Verwandte ihres zweiten Ehemannes.

Brief, mich darin mit „Herr“ anredend, als Zeuge die Erklärung in Bezug auf ihren Einsatz gegen die Besatzer im Krieg und während des Aufstands auszufüllen. Sie braucht das, um dem Verband der Kämpfer für Freiheit und Demokratie beitreten zu können. Ich habe das Dokument ausgefüllt, es zusammen mit der Erklärung zum Schriftstellerverband gebracht und samt Brief verschickt. Mit demselben Brief hat sie mir eine zweite Deklaration geschickt, um jemanden von den Bekannten aus jener Zeit um eine Unterschrift zu bitten. Aber solche Bekannte gibt es nicht. Swen und ich haben keinen Kontakt mehr. Mir ist eingefallen, dass die in den *Erinnerungen* erwähnte Frau Bałtrukiewicz[205] die beste dafür wäre. Ich habe bei Halina angerufen. Die auf die gleiche Idee gekommen war. Sie gestand mir, dass Zofia in letzter Zeit beleidigt sei, da sie ihr das Papier nicht unterschreiben und ihr Handeln während der Okkupation nicht gerichtlich bezeugen wolle. Ich wunderte mich. Im Brief schrieb mir Halina, dass sie Zofia zuletzt helfe, da Zofia kränkele. Indessen ist es ganz anders. Als ich ihr am Telefon sagte, dass sie es doch vielleicht für Zofia machen und unterschreiben solle, verfiel Halina in einen bösartigen Ton und erklärte mir, dass Zofia ihr vor einigen Jahren für sie wichtige Papiere nicht hatte unterschreiben wollen. Das war, als sie sich ihre Geburtsurkunde ausstellen ließ. Zofia entschuldigte sich damals damit, dass sie nicht lügen könne, weil sie der katholischen Kirche angehöre. Allerdings verfolgte Halina mit der Ungenauigkeit, die sie angeben wollte, ja keinerlei schäbiges oder wahrheitsentstellendes Ziel.
Als ich nachmittags aus der Stadt nach Hause kam, stand vor meinem Treppenhaus ein großer gelber Hund. Er wohnt mit

205 In den *Erinnerungen aus dem Warschauer Aufstand* tritt ihre Familie unter dem Namen Bałturowicz auf.

seinem alten Frauchen im dritten Treppenhaus, aber sie kommen hin und wieder zu Besuch her. Ich habe die Tür aufgemacht und ihn eingelassen. Er ist hineingegangen und hat gebellt. Wahrscheinlich ihr nachgebellt.
Ich treffe die beiden ständig. Sie geht auf krummen Beinen voran, alt, sich wiegend geht sie langsamen Schrittes. Er drei Schritte hinterher. Er geht auf ähnliche Weise.
Vor einer Woche etwa steige ich in meinem neunten Stock in den Aufzug. Plötzlich sind sie darin.
Sie
- Sie haben uns hochgezogen, bis hierher in den neunten Stock.
- Und Sie, haben Sie es nicht geschafft auszusteigen?
- Ja eben.

26. Februar

In letzter Zeit träume ich von Katzen. Dass sie entweder mich beißen oder sich selbst oder andere Leute. Heute auch.
Danach habe ich geträumt, dass ich mit Jot, also Janusz Bierchen, spazieren ging, wir waren auf dem Dreikreuzplatz, plötzlich fuhr die Bahn an, ich drückte mich eng an die Mauer am Ende der Wiejskastraße, die Bahn fuhr fürchterlich nah an der Mauer entlang. Sie streifte mich. Ich sah, dass auch andere an der Mauer standen und auch von der Bahn gestreift wurden. Ich war entsetzt. Die Wagen fuhren vorbei. Jemand erzählte mir, dass sich gerade hier kürzlich ein schwerer Unfall ereignet habe. Die Leute hätten sich genauso an die Wand gedrückt, die Bahn habe die Leute gestreift, und Mauer und Haus seien langsam eingestürzt. Erst im letzten Moment sei es gelungen, das Haus mittels Pfählen zu sichern, ich hatte nicht verstanden, ob viele Leute umgekommen waren oder niemand.
Ich ging weiter durch die Straßen. Leere Tageszeit. Eine fremde Stadt. Eine seltsame Zeit. Ich ging mit irgendwem.

Soldaten sprachen uns an. Einer, an mir vorbeigegangen, zielte mit seinem Gewehr auf mich. Aber ich sprang irgendwie beiseite, und sie gingen weg. Mit jemandem, ein oder zwei Personen, haben wir uns heimlich in ein Haus geschlichen. Ein leeres. Ausgestorbenes. Überhaupt war hier alles um uns herum ausgestorben. Wir sind in den dritten oder vierten Stock gegangen. Um da zu verweilen oder einzuziehen. Uns zu verstecken. Aber plötzlich hörten wir einen heranziehenden Umzug. Eine Prozession. Etwas in der Art von Schwarzhundertern. Es war klar, dass es uns bedrohte. Wir schlichen aus dem Stockwerk oben über die Treppe immer weiter nach unten. Die Schwarze Hundert war im Anmarsch, und ich stellte die Füße ganz leise auf die Stufen, der andere Mann auch. Irgendeine Frau, die ich zur Ruhe angehalten hatte, begann auch zu schleichen. Aber hinter uns kamen noch zwei oder drei weitere Frauen aus den oberen Etagen. Ich beruhigte auch sie. Aber sie konnten nicht leise gehen und lärmten mit ihren Absätzen. Ich machte mir in die Hose, dass man uns entdecken würde und uns etwas Böses antun. Und an dieser Stelle wachte ich auf.

Gracja war da. Für kurze Zeit in Warschau. Sie hat in Garwolin angerufen, weil sie dachte, dass ich dort sei. Mutter verstand sofort, dass es sich um eine Ausländerin handelt und bemühte sich, wie sie behauptet, deutlich und höflich zu sprechen.
Auf meine Klage hin, dass ich Kakerlaken habe, sagte sie, dass sie in Budapest auch welche habe, dass sie schön seien, nicht? Und dass man sie nicht töte, denn das sei sehr unangenehm.

Außerdem meint Gracja, dass ich deshalb auf die Kakerlaken träfe, weil sie nachtaktiv seien und ich auch. Normalerweise mieden sie die Menschen.
Mutter hat mir am Telefon mitgeteilt, dass sie sich besser fühle als damals, als ich da war. Was mich wunderte. Aber wenn es so

ist, ist das gut. Morgen fahre ich in aller Frühe nach Posen zu Lesungen. Seit gestern bereits versuche ich, das Schlafen und Wachen zu regulieren. Was sich sowieso einstellt, wie es will.

Das Wichtigste ist, dass ich seit zwei Tagen nicht vor die Tür gehe und erst zum Zug nach Posen rausgehen werde. Auf diese Weise habe ich mir den Winter um drei Tage verkürzt.

2. März

Ich war drei Tage lang in Posen. Viel Freude, aber reichlich Probleme. Und ganz sicher Anstrengung. Es gab überhaupt keine Zeit für einen Gang durch die Stadt. Die Lesungen haben alle Energie aufgezehrt. Ich habe Barańczak in seiner Wohnung besucht. Das war ein wenig peinlich, da Frau Balcerzan[206], die mich dort hingefahren hat, mich vorwarnte, die Wohnung würde ständig abgehört. Wie dem auch sei, ich bin zu Barańczak gefahren, weil er ein Buch über mich geschrieben hat. Und die Tatsache, dass er Oppositioneller ist und am Protesthungerstreik teilgenommen hat, ist eine andere Sache.

4. März

Ich bin zu Mutters Namenstag nach Garwolin gefahren. Tante Olemka war bereits da, wir sprachen ganz normal miteinander, als hätte es nie Streit zwischen uns gegeben. Ich habe Mutter zwei Opernplatten geschenkt, bei denen sie mitsang; sie hat gelernt, den Plattenspieler zu bedienen. Und eine albanische Kupfervase. Sie hat Mutter sehr gefallen. Aber als man Blumen hineingetan und Wasser eingefüllt hatte, kam gerade die kleine Maniusia und machte ein Geschrei, dass Wasser

206 Die Dichterin Bogusława Latawiec, Ehefrau von Edward Balcerzan.

über die Anrichte laufe. Es stellte sich heraus, dass der Krug undicht ist. Maniusia verzog ihr Gesicht, weil sie das Preisschild gesehen und gemerkt hatte, dass er teuer gewesen war. Danach kamen die Gäste. Stefa, keuchend. Sie trat wie versteinert in die Küche und glitt gleich in Richtung Fenster. Ich habe sie schnell auf einen Stuhl gesetzt, ihr den Mantel geöffnet; erst dann konnte sie Luft holen. Hinter Stefa kam Regina, Mutter von sechs Kindern. Es kam die Nachbarin, die ein Haus gebaut hat, dessen hinterer Teil auf die Küchenfenster hinausgeht, auf die ich schaue. Diese Nachbarin wiegt über hundert Kilo. Aber sie kann sich nicht beherrschen und ein halbes oder ganzes Kilo Pralinen nicht auf einmal essen. Am liebsten mag sie die mit Likör gefüllten Fässchen.
Iwaszkiewicz ist gestorben[207]. Vor seinem Tod hat er zu jemandem gesagt, dass er lebensmüde sei und meine, dass es auf der anderen Seite genauso traurig sei wie hier. Anonyme Briefe vergifteten ihm seinen Lebensabend[208].

Mutter wollte mir vor meiner Abfahrt aus Garwolin Nudeln kochen. Das Feuer wollte nicht brennen. Also das vom Gasherd. Sie konnte die Gasflasche nicht öffnen. Da sagte sie
– Vielleicht haben die ja die Flasche ausgetauscht.
Ich verstand nicht, welche „die" sie meinte, dachte, dass diejenigen gemeint seien, die die Gasflaschen liefern. Indessen meinte Mutter die Familie. Ich staunte
– Aber wer sollte sie austauschen?
– Na die, einer von denen, die benutzen auch solche Flaschen. Einem von ihnen ist sie kaputt gegangen, und da haben sie sie ausgetauscht.

207 Jarosław Iwaszkiewicz ist am 2. März 1980 in Warschau verstorben.
208 Die anonymen Briefe wurden wahrscheinlich von den Staatssicherheitsleuten angefertigt. Sie begannen nach Iwaszkiewiczs Protest gegen die Schikanen Literaten gegenüber.

- Ach was.
- Ich bin doch so lange nicht zuhause gewesen.
- Und da soll jemand die Flasche hinausschleppen und seine herbringen? Das kommt mir nicht sehr wahrscheinlich vor.

Ich begann, Mutter solche Verdächtigungen auszureden. Es half. Tante Olemka, die anfangs auch zu Verdächtigungen in Bezug auf einen Tausch der Flasche bereit gewesen war, begriff, dass sie sich auf meine Seite stellen musste. Es geht einfach darum, dass man Menschen, die einem helfen, vertrauen muss, denn andernfalls bleibt Mutter allein.

14. März

Ich habe bei Mutter angerufen. Sie irrt durch die Wohnung, schwillt an, ich weiß nicht, wie stark. Der Arzt ist bei ihr gewesen. Er will ihr etwas anderes verschreiben als einen Krankenhausaufenthalt zur Entwässerung. Mutter war höflich, dankte mir für den Anruf.

Jadwiga ist nach einer Phase magen- und blasenmäßiger Unannehmlichkeiten in immer schlimmere Zustände verfallen, bis sie sich in ihrer Frühlingsdepression wiederfand. Alles ist ihr gleichgültig. Ich denke, das ist ein unwillkürlich authentischer Einblick in das, was ist. Seit zwei Tagen habe ich mehr Kraft. Sofort geht das Denken besser und das Gehen, und Lust ist da zum Schreiben.

Die Lektorin Marianna Sokołowska ist zum verabredeten Zeitpunkt wegen meiner Prosaauswahl, die zur Jahreswende erscheinen soll[209], hergekommen. Ich habe ein paar neue Prosastücke hinzugefügt. Auf einmal Klopfen an der Tür. „Ein

209 *Przepowiadanie sobie (Wybór proz) [Selbstweissagen (Prosaauswahl)]*, Warschau, PIW 1981.

Vertrauter hier, machen Sie auf." Der Hausmeister. Mit einem Lächeln, er habe gehört, dass ich seit langem meine Wohnung gegen eine größere eintauschen wolle, und hier sei gerade ein Mann, der meine haben möchte. Es sei ihm an der Lizbońskastraße gelegen, selbst wohne er in der Szaserówstraße. Das sei in der Nähe, erklärte der Hausmeister. Ich sagte, es sei in Grochów. Er darauf, dass das nah sei. Ich fragte ihn, weshalb er in diesem Fall nicht dort bleiben, sondern hierher wolle. Weil er dort, wie sich herausstellte, zwei Zimmer mit Küche habe und bereit sei, sie gegen die hiesige Einzimmer-Wohnung einzutauschen. Darauf sagte der Hausmeister mit einem Lächeln, dass er eine Geliebte hier im Block habe und ihr näher sein wolle.

31. März

Mutter hat aus Garwolin bei Jadwiga angerufen, eigentlich war es die Cousine an ihrer Stelle. Mutter fühle sich schlecht, sei angeschwollen, gehe ins Krankenhaus. Ich habe das vom Hausmeister erfahren, bei dem Jadwiga angerufen hat. Ich rief bei Mutter in Garwolin an. Nach einer Weile nahm sie ab. Sie sagte, dass sie ins Krankenhaus gehe, aber bestimmt nur für kurze Zeit. Vielleicht ließen sie sie sogar nach der Entwässerung am selben Tag wieder raus. Das wunderte mich, und ich sagte, das werde wohl eher nicht der Fall sein. Darauf sagte Mutter in entnervtem Tonfall, dass sie wisse, wie das aussehe. Ich sagte ihr, dass ich krank sei und mit meinem Besuch bei ihr warte, bis sie aus dem Krankenhaus zurückgekommen ist. Sie war einverstanden.

Karfreitag, 4. April

Ich schlief und hörte es durch die mit Watte und Wachs verstopften Ohren klingeln. Einmal, ein zweites, ein drittes. Ich schlief weiter, obwohl mich die Unruhe gepackt hatte. Dass etwas mit Mutter sei. Aber ich beschloss, auszuschlafen, um Kraft für das zu haben, was mich erwartet. Es war sowieso Nachmittag. Nach weiterem Dauerklingeln wachte ich schließlich ganz auf, ging zur Tür, und daran hing von außen eine Karte, dass es sehr schlecht um Mutter stehe, ich müsse hinfahren. Der Hausmeister hatte die Karte nach einem Anruf von Jadwiga da hingehängt.

Ich habe die ganze Nacht bei Jadwiga gesessen. Und um vier Uhr morgens bin ich zum Bahnhof Śródmieście gegangen. Es schneite und war kalt. Am Bahnhof im Warteraum zog sich eine Verrückte um, drehte den Wintermantel um, Pullover, brach in papageienhaftes Gelächter aus, zerrte an irgendeinem auf einer Bank Schlafenden herum.

Vom Bus fuhr ich mit dem Taxi direkt ins Krankenhaus. Mutter lag im Korridor, wo es nicht so furchtbar war, wie ich es mir vorgestellt hatte. Es gab Platz und leere Betten über die Feiertage. Es war still und warm. Mutter trank hin und wieder einen oder zwei Schlucke einer Flüssigkeit, aber musste sich danach übergeben. Sie spuckte Leber. Und das schon seit drei Tagen. Alle Innereien in ihr waren bereits in Auflösung begriffen. Aber sie hatte keine Schmerzen. Da waren nur das Wundsein und das endgültige Ausdünnen. Mutter sagte mir in ruhigem Tonfall, dass sie ihr Testament bei Frau Głowala niedergeschrieben habe, zwei Zeugen hätten unterschrieben, zum Notar habe sie es nicht mehr geschafft. Sie sei bei der Beichte gewesen, bei der Kommunion und habe die letzte Salbung empfangen. Sie erwähnte keine Rückkehr nach Hause mehr, auch den Garten nicht. Irgendwann verwechselte sie etwas in Bezug auf den Plattenspieler – denjenigen, den ich mitgebracht hatte – dass dieser Plattenspieler hier sei, dass sie ihn benutzt hätten. Sie hatte mit ihnen darüber gesprochen, aber sie hätten behauptet, dass es hier keinen Plattenspieler gäbe. Und ich begriff erst nach bestimmten Sätzen, dass etwas nicht richtig war. Ich fragte sie, welcher Plattenspieler, wo? Hier oder zuhause? Daraufhin schaute Mutter mich an und stellte schließlich fest

- Ich habe etwas verwechselt, ich dachte, ich wäre zuhause. Sie haben mich mit diesen Spritzen ganz betäubt.

Sie haben Mutter doch gleich nach ihrer Ankunft im Krankenhaus eine Punktion gemacht und dann, auf ihr Bitten hin, eine zweite Punktion, in deren Folge sie ganz abgemagert ist. Sie war sogar stolz darauf

- Oh, schau mal.

Gut, dass das passiert ist, so erstickte sie nicht.

Mutter

- Der Arzt fragte mich, ob ich über die Feiertage hier im Krankenhaus bleiben wolle oder nach Hause, ich sagte ihm, es sei mir gleich.

Am vorherigen Tag hatte sie nach Hause gewollt, aber die Cousine, eine zweite Krankenschwester aus der Familie Pieniążek erklärte ihr, dass es im Krankenhaus besser sei. In der Osternacht habe ich nicht geschlafen, weil ich am Vortag ausgeschlafen hatte. Um fünf Uhr morgens ging ich in die Kirche. Ein Chor alter Männer, in den Bänken links auf einem Haufen, sang mit starker, rauer, aber rhythmischer Stimme altkatholische Gesänge; sie die eine Strophe und die Weiber die andere. Aber die Weiber waren viel schwächer. Ich saß dort fünfzehn Minuten lang, aber fror. Ich beschloss, erst um sechs Uhr zur Auferstehung wiederzukommen. Ich kam vor sechs an, der Altenchor sang mit fanatischer, unnachgiebiger Stimme:

- Lasset uns in dem Moment, im allerheiligsten Sakrament, das allerheiligste Herz Jesu geloben.

Irgendwelche Gesänge und ständig dieser Refrain. Die Alten stark, die Weiber schwächer. Alles hatte sich bereits auf die Auferstehung vorbereitet: Die Feuerwehrmänner waren gekommen, die Jungfrauen in Weiß, eine riesige Schar von

Ministranten, die Priester gingen bereits zum Grab hinaus. Und sie sangen andauernd unnachgiebig: „Lasset uns in dem Moment, im allerheiligsten Sakrament". Der Priester sagte ins Mikrofon, sie sollen aufhören, aber das Mikrofon war verstopft, und sie sangen ihr „Lasset uns in dem Moment, im allerheiligsten Sakrament" fort. Endlich brachten die Leute sie zum Schweigen. Die Weiber hatten noch versucht, den Gesang aufzugreifen, aber waren schwächer, er brach ab. Danach zog die Prozession am kalten Morgen hinaus und um die Kirche, die Feuerwehrleute spielten auf ihren Trompeten „Der Tag der Freude ist heut' angebrochen". Ich ging zurück nach Hause, lag ein wenig da und dachte: Wenn ich schon auf den Beinen bin, fahre ich jetzt schon ins Krankenhaus. Ich fuhr mit einem wie durch ein Wunder abgefangenen Taxi vor, da hatte Mutter schon eine Tragbahre ans Bett gestellt bekommen. Es geht ihr schlechter, dachte ich mir. Sie war viel schwächer. Sie konnte ihre Hand fast nicht mehr bewegen. Sie trank einen Schluck der Flüssigkeit und übergab sich. Sie wünschte sich, ein Bier zu trinken. Aber sie erlaubten es ihr hier nicht. Danach bestellte sie sich Eis für den morgigen Tag. Das eine wird ihr dienen. Die Stationshelferin trieb sich herum, ich gab ihr hundert Zloty, obwohl sie sie nicht wollte. Mutter sagte, dass die Ärzte, diese jungen, jetzt kein Geld mehr annehmen wollen, die Schwestern wollen es auch nicht. Alles anständiger, aber rücksichtsloser. Ich wusste nicht, dass Mutter bereits am Samstag aus dem Krankenhaus entlassen worden war. Sie wollten sie loswerden. Aber behielten sie über die Feiertage nur deshalb da, weil es freie Betten gab. Irgendwann fragte Mutter mich, ob ich ihr die Zahnprothese spülen könne. Ich spülte sie. Dann spuckte sie wieder Leber. Dann gab ich ihr die Bettpfanne, aber konnte sie nicht richtig hinstellen, die Stationshelferin kam. Die Visite war da, die Ärztin prahlte, dass die Punktion geglückt sei, was ich beiseite stehend aus der Entfernung hörte. Die Krankenschwester gab Mutter eine Spritze, und ich dachte, dass das überhaupt alles für die Katz sei, weil Mutter fast zum Skelett abgemagert dalag. Mit Watte und abgedrücktem Bluterguss im Ellenbogen. Sie schlief ein, erwachte wieder, und eigentlich war das schon das Sterben. Ich dachte, dass es schon angefangen hat. Aber es war nicht klar, wie lange es dauern würde. Ich sagte etwas zu Mutter, aber meistens hörte sie mir nicht zu. Nur als ich den Besuch bei Pieniążeks erwähnte – sie hatten mich zum Frühstück eingeladen –, ermahnte Mutter mich mit schwacher Stimme, dass ich keinen Kohl bei ihnen essen und überhaupt aufpassen solle, weil bei ihnen alles fettig sei. Dann war sie wieder nur mit sich selbst beschäftigt, das heißt, nicht so sehr beschäftigt wie einfach kraftlos. Ich dachte, die Vergeblichkeit der Situation beruhe darin, dass sie keine Kraft habe zu rufen, eine vorbeigehende Stationshelferin zu sich zu rufen. Selbst wenn sie etwas braucht, hat sie keine Möglichkeit, sich zu verständigen. Ich wusste, dass die Cousinen nachmittags kommen sollen. Mutter war im Halbschlaf. Ich saß über eine Stunde lang da und sagte, dass ich erst einmal nach Hause ginge. Zuhause war ich erschöpft und wollte mich schlafen legen, aber da fiel mir ein, dass Maniusia Lust gehabt hatte, zu mir zu kommen; es gehörte sich nicht, sie immerzu hinzuhalten. Ich rief sie an und lud sie ein. Zwar war sie gerade erst aus der Stadt heimgekehrt, aber gleichwohl bereit

– Ich gehe los.

Eine Stunde später kam sie an. Wir saßen da, sie im schwarzen Tuch, ich im Pyjama. Und da klingelte das Telefon.

Die Cousinen riefen aus dem Krankenhaus an, Mutter wolle nach Hause. Überrascht, sagte ich nein. Sie solle dort bleiben. Zehn Minuten später riefen sie wieder an

– Die Tante will nach Hause.

Ich regte mich auf und sagte, sie sei nicht im Vollbesitz ihrer geistigen Kräfte und dass man nicht auf sie hören solle, später würden sie sie nicht mehr ins Krankenhaus zurücknehmen. Darauf sagten sie, sie sei seit Samstag entlassen. Da verlor ich die Nerven. Maniusia unterstützte mich in meiner Entscheidung. Schließlich sagte ich, dass ich hier doch nicht wüsste, was man tun müsse. Darauf entgegneten sie, ich müsse zuhause sein, denn sie hätten keinen Schlüssel, aber sie könnten die Tante (meine Mutter) herbringen. Fünf Minuten später wieder ein Anruf

– Die Tante schreit, dass sie nach Hause will, dass sie zuhause sterben will.

Ich regte mich wieder auf. Völlig außer mir, fing ich an, in den Hörer zu brüllen, dass ich dann wohl von hier flüchten werde. Darauf sie, dass sie es auf ihre Kappe nehmen, Mutter herzubringen. „Macht, was Ihr wollt", sagte ich darauf. Sie riefen noch bei Herrn Głowala an, er solle bei mir anrufen. Ich sagte ihm, dass ich letztlich für mich nicht verantwortlich sei.

Ein paar Minuten später Bewegung. Die Cousinen fielen ein, besorgt und wütend. Die Tante sei da. Sie rannten raus in den Hof und zum Krankenwagen. Dahinter ich auf die Veranda. Ich sah die Bahre, die aus dem Krankenwagen getragen wurde. Und ich hörte Marysias Stimme

– Die Tante lebt nicht mehr.

Sie trugen Mutter herein. Schnell auf das Sofa. Der Sanitär überprüfte die Atmung mit einem Spiegel. Keine Atmung. Sie fuhren ab. Die Mädchen weinten. Maniusia auch. Maniusia band Mutter ein Tuch unter das Kinn. Ich trat gerade in das Zimmer und hörte ein lautes Ausatmen. Ich dachte mir: Ist das Mutter? Das ist doch unmöglich. War wohl eine von den Lebenden. Danach stellte sich heraus, dass es doch Mutter war. Das Atmen war vielleicht ein mechanisches Ausatmen. Nachdem die Mädchen sich beruhigt hatten, sprachen sie mit mir. Eine von ihnen, die *Das Leben nach dem Leben* gelesen hatte, meinte, dass das vielleicht ein letzter Stoßseufzer gewesen sei, ein Herauslassen des Atems.

– Die Tante wollte so dringend nach Hause, sie war schon ganz erloschen, aber der Verstand funktionierte noch, sie konnte sogar sehen, dass sie in ihrem Zimmer ist, und es entrang sich ihr ein Seufzer der Erleichterung.

Ich hielt das für übertrieben. Aber darauf sagte die Cousine, dass die Grenze zwischen Leben und Tod nicht greifbar sei. Die Cousinen begannen damit, Mutter zu waschen, sie umzuziehen. Mutter lag auf dem Boden. Es kamen Herr Głowala und der Vater der Mädchen, Herr Pieniążek. Sie fuhren einen Sarg holen. Sie brachten einen her. Mutter, in den Sarg gelegt, lag in ihrem Zimmer. Leute kamen. Głowala, Pieniążek und ich gingen zum Priester. Es stellte sich heraus, dass drei oder vier Personen am ersten Feiertag gestorben waren. Eine Beerdigung sei sogar am zweiten Feiertag möglich, aber die Konkurrenz unter den Verstorbenen zu groß, daher am Dienstag. Der Priester war höflich, er wollte kein Geld für die Beerdigung annehmen, aber Głowala sagte, dass ich nicht arm sei und gab dem Priester Eineinhalbtausend. Abends kam man zum Rosenkranzbeten. Frau Głowala führte an. Die anderen beteten im Chor. Erschöpfung. Stefa und Regina waren gekommen. Stefa beschloss, über Nacht zu bleiben. Wenngleich sie selbst nicht ganz gesund ist, weil sie nicht nur schlecht geht, sondern auch vor zwei Wochen eine starke Sklerose-Attacke hatte und eine leichte Lähmung in den Händen. Die geht zwar ein wenig zurück, aber sie konnte bei sich zuhause nur einen Gashahn öffnen, den, der etwas locker ist. Den anderen konnte sie nicht öffnen, auch keine Telefonnummer wählen. Sie zog dann zu ihrer Schwester. Aber schnell sehnte sie sich wieder nach ihrem Zuhause und der Einsamkeit, an die sie gewöhnt ist. Sie sorgte sich, dass es wieder kommen und schlimmer werden könnte. Sie kann nicht mehr schreiben. Auch wenn sie redete, hatte es manchmal gestockt, aber jetzt war es wieder normal. Wiewohl sie bestimmte Wörter vergessen hat. Sie sagte, sie studiere den Buchstaben „p“, aber „r“ gehe nicht.

Ich habe Stefa in mein Zimmer auf das Sofa gelegt, selbst schlief ich auf einem Feldbett in der Küche. Ich legte Kohlen nach, um es warm zu haben. Wir öffneten die Tür zwischen meinem mittleren Zimmer und der Küche. Bei Stefa brannte Licht. Und Mutters Tür war nachts geschlossen. Stefa machte sogar das Licht für eineinhalb Stunden aus. Danach machte sie es an, ich hörte sie seufzen und den Rosenkranz beten.

7. April, am zweiten Ostertag

Es galt, morgens aufzustehen. Die ersten Leute trafen ein. Nachbarn kamen, Cousins, Leute aus der Stadt, bekannte, aber zumeist unbekannte, einige sagten, wer sie waren. Das alles still, in Ruhe. Sie fragten, wo die Verstorbene liege. Maniusia, die hergekommen war, und ich zeigten ihnen, wo sie in dem letzten Zimmer lag, aber wir sagten, wir schlössen die Tür, weil es hier warm sei, und dort kalt bleiben solle. Sie nickten, öffneten die Tür, schlossen sie. Sie beteten am Sarg, gingen weg. Die nächsten kamen.
Auf einmal erschien ein junger, intelligenter Mann mit seinem Sohn. Sie hatten mit Maniusia gesprochen, dass er aus Puźnówka käme. Maniusia fragte ihn, ob er Perczyński[210] sei. Er darauf, dass ja. Den Nachnamen kannte ich. Und am vorherigen Tag war bereits jemand gekommen, der sich als Bruder von Frau Perczyńska vorgestellt hatte. Dabei weiß ich, dass diese Genia Perczyńska, die Schwester der Dichterin Jadwiga, kürzlich in dem Krankenhauskorridor verstorben war, in dem Mutter gelegen hatte, und Mutter hatte sie dort im Februar gesehen. Der junge Perczyński erzählte, dass unlängst offenbar ein dreißigjähriger Mann gestorben sei. Der Arzt hatte

210 Perczyńscy, entfernte Verwandte von Antoni Piekuta, dem zweiten Ehemann Kazimiera Białoszewskis.

den Tod festgestellt. Sie setzten ihn in der Familiengruft bei. Kurz darauf starb der Großvater der Familie, man öffnete die Gruft, sah einen offenen Sarg und dieser dreißigjährige Verstorbene saß tot in einer anderen Ecke der Gruft. Also war er bloß in Lethargie verfallen, war aufgewacht, und aus dem Sarg aufgestanden, aber konnte nicht heraus.

Abends hörte ich, Michałek werde kommen, um den Rosenkranz zu beten und die Gebete zu sprechen. Dass er ein Spezialist sei. Man erwartete ihn. Endlich ging die Tür auf. Ein alter, dicker Greis am Stock kam herein. Ich wunderte mich. Aber man erklärte mir, dass er ein ehemaliger Kirchendiener in Rente sei. Ich erinnerte mich, dass als ich damals, noch zu Lebzeiten Antonis, in die Kirche gegangen war und mir die Wandmalereien angesehen hatte, mein Interesse auf ein Wandgemälde der Jahrhundertwende fiel, das Isidor von Madrid zeigt[211]. Dem ein Engel half, das Feld zu bestellen. Ich erzählte Antoni davon, und er entgegnete, dass der Kirchendiener Michałek in seiner Jugend als Isidor posiert habe.

Rosenkränze, Wechselgesänge, Litaneien und noch irgend andere, immer seltsamere Gebete in schnellem Rhythmus, halb gesungen, halb rezitiert. Nach eineinhalb Stunden dieser Litaneien, Rosenkränze, Wechselgesänge, kündigte Michałek in einem frommen, ostpolnisch anmutenden Ton an

– Widmen wir ihr noch eine halbe Stunde und beten den Barmherzigkeitsrosenkranz.

Und hier begannen noch seltsamere Gebete. Schnelle Halbgesänge, die klangen, als würde etwas umgeschüttet. Etwas indianisches, afrikanisches, fast zum Tanzen. Bis ich die folgenden Worte hörte, laufend von Michałek und dem Chor wiederholt:

211 Izydor Oracz (um 1080–1130), katholischer Heiliger. Die Legende besagt, als der junge Izydor bei reichen Nachbarn als Knecht arbeitete, habe ihm ein Engel bei der Feldarbeit geholfen. Er war für seine Frömmigkeit und barmherzigen Taten berühmt. Er ist der Patron von Madrid und Patron der Bauern.

Jesu, lasse Gnade walten,
Reiß' die Seele aus dem Fegefeuer,
Jesu, lasse Gnade walten,
Reiß' die Seele aus dem Fegefeuer.

Ich döste bei diesem wilden Rosenkranz ein. Endlich war es zu Ende, fast alle waren gegangen, aber es blieben noch ein paar Leute übrig. Geläster. Stefa blieb wieder über Nacht, weil sie mich nicht alleine lassen wollten, ich hingegen konnte nicht fort, weil man einen Verstorbenen getreu der Tradition nicht alleine zuhause lässt. Ich dachte daran zurück, dass, als ich klein und der zweite Mann von Tante Józefa gestorben war, sie ihn nachts eingeschlossen hatte und zu uns zum Schlafen gekommen war, in das Haus an der Ecke Leszna- und Wronastraße. Später erinnerten sich Nanka, Sabina, Tante Józefa und meine Mutter immer wieder daran, dass es einen Knall gegeben hatte. Die Mangel im Schrank war herabgerutscht. Das war der Mann von Tante Józefa, der daran erinnerte, dass man ihn allein gelassen hatte.
Endlich gingen die Gäste, und Stefa und ich konnten uns schlafen legen.

Dienstag, den 8. April

Vom Morgen an Durcheinander. Leute. Tante Olemka kam, Lolek mit seiner Frau, Rysio[212] mit seinem Sohn. Danach sollten sie vom Friedhof aus mit ihrem Auto nach Warschau fahren. Julian kam, Sabinas Mann. Sabina kam nicht, sie hat ja kranke Beine. Als wir schon im Trauerzug gingen, erschien Tadeusz. Mutter wurde im Familiengrab der Piekuta neben

212 Rysio, ein Cousin von Miron Białozsewski, wahrscheinlich der Sohn seiner Tante Olemka.

Antoni beigesetzt. Es stellte sich heraus, dass es einen Platz gab. Nach der Beerdigung luden uns die Pieniążeks zum Trauermahl ein. Julian, Sabinas Mann, fühlte sich dort ungezwungen. Er sprach mit Pieniążek, gemeinsam erinnerten sie sich an die Pferde, die Gefangenschaft. Am Ende war ich erschöpft. Wir gingen zu Herrn Głowala, der uns für sechs Uhr zu sich bestellt hatte. Wir rechneten ab. Mutter hatte das Testament bei Herrn Głowala gelassen, und Herr Głowala übergab es uns jetzt. Gleich darauf fuhren wir mit dem Bus nach Warschau. Jetzt will ich mit Sabina und Julian nach Garwolin fahren, um die Versicherungsangelegenheiten zu erledigen, während Sabina und Marysia Pieniążek die Schränke und Schubladen, deren es so viele gibt und alle voll, darauf durchsehen sollen, was da ist und was an wen abzugeben ist. Denn das werde ich doch nicht machen.

Ah, das noch.
Als ich Mutter am Sonntag auf das Kissen hob, um sie höher zu legen, sagte sie mit schwacher Stimme
– Ich weiß nicht, wie es sein wird, was tun.
Als die Cousinen kamen und sie rief, dass sie nach Hause wolle, wollten sie ihr einen Schluck zu trinken geben, aber sie sagte, sie wolle nicht, nicht hier, sondern zuhause. Anscheinend war sie sehr froh darüber, dass sie schließlich nach Hause fahren würde. Den Krankenschwestern aus dem Krankenwagen sagte sie noch „Auf Wiedersehen". Und vorher zu Cousine Teresa
– Grabt es, grabt es mir schon, das Loch.
Teresa
– Tante, was redest Du, Du wirst noch laufen.
Darauf Mutter
– Ich meine es ernst, Teresa.

Nach Ostern in Warschau

Ich bin bei Sabina gewesen. Mutter hatte vergangenes Jahr zu ihr gesagt
- Dein Alter hätte ich gerne.

Sabina darauf zu Mutter
- Aber zwischen uns sind doch nur drei Jahre.
- Und das zählt trotzdem.

Zu Genia, ihrer Freundin, sagte Mutter angeblich
- Überlege Dir mal, ich habe ein Haus, einen Garten, einen Pelz, ich habe alles und muss das alles dalassen.

13. April

Jadwiga hat immer noch Depressionen. Ein wenig amüsieren wir uns über sie, dass sie zählt, wie viele Tage oder Wochen sie bereits in der Depression verbracht hat. Sie wartet auf Trost, auf Telefonate.
Halina hat Zofia doch das Papier über ihre Tätigkeit während Okkupation und Aufstand unterschrieben. Dabei hatte sie geschworen, ihr nicht zu helfen und half ihr doch. Ihre Wut ist einfach abgeklungen.
Ich war in Żoliborz. Roman ist ein bisschen eifersüchtig, dass Ada ihrer neuen Untermieterin Tufta so viel Freundschaft entgegenbringt.
Meine Nachbarin, die Dichterin Anna Pogonowska, hat eine Einladung zu Exerzitien für „Menschen der Feder“ erhalten. Sie ist in die Kirche gegangen und hat dort eine ganze Menge Lektoren und Lektorinnen angetroffen. Insbesondere Lektorinnen. Aus alten Zeiten bekannt als Stalinistinnen und Mitglieder der Polnischen Jugend. Jetzt gingen viele von ihnen zur Kommunion.

17. April

Sabina und ich sind mit dem Taxi nach Garwolin gefahren. Sabina war von Anfang an euphorisch. Sie erzählte dem Taxifahrer von dem Mietshaus, in dem sie wohnt, wer mit wem trinke, über die Schurken, von deren Geliebten, von den unehelichen Kindern. In Mutters Haus in Garwolin begann sie, die Regale, die Geschirrschränke und Schränke durchzusehen. Sie war in ihrem Element. Nachts, nachdem die Tür geschlossen war – sie schlief im Wohnzimmer und ich wie gewohnt im mittleren Zimmer – sah ich noch lange den von links nach rechts und von rechts nach links gehenden Schatten von Sabina.

Sabina hatte ein Suppenhuhn, Butter, Speck, Erbsen und Honig mitgenommen, anscheinend für mich, damit ich das mit Zitrone esse und Milch dazu trinke gegen die Erkältung. Ich fragte, wofür so viel Essen. Sie darauf, dass wir doch etwas essen müssten.

Das Mittagessen kochte sie träge, lange. Früher war sie sehr schnell gewesen. Pieniążek kam, der Cousin von Mutters Mann, also der Vater dieser Mädchen, die sich um Mutter gekümmert haben. Sabina schickte ihn los, um Eier für die Nudeln zu holen, aber es gab keine Eier. Ich sprach mit Pieniążek, ich würde sie entweder ausbezahlen oder sie behielten das Haus. Er säte und harkte in Mutters Garten. Ich lud Maniusia ein. Sie solle sich etwas nehmen. Und vor allem Marysia Pieniążek, Mutters wichtigste Betreuerin. Auf der Fahrt nach Garwolin sagte Sabina, Mutter habe einen Karakulpelz besessen und dass sie ihn nähme, weil er ihr passe. Allerdings sagte Frau Głowala gleich, als sie mir die Schlüssel überreichte, dass Mutter den Pelz für Marysia bestimmt hätte. Ich habe Sabina das sofort gesagt, sie war einverstanden. Ich gab Marysia den Pelz, zwei Achatketten, die ich in einer Kiste gefunden hatte, ein paar Wollknäuel, eher heimlich, ohne Sabinas und Maniusias Wissen. Sie haben alles beaufsichtigt, aber das haben sie nicht bemerkt. Maniusia sagte etwas über die Dahlienknollen; sie könne sie für ihren Garten gebrauchen. In der gleichen Sache rief Leszek aus Warschau an, da er von Jadwiga wusste, dass ich in Garwolin sei.

Frau Andzia war da, sie riet dazu, das Haus zu behalten und sagte, dass sie mit ihren Hunden täglich daran vorbeigehe und darauf aufpassen werde. Ich gab ihr, glaube ich, ein Kleid und Schuhe, die niemand nehmen wollte. Sie waren ihr sehr nützlich. Sie bot sich an, am folgenden Tag Milch zu bringen. Ich sagte, ich würde keine trinken, Sabina hingegen stürzte sich auf die Milch, sie wollte sie haben.

18. April

Den ganzen Tag Durcheinander. Ich war auf verschiedenen Ämtern, in der Bank, um Geld abzuheben, das Testament beim Gericht abzugeben und mit den entsprechenden Unterlagen bei der Versicherung. Sabina hat unterdessen Mittagessen gekocht und die Schubladen und Regale durchstöbert. Die Unordnung wuchs. Ein Mittagessen gab es nicht. Maniusia trieb sich herum. Sabina war sauer auf Maniusia und Maniusia auf Sabina. Auf einmal nahm Maniusia die große Kristallvase und sagte, sie sei für Frau Głowala. Ich war einverstanden. Sabina rannte herbei, fasste die Vase

– Die ist für mich, und stellte sie auf den Geschirrschrank zurück.

Später fragte ich Sabina, wie sie die schwere Vase transportieren wolle. Ich solle mir keine Sorgen machen, sagte sie, sie schaffe das. Beide durchsuchten die Schränke und Geschirrschränke. Irgendwann trat Maniusia in Mutters Wohnzimmer, schaute irgendwo hinein und sagte

– Alles ist geplündert, alles!

Im anderen Zimmer sagte Sabina zu mir

- Diese Maniusia ist so gierig! Sie würde am liebsten alles mitnehmen, alles ansehen, was da ist!

Als wir alle in der Küche waren, griff Maniusia unter den Tisch

- Oh, was ist das? – Sie zog einen Karton hervor und aus dem Karton feine Pelze und zwei Füchse.

Sabina schob es schnell wieder zurück. Nachdem Maniusia gegangen war, probierte sie beide Füchse an, fragte mich, welcher ihr besser stehe, welcher schöner sei. Schließlich wählte sie den roten.

Irgendwann sagte Sabina zu mir

- Du hattest nach Korallen und verschiedenen Dingen Deiner Mutter gesucht, ich habe sie gefunden, ich bin gewitzter – und zeigte mir den Ehering und zwei Ringe ohne Steine.

Ich sagte, sie solle mir einen davon geben.

- Wofür brauchst Du den?
- Ich will halt einen für mich haben – und nahm ihn ihr aus der Hand und versteckte ihn in der Hosentasche.

Aber sie hielt mich zurück, schlug gegen meine Hand

- Wem willst Du das geben? Du Gutmensch, alles würdest Du verschenken, gib es zurück.

Ich wollte mich nicht streiten und gab ihn ihr zurück.

Euphorie, Sabina bei bester Laune, witzelnd. Ihr großer Tag. Sie hatte sechs Pakete bei sich. Unter anderem hatte sie Mutters Nachttopf genommen, weil sie wusste, dass man an keinen Nachttopf kommt. Ich fürchtete, der Taxifahrer würde das alles nicht im Auto mitnehmen wollen, aber wir trafen auf einen ganz geduldigen, der alles mitnahm und in den Kofferraum packte.

Auf dem Rückweg war Sabina wieder gesprächig, sie erzählte dem Fahrer von ihrem Mietshaus, den Säufern, den Säuferlein und von den Mülltonnen.

[Dezember 1980]

Es stehen Schlangen nach Bonbons zum Nikolaustag. Ich hörte, wie ein Weib dem anderen das Kind lieh, und man das Kind in diesem Gemenge zerquetschte.

Es fehlt an Futter für die Tiere. Man sagt, im Warschauer Zoo sei ein Teil der Tiere beseitigt worden.

Giereks Begleiter durch die Landwirtschaftsbetriebe erzählte, dass, weil die Schweine starben und man die Wahrheit vor Gierek verstecken musste, man Schweine anderer Betriebe ausleihe, abhole und später wieder wegfahre. Potemkinsche Schweine.

Ich habe von der Entwaffnung unserer Soldaten gehört. Dass sie im Falle des Falles keine Waffen haben. In irgendeinem Keller hat man für den Aufstand, für die Russeninvasion vorbereitete Granaten gefunden. Das erinnert an die Nacht vor der ersten Teilung Polens, als der russische Botschafter[213] befahl, dreihundert Stangen zum Aushebeln der Warschauer Tore vorzubereiten.

Über Kultur oder über Kunst

Große Unruhe, begrenzt durch Rührung.
Ein Nicht-bis-zum-Ende-verstehen.
Zwischengeschöpflichkeit.
Erschütternde Entbehrlichkeit.
Das Vergafftsein der Seele.
Göttlichkeit.
Überdehnung.

Die erste Krise des Fortschritts – der Retrotrieb.
Fortschrittsinstinkt versus Lebensinstinkt, aufmerksam und total.

Bach: Melancholie, Sakralität, Wagemut.

213 Mikołaj Repnin.

In manchen von Beethovens Sonaten ist ein Übermaß an Wärme gegeben, an Melodie. Das geht so weit, dass man sich dabei erwischt, Beethoven Vorwürfe zu machen, Musik sei schließlich auch Melodie. Aber wenn man sich dann die neunundzwanzigste Klaviersonate[214] anhört, ist das eine höhere Sprache, ist das das synthetische Gestammel des Genies, die Beflügelung zu höherem Verständnis.

Von den Pyramiden, wozu sie dienten. Astronomische oder kosmische Erklärungsbestrebungen. Es gibt eine Illustration, auf der die Ägypter auf Josefs Ratschlag hin für den Fall einer Hungerperiode Getreide in den Pyramiden sammeln. Die Ägypter des neunzehnten Jahrhunderts glaubten, die seien zum Schutz gegen Überflutungen, diese hohen Punkte. Ich habe in Nervals *Reise in den Orient* gelesen, dass man in den damals zeitgenössischen Übersetzungen von deutschen Wissenschaftsartikeln zu Forschungen in Ägypten zu dem Ergebnis gekommen war, es hätten sich Initiationslabyrinthe in den Pyramiden befunden. Dort fanden die Prüfungen der Adepten der mystischen Gesellschaft statt. Vier an der Zahl. Wandern durch die Kanalkorridore nach oben und nach unten. Die vierte Prüfung führte über eine Leiter über einem Wasserabgrund und man musste immer höher klettern, da ständig Sprossen unter den Füßen wegbrachen. Wenn man endlich die höchste Sprosse erklommen hatte, öffnete sich eine Klappe und man konnte sich mit Mühe in einen Korridor hineinzwängen – übrigens halfen die ägyptischen Priester dabei, sich hinaufzuschleppen. Im Anschluss an diese Prüfung ging man einen Korridor von einer Meile Länge bis nach Memphis. Dort war ein Aufenthalt im Isis-Tempel vorgesehen, es gab Begrüßungen, Kontakt mit den Priestern

214 Die Klaviersonate Nr. 29 B-dur op. 106 *(Hammerklaviersonate)*.

und Priesterinnen, mit den Flammen der Mystiker. Danach stand einundvierzig Tage lang Fasten an, achtzehn Tage Schweigen, währenddessen durfte man lesen und schreiben, dann zwölf Tage Selbstanalyse und Selbstkritik dessen, was man zu Lebzeiten vollbracht hatte, neun Tage und Nächte Schlaf hinter der Isis-Statue, während derer Isis sich offenbarte. Endlich im Wachzustand, streckte man ihr eine Hand entgegen, sie zeigte sich und verschwand in Nebelschwaden. Dann das Fest: Es wurde dem Adepten ein Kelch mit dem Sud der Lotosblüte gereicht. Der Adept schlief ein. Die Priester trugen ihn in die Oase. Dort wachte der Adept im Paradies auf, um ihn zahme wilde Tiere und zum Lohn eine der Eva gleichende Frau. Und ein Baum voll verbotener Früchte. Die letzte Prüfung: auf dem Baum eine Schlange, die Frau reicht dem Adepten einen Apfel.
Moses, der angeblich diesen Prüfungen ausgesetzt war, hielt der letzten nicht stand und brach darüber in Zorn gegen die Ägypter aus, worauf er ihnen Feind wurde und sein Volk aus Ägypten führte. Neben geliehenen und gestohlenen ägyptischen Gefäßen nahm er allerdings den gesamten Paradiesmythos mit. Angeblich hat auch Orpheus diese Prüfungen absolviert, aber bereits die vierte nicht bestanden. Als die Sprossen der Leiter zu fallen begannen, liess er die Leiter los und fiel ins Wasser. Die Priester fischten ihn heraus. Eine gewisse Zeit später wurde er noch einmal zum Examen zugelassen. Wieder bestand er die gleiche Prüfung nicht. Er fiel in den Kanal. Die Priester fischten ihn heraus; daraufhin musste er die Korridore bergauf zurückgehen. Da er mit seiner Frau Eurydike in die Pyramide gekommen war, die irgendwo in der Tiefe auf ihn wartete, raubten sie die Priester und er suchte sie später. Und so blieb er in den Gewölben der Pyramide, in der Eurydike umher irrte.
Man weiß auch, dass diejenigen, die sich einbalsamieren und sich in Grabkammern wie den Pyramiden begraben ließen,

glaubten, dass dreitausend Jahre später die Sternenkonstellation dieselbe sein würde und sie wieder auferstünden.
Lech Emfazy hat nach seiner Rückkehr aus Griechenland einen Vortrag über die Eleusinischen Mysterien gehalten. Er sagte, es sei bekannt, was vor und was nach den Mysterien passierte. Und im Zentrum – das Wesentliche? Ein Geheimnis. Die Eingeweihten, zu welchen die griechischen Philosophen gehörten, darunter ein Sokrates, verrieten das Geheimnis nicht. Jemand sagte darauf: Vielleicht war das Geheimnis nicht vermittelbar?
Le. sagte zu mir, als ich ihm davon erzählte

– Es ging um einen Wechsel der Wirklichkeit. Ein Wirken mittels Hypnose, vielleicht Drogen, Philosophie. Sie schliefen ein und man legte sie beispielsweise in die Grabkammern.

[17. Dezember]

In den Apotheken fehlt es an Medikamenten. In den Geschäften gibt es im Prinzip nichts zu kaufen. Gestern habe ich erst auf der Marszałkowskastraße in einem Geschäft mit Milchprodukten weißen und gelben Käse bekommen. Es ist sowieso gut, dass ich überhaupt etwas bekommen habe. Ich habe ein Stück Leberwurst gekauft und Brot. Und war zufrieden. Und auf dem Erlöserplatz noch Käsestriezel.
Es ist ein Wunder geschehen, nicht so sehr in Mailand als vielmehr in Pommern. Es sprudelte Erdöl. Anscheinend hat man eine derart üppige Erdölquelle entdeckt, wie es sie so nirgends in Europa gibt. Sie könnte Polen aus dieser grauenhaften Situation retten. Man weiß nicht, wie man sie stopfen soll. Schon jetzt gibt es Verluste in Millionenhöhe. Man will sie erst nach Neujahr schließen. Es wird vermutet, dass Russland über das Vorkommen von Erdöl bei uns nicht erfreut ist. Sie hätten es gerne selbst gehabt. Aber wenn sie auf stur schalten, suchen sie nach dem Verlauf der Quelle

und sind in der Lage, das Öl bei sich abzusaugen. Gierek bekennt sich zur alleinigen Schuld. Na und?
– Noch ein Heiliger.

Es herrscht große Anarchie in Polen. In diesem Abgrund des gegenwärtigen Elends hat sich die Chance von Unabhängigkeit im Elend aufgetan.

Man hat über die Verheimlichung der Wahrheit genörgelt. Jetzt ist es schwer, die Wahrheit zu ertragen und sie in all ihren heiklen und traurigen Details zu hören.

DIE VERSCHLECHTERUNG

Mittwoch, 19. Mai

Ich habe 13 Stunden geschlafen. Eine Spritze, die Milchbar, Geschäfte. Heiß. Herrlich.

Und das reichte, um müde heimzukehren.

Zauber-Krzysztof hat irgendwo gelesen, dass der Mensch alle dreißig und paar Tage seinen Spitzentag hat. Nur muss man den zu packen wissen, weil er sich immer ein bisschen verschiebt.

Kitzi-Katzi sagte am Telefon, dass sie da gewesen sei, dass sie da gewesen seien, denn sowohl Zbrożyna als auch andere Malerinnen und Bildhauerinnen waren bei der Versammlung gewesen, bei der der Priester Salij[215] den Ton angab. Sie waren in Stimmung und begeistert. Auf ihre alten Jahre werden sie zu Oppositionellen, zu Mystikerinnen, Seelenforscherinnen.

Ich habe einmal mit Darek gesprochen. Von der Kraft der Männer um die fünfzig und danach. Dass sie schwächeln.

– Und die Weiber?

Darek

– Die sind in diesem Alter viel böser.

– Sie haben mehr Kraft, was?

– Und ob!

Ein Bekannter sagte über eine gewisse Bekannte, die so Ende vierzig ist und die selbst zugegeben habe, dass sie sich immer noch wie ein Mädchen fühle, obwohl sie eine erwachsene Tochter habe

– Eine F…e.

Weil er ein Liebesabenteuer mit ihr hatte und sie ziemlich anspruchsvoll gewesen sei.

Mit dem Camembert habe ich mich vertan. Er kostet 240 Zloty das Kilo, nicht das Stück. Also habe ich ihn mir gekauft. Köstlich, und gar nicht so teuer.

215 Der Priester Jacek Salij (geb. 1942), Dominikaner, wirkte damals aktiv in oppositionell-seelsorgerischen Kreisen.

Mittwoch, 19. Mai, abends

Nachdem ich lange liegen geblieben war, die neuen Platten durchgehört (ziemlich scharf darauf achtend, ob sie Mängel haben) und die alten Krimiheftchen gelesen hatte, fuhr ich mit der Linie „J“ nach Żoliborz.

Die Hitze nimmt zu. Alle steigen aus. Rückansichten der Häuser von vor dem Krieg. In einer Hofecke ist eine großgewachsene, dünne, weißhaarige und leicht gebückte Gestalt mit Tasche verschwunden. Roman ist vom Einkaufen gekommen. Er hat Tee bekommen. Zufrieden, erschöpft. Weil eine lange Schlange nach Tee anstand. In Romans Zimmer ist es stickig. Hinter mir ist Ada mit zwei nach den Seiten hin zu Schlaufen gebundenen Zöpfen in das Zimmer gekommen. Ich habe gefragt, ob sie echt seien

– Zum Teil.

Anwesend waren der Kiffer-Idaś, der von den Pülverchen und vom Was-nur-geht-Rauchen, und der stille Graphiker Henio, Romans Schützling. Der Hund begrüßte mich. Tukwas Kater miaute im Vorzimmer die Katze an, die sich gerade, wie der Kiffer sich ausdrückte, ranschmiss. Die Katze will, dass man sie streichelt, sie krümmt sich und beißt plötzlich, kratzt. Sie verwechselt die Gelüste. Sie hat uns alle besiegt. Tukwa hält sich außerhalb von Warschau auf. Manchmal schneit sie hier rein. Roman hat mir Pillen gegeben, die der Kiffer verloren hat. Tukwa ist aufgetaucht, angetrunken, und hat mir von der Rakowieckistraße[216] erzählt, von den Verhören. Sie ist tiefer in das Gebäude reingeraten, weil ein gewisser Piotruś erschienen war. Von Zbyszek Zalewski[217], dem verrückten Dichter und

216 In der Rackowieckistraße befindet sich das Innenministerium und das Gefängnis.

217 Zbigniew Zalewski (1923–2003), Dichter, in den Jahren 1940–1946 Soldat der Polnischen Streitkräfte im Westen, lebte ab 1947 in Warschau. Er hat um die zehn Lyrikbände veröffentlicht. Er litt an Schizophrenie. Artur Sandauer schätzte

dessen Sohn haben sie hier vorerst genug. Zb. Zale[w]ski ist derjenige, der sich für einen Mutanten hält und pausenlos faselt. Es fällt ihm schwer, aus Służewa-Stegien aufzubrechen, aber wenn er da einmal losgekommen ist, lohnt es sich für ihn nicht, gleich zurückzufahren und so sitzt er zwei Tage lang rund um die Uhr da und faselt. Nicht nur hat er eine Wohnung, sondern auch ein Stipendium über Fünftausend – worüber Roman sagt

– Wenn Ada und ich nur so viel bekämen, das wäre was.

Ada zu mir

– Jetzt ist es ruhiger, wir haben den Säufern nicht aufgemacht, obwohl sie nachts sogar Flaschen gegen die Tür geworfen und auf der Treppe übernachtet haben. Auch bei Vater. Sie kommen jetzt selten, aber dafür herrscht Elend. Na ja, sie haben immer das eine oder andere mitgebracht. Vater (Eryk) gibt mir nichts. Mysza wiegelt ihn auf. Ich bin zwei bis drei Monate nicht mehr unten bei Vater gewesen. Sobald einer von uns dort unten auftaucht, schmeißt Mysza ihn sofort mit Getöse hinaus. Vater ist unmöglich geworden. Falls man nur etwas über Mysza sagt, knallt er mit den Türen.

– Und arbeitet sie irgendwo?

– Ja, sie hat im Laden als Verkäuferin angefangen. Bei ihr trifft sich die übelste Gesellschaft und säuft.

Roman hält Ada vor, dass sie zu viele Aufputschmittel nehme. Dass sie ständig etwas nehme. Ada ist trotzdem in Form, sie ist munter und rechnet die Menge Amphetamine aus, die man braucht, um eine Wirkung zu erzielen.

Ich erinnere sie an das Ziehen im Herzen und daran, dass gegen Ende der Wirkung ein Kater bevorsteht, dem man mittels Kodein und Beruhigungsmitteln entgegenwirken kann.

seine Gedichte sehr für ihren spezifischen Avantgardismus. Białoszewskis Erzählung „X z ixi" aus dem Band *Donosy rzeczywistości [Meldungen der Wirklichkeit]* bezieht sich auf eine seiner abschweifenden Geschichten.

Es fehlt an Kodein. Ada erklärt, dass auch Wodka gut sei. Zur Neutralisierung, zur Reinigung.
Roman ist gegen Missbrauch.
Ich sagte darauf, dass es schwer sei, etwas zu missbrauchen, was man seit langem nicht mehr kriegen kann.

Nacht. Saska Kępa. Wieder ein unterentwickeltes Gewitter.
Für den Autorendienstag bei Olgierd kaufe ich außerrationskärtliche Kekse ein. Heute haben in der Süßigkeitenschlange alle Bonbons gekauft. Außerrationskärtliche. Es gab 10 Stück pro Person. Die habe ich gekauft. Ich mag sie nicht besonders. Als Jugendlicher mochte ich sie sehr. Sie kosteten 30 Groschen. Am Napoleonplatz verkaufte sie ein Bauer auf einem grünen Wagen mit Dach in fünf Geschmacksrichtungen, unter anderem mit Erdbeergeschmack. Dafür brauchte man immerhin 50 Groschen. Ich log Mutter an, ich müsse 50 Groschen für eine Spende bezahlen. Ich fraß mich mit Bonbons voll. Aber der Betrug flog auf. Mutter war schlau, ich ein Trottel. Genauso kamen die zwei gefälschten Unterschriften im Schülerheft heraus.
Nur einmal habe ich, unbemerkt übrigens, blau gemacht. Mit einem Freund. Einfach nur um zu wissen, wie das ist. Wir sonnten uns im Gras in Służewiec, neben der Straßenbahnhaltestelle. Das Sonnen hat mich immer schon gelangweilt. Das Blaumachen war öde, und man musste Lügen erfinden, was mich nervös machte. Ich zog es vor, meine Verschwörungsenergien darauf zu verwenden, halböffentliche Erzählungen, Geschichtchen und Schulkomödien zu schreiben. Und auf ganz frühe Sex-Abenteuer. Die letzten sind mir gelungen, ein langjähriges Geheimnis. Sex-Abenteuer mit Männern. Ich behandelte meine homosexuellen Bedürfnisse wie etwas vorübergehendes, als würde ich irgendwann normal werden. Mit 15 oder 16 Jahren stellte ich mir die Frage: „Wann?“ Verwandle ich mich von einem Tag auf den anderen?

Nein. Deswegen muss ich mich so akzeptieren, wie ich bin. Das machte ich mit mir aus und hörte auf, mich damit zu quälen. Und ich machte weiter mit meinen Sex-Abenteuern, in dem Bewusstsein, dass es eben meine Art war. Sämtliche aufgeschnappten Bezeichnungen und Schimpfworte für solcherart Geschmäcker berührten mich nicht besonders. Auf diese Weise schulte ich meine Sturheit und Hartnäckigkeit. Beim Sex wie beim Schreiben. Nichts auf die Kritik gebend. Oder auf die mangelnde Anerkennung. Es war dies eine gute und wirksame Selbstschulung.

Mutters Gewitztheit bediente ich mit gefälschten Unterschriften, Bonbons und dem Beisammensein mit Freunden. Die Geschichten in der Stadt mit den Erwachsenen, die hat sie nicht gewittert.

Überflüssigerweise gab ich mich Gefühlen hin. Ein Schulfreund, Zdzisław Ś., hatte mich mehr als einmal dazu provoziert, sich für ihn zu interessieren. Ich hatte nicht den Mut, aufs Ganze zu gehen. Ich lebte mich in Affären mit Erwachsenen aus, aber mit Zdzisław ging ich auf romantische Weise um. Händchenhalten, in die Haare fassen. Ein paar Jahre später bemühte ich mich um mehr, aber da waren die Hemmungen gewachsen. Ich überwand sie. Aber es hat mich zu viel gekostet. Zdzisław gab manchmal nach. Allerdings interessierte ihn ein bestimmtes Mädchen. Das war bereits zu Anfang der Okkupation. Ich ließ die Sache mit ihm schließlich ruhen. Dabei half mir die plötzliche Freundschaft mit Swen, die zwar lebendig, gleichwohl bar jeder Erotik war. Zumindest von meiner Seite aus. Es stellte sich heraus, dass sich auch in Freundschaften Dramen abspielen. Ich hatte keine Geschwister gehabt und wartete lange auf eine große Freundschaft, aber Freundschaften waren für Swen nur Teilfreundschaften, keine vollen. Hier gab es erstmals absolute Ehrlichkeit, die gleichen schwulen Vorlieben und die Leidenschaft für das Schreiben, für die Kunst. Das füllte das Leben sogleich aus. Es gab angesichts dessen keinen Bedarf nach Liebe. Die Affären, über die man sich mit jemandem austauschen konnte, reichten aus. Ich lernte Ludwik kennen, Stanisław Prószyński. Auch im schwulen Milieu, aber ohne Erotik – zumindest von meiner Seite aus. Ludwik ist 13 Jahre älter. Er hat mich mit seinen Ansichten sehr schockiert. Gleichzeitig zog er mich damit an. Aber er hatte wenig Zeit. Mit Swen traf ich mich täglich Stunden lang.

Wir hatten auch andere Bekannte aus seinem Umfeld, was mir sehr viel Gelassenheit und Gewandtheit verschaffte. Durch Liebschaften, Gespräche traf man interessante Leute, älter als man selbst. Erfahren. Von scharfem Witz, scharfer Beobachtungsgabe. Oft Leute aus der Kunst.

Das war wie Querfeldeinlaufen, Sprünge durch das Zeitalter, durch Möglichkeiten, durch Milieus. Schulen in Kurzfassung. Nach dem Krieg kam eine Zeit, in der ich meine Eltern in Bezug auf mich aufgeklärt hatte. Sie mussten es akzeptieren. Danach das Gleiche mit meinen heterosexuellen Freunden, mit den Bekannten.

Die erste echte lange Gefühlsbeziehung mit Janek aus Tschenstochau begann just vor dem Aufstand. Nach dem Aufstand kam Janek nach Oppeln[218], um mich zu holen. Er hatte für meinen Vater und mich die Flucht über die grüne Grenze nach Tschenstochau organisiert[219].

Seit Mai 1945 wohnten wir zusammen in Warschau. Meinen Vater schreckte Janek ab. Vater war ein Schlitzohr auf anderem Niveau. Eher die Sorte Phantast. Janek hingegen hatte Tendenzen zu primitiverer Hochstapelei. Mit der Zeit hatte er sich gemacht. Er hatte Ideen. Und er verstand sich darauf, sie zu verwirklichen. Er stiftete einen kurzsichtigen Bekannten an, sich an seiner Stelle dem Armeeausschuss zu stellen.

218 Im Text auf Deutsch.

219 Vgl. das Ende der *Erinnerungen aus dem Warschauer Aufstand.*

So erreichte er seine Befreiung, und trug eine Brille zur Tarnung, die ihm im Übrigen imponierte. Mich hat er sozusagen gezwungen, für ihn das kleine Abitur zu machen. Für Externe. Nicht gerade wenig Mühe. Es klappte. Mit dem Zeugnis schaffte er es ins Schauspielstudium. Er hatte keine besondere Begabung. So schien es mir jedenfalls. Auch keinerlei Präsenz. Aber er machte sich. Er ging ins Theater. Schließlich hatte er etwas von einem Lebenskünstler. Seine Devise lautete

– Ein zweitklassiger Schauspieler sein, in der Provinz, Hauptsache Schauspieler.

In späteren Jahren hat er es sich mit dem Leben verscherzt. Mich betrog er. Lügen konnte er gut. Ich kümmerte mich nicht um die kleinen Betrügereien. Aber bei den größeren begehrte ich auf. Nicht sofort. Wie für mich üblich. Und plötzlich fühlte ich mich frei. Und dadurch fast berauscht. Wie gut es ist, nicht eifersüchtig zu sein, niemanden zu bewachen, niemandem hinterherzurennen. Ist der Kopf frei, kann er voll und ganz die Welt aufnehmen. Affären. Schreiben. Freundschaften. Und so bis zu Leszeks Zeiten. Jahrelanges Engagement. Endlich auch hier plötzliches Aufbegehren. Sich in die Freundschaft mit Ludwik stürzen. Die Liebe zu Leszek hat sich in eine riesige Freundschaft verwandelt. Und das bis heute. Mit Unterbrechungen. Weil diese beiden Freundschaften sich als mühevoll und ertragreich erwiesen. Unterwegs begegnete mir noch die arbeitsame Freundschaft mit Lech Emfazy. Das hat viele Lebensjahre ausgefüllt. Auf gute Art und Weise, würde ich, so ganz allgemein, sagen. Es konnte mir nichts Schwierigeres und nichts Besseres begegnen.

Ja, begegnen. Schicksalsmäßig. Aber wie vieler Bemühungen und Pflege jene Schicksalshaftigkeit doch bedurfte. Es kamen hier gegenseitige Reibereien ins Spiel, Ambitionen, Eindrücke. Die Theatersache, das Schreiben, das Malen.

Die dritte romantische Liebesbeziehung hatte ich mit Adam. Langwierig und dramatisch. Adam war von scharfsinniger Intelligenz mit Phantasieeinlagen. Aber er trank. Er hat mich entsetzlich erschöpft. Schließlich floh ich vor ihm. Er lebte mit seiner Mutter in Wrocław. Das war gegen Ende. Die Mutter dachte, sie könne ihn retten, obwohl sie von schlechten Ahnungen und Erlebnissen geplagt war. Adam hatte mehrere Selbstmordversuche hinter sich. Der letzte, mit Schlafmitteln und Gas, gelang. Das passierte fern von mir. Ich wusste von nichts. Obwohl ich Adam in derart malträtiertem Zustand verließ, dass ich nicht einmal niedergeschlagen war, weil ich mich wie ein Flüchtling fühlte, dem die Flucht geglückt war. Von Adams Tod hatte mir jemand geschrieben. Aber Leszek, wie es seine Art ist, sah meine Briefe durch. Den hat er aufgemacht und gelesen. Und die Sache verheimlicht. Erst ein Jahr später hat er mir die Wahrheit gesagt. Er meinte, er müsse es nun, weil man sowohl uns als auch Ludwik, wie übrigens auch andere mir bekannte Literaten, zu Verhören lud[220].
Ich hatte Adams Tod erahnt. Leszek hatte mich sehr darum gebeten, Adam nicht zu schreiben. Das sei völlig unangebracht. Einmal fragte er im Präteritum nach ihm. Ich hatte sofort kapiert. Aber mir nichts anmerken lassen. Als ich später nachfragte, sagte Leszek, er habe unbewusst im Präteritum

220 Im Januar 1957 ermordeten unbekannte Täter den Gymnastiasten Bohdan Piasecki, den Sohn Bolesław Piaseckis, der in der Vorkriegszeit Aktivist des Nationalradikalen Lagers und Anführer der Nationalradikalen Phalanx gewesen war, nach dem Krieg die Gesellschaft „Pax" leitete. Die Ermittlungen in dieser Sache dauerten viele Jahre an. In der zweiten Hälfte der 60er Jahre tauchte die absurde Vermutung eines Zusammenhangs der Sache mit Białoszewski und dem Kreis um das Tarczyńska-Theater auf. Als Beweisstück galt die Tatsache, dass die Programme zu den Aufführungen in Streichholzschachteln untergebracht waren und auch die Kidnapper sich Informationen über ihr Opfer in solchen Schachteln übermittelten. In diesem Kontext wurden vielfach Leute aus jenem Kreis verhört (man führte die Ermittlungen unter dem Titel „homosexuelles Motiv").

nach Adam gefragt. Die Nachricht vom Tod kam von der Schwägerin Roma Oliwowa. Diese Schwägerin lebte in Wrocław. Adam und sie gingen in dieselbe Schule und hatten sich aus Otwock aneinander erinnert, als Adam und ich zu den Oliwów fuhren. Meistens zog Adam es vor, zwischen den Tannen zu warten, aber ein paar Mal war er mit mir in Romas und Witeks Wohnung. In der Zeit der Ahnungen, dass es schlecht um Adam steht, fragte ich Roma, als sie mit dem Rücken zu mir stand, weil sie den Abwasch machte, während ich auf etwas saß

– Von der Schwägerin weißt Du nicht, was mit Adam ist?

Roma hörte auf, abzuwaschen, stand mit fahrigen Händen da und sagte erst einen Augenblick später

– Nein.

Danach gestand sie, dass sie große Sorge gehabt habe. Darauf sagte ich zu ihr

– Na ja, aber ich habe Dir die Sache erleichtert, ich habe gefragt, als Du mit dem Abwasch beschäftigt mit dem Rücken zu mir standest.

Die Unterdrückung der Gefühle in mir für Adam noch zu seinen Lebzeiten: Das war noch eine riesige Befreiung. Ich rechnete mir aus, dass es bei meinem Alter die letzte große Beziehung sein würde. Eine weitere, eine nächste würde ich nicht zulassen. Zu viel Anstrengung. Und wofür auch? Besser Freiheit mit Affären. Die Liebe stellt Ansprüche, frisst Energie. Adam ist 1966 gestorben.

Ich weiß, dass ich manche Dinge wiederhole. Aber in anderen Kombinationen, an voneinander entfernten Stellen. Und für einen Zeugen meines Lebens, einen posthumen Leser, geraten sicher die fremden Erlebnisse, Namen und Daten durcheinander. Warum dieser Zeuge existieren sollte, ist mir nicht ganz klar. Es ist mir nicht ganz klar, wozu ich das alles schreibe. Ich bin in Schwung geraten. Ich will keine halbe Wahrheit.

Ludwik hatte einen Intellektuellen zum Nachbarn, dem die Frau gestorben war. Er schickte sich an, eine zweite zu heiraten und bekannte, dass es so besser sei, man sorge sich umeinander …

Ludwik sagte im Treppenhaus zu ihm

- Ja, die Grenze zwischen Staatssicherheit und Sorge ist sehr dehnbar.

Der Nachbar brach in Gelächter aus.

Dienstag, den 25. Mai

Meine Lesung in den Jugendstilsälen von Olgierd und Małgorzata. Malina, Agnieszka, Anula aus Anin, Jadwiga mit Stanisława, Kitzi-Katzi, Walicka, die Sobolewskis mit der jungen Nachbarin Jaga, zwei von den Jüngeren, Literaturwissenschaftler: Kirchner, Mira Puchalska[221], die Sławińskis, Dybciak[222], Myszka vom Radio, vom PIW-Verlag: K. Milewska mit Marianna Sokołowska. Außerdem meine alte Bekannte Wanda Radlińska. Die Weiber in eleganten Kleidern. Die Mehrzahl in dünnem luftigen Dekor. Ich habe die *Gedichte über die Wand* vorgelesen, die Erzählung *Verlagerung* und *Kitzi-Katzis Kabarett [aus der Zeit] des Kriegsrechts*[223].

Kitzi-Katzi erzählte davon, dass sie nach der Maiandacht immer noch auf dem Szembekplatz niederknüppeln. Fast die

221 Mirosława Puchalska (1928– 2002), Literaturhistorikerin, Forscherin auf dem Gebiet des polnischen Modernismus.

222 Krzysztof Dybciak (geb. 1948), Polonist, Essayist, Literaturkritiker.

223 Die *Wiersze o ścianie [Gedichte über die Wand]* finden sich in dem Band *Stara proza, nowe wiersze [Alte Prosa, neue Gedichte]* (Warschau, Czytelnik 1984), die Erzählung „*Przemieszczanie*" [„Verlagerung"] im Zyklus *Dorzutki [Beigaben]*, *Kabaret Kici Koci [ze] stanu wojennego [Kitzi-Katzis Kabarett (aus der Zeit) des Kriegsrechts]*, eigentlich *Kabaret Kici Koci [Kitzi-Katzis Kabarett]* im Band *Oho*, Warschau, PIW 1985.

gesamte Gesellschaft ist regierungsfeindlich eingestellt. Myszka sprach von den Militärs, die im Radiogebäude auf der Myśliwieckastraße wohnen; sie liefen in Unterhosen und Socken herum. Die Myśliwieckastraße wird der „Bunker der Solidarność" genannt. Myszka und andere sagten zu den Militärs: „Was denkt ihr eigentlich! Hier sind lauter Frauen."

Dem Leszeks Bericht hinzufügend, komme ich zu dem Schluss, dass ich sicherlich zu wenig weiß und mit Urteilen vorsichtiger sein muss.

Mittwoch

Ich bin mit dem Aufzug zum Laden hinuntergefahren. Ich habe Milch gekauft und mit dieser Milch und einem Buch hatte ich zu vor, zu Sabina zu fahren. Auf dem Rückweg der Aufzug voller Menschen. In der Mitte Siemion. Er sagte

– Wir kommen Dich holen.

Sie sind mit mir wieder nach oben gefahren. Der Rest der Erstsemester aus der Schauspielschule war nachgekommen. Lesen. Reden. Singen der *Kicia Kocia*.

Um 9 sind sie gegangen. Ich auch. Zu Leszek. Es war dunkel geworden. Ich ging durch die Eingangspforte

– Miron!

Ich schaute mich nach allen Seiten um

– Miron!

Leszek rief mich, der im Hausdurchgang mit Ludwik telefonierte. Lange. Sehr lange. Im Hausdurcheingang ein kalter Durchzug. Ich wartete. Andere warteten. Ludwik erzählte ihm von Miłosz, der Bibelübersetzung[224], von Norwid – „Wer an

224 Es handelt sich wahrscheinlich um die Übersetzung des Buches Hiob durch Czesław Miłosz (Paris 1980).

Ruinen stößt, der stößt an die Prinzipien“[225] –, von den Rilke-Übersetzungen Sandauers.

Nachdem er aufgelegt hatte, sagte Leszek zu einem jüngeren Herrn

– Verzeihen Sie, dass Sie so lange haben warten müssen, aber ich hatte ohnedies mehr Unannehmlichkeiten als Sie.

Und er riss sich los und rannte heim, um zu pinkeln. Ich ihm nach.

Le. plant, mit mir gemeinsam eine Erzählung-Abhandlung über die Herkunft des Bildes von M. B. Częstochowska zu schreiben. Er hat mich bis zum Umsteigepunkt auf der Łazienkowskastraße unterhalb der Marszałkowskastraße gebracht. Im Moment hat er weder vor, nach Holland zu fahren, noch nach Żarnowiec. Im Übrigen weiß ich es nicht. Vielleicht weiß er es selbst nicht. Damals zeigte er mir aus der Entfernung wohl seinen Personalausweis, nicht den Pass. Einen grünen, keinen roten. Petz schlug ihm brieflich offenbar eine Reise nach Holland vor, aber der Sommer sei dort nicht besonders und dann wären da die Ausgaben. Irgendetwas passt nicht.

Streit in meinem Block. Wumms! Geschrei, Weinen. Gelächter. Diesmal wohl im zehnten Stock, auch über mir. Im siebten ist es dunkel.

Wenn man sich ins Fenster stellt, riecht es. Man braucht sich nur ein wenig vorzubeugen, schon stinkt es nach Suppe und Fett. Morgens schlägt von links Müllgeruch empor.

Ich bin mir bewusst geworden, dass ich des Umgangs mit jungen, unerfahrenen Hörern schon lange überdrüssig bin. Die

225 „Ich erzitterte erneut […] als der Adler, einer Trompete gleich, sagte: WER HIER AN DIE RUINEN STÖSST, DER STÖSST AN DAS PRINCIPIUM …“, Cyprian Kamil Norwid, Fragment des Poems *Rzecz o wolności słowa [Über die Freiheit des Wortes]*, XVI, in *Pisma wszystkie [Gesammelte Werke]*, hg. v. Janusz W. Gomulicki, Warschau 1971, S. 617.

Wiederholungen. Bisweilen lese ich gerne, aber ich habe nicht immer Lust, auf alle Fragen zu antworten. Es sei denn, ich stütze mich auf etwas jüngst Erlebtes, Unverbrauchtes.
Die heutige Lesung war ziemlich gelungen. Mit Siemion an der Seite konnte ich mir Ehrlichkeit erlauben. Er half mir sogar dabei, mich gegen die Erinnerungen an das Theater oder an den Warschauer Aufstand zu verteidigen. Weil einige darüber reden wollten. Siemion sagte, ich hätte heute gut gelesen. Ich hatte mich darum bemüht. Obwohl mir meine Dritten das eingangs nicht gerade erleichterten.
Nach einer lauten einstündigen Lesung von Jadwigas Prosa in Übersetzung, das heißt einer mit grammatisch-stilistischen Missgestalten angedickten Prosa, habe ich eine verletzte Zunge und geschwollenes Zahnfleisch. Es gibt physiologisch bessere Tage. So oder so bemühe ich mich immer, mir nichts anmerken zu lassen, ich wahre genauestens die Diktion.

Donnerstag, den 10. Juni

Ein unpopulärer Primas. Sie nennen ihn „Segelohr". Meinungsverschiedenheiten in Polen.
Ich bin bei Professor Maria gewesen, zu der wie gewöhnlich Małgorzata B. und Maryna Żmigrodzka gekommen waren. Lesung. Gespräch über die Gegenwart. Die jungen Leute wollen gar keine Vergleiche. Frau Professor Maria spricht von einer gewissen Gruppierung, die sich auf einen Aufstand am 31. August vorbereitet[226]. Sie will diesen Aufstand nicht. Weil das Selbstmord sei und Zerstörung. Aber sie sagt, wenn sie vor Jugendlichen von Kompromissen rede, ballten die die Fäuste und knurrten durch die Zähne

226 Nach den Maiunruhen bereitete man sich auf riesige, landesweite Demonstrationen der „Solidarność"-Bewegung vor.

– Mit wem? Mit wem denn?
und seien sofort wütend auf sie.
Maryna meint, dass es ohne Blutvergiessen nicht abgehen werde. Dass die Polen einen selbstmörderischen Instinkt hätten. Und dass unsere Literatur in großem Maße daher komme und dahin führe.
Professor Maria
– Diese Deutschen ... Die Deutschen sind außerordentlich. Wie viel sie uns schicken[227].
Das stimmt.
Dass man Żukrowski und Przymanowski ihre eigenen Bücher vor die Tür legte[228], habe bei den Norwegern zur Zeit der Okkupation ein Vorbild, sagte mir Frau Professor Maria. Knut Hamsun hatte begonnen, Hitlers Fürsprecher zu verherrlichen und einzuladen. Die Leute begannen, seine Bücher einzusammeln, sie auf Lastwagen zu laden, und diese Lastwagen fuhren plötzlich vor Hamsuns Haus vor. Angeblich hat man ihm den ganzen Garten mit seinen Büchern zugeschüttet.

Verschlechterung der Zustände in den Lagern der Internierten. Zumindest in manchen. Ich habe einen kurzen Brief an einen Studenten von Frau Professor Maria geschrieben, der weiterhin interniert ist. Über seine Frau hat er ihr einen zweiten Bericht zukommen lassen. Er schreibt, dass er mich lese – einem fliegenden Teppich gleich, auf dem er dem Lager entfliehe.
In der vergangenen Woche hat es eine seltsame Erscheinung über Falenica gegeben. Viele Menschen haben es gesehen. Am Abend, vor dem Gewitter eine riesige Feuerkugel über der

227 Es geht um die Hilfe aus dem Westen, die Pakete mit Nahrung, Kosmetik und Kleidung, die in den 80er Jahren verschickt wurden.
228 Wojciech Żukrowski und Janusz Przymanowski, zwei populäre, in großen Auflagen verlegte Schriftsteller, stützten offiziell den Kriegsrechtszustand. Zu dem Zeitpunkt begann man damit, ihnen ihre Bücher vor die Türen zu werfen.

Erde. Aus dieser Kugel schlugen Blitze. Dennoch verging den Menschen die Angst. Es ging die Kunde, es sei ein Ufo gewesen. Spezialisten kamen zu Wort. Einer von ihnen erklärte, dass es eine ähnliche Erscheinung bereits in einem anderen Teil Polens gegeben habe und viele solche auf der Welt. Solche Erscheinungen treten vor Gewittern und in der Nähe großer Stromspannungs- und Atomkraftwerke auf. Womöglich erzeugen dergleichen Einrichtungen diese Kugeln. Die Kugeln bestehen selbst nicht aus Elektrizität, eher aus Reflexen, aus Licht; sie entladen sich nicht, sondern zerschmelzen. Solch eine Kugel hat meine Cousine im Sommer in der Frühe in Garwolin gesehen, in jenem Jahr, in dem über dem Meer etwas erschienen war. Das aber blendete. Bei Tczew hat es auch eine Lichtkugel in der Nacht gegeben. Die Aussage des Spezialisten hatte eher Hypothesen- statt Tatsachencharakter. Der Papst ist enthusiastisch in England aufgenommen worden. Es hat eine ökumenische Messe bei den Anglikanern gelesen. Nur 100 Nörgler riefen: „Papst, fahr' nach Hause". Jetzt fährt der Papst nach Argentinien, das gegen England um die Falkland Inseln kämpft[229]. Der Papst, gerecht, will beschwichtigend einwirken. Die Argentinier rechnen sehr mit positiven Folgen seines Besuches. Vielleicht stellen sie sich allzu viel vor. Trotz besten Willens und hohen Ansehens lässt sich nicht immer viel ausrichten.

Ich fühle mich Menschen und der Gesellschaft gegenüber fremd. Ich lebe abseits als Skeptiker. Ich beschwere mich über die Aufrührer. Wenn meine Kritiker, meine Befürworter, Leser, Freunde verachtet, vernichtet würden, zöge ich es wahrscheinlich vor, mit ihnen unterzugehen, als alleine zu bleiben, wie ein Pfahl inmitten von Ruinen.

229 Der argentinisch-britische Konflikt um die Falkland-Inseln, Frühjahr 1982.

Freitag, den 11. Juni

Jadwiga hört weiterhin interessiert die Bänder mit den Evangelien ab, als seien sie voller Neuigkeiten. Sie ist zu der Vermutung gelangt, dass sie nicht jede Besonderheit so wörtlich nehmen sollte. Sie handelten doch von Juden, und die Juden haben sie niedergeschrieben. Und die Juden übertrieben gerne. Aus einer Mücke machten sie einen Elefanten. Wer kennt sich damit aus, wenn nicht sie. Besser als die schwerfälligen und tiefsinnigen Lutheraner.

Bei den Sobolewskis Streit mit Tadeusz über das Übermaß an Politik, über die Jugend. Er sagt, er schreibe für die alten Schlampen[230]. Ich bin aufgebracht gegangen, dann zurück gekommen. Guter Wille auf beiden Seiten. Ich erklärte, dass ich die Leser nicht allzu sehr differenzieren würde. Nur das Übermaß an Wiederholung ermüdete von Anfang an. Tadeusz hat bei Jadwiga eine Rose für mich dagelassen

– Hier, auf dass Du mich nicht verachtest.

Mittwoch, den 23. Juni

Aldona, die bisher die Regierung beim Kriegsrecht unterstützt hatte, sagte zu Jadwiga, sie sei zur Parteiversammlung gegangen, dort sei offiziell auf die Juden geschimpft worden, und sie habe den Raum ostentiv verlassen.

Für die Dichterin Anna P.[231] habe ich einen Bernini-Bildband gekauft, sehr günstig übrigens, so teuer wie drei Gläser Konfitüre. Sie mag Bernini sehr. Im Original. Sie saß elegant auf dem Stuhl auf dem Teppich aus Garwolin (sie war gekommen, um den Bildband abzuholen). Müde vom Herumgerenne lag

230 Der Streit wurde in einer der „Nummern" von *Kabaret Kici Koci – Doszło do rozłamu [Kitzi-Katzis Kabarett – Es ist zum Bruch gekommen]* beschrieben (im Band *Oho*).

231 Anna Pogonowska.

ich im Bett und erzählte ihr von den Planeten, was ich kürzlich gelesen hatte, über die höllische rosa Venus und den vor Staub roten, wehenden und eisigen Mars.

Anna P.

– Genau, diese Planeten, die Sterne, in erschreckender Menge, eine Anhäufung von Materie, gänzlich bar jeden Sinns. Deswegen sollte der Geist existieren. Wir erliegen auf diese Weise der Schönheit der Welt, sie lockt uns und zieht uns an, und auch das ist diese Materie. Warum imponiert uns am stärksten jemand, der, wenngleich beschränkt, gar dumm, aber voller Hingebung ist? Die Kunst ist nicht das Wahre. Am wertvollsten ist das Opfer. Aber es bedarf – leider – des Leidens. Sexuelle Dinge, sogar die Liebe, haben am Grund doch etwas Bedenkliches.

Danach erwähnte sie Leute in Indien, die, nackt, wie Affen lebten, die herumspringen.

Darauf ich:

– Das muss ein warmes Klima sein, man braucht Energie dafür und Geschicklichkeit oder hättest Du einem Affen gleich Lust dazu, herumzuspringen?

Anna P.

– Nein, weil ich gerade gerne auf einem Stuhl sitze und nachdenke.
– Ich auch, sagte ich. Sitzen, liegen und nachdenken.

Die Sache mit dem Opfer und dem Tun von Dingen für andere ist sehr verwickelt und wirkt tendenziell verdächtig. Tadeusz, der sich auf Buddha berief – „man muss was für andere tun" – führt jetzt ein Leben in einem ständigen Wirbel, aber ob das für die anderen so gut ist? Ist das das Opfer? Oder ist das Erlösung? Es könnte behauptet werden, dass Menschenmassen Buddha und Christus folgten. Eines ist sicher, nämlich das Beste ist das, was fern ist und lange her.

Hania Kirchner hat am Telefon über Ludwik geschimpft. Als er noch ohne Ludmiła gewesen sei, wäre er zu ihr gekommen,

um sich zu beklagen. Jetzt fragt sie ihn nach den Sorgen, dem Atelier, und er darauf, sie solle sich nicht einmischen. Er wollte Ludmiła gar nicht ans Telefon bitten.
Auch Leszek erzählte, dass Ludwik ihm keinen Zutritt zu Ludmiła gewährt habe.
Ich werde immer noch von Ludmiła nach Paris eingeladen. Aber ich verheimliche das gut vor den anderen.
Übrigens setzt Ludwik auch mit mir am Telefon eine zittrige Stimme auf.
Er hat den Eindruck, dass er Ludmiła jetzt ein letztes Mal im Leben sieht.
Im Kulturministerium werden alte Mitarbeiter entlassen.
In den Bahnen fegefeuerartiges Aneinanderreiben der Leiber. Zwei Monate im Voraus fehlt es an Plätzen für manche Strecken. Es herrscht Mangel an Schienenfahrzeugen. Es gibt keine Sicherheit bezüglich der Fahrscheine, die Kassierer werden pausenlos kontrolliert, und die Kontrolle unterliegt einer Überkontrolle.
Man propagiert das Stillsitzen, Leute, bewegt Euch so wenig wie möglich.

Montag, den 28. Juni

Lucynka ist gestorben. Zuhause gestorben. In dem gleichen Zimmer wie der Reihe nach Lucynkas und Ludwiks Mutter und deren Schwester, Ludmiłas Mutter Ludwika. Sie mochten das „L“ dort, in dieser Familie. Ludwik, Ludwika, Lucyna, Ludmiła und noch Ludwiks Bruder, Leonard, der im Konzentrationslager dafür gestorben ist, dass er Menschen zur Flucht aus dem Gefängnis verholfen hatte.
Vor zwei Tagen war Lucynkas Beerdigung. Nach dem Anruf bei Ludwik bin ich zu Ludmiłas Atelier gefahren, weil sie in der Karolkowastraße noch beim Aufräumen waren. Lucynka war immer schwächer geworden. Aber am dem Tag vor ihrem Tod

dachte sie nicht – und sie dachten es auch nicht –, dass das Ende so nah sein würde. Sie bekam Medikamente und Spritzen. Am letzten Tag hatte der Arzt ihr keine Spritze gegeben. Sie erachten das als richtig. Wozu das Leiden verlängern. Lucynka hustete und ächzte. Sie lag schon mit geschlossenen Augen da. Schließlich wurde die Atmung immer dünner. Bis sie aussetzte. Ludwik hatte Lucynkas Zimmer verlassen, um eine Zigarette zu rauchen. Ludmiła war bei Lucynka geblieben, in der Gewissheit, dass sie nicht mehr lebt. Plötzlich bewegten sich Lucynkas Hände, begannen, sich nach vorne zu strecken und nach oben. Gleichzeitig richtete sie ihren gesamten Körper langsam auf, dabei die Augen öffnend. Mit offenen Augen setzte sie sich hin und fiel in dem Moment leblos nach hinten.

Wegen einer ungenauen Information haben die Totengräber das Loch im Familiengrab nicht an der Stelle gegraben, wo der freie Platz vorgesehen war, sondern daneben. Sie sind auf die vor 12 Jahren begrabene Ludwika gestoßen, Ludmiłas Mutter. Sie haben das, was von ihr übrig war, in einem Nylonsack eingesammelt. Ludwik sagte, dass Teile des Sarges samt Muster zu sehen gewesen seien. Die sogenannte Exhumierung hat nur 2 Tausend Zloty gekostet. Lucynkas Sarg trugen, auf schiefen Beinen wankend, sechs derart betrunkene Totengräber, dass Ludwik und Ludmiła nur darauf warteten, dass sie mit dem Sarg zusammen umfallen. Irgendwie haben sie es geschafft. Der Priester nahm Ludmiła und Ludwik zuvor beiseite und fragte, was er über Lucynka sagen solle. Ludwik bat darum, es nicht zu feierlich zu machen und über Lucynka zu sagen, dass sie gut zu Tieren gewesen sei und mit Kindern gearbeitet habe, unter anderem mit tuberkulösen Kindern in Konstancin bei Doktor Weiss[232].

232 Marian Weiss, berühmter Orthopäde, Leiter des *Stołeczne Centrum Rehabilitacji Akademii Medycznej.*

Als die betrunkenen Totengräber den Sarg neben dem Erdloch abgestellt hatten, trat der Pastor an Ludwik heran und sagte mit leisem Lächeln

– Sie haben die Gurte vergessen.

Alle warteten darauf, dass die betrunkenen Totengräber die Gurte zum Herablassen des Sarges holen. Der Priester hatte einen Psalm und das Vaterunser schön gesungen und sprach mit viel Gefühl, wie mit einer Intuition, über Lucynka, über die Kinder, die Tiere und dass die Zeit in Konstancin die glücklichste im Leben der Verstorbenen gewesen sei.

Der Psalm fiel aus, wie er sollte. Auf der Beerdigung von Ludwiks Schwager setzte nämlich ein anderer Priester einen grellen Akzent auf die Worte: „Das Menschenalter ist 60 Jahre, in Ausnahmen 70", bis die frisch verwitwete Ela, die ältere Schwester von Ludwik und Lucynka, beiseite sagte

– Dann habe ich das schon überschritten.

Ludmiła sagte, dass ein Quadratmeter Wohnraum in Paris eineinhalbtausend Dollar koste. Ludmiła weiß immer noch nicht, was mit dem Atelier geschehen soll. Als sie sich am ersten Tag nach ihrer Ankunft anmelden ging, nahm man ihr sofort den Pass ab und schickte ihn ans Konsulat nach Paris, wo ihr eine Dame freundlich mitteilte, er besäße in ganz Europa Gültigkeit. Hier klang das sofort anders

– Entweder bleiben sie hier, wo der Ausweis ausreicht, oder sie reisen nach Frankreich aus und verlieren Ihr Atelier.

Trotz gewisser Hoffnungen aufgrund von Beziehungen wollen Ludwik und Ludmiła lieber auf einen Verlust des Ateliers vorbereitet sein. Im schlimmsten Fall werden sie mit Marcel während ihrer Warschau-Aufenthalte in der Karolkowastraße in einem Zimmer – demjenigen Lucynkas – wohnen und Ludwik im zweiten, dem kleineren, wo er immer wohnt. Ludwik hat Ludmiłas Atelier täglich überprüft, und dennoch wurde an zwei Stellen an den Schlössern herumgefummelt. Das ist auf traurige Weise sichtbar.

1. Juli, morgens

Die Milizenstunde[233] scheint abgeschafft. Aber ich habe Angst, mich darüber zu freuen, weil sie sie im Fall von Aufruhr wieder einführen könnten.

Freitag, den 2. Juli

Anna ist gekommen, um meine Essenskärtchen abzuholen. Jot hat sie per Telefon erwischt. Aber mich haben sie nicht geweckt. Jot und der Tischler werden heute die Maße für einen Schrank in meinem Vorzimmer in der Lizbońskastraße nehmen. Ich ziehe es vor, nicht dabei zu sein. Für die Zeit des Schrankmessens habe ich Jot meinen Ersatzschlüssel gegeben. Außerdem besorgt er ein bestimmtes, besonders gutes ausländisches Medikament zur Steigerung der Energie für mich.
Ich kann Jadwiga verstehen, dass der Magen sie bekümmert, das Unvermögen, zu essen, was man mag.
Früchte, Rohkostsalate. Nicht genug, dass sie nicht sieht, jetzt muss sie auch noch den Geschmackssinn einbüßen.

Dieser Traum: männliche Pornographie in der Kirche.
Ich bin mittags raus gegangen. Es war ermüdend, in der Stadt zu sein. Aber es ergab sich im Vorübergehen ein fabelhaftes Abenteuer. Ganz ungezwungen. Ein junger Mann, blond, blauäugig, stämmig, weißhäutig, unbehaart, geruchsneutral, mit dicken Schenkeln – einer von der Sorte, wie ich sie von der Figur her am liebsten habe.
Ich bin im Schnellimbiss „Zodiak" vorbeigegangen. Für ein kleines bisschen Kartoffeln ohne alles und kalten Borscht mit Ei – ein halber Teller: 55 Zl.

233 Die Milizenstunde wurde mit dem Dekret des Kriegsrechtszustands am 13. Dezember 1981 eingeführt. Es wurde der Bevölkerung verboten, sich zwischen 22 und 6 Uhr an öffentlichen Plätzen aufzuhalten.

Żoliborz. Dann ins Kulturminsterium, weil Roman eine Rezension für sein Stück mit Ada braucht, sie sollen es ankaufen, es kann ja ungespielt bleiben, und er wird dafür das Geld für die seit Jahren überfälligen ZAiKS-Beiträge erhalten, er ist ja Mitglied. Es geht um die Rente. Ich habe eine Rezension von einer Buchseite geschrieben. Eine hatte er schon, eine interessante, von dem Regisseur und Stückeschreiber Helmut Kajzar, einem freundlichen Menschen. Leszek und Petz hatten ihren Spaß an dreien seiner Stücke. Mit dem letzten ist er unzufrieden[234].

Bei Ada und Roman sind gut fünf Stunden verstrichen. Ada und Idaś haben mir ein Stärkungsmittel angeboten. Die Katze hat sich mit dem Hund und Tukwas schwarzem Kater geprügelt. Man weiß nicht, wer angefangen hat. Im Eifer des Gefechts sind auch der Hund und Tukwas Kater aufeinander losgegangen, obwohl sie sich normalerweise mögen. Ausgebrochen ist das Ganze bei Romans Rückkehr aus der Stadt. Er wurde blutig gekratzt. Am bösesten von den vieren war er. Auf Tukwas Kater, also auf Tukwa. Da Tukwa zuletzt die benötigten Medikamente nicht hatte, hielt sie sich bei Bieta Ficowska[235] auf. Sie hatte getrunken, sprang aus dem ersten Stock auf die Straße, hat sich einen Arm gebrochen und was schlimmer ist, ein Bein an der Stelle der Verbindung des Schenkelknochens mit dem Becken. Sie ist im Krankenhaus. Man hat ihr eine Schraube in den Knochen eingesetzt. Im Moment geht sie auf Krücken. So wird es das ganze Jahr über sein. Roman hat Angst, dass Ada sie wieder für lange Zeit zu sich nach Hause holt.

In der Hożastraße habe ich fast den Großvater, Jadwigas Vater,

234 Es geht um *Obora [Der Stall]*, gespielt im Teatr Mały (Premiere 1980).

235 Elżbieta Ficowska, Ehefrau von Jerzy Ficowski, bekannt mit Białoszewski seit der ersten Nachkriegszeit (sie haben sich u.a. in Kobyłka bei Swen Czachorowski getroffen). Die Ficowskis lebten in der Nähe der Klewins am Invalidenplatz.

getroffen. Er schlurfte mit Hut und Anzug die Straße entlang, ein sehr alter Mann, am Stock, bis ich ihn mir genauer ansah. Nur seine Augen waren kleiner.

– Aber, dachte ich mir, wenn man schon aus dem Grab auferstanden ist …

Heute bin ich wieder an ihm vorbeigegangen. Der Zauber hat sich ein wenig verflüchtigt. Aber nicht ganz.

Als ich noch ein Junge war, fragten manche meiner Liebschaften, bevor die Sache los ging

– Machen Sie das aus Liebe oder für Geld?

Da es vom Bedürfnis des Augenblicks mit jemandem, bei dem es eher eilig war als dass er auserwählt gewesen wäre, weit war bis zur Liebe, antwortete ich

– Weder für Geld, noch aus Liebe.

Sie konnten mir gegen meinen Willen Geld zustecken. Ich gab es angeekelt zurück. Aber einmal habe ich es erst zuhause in der Hosentasche gefunden. Ich hatte kein eigenes Geld in der frühen Jugend. Vor dem Krieg sagte mir einmal ein nur halb Bekannter, der mir ziemlich gut gefiel, wir sollten mit einem Dritten mitgehen, weil der bezahle. Als alles vorbei war, steckte der Dritte dem Zweiten Geld zu und mir auch. Als er fort gegangen war, gab ich dem Zweiten meinen Anteil. Er war froh darüber.

Die kleine Geldgeschichte erinnert mich an etwas aus der Kindheit. Weil er einem bestimmten Weib ganz in der Nähe eine Nachricht überbringen sollte, gab ein Herr meinem jüngeren Freund 15 Groschen, und, da wir gerade beide auf der Straße in der Nähe des Hauses waren, 25 Groschen mir. Ich gab dem Jüngeren meinen Anteil. Hier habe ich mehr bekommen, weil ich älter war und dort, weil ich jünger war.

Beim Direkt-zur-Sache-Gehen machte ich es mir schwer. Es gefiel mir zum Beispiel nur ein Teil von jemandem, während der Geruch des einen oder anderen es mir verdarb. Küssen – das war mit mir ein Ding der Unmöglichkeit. Ich sah es als echtem Gefallen schon allzu ähnlich an. Ich sah es nicht so sehr als solches an, wie ich es als solches empfand. Ich war imstande, mich abzuwenden oder sogar plötzlich wegzulaufen. Die entspannten Partner blieben irgendwo auf halbem Wege mit desorientierten Händen und Augen zurück.

Es war ein großes Risiko für mich, mit jemandem nicht ins Gebüsch zu gehen, nicht in irgendeinen Winkel, wo die Garderobe nicht unbedingt verpflichtete, sondern ins Bett und seine Nacktheit anzunehmen. Was es da manchmal für Überraschungen gab. Großartige und traurige. Meist aber Mittelmäßigkeit, Überdruss. Deshalb stürzte ich mich nicht ohne Kalkül, ohne Vorstellungen auf das Bettstadium.

Ich war schlank, nicht dick wie heute – aber nicht dünn vom Becken an runter. Lange Jahre junges Aussehen, die Verbindung von sexueller Sorglosigkeit mit Distanziertheit, ein nicht hässliches Äußeres, das Fehlen von Manieren, Unweiblichkeit – das führte zu einigem gutem Erfolg.

Die Körpergröße war, wie in damaligen Zeiten üblich, eher klein bis mittelmäßig. Die Haare aschblond. Eine schöne Nase. Das weiß ich von Ludwik. Kleine Ohren. Die Lippen nicht breit, aber dick. Gute, weiße, gerade Zähne. Ludwik sagte über unsere Gesichter – Ludmiłas und meines – auf der Bühne

– Dieser gute Knochenbau, gute Zähne, Augenmandeln in beiden Fällen, deutliche Lippen.

Bis über die vierzig konnte ich auswählen, herum mäkeln, was mich – jenseits der vierzig bereits verunsichert – wunderte. Die Gewichtszunahme, das lichtere Haar beschämten mich. Gealtert zu sein, im Aussehen eher plötzlich, aber sogar in Bezug auf das körperliche Selbstgefühl, dann der Rheumatismus, die Krankheiten. Die Zähne fielen mir aus. Bevor ich mir künstliche habe machen lassen, hatten sich die Lippen verformt, waren schmaler geworden. Und ich habe doch ein Talent zur Anpassung. Sofort habe ich meine Ansprüche herabgesetzt, und das stark. Deswegen traf sich – an diesem Tiefpunkt – Jot.

Anfangs ermüdete er mich mit dem fehlenden Gefühl für die Zeit, seinem Trinken, seinen Überfällen. Ich habe den Umgang mit ihm sogleich nur lose gehandhabt, ohne Gefühle. Einem Bedürfnis der dritten Ordnung gleich. Am besten lässt sich das als ein Bequem-werden fassen, das stark reguliert ist … Er verlor nicht dabei. Er fragte mich vor 10 Jahren

– Miron, warum magst Du mich nicht? Ich werde gemocht.

Das wunderte mich. Es kam mir so vor, als könne man nicht vom Nichtmögen sprechen. Und doch ist etwas davon hängen geblieben. Danach war es ein gegenseitiges Sich-Anpassen. Ein Sich-nicht-zu-oft-Sehen. Er musste nur etwas anstellen und schon strich ich das Treffen. Er war unberechenbar, was Geld anbelangt. Als ich diesen Schwachpunkt erkannt hatte, wusste ich ihn zu handhaben. Zum Beispiel konnte man ihn alleine in der Wohnung lassen. Seine Schwächen kamen vom Wodkatrinken. Seine Lügensucht – eher harmlos. Und noch ein Vorzug: Er bekannte sich zu seinen Unzulänglichkeiten.

Freitag, den 9. Juli

Mit ihrem Patriotismus hat die Blockgemeinschaft die Sobolewskis zermürbt. Einer der Nachbarn teilt alles in „wir" und „sie". Der zweite trinkt. Der dritte ist imstande, stundenlang dazusitzen und zu langweilen. Der große klaut, wie sich herausgestellt hat. Er arbeitet nicht. Er trinkt Bier. Seine Geliebte hält ihn aus. Er leiht sich Geld. Der Nachbarin hat er den Ehering abgenommen.

Angeblich befindet sich im benachbarten Block eine Pfandhaus-Spelunke. Alles kann man da hinbringen: Eheringe, Schuhe, Lumpen. Man kann sofort Wodka dafür bekommen. Marylka hat den Sobolewskis ein paar geheime Flugblätter eingeworfen, mit den Worten, dass am Folgetag jemand käme, um sie abzuholen. Der kam auch eine Woche später nicht, schließlich wussten sie nicht, was sie damit machen sollen.

Ich bin bei Leszek vorbeigegangen. Holländerpetz hat mir im blauen Pyjama die Tür geöffnet. Er ist rothaarig.

[Sonntags]

Heute habe ich vom Begräbnis des Generals geträumt. Die Leute lästerten, der General sei das Regime. Sie trugen Fotos des Verstorbenen. Auf einem war er als Schauspieler neben Wojtyła zu sehen. Ich verteidigte den General

- Er ist in einer Flugzeugkatastrophe ums Leben gekommen, ich bin mit all denen solidarisch, selbst sterbe ich vielleicht genauso. Und überhaupt habe ich Respekt vor allen Verstorbenen, die wissen etwas, sie sind alle da durchgegangen.

Da sitzen plötzlich, sehe ich, Nanka links, Mutter rechts. Nanka sagt zweifelnd

- Und dieses letzte Geschwafel im Leben ... Soll es etwas bedeuten? ... Ach.

Mutter

- Im Sterben hat man so viel mit dem Schweigen zu tun, und plötzlich kommt jemand rein und stört dabei.

Die letzten Jahre haben mir die Gutgläubigkeit der Stalinisten vor Augen geführt. Ich habe einen Ekel vor jedweder Ideologie.

Das Helden- und Märtyrertum ist meistens eine Mischung aus Leidenschaft, Spiel und Ambitionen. Das sieht man an den abendlichen Fernsehserien. In der Kunst gibt es kein Märtyrertum. Man macht Kunst nicht um der Marter willen, sondern macht sie, weil man sie machen will – das ist Leidenschaft. Der Sozrealismus forderte Aufopferung von den Künstlern. Aber ich übertreibe auch. Er forderte Begeisterung von ihnen. Und viele verfielen in Begeisterung, redeten sich Begeisterung ein. Nur dass dort die Furcht herrschte. Aber ich übertreibe auch. Denn nicht bei allen. Viele wissen bis heute nicht, was das Schlechte dabei eigentlich war, so gut lief ihr Leben damals. Beispiele: Ryszard Matuszewski, Jadwiga Stańczakowa. Tadeusz und Ania haben erst zu Kriegsrechtzeiten den Anflug einer Möglichkeit von Furcht vor einer Hausdurchsuchung verspürt. Woroszylski hat Mut, weil er im Zuge des Stalinismus groß herauskam. Erst in viel harmloseren Zeiten begann er, dagegen zu sein.

Montag

Roman ist bereit, für immer nach England zu seinem Bruder zu ziehen. Tadeusz und Ania haben heute gesagt, dass sie aus Polen auswandern könnten.

– Selbstverständlich mit Mutter.

Ludwik wäre trotz seiner großen Hemmungen bereit, für immer nach Paris zu ziehen.

Leszek nach Holland, obwohl er es leugnet.

Es gibt niemanden, der für mich hier bleiben würde. Es ist ganz einfach: Für niemanden bin ich die wichtigste Person. Was mir im Übrigen Recht ist. Sogar Vater hatte Dorota, Mutter Antoni. Das war sehr vorteilhaft für mich. Ich bin für niemanden die wichtigste Person, hingegen bin ich vielen Leuten die zweite Person oder „zwei A", also eine dritte mit Plus. Für zu viele Leute – so kommt es mir manchmal vor.

In der Chłodnastraße lästerten wir über Jadwiga und Stanisława. Jadwiga hat sich in die für Nonnen vorgesehenen Exerzitien rein gedrängelt. Dann hielt sie es nicht aus, obwohl sie sehr neugierig war und ging mit Stanisława nach der Hälfte raus. Die strenge Schwester Klara ermahnte sie. Beim Frühstück fragte Stanisława Schwester Klara nach Konfitüre zum Käse für Jadwiga. Schwester Klara wunderte sich

– Und das ist zu wenig?

Jadwiga hat Schwester Klara ihren Gedichtband zu lesen gegeben[236]. Sie hat ihn ihr am zweiten oder dritten Tag wortlos zurückgegeben.

Ich sagte zu Tadeusz

– Jadwiga hat keinen Selbstbewahrungsinstinkt, was das Vorzeigen ihres Schreibens anbelangt.

Tadeusz

– Aber sie hat allen Tadel gut angenommen und ist sowieso gesegnet wieder abgereist.

Ich:

– Es ist gut, dass sie sich in diese Besinnungstage hinein gedrängt hat: Ohne solche Gewalthandlungen erreicht man wenig.

Tadeusz

– Hauptsache, sie wird nicht devot.

– Nee, antwortete ich. Aber vielleicht ist das schade? Für eine gewisse Zeit wäre das vielleicht sogar interessant. Jadwiga kennt die im Katholizimus gängigen Dinge nicht, das, was uns oft am Katholizimus stört, stört sie nicht, es ist für sie Neuland, sie hat einen neuen Bezug dazu, was mich an Olgierd erinnert, der erst nach Sibirien Polnisch gelernt hat und in Minsk bei Regina und hier in Warschau zum ersten Mal Mickiewicz, die Orzeszkowa las – er hatte interessante Urteile.

Die mögliche Devotion eines Nahestehenden erweckte bei Tadeusz einen gewissen Trotz und Skepsis, weil es mir genau daran zuletzt ein wenig bei ihm fehlt. Er leitet seine Argumente aus Paradoxien ab, also auf interessante Weise. Außerdem geht es hier um Überzeugungen, um Gefühle. Ich muss zugeben, dass mir das sogar an ihm imponiert, vielleicht auch der Eifer für die Solidarność – aus ähnlichen Gründen.

236 Den Band *Die Blinde [Niewidoma]*, 1979 erschienen.

Seit ein paar Tagen esse ich Tomaten. Es hat mich gewundert, wie ich es so lange ohne sie ausgehalten habe. Jedes Jahr kommt es mir vor, als käme ich ohne sie aus, ich vertage den Einkauf, bis ich sie eines Tages kaufe und nach dem ersten Biss in die Tomate spüre, dass ich gleich ein halbes Kilo davon essen werde, dass ich Tomaten liebe.

Ich wusste nicht, dass es den Brauch gibt, Sechzigjährige zu feiern. Vielleicht wusste ich doch davon, aber hatte es nicht auf mich bezogen. Man hat in der Zeitung über meine sechzig Jahre geschrieben, was mich überrascht hat, ein wenig irritiert, ein wenig gefreut wegen der Nachbarn, hauptsächlich wegen des Weibes oben. Obendrein hört man, dass die Machthaber sich um die Künstler bemühen. Heute ist Herr K. Kochański[237] mit Blumen und Geburtstagswünschen vom Kulturminister J. Teichma[238] zu mir gekommen. Wir haben eine Stunde lang geplaudert. Er sagte, dass man den Schriftstellern die Gehälter deutlich anheben werde, und das gar rückwirkend zum Jahresanfang, dass sie Papier von schlechter Qualität hätten, aber dafür davon sehr viel, dass die Zensur vieles durchgehen ließe, dass man viel herausgebe und alle herausgeben werde: die Ansässigen wie die Emigranten, unter anderem den gesamten Gombrowicz samt Tagebüchern, ebenso die Internierten, ungeachtet der Tatsache, dass sie in illegalen Zeitschriften drucken. Die Verlagsabteilung verfolge nun die Taktik, sich von der Politik abzugrenzen.

Selbstverständlich sofern nicht irgendwelche unvorhergesehene Ereignisse die Dinge erschweren.

237 Kazimierz Kochański, der damaliger Leiter der Buchabteilung im Ministerium für Kunst und Kultur.

238 Józef Tejchma (geb. 1927), Parteifunktionär, Sekretär des Zentralkomitees und Mitglied des Politbüros der Polnischen Vereinigten Arbeiterpartei, damaliger Kultusminister.

Sengende Hitze. In der Wohnung ist es sehr warm. Dabei muss ich mich zum Schlafen einschließen. Seit 3 Tagen habe ich den Ventilator laufen. Zuletzt habe ich ihn während der päpstlichen Hitzewelle laufen gehabt, im Juni vor 3 Jahren. Ich hatte ihn damals wegen der Hitze gekauft. Die Hitzewelle im Juni und Juli, das war in meinem ersten Jahr hier.
Die katholische Kirche ruft in Zeiten der wachsenden Krise und der Überbevölkerung dazu auf, die Fruchtbarkeit nicht so zu meiden. Damit verfährt sie schlichtweg unmoralisch. Asien ist aufgrund der religionsgemäßen Fortpflanzung verloren.
Unser Bauwesen wird stagnieren, weil es jetzt schon stagniert. Bevölkerungsdichte hilft da nur bedingt. Wo werden die Leute wohnen? Werden sie sich mit ihren Baracken aus den aus Schweden, der BRD, Australien und Österreich hergeschickten Plastikdosen sternförmig um alle Ausläufer der Städte und Siedlungen gruppieren?
Auf der Ost-West-Trasse kam keine Straßenbahn. Ich hatte von 11 Uhr abends an gewartet.
Trotz allem: Vielleicht werden wir uns noch an diese Zeit als eine großartige erinnern.

Sonntag, den 25. Juli

Ludwik sagte mir am Telefon, er gebe vor Ludmiła und Marcel vor, in Form zu sein, aber eigentlich fühle er sich schlecht

- Das ist wohl die schlimmste Phase.

Über Lucynkas Tod

- Alle Stadien der Qual, durch die sie zuvor gegangen ist, nur verkürzt. Damit darf man sich nicht abfinden.

Ich:

- Ich schließe mich dir an, aber was soll ich tun?

Ludwik sprach vom Selbstmord. Dass er das Sterben zumindest verkürze. Darauf ich:

– Ja, das stimmt.
Über dasselbe habe ich übrigens neulich nachgedacht.
Ein Brief von Józef Czapski über Lucynkas Tod.

Die Hitze hält an.
Ich habe vom Herumgehen im Korridor geträumt. In einem engen. Dort das Vorbeiziehen vieler Leute. Und Kühe. Ich sprach mit jemandem über diese Kühe. Sie hörten es und waren sehr beleidigt. Hauptsächlich wohl wegen Ludwik. Aber unerwarteterweise sind zwei Burschen zu Ludwiks Verteidigung beigesprungen.

Ich bin bei Anna Pogonowska zum Namenstag gewesen. Ich habe dort etwas Eigenes vorgelesen. Anna P.s Schulfreundinnen waren da, Mikołaj Bieszczadowski. Sie lasen ihre Gedichte vor. Es war auch Józefa Radzimińska da, Aktivistin aus dem Pawiak-Gefängnis[239] und Emigrantin nach Argentinien, die ihre Gedichte vorlas. Wie die meisten gegenwärtig zog die Gesellschaft über die Regierung her. Radzimińska sprach von irgendeinem internierten Mädchen, dem man befohlen hatte, 12 Stunden lang zu stehen.
Tortenessen. Reden über Auszeichnungen. Radzimińska
– Übermorgen soll ich (irgend)ein Kreuz erhalten – sie schaute uns an – und ich weiß überhaupt nicht, ob es sich gehört, es anzunehmen.
Alle
– Ja! Ja!

239 Berüchtigtes Gefängnis für politische Häftlinge im Zentrum Warschaus, das nach der Niederschlagung des Warschauer Ghettoaufstandes vom Hitlerregime zum Konzentrationslager umfunktioniert werden sollte.

11. Oktober 1982[240]

8 Stunden in einem tschechischen „Letadlo" in Gesellschaft polnischer Damen und Herren. Sie fahren ihre Familien besuchen. Mit Koffern, Geschenken. Sie sind heiter. Dauergewellt. Flug über Neufundland. Die Erde karg, menschenlos. Felsen und wilde Gewässer, wie nach der Erschaffung der Welt. Bis auf die Latschenkiefern ansonsten ähnlich wie bei uns. Menschliche Spuren, wiewohl selten.

Dann sagen sie, dort seitlich sei Boston, aber man sieht es nicht. Seit 5 Stunden hält sich die Sonne gen Westen. Plötzlich Millionen kleiner Häuser, graue, große Gewässer. Eine rote Sonne blendet zwischen den Wolken vom Horizont und den Ameisenhaufen her. Jemand zeigt auf ein paar hervorstehende Nägel Manhattans

– Von hier bis da – und das ist alles.

Aus dem Flugzeug direkt in die Korridore hinein, in die Kurven. Dort warteten Polen. Problemloses Wiedererkennen. Zwei vom Konsulat, einer davon ein Regierungsgegner – der Mann der hiesigen Redakteurin[241], die von Teresa Mellerowicz eingeführt und also auch in Kontakt mit der Stiftung gebracht worden war. Der Mann der Redakteurin ist Schauspieler, irgendwann war er mit Siemion bei mir gewesen. Hier in der Emigration ist er Chauffeur. Er fuhr mich vom Flughafen mit einem Minibus über eine recht finstere Straße. An den Straßenseiten Häuser, irgendwo weit entfernt Manhattan. Er hat mich zu seinem Häuschen in Queens gebracht. Nach

240 Hier beginnt der Text des sechsten Heftes. Auf dem Umschlag dieses Heftes befindet sich die Aufschrift: „Miron Białoszewski / TAGEBUCH / VERSCHLECHTERUNG / Amerika / Heft 6 / vom 10. Okt. 1982 bis zum 10. Dezember 1982 / BLOCK-TRANS / und die schrecklichen Ereignisse des Kriegsrechts / Umgebungswechsel / AAAmerika Herbst 1982 / ICH BIN WEGGEFAHREN".

241 Julita Michalska, Redakteurin des „Tygodnik Nowojorski" (Supplement zu „Nowy Dziennik") und ihr Mann, Lech Michalski, von Białoszewski als „der Bärtige" bezeichnet.

etwas Geplauder chauffierte er mich weiter, bis ich gegenüber, im Geschaukel jenseits des Wassers, Kristallklumpen wie aus einem großen Märchen sah. Ein Schutzgeld in Dollar für die Abnutzung der Straßen. Ist ein Dollar viel? Ein Tunnel unter Wasser, gewunden. Die Ausfahrt. Einzug in das Märchen, das sofort gewöhnlich wird. Der Verkehr ist nicht so wild, wie ich erwartet habe. Aber es ist auch spät am Tag. Ein kleines Nonnenhotel ist gebucht worden. Von der recht düsteren, eher leeren Straße aus der Eingang in ein Foyer mit einem heiligen Joseph aus Gips. Wie in Sieradz. Ich nehme den Aufzug in den 7. Stock. Ein Zimmer mit einer herkömmlichen Pritsche. Das Herz Jesu. Ein winziger Austritt. Wasserhähne. Ein Rollladen im Fenster. Der Eindruck wie in Sieradz. Eigentlich ein guter; keine Fallen. Dankbarkeit den Leuten gegenüber. Seltsam. Ich bin wegen einer Auszeichnung hergekommen. Ich hätte sie über die Bank abholen können. Aber es reizte mich. Erschreckte mich später. Aber es wäre peinlich gewesen, die Reise abzusagen. Ich liege jemandem auf der Tasche, hänge von seiner Gefälligkeit ab.

Dienstag, 12. Oktober

Morgens sehe ich aus dem Fenster. Es ragen riesige Häuser in die Höhe, aber der Verkehr unten ist wie in Sieradz. Ein paar Autos und einige vorbeigehende Menschen.
Ausgehen in die Stadt. Es gibt kein Gedrängel. Aber man taucht gleich ab in die Übersättigung. Geschäfte. Der Konservatismus der Straßen. Alle menschlichen Rassen. Es gibt keine Unterführungen. Die Straße überquert man oben.
Erschöpfung.
Mit Mühe habe ich die Stiftung wiedergefunden. Dabei war eine Dame mit mir verabredet. Sie gab mir einen Scheck.
Im Konsulat. Die Konsuln freundlich. Ein altes Jugendstil-Gebäude. Beide polnischen Seiten planen gerne meinen Lese-

abend im Polnischen Institut der Wissenschaften[242]. Rückkehr. Ins Bett. Man ruft mich an. Ich rede. Rums, liegen. Noch einmal hat es mich in die 42. Straße verschlagen mit ihren Vergnügungen. Lichter, Prismen wie im Film, aber auf einem kurzen Abschnitt. Die Straßen sind gar nicht voller Neon. Neger, überall Neger.

Da hat mich mein Paris 1959 mit seiner konvulsivischen Werbung, seinen Lichterzügen so schockiert. Die Hauptstadt der Welt. Mit seinen Menschenmassen, dem Dickicht kriechender Autos. So war es nirgends mehr wieder. Ein bisschen in Kairo, was die Dichte anbelangt. Wahrscheinlich habe auch ich mich an den Effekt gewöhnt. Ich wiederholte mir

- Das also ist die große Welt. Diese aufklappbaren Geheimnisse.

Ich habe ein besseres Zimmer. Es ist warm. Es gibt einen Rollladen. Es ist still. Ideal. Das Orakel aus der Hożastraße – die Niewczasowa[243] – bewahrheitet sich.

Es war unmöglich, in den Geschäften ein Portemonnaie zu finden (meines ist für den Pass zu eng), auch Pulverlimonade. Viel Vernachlässigung, alte Gehsteige, Risse, Achtlosigkeit. Die Treppen der U-Bahn sind allermeist ganz herkömmlich, gar nicht fahrend.

Die wichtigeren Stationen sind furchtbar weit verzweigt, Gänge, Kurven, Menschenmassen, manchmal Läden. Den Ausgang zu finden ist schwierig.

Manhattan gefällt mir sehr. Wie ein Pfauenschweif, zur Bewunderung aufgefächert und zum Federnrupfen. Die Methode dafür: Energie und Dollar. Teresa gibt mir Ratschläge durchs Telefon – aufpassen. Die anderen auch.

242 Das Polnische Institut in New York.

243 Nachname der von Jadwiga aufgesuchten, in Warschau damals bekannten Weissagerin.

Im Konsulat die Sorge, dass es übermorgen vor den Fenstern Demonstrationen geben wird. Schon war es ruhig geworden, schon bahnte sich etwas an und dann rums! – das Verbot der „Solidarność"-Bewegung und der Ausbruch des Widerstands[244]. Ich höre mir die einen und die anderen an. Gehörte sich denn etwas anderes? Meine Distanz zur Politik verheimliche ich nicht, auch nicht die Politik- und Wirtschaftsmüdigkeit, die Müdigkeit angesichts des gesellschaftlichen Lebens, des polnischen Drängens. Ich will Andersartigkeit, und sei es für nur 6 Wochen. Die Andersartigkeit der Welt. Aber hier gibt es das Neger-Problem. Sie haben Washington eingenommen, die Weißen sind in die Vororte geflüchtet. Immer mehr dieser Neger in New York.

Selbst habe ich hier und da den Anflug von Verunsicherung verspürt – des Weißen, als ich abends über die 87. Avenue zwischen mehr Negern als Weißen heimging.

In der UdSSR vermehren sich die Muslime, die Gelben. Vielleicht ist das der Niedergang der weißen Rasse? Sie hat kurz auf der Welt geherrscht. Sie hat viel gegeben, im Denken, in der Kunst. Vieles hat sie nicht gegeben. Sie hat viel ausgefressen. Oft wirkt die Schönheit der Weißen. Aber – nimmt man es einmal unbefangen und leichtfüßig, theatralisch – handelt es sich um eine wenig rhythmische Menschenrasse; schwerfällig, kuhhaft, aber prätentiös; faul, aber ordnungsversessen; keine Konkurrenz jenseits des menschlichen Seins ertragend – als Kunst, in der Anmut des Tieres.

Mittwoch, 13. Oktober

Der Bärtige – der Schauspieler-Chauffeur – hat mit mir die Banksachen erledigt. Aber wir haben heute nichts zustande

244 8. Oktober 1982. Die „Solidarność"-Bewegung wurde formal verboten.

bringen können. Morgen das Gleiche noch einmal, aber ohne Hin- und Hergerenne, weil das Taxi, das der bärtige Schauspieler-Chauffeur Lech Michał fährt, da sein wird. Heute hatte er einen freien Tag. Er hat viel Zeit mit mir verloren. Wir sind in Queens gewesen, bei ihm zuhause. Zwei Mal war ich bei seiner Frau Julita in der Redaktion des hiesigen polnischen „Nowy Dziennik". Ich habe bei Frau Krzywicka[245], einer meiner Schirmherrinnen, angerufen. Ein Anruf mit Unterbrechungen. Julita und die Redaktion hatten es sehr eilig zur Demonstration gegen die polnische Regierung vor dem Konsulat. Sie haben mich in ihrer Eile mitgerissen, aber ich hielt eine gewisse Distanz. Ich sagte, dass es sich für mich nicht gehöre, zumal ich dort gestern gewesen sei, um etwas zu besorgen und weiterhin die Gunst des Konsulats bräuchte und Hilfe in Bezug auf das Rückflug-Ticket. Was habe ich außerdem von der Rufen und Pfiffen einer kleinen Gruppe von Polen. Am lautesten schrie irgendeine Frau. Wie die Negerin von gestern über Jesus. Anstatt mir das anzuschauen, bin ich in die nicht weit entfernten Pornogeschäfte gelaufen und habe dort einen interessanten New Yorker Nachmittag verbracht. In jedem Pornogeschäft gibt es auf der einen Seite die Liebe zwischen Frau und Mann, auf der anderen Seite diejenige zwischen Mann und Mann – ungewöhnlich üppig. Da sind so viele Männer wie auch hier. Jeder guckt sich an, was er will. Wie lange er will. Auch gestern bin ich hier gewesen, ich habe viele wunderschöne Aktbilder gekauft.

Warm, leichter Regen. Wie gestern die Rückkehr aus der 42. Querstraße zu meiner 23. Querstraße durch die achte Längsstraße mit den Negern, den Schuhputzern, Trinkern, schwarzen Nutten. In der Mitte des Weges ein großer Rund-

245 Barbara Krzywicka, Ehefrau des Professors Jerzy Krzywicki, Sohn der Schriftstellerin Irena Krzywicka.

bau, oben Zirkus, unten Bahnhof [246], gleichzeitig ist die Hauptpost gegenüber mit ihrer riesigen Treppe und Pfeilern. Hier mögen sie Griechenland.
Schon habe ich mich an sie gewöhnt, diese täglichen Orte. Heute habe ich mir einen von mir lange gesuchten Leckerbissen für nur 6 Dollar gekauft. Ein herrlicher Neger mit gewaltigem Teil bläst sich selbst einen. Zwei Mal habe ich selbst ein gewaltiges Teil so ähnlich wie dieses hier gehabt.
Ich habe viel Gutes, Schlechtes und Interessantes im Leben erfahren. Und deswegen kann sich ein Rausch wie der von Paris im Jahr 1959 nicht wiederholen. Fabelhaft war es noch in Ägypten.
Mit diesen Pornos wohne ich bei den Nonnen. Und alles ist gut. Das ist so wie der Gang ins Konsulat und vorher die netten Gespräche mit denen, die davor pfeifen.
Ich liege im Zimmer, schreibe, lese. Hinter dem Fenster die Stille. Manchmal der leichte Lärm von etwas Fahrendem, Ruhe, viel Ruhe. Nur morgens um 10 das Gebimmel des Kirchenglöckchens hier nebenan aus der kleinen Kirche. Heute hat es mich aus dem Schlaf gerissen, wodurch ich gerade einmal 4–5 Stunden geschlafen habe. Es ist so schrill, läutet so lange, dass die Ohrstöpsel nichts nützen.
Nächtliches Pinkeln in eine große Orangensaftpackung aus dicker Pappe neben dem Bett. Es läuft nichts durch. Selbst nach einer Woche nicht.
Ich schaffe es nicht zu lernen, wie man das Telefon bedient oder diesen Typ von englischem Fenster aufmacht. Also gibt es doch ein paar Fallen.
Ich bin mit einem Polen aus meiner Gruppe spät abends in Prag am Hradschin gewesen, in der Altstadt auf der Karlsbrücke. Ich suchte nach den Spuren Meyrinks und Kafkas und fragte die

246 Es geht gewiss um den Grand Central Terminal.

Tschechen, die in den Fenstern lagen, nach dem Weg. Eine bestimmte Sackgasse wurde saniert, über der Baustelle hingen Lampen wie in der Hahnensackgasse aus dem *Golem*. Diese Altstadt ist groß. Sie liegt in Gänze an einem Hang. Der Pole, der bei mir war, wollte überprüfen, wo Bolesław Chrobry gewirkt hatte. Ich erinnerte ihn daran, dass der Prag erobert hatte, dort wirkte und tafelte. Plötzlich fielen Leute ein

– Die Tschechen! Mit Waffen! Wir müssen fliehen!

Sie sprangen vom Fressen und Saufen auf und flohen. In diesem gleichen tschechischen Prag hatte Kasimir der Große eine Geliebte. Einmal fiel ihr in der Nacht die Perücke vom Kopf. Sie erwies sich als kahl. Er ekelte sich.

Hier in New York benutze ich keine Sprache. Ich agiere mit Gesten. Übrigens spricht man in N. York angeblich im Allgemeinen schlechtes Englisch. Das Wesentliche dieser Sprache: ihre Endungen.

Freitag, den 15. Oktober

Heute endlich Bares. Bis auf 250 Dollar habe ich es dem Bärtigen und Julita zur Verwahrung gegeben. Eine Verabredung mit Frau Felicja Kranc[247], die vom Dorf hergekommen ist.

247 Felicja Kranc (Krance), mit Mädchennamen Lilpop (1908–1993), Volksaktivistin, Autorin von Artikeln zur Kultur in polnischen und exilpolnischen Zeitschriften, Malerin, Absolventin der Warschauer Akademie der Schönen Künste, eine der Töchter des Architekten Franciszek Lilpop, Ehefrau des Pianisten und Schülers von Zbigniew Drzewiecki, Kazimierz Kranc. Vor dem Zweiten Weltkrieg führten die Kranc einen künstlerischen Salon in Paris. Nach der Kapitulation Frankreichs emigrierten sie nach New York. Nach dem Krieg und einem kurzen Aufenthalt in Paris ließen sie sich in New York nieder. 1946 schuf Felicja Kranc das New Yorker Komitee für Blindenhilfe in Polen. In den Jahren 1950–1973 war sie als Kuratorin für das Kunstmuseum in Oshkosh (Wisconsin) tätig. Nach dem Tod ihres Mannes lebte sie mit ihrer Schwester Halina Rodzińska in New York.

Vom ersten Moment an Sympathie, wohl beidseitig. Lech Michał, der Bärtige, beendet sein tägliches Taxifahren. Die ihn ablöst, ein Mädchen, hat ihren Wagen um 10 Uhr abends abgestellt und angerufen, er sei kaputt, was gelogen ist. Der Bärtige lässt sich zwei Tage die Woche fürs Chauffieren mieten, den Rest der Zeit widmet er dem Studium.
Heute hat er mich durch den ältesten Teil New Yorks gefahren, von der Landzunge hoch. Dort fallen zwei Flüsse in eine Mündung, eigentlich ist es ein Delta. Manhattan liegt auf einer Insel. Die Prophezeiung von der Teilung des Felsens, auf dem die Stadt steht, ist nicht völlig unsinnig. Es reiche eine Atombombe aus, sagt man hier, um New York mit Meerwasser zu überfluten; das Wasser liegt nur zwei Meter unter dem Straßenniveau.
Wir sind durch die chinesische Gegend der Stadt und den jüdischen Teil Brooklyns gefahren. Alle reden dort Chassidisch. Bärte, Schläfenlocken, meistens zu Zöpfen geflochten, schwarze Kutten, schwarze Hüte. Bereits die kleinen Jungen haben Schläfenlocken. Irgendwann hat Lech, der Bärtige, eine Anzeige gelesen, dass sie hier wie dort in Brooklyn einen Chauffeur suchten. Er rief an und die Juden, alle auf einem Haufen, reden alle gleichzeitig, die Kinder erledigen die Telefonate. Sie brauchten keine weiten Fahrten, nur solche in der Nähe, von einer Straße zur anderen, um etwas rüberzufahren. Es wunderte den Bärtigen, dass sie sich gerne vor den Häusern aufhalten. Ihr Lärm hat ihn abgeschreckt. Aber zumindest hatte er das alles mit eigenen Augen gesehen und wusste Bescheid. Vorher hatten sie Theater gemacht, ein Jude hatte auftreten sollen, niemand wusste, wie er sich anziehen soll, wie bewegen. Ich habe alle zum Lachen gebracht, dass man mich dort gebraucht hätte, ich hätte gleich den Juden gespielt.

Einkäufe, Früchte, Bananen, Mandarinen, Weintrauben, Ananas; die Ananas billig. Heute ist bei mir Dollarfest.

Ich bin Metro gefahren, das heißt Subway, zum Schwulenkino. Da standen und saßen viele Männer verschiedenen Alters, verschiedenen Aussehens, aller Rassen. Manche standen in den Logen an der Wand. Es scheint, als befühlten sie dort die Portemonnaies am Arsch. In den Stuhlreihen vornehmlich ins Sinnliche Vertiefte, die Paare sitzen vereinzelt. Von der Leinwand etwas wie Raketenlandungen, wimmernder Anlauf zum Orgasmus, Sperma spritzt, und die Handlung wird mit anderen Körpern fortgesetzt. Bereits gestern hatte es mich neugierig gemacht, dass verschiedene Männer in der letzten Sesselreihe hin- und hergehen und in den Eingängen an den Seiten der Leinwand verschwinden. Ich ging hin, schaute rein, jemand stand dort seltsam herum. Ich ging zurück, weil man ja nicht weiß, ob das nicht die Pförtnerloge ist. Aber schon wieder sah ich Bewegung im Eingang auf der anderen Seite der Leinwand. Ich ging hin und hinter die Leinwand in ein dunkles, atmosphärisches Zimmer, dort Schatten von Kerlen. Sie lieben sich, kommen mir näher. Einer – ich sehe ihn von Weitem – ist herrlich, fast nackt; er erlaubt es jedem, ihn anzuschauen. Er hält einen Zettel, den er dreht und wendet, und winkt damit. Ich dachte, es sei vielleicht eine Auskunft darüber, wie viel er kostet – aber so etwas im Dunkeln zu annoncieren? Nein, es stellt sich heraus, dass es sich um Notizen handelt, persönliche Notizen.
Das Vorzimmer zum Himmel oder zur Hölle. Gleichzeitiges Stöhnen von der Leinwand und live. Der nackte Selbstdarsteller hat sich nach einer ausgedehnten Session mit einem Zischen entladen, und das auf elegante Weise, da er sich langsam erst das Hemd angezog, dann die Unterhose und Hose und schließlich verschwand. An seiner Stelle hat sich ein junger, recht großgewachsener Asiate einem König gleich installiert; er ließ sich gern so fest wie möglich anfassen. Voller Geilheit erlag er der selbst und kam vor dem Hintergrund des Gestöhns und Geschlürfes auf der Leinwand an sein Ziel. Der kleine Schatten

eines kleinen Chinesen tauchte auf, der da saß und zusah, weil es dort Stühle gab. Ich meinerseits habe mich auf einen gogolhaften Deutschen eingelassen, der mir am Ende wiederholte

- *danke*
- *danke*
- *danke*[248]

Auf einmal schlitterten meine Schuhe – klar, weshalb. So viel davon! Zum Umfallen.

Die einen gingen zurück auf die Stühle, sich den Film weiter anzusehen. Die Orgie läuft hier non-stop auf der Leinwand, vor der Leinwand und hinter der Leinwand. Die Zeit der Nutzung ist unbefristet. 6 Dollar in die Kasse, und es öffnet sich ein Tor aus Stäben wie zur Subway.

Man geht gesättigt heraus, gebügelt, befriedigt und anonym.

Ich bin mit Frau Felicja Kranc im Negermuseum gewesen. Am Ende sagte sie

- Man muss zugeben, dass Phalli sie sehr interessiert haben: Wissen Sie, was ein Phallus ist?

Danach hat sie Lech, den Bärtigen, und mich in ein kleines Restaurant mitgenommen, aber sagte, sie könne nur für sich und mich bezahlen, oder aber für alle drei, dann aber gäbe es etwas Schlechteres. Aus Verlegenheit aß Lech gar nichts. Für mich gehörte es sich nicht, wählerisch zu sein, sondern das anzunehmen, was sie anbot.

New York wirkt auf mich – als Ganzes, unter vielen Aspekten – immer stärker narkotisch.

Ich habe mir noch mehr männliche Pornos gekauft und eine Nachahmung männlicher Anmut für 5 Dollar. Platten mit alter Musik zu kaufen ist sehr verführerisch, insbesondere

248 Im Text auf Deutsch.

asiatisch-sakraler, aber das beim zweiten New York-Besuch. Weil, wozu das alles mit sich herumschleppen. Diese Stadt ist so absorbierend interessant, dass ich nur genug Energie für sie brauche, denn Geld für meine Gelüste habe ich. Im Nonnenhotel, in meinem fabelhaften Zimmer, habe ich Ananas, Bananen, Kekse und Sexualien ausgepackt und zu mir gesagt
– Was für Geschenke!
– Was für Geschenke!

Ein Anruf von Czesław Miłosz. Vom anderen Ufer Amerikas. Ich hatte es gerade noch geschafft, meine Zähne einzusetzen, wobei es mit der Diktion anfangs schlecht lief, aber dann habe ich sie schnell angesogen. Er fragte mich aus, wie ich mich überhaupt fühlte und wie es mit dem Kriegsrecht sei, er fragte nach der Anerkennung seiner Person in der Heimat. Ich versicherte ihm, dass sie nicht auf diesen Trumpf verzichten werden, obwohl er ihnen Hindernisse in den Weg stellt (das Gedicht an Wałęsa)[249]. Miłosz reist mit seinen Lesungen, liest seine Gedichte in englischer Übersetzung vor. Er hält das gut durch, verdient damit, was ihn freut, und lernt überdies seine amerikanische Leserschaft kennen. Ich sagte ihm, dass sie ihn anscheinend für einen amerikanischen Schriftsteller halten. Er bestätigte das. Ich erinnerte ihn an den Film von Konwicki, vermeintlich nach der Vorlage von „Das Tal der Issa". Er meinte, der Film gefalle ihm nicht, es sei Verschiedenes hinzugefügt und verdreht worden. Und der Sentimentalismus. Er sagte
– Das ist Weyssenhoff[250] und nicht „Das Tal der Issa".

249 Das Gedicht *An Lech Wałęsa ver*las Czesław Miłosz im Oktober 1982 im Radio. Es wurde im 3. Band seiner Werke, *Wiersze 1962–1987 [Gedichte 1962–1987]*, im Kapitel *Wiersze rozproszone [Zerstreute Gedichte]* abgedruckt.
250 Józef Weyssenhoff (1860–1932), Schriftststeller, Autor von Erzählungen aus dem Leben des Landadels.

Samstag, 16. Okt.

Ich habe bis vier Uhr nachmitt. geschlafen. Ich träumte von einer Räuberbande. Dass sie mich überfallen hatte. Sie hatten mir alle Dollars weggenommen, die ich noch im Portemonnaie hatte (also nicht so viel), und im weiteren Traum wollten sie mich, glaube ich, aus dem Fenster stürzen und, scheint mir, stürzten jemand anderen hinaus.

Im Wachzustand stellte sich im Haus von Julita und dem Bärtigen heraus, dass meine Hose am Hintern gerissen ist.

Die Ananas sehnig, nicht für meine künstlichen Zähne gemacht, herb, nicht gut.

Sonntag

Ich habe die Ananas weggeworfen.

Ich erinnere mich daran, wie Holländerpetz Leszek einmal Kokosnüsse mitbrachte. Er hatte Ludmiła und Wanda Chotomska mit Kokosmilch verköstigt. Beide waren ins Bad gerannt, um sie auszuspucken.

Ein Autorenabend im Polnischen Wissenschaftlichen Institut. Sehr gelungen. Vertraute Gesichter. Beide Lilpop-Töchter[251], drei Damen, die noch das Theater in der Tarczyńskastraße gesehen hatten. Da ich gerade vom Theater spreche: Ich hatte an die Sitzbänke aus Bügelbrettern erinnert und wollte hinzufügen, dass eine unter den Gästen zusammengekracht war, aber dann dachte ich, das sei schon Gefasel, indessen sagte eine der Damen von sich aus, dass eines der Bretter zusammengekracht war und zwar dasjenige, auf dem auch sie gesessen hatte.

Auf einmal erkannte ich Frau Brandys. Das freute mich. Dann erblickte ich auch K. Brandys[252]. Mein Mitschüler aus dem

251 Felicja Kranc und Halina Rodzińska.

252 Maria und Kazimierz Brandys hielten sich damals in New York auf. Brandys hatte 1982 den Jurzykowski-Preis erhalten. Danach lebten sie in Paris.

Schuljahr 1934–35 stellte sich als Gastgeber des Abends heraus. Die Gedichte wurden hervorragend aufgenommen. Applaus. Es kam eine Superstimmung auf. Ich las gut; Gedichte, ein Fragment aus den *Erinnerungen aus dem Warschauer Aufstand*, und führte *Kitzi-Katzis Kabarett* auf, das alte und ein paar Nummern aus der Krisenzeit plus zwei in New York verfasste Nummern. Das Gespräch mit dem Publikum verlief locker, war nicht politisch (ihr Taktgefühl), weil ich angedeutet hatte, dass es für mich zu schwer sei, über Politik zu sprechen – ich sagte nur das, und es reichte. Irgendeine der Damen bat um die Lesung von *Schlüssel*[253]. Ich las die Erzählung vor. Nur ein Typ sagte, es sei „schade, sich solche Sachen anhören zu müssen", und ging beleidigt weg, aber erst nachdem alles vorbei war. Manche kennen ihn von ähnlichen Auftritten. Andere sagten, ich hätte ihn extra dafür bezahlt, um den Abend attraktiver zu machen.
Ich huschte an einer offenen, mit Menschen gefüllten Synagoge in meiner Straße vorbei.

Mon., 18. Okt.

Ich bin auf ein anderes Homo-Kino gestoßen. Dort sind Filme zu sehen und eine Revue nackter Kerle, Neger. Sie tanzen der Reihe nach auf unanständige Weise. Danach zusammen. Man klatscht ihnen Applaus. Dann laufen weiter Filme und sie, die Halbnackten, gehen zwischen den Stühlen hin und her und bieten sich für 20 Dollar an. Mit so einem Neger geht man die Treppe hinunter in ein Sexzimmer.
Nachmittagsspaziergang mit dem Bärtigen durch die chinesische Gegend der Stadt. Eine chinesisch-katholische Kirche,

253 *Der Schlüssel (Klucz)*. Eine Erzählung aus *Szumy, zlepy, ciągi [Klumpen, Rummel, Reihen]*.

eine chinesisch-protestantische Kirche. Krabben, herrlichste, neonfarbene, lebendige, gnadenlos auf die Waage gehievt. Hühnerbeine, Flügelenden. Unbekannte Kuchen, Früchte und chinesisches Gemüse. Ich habe Weihrauch gekauft, tibetanischen, tahitischen, chinesischen usw. Ich habe eine Zeremonien-Platte aus Ghana gekauft. Ausgeguckt habe ich mir japanische, indische, tibetanische und chinesische Platten.

Wir sind mit einem sehr schnellen Aufzug mit 30 Stundenkilometern nach oben gefahren. Ein Ausblick wie vom Flugzeug aus, die Lichter gingen an, weil die Dämmerung anbrach, die Brücken erstrahlten und die modernen Glasscheiben der Wolkenkratzer begannen wie Glimmer zu leuchten. Durch ihren Maßstab und die Art ihrer Farben erinnerten sie an die armen Krabben. Die Freiheitsstatue wirkt zwischen den Hochhäusern klein, es weht dort sehr.

Später bin ich noch alleine losgegangen, um Platten zu suchen und habe nebenan für 3 Dollar und 70 Cent bei männlich-weiblichen Pornos vorbeigeschaut. Der Saal war groß, es gab wenig Publikum. Ich habe nur zwei Frauen gesehen, beide mit Männern. Nach einer Weile unterbricht der Film, auf die Bühne mit Bettsofa tritt eine Frau, die sich auszieht, posiert, ein Typ rennt rauf, zieht die Hose und Unterhose runter und sie beginnen, sich auf dem Bettsofa zu lieben, der Reihe nach dies und jenes, im Lichtkegel, sie stellen aus, was sie tun, und was sie haben. Am Ende geben sie einen Orgasmus vor. Er zieht die Unterhose wieder an, sie bedeckt sich mit der Tagesdecke, sie treten ab. Und wieder der Film. Die Zuschauer setzen sich dann aus den ersten Reihen um in die hinteren, um zum nächsten Live-Auftritt in die ersten zurückzukehren. Ich spüre, dass mir etwas auf den Kopf tropft. Es tropft und tropft. Ich sehe nach oben und da ist ein Loch in der Decke.

Wenn man das Staunen erst überwunden hat, rezipiert man ganz anders. Das längere Zeit angehörte Stöhnen und Seufzen der Lust beginnt komisch zu werden.

Früchte sind billig. Am Anfang habe ich das allerdings falsch gesehen.
Abends ziehen viele Sonderlinge durch die Straßen, vor allem schwarze.
Es gibt viele Aufschriften unter dem Englischen – auf Spanisch.
New Yorks Bürgermeister amtiert in einem zweistöckigen Rathaus zwischen den Hochhäusern an der Landzunge Manhattans. Als die städtischen Verkehrsbetriebe im Streik waren, gingen die Leute von jenseits des Flusses zu Fuß über riesige hängende Brücken nach Manhatten zur Arbeit, einer Masse Ameisen gleich. In der Mitte einer dieser Brücken stand der Bürgermeister und rief

– Bravo! Bravo! Geht zu Fuß! Haltet durch! Noch ein, zwei Tage.

Die tortenhaften Aufsätze auf den Schrägen. Denkmäler auf Pferden.
New York ist aus der Landzunge herausgewachsen. Die Schiffe haben in der Bucht gehalten. Die Leute wurden auf den Inseln zur Quarantäne ausgesetzt. Und zwischen Manhattan und Long Island, der Langen Insel, fuhren die Fähren. Auf Long Island waren Felder, erst später sind dort Brooklyn und Queens gebaut worden.

19. Oktober

Mit dem bärtigen Lech und Frau Felicja Kranc im Museum gewesen. Am längsten vor der Kunst der Neger und Polynesiens. Rekonstruktionen typisch amerikanischer Interieurs aus dem 19. Jahrhundert. Die Wohnung eines Millionärs in genau nachkonstruierten Zimmern. Die Möbel und Bilder ausschließlich altitalienisch. Einer sprach uns auf Polnisch an. Er sehnt sich nach Kontakten zu Polen. Seit 15 Jahren hat er kein Polnisch mehr gesprochen, dabei hatte er aus freien

Stücken Polnisch gelernt, durch Chopin und Mickiewicz. Frau Kranc gab ihm die Adresse des Polnischen Instituts und ließ sich seine Adresse und Telefonnummer geben

– Sie werden noch zu viele Polen kriegen.

Er war sympathisch, hatte etwas von Holländerpetz. Und auch Cembalist. Nur dass Petz' Cembalo-Karriere etwas entgleist ist (dabei spielt er schön), seine hier aber nicht. Er hat sich den Arm gebrochen und hat erst in zwei Wochen ein Konzert. Er arbeitet in einer französischen Fabrik, die Klarinetten, Oboen und Fagotte herstellt. Seine Familie kommt aus dem Elsass. Er träumt von einer Reise nach Polen und von Żelazowa Wola. Frau Kranc hat ihn darüber informiert, dass es günstige Ausflüge nach Polen gibt, aber ich sagte ihr etwas abseits, dass er jetzt besser nicht nach Polen reisen sollte, die Polen seien grob geworden. Das sei nicht nur meine Ansicht.

5. November

Es hat sich stark abgekühlt. Ich lief und fuhr mit Paulina L. durch Boston. Sie beschwerte sich über die Anonymität, die Einsamkeit.

– Amerika ist so furchtbar anders als Europa, das sind Emporkömmlinge.

Sie sehnt sich sehr nach Polen. Sie unterrichtet Polnisch, übersetzt aus dem Russischen und Ukrainischen ins Englische und umgekehrt. Eine kleine Frau, sie geht in einem schwarzen Umhang umher.

Mein Interesse hat sich erschöpft. Für Boston reicht es nicht mehr aus.

Janas Haus ist fabelhaft. Sie ist eine fabelhafte Person.

Die Amerikaner kaufen jetzt schon Weihnachtsgeschenke ein, obwohl es nur einen Feiertag bei ihnen gibt. Und keinen Heiligabend. Auf halbem Weg dahin ist noch Erntedankfest im Zeichen des Truthahns.

Nicht weit weg von hier ist Salem. Also sind diese Hexen durch Wälder wie in Polen geflogen.

Sonntag, 6. November

Mit Paulina, die ständig die Richtungen und Nummern verwechselt, im Aquarium. Pinguine, die durchs Wasser fliegen. Schildkröten von der Größe kleiner Autos. Satte Haie, im Einvernehmen mit den restlichen Lebewesen. Ein Fisch mit einem Schnabel voll Balken, wie mit Zaunlatten für einen Angriff, hat mich nachdenklich gestimmt. Es stellte sich heraus, dass das eine Säge ist. Der Pfleger gibt zwischen alldem den kleinen Fischen aus der Hand zu fressen, da die größeren ihnen sonst immer alles wegfressen würden. In den kleinen Aquarien verschiedene andere Fische. Ein einsamer, trauriger Elektrofisch hielt sich zwischen Kathode und Anode auf; er wusste, wo sich die Wände befinden, um auf Empfang zu gehen. Unschuldig schöne kleine Sägefische, die so gewaltig gefährlich sind. Seesterne in den Felsspalten. Ein sich windender großer Fisch steckte halb in seiner Höhle, zu der ein enger Spalt führte. Ein zweiter seiner Art wollte da hinein, aber schaffte es nicht. Der erste rührte sich nicht vom Fleck. Alle Krabben und Fische haben Höhlen, Spalten, manche sind halbversteckt, andere halten sich in der Nähe ihrer Wohnung auf. Seerosen in verschiedenen Farben, durchsichtige, wie aus Plastik, andere Puderquasten ähnlich. Sie haften nicht selten an einem großen Stängelbein. In einem separaten Amphitheater die Tänze und Sprünge von Seehunden und Delphinen. Die Delphine schnatterten oder quiekten hier und da vogelhaft auf.

Alle Leute, die hier herum liefen, hatten – als Beweis, dass sie bezahlt hatten – statt einer Eintrittskarte gestempelte Hände. Man zahlt – und klack!, kriegt man einen Stempel.

Nachher bin ich mit Paulina bei Professor Weintraub[254] gewesen. Er ist auf sehr einfache Weise sympathisch, nicht wichtigtuerisch, ich weiß, dass er ein paar kleinere Operationen wegen eines Krebses an den männlichen Geschlechtsteilen hatte, der regelmäßig nachwächst, aber nicht allzu bösartig ist. Nach den eigenen urologischen Abenteuern dachte ich mir, dass er sich organisieren und ihn beherrschen müsse. Er ist emeritiert, Barańczak hat gerade vorläufig den Lehrstuhl von ihm übernommen.
Barańczak redet furchtbar viel über Politik. Prof. Weintraub sagt angeblich, dass seine Krankheit nicht schlimm sei, dass seine erste Frau[255] gelitten habe, und er nicht leide, also müsse man sich nichts zu Herzen nehmen. Seine zweite Frau[256], eine Gräfin, beschäftigt sich mit Jan Potocki[257] und der Herausgabe seiner Werke.
Ich bin mit dem Bus eine mir bereits bekannte Strecke nach Hause gefahren. Der Mensch nimmt nach einer ersten Eingewöhnungsphase schnell Gewohnheiten an, und sei es auch nur für vier Tage. Heute mit dem Bus nur nach Arlington.
Die Straßen sind hier alle ab 8 Uhr leer. Die Leute fahren nur mit dem Auto und tagsüber laufen sie über die Trimm-dich-Pfade, über die Rasenflächen und Gehsteige, manche mit Kopfhörern auf den Ohren, mit Hunden, weil das Laufen langweilig ist.
Ein Auto ist vorgefahren. Es ist Frau Jana, die kommt, um mich abzuholen. Aber ich sehe, dass sich eine zweite Gestalt

254 Wiktor Weintraub (1908–1988), Literaturhistoriker, Kritiker, seit 1954 Professor für Slawische Sprachen und Literaturen an der Harvard University, Autor historisch-literarischer Skizzen, gab die in Polen unveröffentlichten Gedichte von Władysław Broniewski heraus (Paris 1962).

255 Die erste Frau Wiktor Weintraubs war Anna Tannenbaum.

256 Maria Ewelina Gräfin von Żółtowski (geb. 1927).

257 Jan Graf von Potocki (1761–1815), Historiker, Forschungsreisender, auf Französisch schreibender Prosaschriftsteller. Sein berühmtestes Werk ist die *Handschrift von Saragossa*.

in dem Auto bewegt. Erst nach einer Weile komme ich darauf, dass es der Hund Cedryl ist, der mich mitabholt. Dafür sind wir später mit ihm spazieren gegangen, er hat sich im Gras gewälzt, schnell auf dem Rücken kriechend, nach links, nach rechts, den Robben und Delphinen darin sehr ähnlich.

Die Polen und polnischen Juden fragen mich hier in Amerika immer noch ständig, woran es in Polen am ärgsten mangelt, was sie schicken sollen. Sie haben Kisten vorbereitet, Päckchen, und laufen immer noch herum und kaufen ein, sammeln und werfen verschiedene Dinge in diese Kisten. Sie sind besorgt, ob die Dinge die richtigen sind. Ob nicht etwas herausgeklaut werden wird. Jede Sendung kostet 20 Dollar. Aber nicht alle sind hier reich. Die meisten eher nicht. Frau Jana ist Ärztin, sie verdient nicht schlecht, aber sie hat ein paar Personen mitzuversorgen, die im Übrigen an verschiedenen Orten leben. Sie verdient sich mit dem Verschreiben von Rezepten etwas hinzu. Sie hat häufig Dienste. Von Donnerstag bis Sonntag zum Beispiel hat sie ununterbrochen Dienst. Sie fährt für ein paar Stunden ins Krankenhaus. Und zuhause hat sie danach immer ihren Piepser bei sich. Bei jedem Pieps geht sie ans Telefon. Nachts haben sie sie vier Mal aufgeweckt. Abends beschwerte sich eine Frau, sie würde an diesem Tag zu viel pinkeln – bestimmt hatte sie nicht daran gedacht, dass sie zu viele Getränke zu sich genommen hatte. Ihre Patienten sprechen sie an. Mit mir im Laden ruft sich ihr jemand in Erinnerung

– Erinnerst Du Dich nicht mehr? Du hast meine Hämorrhoiden behandelt.

Wenn sie etwas günstiger kaufen will, fährt sie weiter weg, so dass ihre Patienten nicht Mitleid mit mir ihr haben müssen.

Die hiesigen polnischen Juden und Polen sind ständig beschäftigt mit Neuankömmlingen. Außerdem sind Gäste da. Die schwimmen auch auf dieser Welle mit. Dank einer Wohlfahrtsorganisation hilft man ihnen hier. Paulina wollte aus

Sparsamkeit nicht ins Aquarium gehen. Ich habe sie eingeladen. 5 Dollar der Eintritt.
Vor den Eintrittskarten beziehungsweise vielmehr vor den Jetons für die Metro eine Schlange, weil Samstag ist. Schlangen auch in den Banken. Die Leute hier haben Angst, ihr Geld zuhause aufzubewahren oder es bei sich zu tragen. Also laufen sie wegen hundert, zweihundert Dollar zur Bank. Und weil es viele sind, muss man warten. Die Abwicklung geht keineswegs blitzartig vonstatten. Auch nicht in den Geschäften. Sie verstehen sich aufs Trödeln.

Sonntag, 7. November

Frau Jana verabredet sich telefonisch zum Erntedankfest mit ihrem Sohn, der weit weg in einem College ist, und mit ihrer Tochter, die wiederum woanders lebt, zum „Heiligen Truthahn", wie ich das nenne. Das findet immer am letzten Donnerstag im November statt. Es soll eine Danksagung für die Ernte sein (das Klima ist hier unterschiedlich, im Süden findet die Ernte spät statt) und für Amerika. Die Leute reisen weit dafür. Obwohl das auch nur ein einziger Feiertag ist.
Lesung bei Frau Jana. Gäste. Sehr gute Stimmung. Ich habe bemerkt, dass mich das animiert. Obwohl ich die Absage einer Lesung auch manchmal als Erleichterung empfinde. Wieder ist jemand aufgetaucht, der auch am Dąbrowskiplatz gewesen war. Und eine Frau aus dem Publikum der Tarczyńskastraße. Auch sie erinnerte sich an die zusammen gekrachte Sitzbank.

12 Uhr nachts

Manhattan. Was für eine Erleichterung. Das warme Zimmer. Unbhängig. Ich bin nach draußen gegangen, um Käse zu kaufen und Brötchen, habe die mir gut bekannte Eighth Avenue

beschnüffelt. Der bahnhofartige, zirkusmäßige Rundbau, die Post mit den Kolumnen, den Treppen, die Obstläden, der Pornoladen (bereits geschlossen, weil es nach elf ist). Mir fast gegenüber der riesige Lebensmittel- und Delikatessenladen, den sie in diesen Tagen eröffnet haben. Er heißt „Agostino".
An einer Wand meines Zimmerchens ist ein Fenster (mit einem Rollladen zuzuziehen) und ein Kreuz, an der anderen die Tür zum Kabuff und ein Herz Jesu, die dritte Wand, die neben dem Bett, ist leer, die vierte mit Telefon und Spiegel, in welchem sich das Herz Jesu spiegelt.

Dienstag, 9. Nov.

In Manhattan gleich wieder Kraft und Humor. Heute bin ich von morgens bis abends herumgelatscht. Ich war im Porno-Kino, demjenigen mit den Kulissen zur allgemeinen Orgie. Neues Programm. Die Orgie noch besser als damals. Ich habe gesehen, wie sie sich zwischendrin an Kokain oder Heroin bedienten. Ich bin durch die Straßen Manhattans wie durch die eigenen gelaufen. Die Hälfte der ganzen Zeit habe ich auf der 42. Straße verbracht. Weil es dort auf 300 Metern eine große Zahl von Pornoläden gibt, einen Plattenladen und normale Kinos. Ich bin in dem Krimi „Das Bestattungshaus" gewesen, danach habe ich mir asiatische und afrikanische Platten angesehen und gekauft, danach war ich im Film „Halloween"[258], der von der Beherrschung der Städte und der Ermordung der Menschen durch künstliche Wesen handelte. Erst haben sie gelernt, wie man Allerseelen-Masken herstellt,, danach töteten sie bei Halloween-Melodie und Halloween-Tanz.
Nach Verlassen des phantastischen – was auch immer – „Films", habe ich mitten auf der Straße einen Polizisten auf

258 *Halloween* von John Carpenter (1978).

einem Pferd stehen sehen. Kurze Zeit später das entsetztliche Geheul eines Krankenwagens. Auf meiner achten Avenue Schuhputzer, Prostituierte. Die Negerkönigin ist an mir vorbeigegangen, in einem Gewand mit Schleppe bis zur Erde, mit riesigen Wülsten, die ihr zu beiden Seiten wie eine Halskette bis zur Taille herabhingen. Wie immer lag jemand an der Wand. Ein betrunkener Neger sagte irgendetwas zu mir, auch das wie immer.

15. Nov.

Ich habe mich in der chinesischen Gegend der Stadt herumgetrieben und in anderen, näher an der Landzunge. Kälte. Je näher man der Landzunge kommt, desto stärker weht es. Unter Chinesen hat man kein Gefühl von Gefährdung, was unter Negern nicht immer so ist. Es gibt viele von ihnen, die betrunken sind und zur Straße reden. In den Läden und Lädchen der Chinesen ist es oft günstiger als anderswo. Alte Chinesinnen beim Einkauf – wie Ehefrauen des letzten inkarnierten Buddha, halbwach.

Miłosz hat angerufen. Ich habe mit ihm über sein Schreiben gesprochen. Er sagte, er versuche, die Prosa nicht von der Poesie abzugrenzen. Ich sagte ihm darauf, dass einige seiner Gedichte essayartig seien. Er bejahte fast zögerlich. Ich gestand ihm, dass ich mich ihm gegenüber wie ein Tölpel fühle, intellektuell beschränkt. Darauf er, dass er mich ein wenig um mein an eine Warschauer Straße gebundenes Schreiben beneide. Er hatte das nicht, weil man in seiner Gegend zwischen den Sprachen lebte. Die Polen sprachen eine Sprache wie aus der Zeit der Chroniken, die Weißrussen die ihre. Das Gespräch kam auf New York. Erst von Miłosz habe ich erfahren, worin die Veränderung besteht. Als er hierher kam, gab es eine ganze zweite Stadt unter der Erde. Dann verschwand sie. In den Subways ist es leer und gefährlich.

Ein wenig habe ich dem lebendigen Untergrund nachgetrauert, aber Dank dessen ist es oben noch lebendiger. Heute bin ich kilometerweit durch Geschäfts- und Marktstraßen gegangen. Ich habe eine Uhr für 6 Dollar gekauft. Eine Einmaluhr – wenn sie kaputt geht, war's das. Das ist so viel wie das Kino. Aber gut als Geschenk. Ins Kino bin ich abends auch gefahren. Um mir *Poltergeist*[259] anzusehen. Wenn ich länger hier lebte, würde ich sicherlich verblöden. Aber vielleicht auch nicht. Die Pornographie hat mich heute überhaupt nicht angezogen. Außerdem hat der Sparsamkeitssinn eingesetzt. Auf dem Rückweg habe ich sehr gefroren. Die Müdigkeit dadurch größer. Ich habe begonnen, die Straßen vorsichtiger zu überqueren. Und es gibt furchtbar viele Fahrspuren.
Über die Niagara-Fälle sagte Miłosz, dass sie schon lange nicht mehr in Mode seien. Jetzt sei der Grand Canyon in Mode.
An verschiedenen Orten hatte ich mehrmals plötzlich Mozart im Ohr. Ich habe das wie einen Ruf nach Europa verstanden, in mein Bett. Mozart ist mir viel näher als Manhattan mit seinen Menschen.

Donnerstag, 2. Dezember

Ein Traum.
Keller. Ein Fluss voller Ratten, mit Kurven, seinen Anfang sieht man nicht. Vielleicht ich zwischen ihnen. Alle werden von Menschen gejagt und sollen abtransportiert werden oder schlimmer. Zwischen den Ratten ein paar außerordentliche, Intellektuelle. Eine gewisse, schöne Schauspielerin hält neben ihnen an, will etwas verteilen und insbesondere den Ratten-

259 *Poltergeist* (in Polen bekannt als *Der Geist*), Film von 1982 unter der Regie von Tobe Hooper (der Produzent war Steven Spielberg).

professor beschenken. Vielleicht nimmt sie sich sogar die Kleinode ab und reicht sie ihm.

Danach bin ich unter den Leuten in denselben Kellern. Ich war, wie sich herausstellt, auch von dieser Seite her beteiligt. Ich erkundige mich, wie viele Päckchen die Ratten von der Schauspielerin erhalten haben, also von uns? Ein paar, sagt sie.

Jemand überlegt, dass die Ratten einerseits auf den Abtransport warten; andererseits – unterdessen Mitgefühl, Hilfe von dritter Seite – werden sie viel Schaden anrichten, bekämpft man sie nicht.

– Sie sind hässlich, schlussfolgert er im seitlichen rechten Eingang zum dunkleren Keller.

Es stellt sich heraus, dass wir in dieser Folge von Kellern übernachten, vielleicht überhaupt darin wohnen. Reihenweise schäbige Betten. Ich habe mein eigenes. Ich lege mich hin, es fehlt mir ein Einmachglas fürs Pinkeln. Ich stehe auf, um eins zu holen und sehe, dass alle schlafen, nur nebenan ist ein Bett frei, da ist jemand auf und davon, und ich, glaube ich, bin neidisch auf ihn. Ich gehe in die Tiefe des Kellers, biege nach links ein. Ein größerer, grauschwarzer Betonraum. Er ist leer, aber ich weiß, dass nebenan in einem anderen Keller welche schlafen. Ich suche nach dem Einmachglas. Es ist nicht da. Ich schaue hinter die große, dunkle Tür in der Befürchtung, dass sich dahinter eine Schlucht befinden könnte, doch nein: Beton; grau und schwarz. Es stehen dort Einmachgläser auf dem Betonboden. Nein, es sind Gläser, große Gläser. Ich nehme kein Glas, es gehört sich nicht. Ich sehe ein aufgeschlagenes, aber leeres Bett dort stehen, vor dem Bett ein Krug. Er ist leer. Es gehört sich nicht, ihn wegzunehmen.

Auf dem Rückweg höre ich eine Diskussion mit. Der Kelleringenieur erklärt, man könne Reihen von Kellerhäusern bauen, jedes für sechs Familien – wozu denn Trennwände. Darauf ich

– Wenigstens solche aus Papier.

In der Zwischenzeit ist jemand in dem großen Keller durch das Dunkel gehuscht, hat sich hinter irgendetwas versteckt. Ist es der, um den es mir ging? Oder ist da niemand?

3. Dezember

Es bringt nichts, die Wirklichkeit so von der Unwirklichkeit zu trennen. Die Sinne und der Verstand enttäuschen.
Wir kennen die Welt nur sehr bruchstückhaft. Der Rest ist für uns Forschungsergebnis, aber nicht sinnlich oder womöglich überhaupt nicht zu verstehen. Im Übrigen wissen wir nicht viel vom bloßen Sein.
Angestrengtes Gaffen und Horchen in die Wirklichkeit hinein kann einen Wahrnehmungssprung erzeugen, mystische Empfindungen.

7. Dezember

Nach großen Schlafaktionen große Einsamkeit. Ich kann nicht genug davon kriegen, so gut geht es mir allein. Plattenhören und Lesen. Es sei denn, die Platte nimmt mich ein, dann höre ich nur zu. Wunderschöne Musik für alte chinesische Instrumente. Alte japanische Musik, Gesangsrezitation, wie mit einem hin und wieder im Takt fallen gelassenen hölzernen Widerhall. Als ich Mikołaj Bieszczadowski davon erzählte, sagte er dazu

– Ja genau, aber dort sind sie früher auf die Idee gekommen, ich hatte in meinem Theater eigene Ideen.

Buddhistische Gesänge aus Korea. Wie ein Ausschwärmen von Bienen.
Ich dachte daran, den einen oder anderen wiederzusehen. Gab die Idee aber auf. Ich will niemanden sehen. Ich bin mit dem Bus gefahren, um das reparierte Aufnahmegerät abzuholen, und unterwegs – wider Erwarten, wie im Traum – war da Frau

Barbara bei den Tschechen[260] vor einem Hintergrund herrlicher neuer Platten: Purcell für Cembalo, die Kanzonen Gabrielis, ein Violinkonzert J. Chr. Bachs, die Bußpsalmen Orlando di Lassos, die Madrigale Banchieris, Palestrinas, Lassos. Im russischen Laden habe ich einen Bildband mit italienischer Malerei gekauft und einen weiteren mit der Kunst des Kreml.

Jetzt zu Hause Durchhören, Ansehen. Das Bild eines gewissen Scarsellino, Wende 16./17. Jahrhundert: *Die heilige Familie*; in einem auf eine sommerliche Perspektive hin geöffneten Stall reicht der kleine Johannes, der Täufer, Jesus, der sich von den Knien seiner Mutter aus auf das Spiel einlässt, ein Lamm und ein Kreuz. Die Gottesmutter schaut dem heiter zu, auf ihrem Kopf ein Strohhut. In den Stall blinzelt die Sonne.

Ein anderes interessantes Thema – Domenichinos *Die Himmelfahrt der heiligen Magdalena*. Engel tragen Magdalena, steigen in einer Gruppe in den Himmel auf. Magdalena ist von unten zu sehen, ein wenig plump, aber mit vor lauter Glück weit wehenden Haaren, die wie ein Komet hinter ihr herziehen.

Lodovico Caracci: *Die heilige Familie im Kreis der Heiligen*. Zwischen dem aufgeschobenen Vorhang und der Kolumne auf der Bühne die Gottesmutter mit Jesus, links davon Josef, rechts die bejahrte Elisabeth mit dem kleinen Johannes. Die Gesellschaft ist elegant gekleidet und angeordnet. Eine besonders vornehme heilige Dame rechts unterhalb der Bühne bewundert die Gruppe und bei der Gelegenheit auch Laurentius, der, links, die heilige Familie anbetet, einen riesigen Feuerhaken und einen Rost haltend. Auf seltsame Weise extravagant.

260 Im Zentrum für tschechische Kultur in der Marszałkowskastraße, das immer gut mit Platten versorgt war.

Ich habe mich an meine Quälerei in Montreal mit der kleinen Metallleiter für die Päckchen erinnert. Julita und Lech, der Bärtige, hatten mir die kleine Leiter in N. York gegeben, in der Absicht, mir zu helfen. Ich gab nach, nahm sie mit, obwohl ich merkte, dass sie eher ein Marterwerkzeug sein würde. Und so war es. Ich ließ sie mitten auf dem Flughafen liegen, plötzlich wie befreit davon. Umso mehr bewundere ich Laurentius, dass er noch nach dem Gebratenwerden auf dem Rost – was furchtbar gewesen sein muss, schlichtweg von Auschwitz-Ausmaß – Lust hatte, diesen Rost als Beweisstück seiner Marter bis in den Himmel mitzuschleppen. Der Arme. Er verbrannte qualvoll. Und der Himmel? Entweder ist er eine Erfindung, oder es haben sich alle Verbrannten, vorneweg die Juden, da hingeschleppt, nicht ohne die gemeinsamen Öfen oder Gaskammern über ihren Köpfen mit sich zu zerren und kilometerweise Stacheldraht.

Das Glück hat sich gewendet. Das Aufnahmegerät will nicht aufnehmen und surrt. In der Werkstatt war noch alles in Ordnung gewesen. Ich zog mich an und brachte den Apparat zum nächstbesten Reparaturservice.

Ich habe geträumt, dass ich an der Erlöserkirche vorbeigehe. Drinnen eine Zeremonie. Der Kirche sind riesige Seitentüren und Treppen für einen Trauerzug gewachsen. Aber wessen Trauerzug ist das? Er schickt sich an, hinauszugehen, aber schafft es nicht. Ich sehe ins Innere, und dort findet immer noch diese Trauerandacht statt. Ich denke mir

– Für den Präsidenten? Den König? Vielleicht wollen sie Nowotko aus Powązki exhumieren, weil seine 92-jährige Frau, eine Katholikin, die ihn nicht exhumieren ließ, nun verstorben ist? Nein. Es liegen drei Gestalten in Schwarz da. Drei Verstorbene. Ein dreifaches Begräbnis. Drei Päpste – Märtyrer. Unser Wojtyla und zwei Vorgänger. Ich trete näher heran. Das Ganze wie bei den Mysterien. Aus dem Katafalk steigen drei Schauspieler aus dem Sanatorium als Papstmär-

tyrer in Pyjamas. Die zwei außen bekennen, dass sie, während sie so da lagen, Angst vor dem Dritten gehabt hätten.
- Er hatte solche Krallen!

18. April

Heute habe ich zum ersten Mal seit 2 Monaten bei mir übernachtet. Am 16. April bin ich in die Stadt gegangen, um zahlreiche Dinge zu erledigen. Es gab einen Schneesturm. Ich ging im Lesesaal vorbei. Ich habe mir einen Aufenthalt bei ZAiKS in Sopot verschafft. Mir ein Zugticket gekauft. Mir bei den Russen und Ungarn Platten gekauft. Ich bin zum PIW-Verlag gegangen[261]. Das Herz hat angefangen wehzutun. Es halfen weder Pentaerytrithol noch Nitroglycerin. Aber ich war gesprächig und gesellig. Der 83-jährige Słobodnik ist gekommen. Ich half ihm beim Aus- und Anziehen seines Pelzes. Ich setzte mich in den Redaktionsraum[262]. Marianna Sokołowska sagte
- Setzen Sie sich nicht dahin, da ist eine Wasserader. Rutengänger haben den ganzen Verlag untersucht.

Aber ich setzte mich trotzdem. Nach Verlassen des Redaktionsraums fühlte ich mich sofort gefährlich verwirrt. Ich ging zur Kasse hinunter und dachte mir
- Ob es reicht, mit dem Geld zurück nach oben zu den Lektorinnen zu gehen und ein Taxi nach Hause zu bestellen? Vielleicht, ach nein … Es droht wohl der Krankenwagen, oh nein, das gibt Aufruhr.

Während ich hinunterging, dachte ich
- Oh nein, das gibt Aufruhr … der Krankenwagen … das gibt Aufruhr.

261 Neben der Entgegennahme des Honorars ging es auch darum, die Lesung zu verschieben, die am 17. Februar bei Malina Gamdzyk-Kluźniak stattfinden sollte.

262 Die Redaktionsecke für Gäste am Erkerfenster mit Tisch und Sesseln.

In der Kasse war es heiß. Langes Ausfüllen von Belegen, Geld zählen. Ich fühlte es schon, das wird ein Herzinfarkt. Nur ob ich es bis zum Schluss aushalten würde. Ich begann, zu schwanken und … kam nach einer Ohnmacht im Sitzen zu mir. Die Lektorinnen kamen herbeigerannt, ich sagte ihnen, es sei ein Herzinfarkt. Ich gab Frau Marianna ein dickes Geldbündel mit dem Gedanken, dass es fast die gesamte Auszahlung war – 200 000 Zloty[263]. Ich hatte keine Kraft, in das zweite Fach zu greifen. Der Krankenwagen war schon angekommen. Ich ging, unter den Achseln gestützt, zu den Kassiererinnen

– Danke, Entschuldigung.

Krystyna Milewska

– Bedanke Dich jetzt nicht.

Die Frauen fragten die Krankenwagenfahrer, wo sie mich hinfahren würden. Die schrien sie an. Die Kassiererin kam mit einem weiteren Beleg zur Krankenwagentür gelaufen. Ich unterschrieb „MB". Milewska schrie

– Das reicht!

Sie fragten, wo ich wohne

– Ach so, also fahren wir zur Grenadierstraße.

Und sie riefen den Lektorinnen freundlich zu

– In die Grenadierstraße.

In der Grenadierstraße wartete die dort arbeitende Schwester der Lektorin Bożena[264] auf mich, Frau Kalina[265]. Ich wurde auf dem Bett gefahren. Erste Untersuchungen. Bożenas Schwester, Frau Kalina, zählte mein Geld. 100 000 sind im Portemonnaie geblieben plus 20 Dollar. Den Kran-

263 Das Geld wurde im Safe des PIW verwahrt.

264 Die Lektorin Bożena Szewczyk arbeitete in den Jahren 1969–1989 bei PIW in der Redaktion für polnische Gegenwartsliteratur.

265 Kalina Gancarz arbeitete in der onkologischen Ambulanz des Grochowski-Spitals in der Grenadierstraße.

kenbericht vom ersten Herzinfarkt hatten sie nicht gelesen, dabei wäre er unabdingbar gewesen.
In kürzester Zeit fand ich mich im Reanimationsraum wieder. Als man mich alleine gelassen hatte, dachte ich, ich müsse mich trotz der Herzschmerzen mit etwas beschäftigen. So zum Spaß. Ich versuchte, den von Kitzi-Katzi vor drei Tagen bestellten Tango zu verfassen. Es gelang. Ich verfasste ihn im Kopf und behielt ihn[266].
Das Herz tat zwei Tage lang weh. Ich wusste nicht, dass es im Krankenhaus noch weiterging. Mit Mühe hielten sie den Infarkt auf. Ich war unruhig. Sie gaben mir andauernd Schlafmittel. Ich fiel in Schlaf. Der Atem verkürzte sich dann. Das weckte mich alle paar Minuten auf. Ich bemühte mich, nicht zu schlafen. Aber schon weckte mich das Erstickungsgefühl aus dem Kurzschlaf.
Keinerlei Angst.
Man schob mich in eine andere Glasvitrine.
In der dritten Nacht verschlimmerte sich mein Zustand. Die Atmung wurde kürzer. Die Ärztin stieß auf einmal gegen das Bett. Wieder brachte man mich woanders hin, in den Operationsraum. Die Atmung regulierte ich alle paar kurzen Atmer durch ein längeres Luftholen. Über mir standen fünf Personen. Die Atemmaske war wie ein Maulkorb. Die Ärztin ordnete einen Tropf mit Nitroglycerin an, das langsam half. Die Ärztin, eine beherrschte Dame mittleren Alters, wischte mir den Schweiß von der Stirn und sagte schließlich
– Ohne die Maske wird es ihnen besser gehen.
Und überhaupt wurde es besser.
Als ich nachher in der Glasvitrine dem dicken Nachbarn

266 *Der reanimierte Dichter verfasst einen vor 3 Tagen feierlich von Kitzi-Katzi bestellen Tango* (geschrieben am 16. Februar 1983).
Vgl. [Brief 1] der „Briefe an die Eumeniden", S. 397

vom Fehlen der Furcht erzählte, wälzte er sich mit seinem ganzen Fett aus der Rückenlage auf die mir zugewandte Seite

– Wovor soll man sich da fürchten?

Zwei Wochen Intensivstation. Vier Wochen auf der Station. Besuche von Freunden. Die Schwester Bożenas, der Lektorin, Frau Kalina und Bożena selbst kümmerten sich um mich[267]. Schließlich erkrankte Frau Kalina selbst, ein Asthma-Anfall; eines Abends tauchte sie im Morgenrock auf, als Patientin derselben Station. Danach spazierten wir täglich über den Flur.

Gymnastik, ein Treppenversuch. Angeblich fiel das besser aus, als sie dachten. Vor der Entlassung aus dem Krankenhaus resümierte die Ärztin, was nach dem ersten Infarkt war und was nach dem zweiten, und sie schloss mit dem Fazit

– Ja, von diesem Herzen ist Ihnen nicht viel übrig geblieben, Treppensteigen ist gefährlich, Tragen, alles Tragen, und auf weitere Reisen müssen sie verzichten.

Ja. Der Mensch ist sich normalerweise nicht im Klaren darüber, wie viel Kraft er durch sich selbst verbraucht. Erst nach einem solchen Abenteuer wie dem meinen (dem zweiten in Folge) bemerkt man, wie sehr jeder Gegenstand eine Last ist, wie schwer es ist, die Tür zum Laden zu öffnen, die Tür zum Aufzug aufzuschieben, den Teekessel mit Wasser aufzustellen. Drei Wochen nach der Entlassung hielt ich mich bei Jadwiga in der Hożastraße auf und in Ludmiłas Atelier, über der Ringbahn und dem Koło-Hügel. Ludwik kam täglich vorbei, brachte zu essen.

267 Beide Schwestern wohnten in der Nähe des Krankenhauses – Bożena in der Rozłuckastraße, Kalina noch näher, auf der Washington-Allee.

Im Zustand der Bedrohung hatte ich keine Angst, aber als ich in der Besserungsphase von dem ganzen Ausmaß meiner Herzgeschichte erfuhr, bekam ich Angst. Was wird das nur für ein Leben werden mit diesen Einschränkungen? Welche Lebensperspektive? Bisher hatte ich immer den zweiten Herzinfarkt noch vor mir. Jetzt habe ich nur noch einen dritten Infarkt vor mir, der gewiss der letzte sein wird.
Andererseits ist das eine gute Gewissheit. Ein schnelles Ende. Es ist wie eine gleichzeitige Versicherung gegen andere tödliche Krankheiten. Ich könnte falsch liegen. Aber der bloße Gedanke stärkt.
Der heutige Tag war gut. Ich hatte Energie. Sogar Humor. Und Ruhe.
Ich bin auf dieses Notizbuch gestoßen, auf Notizen, auf *Kitzi-Katzi*[268]. Auf eine plötzlich unterbrochene Folge. Ich habe Lust zu schreiben, Lust aufs Kabarett, auf Kontemplation.
Ich habe mich wieder.

21. April

Ein herrlicher Frühlingstag. Ich bin Platten einkaufen gefahren und zur Entzauberung zum PIW-Verlag. Mit Kuchen für die Lektorinnen. Und mit Blumen für die Kassiererinnen.
Im Laden neben meinem Haus habe ich Mayonnaise bekommen, nach der ich seit sechs Tagen suchte. Ich habe sie für Salate aus Chicorée, Äpfeln und sauren Gurken benutzt. Salate statt Kuchen. Was sich aus den Geschmacksbedürfnissen ergibt.
Das Leben zieht mich rein.

268 Im Krankenhaus ist ein weiterer Text dieses Kabaretts entstanden: *Kitzi-Katzi antwortet dem Dichter auf die Reanimation mit einer Widmung*. Das letzte Werk aus diesem Zyklus, *Die Wald-Oper*, ist in Anin verfasst worden.

22. April

Ein herrlicher Frühling. Es blüht. Im Schatten ist es warm. Auf dem Drei-Kreuz-Platz haben die Magnolien ihre weißen Flügel ausgebreitet. Aber vor diesen Magnolien stellte ich schweißgebadet und erschöpft plötzlich fest, dass ich nach eineinhalb Tagen schon genug von diesem Glück habe, von diesem Frühling. Ich bin schon satt. Jetzt isst er mich auf. Die Aussicht auf den baldigen Sanatoriumsaufenthalt erschöpft mich. Das Aufstehen am Morgen. Der Mitbewohner im Zimmer. Ich fahre nur wegen der ärztlichen Pflege hin. Konstancin wäre mir allerdings lieber, ich mag Konstancin und die Gegend dort. Anin mag ich, glaube ich, nicht. Obwohl – auch dort kann man in den Bus steigen und in sämtliche Richtungen fahren.

Ich bin bei den Nachbarn, den Hoł.s, zu Besuch gewesen. Sie erzählten von dem Einbruch bei ihnen und bei den Nachbarn gegenüber. Aufhebeln der Tür in beiden Fällen. Einen der Diebe haben sie mit einem Sack voller Sachen von Hoł.s unten gefasst. Der andere Dieb ist mit einem zweiten Sack geflohen. Auf diese Weise sind die Silbersachen Frau Hoł.s, die sie so sehr mochte, verloren gegangen und die goldenen Teile der anderen, nicht gerade reichen Nachbarn. Meine Tür wurde nicht angerührt.

In einem der Häuser neben der Synagoge und dem jüdischen Theater haben die Diebe von dem Gedrängel anlässlich der Renovierung der Synagoge und des 40-jährigen Jubiläums des Aufstandes im Warschauer Ghetto profitiert, haben die geklauten Sachen in Säckchen zusammengebunden und runter auf die Müllkippe geworfen, das heißt, sie sind mit leeren Händen aus dem Haus gegangen. Aber die Kioskbesitzerin hat zwei Spitzel angesprochen, weil ihr schien, die zwei, die ins Treppenhaus gingen

– gehören nicht auch zu Ihnen?

– Nein.

Als die Spitzel die beiden aus dem Haus kamen sahen, gingen sie hinter ihnen her, die anderen rannten los; der eine, der geschnappt wurde, hatte irgendeine geklaute Kleinigkeit bei sich. Er gab das mit den Säcken auf der Müllkippe zu.
Herr Hoł., mein Nachbar, fährt dienstlich nach Tunesien, nach Libyen. Die Araber in der Wüste bewirten die Ankömmlinge mit grünem Tee, der bis zum Abwinken gesüßt ist, und nehmen gewöhnliches Wasser im Tausch an. Sie waschen sich nicht mit Wasser. Sie waschen sich mit Sand. Die Sandwaschung ist Teil des Ritus vor dem Gebet.

Ständig komme ich mit mir selbst von vor dem zweiten Herzinfarkt in Berührung: Zeitungsschnipsel mit Programmhinweisen, Notizen ... Ich sehe das voller Neid. Aber die letzten Tage sind besser. Vielleicht wächst wieder neues Leben und treibt gute Gedanken. Immer noch Unsicherheit, Schüchternheit.

Fast alle Geheimnisse drehen sich um den Tod. Wenn man bedenkt, dass er jedem gezwungenermaßen zugänglich war oder sein wird, ist das Erzgeheimnis disqualifiziert.
Seit 40 Tagen beschwört Jadwiga einen ägyptischen Pyramidenstein am Silberkettchen. Als sie vor vier Jahren hörte, dass er am Fuß der Cheops-Pyramide gefunden worden sei, sagte die blinde Celina

– Der ist aus dem Grab von jemandem, Du solltest ihn besser nicht tragen.

Ich habe Jadwiga vergeblich erklärt, dass Celina sich selbst ein Stück Stein bestellt hatte und dass ich den Stein nicht abgebrochen habe, sondern vom Boden aufgehoben.
Erst als das Bernsteinkettchen von Celina nach ihrem Tod Jadwiga zwei Mal fast erstickt hätte, weil sie einmal damit badete und es sich im Abfluss verfing und sich ein zweites Mal in der Brailleschen Schreibmaschine verhakte, änderte Jadwiga ihre Meinung.

Jetzt wartet sie ungeduldig vierzig Tage ab, sie will das Pyramidensteinchen unbedingt tragen[269].
Anula ist in Sachen Astrologie völlig verrückt. Ihr „Herr" gibt ihnen Horoskope von Hitler, Stalin, George Sand und Chopin in Auftrag. Aber wie viele Entwürfe, Sätze, Streichungen.[270]

269 Siehe das Gedicht dazu aus dem Zyklus *Paplany (Ballady) – (Ballada o piramidzie) [Geschwätz (Balladen) – Die Ballade von der Pyramide]* (im Band *Oho*). Jadwiga Stańczakowa schenkte das Halskettchen mit dem Pyramidenstein unbekannter Wirkung Marianna Sokołowska.

270 Hier brechen die Notizen des siebten hundertseitigen Heftes ab. Es sind viele nicht beschriebene Seiten übrig geblieben. Miron Białoszewski ist plötzlich in der Nacht vom 17. auf den 18. Juni 1983 in Jadwiga Stańczakowas Wohnung verstorben, mehr als zwei Wochen nach der Rückkehr aus der Kur im Aniner Institut für Kardiologie.

BRIEFE AN DIE EUMENIDEN[271]

264 Die *Briefe an die Eumeniden* (der Titel stammt von der Redaktion der „Zweiten Texte" *[Teksty Drugie]*) verfasste Białoszewski während seines Aufenthaltes auf der Rehabilitations-Station des Kreiskrankenhauses Grochowski in der Grenadierstraße und während der Kur nach dem Infarkt im Kardiologischen Institut von Anin. Ihre Adressatinnen, die „Frauen Professorinnen Eumeniden" waren Maria Janion, Maria Żmigrodzka sowie Małgorzata Baranowska. Diese Briefe sind posthum in den „Zweiten Texten" (*Drugie teksty*, 1991, Nr. 6) veröffentlicht worden. Grundlage der gegenwärtigen Edition sind Handschriften, die sich in der Abteilung für spezielle Sammlungen der Bibliothek IBL PAN befinden.

265 Es gab mehrere handschriftliche Versionen der nach dem 15. Februar 1983 entstandenen Gedichte. Die den Briefen beigefügten Versionen unterscheiden sich leicht von denjenigen, die in der posthumen Buchpublikation erschienen sind (im Band *Europa bemappen. AAAmerika. Letzte Gedichte*, Warschau, PIW 1988).

[1. Brief]

16. FEBRUAR 1983
DER REANIMIERTE DICHTER KOMPONIERT
EINEN VOR 3 TAGEN VON KITZI-KATZI
FEIERLICH BESTELLTEN TANGO

{CANTO}

Aus dem Halbgrab
hier für Dich:
ein Tango, wie bestellt.

Als ich lebte,
wurde er nichts,
geht jetzt erst in die Welt.

{REFRAIN}

So fass' nur Mut,
Denn was ist schon das Leben;
Der Tod will gerne frohgemut
Den Siechlingen Gesundheit geben.
Jung-Hamlet schon, allzu
verwegen, dachte
was zu ändern
                    es versagte ihm
Sein Sein-
(hier Verrenkungen im Tanz)
oder
    Nichtseins-Trug[272]

Warschau, Intensivstation, 26. Februar 1983
und Erinnerung an die Intensivstation

Liebe Professorinnen Eumeniden!
Vielen Dank für Ihren Anruf. Es tut mir um den verlorenen Samstag (19. II.) leid. Ich hatte mich schon auf die Lesungen und das Vorsingen der zwei neuen *Kitzi-Katzis* gefreut.
Ich bin schon elf Tage auf der Reanimier-, also auf der Wiederbelebungsstation und lebe langsam wieder auf. Obwohl sie mich pausenlos schläfrig pulvern, bin ich gestern ohne Grund in Wut geraten und habe mich ein paar Mal so schnell auf dem Bett hin und her geworfen, dass es ins Rollen geriet. Die Schwester kam angelaufen
– Tut Ihnen etwas weh?
– Nein, mir ist nur kalt.
Der Wutanfall verbesserte mir sehr die Laune, er hatte ein unbewusstes Bedürfnis erfüllt, ich schlief bis morgens wunderbar durch und das zum ersten Mal wieder mit eigenen Träumen und keinen verrückt-stillstehenden, die mich, wie ich dachte, noch verrecken lassen.
Das Herz heilt, die Wunde wird kleiner. Ich habe einen niedrigen Blutdruck. Ich bin von Nadeln zerstochen wie Kitzi-Katzis Fummel. Ich hatte einen Draht in mir. Um das Herz – für den Fall, dass es plötzlich stehen bleibt – an den Strom anzuschließen. Vor ein paar Tagen haben mir die Schwestern den überflüssig gewordenen Draht aus der Hand gezogen. Ich schaute, und der zog und zog sich, ich erkundigte mich
– Woher kommt der?
– Vom Herzen.
– Und wie verläuft er?
– Durch die Vene.
Es ging um die rechte Armbeuge, seinen Ausgang.
Zur gefliesten Toilette fahre ich seit vier Tagen. Auf dem Hinweg schaue ich mir eifrig alles nur Mögliche an. Die Schwester

rast, sie galoppiert nur so an mir vorbei, und ich sehe, wie sie um die Ecke rennt, also teile ich mir die Beobachtungen auf: Einmal strenge ich meine Augen an für dieses, ein andermal für jenes; ich plane von vornherein, wofür.
Eine Herzkrankheit ist gut. Daran ist nichts ekelhaft, nichts widerlich. Sie betrifft die obere Hälfte, die nicht-demütigende (ich beziehe mich auf ein Telefongespräch mit Frau Professor M. J. über jene untere, die demütigende).
Die ersten drei Tage waren übrigens nicht gut, obwohl ich bereits in der ersten Nacht den TANGO FÜR KITZI-KATZI im Kopf komponiert hatte, den sie 3 Tage vor meinem Herzinfarkt bei mir bestellt hatte. Fürs Fürchten war keine Zeit, denn wenn man verschwindet, dann schnell, und wenn man bleibt – worum geht es dann? Es erwartet einen nichts Schlechtes, es hat ein wenig wehgetan, hörte auf, wehzutun. Eine der bestmöglichen Krankheiten. Man sollte sich freuen, dass man diese hat. Der einzige Makel: dass es sich um ein Plagiat handelt.
In ein paar Tagen fahre ich sicher in die weite Welt und durch den Sammelflur (es stehen dort Betten im Gang, Gedrängel) in den kleinen Bereich der kardiologischen Abteilung. 3 Zimmer à 4 Betten. Nur bloß nicht auf den Radiologen treffen. Aber ich kämpfe, dass er mir wenigstens halbwegs entgegen kommt (Ohrstöpsel habe ich, das bedeutet auch schon etwas). Ich bitte gleich zu der nicht untersuchten Stelle.
Ich verbeuge mich
drücke fest
alle 3 Eumeniden

Miron

Die Ärzte waren gut zu mir, freundlich.
Die Schwestern sind teils großartig. Sie arbeiten für die Stationshilfen (an denen fehlt es). Es gibt den Stationshelfer Darek, der Punkte für das Medizinstudium sammelt. Er bekommt über 6 Tausend, was ihn wundert, er dachte, es seien weniger.

27. FEBRUAR 1983
KITZI-KATZI
SENDET DEM DICHTER AUF DIE REANIMATION
EINE WIDMUNG

(MAZURKOBEREK)

Von Attacke
Zu Attacke
Mal ganz langsam
Mal zu zackig.
Das Wesentliche:
Die Pausen
Füllen mit
Flausen-Zausen.
So wird der Mensch
Zum Sanktolaus,
Sobald er
abtritt.

[5. Brief]

Postreanimistisches Warschau, 5. März 1983

Liebe Eumeniden,
gleich nachdem die jüngste von Euch[273] von hier wegging, erinnerte ich den noch verbliebenen Przemysław Brykalski daran, dass neben mir der Wojewodschaftsurologe liegt, der just in dem Moment, in dem er an den Operationstisch trat, sein Herz verspürte. Man brachte ihn hierher. Zum Infarkt kam es nicht. Darauf sagte Przemysław, dass er davon gehört habe, weil er ein Freund seines Freundes sei, den auch ich kennen würde und der bei meiner tosend lauten amerikanischen Lesung in dem Atelier jenes Przemysław drei Tage vor meinem Herzinfarkt gewesen sei. Es kommt hinzu, dass Przemysław irgendeiner krankhaft-telefonischen Freundlichkeit von Seiten des Wojewodschaftsurologen erlegen ist. Es kam zur Konfrontation, der ein gesellschaftliches Nachspiel zu folgen drohte. Przemysław ging hinaus. Das Abendessen kam. Und während des Gescheppers erschien ein weißer Kittel mit einer bodenlangen schwarzen Verlängerung auf der Türschwelle. Der Ähnlichkeit mit meinem Nepomuk auf dem Küchenaltar wegen verstand ich, dass es sich um einen Priester handelte. Er sagte zu mir:
– Sie liegen noch, Sie leiden.
Ich:
– Nein, ich laufe schon ein bisschen.
Aber da sprachen ihn schon der Wojewodschaftsurologe und ein flottes Weißhaupt an, das im Sitzen an den gemeinsamen Vespertisch (mit dem für diese Zeit auf einen Hocker gesetz-

273 Seitlich am linken Rand dieses Briefes die Hinzufügung: „Es tut mir um den Samstag mit den Tierprozessionen leid, aber das lässt sich bestimmt wiederholen".

ten Fernseher) heranfuhr. Der Priester setzte sich in die Nähe. Sie wollten ihm Kaffee anbieten

– Nein, nein.

Der Wojewodschaftsurologe überhäufte den Priester mit Fragen nach den Nachnamen der Kapläne und Priester. Das ging so weit, dass der Priester erklärte, er kenne sie wenig, weil er aus der Skarzewskastraße käme.

Sie entbrannten für das Thema „Rom". Weil sowohl der Priester als auch der Urologe dort gewesen sind. Sie lästerten über die Italiener. Der Priester sagte über Lourdes, dass es dort, als er hingepilgert war, ernst zugegangen sei und würdevoll; plötzlich kamen die Italiener – augenblicklich brach Chaos aus.

Jetzt ist die Fernsehkiste schon auf dem Tisch. Sie zeigen die neugeborenen Kobras aus Wrocław und den Papst in Mittelamerika.

Ich habe die Glaskugel von der jüngsten der Eumeniden in einen Becher mit Wasser getan. Die Kugel kreist schön und mit einem leisen Zisch-Gebell am Boden des Bechers. Man müsste lernen, daraus zu weissagen.

Im Gang liegen heute wenige Menschen. Die alte Dame, der ich gestern den Nachttopf reichte, haben sie ins Zimmer verlegt. Ihr gegenüber lag vor 3 Tagen starr ein Mädchen mit kurzen schwarzen Haaren am Tropf. Jetzt ist sie bereits wieder munter, trippelt um das Bett herum. Zu ihren Füßen liegt bereits eine neue Freundin, die vor lauter überschüssiger Energie das Essen verteilt. Schon hat sich ein Pyjama-Jüngling bei ihnen eingefunden. Ein Vergnügungszentrum, ganz einfach. Zwischen ihnen hindurch walzte Fürst Schlafrock und hinter ihm ein Bärtiger mit weißen Haaren (oder umgekehrt). Jetzt gehe ich raus auf die Kreuzung mit dem Sofa. Dort wohnt der Asthmatiker aus Miedzeszyn, der mir gestern von seiner Krankheit erzählte.

Ich bin in den Flur gegangen. Plötzliche Totenstarre. Die schwarzhaarige Kurzgeschorene ist irgendwo hingetrippelt. Ich setzte mich alleine in das Seitenschiff auf ein Sofa an der

Kreuzung. Irgendwo spielte etwas das *Ave Maria*. Nach einem Moment der Stille zeigte sich der Bauch des Asthmatikers aus Miedzeszyn im Pyjama. Von der anderen Seite lief mit bebendem Haar die spontan-energische Essensverteilerin herbei, riss den Asthmatiker in einen Tanz, es kam nicht viel dabei heraus, sie lief davon und kam bald mit zwei Pyjamas von Liebhabern zurück. Die brachten sie auf romantische Weise zur Treppe. Sie eilte, dadurch nicht entmutigt, in die dritte Richtung.

Jetzt liege ich, die Glotze läuft, die Sitzenden sehen fern. Um 9 werden sie einschlafen, weil sie doch aufstehen, wenn das Fenster noch auf Nacht eingestellt ist.

Der Flur ist in Gelb gehalten, vom Boden an safranfarben. Ich sehe gerne in seine Tiefe. Am Ende ist ein Fenster, durch das man den schräg verlaufenden Verkehr der Washington-Allee sehen kann. Unser Fenster geht auf die Świętosławskastraße raus, gegenüber stehen kleine Häuser.

Der Blick vom Austritt auf die Grenadierstraße raus mit Leuten an der Haltestelle erinnert mich an das erste Fliegen. Ich war ein paar Jahre alt. Es war Winter. Chłodnastraße. An der Haltestelle standen Menschen. Ich war auch dort. Plötzlich hob mich eine Kraft in die Luft. Ich wollte mich an den Menschen festhalten, doch die quer in die Lüfte fliegende Kraft zerrte mich von ihnen weg. In Schals vermummt, wollte ich schreien, aber ich konnte nicht. Dann das Erwachen.

Von 1942 bis 44 wohnte ich in derselben Chłodnastraße, nah dem Schlaf und Wachen des Ghettos. Eines Tages fragte ich am Spülbecken in der Küche weder Mutter noch mich in den Raum hinein

– Wann endet der Krieg?

Und ich antwortete mir

– Im Mai.

– Und wann ist der Nationalfeiertag?

Einen Augenblick später Raten und Überlegungen
– Im Juli.

Vor 20 Jahren bin ich mit Adam (der in Kürze zum Selbstmörder werden sollte) in die Kongresshalle gegangen, um einen Film zu sehen. Dort wurden die Mäntel an der Garderobe abgegeben. Ich erhielt ein Nummernkärtchen, darauf stand: 1983[274].

Ich schwieg und dachte

– In dem Jahr kann ich sterben, es ist scheinbar weit weg, vielleicht schade, aber …

Im Februar dieses Jahres 1983 habe ich angefangen, davon zu reden, etwas hatte mich beunruhigt.

Vielleicht ist das übertrieben, der Infarkt eine Probe aufs Exempel. Aber etwas ist doch daran. Und das Jahr hat es übrigens noch weit bis zum Ende. Wegen verschiedener Vorahnungen und Träume fühle ich Gefahr für mich Ende Mai, zumal am Sonntag.

Es regnet, klopft ans Fenster, macht doppelt so viel her, wie da ist; weil das, was da ist, nach oben geht und das auf unlautere Weise Hinzugekommene kopfunter nach unten.

Mein Bett hat vier rituelle Räder und macht sich folglich hin und wieder selbständig. Ich versuche es dann an seine Stelle zurückzuscheuchen. Es tut so, als käme es zurück, aber mit einer Seite verkantet es sich aufgrund der eigenmächtigen Matratzenfahrt; die andere Seite macht aus der Matratze eine Art Pilz oder Rauchabzug.

Das Nachtschränkchen hat entweder einen kürzeren Fuß oder der Boden ist schief. Ich lege ein vier Mal gefaltetes Blatt darunter – das gleicht es aus. Jedes Fegen der Stationshelferin beseitigt den Papierkeil. Ich mache einen neuen. Angeblich wollten die Tische und Schränke Ludwigs XIV. oder XV. auch nicht

274 An dieser Stelle ist eine große Zeichnung eines ovalen Kärtchens mit Ziffern.

gerade stehen. Man arbeitete am Gleichgewicht der Füße und an der Ebenheit des Bodens, dennoch staunte der König, wenn er es bei jemandem antraf, dass Möbel gerade standen.
Unter dem Bett habe ich eine braune Tasche mit dem hier unbrauchbaren Plattenspieler und anderem Zeug, mit Zigaretten aus dem Pewex zum In-der-Hand-halten. Diese Tasche bereiste Ägypten mit mir, umsegelte Europa auf der „Batory", flog mit mir durch Amerika. Und sie begleitete mich während meines vorinfarktlichen Gerennes und der infarktlichen Verwirrung an der PIW-Kasse und im Krankenwagen und landete auf der Reanimation.
Głowiński rät mir dazu, ein „Lob der Tasche" zu schreiben. Ein schwieriges Thema.

Sonntag, 6. März

Nach dem Handverband (eine Folge der Nadel) habe ich die Bandage mit der Watte weggeworfen und mich wegen eines neuen Verbandes an die Krankenschwester gewandt. Sie schrie mich an, weil ich die Bandage weggeworfen hatte
– Was für eine Verschwendung!
Verlegen lief ich den Gang entlang und durch den stillen Reanimationsvorraum zur Treppenhalle. Ich schaute mir die Aussicht an. Die Weide vor dem Fenster, den feuchten März, das Stück einer Straßenbahn. Und den Innenraum. Den kahl werdenden Feigenbaum, die kahl werdende chinesische Rose, die vertrocknende Palme und eine zweite, nicht vertrocknende Palme; es ist die, von der ich gehört habe, eine kleine. Um sich darunter zu setzen, müsste man sie zum Boden neigen. Ich bin um diese Prachtexemplare im Treppenaufgang herum geschritten. Auf halbem Weg erspähte mich die wütende, bereits in Aufruhr geratene Pförtner-Garderobenfrau, trat in die Mitte und schimpfte von unten nach oben
– Was ist das hier für ein Herumspazieren?

– Ich gehe schon zurück, antwortete ich.
Darf man also gar nicht unter die Palme treten? Oder nur während der Besuchszeiten? Oder dürfen es nur manche? Oder muss man es versteckt tun? Ich denke, das Letzte ist das Sicherste. Man muss den Blick der Pförtnerin meiden. In diesem Moment haben sie mich wieder an den M o n i t o r angeschlossen.
Die Sonntags-Predigt habe ich mir nolens volens im Radio ganz angehört und ein bisschen davon im Fernsehen.
Mit ausführlichen Grüßen und der herzlichen Einladung nach Grochów

Miron

Warschau, 6. M[ärz] 1983, Krankenhaus

ANHORTUNG

im Türspalt diese und jene
Unbekannte im Aussehen Sich-Ähnelnde

der Spitalsflur schwillt
von allem, was in ihn quillt
allem, was hinein will

auch hier stehen noch Betten
mal voller, mal leerer

es bläht am Sonntag Mittag
der Flur sieht mit der Nase
er wittert

auf seine Betten hockt sich
hier das Leben dort der Schnitter
oder davon bloß ein Drittel

Im Krankenhaus, Grochów, 6. März 1983

NACH LUFT RINGEN NACH SPIELARTEN

1

die weiße Zimmerdecke mit Ballons
                                        mit Atmern
der darunter liegt
ist   ein Luftringer

2

die weiße Zimmerdecke
darunter flach der Mensch

ein Ballon Luft unter der Decke
das Atemkissen im Menschen erschlafft

plötzlich schwillt's vor bloßem Ausatmen

unter der Decke
zerspringt die ganze Pein

3

die Luftröhre steigt
wie eine Taube
auf in die Zeit

sie gurrt
stürzt um

der Atem schwindet drum
fliegt weg

da dröselt die Seele den Bezwungenen auf
selbst röchelnd vor Lachen

es sei ihnen doch gut gegangen
so kurz gehalten
den beiden
Erfundenen

4

damals
durch den Anfang
reingelassen
diesmal
am Ende
erstickt
man hört:
ö-chö
ö-chö
ö-chö
das Herz röchelt

5

das Letzte
letztlich allzu gewöhnlich
nicht ernst zu nehmen
wie nicht vorhanden
nichts

[12. März], abends

Es läuft eine idiotische polnische Komödie im Fernsehen. Im Gang stöhnt es von verschiedenen Seiten. Ich spreche nicht mit meinen Nachbarn. Nur ein paar technische Wortmeldungen über den Tag hin verteilt. Sie haben sich schon daran gewöhnt.

Täglich schlucke ich reichlich Fingerhut-Pastillen. Das ist diese Pflanze mit den tiefen Kelchen, die hoch in Kitzi-Katzis Garten wuchs. In verschiedenen Farben. Wespen krochen da rein, die Sonne schien. Es regnete. Und der Fingerhut blühte und blühte.

Eine Überdosis verursacht Bauchschmerzen und Übelkeit. Das hat mich gleich anfangs ereilt. Jetzt verabreicht mir die Ärztin die tägliche Portion je nach Symptomen. Heute spürt mein Bauch ein bisschen die essbare Rettung.

Sonntag, 13. März

Ich erwarte Besuch, was angesichts meiner Nichtbenutzung von Sprache im hiesigen Zimmer eine Abwechslung zu werden verspricht. Aber der Besuch kommt und kommt nicht. Neben meinen Nachbarn sitzt deren Besuch. Der Gang wimmelt nur so vor Besuchern. Sie haben weitere Gangbetten aufgestellt. An jeder Neuaufstellung Besucher. Um eine stehen gleich mehrere, sie aber stöhnt. Es liegen nur Frauen im Gang. Im Seitenschiff sind neben einem laufenden, d. h. sitzenden Schlafröckler um die acht Besucher verschiedenen Alters und in verschiedenen Posen versammelt, bis hin zur Hocke.

Die Sonne kriecht mir schon aufs Bett – es ist Zeit für Besuch. Erinnern Sie sich, Maria, wie sie in der Sonne neben meinem Bett gesessen haben?

Der Besuch ist doch dagewesen.

Man hat mir (leider) aus der Stadt weitergetragen, dass das Lesen meines *Infarkts*[275] als Therapie empfohlen wird.

Meine Nachbarn haben sich satt gegessen. Sie schauen sich einen Wettkampf auf dem Eis an, wälzen sich hin und her und verständigen sich auf diese Weise

– Oh … alles zeigen sie nicht … sie hat sich gebückt … zieh den Rock aus … jetzt kannst du ins Geländer fahren …

Die Krankenschwester ist hereingekommen

– Kann ein Opa hierher kommen und mit fernsehen?

Das flotte Weißhaupt:

– Aber selbstverständlich.

Und schon sitzt der Großvater zwischen den Betten des Weißhaupts und des Ruhigen und kommentiert, von der Krankenschwester in eine Decke eingewickelt

– Vorher waren es die Russen und jetzt sind es die Engländer.

Biene Maja hat angefangen, also ist der Großvater weggegangen.

9 Uhr abends

Jetzt läuft die letzte Folge des sentimental aufgemachten *Martin Eden*[276]. Die Nachbarn gucken halb hin, schlafen halb ein.

14. März

Das flotte Weißhaupt verlässt morgen das Krankenhaus. Wenn es weiter so mit mir geht, ziehe ich am Dienstag, dem 22. März oder am Dienstag, den 29. März hier aus (am Dienstag sind die Entlassungen). Ob eine Woche früher oder später,

275 Miron Białoszewski, *Zawał*, Warschau, PIW, 1977.

276 Verfilmung des gleichnamigen Buches von Jack London.

hängt davon ab, ob die chinesische Ärztin mich noch brauchen und beobachten will. Ich warte darauf, dass sie mich nun langsam anweisen, ein, zwei, drei Treppen zu gehen. Denn im Zwischengeschoss ist ein Telefon, und das ist im Krankenhaus eine Abwechslung und Erleichterung des Lebens.

Nachmittags

Es ist eine zum flotten Weißhaupt gekommen. Sachen einpacken. Auch den kleinen Fernseher. Das Radio bleibt bis morgen. Ah, nein – das Radio wird auch mitgenommen.
Ruhe.
Mal sehen, wer an die Stelle kommt. Mit welcher Akustik.
Eine Mannschaft der studentischen Genossenschaft „Maniuś" ist zwecks genauer Reinigung ins Zimmer eingefallen. Ich bin spazieren gegangen. Es stellte sich heraus, dass meine Lektüre für den Zeitvertreib den Putzmännern gefiel. Ich wusste nicht, dass das Krankenhaus „Maniuś" mietet.

Am Abend

Tadeusz hat mich zu einer ganz und gar späten Stunde besucht. Wir saßen eine Stunde lang im Seitenschiff des Gangs auf dem Sofa, niemand wollte ihn vertreiben. Währenddessen haben sie einen Liliputaner hergebracht, ihn aber in den zweiten Stock mitgenommen (er ging alleine, daher weiß ich, dass es sich um einen Liliputaner handelte).
In meinem Zimmer ist der Ruhige redselig geworden. Er erzählte vom Nimmersatten. Die Leute hatten im Kühlschrank Verschiedenes zu essen. Der Nimmersatt hat sich nachts hingeschlichen und von acht Leuten soundsoviel Schweinsrücken, Wurst, Schinken und Kefir weggegessen.

- Und er hat das alles auf einmal gegessen?, fragte das flotte Weißhaupt.
- Ja, auf einmal. Er hat es doch nicht versteckt, weil wo denn.

Danach folgte die Erzählung von einer, die hier unlängst aus der Reanimation floh. Ihr Mann wartete im Taxi auf sie. Am Tag darauf brachte man sie zurück.
Im Gang liegt eine Frau mit einem kleinen Radio an Ohr und Wange.
Die studentische Genossenschaft „Maniuś" (etwa sechs von denen) hat alle Zimmer sauber gemacht, jetzt putzen sie den Gang.
Sie haben eine Krankenschwester aus einer anderen Abteilung in narkotisiertem Zustand hergebracht. Sie liegt am Tropf, sie haben sie gefesselt. Sie liegt ohnmächtig da.
Zwei Personen, die über lange Röhren mit Sauerstoffbehältern verbunden sind.
Der Ruhige ist munter und hat etwas gesungen.

15. März

Das flotte Weißhaupt sollte in nur zwei Stunden entlassen werden, als sich herausstellte, dass er zusätzliche Herzschläge hat. Er bleibt mindestens noch ein paar Tage. Er hat seine Frau abbestellt, die schon mit Blumen kommen sollte.
Der Ruhige brachte Geschichten von Leuten, die, bereits angezogen im Gang, bleiben mussten, weil sich ihr Zustand plötzlich verschlechtert hatte. Einer ist unversehens beim Anziehen seiner Schuhe gestorben.
Morgen soll ich mit der Ärztin zur ersten Treppenprobe gehen.
Weißhaupts Frau ist gekommen. Sie hat ihm allerlei für den weiteren Aufenthalt vorbeigebracht. Das Radio ist zurückgekommen.
Alles Gute
gleichfalls
Miron

Bis zu meinem zehnten Lebensjahr habe ich in der Lesznostraße in einem Zimmer mit Küche mit meinen Eltern zusammengewohnt, mit Nanka, Sabina, Nankas Mann, dem Trinker, und Opa Walenty Białoszewski. Opa war Tischlermeister und Liebhaber von polnischen Büchern. Ein von ihm gemachtes Regal stand von oben bis unten voller Bücher. Alte Ausgaben, die meisten aus dem 19. Jahrhundert oder von der Jahrhundertwende. Nach Opas Tod im Jahr 1938 wohnten nur Nanka und Michał in der Wohnung in der Lesznostraße. In der Küche. Weil sie das Zimmer an Untermieter vermietete. Das Regal mit den Büchern stand immer noch da. Nanka war die Besitzerin, aber sie sah mich als Erben an. Ich konnte nehmen, worauf ich Lust hatte. Ich war bescheiden und nicht an Besitz gewöhnt. Ich habe nur einen vierbändigen grünen Mickiewicz in das Posthaus am Napoleonplatz mitgenommen[277]. Die Balladen Mickiewiczs deklamierte vor Gästen immer der Sohn von Opas Bruder, der viel jünger war als Walenty. Einmal übernachtete Tante Józefa bei uns am Napoleonplatz, Wäscheschneiderin von Beruf. Als ich noch im Halbschlaf im Bett lag, kniete Tante Józefa angezogen neben dem Regal mit den Büchern und sagte ein Gebet auf. Das Gebet zog sich in die Länge. Ich schaute vom Bett auf. Es stellte sich heraus, dass Tante Józefa – immer noch kniend – im Mickiewicz blätterte, den sie gleich in Reichweite gefunden hatte. Von Tante Józefa kenne ich die Melodie: „Mich kümmert nicht, welche Strafe …“[278]. Tante Józefa hatte zum Beispiel dem Auschwitzer Teil der Familie erklärt, dass niemand Geringeres als Simmler den Tod Barbara Radziwills gemalt habe. Mit Opa Białoszewski sangen sie den Walzer aus

277 Miron Białoszewski wohnte von 1932 an bis zum Kriegsausbruch mit seiner Familie in einem der Post gehörenden Haus an der Ecke Wareckastraße und Napoleonplatz (gegenwärtig Platz des Warschauer Aufstands).
278 Ein Lied aus *Dziady*, Teil III.

Faust[279], weil sie Opern liebten. Opa träumte davon, Bildhauer zu werden. Er wurde Tischler. Aber er tobte sich an den Möbeln aus.

Opa las die Bücher, die er kaufte. Auch Słowacki. Nachdem ich mich an Słowacki gemacht hatte, bemerkte Opa plötzlich im Gespräch über ihn, dass das *Poem des Piasten Dantyszek über die Hölle* schwächer sei als die anderen Poeme. Ich trug Słowacki-Bände aus privaten Lesesälen mit mir herum. Einmal in der Schule auf dem Flur vor der nachmittäglichen Pfadfinderversammlung schnappte mir ein Schulkamerad einen Band von unterm Arm weg und öffnete ihn auf einer beliebigen Seite. Er las laut vor:

Weiblein
Brätlein
Korönlein[280]

und lachte fürchterlich. Empört nahm ich ihm das Buch weg. Ich fand mich – urplötzlich – mit solch einer Größe im anderen Lager wieder. Auch mich hatten anfangs diese Reime gewundert, aber ich hatte ein riesiges Vertrauen zu Słowacki. Noch einmal fühlte ich mich in meinem Leben im anderen Lager – mit Mickiewicz. 1960 führte ich im 300-Plätze-Saal von Puławy alleine Fragmente des IV. Teils der *Dziady* auf, *Gustav*. Von Seiten des Publikums konnte ich keinerlei Reaktion spüren. Bis ich mir in die Hose machte – wegen mir selbst und wegen Mickiewicz. In jenen Zeiten, also denen meiner 15 Jahre und der „Hirngespinste“, des „Brätleins“, schnitt ich eines Tages bei Nanka in der Lesznostraße die Ottomane auf. In der Ottomane lagen alte Korsettstangen, Stücke eines Korsetts, Gagat, Locken, gewickelt um eine Stange, wie die von Radiokopfhörern. Man erinnerte sich damals noch an Damen,

279 Eine Oper von Charles Gounod aus dem Jahr 1859.
280 Juliusz Słowacki, „An der Kirche …“ (eigentl. „Korönlein / Weiblein / Brätlein“).

die sich ihre allzu dürren Waden mit Guttapercha ausstopften. Zwischen all dem Gerümpel fand ich ein weißes Buch, das zwar broschürenhaft weich, aber nichtsdestotrotz von beträchtlichem Umfang war. Sein Titel: *Die Reime des Priesters Baka*. Ich sah hinein. Es hat mich sehr überrascht. Und beschäftigt. Wundersame Reime. Und so viel über den Tod darin. Als ich später mit zwar einigem, aber nicht allzu großem Interesse Dumas' *Die drei Musketiere* las und auf einen Helden traf, der ein Poem aus Einsilblern verfasst hatte, anscheinend um die 400 Verse, imponierte mir das nicht. Das ist zwar Zauberkunst, aber allzu komisch. Das ist nicht der Priester Baka.

In den Jahren 1939–42 wohnten wir wieder bei Nanka in der Lesznostraße, weil die Deutschen unser Postgebäude am Napoleonplatz eingenommen hatten. Wieder schaute ich in *Die Reime des Priesters Baka* und staunte über mein Wohlwollen. Der Reihe nach las ich Opas alte Bücher aus dem Regal. Die Bücher gingen damals ja nicht aus. Ich las eine Szene zwischen einer Schlange, Adam und Eva von irgendeinem polnischen Autor und die Zola-Artikel von Sienkiewicz[281]. Und ich hatte Recht. Es brach der Aufstand aus. All das ist mit dem Haus in der Lesznostraße verbrannt. Die Mickiewicz-Bände vom Napoleonplatz haben entweder die Deutschen weggeworfen, oder sie sind auch verbrannt. Hätte ich davon auch nur ein bisschen in der Chłodnastraße (1942–44) gehabt, wäre auch das verbrannt.

Geschrieben im Krankenhaus, 13. März 1983
für Frau Prof. Maria Janion

Miron Białoszewski

281 *Briefe über Zola* von 1893.

[Aus dem 8. Brief]

Sonntag, 20. März

Auf der zweiten Ganghälfte wohnen der Reihe nach in den Betten vier Damen. Sie sprechen miteinander, muntern sich nachts gegenseitig auf. Diese Liegeweise gefällt ihnen dermaßen, dass sie nicht in die Zimmer umziehen wollen, obwohl in den Zimmern bereits freie Plätze sind.
Sie haben die Dame aus dem schlechten Bett schon in den Saal mitgenommen, an ihrer Stelle liegt ein an drei Tropfen hängender Jüngling wie der heilige Laurentius auf dem Rost und ruft ohnmächtig
– Schnell! Schnell!
Angeblich Diabetiker.
Heute ist ein Herr aus der Gemeinschaftsgymnastik an mich herangetreten und fragte, ob ich nicht irgendeines meiner Bücher bei mir hätte. Ich hatte *Stupp* dabei (für einen der Ärzte), also lieh ich es ihm.
Bei der Visite gestern schaute ein Arzt vom Aussehen eines Abiturienten auf mein Namensschild
– Soweit ich aus der Literatur weiß, ist das schon der zweite Herzinfarkt.
Also bin ich in meiner eigenen Wertschätzung etwas gestiegen.
Die chinesische Ärztin liest, was ich vielleicht bereits erwähnt habe, meinen *Infarkt*. Noch weiß ich nicht, was sie davon hält.

Mon., 21. März

Es stellt sich heraus, dass der Diabetiker ein Zuckerkoma gehabt hat. Sie haben ihn auf die Reanimation gebracht.
Ruhig teilte er mit, dass er geträumt habe, Würmer seien ihm in die Ohren gekrochen, in die Augen.
Das Radio läuft. Das flotte Weißhaupt hört sich zugleich die Erzählungen des Ruhigen an und das Radio. Auch Herr Dazu-

gestellt hört zu. Er passt auch zu ihnen. Hier passt die große Mehrzahl zueinander.
Ich bin schon auf der Treppe gewesen. Im hohen Zwischengeschoss. Und das Herz hat sich gut gemacht. Es stellt sich heraus, dass solch ein Stockwerkchen für das Herz so viel ist wie 3 Kilometer gerader Strecke.
Ich mache Flurspaziergänge, manchmal mit Kalina (Bożenas Schwester), die hier eine ganze Anti-Asthma-Kur durchmacht.
Nachts haben sie diesen Diabetiker gerettet. Das Herz blieb ihm stehen, er hörte auf, zu atmen. Aber der Arzt hat ihm 7 elektrische Stöße ins Herz gegeben und ihn wiederbelebt. Jetzt liegt der Gerettete auf der Intensivstation. Er wusste bisher gar nicht, dass er Zucker hat.
Anscheinend ist Frühling, aber ich fühle hier nichts davon. Hier herrscht das unveränderte Gangklima, und es weht eine kleine Brise unbestimmter Jahreszeit im Saal vom Fenster her.
Mein Herz ist seit gestern abend wieder wie erschöpft, und das wird sich hinziehen. Außerdem Herzhusten, insbesondere beim Reden.

22. März

Es geht etwas besser. Ich habe versucht, bei Ihnen (Maria) anzurufen und bei Frau Małgorzata. Aber nachmittags ist schlecht, um jemanden zu erreichen.
Die Ärztin hat mir mehr Bewegung aufgetragen. Ein Sich-dem-Leben-wieder-annähern. Welches sie noch beobachten wollen. Ich werde – falls alles glücklich verläuft – um den kommenden Mittwoch (31. März) entlassen. Und Konstancin steht Mitte April bevor. Ich habe die Erlaubnis erhalten, zu duschen.
Grüße.
Auf Wiedersehen

Miron

Sie haben einen Fensterflügel aufgemacht. Es ist kalt. Das Radio brüllt. Ich stopfe mir die Ohren, so gut ich kann.
Liebe deinen Nächsten[282]. Nach diesem Buch fragte eine der Ärztinnen. Ihre Tochter lese es, aber das Ende fehle.
Ich weiß, wie das Ende von *Liebe deinen Nächsten** lautet. Aber ich verrate es keinem.

Miron

* „– Verdammte Scheiße!"

282 Eine Erzählung Erich Maria Remarques aus dem Jahr 1942 mit dem Titel *Liebe deinen Nächsten*, die nach dem Vorbild authentischer Emigrantenschicksale vom Wanderleben deutscher Flüchtlinge in den 30ern erzählt.

[10. Brief]

Anin, 4. Mai 1983 oder nun in Anin

Liebe Prof. Eumeniden!
Ich bin schon eine Woche lang in diesem Sanatorium, das man „Pavillon G“ nennt oder Reha-Klinik.
Ich habe herausgefunden, dass meine Lungen starke Veränderungen erfahren haben, sie sind nicht tuberkulös, nur irgendwie emphysemisch. Also trage ich einen neuen Satz Krankheiten in mir. Ich – als physische Ganzheit, ziemlich plunderhaft. Zu allem Überfluss schmerzen die urologischen Narben.
Endlich habe ich aufgehört, mich zu sorgen. Heute ist es kalt, also gehe ich nicht nach draußen. Aber sonst ziehe ich eineinhalb Kilometer weit in die Welt hinaus. Nicht zu schnell, manchmal muss ich ausruhen. Die PIWlerinnen[283] waren hier. Sie haben mir Säfte mitgebracht und Äpfel. Anula aus Anin, also von nebenan, unterrichtet Englisch bei den Ärzten und Dozenten im Krankenhaus (nebenan). Und kommt hier vorbei, bringt mir Grünzeug, auf das ich seit dem Infarkt regelrecht fliege, wobei ich Süßes nach wie vor verachte. Ich habe mich so sehr verändert!
Wenn ich anderseits an echte Kekse käme, würde ich sofort zehn davon verschlingen. Also besser nicht daran gehen, nicht daran riechen.
Die Nachtigall schreit hier seit dem 1. Mai. Heute hat der Kuckuck gerufen. Die Birnbäume blühen, die Äpfel, der Flieder, die Kastanien fangen an.
Ich lese. Ich höre (auf Kopfhörern) meine Bänder durch. Ich

283 Diesmal waren das Krystyna Milewska und Marianna Sokołowska. Mehrfach besuchte auch Bożena Szewczyk Białoszewski in Anin.

lese Wälzer, mal Ramuz[284], mal Forester[285], mal etwas Interplanetar-krimihaftes. Aufstehen muss man zur Blutdruck- und Pulsmessung um 7 Uhr morgens. Es steht nicht schlecht um mich. Aber ich habe keine Lebensfreude in mir. Am meisten schlafe ich noch abends im Bett (aus guter Laune), aber dann ist es gleich zehn, elf, man muss Schlafmittel schlucken, weil nur 7 – 8 Stunden Schlaf bleiben.

Mein Mitbewohner hat große, ja riesige Vorzüge:

1) er spricht wenig,

2) er lässt kein Radio laufen.

Wie ich am Telefon erklärt habe, steht unser Pavillon am Rand des Herzzentrums, fast im Wald. Er ist nach dem Vorbild eines Klosters gebaut. Das Quadrat eines Grüngartens in der Mitte. Darum herum im Quadrat ein Korridor. Die Quadratur des Kreises. Darum herum im Quadrat eine bedachte, äußere Galerie aus Holz mit einer Öffnung zur Welt hin (auf die Bäume, die Wiesen). In die Küche geht man mit Krach durch den zu zwei Seiten hin offenen Aufzug. Dieser Aufzug führt zu keiner Etage, nur nach unten, wo ein unterirdischer Durchgang zum Krankenhaus ist. Da entlang fahren die Dampfkessel und laufen im Winter die Ärzte. Und jetzt vielleicht Diebe. Weil man vorgestern der Sekretärin den ganzen Monatslohn und die Rente ihrer Mutter aus dem Sekretariat und gestern zwei Patienten Geld aus den Zimmern geklaut hat. Heute sammelten ein Priester-Patient mit einem anderen, weltlichen Patienten Trostgeld für die Sekretärin. Ich habe 1000 Zloty gegeben, andere wohl auch reichlich. Alle zusammen sind wir zwanzig Patienten. Vier Weiber (davon zwei

284 Charles Ferdinand Ramuz (1878–1947), Schweizer Schriftsteller, Autor zahlreicher Geschichten und Erzählungen.

285 Es geht sicherlich um C. S.Forester (1899–1966), Autor eines Zyklus von Erzählungen über die Meeresschlachten in der Zeit Napoleons, die in den 70er und 80er Jahren ins Polnische übersetzt wurden.

fette). Der Rest Kerle. Der Pavilloneingang hat doppelte Türen, die eine dicht, die andere – die von draußen – verglast. Immer hat ihr Glas vorgetäuscht, man könne durch das Glas gehen.
Heute gehe ich raus. Das Glas sehr durchsichtig. Vorsichtig strecke ich einen Finger aus. Das Glas ist verschwunden. Sogar die Aluminiumleisten sind beschädigt, herausgerissen. Hinter der Tür ein Baum. Auf dem Stumpf des Baumes von oben bis unten schwere Spuren wie vom aufrechten Gehen eines schweren Engels. Wahrscheinlich ist der als erster durch die Scheibe gegangen, und hat sie ohne jedwede Spur zerschlagen. Und vorher hat er bei der Gelegenheit vielleicht hier und da noch Geld gestohlen.
Als ich im Krankenhaus lag, haben sie auf einmal bei meinen Nachbarn links und rechts eingebrochen. Sie haben die Schlösser zerstört, sogar die Türrahmen. Dem einen haben sie Silber gestohlen, Socken und anderes, den anderen das Gold aus den Tassen. Mich haben sie verschont.

5. Mai

Mein Nachbar hat sich mit der Krankenschwester um das Bettenmachen gestritten. Heute habe ich erfahren, dass das EKG gut ausgefallen ist. Dass das Emphysem eine alte, posttuberkulöse Angelegenheit ist, keine neue, infarktöse. Also lebte es sich für mich damit nicht schlecht. Der Puls steigt mir gerne bei Bewegung, aber darüber solle man sich, wie die Ärztin sagte, nicht sorgen. Dieser Puls ist nicht sehr hoch (bis 100, 120, aber manchmal 88). Und angeblich kann man das medikamentös regulieren.
Ich kann nicht schnell gehen oder heben, auch nicht lange irgendwo (in der Schlange) stehen. Bis zu einem Jahr danach soll man damit aufpassen. Also besteht Hoffnung, dass ich später vom Herzen her etwas stärker sein werde, in mir

gestärkt, was ich nur schwerlich glauben kann. Der Glaube verneint hier die Hoffnung. Ah, ja richtig!, der Unglaube. Also ist es in Ordnung. Und was ist mit der Liebe? Gegen Abend könnte ich mich manchmal mit diesen und jenen Menschen ein bisschen lieben. Morgens – nicht so sehr. Obwohl ich mich daran erinnere, dass es mir oft, wenn ich am Morgen nach Hause kam, leid tat um diese Abgeschufteten und es mir peinlich war, frei zu sein.

Jetzt bleibt noch die Hoffnung auf eine ferne Zukunft, eine nach dem Leben. Was sich mit dem Glauben verbindet (in mich und an die Rezeption). Weil hier die Rede ist vom Gedächtnis, also hauptsächlich von den Folgen des Schreibens. Auch das ist verbunden mit der Liebe, weil man die Leser ja auf irgendeine Weise liebt. Zumindest in der Zeit des Schreib-Lese-Kontakts, der sich über die Zeit hinzieht; und es geht darum, die möglichst lange auszudehnen.

Das, was irgendwann nach mir passiert, werde ich nicht erleben. Aber ich durchlebe es jetzt ein wenig. Es ist ein wenig analog einem Erleben trotz Entfernung.

So sieht das von meiner Seite her aus. Den Leser geht es (eher) nichts an, ob ich lebe, oft wird er gar nicht darum wissen. Und das wird dann auch mich wiederbeleben, was ich dann nicht mehr fühlen werde, aber ich kann es potentiell und auf Vorrat hin jetzt erfühlen, insbesondere beim Schreiben.

Miron

BÄUME – APRIL – VORSICHT

noch sind sie nicht in den Blättern
in den Umnebelungen sind sie schon

ihre in Entfernung umgangenen Bauten
graben sich aufs Neue ein

bleiben stehen
locken
fangen
Ausflüchte des Gleichgewichts

Anin, 2. V, 1983

Viele Grüße
Miron

Anin, 3. Mai 1983

DAS UNHERZ

hier ist ein Sanatorium im Wald
ein Herzsanatorium

das Herz ist allein
das Herz hat was
Herzen an Gefäßen der Bäume oder Menschen
Menschen an die Fenster
die Fenster an die Bäume
Herzen hüpfen in den Bäumen
die Sonne
frisst das Verschwiegene
das Leben leckt sich die Lippen

Dünste
die Herzen
hängen
zwischen Stumpf und Stumpf
versickern
im hinterlistigen Labyrinth
zerspringen

[12. Brief]

Anin, 20. Mai 1983

Sehr geehrte Damen Eumeniden!
Sehr geehrte Frau Prof. Maria!
Das damals war ein Lungenödem. Es ist schnell vorüber gegangen. Anscheinend sollte es nicht zurückkommen, aber es kann dennoch zurückkommen. Und wir wissen ja, wie es um das steht, was es zwar nicht sollte, aber gleichwohl zurückkommt. Ich fühle mich mittelmäßig, mal besser, mal schlechter. In physischer Hinsicht; in psychischer geht es nicht so schlecht. Obwohl ich ein Verturteilter bin, der auf Urteilsaufschub hofft. Es gibt einen wesentlichen Unterschied zwischen meinem Leben vor dem 2. Infarkt und dem danach. Als würde ich auf der anderen Seite stehen. Gestern habe ich mir eine Reportage über das Altersheim angesehen. Ich war mit ihnen auf einer Seite – auf der anderen.
Ihre Schülerin, die den Priester-Patienten Dolejewski besuchen kam, ist Kwiryna Ziemba[286].
Tadeusz Sobolewski hat mir von Ihrem Referat nach dem Herzog-Film (schreibt man den so?) über die Zwerge erzählt[287]. Dieser Film hat mich sehr neugierig gemacht.
Heute zieht mein Mitbewohner raus ins Leben. Anfangs war er mürrisch, den Krankheiten und Ärzten gegenüber misstrauisch. Jetzt ist er zufrieden. Vielleicht habe ich zwei Tage lang Ruhe im leeren Zimmer. Und danach – wer weiß, wen mir das Schicksal sendet. Ich würde ungern einen allzu fröhlichen Herrn bekommen. Ein heiterer älterer Herr läuft hier

286 Kwiryna Ziemba, Literaturhistorikerin und -theoretikerin, Forscherin an der Universität Gdańsk.
287 *Sogar Zwerge haben einmal klein angefangen*, Film von Werner Herzog von 1970.

munter durch den Pavillon. Ein anderer, mittelalt, mit weißem Bart, mürrisch, aber wenn er etwas sagt, dann erzählt er gleich einen Witz. Ich habe seit langem einen sehr begrenzten Spielraum im Hinblick auf die Aufnahmefähigkeit von fremden Witzen. Es sei denn, es handelt sich um Menschen, die mir nah sind. Das ist eine ganz andere Sache und eine andere Verbindung. Ich bleibe hier noch bis Ende Mai, sofern sich nichts zum Schlechteren wendet.
Ich sollte Lust haben, mich aufs Schreiben einzulassen, sogar auf etwas Größeres. Aber ich habe keinen Aufhänger.
Im Vorzimmer des Pavillons hängt neben den Sofas und dem Telefon ein Schild
KRANKENBETRIEB (ein sehr guter Titel für einen Krimi)
an dieser Stelle eine Liste mit 20 Namen auf 10 Zimmernummern; gewöhnlich gibt es übrigens Lücken, eben aufgrund des „Betriebs"
daneben der Plan des Pavillons (auch hervorragend für einen Krimi geeignet)
der Patio
die Praxen
die Krankenzimmer
der Eingang zum Patio durch das „Aufenthaltszimmer"
zwei Aufzüge aus dem Unter- ins Erdgeschoss (darüber gibt es keine Etage), einer zur Küche, der andere zum Waschraum
die Praxis der Psychologin und daneben eine Treppe zu den verzweigten unterirdischen Gängen, die zum Hauptgebäude führen.
Im Patio eine Sitzbank, drei hohe Eichen, die noch aus der vorherigen Einrichtung übrig sind (uns gab es noch nicht, es war hier Wald). In der Ecke blühen amarantrot drei Rhododendren.
sfenster; umso mehr also könnte sich hier ein Mord an einem Maitag vor aller Fenster abspielen, gleichzeitig aber von niemandem bemerkt. Gut die Anwesenheit des Priester-Patienten.

[Aus dem 13. Brief]

Donnerstag, 26. Mai

Gut, dass der Mai zu Ende geht. Vor ein paar Jahren träumte ich, dass ich um den 25. oder 27. Mai gestorben sei, die Beerdigung sollte Anfang Juni stattfinden. Und wie ich in dem Brief aus dem Krankenhaus erwähnt habe – das überlappt sich mit der Garderobennummer 1983 von vor 20 Jahren, dem Datum meines möglichen Todes.

Gestern habe ich mich beim Blumenpflücken überanstrengt, weil die Wiese vor dem Fenster gemäht wurde. Ich habe mich schrecklich viel und und zu schnell gebückt. Darauf die Herzschwäche. Am späten Abend Herz- und Atem-Unruhe; ich entschied mich, ins Schwesternzimmer zu gehen und beide Schwestern gaben mir zusammen mit der Ärztin eine Spritze mit Euphyllin und Furosemid. Was sofort half. Pinkeln mit Schlafen. Schlafen mit Pinkeln. So dass ich nur auf 3–4 Stunden Schlaf kam, aber das ist gut so. Heute das Fest des Liegens! Frühstück im Bett. Zum Mittagessen stehe ich auf. Danach wieder ins Bett. Falls jemand kommt, werde ich liegen, wenig reden. Soll der Besuch sich bewegen und sprechen. In der Regel ziehen sie es vor, zu reden statt zuzuhören.

Mein Nachbar ist gut, hilfsbereit, geduldig.

Das ganze Theater beruht darauf, dass man sich angewöhnen muss, auf einen Teil seiner selbst zu verzichten. Und das ist schwierig. Man täuscht sich. Das Unterbewusstsein hört nicht zu, das Bewusstsein verzerrt das Gesicht.

Beim Essen des harten Grünzeugs verletzen mir die künstlichen Zähne das Zahnfleisch, ich spüle mit Kamille, aber die fehlt bereits und ist nur auf Rezept zu kriegen. Von dem flüssigem Kalium, das wie Salzsäure schmeckt, bekomme ich im Bauch ein Durcheinander wie in einem Schlangennest. Deshalb geben sie mir Kalium, zuletzt in Gestalt riesiger Oblaten gereicht. Sobald es in den Magen gelangt, beginnt der wehzutun. Dann drücke ich mit den Fingern fest auf den Magen und drücke den Schmerz immer weiter hinunter, bis es hilft. Zum Schutz vor dem Kalium trinke ich sog. Milch, gar nicht schlecht im Geschmack, aber ich muss nach dem Schlucken des Pulvers pausieren.

Und so eine Polka ist das!, wie die Wäscherin aus Powązki zu sagen pflegte; sie wusch und wusch, unterbrach das Waschen, erzählte und schloss

– Und so eine Polka ist das!,

und wusch weiter. (Vielleicht habe ich das schon irgendwann zitiert.)

Ich lese *Lokaltermin*, die letzte Erzählung Lems. Interessante Einfälle, aber furchtbar mit Witzen durchsetzt. Und das Laster übermäßiger Länge erschwert das Ganze. Nach Jahren lese ich zum zweiten Mal Maufrais' *Grüne Hölle* [288], das Eindringen ins Innere Guyanas im Jahr 1949. Das Tagebuch ist tief, tief im Dschungel gefunden worden. Maufrais selbst wurde nicht gefunden. Dazu höre ich eine sehr alte, altgriechische Liturgie über Kopfhörer. Ein hoher Tenor, fast muezzinhaft, singt vor einem Stimmenhintergrund

Ky-yrie elei-son
Ky-yrie elei-son

im halb hüpfenden Rhythmus eines Majufes-Boleros. Eine Merkwürdigkeit: Sie sagen *hagijos* und gar nicht *ajos*.

Maufrais notiert am Anfang seiner Expedition: „Götter der Wälder, der Wasser, der Bäume, von Himmel und Erde, erlaubt dem einsamen Wanderer durchzukommen!"

Sie haben es ihm nicht erlaubt.

Der Titel der altgriechischen Liturgie lautet:

Herr, gedenke unser aller am Tag des Jüngsten Gerichts!

288 Raymond Maufrais (1926–1950), französischer Journalist und Reisender. Seine zwei Bücher, in Frankreich nach dem Verschwinden des Autors herausgegeben, wurden 1962 in Polen zusammen unter dem Titel *Zielone piekło* herausgegeben.

27. Mai

Der Priester Kazimierz Orzechowski bezaubert die Menschen. Auf mein

– Guten Tag!

zum Beispiel erwidert er beim Essen

– Einen guten Tag Ihnen, Herr Miron!

Abends liest er die Messe, küsst die Krankenschwestern bei den Medikamenten, hat Gäste über Gäste.

Morgens jagten sie ihn bei der Gymnastik durch die Kreuzgänge in einer Reihe mit meinem Dorfschneider (dem Schneider-Bauern). Ich sagte zu der Ärztin

– Das ist wie ein Totentanz, alle zusammen.

Vielleicht wollte sie noch etwas anderes in der Tür sagen, aber ich sagte

– Alle Stände gemeinsam.

Sie bejahte

– Ja, alle Stände.

Und ging.

Und geträumt habe ich Folgendes: Flure, Menschen, in der Mitte ein Hof, ein Rothaariger auf einem Fahrrad, plötzlich verweht der Wind alles, Gräber, Gräber, die wie auf Schienen fahren.

Es stellt sich heraus, dass Nanka lebt, obwohl ich weiß, dass sie vor 15 Jahren gestorben ist. Sie ist krank. Sie rufen

– Eine Halsentzündung à la Mickiewicz!

Es tut es mir um sie leid, und gleichzeitig will ich mich von ihr fern halten.

Anula taucht auf. Ich

– Was wollen die? Die sind schon einmal gestorben

Anula

– Die machen das so, ich habe da eine gewisse Vermutung …

Aber an dieser Stelle ging sie, weil sie in Eile war.

Die Gesellschaft legte sich auf die Flure schlafen, plötzlich sah ich: auf einem der Betten ein Jüngling – aber neben wem?

Neben Nanka? Ich habe Angst, das nachzuprüfen, aber muss ihr einen schwarzen Spitzenschal unter die Nase halten. Nein, der Jüngling schläft mit einem anderen Jüngling. Ich verstecke mich in einer Kabine mit einem kleinen runden Fenster. Ich spüre, dass Nanka sich nähert. Sie findet mich sowieso. Ich komme raus. Sie liegt da, und ich gebe ihr Geld

– Hier hast Du Zweitausend, Viertausend.

Sie (nicht mehr wirklich sie, ich ahne Betrug)

– Das ist privat, ein Kurort …

Das Verhalten entspricht ihr nicht

– Hier hast Du 6 Tausend, ist das zu wenig?

Ich bin empört

– Das ist Betrug!, nehme ihr die 6 Tausend ab, sehe, dass es sich um einen Typen mit vier blauen Augen in einer Reihe handelt. Diese Augen zwinkern schalkhaft.

Ich frage

– Glaubst Du immer daran, dass – ich korrigiere mich – willst Du glauben, dass – ich korrigiere mich – willst Du, dass sie Dir glauben? Gelingt es Dir?

Er bejaht.

Hier wache ich auf.

28. Mai

Regen, ein ruhiger Samstag, die Leute wechseln zum soundsovielten Mal. Es reist eine Frau ab, die beim Mittagessen auszurufen pflegte

– Für mich Diät! Das sind zu viele Kartoffeln.

– Dann lassen Sie einen Teil liegen, sagte darauf die Stationshelferin.

Heute sagte die Krankenschwester zu ihr, sie sei nett gewesen, und die nimmt es hin

– Ich freue mich, nichts Schlechtes von mir zu hinterlassen.

Ein Motto für mich:
„Hast Du ein Stück der Welt gesehen?
Dann zieh dort aus!“

Der Dozent gestern bei der Visite

- Sie haben die Organkapazität, die Sie nun einmal haben, mehr geht nicht, Sie müssen sehr aufpassen, selbst wenn Sie einen Floh fangen, dann langsam.

Zwei Lappen (in der linken und rechten Lunge) funktionieren nicht. Vom Herzen nur ein Teil. Nun, der gute ist noch da. Was geht, das geht.
Ich grüße Sie,
Miron

Anin, 26. Mai 1983

DIE KRANKHEIT

Sich nicht herauslehnen
buchstäblich
nicht zu viel bewegen
buchstäblich

die verbrauchten Metaphern rächen sich

und die biologischen Buchstäblichkeiten
sind Ungeheuer

ich   bin ihre Kreuzung
        bin mir ein Michkreuzen mit mir selbst

was leugne ich da so?
die Möglichkeiten?
die lauerten

noch wähle ich etwas aus etwas aus
noch lauern die Unmöglichkeiten

Das Original der Tagebücher von Miron Białoszewski ist unter dem Titel *Tajny Dziennik* bei Wydawnictwo Znak, Krakau, erschienen. Unsere Ausgabe ist eine Auswahl daraus, die von Tadeusz Sobolewski getroffen wurde.

DIESE PUBLIKATION WURDE GEFÖRDERT VOM POLNISCHEN BUCHINSTITUT

THE ©POLAND TRANSLATION PROGRAM

INSTYTUT KSIĄŻKI ©POLAND

ISBN 978-3-940524-27-0

Umschlaggestaltung: Gisela Kirschberg, Berlin
Satz und Gestaltung: Gisela Kirschberg, Berlin
Druck: GGP Media GmbH, Pößneck

Gesetzt aus der Minion und Frutiger

Wir danken Henk Proeme für seine aufmerksame Unterstützung.